維新の大天狗

池口恵観

幻冬舎

維新の大天狗

維新の大天狗／目次

装丁　芦澤泰偉
装画　影山徹

第一章　薩摩兵道家

突然大きな岩が小刻みに揺れ始め、腹に響きわたる音が背後で轟(とどろ)くと、墨染色の夜空に火柱が打ちあがり、その先端に光の塊があった。

光の玉は天に向かってぐんぐん昇り、またも耳をつんざく音がすると、今度は黒い影が打ちあがり、光の玉に向かって猛追する。その長い影は紅(くれない)に燃え、切り裂かれたような口からは長い牙が剝きだしとなり、二本の髭(ひげ)が長く伸びていた。

大きな目玉が爛々(らんらん)と輝く赤龍は炎の尾を曳きながら火の玉に向かって凄まじい勢いで突き進み、上空高くで煌々(こうこう)と光り輝く玉を口にくわえた。すると龍の身体全体が一段と光り輝き、くわえた火の玉が朝日のような光を放ち始める。

と突然、山を揺るがす凄まじい破裂音と共に火の玉と龍の身体は粉々に飛び散り、無数の光の粒が燦々(さんさん)と舞い降りて来た。再び訪れた静寂(しじま)のなか、最後の粒が地上に舞い降りるまで地上を明るく照らし続けていた。

冬至前の曇天の中、甲板に吹きつける冷たい潮風に身を晒し、黒木綿羽織の袂を激しく靡かせる石田鉄彦の脳裏に、左舷に連なる大隅半島突端の辻岳の上で目に焼き付いた昔日の光景が蘇っていた。食を断ち水をも断った過酷な修行を長年続けてきたため無駄な贅肉などなく、着痩せする身体は筋肉の鋼を纏い、浅黒い顔にはひと際目立つ鷲鼻がある。

精悍な顔が綻ぶと、まことにあの時が、我が一党の中で語り続けられてきた伝説の赤龍をこの目で初めて見た時、と改めて述懐する。

山伏修験を代々繋ぐ石田家には、「先祖は天狗ドン。天狗ドンは危急存亡の時龍の姿になって子孫を護る」という言い伝えがある。その言い伝えは、絶体絶命の肝属本城の決戦の折、突然現れ出た実話に基づいている。

その後、代々の先祖たちは度々赤龍を目撃し、石田家の高祖たる天狗逢いたさに人を拒み続けて来た霊山に分け入ってみれば、首のない猪が足元にドサッと落ちてきたという。子孫の訪問を喜んだ天狗ドンからの慰労と歓迎の意を示す猪肉とは聞いていたが、そんな荒唐無稽なことを若い頃の鉄彦は信じてはいなかった。だが、あんな光景を目の当たりにすれば、龍の存在と一度も見たことのない天狗の存在も認めない訳にはいかなかったし、己の魂の中になぜか天狗が棲んでいると思うようになっている。

こんな時だからもしやと、腰に差した刀身が完全に鞘に納まりきれない刀を鞘ごと抜き取り、船首甲板にいきなり胡坐をかいた鉄彦は、首から下げていた山伏特有の最多角念珠を取り上げて数珠を厳かに擦ると、素早く護身法の印を組んで膝の上で法界定印を結ぶ。息を整えるごとに無心となり、案の定、いつもの老人の輪郭が薄ぼんやりと現れた。

瘦身で小柄なその老人はそそり立つ見事な鼻を持ち、異様な眼光を放っていた。影の薄い体軀なのに、なぜかその鼻と眼光だけはいつものように鮮明に浮かび上がっている。鷲鼻は鏡を覗くがごとく己と良く似、その風貌は一度も見たことのない天狗を彷彿させる。

石田家には数百年にも遡る伝承がある。島津氏が薩摩・大隅・日向の三州平定をする前、島津氏は大隅半島に何度も侵攻していた。迎え撃つ側は何としてもお家存続を願い、当初は島津氏の姫を嫁として迎え入れたこともあったがそれも虚しく、最後まで徹底抗戦したのが、大伴旅人より九代目の伴兼行を祖とする肝属高山郷を拠点としていた肝属氏で、そんな肝属氏に最後まで忠誠を尽くして戦い抜いたのが石田家の高祖、智海と言われている。

ただの武士ではない。勇猛果敢な島津軍を散々悩ませた稀代の山伏修験者で、雌雄を決する肝属本城攻防の一戦では決死の呪詛を行い、ついには島津軍を蹴散らしたという言い伝えは、共に戦った山伏の子孫たちの間で今も語り継がれ、そのことに誇らしさを感じていた。

だからこそ、夢に度々立つ老人はもしや我が山伏修験一族の開祖、智海とも思えたし、ならば鼻は天狗のように高く、眼は異様なほどに鋭いのだろうと、瞑想から覚めたのち何度も考えていた。

それでもその老人を「智海」と呼ばず「老師」と呼ぶのは、肝属氏に最後まで忠誠を尽くした石田家開祖への畏怖の念からである。

まったく動きのなかった老人の手が流れるように動き、その指が何らかの印を形作るものの、よくは分からない。手の動きが止まった次の瞬間、鉄彦の脳裏に低い声が触れる。

（センモタシャジオ　ンサンジウュリ　ンサンジウュリ）

今や薩摩山伏の中ではその実力を最も評価されるようになった鉄彦をもってしても、明らかに真言ではないし、一度も聞いたことのない不思議な響きの呪文だった。躊躇いながらも心の中で言葉を投げかける。

――老師、なんでございましょうや。

（よう覚えておけ。いずれ役に立つ）


「こげな処においやしたか。石田ドン」

耳に残る呪文を反芻する間もなく、突然の親しげな声と肩に触れた掌の感触に目を開けて見上げれば、黒袴と羽織姿の大山源乃信が、人懐っこい顔で白い歯を見せ背後に立っていた。初めての出逢いがすぐに思い出せないぐらいの見事な益荒男ぶりである。あの時は総髪を荒縄で縛っていたが、広い月代の髷は綺麗に整えられ、童顔がすっかり抜けて、押しも押されもせぬ薩摩藩士である。

「牢暮らしが長かったで、疲れが出たんじゃなかですか」

「いやいや海風が気持ちよく、ついウトウトしておいもした」

まさか魂の会話をしていたとは言えず、鉄彦は咄嗟に嘘をついていた。

「風は冷たかどん、確かに海の上は気持ちがよか。そいにエゲレスから買うたこん船はあまり揺れんしなぁ。よか時代になった。昨日の敵は今日の味方じゃ」

そう機嫌よく言い放った源乃信は海に向かって両手を上げ、大きく伸びをする。

「今度のことでは本当にお世話にないもした。このとおりじゃ」

鉄彦が膝の上に手を添え深々と頭を下げた途端、伸びを止めた源乃信は中腰となる。目上の人間から丁寧な言葉で礼を言われ、いささか慌てた源乃信は、腰の刀を鞘ごと抜き取り、急いで隣に胡坐をかくと熱っぽく語りだす。

「お礼を言うのはこっちのほうでごわす。西郷先生の言うことをよう聞いて下さった。どけな訳があったにしても、郷士が城下士を殺したんじゃから死罪か島流しが藩の掟。

先生は俺の命の恩人を助けるには、配下にして京に連れて行くしかないと言われもしてなぁ。それを受けるか否かはおはんしだいじゃったで気を揉みもしたど」

真っすぐ目を見て語る源乃信に自慢する素振りもなく、刀を抜けば凄まじい殺気が漲る遣い手なのに、なんと素直で大らかな男だろうと改めて鉄彦は感じ入る。

運命的な出逢いとなった牧の原の郷士大山源乃信とは、もう六年も前、隼人港からすぐの無人の弁天島で虚空蔵求聞持法の修行を終えての帰り道、亀割峠の茶店で知り合った。

無人の小さな島で修行を続ける二十日目の深夜、怪鳥のような声が島中に轟いた。その声を頼りに海岸へ下りてみれば、月明かりの中、腰まで海に浸かった上半身裸の二才侍が、トンボの構えから海に浮かぶ満月を真っ二つに斬り裂いていた。偶然にも帰る道すがら一緒になり、後ろ姿からも窺える示現流の遣い手に魅了され、気づけば一定の距離を保ちつつ歩いていた。意外なことに、通りがかりの峠の茶店で気さくに声をかけてきたのは、みすぼらしい単衣に短袴姿の源乃信の方だった。
凄まじい気迫がまだ鮮明に残っていたので、十も齢が上の鉄彦からすれば思いもかけず声をかけられ、間近で見る初々しい童顔に戸惑いを隠せなかった。本当ならやり過ごすつもりでいたが、あの太刀捌きからは想像もできないあまりの素直さと大らかさに一瞬のうちに虜となり、互いに氏素性を語り合い、人には話さない郷士にして山伏であることも珍しく打ち明けていた。そんな鉄彦に人懐っこく、「母一人子一人の貧乏家でも、ここからすぐだから、今宵は我が家で草鞋を脱いで下され」としきりに牧の原の家に泊まるよう勧めてくれた。あの日の出逢いがなければ西郷吉之助との縁は生まれてはいまい。

京暮らしも二年になるはずだが、そんな純朴な性格は少しも色褪せてはいない。変わったところといえば、弁天島での出逢いの頃が想像もできないぐらいのこざっぱりとした身なりだ。もともと色の浅黒い鼻筋の通った美男子だったが、この頃はさらに磨きがかかって羽織の下に覗く白っぽい袷がよく似合う。

さぞや若い京女に持てるだろうと、あらぬことを思いながら源乃信をしげしげと見つめる。心の襞までを覗かれるような視線を避けるかのごとく左舷の山々に目を向けた源乃信は、他人行儀など止めて下されとばかりに話題を変えた。

「曇っておっどん、大隅の山がよう見える」

しばしの別れ、いや見納めかもしれぬ。それぞれの思いが二人の会話の間をとった。

左舷には冬でも葉の落ちない大隅の山々が連なり、右舷には今では懐かしくもある指宿の魚見岳がはっきりと見て取れる。

薩摩を襲う七隻のイギリス艦隊を初めて目の当たりにしたのは、指宿魚見岳の突端にある無人の小さな島だった。その小島で呪術を使って大嵐を呼び込み、結局はそれが原因となり思いもかけぬ苦戦を強いられたイギリス軍は薩摩城下への上陸を果たせず、台風一過の青空の中を見るも無残な姿で去って行った。あれから三年経(た)ったが一昔前のような思いがする。

小島の後ろに聳(そび)える魚見岳近くの里に、跡取り息子傳之助(でんのすけ)の産みの親ヒメが独りで暮らしている。慌ただしく高山を出て来たので文(ふみ)を書く暇もなかったが、内弟子の牧仲太郎(ちゅうたろう)改め牧原次郎に傳之助を預けてきたものの、もし万が一帰れなかったら申し訳が立たぬと、鉄彦はヒメへの思慕を募らせる。そんな想いも知らず、先に沈黙を破ったのは話好きの源乃信だった。

「もう一昔前のことのようじゃ。高山のおはんの屋敷に西郷先生の蘇生を頼むため俺(おい)が駆け込んだのは。二度目はエゲレスとの戦が終わって、先生の密偵になった俺(おい)の出世祝いをしてもろた時じゃった。

そんな縁がなければ今度のことで、俺(おい)の家まで次郎ドンは知らせに来んかったかもしれん。しかも先生のお伴でたまたま鹿児島(かごんま)に戻っちょって、先生から少し暇を貰い久しかぶいに牧の原のかか(かあ)ドン(さん)のとこに俺(おい)がおらんかったなら、こげん上手くは事が運ばんかったかもしれん。本当に奇跡じゃ。神仏の加護じゃ。なあ石田ドン」

しみじみと語ったことには、二人だけが知るここ数年のことが凝縮されていた。

あの出会いの日から源乃信はさらに腕を磨くため薩摩城下まで足を延ばし、その頃城下では有名になっていた示現流の遣い手中村半次郎と出逢い、その豪快な剣風と気風にたちまち惚れ込んで以来交流を重ね、半次郎が心酔した西郷も紹介される。

その西郷は主君斉彬（なりあきら）の急逝と、安政の大獄が始まったことで運命が一変する。薩摩に逃れた尊王（そんのう）攘夷（じょうい）派の清水寺成就院（じょうじゅいん）住職月照（げっしょう）と共に入水自殺を図ったのだ。この時もしも半次郎が源乃信を、源乃信が鉄彦を知り得ていなかったなら、時代は変わっていたかもしれない。

月照は溺死したものの西郷は一命を取り留めていた。その件を薩摩藩は極秘扱いにして、意識の戻らない西郷を秘密裡に華倉（けくら）の粗末な小屋に移し、厳重な警戒はしてもただ死を待つ状態にしていた。噂を聞きつけた中村半次郎は西郷を蘇生させるため、山伏の多い薩摩の中でも最も験力（げんりき）のある修験者を何としてでも探せと源乃信に密かに命じ、真っ先に鉄彦のことを思い出した源乃信は高山まで馬を飛ばし助けを求めていた。

たった一度の出逢いで源乃信の性格をすっかり気に入っていた鉄彦は詳細を聞くと、躊躇うことなく、既にその頃内弟子にしていた牧原次郎に、源乃信と共に直ちに馬を飛ばして華倉まで行き、西郷の着ていた物を何でも盗んでくるように命じた。その後鉄彦と次郎は、次郎がまんまと持ち帰って来た放置されていた西郷の袴を仏前に供え、二十一座の蘇生延命の護摩（ごま）を焚（た）く。ほどなく西郷は息を吹き返し、その後身を隠すため名前まで変えて奄美大島行きを命じられる。

奄美大島で幽閉生活を送った西郷は三年ぶりに鹿児島に戻ることが許されるも、斉彬の死後実質的な権力を握った腹違いの弟久光（ひさみつ）の逆鱗に触れ、重刑者を受け入れる過酷な沖永良部（おきのえらぶ）島へ再びの流刑となった。

もしもその後、薩英戦争が勃発しなかったならば、もしも久光の政治活動に行き詰まりがなかったならば西郷の復帰はなかっただろうし、そうなれば鉄彦の京行きもなかっただろう。大久保一蔵や久光から信頼厚い小松帯刀らの運動によって、久光は断腸の思いで西郷赦免を承諾、軍賦役にも任命した。

文久三（一八六三）年、薩英戦争後の復興が始まった頃、西郷から託されたお礼の焼酎を抱えた源乃信がひょっこりと高山を訪れる。源乃信は半次郎の口利きで、風雲急を告げる中、沖永良部から呼び戻され軍賦役となった西郷の密偵として働くこととなり、西郷蘇生の礼も兼ねて別れの挨拶に訪れていたのだ。あれから二年しか経っていないが遥か昔のような気もする。

感慨に浸る鉄彦の六根に何かが触れる思いがする。助けてくれたのはもしや老師か――。智海が西郷先生に引き合わせてくれたのかも……。

城下士殺しで捕縛されてのち、ことがことだけに観念し、一言も救済を求めたことはなかった。だが、もしそんな哀れな姿を見かねた老師が西郷との縁を手繰ったとすれば、思いもしなかった京行きは、予想もつかない途方もない意味があるのかもしれない。先ほどの浅き夢の中に現れ出た老師は、確かに妙なことを言った。そんな俄かな気づきを、たとえ源乃信にでもおくびにも出せるものではない。

「そげん思いもす。これから次郎には頭が上がいもはん」

鉄彦が大きくうなずき目を和ませ自嘲気味に語れば、源乃信は白い前歯をのぞかせて悪戯な顔になる。かつての童顔が蘇っていた。思わず微笑むと、つられたように源乃信も破顔する。

「どっちが師匠で弟子か、分からんごとないもしたな」

照れ笑いしながら頭を撫でる鉄彦を見て源乃信が高笑いをし、屈託のない笑顔で意外なことを聞いてくる。

「京行きは次郎ドンも賛成でござろうか」

一旦信じ切ったならば疑うことを知らぬ若者が眩しく映る。山伏同士の付き合いならば、あり得ないことだ。家族のことはあまり知られたくはないが、素直に応じるしかない。

「賛成もなんも本当なら徳之島送りだったのだから、西郷先生の配下になれたことを手放しで喜んでくれもした。恩人の西郷先生のため一生懸命に働っ給し、って言うておりもした」

「それは良かった。そいで、なんでしたかな……、跡取りドンの名は」

「傳之助」

「そうじゃった。傳之助ドンは次郎ドンが面倒をみられるんで」

詮索好きの人間ならもっと踏み込んだことを聞いてくるのだろうが、うなずくとただ一言「そうですか」と軽く受け流した源乃信にはそんな気配はまったくなく、鉄彦はますますこの男に好感を持った。

「ところでだいたいのことは知っておいもすが、なぜ城下士を殺されたのか。よければ詳しく聞かせてたもんせ」

なぜ唐突にそんなことを訊くのかと鉄彦は眉をひそめる。真相はまだ誰にも話してはいない。話したとて誰も信じてはくれないだろう。だからこそ応じる声は低いものとなる。

「先生の前で全部話しもした。大山ドンも聞いていたはずでは」

「確かに聞いてはおいもしたが、殺した武田勇輔ちゅう城下士とはよほど因縁があったのでは。じゃなければ冷静なおはんが弓で射殺すっなんぞ、考えられもはん」

白砂の上で全てを話し、その供述書を西郷も読んでいた。だが、全て自白したのではない。そんなことを因縁と指摘され、勘働きの鋭い男と半ば感心するも、軽はずみに言えることではない。

「なあ石田ドン。西郷先生の密偵としてこれから二人で命懸けの仕事をすることにないもす。互いに秘密があってはよか仕事はできもはん。どうか教えて下され。無論、聞いたことを他言することはあいもはん」

身は郷士なれど島津家の家臣。だからこそ誰にも話したことはない。島津家に仕える薩摩藩士として話してはならない禁忌が含まれているからだ。だが、恩を受けた源乃信の天に真っすぐ伸びた青竹のような熱意と誠意にほだされ、遥か昔のことだしこの男なら少し話してみようかと思案するも、分かりやすく説明するにはかなり遡らなければならない。

「長くなる」

「よか。時間なら大坂に着くまでどっさいある」

上機嫌になった源乃信の言うとおりだった。これから命懸けの仕事を二人でするのならば、あるいはこの男に死に水をとってもらうこともあるだろうと思い至った鉄彦に、もう躊躇いはなかった。それでも人に聞かれたらまずい話も含まれているので、ふり向いて確認する。船尾甲板で荷役たちが相変わらず忙しく働いている以外、甲板に藩士らしき姿はない。

「そこまで言うのなら。実は俺の先祖はもともと薩摩じゃなか」

意外な切り出しに源乃信が何か聞こうとする。そんなことはお構いなしに話し始める。

「もとを辿れば都人とか。何かの理由で呪詛されて一族郎党は滅ぼされ、辛うじて生き延びた先祖の一人が、呪詛されたことに気づいて、謎を解くため都を離れて修験の道に入り、先祖は流れ流れて肝属に辿り着いた。元を辿ればそれが俺の家の開祖で、名を智海という山伏でごわす。

智海は稀代の呪術者で、諸国を彷徨し高山に居ついた頃は、村の病人たちをお加持して治しておいもした。その頃はまだ薩摩は三州平定されておらず、島津サアがたびたび肝属の領地に攻め込んでおった頃。その頃、肝属領にはたくさん支城があいもした。そんな支城が次々と陥とされて、高山にあった本城に島津軍が迫っておいもした。肝属の殿様も困っておいやったろう。智海のお加持の評判を聞きつけた殿様は、智海の術の腕を試し、島津軍との決戦を前に智海を士分として召し抱え、山伏の智恵を見込んで肝属本城の戦備えの差配も認めたそうでごわす」

「おはんの先祖サアは島津サアと戦ったと……」

意外な告白をされ、目を真ん丸にし驚いた源乃信の反応は案の定だった。

三州平定をする前の島津氏と肝属氏の戦い。なかでも何度も争った肝属本城の攻防戦は、今でも語り草になっている。もっとも「東目」と呼ばれる大隅半島に限られたことではあるが。勝った側の薩摩半島の「西目」は昔を忘れやすく、負けた側の「東目」はその悔しさをいつまでも覚えている。その東目においても関心を持つ者は少なくなっていた。

うなずき、口の前に人差し指を立てた鉄彦は、源乃信が落ち着くのを見計らい再び語りだす。

「肝属の殿様の命(めい)により智海は戦に備えて山城を改築し、その中に山伏たちの城も造り、術に自信のある山伏たちを薩摩全土から集め、詳しくは分からないものの他(ほか)ん国からも術自慢の山伏を呼んだそうでごわす」

瞬きも忘れ見つめる源乃信に疑問の色が浮かぶ。尋ねたいことは手に取るように分かる。

「おはんは示現流の達人じゃが、山伏にはそんな腕はござらん。そん代わり、代々伝えられた半弓やら人を金縛りにする術なんかに自信を持っておい。そげな山伏たちを集めたとでごわす。集まった山伏は約二百余。その中に法螺(ほら)の名人がおって、七山七追枯(ひちさんひちおいか)らす術も使えたと聞きもした」

「そいは何でごわすか」

やっと口を開いた源乃信だったが、憚(はばか)るような小声となる。

「法螺を吹けば一瞬にして山が枯れる秘術でごわす」

「そいが武田勇輔と関係が」

「山が枯れるちゅうことは草木の命を絶つ呪詛。武田勇輔は大切にしておった俺(おい)の愛馬を、法螺を吹いて一瞬にして殺した」

吐き捨てるように言った鉄彦の顔に憎悪が漲(みなぎ)る。呪詛された馬は薩摩藩稀代の兵道家(ひょうどうか)牧仲太郎の愛馬だったし、牧原次郎と改名した時に譲られたのだから、兵道家と決別した証(あかし)でもある。鉄彦の扶持(ふち)では到底手の届かない駿馬(しゅんめ)だったし、そんな名馬を一瞬のうちに呪詛死された恨みはまだ消えず、おどろおどろしい思いが「殺した」と吐き捨てた言葉に重く含まれている。鉄彦の感情を敏感に感じ取った源乃信の顔が引き締まる。

「法螺を使った呪詛でごわすか」

少し声を落とした源乃信に、鉄彦は深くうなずく。

「そげな術を使えるのは、昔から薩摩には霧島ん牧園一派しかおらん。武田勇輔は智海と共に戦うた牧園山伏の末裔でごわす」

「なら、武田勇輔ちゅう馬泥棒は、今は城下士でも元々は牧園の郷士でごわすか」

牧園郷は霧島に近く、自分の住む牧の原郷よりずっと鹿児島城下から離れ山深い処なのだから、そんな田舎郷士がなぜ城下士になれたのかと、源乃信が疑問を抱くのは無理もない。

「西郷先生からもそう聞きもした。先生は色々と調べておられた。おそらく武田勇輔の先祖は兵道家として取りたてられ、鹿児島城下に住むようになったのでござろう」

「兵道家……。噂では聞いたことが。——なぜ刃向かった山伏を島津サアは取りたてたのか。普通なら死罪じゃごわはんか」

そう聞かれた鉄彦は苦笑いを浮かべて空を仰ぎ、大きく息を吐く。熱意にほだされ少し話すつもりでいたが、話の流れから取りたてられた訳を話せば我が一族の秘密も晒すことになる。ならば兵道家のことを少し話し、源乃信の反応を見ることにする。藩の秘密を話すのだから口調は自然に慎重となる。

「他藩のことは知いもはんが、戦で山伏を使たのは肝属の殿様が初めてでごわす。その働きを十分に知った島津サアは、維新公の頃から、肝属本城で戦うた山伏の子孫に兵道家の名を与えて召し抱え、その一部はご城下に住まわせた。維新公が最も信頼した五十七人の軍議衆の中には兵道家がたくさんおいもした。のちに藩の兵法書『兵術祈禱書』も兵道家らによって編纂されもした」

「ひったまがった。噂は多少聞いちょったが知らんことばかりじゃ」

源乃信が驚くのも無理はない。普通の薩摩藩士なら薩摩兵道家の実態を詳しくは知らないからだ。選りすぐりの兵道家によって記された兵術祈禱書とは門外不出の薩摩兵法書である。

九州制覇を目指す島津軍は、兵術書に基づき陣営の最前線に兵道家たちが陣取り、雨を降らせたり、風を呼び寄せたり、敵将の呪詛をも行ったりしていた。故に他家に漏れることを警戒し、兵術書に記された戦術や呪い方全ては師資相承である。つまり師匠から弟子へ口伝され、具体的な記録は一切残されていない。当然のことながら薩摩兵法書の存在も長く箝口令が敷かれ、秘密を漏らしそうな者は兵道家の手で闇から闇に葬り去られた。鉄砲や大砲が主流になりつつある戦において、もうそんな古い戦術を用いることはないが、それでも誰彼構わず話せることではない。

泰平の時代になってからも、兵道家は藩の密命を受けて呪詛を含む諜報活動を行い、それ故、その存在は薩摩藩の中でも秘密扱いにされていた。それ以外の山伏は公然とその姿を示せるものの、修行の至らない者の中には若い娘をかどわかすなど里人に嫌われ、「ヤンボシ」と蔑まれている者もいるほどだ。同じ山伏でも、薩摩の中ではヤンボシと兵道家は一線を画す。そんな内実をよく知らない人間からすれば、里人に悪さするヤンボシの印象が、総じて山伏への評価ということになろう。

だからこそ心を許す源乃信が兵道家の存在をすぐに高く評価してくれたため、鉄彦は誇らしくもなり、我が一党の秘密を全て話す気になった。二度と生きては戻れない流罪から助けてくれた恩からの信頼である。

「ひょっとして、おはんも兵道家で」

突然の源乃信の問いかけに表情を変えない鉄彦だが、これだけのことを話せば分かるというもの。心を決めてうなずき小声で釘を刺す。

「どうか内密にして下され。藩の中枢には無論、横目や地頭にも兵道家がたくさんおる。ただ誰が兵道家かは分からん。もう島津の殿様も知ってはおられん。唯一知っておられるのは名門の一所衆サアたちだけ。じゃっで」

鉄彦が念押しのために唇の前に人差し指を立てると、神妙な顔となった源乃信は無言のまま深くうなずく。それを確認した鉄彦は再び口を開く。

「島津サアとの戦いに敗れた後、肝属山伏たちはバラバラになった。そのうち喧嘩をするようになり、喧嘩とは命を懸けた術比べでごわす。つまり呪詛合戦。喧嘩をすればどっちかが負けて、どっちかが勝つ。勝った者同士がまた呪詛し合い、勝ち上がった山伏は相当な術遣いちゅうことになる。それを昔の島津サアはよく調べて、勝ち残った山伏、その子孫を藩の上位兵道家として召し抱えたとでごわす。

代々伝わる秘術は、跡取りの自分の子だけに伝える一子相伝。術比べで勝ち上がった山伏が死んでも、その子孫は最高の秘術を受け継いでおる。もちろん表向きは島津サアのただの家臣。城下士となって藩の重責を担った兵道家もおるはずじゃっどん、誰(だい)が兵道家か詳しくは分かいもさん。そげんして兵道家は徐々に藩の中に浸透したとでごわす」

「初めて薩摩兵道家のことを詳しゅう知りもした。その頃、おはんの先祖も兵道家として召し抱えられたとでごわすか」

目を合わせ一瞬にして源乃信の心を読んだが、他意は何もない。だからこそ鉄彦は素直に応じることにする。

「それはずっと後のこと。何度も肝属本城を攻めてとうとう城を落とした島津サアは、智海の術で兵がどっさい死んだので血眼(ちまなこ)になって探したが、見つけることはできんかった。もし見つかっておれば、首をはねられておったかもしれんし、そうなれば今の俺(おい)もおらん。智海が死んでも、その子や孫ん頃まで島津サアに見つからんように、あっちこっち逃げ回ったって死んだ親父から聞いちょいもす。

島津サアが三州平定して世ん中がやっと落ち着いた頃、俺(おい)の先祖はやっと高山の麓(ふもと)部落に戻って修行を続けておった。そのうち東目も西目もない時代が来て、島津サアの力が盤石なもんになった頃、兵道家がどこに隠れておるか、島津サアは分かっていたはず」

「ないごて」

「もうその頃は智海の配下だった山伏の子孫が、兵道家としてたくさん召し抱えられておったから、そのへんから探れば分かること。ただ、島津サアは時期が来るまで見て見ぬふりをしていたのかもしれん」

「時期――」

「関ヶ原」

「なんと、おはんの先祖は関ヶ原の戦に出られたとですか」

腰を抜かさんばかりの驚きようは、関ヶ原の戦いぶりはその後の薩摩武士にとって鑑ともなり、わずかに生き残った人間たちは今でも語り継がれる英雄たちだったからだ。

「はい。肝属本城の戦のことは水に流すから、関ヶ原に駆けつけて術で殿様を守れ。もし無事に殿様が戻って来られたならば褒美(ほうび)をやると。有無を言わせん急な下命(かめい)が島津サアからあったとでごわす」

「殿様って……、もしや義弘(よしひろ)公のことで」

「はい」

「なんちゅう歴史か……。ここにおはんがおられるということは、関ヶ原に駆けつけた先祖サアは無事に戻って来たちゅうことになる。関ヶ原から戻って来られたのは、たったの八十人だったはず。その生き残りの中におはんの先祖もおられたのか」

慶長五（一六〇〇）年関ヶ原の戦に遥々(はるばる)駆けつけた薩摩の兵はおよそ千五百人。その中に鉄彦の先祖もいた。戦となればその前衛で敵を呪い殺す呪術者を配するのが薩摩の伝統的戦術。つまり兵術祈禱書に基づく戦い方である。急な戦にも拘らず選りすぐった山伏修験者六人の中に選ばれ、辛うじて生き延びて薩摩に帰れた八十名のなかに先祖がいた。その八十人の中で生き残った山伏は、鉄彦の先祖ただ一人である。

「無事に生還した者たち全てに殿様から感状が与えられたけど、俺の先祖は貰うてはおいもはん。そん代わりに兵道家として召し抱えられたからでごわす」

　得心したふうの源乃信が何度も深々とうなずき、神妙な顔で切り出した。

「藩の密命を受けて仕事をする兵道家なら、隠さんと都合が悪いこともある。よう分かいもした。今、聞いたことを他言することは絶対にござらん。ただ、腑に落ちんことが……。今じゃ城下士となった武田勇輔が、軍賦役西郷先生の命で戦に備えて徴馬するって嘘をつき、おはんの馬を盗みに来たけど、おはんの気転で別な処に馬を隠して、もう馬は死んだって咄嗟の嘘を言えば、武田勇輔は法螺を吹いて馬を呼び寄せ、おまけに法螺の呪詛で馬を殺した。――確かそのように覚えております。だとしても、普段のおはんなら人を殺すぐらい逆上するとは思えません。ないごて」

　源乃信の質問は核心を衝いていた。それは牢の中で鉄彦を責め立てた問いかけでもあったからだ。

「先祖の仇は俺の仇。つい……」

畳みかけるような言葉は身に迫る思いがあったし、自然と返答は小声となる。

「先祖……、ひょっとして智海ちゅう先祖サアのことでごわすか」

　珍しく海に視線を泳がした鉄彦が大きくうなずく。うなずきはしたものの、これこそが石田家に伝わる秘話である。しばらく無言となったが意を決して口を開く。

「牧園一派の山伏衆は島津サアとの戦の時、駆けつけてくれもした。その一派の中に、頭領ドンに験比べを挑んで、とうとう頭領ドンを呪詛死させて一派から追われ、齢をとっても霧島ん深か山ん中で修行を続けた仙人のような術遣いがおいもした。そん術遣いは法螺も使わず、七山七追枯らす術を使えたそうでごわす」

「それは凄かことでごわすか」

「凄か。俺もやり方は知っちょっが、一度も成功したことはなか。じゃっどん、そん男は法螺も使わず、一瞬にして山を枯らすだけでなく、また一瞬にしてもとに戻せたらしい」

「枯らしてまた生き返らせる。しかも一瞬に……。そ、そげなことがでくっとですか」

源乃信は信じられないという顔つきになった。無理もない。常識ではあり得ない話だ。

「できる。摂理に添った生き死にじゃないから。呪術を使て死に至らしむなら、その逆もできる。呪詛をかける術があれば、それを解く術もある。その二つを会得して初めて本当の修験者。昔の修験者はそげなことに精通しておいもした」

「なら西郷先生を蘇らせてくれた時にもそげな術を……」

「いいや、先生は呪詛されておられんかったから術など使てはおらん。次郎と交代しながら二十一座護摩を焚いて、一所懸命神仏へお願いしもした」

そこまで話した鉄彦は一呼吸し、一段と低い声となる。

「おはんは、おはんの出世祝いの場で、次郎の正体を牧仲太郎と見破っておったと言われもした。牧仲太郎は先君斉彬公を呪詛死させたという噂が流れておったが、仲太郎は自責の念で自殺すら考え、俺の説得で懺悔し正真正銘の山伏として再生を果たしたのでごわす。じゃっで兵道家牧仲太郎は確かに死にもした。生まれ変わった次郎は、先君の一番弟子の西郷先生を死なせてはならんと必死ごわした。必死でも静かで深い祈りごわした。そんな祈禱と呪詛はまったく違う」

今では牧原次郎と名を改め、弟子となった牧仲太郎の弁護には勢い力が入る。源乃信はあまりの迫力に生唾を飲んで一言だけ漏らす。

「そうだったんですか」

「おはんに分かりやすく言うとすれば、呪詛とは示現流の奥伝を貰ったような凄か遣い手が、狂気になって人を斬い殺すようなもん。バケモンじゃ」

「バケモン」

「もう人じゃなか。秘伝の呪詛を伝えるちゅうのは、桶から掬(すく)った水を一滴も漏らさず他の器に移すようなもん。術に負けんような心も伝えるのが肝要。もし負けてしまえば、やたらと呪詛をするようになってしまう。人を呪わば穴二つ。呪詛をすれば必ず自分に戻ってくる。自分ならいいけれど、子孫にも禍(わざわい)が及ぶかもしれん。じゃっで、呪詛をするのは危急存亡の時しかなかとです。言わば呪詛とは大事なもんを守るために命懸けでするし、我欲のためにするのではない。牧仲太郎も藩のことを思て、あげなことをしたとでごわす」

「藩のことを思て」

「斉彬公は確かに名君じゃったどん、洋癖のため湯水のように金を使われた。せっかく藩の財政がよくなったのに、また悪くなるのを懸念する島津家の重臣がおって、断腸の思いで密命を下した」

「呪詛のですか。藩の財政を立て直したのは確か調所(ずしょ)サア。じゃれば黒幕は……」

源乃信の言葉を遮るように手を上げた鉄彦は、一呼吸置いて語りだす。

「もう終わったことじゃ。調所サアも変死されたし、仲太郎も死にもした。じゃっどん、殿殺しとの悪名高い仲太郎にもそげな大義があいもした。

かつての島津サアは領地拡大のために大隅半島に侵攻した。それに大義はなか。大義のなか戦じゃったのに、己の出世欲に駆られて呪詛をした。もう正気を失ったバケモンじゃ。バケモンの名は仙崖と言いもす」

「なんて、名前まで知っておられるのか」

「さっきも言いもしたが山伏は一子相伝。じゃっで石田家では親から子へ、秘術と共に島津サアと戦うた肝属本城の戦のことも代々口伝されておいもす」

「ひったまがった」

「一言でいえば、島津サアが肝属ドンの領地に攻め込んだ肝属本城の一戦は、験比べでごわした。仙崖は島津軍の軍師として雇われておった」

「なら……、おはんの先祖の智海どんと、バケモンの仙崖は験比べをしたと」

鉄彦が深くうなずけば、間を置いた源乃信が「どげな」と低い声で問い返す。やはり聞いてきたかと鉄彦は内心身構えたが、たとえ源乃信でも詳細を話せるものではない。

「どげな術を」

再びの問いかけに、鉄彦は仕方なく当り障りのないものを披露することにする。

「たとえば結界を張って矢が届かんごとしたり、金縛りの術を使て敵の身体が動かんごとしたり」

「それが験比べでごわすか」

執拗に迫る源乃信の目は興味に満ちていた。そんな目を避けた鉄彦が低い声を漏らす。

「智海は呪詛だけはせんと心に決めておった。じゃっどん、一番可愛がっておった配下の山伏が仙崖の術に落ち、とうとう秘伝の術を使てしもうた」

「どげな秘術を……。呪詛？」

源乃信の追及は思った以上にしつこかった。たとえ源乃信でもそれ以上のことを話せるものではない。もし話せば一子相伝した術を暴露することになる。鉄彦は黙り込む。暫くの間、二人の間に重苦しい沈黙が流れる。

鉄彦はわざと表情を硬くして気を放ち、源乃信を戒めていた。それ以上のことを聞くなと。それが分かったのか源乃信は視線を外し、気まずい顔となる。意思が伝わったことが分かると、鉄彦は淡雪が解けるような微笑みを浮かべる。これこそが熟達した呪術者の呼吸である。どんな時でも一瞬にして気を入れ替えることができる。

「大山ドン、それ以上のことは聞かん方がよか。もし話したなら死んだ人間が蘇るかもしれんし、そうなれば蘇った霊から祟られてしもうかもしれん」

打って変わった朗らかな鉄彦の物言いでも、顔を一瞬強張らせた源乃信が生唾を飲み込む。そんな表情の変化を見て少し刺激が強かったかと鉄彦は思い、肝属山伏の間では伝説となっている取って置きの話を披露しようとする。それには源乃信には理解しがたい自慢話が含まれているのだから、完全に気を許したことになる。

「秘伝の術を使う場合は、そん前に飲まず食わずの前行が必要でごわす。そん前行が終わっていよいよという時に、島津軍の総攻撃が始まった。仙崖も決戦の潮時を計っておった。

そん時、島津軍が押し寄せた大手門前は水で覆われていた。智海が近くの川から水を引き込んで突然できた水堀でごわす。その堀の水が引かん限り島津軍は攻めて来られんかったが、三カ月に及ぶ夏場の戦だったもんで水嵩も減り、水が減った処に島津軍は筏を組んで少しずつ伸ばし、総攻撃をかけようとした。もちろん仙崖の策略でごわした。

城に立てこもった兵は数千。城の前衛を固める山伏は二百もいない。片や万の兵。いくら城から矢を射かけても多勢に無勢。それに島津軍は仙崖の結界に守られておったから矢は届かん。そうこうしているうちに、組まれた筏が城に向かってどんどん伸びてきた。

そこで智海は念の籠った矢を仙崖に向かって放ち、呪いの法矢はあやまたず仙崖の眉間を撃ち抜いた。その途端、水堀の中から龍が飛び出て島津軍の筏をバランバランにしたとでごわす」

「りゅう――」

突然、奇妙な声を上げた源乃信に、鉄彦が誇らしげに微笑む。

「はい、龍神の龍でごわす。我が一族にはこんな言い伝えが。秘術を伝えられし子孫の高祖は天狗なり。天狗は龍の姿となり子孫を護ると」

言い伝えを聞いた途端、果たして源乃信が妙な顔となる。そんな顔を見て鉄彦は不思議とも思える縁に改めて感じ入っていた。わが一党である薩摩山伏の中で密かに伝わる赤龍の逸話を、初めて他の郷士を相手に口にしたからだ。普段は寡黙な己をふり返り、それほどまでにこの男に心を許したのかと。

「石田ドン。俺は頭が悪かでよう分かいもさん。どういうことで」

それを詳しく話せば我が一党に伝わる秘術の種明かしにもなる。だが、心を許した鉄彦にもう躊躇いはなく、寧ろ心が弾んでいた。

「仙崖は術を使て、智海の護神である龍を水堀の中に封じ込めておった。智海の呪いのこもった法矢で仙崖が殺されたから、龍は解き放たれて島津軍を撃退したとでごわす」

「へぇー、まるで神話じゃ。山伏は不思議な力を持っておるもんじゃ。じゃっどん、仙崖ちゅうバケモンはとても所帯を持っていたとは思えん」

半信半疑の源乃信の独り言に鉄彦は思わず苦笑する。我が一党に伝わる秘術の核心に触れたのに神話とは恐れ入ったし、思いもよらぬことに関心は武田勇輔の出生へと向いている。そんなことに答えれば、傳之助の出生の秘密に触れざるを得なくなる。勘のいい男だからすぐに気づくだろうが、この男なら仄めかしてもよさそうだと、重くなりかけた口を開いた。

「今じゃ少なくなりもしたが、昔の山伏は外で子をもうけ、男の子なら乳離れした頃に引き取って山伏として育て、一生所帯は持たん。力のある呪術者なら尚更。そげんせんと山伏同士の験比べで真っ先にやられるのは妻子。代々伝わる法灯を守ってまた伝えるというのは大変なことでごわす」

「なるほど。合点がいきもした」

何度もうなずいた源乃信の顔には、やっと謎が解けたという表情が浮かんでいる。その表情を見て跡取り傳之助の出生の秘密をやっと理解したかと鉄彦は思ったが、「合点」という言葉が気になり源乃信の心の内をそっと覗く。

(こん人は力のある呪術者と他人事のように言うたが、死にかけた西郷先生を蘇らせたことから推して、錦江湾に来襲した洋式戦艦を嵐によって操縦不能にするぐらいの呪術者など、こん人をおいて他にはおらんはず。

目の前のこん人は、山伏同士の験比べで生き残った呪術者の子孫の一人で、薩摩随一の妖術遣いと噂された牧仲太郎を屈服させ、弟子にするぐらいの最高の秘術を持つ兵道家ということになる。

俺の目に狂いはなかったど）

まったく表情には現れていないが、心の内の呟きは子どものような喜びに満ちていたし、なるほどそういう意味での「合点」だったのかと、あまりの邪気のなさに鉄彦は知らず知らずのうちに微笑んでいた。

「なら、武田勇輔は仙崖から呪いの法螺を習たことになる」

意表を衝いた源乃信の物言いに、鉄彦の微笑みが一瞬止まる。これほどまでのことを話して聞かせたのに、まったく頓珍漢なことを言ったのには呆れもするが、まったく邪気のない天然の間抜けぶりに、とうとう鉄彦が噴き出し手を振りながら大笑いした。

「そいはなか。いくらバケモンでも何百年とは生きられん。それに智海の法矢で死にもした。仙崖は外でもうけた子に秘密の呪術を伝え、そん子がまた跡取りに伝えて、武田勇輔まで伝わっておったとでごわす」

「ああ、そうか。それにしても武田勇輔が仙崖の子孫と、すぐに分かったとでごわすか」

この男は間抜けなのか、はたまた頭が切れるのか、と鉄彦は息を呑んだ。またしても核心を衝いた質問を浴びせてきたからだ。躊躇いのない言葉の勢いには剣にも通ずるところがあるのだろう。

しばらくの間はこの男と苦楽を共にするだろうし、誰にも語る気はなかった真実を語ることに、もう迷いはなかった。

「すぐにじゃなか。最初の頃はしつこい人間とぐらいしか思ちょらんかった。倅と馬の速駆けの稽古に行けばどこからともなく出て来て、駿馬じゃ、俺に譲れと迫ってきたからな。見るからに身なりのよか城下士だったし、しかも法螺貝を持った従者も一人おった。身分を笠に着て馬が奪われるかもしれんって思て、倅や次郎と一緒に修行に出る時は念のため知り合いに預けておいもした。

あん日、修行から倅と戻ってみれば、次郎は畑仕事で留守しておったのに男は無断で屋敷に入り込んで、馬のいない厩を覗き込んじょった。

厩の前ですったもんだあって、馬は死んだって咄嗟の嘘を言えば、あん男は不気味な笑い顔で馬寄せの法螺を高らかに吹いた。そん時、あん男が吹く法螺の音を初めて聞いて、仙崖の末裔と直感しもした。法螺の音色にはそれぞれ特徴がある。あん音色は牧園山伏が得意とする馬寄せの法螺じゃった。

縄を食いちぎって走ってきた愛馬を、死んだならこいは幽霊じゃ、幽霊なら成仏させてやると嘯き、目の前で法螺を吹いてあっという間に呪詛死させた時にはもう我を忘れておった」

たとえ源乃信でも全てを話せるものではない。思い出したくもないあの日の光景が脳裏に浮かび上がる。

牧原次郎と改名した牧仲太郎から貰い受けた愛馬を目の前で、しかも呪詛の法螺で殺されて我を忘れていた。家の仏壇の奥に仕舞っておいた半弓と矢立を摑んでとって返すと、武田勇輔は高笑いを残しながら従者と共に雨上がりのぬかるんだ道を遠ざかろうとしていた。

迷わず矢をつがえて放っていたが、矢は途中で急に曲がってあらぬ方向へ飛んでゆく。遠ざかる後ろ姿を凝視すれば、手で払いのけているふうはない。反撃を警戒して身体の前で印を組み結界を張っていたのだ。血が煮えたぎるのを感じ、直ちに九字(くじ)を切り次の矢をつがえて半弓を絞りながら、脳裏に不動明王を思い浮かべ、裂帛(れっぱく)の気合いを込めて不動真言を唱えていた。

すると突然現れた水溜まりを避けるため油断した武田は印を解き、水溜まりを越えるために長袴の前裾を両手で持ち上げて地面を蹴った。その一瞬の隙を衝いて絞り切った弓を放つと、放たれた矢はあやまたず、結界の解かれた武田勇輔の背中のど真ん中に深々と突き刺さったのだ。まさに験比べだったのだが、だからこそ仔細を話せるものではない。

「だからカッとなって射殺したとですか」

「面目ない。修行の足りん不徳の致すところでごわす」

「そげなことじゃごわはん。おはんの魂が怒ったんです。いいや、おはんの先祖サアが怒ったんだ。よう分かりもした。因果なことだったけどもう忘れて下され。俺(おい)も口が裂けても他言することはあいもはん」

鉄彦は確かにそうだと思った。あの時を思い返せば、身体が勝手に動いて弓を絞っていた。まるで何かに操られていたような感覚が今でも残っている。先祖の魂がさせたことだったのか。そんなことよりお由羅(ゆら)事件以来、反吐(へど)を吐くほど呪詛を嫌悪していると聞く西郷に話せなかったことを何もかも話せて、なにやら肩の荷を下ろしていた。

「大山ドン、俺に中村半次郎ドンを紹介して下され。おはんが尊敬する示現流の達人じゃっで、ぜひ挨拶したか。どこにおられるのか」

「残念ながら、半次郎ドンはこん船にはおいもはん。あん人はどんどん出世して、今じゃ中川宮のお気に入りとなって、宮様の警護も兼ねてお側近くにおいもす」

「中川宮、皇族でごわすか」

「はい。中川宮は天皇が一番信頼しておられる宮様でごわす」

鉄彦はすぐに鵜呑みにはできなかった。中村半次郎が城下士ではないことは源乃信から聞かされていたし、田舎郷士が宮様を警護するなど薩摩では到底考えられない。

「俺は京の様子がよう分からん。どうなっちょっとですか」

さもあらんというふうに、源乃信が大きくうなずく。

「薩摩は会津と手を結んで、長州と長州に与する公家衆を京から追い出したもんで、西郷先生と初めて京に上がった時には薩摩の評判は悪かった。それに天誅という人殺しも流行っておった。最初ん頃は侍が殺されておったけど、そのうち商人や女まで殺すようにないもした。あの頃の京の荒れかたは凄まじかった。京に着いた先生がまずされたことは治安を良くすることと、会津藩と手を切るようにすることじゃった」

そこまで言った源乃信は突然ふり返り藩士がいないことを確認すると、顔を寄せ小さな声で語りだす。

「そら、そうじゃろう。筋が通らん。大きな声では言えんけど、確固たる信念があって幕府側の会津と手を結んだんじゃなか。そげな優柔不断さが薩摩の評判を落としておった。女ごんけっされじゃ。誰とは言わんけど」

苦笑いする源乃信だったが、その笑いには明らかな嘲りも含まれているのを鉄彦は見逃さなかった。会津と手を結んだのは久光公のはず。名前こそ出なかったものの女ごんけっされという侮蔑言葉を使ったことに、鉄彦は我が耳を疑う。

「転機は池田屋という旅籠で尊王攘夷派らの会合があって、そこに新選組が飛び込んで長州の志士がどっさい殺され、その報復んため長州藩が帝に再び攘夷を促すべく、三人の家老を大将に立て、薩兵を率いて京にきた時に訪れもした。そん時会津の殿様が薩摩に出兵要請したけど、西郷先生は拒み、その代わり御所を守るってピシッと言われたとでごわす。そん時の戦が蛤御門でごわす」

「おはんも戦に出られたのか」

「うんにゃ、密偵じゃっで敵に顔を知られてはいかん、って先生から言われて陣の中にはおらんかったけど、先生のことが心配で、門からだいぶ離れた処から見ておいもした。そん隠れちょった処の土塀にも鉄砲ん弾が飛んできたとでごわす。

先生も弾が当たって負傷されもした。それを助けたのが半次郎ドン。鉄砲ん弾など気にせず斬り込み長州軍を押し戻した。あいからメキメキと頭角を現し、今じゃ中川宮のお気に入りとなって護衛をしている。じゃっどん、勝敗を決めたのは半次郎ドンじゃなくて薩摩ん大砲でごわした。薩摩の大砲の威力は凄かったし、長州軍は門の中まで入って来れんかった。

御所に大砲やら鉄砲やらを撃ち込み、京の町や御所の一部も焼けもした。どげな理由があってん朝敵と汚名を着せられても仕方がなか。幕府は機を逸せず長州藩討伐の勅命を貰い、長州への出兵命令を下したとでごわす。じゃっどん、征長軍の総参謀になった西郷先生には長州藩を潰す気はさらさらなく、無意味な抵抗をせんごと身を賭して長州藩を説得し、それが実を結んで長州征伐は中止になりもした」

聞けば聞くほど知らないことは多いが、高山を訪れた他国の山伏たちから集めたバラバラの情報が、やっと一つになったような気がする。それにしても世の中は目まぐるしく動いていることを鉄彦は改めて実感し驚いていた。

「じゃっどん、不思議なことがあってなぁ」

源乃信が髭剃りあとの青々とした顎を撫でながら、何かを思案し始める。

「なにが」

「前ん頃は攘夷、攘夷ち馬鹿ん一つ覚えんごと長州ん衆は言うちょったのに、こん頃は言わんごとなった。薩摩がエゲレスと戦うた時、噂じゃ指宿の小島で山伏が起こしたちゅう嵐がなければ負けておったかもしれん。薩摩にとってあん嵐はエゲレスの大砲に匹敵する威力じゃった。長州にはあげな山伏はおらんじゃろうし、外国と戦をして、ちんがら負けたから、外国には敵わんって思うようになったのかもしれん。薩摩も長州も二度と外国に攻められんよう、こいからは志があって力のある藩はまとまらねばならん」

西郷の密偵としてすでに長州の連中と接触しているのか。そんなことより最後の言葉が鉄彦は気になりだす。山伝いに訪れる他藩の山伏らからもたらされた噂を源乃信が口にしたからだ。

「連合――」

「はい」

「そうなれば幕府はどうなる」

「必要なか」

珍しく高揚し、躊躇いもなく吐き捨てた源乃信の目には気迫が籠っている。その言葉はおそらく西郷から影響を受けたものだろうが、二百年以上も続く幕府が言葉どおりに易々（やすやす）と潰れるとは思えない。幕府のなくなる時代は想像もできないと鉄彦は頭を巡らした。


「荒れてきたなぁ」

源乃信の不安な呟きどおり、山川番所前を過ぎ錦江湾から出ると、冬の外海は表情を一変させていた。波穏やかな湾から荒れる外海に出た薩摩藩船胡蝶丸（こちようまる）は大隅海峡を西に進み、大隅の山々がまったく見えなくなった代わりに、右舷に「薩摩富士」とも言われる開聞岳（かいもんだけ）が聳え立つ。

大きなうねりに船が翻弄され、いつの間にか曇天となった空から霰（あられ）混じりの氷雨も打ちつけるようになり、大きく船が浮き上がるかと思えば今度は大きく沈み込む。それでも外輪羽のカラカラと空回りする音を残しながら力強く航行を続け、最初の寄港地長崎へと向かっている。予定では大坂天保山まで馬関（ばかん）（下関）寄港も含め四泊五日の航海となる。

灰色の空と鉛色の海の間で翻弄される船。揺れに身を任せながら、それはこの日の本の国と我が身そのものではないかと鉄彦は漠然と思い、不安の影が徐々に広がり始め、急に薄暗くなった洋上の景色が一層心許なくなっていた。

「雨が降ってきたので船倉に行っもすか。先生も待っておられもす」

源乃信に促されて立ち上がる鉄彦の耳に、背後の怒号が飛び込んでくる。

「馬鹿たれが。どげんすっとか」

ふり向くと、恰幅(かっぷく)のいい男に烈火のごとく怒鳴りつけられた若い男が、うなだれたまま悄然(しょうぜん)と立っていた。氷雨に濡れながら甲板の上で忙しく働く荷役たちは紺色の四幅袴(よのばかま)の上に、丸に十の字が染め抜かれた揃いの印半纏(しるしばんてん)を着ているが、脂ぎった顔が怒りで赤くなった大柄な男は印半纏を羽織らず、紺色の薩摩絣にたっつけ袴をつけているのだから、その身なりから推して荷役たちの頭(かしら)と鉄彦は見当をつける。

慌ただしい足音がして、印半纏を着た若い荷役が船倉入口から飛び出してくる。手に何やら光る物を提げている。釣鐘状の外枠の中で蠟燭(ろうそく)が灯る龕灯(がんとう)だった。

「親方、部屋ん中もあちこち探したどん、どこにもなか」

その声を聞いた途端、親方と呼ばれた男はうなだれる男を見据え、さっきよりもさらに大きな声で怒鳴りつける。

「あんだけ、なくすなって言うたどが」

「すんもはん」

「謝って済むこっじゃなか。気づいたのはいつじゃ」

「さっきまでは確かにここにあいもした」

赤銅色に日焼けした若い男が、丸に十の字の印半纏を細縄で締めた右腰の辺りに手を当て、探りながらか細い声で応じるもののそこには何もない。

「他んとこいもよう探したか。どこにもなかとか」

首うな垂れ、返事しなくなった痩身の若者の横面を、突然こん棒のような腕の掌が殴りつけると、身体は吹っ飛び甲板に尻餅をついた。その格好があまりに腑甲斐なかったのか、それともさらに逆上したのか、親方はいきなり馬乗りとなり、胸倉を摑みながらあらぬ声でわめき散らす。

「止めんか。もう止め。何があったか知らんけど、それぐらいにしちょけ」

走り寄った源乃信が腰に差す間もなかった刀を左手に提げたまま、まだ殴りつけようとする太い腕の手首を片手で摑み上げる。腕っぷしでは負けるはずもない親方だが、手の関節をねじ上げられ苦痛の表情を浮かべると、あれほどの怒気が一瞬に萎むのが分かる。

「どげんしたとか」

「へぇ、実は……」

まだ手首が痛むのか、立ち上がりながら小さな声でイテテと呟き手首を擦る。情けない声と共に焼酎臭さが鉄彦の鼻先をかすめた。そんなそぶりを見て大袈裟な奴と不快感を覚え、ようやく立ち上がり悄然としたふうの若者を見ると、詳しい事情は分からないのに気の毒にもなる。

「長崎に着く前に、こん箱からこっちの箱へ荷を移さんないかんとでがす」

周囲を見渡せば、先ほどは全て菰を被っていた箱が剝きだしとなり、五つの長持と数十個の長方形の木箱に仕分けされていた。長持にはあまりにも不似合いな頑丈な錠前がしてあるし、木箱にも鍵のできる留め金がついている。

そのようすから厳重に保管されている物と察しをつけたものの、鉄彦は移し替える中身をまったく知らなかった。だが、源乃信の発した次の言葉で、源乃信はすでにその中身を知っていると察しをつける。

「それは知っておる。雨が降ってきたんで早う移せばよか」

「そいができんとでがす。こん馬鹿んせいで」

親方が怒り顔で再び男を睨みつけると、男は身を縮めてすくみ上がる。

「どうしてだ」

「長持の鍵を失くしてしもた」

吐き捨てるように言った親方の言葉を聞いて、今度は源乃信が激しく動揺する。

「なんじゃと。よう探したのか」

「あちこち探した。どこにもない。海に落としたんじゃ」

身をすくめていた男が突然言い訳するのを耳にして、薩摩訛りにしてはどこか妙なと鉄彦が疑念を抱いても、再びの罵声（ばせい）がそれを吹き飛ばす。

「わい（おまえ）は馬鹿か。せっかく若頭にしたわいを見込んで鍵を預けたとこれ」

問答無用の一喝に保身の匂いも嗅ぎ取った鉄彦は、その姿に詭弁（きべん）を弄（ろう）した馬泥棒武田勇輔の顔を重ね、気づけば源乃信を押しのけ前に出ていた。

「おはんは親方か」

突然の言葉に親方は一瞬、不審の目の色となったが、鉄彦の身なりは薩摩藩士そのものだし、この船には藩の大切な御用を務める上位城下士しか乗船できないことを知っていたので、一度も見たことのない薩摩藩士でも素直に応ずるしかない。

「へぇ」

「親方のおはんが、ないごてそげな大切なもんを自分で持たんとか。それに昼の日中から焼酎をひっかけとらんか」

「あいや、こいはどうも……」

バツの悪そうな顔となった親方が、細くなった髷（まげ）をしきりと撫でる。

「そげな人間が若衆の失敗を責められん」

「じゃ、石田ドンの言うとおりじゃ。じゃっどん、鍵はなかし、どうすればこん長持を開けられるのか」

そう言った源乃信が長持に歩み寄り、携えていた刀尻の石突（いしづき）で思い切って叩いても頑丈な和錠はビクともしない。

「心配無用。俺（おい）が開ける」

今にも泣き出しそうな男に一声かけた鉄彦は、躊躇いもなく五つある長持の前に歩み寄ると、首から下げていた最多角念珠を取り出し、数珠を揉んでから羽織の袖の中で何やら印を作りながら低い声で石田家伝来の呪文を唱え始める。

騒ぎを聞きつけ、何事が始まるのかと固唾（かたず）を呑んで見守る荷役たちの輪の中、船が大きく揺れるにも拘らず鉄彦の身体は微動だにしない。顔はしだいに険しくなり、氷雨に濡れた鷲鼻を挟んで鋭さを増した漆黒の眼が、それぞれの錠前を射るように見つめる。やおら瞑目(めいもく)し歯を噛み、目をカッと見開くと、その眼から雷(いかずち)が放たれた。

その時、源乃信にも、痛いところを突かれて鉄彦に不満を抱く親方にも、鍵を失い茫然自失となった男にも、居並ぶ荷役らにも戦慄が走る。頑丈なはずの和錠が、バネ仕掛けのようにパチンパチンという軽やかな音を響かせて次々と開いたからだ。しばらくの沈黙の後、どよめきが起きる。

目の前で起きた現実を受け入れられない親方が龕灯をひったくって長持に走り寄り光の輪を当てて確かめると、源乃信の刀の石突を浴びてもビクともしなかった頑丈な錠が、蠟燭の灯りに照らし出されてものの見事に開いていた。それでも半信半疑の親方が蓋をおもむろに開けて中身を確かめれば、そこには鉄彦が見たこともない黒光りする鉄砲が並んでいた。源乃信が鉄彦に軽くうなずくと、まだ現実を受け入れられずザワザワと何やらしきりに語り合う荷役たちに向かって大声を張り上げる。

「仕事を始めよ。雨が本降りにならんうちに早う移し替えろ。移し替えたなら雨に濡れんごと船倉に運べ。菰で包むのは後でよか。ずうずせんか(はやくしないか)」

一斉に声を出した荷役たちが次々に錠の開いた長持の蓋を開け、移し替えの作業に取りかかり始める。源乃信にうながされ船倉に向かおうとする鉄彦の目に、まだ呆然とした様子で開いた錠を龕灯で照らし出す親方の姿が映る。二人に気づいた親方が慇懃(いんぎん)に腰を折るものの、その目からは先ほどの不遜な色が消えていた。

階段を下りて船倉に入れば耳に障るキーンという機関部の音が鳴り、その音に賑やかな声と笑い声が混じる。船尾奥の大部屋で藩士たちの酒盛りが始まっていた。わずかな窓から差していた光はすっかりなくなり、釣りランプに火が入っても薄ぼんやりとした廊下の左右に間仕切りされた部屋が並び、最も船首側の二間続きの畳部屋が源乃信と鉄彦に用意された部屋となる。

薄暗く何もない殺風景な部屋の片隅には風呂敷に包まれた二人の私物が転がり、部屋の中央の盆には竹の皮に包まれた握り飯と、急須と二つの湯呑茶碗が置かれている。手拭いで羽織の雨を払って壁に刀を立て掛けた源乃信が慣れた手つきで行灯に火を入れ、襖で閉め切られた隣部屋に向かって正座して語りかける。

「先生、源乃信でごわす。石田ドンを連れてきもした」

するとすぐに襖の向こうから野太い声が返ってくる。

「飯を食うたか」

「いや、まだでごわす」

「ほんなら飯を食べろ。俺はまだ書き物をせんにゃならん」

「分かいもした。では」

二人が顔を見合わせると、またも野太い声が飛んでくる。

「石田ドン、ゆっくりしやんせ。久しかぶいの娑婆じゃし、京に着けば忙しゅうなって」

襖越しの声でも西郷の気遣いが鉄彦は嬉しかった。源乃信に倣って刀を壁に立て掛けると、行灯の前に胡坐をかく。気の利く源乃信が急須のお茶をすぐに注ぎ、竹の皮に包まれた握り飯と湯呑茶碗を手渡してくれる。竹の皮を開ければ白米の握り飯二つに山川漬けが添えられていた。胡坐をかき行灯の光に照らされながら握り飯を頬ばる源乃信が、顔を寄せて小声で語りかけてくる。

「たまがった（おどろいた）やろ」

鉄彦はすぐに何のことか察しをつけたが、答える代わりに握り飯を食べながら大きくうなずく。

「最新式の銃ごわんど」

「銃には詳しくなかどん、見たこともなか鉄砲じゃった」

「エゲレスのミニエー銃。もし幕府の密偵にでも見つかれば大変じゃっで、仕分けは港を出てから海の上でするようにしもした」

密偵としての仕事が始まっていると鉄彦は自覚する。すでに薩摩は幕府に逆らっているとも予感した。その先を聞けば予感は的中することになるが、敢えて聞いてみることにする。

「あの銃をどうするんで」

「五丁ずつ小分けにして、晩に長崎で降ろしもす。そん方が分からんで」

「渡す相手はひょっとして長州」

最後の握り飯を飲み込んだ源乃信は、返事の代わりに冷えたお茶を喉に流し込みながら大きくうなずく。

「数は」

「百」

戦支度（いくさじたく）には数が少ないような気もするが、それでも最新式の鉄砲ならば十分な戦力になるだろう。先ほど雄藩連合の必要性を源乃信は仄めかした。やはり相手は長州藩で、薩摩は連合に向けてすでに水面下で動いているのかと、鉄彦は目まぐるしく頭を巡らす。

その時勢いよく襖が開き、紋付き黒羽織袴の西郷吉之助が姿を見せる。旅支度をして急いで高山から帰って来てからまだ一度も逢ってはおらず、この日その姿を初めて見た鉄彦は口の中の握り飯を慌てて飲み込み、急いで正座し、両手を突いて頭を下げる。

「そげん他人行儀のようなことはせんで良か。こいから俺（おい）の分身じゃ。手を上げてくいやんせ。――ひったまげた（おどろいた）。石田ドン。別人じゃなぁ。よか二才（美男子）じゃ」

三十路（みそじ）に入った男によか二才はないが、西郷と初めて逢った四日前は牢から出されたばかりで、薄汚れた牢着を身に纏い、髪も伸びて手入れもできない哀れな姿だった。西郷は慈愛深く鉄彦を眺めていたが、胸から下がる最多角念珠に気づくと満足げにうなずく。

尊敬する斉彬は練兵視察したその夜、突然原因不明の高熱を出しあっけなくこの世を去り、死には呪詛の影があった。それ以来呪詛を蛇蝎（だかつ）のごとく嫌っていたが、医者に診せるでもなく、ただ死を待つ状態だった己の身体を祈禱によって蘇生させてくれたと知れば、その恩義を忘れるものではない。遠島送りが決まりかけていた罪人を、配下にして京に連れて行くのを上役に認めさせたのは、その恩からしかなかった。

「よっこらしょ」

機嫌のよい掛け声と共に胡坐をかいた西郷の背後に大きな影が映し出される。行灯の光に照らされる牛の目のような大きな眼は、黒豆の輝きを放っている。思わず鉄彦はその目に引き込まれ言葉を失っていた。こんな眼力を持つ人間は他にいないと思えば思うほど、目が離せなくなっていた。

そんな空気を和ますかのように源乃信が軽口を叩き始める。

「先生、石田ドンはもう、ひと働きしもしたど」

「ないな」

「荷役の若頭が長持の鍵を失くしもしてなぁ」

「なんち――」

西郷も動揺を隠せない。笑顔が失せ、ただでさえ大きな目がさらに大きくなる。

「そいでどげんしたとか。鍵は見つかったとか」

「見つかいもはん。じゃっどん、石田ドンが開けてくれました」

源乃信の言葉を聞いた途端、西郷は目を瞑り、安堵の声を漏らす。

「ああ、よかった。――えっ、なんち、あん長持の錠前をばか。どげんして」

「金ん棒を鍵穴に入れてチョコチョコとしたなら、パチンと開きもした」

「あん錠前は本当なら蔵に掛けるような頑丈なもんじゃ。そげん簡単には開かんはずじゃ」

「それが簡単に。腕の良か盗賊のようでごわした。なあ石田ドン」

悪戯顔の源乃信が目配せしても返答できない鉄彦は思わずうつむく。そんな表情を見た西郷は源乃信を横目で見たが、顔は微笑んでいる。

「こら源乃信、本当のことを言わんか。長持の鍵が失くなったのは嘘か真か」

「はい。長持の鍵が失くなったのも、石田ドンが開けたのも本当でごわす。じゃっどん、金ん棒を使(つこ)て開けたんじゃごわはん。先生にも見せたかった」

「まこてじれったか。早う言わんか」

もったいぶった物言いに、ついにいらついた西郷が激しく片膝を叩く。

「石田ドンが術で開けもした。俺(おい)は山伏の術ちゅうもんを初めて見ましたが、凄かもんごわした」

「術……」

西郷の顔が突然怪訝(けげん)なものになると、源乃信がしたり顔となる。

「はい。術でごわす。俺(おい)が刀ん石突で思い切って叩いてもビクともせんかった錠を、石田ドンがないか呪文を唱えたなら、同時に錠がパチンパチンと開きもした」

「嘘じゃなかか」

「本当でごわす。俺(おい)も荷役たちも、荷役の親方も見ておいもした。まるで奇術でごわした」

再び真っすぐ鉄彦の顔を見た西郷は驚きを隠せない。

「石田ドン、なんちゅうことな」

いつの間にか笑顔のなくなった西郷の顔は真剣そのもの。鉄彦はお喋りの源乃信を疎(うと)ましくも感じたが、自分と重ねて哀れさを感じた男を救おうと、咄嗟に術を使いはしたものの、本当なら人前ではやってはならないこと。もし、力ある呪術者に見られたならば完全に手の内を明かしたことになるし、万が一験比べにでもなろうものなら命取りとなる。

武田勇輔の時も然(しか)り、今度のことも然り、俺(おい)は後先考えない短慮者と後悔しても、今さら後の祭りだった。多数の人間から目撃されていたし、もはや隠しおおせるものではない。

――ええい面倒くさか。代々石田家に伝わる秘術を挨拶代わりに披露してみるか。そう腹を決めた鉄彦は、やっと西郷の前で重い口を開く。

「我が家に代々伝わるカラカネ崩しの術を使いもした」

「カラカネ崩しの術――」

「僭越ながら、この大和の国の歴史は呪術の歴史でもありもした。時の権力者と験力のある呪術者が手を組んで、邪魔な相手を密かに呪詛死させたこともありもした。そげな秘術が昔からあって、今日まで伝わっておっとでごわす」

主君斉彬の最期を思い出したのか西郷の顔は見る見る険しくなるが、自分のあるがままを知ってもらうため、鉄彦は臆することなく言葉を繋ぐ。

「たとえばある人間を呪詛するため、石の中に狐狸(こり)の魂を封じ込めて呪う相手の床下にでも置けば、狐狸の怨霊が夜な夜な石から這い出て、そのうち呪われた人間は無論、家人も確実に狂うか死にもす。その石を見つけても、どんなものをもってしても壊すことはできもはん。もし壊す方法があるとすれば石割ゲンノウという術しかあいもはん。そん術を使えばどんな硬い石でも一瞬にして割れもす。石割ゲンノウの術にカラカネ崩しの術。どれも我が一族に伝わる秘術で、因縁から救う技でごわす」

そう言い終えた鉄彦が西郷の傍らの源乃信を見やれば、にやけた顔はすっかり消えて真剣な目つきになっている。やはりこの男は……。思わず笑いそうになる鉄彦を見て源乃信が腰を浮かせ両手を上げて慌てだす。

「待っちゃい、待っちゃい石田ドン。さっき、おはんな俺に、ないやったけぇ……、そうそう呪詛をかける術があれば、それを解く術もあると言われたな。そん二つを会得して初めて本当の修験者とも言われたな」

「確かにそげん言いもしたが」

「じゃれば石割ゲンノウという術は、呪詛を解く術でごわすか」

「ごわんど」

西郷の前でそれを言って欲しかったので鉄彦は内心嬉しかったが、嬉しさは束の間だった。

「なら、おはんは狐か狸か知らんけど、そげな怨霊を石の中に封じ込める術も知っておらるっとか」

返事をする代わりに不承不承小さくうなずけば、源乃信は目を剝き妙な声を漏らす。

「ひぇー、呪うこともできるのか」

「何ちゅう声を出すっとか。剣の腕は立つのに、こげな話にはめっぽう弱い。晩に墓ん傍を通れば俺の後ろに隠れて歩く。ちょうどよかった。石田ドンに狐狸の怨霊にも負けん肝を鍛えてもろえ」

西郷に豪快に笑い飛ばされ、バツの悪い顔をしながらも源乃信が照れ笑いする。機嫌よく笑う西郷を目の当たりにし、肝を鍛えることを奨励するような最後の物言いが気になった鉄彦は、そっと西郷の心の中を覗き込む。

（たまがった。兵道家がそげなこともでくっとは知らんかった。俺の命の恩人と思て遠島送りから

救うたが、そげなことがでくっとならこん男は使える）

二人の様子を眺めていた鉄彦も西郷の心に触れ、自然に頬が緩んでいた。島送りから助けてくれた西郷のため、できる限りのことはしようと腹を括（くく）っていたが、ひょんなことで術を認めてくれたのだから喜びは隠せない。

「石田ドン、長持を術で開けたんなら中身も見たか」

突然の問いかけでも西郷の意図が分かり、真顔となった鉄彦は深くうなずき返す。

「さっき襖越しにひそひそ話が聞こえちょった。おはんはどう思う」

西郷の傍らの源乃信の表情も一変し、真剣な目つきになっていた。瞑目し西郷の胸の内を再度探っても何も他意はなく、ならば胸の内を素直に曝け出すしかなく、目を見開いた鉄彦は言葉を選びながら素直に告白する。

「大山ドンから、エゲレスの鉄砲を見つからんように長州に渡すと聞きもした。じゃっどん、ようかいもはん。後醍醐天皇復権の際には我ら山伏の働きがあったと伝えられちょいもす。隠岐に流された天皇が居ながらにして都の動きに精通されておられたのは、我らの先達（せんだつ）らが都と隠岐を密かに何度も往復し密書を運んだからだと。

それに感謝された天皇は復権された後、全国どこでん許可なく移動できる天下御免の認可を下されもした。それは今でも生きておりもす。山伏なら通行手形がなくても山の中を通ってどこでも行けもす。よって山伏なら昔も今も、帝に対して尊崇の念が消えるこっはごわはん（ことはありません）。どげな理由があったにせよ、帝の御所に鉄砲や大砲を撃ちかけた、言わば朝敵となった長州と今後手を組むなんざあ、この頭じゃ到底分かいもはん」

聞きようによっては西郷への強烈な批判と受け取られても致し方ないのに、西郷は嫌な顔をひとつせず、懐手をして大きくうなずく。

「そんとおり。じゃっどん、長州の立場が薩摩じゃったら、薩摩はどげんするじゃろうか。禁裏に攻め込んできた薩摩を全滅させるため、幕府の連合軍が薩摩を攻めて来たならば」

西郷の唐突な質問は鉄彦を面食らわせた。尊王意識が強い薩摩では考えられないことだが、もしそうなれば血の気の多い薩摩隼人のことだから、討ち死に覚悟で守り抜く。降参などあり得ないはずだ。そう考えた鉄彦は即答する。

「国を守る大義があっとなら徹底して戦いもす」

その言葉を聞いた西郷は満足げな表情となったが、すぐに真顔となる。

「じゃっどん、志のある若か人間の血を流してしもては、これからの国の損になる。長州征伐への長州藩の反応はおはんの言うたとおりじゃった。じゃっどん、多勢に無勢の戦。いくら考えても長州に勝ち目はなかった。

俺は幕府の委任を取りつけ、まず岩国に行き岩国藩主と逢うて、蛤御門の首謀者を処罰し恭順の意を示すことと、長州に落ち延びた七卿を他藩に移すという条件を呑めば、俺が責任を持って征長軍を解兵させると約束した。岩国藩と長州藩は親戚みたいなもんじゃ。

岩国藩主は快諾し直ちに長州藩に働きかけて、結局、長州藩は蛤御門の首謀者だった三家老と四参謀を処罰し、恭順の態度を示した。じゃっどん、七卿を他藩に移すということだけは首を縦に振らんかった。もし受け入れなかったら出兵の理由にもなったから、俺(おい)は単身敵の本陣に飛び込んだ」

「本陣――」

「明後日寄る馬関」

言葉を失った鉄彦は改めて西郷は不惜身命(ふしゃくしんみょう)の男だと感服する。なにより驚いたのは長州藩の幹部らだっただろうと思う。長州征伐の中止には、まさに虎穴に入らずんば虎子を得ずの西郷の働きがあったのかと改めて感服する。

「初めて話すことじゃっどん、そん時長州藩のお歴々を前にして、今の日本が置かれた状況は内戦を起こしている場合じゃなか、七卿の身の安全は必ず保障するから速やかに七卿の移動を受け入れることが、今後の薩長双方にも有意義じゃなかかと説得しもした」

まことに至誠天に通ずの言葉と鉄彦はさらなる感銘を受け、素直な言葉を思わず漏らしていた。

「先生の勇気ある大胆な行動と誠意ある言葉によって、長州藩は矛を納めたとでごわすな。まさに身口意(しんくい)一致でごわす」

「ないな、そいは」

「身とは身体。口とは言葉。意とは心。その三つが一致すればその身は仏となり、ありとあらゆる願いが叶うと言われちょいもす。長州の本陣に乗り込んだ時の先生には己の欲もなく、ただ長州のことを思い、その思いの丈(たけ)を誠実に口にされたんですから、長州に救いの手を差し伸べる観音様のお姿そのものでごわす」

途端に大きな身体の西郷がのけ反り、それまで無言のままだった源乃信にさも嬉しそうに言葉を投げかける。

「石田ドンは口数の少ないぼっけもんって、おはんから聞いちょったどん、口も上手じゃ。こんな達磨みたいな観音様は長州ん衆も見たこっがなかったんで、ひったまげたろう。なぁ源乃信。――ないやったけぇ、毛利公の渾名は」

「そうせい侯でごわす」

「じゃった。なんでもそうせい侯じゃった」

「先生、何の話でごわすか」

一人蚊帳の外にあった鉄彦が尋ねると、西郷は大笑いする。

「長州藩士は藩主毛利敬親公をそうせい侯と呼んでおる。長州藩の中にも保守派と改革派がおって、それぞれの派からそれぞれの意見が出ても、敬親公は肯定も拒否もされず、ただ、そうせいと返事されるちゅうことで、ついた渾名がそうせい侯。俺より先に萩に潜り込んで情報を集めておった半次郎と源乃信のお手柄だった。殿様と藩士の関係がよく分かったからな。

家臣たちは、敬親公のことを馬鹿にして陰でそうせい侯と言っちょっとじゃなか。むしろ尊敬と親しみを込めて言うちょっ。――阿斗と呼ばれている、あん人とはえらか違いじゃ」

アト……。鉄彦の表情に気づいた源乃信が、あからさまに西郷を指摘する。

「先生、阿斗と言うのは先生だけですよ。石田ドン、阿斗ちゅうのは三国志に出て来る馬鹿な二代目の王様の名前」

思わせぶりに声を一際大きくして強調された馬鹿な二代目という言葉の響きはすぐに、一度も逢ったことも見たこともない久光を連想させる。そんなことはまったく見せず、鉄彦は西郷の次の言葉を待っていた。

「敬親公は我が名君斉彬公とは違(ちご)て表舞台にはなかなか出て来られんけど、肝の据わったなかなかの名君じゃ。長州征伐を目前にして戦もやむなしと腹を決めた長州藩士らが、俺(おい)の出した条件を渋々呑んだのは、他でもなか、敬親公の影響があったのは当然のこと。もし今度のことで観音様がおられるとすれば、俺(おい)じゃなく敬親公。あの名君がいなければ長州は戦火に見舞われ、大変なことになったはずじゃ。

そうせい侯は懐が広か。何より家柄や禄高(ろくだか)に関係なく、見込みのある人間を登用しておられる。教育にも力を注いで我が藩の造士館(ぞうしかん)にも劣らん明倫館という藩校で、若手の育成にも力を注いでおられるんだから、まだ一度も逢うたことはないが亡き殿を思い出す。

今は謹慎しておられるけど、敬親公がご存命な限り、長州藩はどこかで再び日の当たるところに出て来る。こん国の将来のためにも、あん藩はけっして潰してはならん。

そいに引き換え斉彬公を失った我が藩は不幸じゃ。逆立ちしても阿斗ドンはこん国の舵取りはできん。まこて残念なことじゃ」

最後は溜息まで漏らす西郷に、国父久光との軋轢(あつれき)で人知れず苦労を続けていることを鉄彦は肌で感じ取った。そんなことには触れず、遠慮することなく核心の問いかけをする。

「よう分かりもした先生。じゃっどん、新式の鉄砲を渡すのは如何(いかが)なもんでごわんそかい。時機を見てまた朝廷に弓を引けって受けとられかねんし、もし幕府に分かってしまえば、陰で薩摩が糸を引いていると、あらぬ嫌疑をかけらるっかもしれもさん」

「違う違う。あん鉄砲を今すぐに渡すっとじゃなか。幕府相手に戦うにしても、百丁の鉄砲じゃ焼け石に水じゃ。それにあん衆は朝廷に弓を引くつもりはさらさらない。志は薩摩と一緒じゃ。長崎で荷揚げしたなら、あん鉄砲は俺と懇意にしている商家に預かってもらう。あっちこちからかき集めて千丁ぐらいになる頃には、何とか関係が改善されちょるだろうし、そげな暁に渡すつもりでおる。長州も外国と戦をしたいして台所事情が大変じゃ。万が一の時あの銃は必ず役に立つ」

「敵に塩を送るようなもんごわすな」

「うんにゃ、塩じゃなか。鉄砲じゃ。そん意味は明らかじゃ」

そう言い切った西郷の目を鉄彦はまじまじと見る。黒豆のような輝きを放った眼には迷いのない強い意志が張っていた。

京に着く前に密偵として働くこの俺に腹ん中をお見せになった。新しか時代を迎えるために薩長連合を企て幕府を倒す。その線に沿って今後は動くとの意思表示。そう思い巡らし、大きくうなずいた鉄彦がひたっと西郷の目を見る。

「あい分かりもした」

キッパリ言い切った鉄彦にさも満足げにうなずいた西郷は、二人のようすを静観していた源乃信に笑い顔で語りかける。

「おい、やっせんぼ」

声をかけられた源乃信が一瞬ポカンとした顔をする。すぐに何のことかと気づき、顔色を変えて抗弁し始める。

「先生、おやめください。俺はやっせんぼじゃなか。こいから石田ドンに習うて幽霊にも負けん肝を鍛えますから、どうかその言い方だけはやめて給んせ。半次郎ドンに聞かれでもしたら大変なことにないもす」

「すんもはん。さっきの妙な声が耳から離れんもんじゃっで、つい口から出てしもうた。半次郎ドンも認める示現流の遣い手も形無しじゃった。

石田ドンの新たなる門出の祝いをすっか。俺の部屋に貰い物の焼酎があっで持ってきてくいやんせ。机の上の湯呑もなぁ。書きもんが終わったで俺もちぃと呑もう。船が揺れても酔ってしまえば、あとは寝るばっかいじゃ」

嬉しそうな返事をして源乃信が立ち上がろうとするその時、何やら上がドスンドスンと騒がしくなり、足音荒く階段を駆け下りて来る音がすると、船倉内に大声が響き渡る。

「お出逢い下され。人殺しでごわす。甲板でごわす。早う早う」

目つきの変わった源乃信がすぐに壁に走り寄って刀を取り上げると、「石田ドン、先生と後から」と大声を残し、階段に向かって全力で走りだす。

甲板に駆け上がった源乃信の目に飛び込んできた光景は、我が眼を疑うような惨状だった。先ほど親方から罵倒された男が龕灯を提げて片手で血刀を構え、足元にはあの親方が倒れている。紺色の薩摩絣とたっつけ袴は鮮血と雨で濡れ、横たわる身体はピクリともしない。鳶口や長柄を手にした荷役たちが取り囲んで口々に罵声を浴びせても、先ほどとは別人のような男は全身に殺気を漲らせて無言のまま対峙している。

「親方をやったとは、おはんか」

仁王立ちして睨みつけた源乃信が訊いても、何とも答えない。

「こんわろが、親方を斬りつけもした」

「早う、捕まえて給んせ」

「こんわろは、人殺しごわんど」

答えずとも、身を固くして若頭を囲む荷役たちが次々に教えてくれる。これから始まる酒宴を邪魔され不機嫌となった源乃信は舌打ちしながら刀を腰に差し、荷役たちの中に悠然と入ろうとした時、背後から慌ただしい足音と共に押っ取り刀の藩士らと、鉄彦に守られる西郷も姿を現す。

それに気づいた荷役たちが一瞬、身体の大きな西郷を見た隙をつき、海に飛び込むつもりなのか、鉄彦を見て薄気味悪い笑みを浮かべた男が誰もいない舳先に向かって走りだそうとすれば、それに気づき阻止しようとする荷役の一人が、鳶口を突き出しながら体当たりを試みる。雨に濡れる甲板に足を滑らしながらも相手の胸元に迫った鳶口が金属音と共に宙に弾き飛ばされ、鳶口を失った荷役の身体が血しぶきを上げながら甲板の上に崩れ落ちる。目にも留まらぬ早業だった。

一部始終を目の当たりにした源乃信の目つきが変わり凄みを帯びる。男の反撃は一瞬にして荷役たちの包囲網を広げ、それに乗じて龕灯と血刀を持った男がまた走りだそうとする。緩んだ包囲網に素早く入り込んだ源乃信が両手を大きく広げて行く手を阻み、少し腰を落としながら相手に対して斜に構え、刀の鍔に親指を掛け鯉口を切る。

「ただの荷役じゃなかな」

低い声ながらも凄まじい殺気を孕んでいる。背後に立つ鉄彦には、先ほど生娘のような声を漏らした同じ人間とはとても思えない。

漂う殺気から只者ではないと分かったのか、提げていた龕灯をゆっくり床に置くと、それまで片手で刀を握っていた男は両手で握り直して平青眼に構え、腰を落としながら切っ先を甲板近くまで沈める。凄まじいばかりの殺気が漲る三白眼となって油断なく源乃信を睨みつけ、源乃信に怯むどころかジリッと間を詰めてくる。源乃信は一歩も引かずまだ刀も抜いていない。あまりの緊張に、背後の鉄彦は掌に汗が滲むのを覚える。

「源乃信、かまわん。幕府の狗なら叩っ斬れ」

それまで見守っていた西郷が突然、大声で怒鳴った。と相手の切っ先がすっと上がり切っ先が開くや、跳躍と共に唸る刀が下から弧を描いて源乃信の身体を襲う。襲いかかる白刃を一閃した源乃信の刀がガチンと受け止めれば、相手は身体を預けて体当たりを仕掛け、少し怯んだ源乃信の隙を見逃すことなく、さらに踏み込み執拗に突き込んでくる。危なく刃先を躱した源乃信が、まだ突き込んでくる刀をしたたかに叩きつける。双方の討ち合いは瞬時に終わり身体を離して再び間をとれば、またも相手は青眼の構えから少し切っ先を下げ始める。

「なかなかやるな。まさかとは思たが。分かったから、もう遊びは終わりじゃ。武士の情け、言い残すことはないか」

返事をしない代わりに男が鼻で笑う。

「よか覚悟じゃ。そんなら行くぞ」

そう不敵に言い放った源乃信は、まるで天から降りてきたような大上段から肘を張ったトンボの構えとなる。見ようによっては隙だらけのトンボの構えではあるが、頬の高さの脇構えから繰り出される電撃的な一撃は天下無双の示現流と恐れられているので、男は色を失い、後ずさって剣先を少し上げ体勢を整えようとする。その一瞬を見逃さなかった。

怪鳥の声と共に甲板を力強く蹴った源乃信は、相討ちを狙って突き込んでくる相手の刀をふり下ろす刀でへし折り、折れた刃先が甲板に突き刺さる。勢いのまま相手の懐に飛び込んだかと思うと、舞うように身体を捻（ひね）って腰を落とし、目にも留まらぬ速さで袈裟（けさ）斬りに仕留める。半分に折れた刀を握りしめた男が断末魔の声をふり絞った時には、血ぶりされた刀は鍔鳴りの音を残して腰の黒鞘に納められていた。

丸に十の字の印半纏の前開きは肩先から斜めに深く斬り裂かれ、一刀のもとに絶命すると血しぶきと共に膝から崩れ落ち、血の海の中でまったく意識のなくなった無残な身体が最期の痙攣（けいれん）をしている。近くには雨に濡れて蠟燭が消えた龕灯が転がっていた。

親方と勇敢にも鳶口で立ち向かった荷役に慌てて走り寄った仲間たちが、血だらけの身体をそれぞれに抱き起こせば、何も言わないまま互いの顔を見つめ合って首を振る。源乃信の足元に倒れた男も痙攣が静まり物言わぬ骸（むくろ）となった。

「こん男は何者(なにもん)か。さっき正体が分かったようなことを言うたけど」

歩み寄った西郷に返事する代わりに、羽織の下の白地の着物に返り血を浴びた源乃信はしゃがみ込んで骸に合掌した後、死んでもなお折れた刀を握りしめていた指を一本ずつ解き、掌のなかを確かめる。

「見て給(たも)し。こんタコを。こいは剣ダコでごわす。しかも左手のタコが凄か。よほどの稽古を積んだ証(あかし)。こん男はさっき鍵を失くしたと言うて、親方から怒鳴られ殴られておいもした。騒ぎを聞いて甲板に上がった時にはこん男は血刀を握っておって、血だらけの親方が倒れておいもした。最初はさっきの仕返しかと思っちょいもした。じゃっどん、逃げようとした時、あん荷役が飛っかかったなら一刀のもとに斬り捨てもした。あまりにも速くて剣筋が分からず、少し試してみたとでごわす」

もう殺気など消え失せ、思い出しながら冷静に語る源乃信を見て鉄彦は戦慄を覚える。あの一瞬怯んだような隙も、相手の剣筋を読む謀(はかりごと)だったのかと思えば、先ほどの源乃信とはまったく別人に思える。

「そいで何が分かったとか」

「こん男は天然理心流(てんねんりしんりゅう)の遣い手でごわす」

「天然理心流……、近藤勇(いさみ)。なんち、こん男は新選組の探索方か」

「それは分かいもはん。新選組の密偵じゃないかもしれもはん。じゃっどん、天然理心流の遣い手であることは間違いなか。あげな捨て身の突きを繰り出す衆(し)は他におらん。見て給(たも)んせ。この左手の小指と薬指のタコを。突きの稽古をすれば自然にここにタコができもす」

「なるほど」

横たわる男の掌を覗き込んで呟いた西郷が、親方の亡骸の近くで嗚咽する荷役の一人に向かって、こっちに来るようにと手招きする。それと気づいた荷役が、腰の手拭いで涙を拭きながら中腰になって西郷の前に走り寄る。赤銅色の顔に深い皺が入り、雨に濡れる鬢には白い物が目立つ。

「親方ドンな気の毒じゃった。親方ドンはおはんと同じ枕崎出身だったな」

深くうなずいた男は堪えきれなくなって、汚れた襦袢の袖で荒々しく涙を拭く。

「気を落とさんように。もう一人の人と一緒に長崎でご遺体を降ろして俺が責任を持って供養させるから。留吉ドン、おはんは一番古株じゃっで、今回の航海の間、親方ん代わりに他ん衆をまとめてくいやんせ」

「へい。分かいもした」

「よろしゅう頼んもんど。――留吉ドン、ないごてこげなことになった。一部始終を教えてくれんか」

「へい。他んところで仕事をしておいもしたで、気づいた時には親方は、刀を持った若頭に後ろから羽交い締めにされちょいもした。仕分けが終わった鉄砲の入った箱を全部、海に捨てろって命令をしもしたで、鍵を失くして親方から殴られた腹いせをするつもりかと最初は思ておいもした。皆が跳びかかろうとした隙を見て、腕をふりほどいた親方が若頭に抱きつこうとしたとでごわす。親方は腕っ節に自信があったし、気の弱かところがある若頭を嘗めておいやしたで。そしたなら若頭が目にも留まらん速さで親方を叩っ斬ったとでごわす。あっ、ちゅう間もなかった」

「ふーん、初めて見る顔じゃが、どこの者な」

「都城の弥助でごわす」

「都城――」

無言のままの鉄彦は、妙な薩摩訛りに不審を持ったのを思い出す。

「そげなところから、なんで親方はこん男を連れて来たんじゃろかい」

西郷から留吉ドンと親しく呼ばれた中年の荷役は腰を折ったまま首を傾げ、しばらく考え込む。

「さぁ、詳しかことは分かいもはんが、他ん船に乗っておって、よう働くって親方は言うておいやした。気弱なところはあるけど俺の言うことは、はいはいってよう聞くっち、親方んお気に入りでごわした。じゃっで親方はこん男を若頭にして、船に乗ればよか塩梅になってつい呑みすぎてしまう。もし失くしたら大変なことになるち言うて、俺たちの前で長持の鍵も渡したとでごわす」

「新顔が若頭になって、他ん衆には不満はなかったんか」

「うんにゃ、いっちょん。航海で俺たちの楽しみちゅうもんは仕事が終わったあとの一杯。皆、焼酎が好きじゃっどん、こん男は下戸で一滴も呑めんちゅうこっごわした。じゃっで」

「――なるほど。今までどこの船で働いていたんじゃろうか」

「さぁー。こん船は別にして、船板ん下は地獄、長続きするもんじゃごわはん。なかなか腰の落ち着かん仕事ごわんで」

「よう分かいもした。亡骸が雨に濡れないよう船倉に入れて構いもはん。長崎に着くまで大事にして給し」

深く腰を折って、筵を被せられた親方の元に再び駆け寄る留吉の後ろ姿を眺めながら、西郷が深い溜息をついて呟く。

「考えたもんじゃ。念を入れて仕込んでおった。源乃信、おはんの見立ては九分九厘当たっておるじゃろう。都城の弥助とは身を隠す仮の名。おそらくは新選組の探索方。都城出とはよう考えたもんじゃ。あそこの出身という触れ込みなら、薩摩訛りが多少おかしゅうても不自然じゃなか。あの辺じゃ都から流れ着いた子孫たちが使う都言葉がある。他所の人間でも真似はしやすいはず。おそらく都城に早くから潜伏して藩の御用を務める親方に擦りより、よう働いてわざと気弱なふりをしておったんじゃろう。たぶん下戸も嘘じゃ」

西郷の推理を耳にしていた鉄彦もなるほどと納得していた。鉄彦の遥か前の先祖も都人だったし、肝属半島のあちこちに古墳が点在し、半島のどこかに太古の朝廷があったとも噂されている。そんなことも影響してか、高山からはさほど遠くはない志布志から北に延びる海岸には、昔から多くの都人が上陸していた。都の文化と言葉が薩摩のものと融合し、島津領の各地に「小京都」という独自の文化を作り上げ、名の如く都城もその一つである。もっとも都城は北郷氏が本拠地として都之城を築いたことに由来するが、その地は神武天皇の宮居の跡とも伝えられ、都への意識が強かったのは言うまでもない。それにしても狙いは鉄砲だったのか。そんな鉄彦の疑問を源乃信が代弁する。

「狙いは鉄砲」

「それは分からん。たまたまかもしれん。たまたまでも、荷の中身が最新式の銃で、長崎で降ろすことが分かれば、相手は長州と薄々勘ぐったかもしれん。それを阻止するために、わざと鍵を失くしたのかもしれんな。失くしたふりをしても石田ドンが術で開けてしもたから、もう海に捨てるしか手はなかって思たかもしれん。

まだ長州に渡すつもりはないのにな。じゃっどん、秘密が漏れんでよかった。会津との距離を置くようになった我が藩を警戒する新選組の単独行動かもしれんが、新選組の後ろには会津がおる。会津と幕府はつうかあじゃ。早晩、薩摩の動きは知られることになるだろうが、今、知られてはならん。二人の犠牲を出してしもたが、そん犠牲のもとに秘密が保たれたんじゃっで、ねんごろに弔ってやらんと。なぁ源乃信」

「分かいもした。長崎に着いたならすぐに埋葬の手配をします。――先生、この男はどうしましょうか」

顎をしゃくる先には筵も掛けられない遺体が雨に濡れている。

「海に捨てるしかなか」

そう語気強く言った西郷だったが、鉄彦の胸に下がる数珠を見ながら穏やかに言い放つ。

「じゃっどん、死ねば敵も味方もなか。石田ドン、供養をしてくれんか」

いきなりの依頼だったが、頼りにされていることが分かると嬉しくなり、鉄彦はすぐにうなずいた。

「ほんなら源乃信、石田ドンに弔うてもろてから海に流せ。万が一、死体が海岸にうち上がっても身元が分からんように褌一つにしてな。俺はあっちを片付けもんで」

そう言い残した西郷は親方の亡骸の周りに集まる荷役たちの輪の中に入り何やら話し、指示を出している。西郷からの申し出だったのですぐに鉄彦は引き受けたが、それまで一度も正式な葬儀など執り行ったことはない。だが山での修行中、志半ばで亡くなった修験者の弔い方は心得ている。その心得に添って供養しようと決め、船倉に戻る西郷の後ろ姿を見ながら、ずいぶん前にやったことの段取りを思い出していた。

源乃信は西郷の指示に従い、男の血だらけの着衣を剝ぎ取る作業に取りかかっていた。印半纏と襦袢を脱がされた男の上半身には、明らかに古い刀傷と思われる痕もある。

「褌一つにと言われたが、晒（さら）しはどうするんだ。――若いくせに腹が出ておる。石田ドンどうする」

源乃信に問われ血で真っ赤に染まった晒しを見れば、腹部が不自然に盛り上がっている。何かを感じた鉄彦は滅多に抜いたことのない刀を抜き、しゃがみ込んで切っ先を使って血で手を汚しながら幾重にも巻かれた晒しを斬り裂くと、何かがコロンと床に転がり落ちる。

血で汚れた手で取り上げてみれば油紙に包まれた小さな竹筒だった。竹筒からは五寸ほどの細い紐が伸びている。躊躇なくその竹筒を顔に近づけ匂いを嗅いでから、今度は軽く振り細い紐を指でつまんで丹念に調べる。源乃信が興味深げに顔を近づけてくる。

「寄るな。火薬が仕込まれておい」

途端に源乃信は飛び退（の）いたが、そんな源乃信を構うことなく、幾重にも巻かれた油紙を剝がして調べ終えた鉄彦は立ち上がり、突然海に向かって竹筒を投げ捨てる。

「なにをするんじゃ石田ドン。鉄砲を爆破するつもりだったのなら先生に見せんにゃ」

「もしものことがあれば大変なことになる」

「ないごて」

すぐに答えない鉄彦は懐から手拭いを取り出し、手についた血を丁寧に拭く。

「あの大きさなら大した爆発はせん。鉄砲と一緒に火薬は」

「火薬は積んでおらん」

「それならあのぐらいの爆薬で百丁の鉄砲は吹っ飛ばん。こん船なら穴も空けられん」

「なら尚更先生に見せんにゃ」

「うんにゃ、たった一人の人間を殺すには十分な威力じゃ。爆薬と一緒にたぶん釘も交じっておった。爆発しても大したことはないが、もし誤爆でもすれば一緒に釘も飛び出て大変なことになる」

やっと事態の深刻さに気づいた源乃信は硬い表情となった。

「実はなぁ大山ドン。さっきこん男の言葉を聞いて、あれって俺(おい)は思うた。あの時思ったことを口にしていたら、二人の犠牲者は出らんかったかもしれん。

こん男は隙を見て先生の命を狙っておったかもしれん。先生の部屋までは俺(おい)たちがいるから入って来られんし、狙うとすれば甲板の上。だからこそあんな騒ぎを起こしたのかもしれん」

「この雨ん中で爆発しもしたどかい」

「した。雨に濡れても大丈夫なように仕掛けがしてあった。さっきこの男は執拗に舳先(へさき)に逃げようとしたが、計算してのことじゃろう。投げつけるとすれば舳先のほうが狙いやすい。的は大きいから狙いやすかじゃろう。あとは一か八か海に飛び込めばよか。

先生はこん男を九分九厘、新選組の密偵と言われたが、本当じゃろうか」

「どういうことな」

「新選組は火薬に精通しているんじゃろか」

鉄彦には思い当たることがあって聞いたのだが、源乃信の答えは的外れのものだった。

「鉄砲備えはしておるが」

鉄砲備えをしていることと、火薬に精通していることとは次元がまったく異なる。晒しの下に忍ばせた爆弾を作るには相当の知識と技量を必要とする。

「石田ドン……」

源乃信の呼びかけに、素早く口の前に人差し指を立てた鉄彦が応じる。三枚の戸板が荷役たちによって甲板に運び込まれ、その一つが鉄彦らの近くに置かれると、褌一つになった男の亡骸が戸板の上に載せられ筵が掛けられる。

二つの亡骸が船倉へと運ばれ、甲板には筵を被せられた亡骸と、源乃信と鉄彦の三人のみが残された。鉄彦が首から下げていた最多角念珠を取り出し一度静かに揉み、真言を唱えながら胸の前で順にゆっくりと護身法(ごしんぼう)の印を作り終え、しばらく無言となる。

供養するにしても法具などなく、どのように供養するのかと訝(いぶか)る源乃信は、一歩退いて背後から見守ることにする。何をやっているのかもう目で確認することはできないが、無言のまま静かに亡骸と向き合っているようにも見える。そのうち真言の声が厳かに耳に触れだす。真言は二十一度繰り返され、次には新たな真言に変わりまた二十一度繰り返される。

鉄彦は半眼のまま無念無想の境地となり、我が胸の中に地蔵菩薩と不動明王の二尊を呼び込み、亡者の引導を助けてもらおうとしていた。修験の世界では古来、地蔵菩薩は阿弥陀如来以上に滅罪の仏とされ、不動明王は亡者の骨節三百六十四カ所に宿るとされる堕地獄の因縁を除くとされる。不動真言を唱え終えると、次には光明真言と本覚讃を唱え、亡者の五体を加持する五輪の印を手に結び、最後は袖の中で印を固く結んで成仏を念じる。

いつしか背後の源乃信も頭を垂れて手を合わせ、激しく刃を交えた敵ながら素直に成仏を祈っていた。と柏手が一つ高らかに響いて静かに数珠を擦る音がしたかと思うと、穏やかな顔で鉄彦がふり返る。

「顔が変わったから見てみやんせ」

促され進み出た源乃信が戸板の上の亡骸の顔をしげしげと見やれば、あんなに無念の顔を残していたのに、どこかにふくよかな柔らかさを湛えていた。まことに不思議なことと、狐につままれたような表情の源乃信は内心驚いていていた。

「雨がまた強くならんうち、早く海に戻そう」

鉄彦が戸板の前を、源乃信が後ろを持って持ち上げ船尾まで運び、鉄彦が唱え始めた般若心経と共に海に還される。荒れる海はすぐにそれを呑み込み、男の身体が再び浮かび上がることはなかった。般若心境を唱え終えた鉄彦も、軽くなった戸板をまだ斜めに抱える源乃信も、無言のまま薄暗くなった海で筵が漂う辺りを見守っていた。

その時突然山のようなうねりが船に迫り、一瞬にして船が引きずり込まれたかと思うと、今度は目の前に鉛色の曇天が迫る勢いで浮かび上がる。たまらず源乃信は抱えていた戸板を甲板に投げ捨て、傍らの手摺（てすり）を握りしめて身を屈める。

辛うじて踏ん張った鉄彦の耳にズドンと鈍い音が響き渡り、目の前の海に太い水柱が突きあがると、その突端の黒い塊が水しぶきを迸（ほとばし）らせて凄まじい速さで昇っていく。水しぶきを避けるため両手をかざして上空を仰ぎ見る鉄彦の目は、黒い塊の正体をはっきりと捉えていた。

「危なかった。波に持っていかれようとした。せっかく供養したのにあん男の怨霊が俺（おい）を海に引っ込もうとしたんじゃろうか。あれ……、なにか」

やっと鉄彦のようすに気づいた源乃信がつられて上空を見上げる。返事の代わりに鉄彦が上空を指差す。

「龍ごわんど」

「龍……、どこに」

「あの雲の切れたところに、ゆらゆらと動いておる」

「どこ、あれ――、暗くてよう見えん。あれは雲じゃ」

傍らに立って一生懸命に目を凝らす源乃信を見て鉄彦は思わず微笑む。どんなに目を凝らしたとて霊感のない人間には龍など見えるものではない。源乃信が言った灰色の細雲が何であるかは、霊感のある人間ならはっきりとそれと分かるはず。それが見えない源乃信なのだから、あれほど怖がる幽霊の類（たぐい）も当然見えるはずもない。西郷もからかったが、剣を持てばあれほどの凄腕なのに本当に小心者と、喉の底から擽（くすぐ）るような妙な快感がせり上がってくる。突然の大笑いに不機嫌な顔となった源乃信が突っかかった。

「石田ドン、龍は嘘でごわすか」

「本当じゃ」

「俺（おい）にはいっちょん（ぜんぜん）見えん」

「見える人間には見えるし、見えん人間には見えん。幽霊と一緒じゃ」

そんな謎かけも源乃信には通用しない代わりに、幽霊という言葉には敏感に反応する。

「幽霊……。あん男は本当に成仏したんじゃろか。突然あげな大波が襲ってきたんだから、成仏できずに俺（おい）を恨んでいるんじゃなかろかい。どげんごわすか石田ドン」

「成仏した。成仏したから龍が出てきたとでごわす」

「ないごて」

「龍があの男の魂を、天上界に運んでくれたからでごわす」

間の抜けた顔を目の当たりにし、鉄彦はもうそれ以上のことを言う気にはなれなかった。

「先に行って先生に、供養して水葬にしたと報告して下され。さっきのことは話さんように。気苦労が多か先生にこれ以上負担をかけたくはなか」

「分かったけど、おはんはどうしもす」

「あの龍をもう少し見ていたい」

「はーぁ」

気の抜けた返事をした源乃信が空を見まわす。

「もう暗うなったから、なんも見えんが」
「心の目で見っとでごわす」
不思議そうに首を傾げた源乃信が戸板を抱え、一度心配そうにふり返って船倉へと向かってゆく。源乃信の姿が消えた船尾甲板には鉄砲の入った木箱が堆く積まれ、木箱全ては船倉へ運ばれるはずだ。その間だけでも独りになりたかった鉄彦が空を見上げれば、あの龍は跡形もなく消えていた。荒れる海に視線を戻し、これまでとはまったく異なる現実を目の当たりにして、これが今の俺の現実でこれからも続くだろうと覚悟を新たにする。

測り知れない人間としての器を備えたあの西郷が、荷役として紛れ込んだ間者を躊躇いなく斬れと命じ、命じられた源乃信も何も躊躇うことなく一刀のもとに斬り捨てた現実以上に、西郷が久光のことを「阿斗」と渾名し、源乃信との間で揶揄する隠語となっていたことがより衝撃的だった。いかに久光との軋轢で悩み苦しんでいるにせよ、島津の殿様を家臣が馬鹿にするなど薩摩の国ではあり得ない。

もし親に意見でもしようものなら「義を言うな」の一言で撥ねつけられ、親は無論、目上の人間を貴ぶ精神は子どもの頃から各郷で叩き込まれていた。なのに子どもに潔く藩主の座を譲り、藩の国父ともなった久光のことを「阿斗」と西郷は渾名し、内心小馬鹿にしているのを知り、強い衝撃を受けていた。

薩摩士分の家では各家で男の子を厳しく躾け、家の外でも徹底した年功序列と、いざという時の勇猛心と団結心を郷中教育で学ばせ、それが幕府も恐れる南九州最大の一枚岩の雄藩へと成長させた原動力の一つにもなっている。

郷の長老から漢文の読み方などを学び、六歳から十四歳までの稚児らには「日新公」と慕われた島津忠良が考案した「いろは歌」を暗誦させ、また「詮議をかける」という、思考を練り的確に判断させる訓練も日々行われていた。たとえば「左右から敵の大軍で前は海、後ろは崖。さあ、どうするか」と攻めたてて絶体絶命に追い込み、その解決方法を考えさせていた。

十五歳を過ぎて二才ともなれば、東郷示現流か薬丸自顕流のどちらかを学び、主に立木打ちの稽古に励む。各郷で学び稽古を積むことで、島津の殿様に巌のような忠誠心が醸成され、主君のためならば「すわ、関ヶ原」の敢闘精神は、幼い頃から骨身に滲みるよう叩き込まれていた。

初対面の時から馬の合った源乃信は西郷に帯同し影響されたのか、郷士の身分にも拘らず、あろうことか久光を揶揄するようなことを口走っていた。源乃信も幼い頃から郷中教育で叩き込まれているのだから、根が純な男があのような発言をすること自体が鉄彦には腑に落ちず、衝撃的でもあった。

斉彬亡き後、薩摩藩主を受け継いだのは久光ではなく、久光の子どもで後に名を忠義と変える茂久である。だが、茂久は意のままに藩政を取り仕切っていたのではない。久光が国父という意味の「上通りサア」と呼ばれる立場から一種の強烈な院政を敷き、降りかかる国難というものは薩摩一国だけでは解決できるはずもないのに、事あるごとに薩摩を優先し、ともすれば強引な物言いをする久光を疎ましくも感じ、西郷があのような発言をしたとは思いもよらぬことだった。

西郷が征長軍の総参謀になったことにも違和感があった。久光の命で薩摩藩の軍賦役になったのは、西郷の密偵となり、旅立つ前にわざわざ高山を訪れてくれた源乃信から聞かされていたものの、初めて聞いた「征長軍の総参謀」という言葉の響きは、あの時聞いた「軍賦役」という言葉の響き以上に重く威厳に満ちていた。そんな西郷が密かに命を狙われている。西郷吉之助という人間はすでに国父久光を飛び越え、何者かに敵愾心を燃やされている存在なのかと思えば不安を禁じ得ない。「征長軍の総参謀」という重い言葉の響きは西郷も源乃信も、そして己自身も後戻りできない道をすでに歩きだしているようで、それは幼い頃から培われていたことに背くことも意味していた。

激しい海風を受けて甲板に立つ鉄彦は自問自答を繰り返す。今まで感じたこともない、忍び寄る漠然とした不安。それは今まで築かれてきた縦社会崩壊への不安でもあったが、それにはまだ気づけない鉄彦は、あり得ない理由で西郷と共に京に上る理由を探り始めていた。

「これからどうすればよかか」

自分では如何ともしがたい運命を感じながら一言呟き空を見上げる。あの龍の姿はもうどこにもなかった。源乃信の怪訝な顔が浮かび上がる。海から躍り出た龍が、死んだ人間の魂を天に運ぶはずはない。そう思うと、夢に現れた老師が唱えた謎の呪文を思い出す。

半年に一度は必ず弁天島で虚空蔵求聞持法の修行を繰り返す鉄彦は、一度見たことや聞いたことを決して忘れることはない。ノウボウ　アキャシャキャラバヤ　オンアリキャ　マリボリソウカという舌を噛みそうな虚空蔵菩薩の真言を、食を断ち水をも断って何十万回、何百万回と無心に繰るうちに自然と脳は鍛えられ、記憶力が抜群に良くなる。浅い夢の中で一度しか聞かなかった呪文が口から淀みなく流れ出す。

「センモタシャジオ　ンサンジウュリ　ンサンジウュリ」

人気のない甲板の上で誰憚ることなく、海風の音に負けないくらいの大声で何度も繰り返す。すると突然雷鳴が轟き、曇天の重なる厚雲の間から幾筋かの稲光が青白く走る。何かの気配を感じて空を見上げれば、そこには光り輝く龍が目を爛々と光らせて睨みつけていた。もし源乃信が霊感を持ち、この光景を見たならば腰も抜かさんばかりに驚くだろうが、鉄彦に少しも恐れはない。恐れないどころか頭上の赤龍に親しく語りかける。

「なんでございましょう。ご先祖サア」

龍は見下ろしている。鉄彦がふと目を瞑ると流れるような声が心に触れる。

（山伏の大義を忘れるな）

その声は明らかに聞き慣れているあの老師の声だった。すかさず目を瞑ったままで天に向かって問い質す。

「その大義とは何でございましょう」

（この国の加持祈禱をし衆生を救え。大欲に生きよ）

「救え──。何から救うのでございましょうや」

（新しい時代を迎えるためには一端全てが壊れる。だが、決して壊してはならん物もある。民百姓に禍が及んではならん）

「分かいもした。衆生を守ることが俺の役目。ところであん呪文はなんでございましょうか」

（絶体絶命になった時唱えろ）

「身を守る呪文でしょうか」

(一度しか使えぬ。その時に印は授ける。印を結び、呪を唱えれば、たちどころに凄まじい霊験が現れる)

「一度しか……。命に関わる時で」

(新しい時代を迎えるために命懸けで働くことになる。それがお前の役目。薩摩一の呪術者としての役目。それができぬ限り新しき時代は決して来ぬ)

「それ、って何でござろうか」

(いずれ分かる。そなたの六根を通じて教える。――人が来た)

「待って給んせ」

思わず老師と心の中で呼びかけたが、心に浮かび上がる言葉はもう何もなかった。目を開けて空を見上げれば、案の定あの赤龍は跡形もなく姿を消していた。

まもなく階段を上ってくる足音がして悲痛な面持ちの荷役たちが姿を現し、銃の入った木箱を無言のまま船倉へと運び始める。いかに新しい時代が来るとは言え、多くの犠牲を伴ってはならない。荷役たちの憔悴した憐れな姿を見て己のなすことが分かった鉄彦の腹が決まる。

その時分厚い雨雲の上に姿を現した赤龍が、長い光の尾を曳きながら北東に向かってまっしぐらに突き進み始めたが、船の上の鉄彦は頭上の厚雲が一瞬紫色に光り輝いたのには気づけても、厚雲に覆われた遥か上空を、火球となって一筋の光の尾を曳きながら飛んでいく龍の姿が見えるはずもなかった。

第二章　一子相伝不動金縛りの術

目的地の大坂天保山に胡蝶丸が着いたのは昨日の夕刻だった。その足で京に向かうのだろうと鉄彦は思っていたが、藩士の中ではただ独り船に取り残され、船の荷を全て荷役たちが降ろし終わる頃、源乃信が一人で戻って来た。

他の藩士らと薩摩藩大坂上蔵屋敷に行った西郷から、小松帯刀と何やら込み入った話があるので二人で一足先に京へ行けとの指示を受け、源乃信と船内で夜を明かし、京大坂を淀川で結ぶ早舟三十石船を使って伏見に辿り着いた。

昼過ぎに着いた京の町には槌音が響き、禁門の変の惨禍が生々しく残っていた。ところがそんなことも気にせぬふうで大勢の男たちが颯爽と大路を闊歩し、女たちは火事場跡には相応しくない清楚で品の良い着物を纏い凛としていた。

慣れ親しんだ高山郷とはまったく異なる雰囲気と雅な装いだった。酔いから醒めやらぬ心持ちで日没までの限られた間、源乃信の案内で初めての京見物と洒落込んだが、わずかな時間で回れるのは限られている。藩邸近くの御所付近の散策となり、薩摩藩兵が警護する鉄砲の弾で穴だらけとなった煤けた蛤御門も遠くから見物できた。

それまで京には伏見と錦小路の二カ所に薩摩藩邸があった。藩兵を伴った久光の上洛などもあって、御所からすぐの処に新たな二本松藩邸を普請し、それを京都薩摩藩邸と呼ぶようになっていた。相国寺南門である勅使門の横から広い境内に沿うように建つ薩摩藩邸は、京都御苑内近衛家の屋敷と向かい合い、豊富な資金力で普請された九棟の立派な建物と白い土蔵が建ち並ぶ。

西郷の下で秘密裏の仕事をするからには他の藩士の目もあって藩邸には寝泊まりできず、それまで源乃信が間借りしていた、四条扇酒屋町で手広く商いをする鶴屋の土蔵二階部屋に居候することになった。


気忙しい太陽があっという間に没すると、下から冷たい舌で舐めるような冷気が襲ってくるようになり、一カ月の間、誰もいなかった六畳ほどの部屋には西日すら入らず、どことなく黴臭く底冷えしていた。

鼻唄混じりの唄と共に急な階段を軽快に上ってくる足音が近づいてくる。上機嫌な源乃信が丸い盆に二本の銚子と二つの盃、それに漬物の入った小鉢を載せ、片方の手には注ぎ口から湯気の上がる鉄瓶をぶら下げて笑顔を見せる。

火鉢の前にどっかりと胡坐をかいた源乃信はすぐに火箸を取り上げて炭をいじり、二度三度と息を吹きかけると、備長炭が一層赤々と燃えだす。その上の五徳に鉄瓶を掛けて蓋を取り、日本酒が入った銚子をゆっくりと沈める。

寒さを気遣った燗酒かと気づけば、毎度のことながらこの男の気配りには感心する。生まれて初めての長い船旅と寒さで柄にもなく疲れを感じていたが、飛びっきりの笑顔を浮かべて「こいからお世話になりもす」と律儀に言えば、源乃信は大仰に手を振り、「もう燗がついたか」と声を漏らし銚子を取り上げる。確かに白い銚子から湯気が上がっているもののこんなに早く燗がつくはずはなく、予め下で温めてきたのだろうと感謝しつつ両手で盃を持つと、なみなみと熱燗が注がれる。

「京にようおいでになりもした。これから宜しゅうお願いしもす」

源乃信の挨拶に合わせて頭を下げ熱燗を一気に流し込む。呑み慣れた焼酎とは違い上品な甘さが口いっぱいに広がり、冷え切った五臓六腑を隅々まで温めてくれ、肩から重石が取れたような、やっと一息つく気分となった。人心地がついたことで、気になっていたことが俄かに頭をもたげる。

「あの中川宮ちゅう方はどんな宮様で」

唐突な問い掛けに、源乃信が盃を持ったまま怪訝な顔をする。

「どんな宮様とは」

「なんちゅうか……、どんな人柄の方で」

「人柄……、半次郎ドンの話では、宮様にするには勿体ないほどの男気のある方だそうでごわす」

「薩摩藩は勿論、その宮様のことを大事にしておるんじゃろう」

大きくうなずいた源乃信が自慢気に言い放つ。

「でなければ、藩きっての遣い手半次郎ドンを、警護につけるはずはごわはん」

盃を持ったまま宙に目を泳がせた鉄彦が黙する。その時賑やかな足音と共に源乃信の名を呼ぶ声がしたかと思うと、急な階段を軽快に上ってくる足音が近づく。

「半次郎ドンじゃ」

源乃信が嬉々とした声を上げ身体を浮かせるのとほぼ同時に、一升徳利をぶら提(さ)げた半次郎が部屋の中に入って来る。鉄彦は慌てて正座して羽織の襟を正した。

「よう、源乃信、ひと月ぶりじゃねぇ。先生のお伴で鹿児島(かごんま)に戻ったって聞いちょったどん、元気にしちょったか。いつ戻って来たのか」

「昨日天保山に着いて、今日戻って来もした」

「そうか。先生も一緒か」

「先生は小松サアと何か込み入った話があるちゅうて、まだ大坂です」

半次郎は一瞬何かを考え込んだが、すぐに笑顔となる。

「家老とか。そんならすぐには戻って来れんな」

「そいは分かいもはん。そげなことより、こげん暗くなったのに宮邸の警護はせんでよかとな」

「今日は御所にお泊まりじゃ。明日の夕刻に迎いに行けばよか。じゃっで、久しぶりにおはんの顔を見て呑もうと思て酒を提げてきた。なんじゃったけぇ、こん人の名前は――」

にっこり微笑んで見下ろす黒紋付羽織袴姿の半次郎は、胸板厚く腰には大小を差し、太刀は立派な拵(こしら)えであることが一目で分かる。鉄彦は田舎郷士が宮様の警護をすることに疑念を抱いていたが、改めてこんな間近で見れば、薩摩上士の風格を漂わせている。

「先ほどは挨拶もせず大変失礼致しました。改めてご挨拶申し上げます。拙者高山郷士の石田鉄彦と申します。この度は西郷先生の命により京に馳せ参じました」

念珠が畳に触れる音と共に、鉄彦は両手を突くと深々と頭を下げた。

それより一刻（二時間）ほど前の夕闇迫る頃、唐門からだいぶ離れた処から二人は御所を窺っていた。日没までの僅かな間、源乃信が案内してくれたのだ。門は固く閉ざされ、五本の筋が入る築地塀に囲まれる御所の内側が見えるはずもなかったし、警護が厳しいなか、そんな処まで素性の分からない人間が行けるはずはない。

だが、鉄彦と源乃信の風体は見るからに薩摩藩士そのものだったし、二人を咎める者は誰もいなかった。咎めるどころか、濃紺の羅紗地制服の上から白い兵児帯を締め、ミニエー銃を肩に抱えて警邏する小隊を率いる組頭などは、源乃信と気づくとそれとなく視線を送り、小さくうなずくと薩摩陣笠の中で顔が少し綻んでいた。

その時、前後を二十人ほどの紋付き羽織袴姿の侍が固める駕籠が目の前を通りかかり、突然先頭の男が大声で源乃信の名を呼びながら、さも嬉しそうな顔で走り寄って来たのだ。日焼けした顎の張った臼顔に歯の白さがやけに際立ち、源乃信にもどこか似た爽やかな男が中村半次郎だった。すぐに源乃信が小声で「こん人が西郷先生を蘇生して下さった方」と囁けば驚き顔となったが、背後で呼ぶ声がして駕籠の覗き窓が開き、公家らしき四角面の男が顔を覗かせていた。

鉄彦の丁寧な挨拶に慌てたふうの半次郎が鞘ごと刀を抜き取り右に置いて、袴の裾を払って正座し両手を突いて挨拶を返す。

「これはこれはご丁寧に。中村半次郎でごわす。おまんサアには西郷先生の命を助けてもろて、一度は逢ってお礼を言いたかったが、なかなか機会がなくてご無礼をしもした。改めてお礼を言いもす。あん時は本当にあいがともさげもした。こんとおりでごわす」

心を読まずとも、目の前で畳に額が触れるぐらい頭（こうべ）を垂れる人柄は手に取るように分かるというものだ。裏も表もない竹を割ったような性格は源乃信にも共通している。そんなことを思う鉄彦より先に、頭を上げた半次郎が白い歯を見せて親しげに語りかける。

「さっきは源乃信と久しぶりに呑みたかって言いもしたが、あれは嘘。そう言わんと臍（へそ）を曲げるから。本当に呑みたかったのは石田ドン、おはんでした。こんとおり盃も持参しもしたど」

懐から湯呑茶碗を二つ取り出すと前に置き、早速、持参した酒を二つの茶碗になみなみと注ぐ。半次郎の横で正座していた源乃信が自分の分がないことに不満そうな声を上げる。

「半次郎ドン、俺（おい）には」

「そん猪口（ちょこ）がある。日本酒は冷やに限る。ほいなら石田ドン、おやっとさあ（お疲れさん）」

そう言った時にはさっさと茶碗を取り上げると喉を鳴らして豪快に飲み干し、値の張りそうな羽織の袖で口を拭く。剣も豪傑なら呑みっぷりも豪傑。話では度々聞かされてはいたものの、半次郎と源乃信の会話からその親密さも分かるというものだ。

「おはんには薩摩訛りがなかなかなぁ。羨ましか」

先ほどとは打って変わった半次郎の問い掛けには、もう何年もの間付き合いのある友人のような親しみが込められている。鉄彦は改まった言葉で挨拶したことを多少後悔し、薩摩訛りの言葉に戻して取り繕うことにする。

「そげなことはあいもはん。改まった時だけでごわす。おまんサアとは初めてでしたから、つい上品な言葉を使うたとです」

薩摩言葉を聞いた途端、半次郎は驚きの顔となる。

「改まった時だけでも訛りがないことは羨ましい。なあ源乃信」

そう言った時には半次郎が突然笑いだし、源乃信も大笑いする。しばらく二人は互いの顔を見ると何かを思い出すのか、腹を抱えて笑っていた。一人蚊帳の外に置かれた鉄彦を気遣ってか、笑顔のままで半次郎が語りだす。

「すんもはん。おはんのことで笑(わろ)たんじゃなか。実は俺(おい)と源乃信は長州征伐が決まった時、西郷先生の命(めい)を受けて長州の萩に潜り込むことにないもした。潜り込めても話せば薩摩の人間と分かってしまうから、俺(おい)は源乃信に一切口を開くなって命令したとです。じゃっで長州にいる間、ずっと誰(だい)とも口をきかんなかった。人にものを聞く時には字を書いたい、飯屋で蕎麦を頼む時には手で食べる真似をしてな。汚か格好をしておったから口のきけん物乞いと間違えられたこともあった。難儀な仕事じゃったがおもしろかった。おはんはないごて薩摩訛りのない言葉を話せがなっと」

「山伝いに訪れる他国の山伏と話すには薩摩ん言葉じゃ通用せんから、どこの山伏にも分かるような言葉を使うようにしちょぃもす」

「ああそうか。そうだった。西郷先生を蘇生してもろたのは覚えちょったが、そげな立派な恰好をされちょっで、いっちょん分からんなった。おはんは山伏じゃったな。そげな山伏ドンがどんな経緯で京に出て来られたのか。しかも、うど目サアと一緒に」

ちらっと最多角念珠に目をやりながら言った半次郎の言葉に、怪訝な表情を浮かべた鉄彦に気づき、すかさず源乃信が助け船を出してくれる。

「石田ドン、うど目サアっていうのは目ん玉が大きかで。じゃっどん、薩摩藩士ん中でそう言うのは半次郎ドンしかおらん。怖いもんなしじゃ。実はこんなことがあってな、半次郎ドン。藩邸の衆には内密に」

それから事件のあらましと赦免までの経緯を話し、その間、源乃信の銚子には半次郎の持参した徳利から新たな酒が注がれていた。心を許す者同士の酒に源乃信の顔がほんのり桜色になっても、鉄彦の家に纏わる話と兵道家については一切触れず、口の軽いところが多少あると思っていた鉄彦にとっては、改めて見直す機会となった。

「そんなことがあったとか。俺がおったなら、そん武田勇輔ちゅう馬泥棒を叩っ斬ったのに。城下士の風上にもおけん。薩摩藩士の恥じゃ。源乃信お手柄じゃった。よう先生に言うてくれた。これから二人で先生の密偵として働くんじゃな。――あれ、もうあんまりない」

半次郎が上機嫌に徳利を取り上げて振るも、酒は残り少なくなっていた。

「下に行って、俺の酒を持ってきもんで」

そう言って腰を浮かそうとする源乃信に、半次郎が手で制す。

「もうよか。あんまり呑むと明日に障る。それにこれから寄る処もあるから」

改まったふうの言葉を聞いた途端、ほろ酔い加減の源乃信がニヤニヤした顔を半次郎に向ける。

「寄る処って、こいのことで」

そう言った源乃信がわざとらしく、半次郎の鼻先に自分の小指を突き出す。

「馬鹿なことを言うな。書の師匠のとこいじゃ」

「へぇー、半次郎ドンが書を。初耳じゃ。しかもこんな時間に――。さぞや別嬪(べっぴん)の師匠ごわんそ」

視線を逸(そ)らした半次郎が空々しく一つ咳払いをする。源乃信の冷やかしからこの男はかなりの女好きのようだが、書の師匠だろうが、女の処だろうが、もう帰る気でいるなら、半次郎なればこそ、ぜひ聞きたいことが鉄彦にはあった。

「半次郎ドン、一つお聞かせ願いたい」

助け船を出してくれたと勘違いしたのか、鉄彦の問い掛けに笑顔の戻った半次郎がすぐに愛想よく反応する。

「なんじゃろかい」

「中川宮とは、どんな方でしょうか」

「どんな方とは」

「もちろん政(まつりごと)に関することじゃなく氏素性ちゅうか、宮様の生い立ちを知ってるなら教えて下され」

「俺(おい)も詳しくは知らんど」

「知っている範囲で」

「分かった。八月十八日の政変のことは知っちょるじゃろう。我が藩と会津藩が密かに手を組んで、気忙しゅう攘夷を決行しようと企てておった公卿たちと長州藩を京から追い出そうと考え、孝明天皇の内意を受けて八月十八日の政変が起きた。結果として、その政変で中川宮は孝明天皇の信任を得られたが、下野した長州藩や追放された公家衆からも恨みを買うて命を狙われちょって、薩摩は宮様を護衛するようになったとでごわす。こん前も襲われ、難なくやっつけた。

今じゃ孝明天皇は宮様の中で中川宮を一番信頼しておられる。世間では中川宮の呼び名で通っておっどん、正確には今は賀陽宮ちゅう名前に改まりもした」

半次郎が教えてくれたことの中に謎を解く手がかりは何もなかった。孝明天皇のお気に入りの中川宮はどこに住んでいるのかと関心を持ったが、警備が厳重ならとても教えてくれるとは思えず、それでもだめもとで聞いてみることにする。

「住まい？　今は御所の南方、恭礼門院の女院御所跡地に屋敷を構えておられる」

意外にもあっさりと教えてくれた。それにしても中川宮から賀陽宮と呼び名が変わり、いったい本当の名前は何なのかと素朴な疑問が湧き、これも素直に聞いてみることにする。

「名はともよし。正確に言えば天保七（一八三六）年に仁孝天皇の猶子となられ、その翌年、親王を宣下して成憲ちゅう名前を下賜されたとでごわす。――石田ドン、下々の者には分からんな。俺も最初ん頃はいっちょん分からんかった。下々の者は一つの名前で済むからな。中川宮は特別じゃ。その後で坊さんにもなり尊応とか、尊融ちゅう僧名も持っておられる」

「何宗の坊様で」

「ないやったけぇ……」

しばらく考えていた半次郎がハタと膝を叩く。

「じゃった。天台宗じゃ。天台宗の座主にもなって、そん頃は確か粟田宮とか名乗っておられたはず」

鉄彦は眉毛が動く思いがする。

「中川宮は殺された井伊直弼に目をつけられ、安政の大獄では蟄居を命じられて粟田宮を名乗れなくなり、蟄居された寺で獅子王院宮と名乗っておられたと聞いたこともある。獅子王院宮ちゅう名前は中川宮らしく尊王攘夷運動の志士のシシかと思うて、志士王とはよか名前ごわすなって言うたなら、アホ、唐獅子のシシやって言われたで、はっきりと覚えておる。まあ、薩摩ん中でもあの宮様のことを云々いう人間もおるが男気もあるし、坊さんだから肝も据わっておられる。じゃっで、あの宮様のことを云々言うのはおかしか。薩摩藩にはなくてはならん宮様ごわんど」

半次郎が熱く語る中川宮はそもそも伏見宮家の出で、父は北朝の崇光天皇から十九代目の伏見宮邦家親王、母は青蓮院宮 僧官・鳥居小路経親の娘、信子とされている。父の親王は子だくさんで二十人は下らない。第四子として生まれた中川宮は苦労しなければならない運命にあった。

八歳の時に京都本能寺に引き取られ、十二歳の時には叔父の奈良一乗院尊常法親王が亡くなられたのを契機とし、仁孝天皇の猶子となって一乗院に入り、僧籍にも入り「尊応」という僧名を名乗られた。一乗院は皇族や五摂家から法主を迎える「門跡寺院」と呼ぶにふさわしい格式の高い寺院である。

南都在住は十年に及んだが、天台宗座主尊宝法親王死去の後を受けて、二十八歳の時に青蓮院法主を相続することになる。その後「尊融」の名を賜って御待僧となり、天台宗座主にも補せられ、その頃から御祈禱のためしばしば参内するようになり、二十一歳の青年に達せられた孝明天皇の良き相談相手にもなられていた。

急に親しくなられたのは安政元（一八五四）年の皇居炎上の頃からである。その火事で焼け出された天皇は下賀茂神社に避難された。火を見るや中川宮は誰よりも早く駆けつけ、避難した天皇を見舞い、天皇の母、姉や妹らをしばらくの間、青蓮院に仮住まいさせたのである。

その機敏で果敢な判断と行動は皇族らしくなく、天皇はいたく感動されたという。その後、天皇は聖護院に移って桂宮邸を仮御所とされたが、そこと近衛家は近く、近衛家とも親しくしていた中川宮とも度々顔を合わせる機会が多くなり、親密度を深めてゆく。

新しい皇居の造営が成った時、天皇は中川宮を指名して新殿安泰の祈禱を行わせた。その頃はすっかり信頼し切って、色々なことを相談されていたため、政治に深く介入するようになっていた。だが幕府の井伊大老に睨まれ安政の大獄の時には連座され、相国寺の桂芳院に永蟄居の身となり、獅子王院宮と名乗られることになる。

それから三年後、永蟄居が解かれ、青蓮院に戻って再び孝明天皇の相談相手となれば、朝廷と幕府が協力して難局を乗り切ろうとする公武合体推進運動の中心的人物となる。将軍後見職一橋慶喜が「還俗させるべき」と建白すれば、徳川幕政初となる皇族還俗を果たし、「中川宮」を名乗られる頃には政治の檜舞台に立つようになる。

八月十八日の政変の論功行賞として「朝彦」という名を下賜され、同時に二品弾正伊にも任じられていた。二品とは二位の皇族という意味である。弾正伊とは朝廷内外の非法や風俗を厳重に取り締まり、また親王や左大臣・右大臣以下の朝臣の非法を、太政官を経ずに直接天皇に申し述べることができる、今まで前例のない政治的権威を備えていた。

禁門の変は攘夷派の志士たちに大打撃を与え、その後生き残った攘夷派の中で「中川宮」と呼ぶ者は少なく、「伊宮」とか「魔王宮」とも呼んでいた。そんな悪評を憂慮し、それまで閑院・伏見・有栖川・桂の四家に過ぎなかった皇族に、本格的宮家「賀陽宮」を新たに創設させていたのである。

「石田ドン、こげな説明でよかんそかい」

頭の中に天台宗という言葉が居座った鉄彦は直ぐに返事ができず、深々と頭を下げるとお礼の言葉を述べていた。

「大変勉強にないもした。あいがともさげもした」

気をよくした半次郎が上機嫌に手を振って立ち上がろうとすれば、少し足元がふらつく。

「大丈夫な」

咄嗟に源乃信が手を差し伸べようとすれば、その手を半次郎が軽くはたく。

「なんのこれしき。じゃっどん、こげん呑んだのは久しぶりじゃ」

「ないごて」

「よう考えてみれ、源乃信。宮様を警護するのに酔えるか。呑むにしてもほんの少しの寝酒じゃ。酔うてしまえば万が一の時役に立たん」

「ほんなら宮様の屋敷に寝泊まりして、藩邸にはおいやらんと」

「この頃はほとんどおらん。居る時はたまの非番の時だけじゃ。あとは中川宮のお屋敷ん中の与えられた部屋で寝泊まりしておい。それぐらい厳重な警戒をしておる」

「息を抜く暇もなかな」

「じゃっど。今日は御所ん中じゃっで安心じゃ。気が抜けて少し酔うたかもしれん。おはんらを相手にして旨い酒を呑んだからな。――どれ、もう行く。俺(おい)の刀を取ってくれ」

「どこに行くんですか」

「書の師匠の処に決まっちょ」

受け取った見事な拵えの太刀を腰に差した半次郎が、胸を張ってわざとらしく襟を正す。

「そんな格好で……。良か着物(べべ)が墨で汚れはせんじゃろか」

「こんな格好で行く訳がなか。一度着替えて行く。じゃっで、よか頃合いで呑むのを止めたんじゃ」

「着替えるのは藩邸な、それとも宮様ん屋敷の自分の部屋な」

「せからしか(うるさい)。源乃信はかかどん(母さん)のようじゃ。宮様の屋敷に一旦戻って着替える」

「それなら宮邸の近くまで送りもす。酔ったようじゃから危(あん)なか」

「送らんでもよか。まだ酒がちっと残っちょっで石田ドンの相手をせえ。石田ドンまた。じゃなぁ源乃信。――出て来んでよか。そけ座っちょけ」

源乃信から無理矢理逃れた半次郎が、何やら優雅に都都逸(どどいつ)を謡いながら、足音も賑やかに急な階段を下りて行く。するとすぐに階段を踏み外す大きな音がする。

「階段から落ちたな。言わんこっじゃなか」

慌てて腰を浮かす源乃信を見ていたかのように、「大丈夫じゃ。来んでよか」という半次郎の大声が下から響き、二人は声を忍ばせて笑い合う。

「剛毅な人じゃ」

鉄彦の賛辞に源乃信が相好を崩し、残り少なくなった徳利の酒を銚子に移して再び燗をつけ始めた。先ほどよりも温い人肌の燗になると二人はまた盃に替え、源乃信が鉄彦の盃に注ぎ入れる。

「ちょうどよかいもしたな。中川宮のことを聞けて」

火鉢を挟み注がれた盃を持ったまま思案する鉄彦に、赤ら顔でも真剣な表情になった源乃信が強い口調で詰め寄る。

「何があったとですか。何か分かったとですか。話してたもんせ。聞いたことは絶対に人には話しません」

その言葉には以前よりずっと説得力があった。盃を火鉢の縁にそっと置いた鉄彦が静かに語りだす。

「修行を積んだ山伏や密教行者は相手の心を一瞬にして読むことができもす。そげな人間が人の病を治すのを加持と言いもす。病気には様々な理由があっどん、俺の経験じゃ、だいたいが因縁を貰ちょることが多か」

「因縁――」

「死霊がついちょったり生霊を貰ちょったり、実に様々じゃ。しかもそん因縁というのは、自分が原因じゃなく、先祖に遡る時もあっとでごわす」

「先祖に……」

「船で話したことを忘れたな。呪詛をすれば、呪詛返しちゅうもんはそん子、孫まで祟られることもあいもす。呪詛された者の一族全部が死に絶えることも珍しゅうはなか。そげな人々を救うために俺たちの役目があいもす。じゃっで山伏はひと目でその因縁が分かっと。無論、生半可な修行をしても分かるもんじゃなか。命を懸けて励めば自然に分かるようになる。それを『おせんを取る』と言いもす」

全てを話している訳ではないが、鉄彦の言葉には山伏修験者ならではの迫力がある。もう何も言わなくなった源乃信は、身体を強張らせて聞き耳を立てていた。

「実は唐門の前で半次郎ドンと偶然出逢い、駕籠の覗き窓から公家さんが顔を見せた時、なぜか俺は無意識におせんを取っちょった。半次郎ドンの話によれば、あの方は間違いなく中川宮。そんなつもりはなかったが、遠くから目が合ったもんで、意識もせず宮様の目に吸い込まれて心の中を読んでおった」

「それで何の因縁が分かったとですか」

硬い表情となった源乃信からほろ酔いが飛んでいる。

「それが……、何も観えんかった」

緊張した源乃信の身体が一瞬のうちに崩れる。

「なんじゃ。さっきは急に黙って考え込んだから何かあったのかと心配しもした。そいならよかった」

　そう言った源乃信は安堵したふうで立て続けに盃を呷る。そんな様子を眺めながら鉄彦は話すか話すまいか思案していたが、ことがことだけに酒を喉に流し込みながら居住まいを正す。そんな改まった様子に源乃信はすぐに気づく。

「どうしやした」

「おせんを取れんちゅうことは普通じゃなか」

「ど、どういうことで」

　源乃信が盃を握りしめたまま火鉢越しに身を乗り出す。

「おせんを取れんのは、おせんを取れんように気息を絶っているからで、そんなことがでくっとは並の人間じゃなか。半次郎どんによれば、中川宮はかつて天台宗の座主も務めておられた。天台宗は天台密教とも呼ばれる、最澄が密教を取り入れた宗派じゃ。中川宮が天台宗一座の上首たる座主になられた御仁なら、当然密教の奥義も少なからず知ってるはずで、ならばおせんを取れないようにするなんざ朝飯前のこと」

「ないごて」

「密教の究極は実相。実相とは御仏、つまりは大宇宙大生命体の絶大なる力を、修行を積んで体現することでごわす。密教の祈りには大変な力がある。死も厭わんつもりでひたすら祈れば、大宇宙の大霊と一つになって星も動かせるようにないもす。密教行者ならそげな力に憧れ、また求めるのも当然のこと。その究極の力が呪詛」

「――中川宮は呪詛できると」

驚いた源乃信ではあったが、思い当たるところがあった。洛内に潜入した長州藩の間ではなぜか中川宮は「魔王宮」と呼ばれて忌み嫌われ、薩長同盟への障壁となることを密かに心配していた。そんな宮が呪詛できるとは……。二人はしばらくの間、無言となる。

「誰を呪詛するんじゃろうか」

源乃信の口からやっと言葉が漏れる。それは源乃信らしくあまりにも飛躍した話で、やおら銚子を取り上げた鉄彦が源乃信の盃に熱燗を注ぐ。

「早とちりをしなさんな。呪詛の仕方を知っていても、するとは限らん。じゃっどん、万が一するとすれば相手は誰じゃろうか」

注がれた酒を飲み干し、空になった盃を弄びながら考え続ける源乃信だったが、一向に答えが見つからない。もっともそれらしい答えは閃いたのだが、あまりに畏れ多く、おいそれと口に出せるものではない。そんな源乃信に鉄彦が重々しく言葉を放つ。

「大山ドン、呪詛ちゅうのは武器を使わず、姿も見せることなく相手を葬り去ることができる、いわば最高の暗殺じゃ。しかも呪詛する場合のほとんどが自分より身分の上の人に対してじゃ。我が藩のお由羅事件を考えれば分かるはず」

「すめらみこと」などと崇められているにも拘らず、天皇家の内幕の歴史は実に生々しい。その事実を知る者は限られていたが、鉄彦は皇族の内幕が血で塗られた歴史であることを知悉していた。なぜなら、そんな内紛に昔から力ある呪術者が駆り出され、呪詛合戦が密かに繰り広げられてきたからである。

鉄彦の高祖智海は、石田姓を名乗る前の親から授かった本当の名は藤原宗継で、藤原純友一門の末裔となる。宗継の先祖に当たる一族郎党が呪詛の餌食とされたのは、それぐらい当時の権力争いに深く関わっていたからである。

時代をさらに遡れば、本来国王となるべき一人の若者が人生の無常を感じ、王座も捨てて出家され、三十五歳で覚者となられた。その釈迦の教えというものは「四諦」と「八正道」に要約されるが、それは遥かに遡る悪呪というものを徹底的に排除するものである。悪呪とは文字どおり「悪い」「呪い」のことであるし、究極は呪詛である。

釈迦が大悟を得られる以前、そのような悪呪が数多存在し、憂慮された釈迦は大悟の後、それらを徹底して排除し、人々に幸せをもたらす「良い」「呪い」、つまり良呪だけを残されようと努められたのであるが、魔術とも言えるそんな悪呪は山を越え、海を渡り、密かに日本にも伝わって来ていた。

日本において山は太古の昔から神聖な処であった。聳え立つ山々は神のおわす「天」に最も近い処とし、また神が降臨する場として山が神聖化され、現代の山伏たちが活動する有名な山岳道場には、「磐座」という石の遺跡が存在する。「湯殿山の磐座」や、「金峯山の湧出岩」などがそれであり、天から降臨した神の御座所となる。それらを作ったのが他ならぬ修験の人々の祖先、山人ということになる。

彼らはそこを聖なる場所として祀り上げ、供物を供えて畏敬の念で神を拝み、釈迦が排除する以前の「悪呪」を専らとする呪術力の強い原始仏教や道教と出逢い、それらを積極的に取り入れ、すでに奈良王朝の頃には強力な呪詛を作り上げ、密教が入って来るとそれも取り入れることでより強力な呪詛として完成させていた。

神亀六（七二九）年に、聖武天皇は「政府役人や民衆に関係なく、呪術を学んで呪詛して人を殺したり傷つけたりした首謀者は斬首、加担者は流刑に処する。また、野山に入り仏教修行を装って呪術を学んだり、教えたり、あるいは書符や薬を調合して毒を作り、人に害をもたらそうとすることも同罪」という呪詛禁止令を発せられているのだから、その頃すでに様々な呪い方があったことの証拠となるだろう。

禁止勅令以後も皇族や貴族の間で密かに呪詛合戦が繰り広げられた。桓武天皇による長岡京への遷都。それを経て平安京への遷都。莫大な遷都費用がかかるにも拘らず、度々の遷都の裏には朝廷を舞台とするおどろおどろしい呪詛合戦が頻繁に行われ、この時代は呪詛を使って権力の座に就こうする陰謀は枚挙にいとまがない。

「お由羅事件」と呼ばれる島津家のお家騒動には呪詛の影があり、そのことを知らぬ薩摩藩士はいないので硬い表情となった源乃信は、まったく口を利かなくなった。そんな源乃信を前にわざと鉄彦は笑顔を浮かべ、穏やかな口調で語り聞かせる。

「まさかと思どん、決して他言してはならん。特に半次郎ドンには。あん人に腹はないが、その代わり思い込みが強か」

鉄彦の諭しに、表情の戻った源乃信が何度か深くうなずく。

「まったくそのとおり。おせんを取られもしたか」

途端に鉄彦はわざと大笑いする。その笑いが源乃信の顔を少し和ませた。

「そげな必要はなか。あん人は見たまんまじゃ。気分がよか人じゃ。ただ敵に回せば、これほど厄介な人はおらん」

やっと源乃信が微笑むもののまだ別なことを考えていると、鉄彦はすぐに見抜く。

「大山ドン、もうよかろ。下々（しもじも）の者（もん）は考えん方がよか」

「そげんしもそ」

そう言った源乃信はふり払うように首を振り、ゆっくりと腰を上げる。

「厠（かわや）に行ってきもす。さっきから我慢しちょったけど、もう限界じゃ」

よほど我慢していたのか、笑顔でそう言い残すと急な階段を慌ただしく駆け下りる音がする。残された笑顔に鉄彦は救われる思いがする。そのうち下で奇妙な声がしたかと思うと、源乃信が手に何か持って戻って来た。

「こんな物（もん）が階段に落ちておいもした」

手渡された藍色の手拭いに包まれている物は、見事な朱色の珊瑚（さんご）の簪（かんざし）だった。そんな高価な物に鉄彦も源乃信も心当たりはなく、先ほど火のついた炭を運んでくれた飯炊き女の物であるはずもなく、明らかに落とし主は半次郎だった。初めて見る珊瑚の簪を目の前に掲げて眺める鉄彦だったが、書の師匠はこの鮮やかな色の簪がよく似合う若い京女と察しをつける。

「今日、渡すつもりじゃったのか」

そう鉄彦が呟くと、箸を奪い取った源乃信が悪戯な顔をする。

「それは分かいもはんが、いつまた女子ん処に行けるのか分からんかもしれもはん。身を磨り減らして仕事をしちょっとじゃっで渡せんと可哀そうじゃ。——届けてやるか」

「宮邸まで」

「はい。近道をすれば半次郎ドンが宮邸に着く前に追いつけるかも。小便をしたなら、ひとっ走り行ってきもす」

「俺も連れて行って下され。外から屋敷を見てみたか。何か分かるかもしれん」

「何かって」

「宮様が信仰深い人なら朝な夕な仏さんを拝んでいるはず。そいなら、屋根から瑞兆が上がっておるかもしれん」

「瑞兆とは」

「天に向かって昇る光の筒のようなもんじゃ。瑞兆が上がる家は繁栄するとも言われておる」

「本当にですか。俺にも見ゆっかな」

思わず鉄彦は苦笑いする。だが、こんなことには頗る関心を持つ源乃信を否定はできなかった。

「見ゆっかも。もし瑞兆が上がっておれば、さっきのことは心配ない」

「ないごて」

「邪心のない綺麗な祈りの時だけ瑞兆は上がるんじゃ。さながら、おはんのような祈りでごわす。船の上で俺が弔いをした時後ろで熱心に祈っておった。死者を弔う素直な気持ちが伝わってきもした」

　この男には後ろにも目があるのかと驚き顔の源乃信だったが、腰を浮かせながら上機嫌となる。

「それなら二人で行きもんそ。簞笥の一番上の引き出しに綿入れ半纏が入っちょりますから、その羽織の代わりに着てたもんせ。まずは厠に行ってきもす。もう漏れる」

　そう言い残すと源乃信は脱兎のごとく厠に向かって走りだした。


　最初は月明かりの中、大路を歩いていたが、途中から凹凸のある、枯れた笹が厚く積もってフカフカする竹林の中に入り、かなり歩いて竹林が切れた辺りから、月明かりに薄汚れた白い壁が連なる小路に突き当たる。すると源乃信は右に曲がり、白壁沿いを急ぐ。薄闇の中、白壁が先まで続き、冷たい北風に孟宗竹が触れあう乾いた音がする。土蔵部屋付近の小路や大路には人通りがまだそこそこあったが、この道にはまったく人影はなく、野良犬の遠吠えの掛け合いが寂しさを際立たせている。

「あいじゃなかですか」

　源乃信が遠くに歩く人影を見つけて嬉しそうな声を上げる。その後ろ姿はまったく上下動がなく、穏やかな水の上を滑るように歩いている。鉄彦は聞きしに勝る示現流の達人であることを察した。

「声をかけてみもそかい」

　鉄彦がうなずくと源乃信が大声で半次郎の名を呼ぶ。すると人影が立ち止まり、しばらくすると丸に十の字の家紋が入る提灯が左右に揺れ始める。二人が刀の柄を押さえて走りだせば、半次郎が提灯で前を照らしながら待ってくれていた。

「どげんした。二人揃て」

「忘れ物じゃ」

源乃信から手拭いに包まれた簪を手渡された半次郎は、途端にバツの悪い顔となる。

「いっちょん気づかんかった。階段を踏みはずした時か」

「書の師匠への月謝ならさぞや高かったろう。そげな大事な物を落として」

窘めるような言葉に頬を赤く染めた半次郎が「不覚」と小声で呟く。鉄彦は何も言わなかったが、純情な男と半ば感心する。そんな鉄彦に気づいて半次郎が照れ臭そうに軽く会釈する。

「本当は俺一人で来るつもりじゃったけど、石田ドンが宮邸を外からでもいいから見てみたかと言われ、一緒に来てくいやした」

「そうか。それなら俺と一緒じゃっで屋敷ん中を案内する。一緒に行きもんそ、石田ドン。——源乃信、提灯を持ってくれんか」

提灯の先導で三人が歩いてしばらくすると、暗闇のなかで竹林が大きく揺れ始め、何やら黒い物が竹林からバラバラと飛び出し、三人を取り囲む。三人はすぐに塀を背に張り付き、源乃信がよく見えるように提灯を高く掲げた。提灯の灯りに照らし出された十数人の浪人風の侍たちは、それぞれに大仰な面を顔につけ、すでに刀を抜いたみすぼらしい単衣の内側には鎖帷子が見え隠れしている。中には槍まで構えている者もいた。

「何者か」

大声と同時に提灯を突き出し、片方の手では刀の鯉口（こいぐち）を切った源乃信が、腰を落として油断なく身構える。

「おぬしには用はない。用があるのはその男よ」

躊躇いもなく一歩前に出た天狗の面を被った小柄な男がくぐもった声を出し、抜きはらった刀の切っ先を半次郎に突き出した。

「貴様が人斬り半次郎か」

そう言われた半次郎は臆することなく源乃信より一歩前に出るも、まだ鯉口も切っていない。

「人斬りとは品がなかどん、確かに俺（おい）が薩摩藩士中村半次郎じゃ。俺（おい）に用か」

胸を張って堂々と言い放つ気迫に呑まれ、切っ先を突きつけた男が後ずされば、他の連中はそれぞれに虚勢を張るような脇構えや、大袈裟な上段に刀を構える。

「貴様のお蔭で、中川宮を斬れん」

「ほんなら、この前追い払われたヘボん衆（し）の仲間か。そいとも天誅組か。そうと分かれば、そげなみっともなか面を外せ」

「黙れ、黙れ。天誅組と一緒にすな。我らは世直し天狗党よ。義によっておぬしを斬る」

「義によって俺（おい）を斬るってか。世直し天狗党にしては、つけとい面がバランバランやらよ。せめて天狗の面で揃えんか。笑わすんな」

薩摩訛りの蔑（さげす）みの言葉でもすぐに理解したのか、面を被った一団に怒気が走り、刀の切っ先が小刻みに揺れ出す。

「構わん、三人とも叩っ斬れ」

言い放った時には刀を振りかぶった男が半次郎に襲いかかる。半次郎が素早く体（たい）を開いて目にも留まらぬ速さで腰の太刀を抜けば、襲いかかった男の天狗の面が真っ二つに割れ、男は悲鳴と共に刀を投げ捨てると、血が溢れ出る顔を押さえながら地面をのた打ち回る。

凄まじい速さの抜き技ではあったが、身体のどこにも力みがない。一閃した刀に軽く血ぶりをくれた半次郎が青眼（せいがん）に構えれば、恐れをなした目前の男たちが二、三歩後ずさる。

「こげん大勢を相手にする時には浅く斬れ」

「承知」

半次郎の指示に落ち着いて応じた源乃信は提灯を鉄彦に渡し、後ずさって提灯を高く掲げる鉄彦の前に仁王立ちすると、刀を抜きトンボの構えの刀柄（かたなづか）を柔らかく握り直す。すると半次郎が突然、刀を地面に突き立て、悠然と雪駄（せった）と羽織を脱いだ。あまりの大胆な行動に圧倒され、その間、一人として斬りかかって来る者はいない。

「やれ」

荒々しい声と共に一斉に襲ってくる。鉄彦の目の前で刃が交わり火花が飛び散る斬り合いが始まるが、まるで大人と子どもの斬り合いのような、ただ数を頼みとする斬り合いとなる。それでも翁（おきな）の面を脱ぎ捨て槍を構えた大柄な男が凄まじい気迫で何度も突き込み、半次郎を押し戻す。それと気づいた源乃信が二人の間に入り込み、裂帛（れっぱく）の気合いと共に突き出した槍の長柄を真っ二つに叩き割る。

その時竹林の中で一発の銃声が轟き、源乃信の体勢が崩れた。呻き声を漏らした源乃信が手で足を押さえて片膝を突く。紺色の袴に穴が空き、袴裾から鮮血が流れ出して足袋と雪駄を赤く染める。駆け寄った半次郎が片手で油断なく刀を構えたまま、すぐに着物の袖から洒落た柄の襦袢の袖を惜しげもなく剝ぎ取ると、しゃがみ込んで慣れた手つきで止血を施す。その時、またも銃声が轟き、半次郎の背後の土壁に白煙と共に穴が空いた。

銃声と共に身を伏せていた鉄彦が首を上げ片膝を突き、手をかざして竹林の中を凝視する。そうすることによって月の光が遮断され、遠目の利く鉄彦なら多少暗くてもある程度の大きさならば目視できるのだ。竹林の深いところの丘の上で、一人の男が小銃の銃口に棒を入れていた。しばらくして弾の装塡が終わったのか、男は再び頰に銃を当てて狙いを定める。

持っていた提灯の灯りを頼りに狙いを定めていることに気づいた鉄彦が、息を吹きかけ蠟燭を消し、胸にぶら下がる最多角念珠を急いで取り出し、左手首に巻きつける。立ち上がるや否や裂帛の気合いを入れて九字を切り、次には各真言を唱えながら内縛印・剣印・刀印・伝法輪印・外五鈷印・諸天教勅・外縛印のそれぞれの印を流れるように組み、仁王立ちした外縛印のまま湧き出る呪文を心の中で必死に唱える。

——紋めよ紋めよ金剛童子。絡めよ童子。不動明王正末の御本誓をもってし、あの狙撃する輩をからめとれとの大誓願なり。

印を解いて呪文を唱えたまま腰の刀を抜き、竹林を揺るがさんばかりの声もろとも虚空を袈裟切りに斬りさばく。背後の大声に驚いた半次郎と源乃信がふり返り、思わず息を呑む。

鉄彦が両手で握りしめた刀を脇八双（わきはっそう）に構え、やや前傾となった微動だにしない姿勢で、眦（まなじり）が切れるように目を見開いて前方を睨みつけ、その目から凄まじい気が放たれていた。思わず二人は目を合わすが、源乃信が何かに気づき半次郎の背後を指差す。すぐにふり返った半次郎が目にしたものは、自分の目を疑う異様な光景だった。

先ほど源乃信から槍を真っ二つにされた大柄な男が、今度は槍を刀に替えて挑みかかろうとしたのか、刀を振りかぶったまま動きが止まっている。目は瞬き荒い呼吸もしているが、急に身体が動かなくなったことで苦渋の表情になっていた。周囲を見渡すと刺客全員が刀を持ったまま固まっていた。

半次郎が刀を下ろして目の前の男に寄り身体に触れても反応はない。悪戯好きの半次郎が刀をふりかぶった男の脇下を指で擽（くすぐ）ると、苦笑いの妙な表情になるも身体はまったく動かない。それを見て半次郎が腹を抱えて大笑いする。これが船の中で聞いた金縛りの術かとやっと気づいた源乃信がふり返れば、刀を鞘に戻した鉄彦が先に声をかけてくる。

「早く逃げよう」

「こん衆（し）は」

「じきに戻る。じゃっで早く」

「それはたまらん。イテテテ、ホッとしたら痛くなった」

刀を鞘に納めた源乃信が止血した襦袢（じゅばん）の生地の上から手を当てる。洒落た柄が血で染まり始めている。背後から刀を鞘に戻し雪駄を履きなおした半次郎が、羽織を抱えて心配そうな顔で覗き込んだ。

「大丈夫か。早う手当てをせんとな。宮邸はもうすぐじゃっどん、俺(おい)が狙いじゃっで迷惑はかけられんし。――よか。知り合いの処に逃げ込もう。石田ドン、すまんが、この羽織を持ってくれんか。俺(おい)は源乃信に肩を貸すっで」

立ち退(の)きざまにもう一度三人がふり返れば、金縛りにされた刺客たちはまだ動けずにいた。だが、もうじき術も解けるはず。鉄彦に急かされて、三人は小走りに半次郎の知り合い宅へ向かって来た道を戻る。

今度は白壁を右手にして肩を組んだ二人の影について小走りに急ぐ鉄彦は、術の成功に胸を撫でおろしていた。二発目の弾丸がもし半次郎の身体を貫いたならば、たとえ子どもと大人の戦いでも多勢に無勢、一気に形勢は逆転したのだから、まず九字を切って刺客たちの邪気を祓い落とし、わずかに見えた鉄砲の遣い手に念を凝らして動きを止めようとした。

ところが刺客全員の動きを止めてしまったのだから、鉄彦は驚きと同時に、我が身に息づく肝属山伏の絶大な力を身をもって体験し、内心慄(おのの)きもしていた。

優れた術者は一瞬にしてその身と口と意、つまり身口意(しんくい)を一つにできる。身口意が一致すれば、その意識体を無限に拡大でき、大宇宙大生命体、すなわち宇宙の大霊と一つになって星をも動かせるし、その逆に極限まで縮小もでき、命ある全てのもの、たとえば犬や鳥、花にすらも心を通わすことができるようになる。つまり優れた呪術者というものは、自分の身口意を自在に操れることになるし、そればかりか身口意がいわばレンズとなって、宇宙大霊からのエネルギーを取り込んで放射することもできるのだ。

レンズの絞りを開放すればエネルギーは大きく明るく放射され、人の身体と心を癒せるし、その逆に限りなく絞り込んで放射すれば、そのエネルギーは密度濃く強力なものとなり、呪詛の破壊力を持つまでになる。そんなことができるのも、長年の修行と流れる血によるところが大きい。稀代の呪術者は突然、生まれるものではない。

もし、鉄彦が本気で身口意のレンズを限りなく絞り込んでエネルギーを放射していたならば、襲ってきた刺客どもの脳は瞬く間に破壊され、廃人もしくは死が訪れていたに違いない。それが呪詛の恐ろしさである。しかし、鉄彦は馬泥棒武田勇輔を殺害した時とは違って冷静だったし、あの後悔が生きていた。だからこそ冷静にレンズの絞りを甘くしてエネルギーを放射したのだから、まるでそれは見事な朝日が昇るのを見て感激し言葉を失い、身体も震えて動けなくなった状態とよく似ていた。

「ここから左じゃ」

半次郎が手で示した辺りに上り坂の小路があり、その先には月明かりに照らし出される寺の伽藍(がらん)と思しき大きな建物の黒い影が並び、嗅覚の鋭い鉄彦の鼻は湿った煤の臭いをとらえていた。

「もう少しじゃ、源乃信、気張れ」

「はい。すんもはん」

気丈に答えるも、傷を負った源乃信の足は徐々に遅くなっている。気になる鉄彦がふり返れば、案の定、金縛りから醒めた刺客らがこちらに向かって走りだそうとしていた。

月の光にキラリと輝く刀を引っ提げて、何事かを口々に叫びながら人影が近づいてくる。ほとんどが浅く斬りつけられ、それが逆に痛みと共に激しい憎悪となり、荒々しく土を食む足音は、鉄彦の耳には地獄から蘇った亡者の足音にも聞こえる。

あんな狂気となった集団を半次郎一人で防ぎ切れるものかと一瞬考えた鉄彦は立ち止まり、半次郎の羽織を脇に挟み、最多角念珠を軽く擦ってから流れるように護身法の印を組み終え、静かに眼を瞑って朗々とした声で讃を唱え始めた。それと気づいた半次郎と源乃信は肩を組んだまま足を止め、ふり返ると互いに顔を見合わせる。

「大丈夫か、源乃信。こげな時、石田ドンな唄を謡っておる」

「ぼっけな人じゃってなぁ。じゃっどん、聴いたこともなか唄じゃ」

「早う逃げんな。追いつかるっ。おーい石」

「待っちゃん」

何かを感じた源乃信が、半次郎の呼びかけを遮った。

二人が誤解した朗々たる響きの音は唄ではない。仏徳をほめたたえ仏の真理を述べた偈頌と呼ばれるもので、山の修行の時は、深山の頂きに立って山々に木霊するように唱えるのを常の習いとしていた。すると讃に合わせて山犬があちこちで嬉しそうに咆哮し、喧しく鳥が囀り、名も知らぬ山野草が可憐に花開かせる。そんな桃源郷を思わせる光景が深い山の中で広がるのだ。

半次郎と源乃信が心配そうな顔で背後から見守る中、二人を助け、自分も助かるため、たちどころに再び身口意を一致させた鉄彦は、その意識体を一瞬に拡大させて宇宙大霊の懐に抱かれると、今度はすぐさま極限まで意識体を縮小させ、讃を唱えながら、この付近に棲息する動物たちに心を通わせ呼びかけていた。鉄彦の意識体を通じて宇宙大霊の菩提心に触れた動物たちは、すぐに鉄彦の呼びかけに本能で応じる。

まずはあちらこちらで野良犬や山犬が激しく遠吠えをしだした。次には梟たちも騒がしく鳴きだした。犬たちが讃の音色に向かって一斉に走りだし、梟たちも枝から羽ばたき讃のもとを求めて滑空する。竹林の奥から低い唸り声と共に猪が躍り出てまっしぐらに駆けてくる。その後ろから鹿と、熊までもが徒党を組んで突進してくる。

刀を提げて雄叫びを上げながら疾走する男らが異様な地響きに気づいたのは、綿入れ半纏を着た妖術遣いをはっきりと目で捉えた時だった。男は合掌したまま朗々と何かを謡っている。その両側を黒い集団が疾風のごとくすり抜け、こちらに向かって全力で駆けてくる。ふり返ると後ろにも黒い集団が。

「犬か……」

急に立ち止まった男は思わず声を漏らすが、尋常な数の犬ではない。まるで京一帯から集まって来たような犬たちが咆哮しながら続々と、こちらに向かって疾走してくる。竹林の奇妙なざわめきに気づき目をやれば、なにやら黒い生き物が竹林の中から次々と姿を現し、こちらを目がけて真っすぐ向かって来る。猪と熊の集団だった。絶句した男に戦慄が走る。

上空にはいつの間にか飛んできた梟が、蝙蝠が、月の光が斑模様になるぐらい飛び交っている。

戦慄はすぐに現実となる。行く手は瞬く間に獣たちによって埋め尽くされ、周りを十重二十重に取り囲まれた。不思議なことに、低い唸り声を出し続け威嚇する獣たちが飛びかかる気配はないが、圧倒的な数の獣たちに取り囲まれ、呼吸するのも忘れて息苦しくなる。

「たまがった」

半次郎に肩を貸して貰う源乃信が、傷の痛みを忘れて言葉を漏らした。

「なにが起きたんじゃ」

さすがの半次郎も動じたふうで空を見上げる。空には無数と思える鳥が舞っていた。

「石田ドンが術を使たのかも」

「術……、山伏のか」

「なんせ石田ドンは、蔵にかけるような頑丈な錠を手も使わずに、呪文一つで開けたんじゃから。しかも五ついっぺんに」

「嘘じゃろう。いつ、どこで」

「錦江湾から外海に出て長崎に向かう胡蝶丸の甲板の上で」

「その目で見たのか」

「見た見た。そんうち西郷先生に聞いてみたらよか。知っちょられるから。なんだったかなあの術は……。カラカネ崩しの術じゃ。こん術は何ちゅう名前だろうか」

その時、合掌を解いた鉄彦がにこやかな顔でふり返る。

「持に名前はごわはん。敢えてつけるとすれば呼び寄せの術」

「ほんなら石田ドン、あの犬やら猪を呼び寄せたとでごわすか」

半次郎が驚き顔で聞き返すも、傍らの源乃信はどこか誇らしげだ。

「はい。助けてくれんかって呼びかけもした。熊が出てきた時には驚きもしたが」

「目の当たりにすれば信じない訳にはいかんな。半次郎ドン」

絶句した半次郎に源乃信が自慢げな声を浴びせるが、さすがの半次郎も我が眼で見たことを否定はできない。信奉する西郷を蘇生させたことも併せて、その力を認めない訳にはいかなかった。かつて半次郎も西郷の下で密偵のような仕事をし、万が一露見すれば、助けのないまま自らで活路を見出さなければならなかった。極めた示現流を直伝した源乃信ならばともかく、首から数珠をぶら下げただけの痩身の男に、そんな勤めができるのかと当初は不安を抱いていた。が、こんな現実を目の当たりにすれば俄然見方は変わっていた。


半次郎によって案内された処は、火事の跡が生々しく残る七堂伽藍の境内を抜けた山内にある塔頭だった。その塔頭にも戦火の跡が残って荒れ果て、人のいる気配などまったくない。禁門の変の際、京の町は三日間燃え続けたと船の中で聞いていたが、こんな古刹も類焼したのかと、鉄彦は戦の非道さに感慨を新たにしていた。

薄闇の中、源乃信に肩を貸した半次郎が慣れた様子で荒れ果てた塔頭の庭先を進む。念のためふり向いて様子を窺っても、追ってくる気配などまったくない。安堵の表情を浮かべた鉄彦が先ほどの場所に向かい、感謝の意を込めて暫し合掌する。

「おーい、石田ドン着いたど。ここじゃ」

ふり返れば雑木林に隠れるように平屋の古い離れがあった。月の光に照らし出される屋根には枯れ葉がうっすらと積もっている。全て雨戸が閉てられ、西側の雨戸の前には西日を遮るための葭簀が立て掛けられている。入口らしい処はないが、丸みを帯びた古びた踏み石の上に、歯がかなり擦り減った赤い鼻緒の小さな下駄が揃えて置いてある。その踏み石に片足を突いた半次郎がいきなり雨戸を拳で叩く。

「師匠、師匠、半次郎でごわす」

しばらくすると雨戸が少し開き、部屋の灯りが漏れると女の声がした。

「なんや、誰かと思うたら半どんやないか。こんな遅うにどないしたん」

「すんもはん。さっき刺客に襲われて仲間が怪我をしもしてなぁ。追っ手が来るかもしれんから、しばらく匿って下され」

「なんやてぇ。早うお入り」

慌てた声と共に雨戸が全開にされ姿を現したのは、白い頭巾に白衣を身に纏った痩身の尼僧だった。白粉を顔に塗って紅を差した京女とは異なりまったく化粧気などないが、素肌の美しさが際立っている。柳眉の下のまつ毛は長く、くっきりとした二重の目に鼻筋が通り、形のいい桜色をした唇が艶めかしい。齢の頃は三十前後の尼僧姿だからこそ、楚々とした中にも色香が漂っている。

あまりの美しさに呆然と立ち尽くす鉄彦は、白居易が詠んだ『長恨歌』の一節を思い浮かべていた。梨花一枝春雨を帯ぶ。一枝の白い梨の花が春の雨に濡れるがごとく、玄宗皇帝がこよなく愛した楊貴妃はこのような美貌の女性だったのか。

「なにをしておりますのや。そこのお連れの方も早うお入り」

鉄彦にも気づいた尼僧の手招きで慌ただしく三人が部屋に入れば、尼僧は外の様子を窺いピシャリと雨戸を閉めた。戸の閉まった縁側で汚れた足袋と雪駄を脱いだ三人が、それぞれ刀を鞘ごと抜き取り開いたままの障子戸を潜ると、行灯の明るさに照らし出される八畳部屋の片隅にはひと棹の桐箪笥が置かれ、真ん中の卓袱台の上には読みかけの和綴じ本が置かれ、部屋の中に香の香りが漂っていた。

すぐに尼僧は怪我を負った源乃信のところに歩み寄り、血に濡れた襦袢の切れ端を解いて丁寧に傷口を調べる。幸いにして傷は深くない。二寸ほどの擦過傷が膝下に走り、生々しい傷痕からまた血が滲む。

「痛うおますか」

「いやぁ、そげん……、あっ、イテテテ」

「強がり言うて。身体は正直でおます。これ、刀傷とは違いますな」

「はい。鉄砲で撃たれもした」

「まあ、ぶっそうな。でも、よろしゅうおした。あともうちょっとずれておったら弾が中に入っておりましたなぁ。血が止まれば大丈夫や。綺麗に拭いて消毒しまひょ」

そう言って尼僧は立ち上がり、箪笥の中から何本かの綺麗な手拭いを取り出すと、火鉢の上の鉄瓶を取り上げて襖を開け奥に姿を消す。すぐに出てきた両手には湯気の上がる木桶があった。

「半どん、あんさんが呑みかけた芋焼酎が置いてあるさかいに持ってき」

半次郎と交代に源乃信の傍らに座り込んだ尼僧は、手拭いを湯に浸して固く絞ると、袴から投げ出された源乃信の右足の傷の辺りを丁寧に拭く。新しい手拭いに替えてそんなことを二、三度繰り返し、半次郎が持ってきた徳利を傾けて口に含むと、傷口目がけて勢いよく吹きかける。思わず身体が海老反り(えびぞ)になる源乃信にお構いなく、もう一度焼酎を吹きかけて手拭いで綺麗に焼酎を拭き取ると、立ち上がって箪笥の中から二枚貝に入った膏薬(こうやく)を取り出し、白魚のような指で丁寧に塗り込む。まっさらな手拭いの端を口にくわえて二つに切り裂くと、切り裂かれて幅の狭くなった手拭いを傷口に広く巻きつけだした。その手際が見事だ。手当てを続けながらまるで自分の子どもに言い聞かせるように語り始める。

「痛うおますか。傷は小さければ小さいほど痛いよってなぁ。でも、こんな傷でよかった。死んだら痛みも分からへん。自分で傷を負って初めて、傷を負わされた人間の気持ちも分かるんと違いますか」

鉄彦は胸を衝(つ)かれる思いがした。老師が言ったように新しい時代を迎えるにしても、戦によって関係のない多くの人々に傷を負わせてはならない。そのためいったい何ができるのかと思いながらふと隣部屋を眺めれば、薄暗い壁の真ん中に小さな仏壇が置かれ、その両脇に和綴じ本が堆(うずたか)く積まれている。その和綴じ本の先の天井近い壁に貼られた見事な行書に目がゆく。どう見ても男の字ではない。

採菊東籬下(とうりのもと)　悠然見南山

(菊を采(と)る東籬の下(もと)　悠然として南山(なんざん)を見る)

表装された掛け軸の字ではなく、壁に無造作に貼られた、値の張りそうな紙に筆を下ろした字は躊躇いも力みもなかった。高山郷の長老にもこの詩を好む人間が少なからずいた。あとのことは子に譲って隠居し、悠々自適の日々を暮らしながら詩に己を重ねていたのだろう。だが、それは男故のこと。誰もいなくなった荒れ果てた塔頭の奥の庵のような離れで暮らすこの尼僧は、いったいどんな素性の人間かと鉄彦は俄かに気になりだす。

「これでお仕舞や。早う血が止まればようおすなぁ」

ふり返れば、血で汚れた手拭いが入った木桶を持って尼僧が水屋に向かおうとしていた。姿を消すと源乃信が片足を使ってにじり寄り、鉄彦の耳元で囁く。

「あの簪を差そうとしても、髪の毛がない」

確かにと思い、片手で口を覆いながら源乃信に耳打ちする。

「俺たちの早とちりじゃ。じゃっどん、あん尼僧が半次郎ドンの書の先生かもしれん」

傷の痛さも忘れて源乃信がにやけると、すかさず半次郎の声が飛んで来る。

「こら、二人で何をコソコソ話しておっとか」

「何も。半次郎ドン、大丈夫か」

源乃信が人差し指を突き立てて髪に差す真似をすれば、気づいた半次郎が慌てて手を突っ込んで懐の中を漁り始め、手が止まるとにっこり笑い、まじめな顔になって口の前に人差し指を立てる。

「大変やったなぁ。半どん、何があったん」

そう言いながら襖を閉めて部屋に戻ってきた尼僧に、慌てて指を引っ込めた半次郎がすまし顔で襟を正す。

「帰る途中で大勢の天狗に襲われもしてなぁ」

「天狗……」

怪訝な表情の尼僧が半次郎の傍らに正座する。行灯を挟んで鉄彦の真正面となり、眉をひそめた表情にも知的な美しさがある。

「面を被った馬鹿もんたっでごわす。二十人近くはおいもした」

「そんな大勢に襲われやしたん。大変やったなぁ。いつのことや」

「ついさっき」

「どこでや」

「賀陽宮邸のすぐ近くでごわす」

「ほんならここから遠くはないやないの……」

尼僧が何やら考え込んでいる。

「どうかしもしたか」

「いやなぁ。後ろの林で鳥やら犬がぎょうさん騒ぎだしたんや。部屋の中からでもよう聞こえていた。夜ふけた時間に気味が悪うなった。——それにしてもあんさん、なんでこんな遅い時間に宮邸にお戻りやしたん」

半次郎がちらっとこちらを向いてバツの悪そうな顔をする。まるで母親から咎められているような顔つきを見て、鉄彦はこの二人は男女の関係でないことを確信する。さらにはこの尼僧には包み隠さず何もかも話していることも察しをつけた。もし隠し事をしているとすれば一つしかあるまい。

そんな半次郎がいきなり自分のおでこを軽く叩きながらわざとらしい声を漏らす。

「参ったど。智蓮尼ドンには天下の中村半次郎も形無しじゃ」

チレンのレンとはおそらく蓮のはず。夏の暑い最中、泥の中から可憐な花を咲かす蓮。見目麗しい女性には人に言えぬ過去が隠されているのはよくあることだが、どんな泥があるというのか。尼僧の僧名から彼女の生い立ちを推し測った鉄彦は益々興味を持ったものの、半次郎はまだおでこを触りながら高笑いをしている。高笑いが照れ隠しであることは手に取るように分かる。

「実はこん二人が今日、薩摩から来ましてなぁ。こっちが大山源乃信ドン。そっちが石田鉄彦ドン。改めて二人に紹介する。俺の書の師匠で智蓮尼ドンじゃ」

「蓮の智恵と書く、智蓮尼でおます」

半次郎に紹介された智蓮尼が指を突き、畳に白い頭巾が触れるぐらい深く頭を下げ、やおら頭を上げると源乃信、次には鉄彦としっかりと目を合わす。いつの間にか頬がほんのり桜色に染まり何とも色っぽい。そんな美女にヒタッと目を合わされた傍らの源乃信はうつむきモジモジするが、鉄彦はしっかりと目を合わせおせんを取っていた。

尼僧姿ではない髪の長い美しい女性が橋の上に佇み、川面に映し出される顔は世を儚み、今にも橋の上から身投げしそうな思い詰めた顔をしている。

「源どんに、彦どんでおますな。これからはそう呼ばせてもらいまひょ。それにしても源どんの目は半どんとよう似てますなぁ。——彦どんの目の色は二人と違いますな。いい目をしております。

仏さんの目や。あんさんはほんまにお武家さんどすか」

まさかこの尼僧がおせんを取れるとは思わないが、あまりのことに鉄彦は心の中で冷や汗をかく。

「そん人は押しも押されもせぬ、薩摩藩士でごわんど」

咄嗟に横槍を入れる半次郎だが、どことなく機嫌の悪い声音(こわね)だ。

「半どん。そないに向きにならんでも。わては思うたままを言ったまでや。それでどないしたん」

「ないがな」

「さっきの話の続きよ」

「あっ、じゃった。宮様は御所にお泊まりで、唐門まで駕籠を警護して行ったら、こん衆(し)が門の前に偶然おいもしてなぁ。逢うたのは久しぶりじゃったし、今日は急に暇になったもんで酒を提げて源乃信、――うんにゃ(いいや)違(ちご)た、源ドンの処に遊びに行ったとでごわす。そしたなら、ちいと呑み過ぎてしもて忘れ物をしたもんで、こん衆(し)が届けてくれたとでごわす」

「わざわざ宮邸まで？」

「はい。途中まで」

「こんな遅うに届けてくれるぐらい大切な忘れ物だったん」

「…………」

「あっははん、どうやら女衆(おんなし)への贈りもんやろ。――図星かぁ」

ずばり言われて顔を赤らめる半次郎の横で、袷(あわせ)の白衣の袖で口を押さえた智蓮尼が大笑いする。

これであの珊瑚の簪を贈る相手は別な女であることがはっきりしたが、そんなことはさて置き、鉄彦は気になっていたことを聞きたい衝動に駆られていた。自然に目は隣部屋の書にゆく。

「どなんされましたん。彦どん」

「あれはあなた様が書かれたので」

そう言われた智蓮尼の目が丸くなる。

「どうかしなさりましたか」

「いや、驚いた。彦どんには薩摩訛りがない。ほんまにあんさんは薩摩のお人どすか。さっきから、お首から下がるお数珠も気になっておったんですわ」

「ああ、これ。――お守りでござる」

最多角念珠を手で押さえて咄嗟の嘘をつくと、なぜか智蓮尼が微笑み返す。その真意を計りかねたが、驚いたと言った智蓮尼の言葉の中に京訛りが消えていたことに気づいていた。驚いた時には素が出るのが人間というものだし、胡蝶丸での教訓が生かされ、俄かに警戒心を呼び起こす。

「汚い字でおますやろ」

「そんなことは。お見事な手による書です。あの詩の上句と下句とではどちらがお好きでしょうや」

「そうやなぁ。強いて言えば下句かなぁ」

意外な返事だったが、やはりと思った。隠遁生活を送っているのかは今のところ分からないものの、荒れ果てた塔頭の、人も滅多に訪れないような離れでひっそり暮らしているのなら、まさに庵(いおり)の東の柴垣から菊の花が匂う、というのがよく似合う。ところが彼女は、悠然として南山を見るが好きと言った。その真意を問いたかった。

「なぜ」

「そりゃ、心のゆとりちゅうか、達観ちゅうか、わてにはあの南山がとても南に聳える山とは思えしませんのや」

「ならばどんな山で」

「そうやなぁ——。隠逸詩人とも謳われ、地位名声から離れて自然の風光を好み、酒と菊の花をこよなく愛したとされる陶淵明の作よってに、あの山は支那の山であることに間違いない。そうかてわてからすれば、比叡山の北山に対して南山と言えば高野山。あるいは南山の寿と解すれば長命を賀する意味にも取れるし、仏に仕える身としては有為の奥山にも思えますなぁ。そんな解釈をしたら、いけんやろか」

「一向に。漢詩とは人に詠みかけ、詠みかけられた人はそれぞれの心に絵を描き、それこそが詩の持つ永遠の命でありましょう。それで、庵主様の一番のお気に入りの山は」

「まあ、庵主様なんて彦どんはお上手や。恥ずかしゅうなる。——やっぱり有為の奥山かなぁ」

その言葉を耳にして鉄彦が深くうなずきながら、可憐な花を咲かす泥の中にある何かしらを感じ取っていた。——得体の知れぬ女。そんな心のうちを読まれないよう即座に話題を変えていた。

「お酒はお好きで」

「それがなぁ、まったく呑まれんのや。下戸ですわ。さっきの焼酎は書の稽古が終わった半どんの気付け薬みたいなもんや。なんせ熱心やさかい。生まれて初めて焼酎というもんを口に入れ、ほれ、このとおりや、頬が火照ってきましたがなぁ」

「それは残念なことで。この詩の味わいは酒が呑めないと半減します。なにせ陶淵明が作った飲酒二十首の一つですんで」

鉄彦がそう言った時には、今日一番の笑顔で智蓮尼が嬉しそうに手を叩く。

「ほんまに彦どんは薩摩のお人どすか。大した博識ぶりや。実におもろい」

そう言いながら智蓮尼が柔らかな微笑みを鉄彦に注ぐ。

そんな表情が半次郎は気に入らなかった。なぜか先ほどからイライラしていた。自分にはまるで母親のように詮索し小言も言うし、書の稽古の時は教わることだけで、教えたことは一度もなかった。

陶淵明の詩も初めて教わり、何か知らない大きさを南山に感じ、しかも陶淵明が自分同様酒好きだったことを知れば、上等な美濃紙を手に入れるとすぐに無理を言って書いてもらっていた。そんな手習い見本を賀陽宮家や藩邸に持って帰る訳にはいかず、あの壁に貼り付けたのは他ならぬ半次郎自身だったのだ。書の稽古でここを訪れると、まずは手本を頼りに何枚も書いていた。無言で書き綴りながら、逆立ちしても届かない恋い焦がれる師匠のことを「菊」と想い、自分のことを「山」と想い、決して実ることのない片思いを何とかやっとの思いで宥めていた。お蔭でこの頃の半次郎の字はだいぶ綺麗になったと評判で、しかも柄にもなく女手にもなっている。

半次郎が臼顔の奥歯を噛みしめ、膝の上の掌を固めてギュッと握りしめる。無言の表情とは裏腹に心の中では不満の声が渦巻いていた。それが嫉妬だとは気づけない感情が滔天に達すると、あられもない言葉が迸る。

「なっちょらん。なっちょらん。まこてぇ、なっちょらん」

障子が震えるような突然の大声に三人が驚き、冷ややかな目が半次郎に注がれる。

「半どん、何がなっちょらんのや」

真っ先に智蓮尼がきつい声で窘めると、我に返った半次郎が青菜に塩といったふうで、身を縮めて小声で言い訳する。

「さっきの天狗ン衆を思い出したもんで」

「襲ってきた？」

半次郎が空々しくうなずくと、智蓮尼が呆れ顔となる。

「もう忘れんと。命があったからよかったんやないか」

「…………」

「半次郎ドンは智蓮尼サアの前では子も同然じゃ。どんな縁で二人は知り合うたとでごわすか」

きまずくなりそうな雰囲気を咄嗟の気転で変えた源乃信の問い掛けに、意外なことを智蓮尼がはっきりとした口調で宣言する。

「半どんはわての命の恩人ですわ」

「何があったんですか」

「来る時に見えましたやろ。あの焼けただれた寺で長年修行してたわては、修行が終わった後も、寺男ならぬ寺女みたいなことをしておりましたんや。行くあてもないわてを憐れんだ住職さんが、その離れをわてにタダで貸してくれはりましてなぁ。もうかれこれ十年も前のことですわ。

あの日普段どおりにお勤めをして、いつものように下座行をしておりました。そしたら御所近くでドンパチが始まり、慌てた住職さんらも皆逃げはりましたが、わてには京に身寄りはおへん。それにまさかこの京で寺に累が及ぶとは思っておらんかったんや。そのうちあちこちから火の手が上がって、御所からも、京の町からも煙が上がるのが見えましたわ。そしたらドンちゅう凄い音がして、そっから先はよう覚えておらん。大砲の弾が当たった音に気絶しましたんや。――気がついた時は本堂に火の手が上がっておった。煙に巻かれんように急いで逃げようとしたら、境内を走り抜けようとする血刀を下げたお武家さんと目がおうたんや。

わても女ですよって、きゃつがしようとしていることはすぐに分かりましたわ。咄嗟にどこかに逃げようと思って走りだせば、薄笑いしたきゃつが瞬く間にわてに近づいてきたんで、必死に抵抗しました。でも男の……、しかも狂った男には勝てやしまへん。煙が立ち込めたお堂の中でわては観念しましたんや。そしたら急に身体が軽うなって、わてを犯そうとした男は後ろから剝ぎとられ、突然現れたお武家さんに殴られてすごすごと逃げてしまいましたんや。それがわてが初めて見た半どんですわ。

勇ましい格好の半どんはわてに何か一言声を掛け、わき目もふらず走り去りましたわ。たった一言おしたが、薩摩訛りのその言葉を忘れるはずがありまへん。ところが名前も分からん。色の浅黒い中肉中背の臼顔のお侍さんちゅうても、薩摩藩邸にはごろごろおりますやろ。でもこの京におるんなら、いつかどこかでまた遭えると信じておりましたんや。

それから半年後やろか。ほとんど全焼したお寺の再建はまったく進まんし、住職さんも、坊さんも小僧さんらも戻って来いひん。住職さんの代わりやと思うて、壊れた本尊さんを拝みながら寺女のようなことをまた続けておりましたんや。でも、一人は寂しおすな。気を紛らしてくれる書の紙と墨が切れてなぁ。安いもんを四条河原町に求めて参ったら、向こうから黒紋付き羽織袴姿の見事な男ぶりのお侍さんが歩いて来られるんや。

あん時の格好とはまるで違うっておった。それでも女の勘でピーンときたんですんやろ。目を離さずじっと見ておりました。そしたら半どんも気づいて、薩摩訛りでどうかしましたかって声を掛けてくれはりましてなぁ。あん時の天にも昇る気持ちは一生忘れん。

半どんに事情を話せば、呆れたことに、わては毎日思い出していたのにすっかり忘れていたんどす。戦ちゅうんは無我夢中で我を忘れるんやろか。それでもわての気持ちが収まりまへん。何としてもお礼をせねばと、日を改めてこのボロ家に来てもろうて、わての手作りの料理で持てなそうと思ってお誘いしたんですわ。そしたら半どんは、わての持っていた安い紙と墨石を眺めながら、もしそんなにお礼をしたいんなら書を教えてくれんかちゅうから、そんな立派なお武家さんに、わてごときがなんで書を教えられるもんかと思うて丁重に断れば、俺はあまり字を読めんし書けん。字が上手くなったら、俺はもっと出世できるっち。そう言われましたんですわ。

立派なお武家はんがそんなことを胸張って白昼堂々と言えますか。ところが半どんは言い張るもんやから、わては可笑(おか)しゅうて可笑しゅうて、通りを歩く人からもじろじろ見られてなぁ。それはそうやろ。立派なお武家さんに、みすぼらしい尼僧は不釣り合いや。

でも、わては半どんからのせっかくの申し出を、命の恩人へのお返しとして引き受けることにしたんどす。この頃は忙しゅうなって、そんなに稽古に来られんが、半どんが来てくれるようになって、わてにも心の張りが戻って来たんですわ。そんな半どんやさかい、命を粗末にしてもろうては、わてが困るんどす。なぁ半どん」

半次郎が半ば恥ずかしそうな顔で大きくうなずいている。そんな半次郎に止(とど)めを刺すようなことを智蓮尼が言い放つ。

「二人の関係で何か言い足すことがあるんなら、遠慮せんと言うてんなぁ」

顔を上げた半次郎の顔が強張っていた。顔が少し歪むと悲しげな面持ちとなる。目を瞑った鉄彦は半次郎の心にそっと触れる。案の定、半次郎の慟哭(どうこく)が心に触れた。

「まさか彦どんは、京は初めてではないやろ」

微風(そよかぜ)が吹くような突然の話の切り替えは半次郎への配慮からだろう。そう推し量った鉄彦はわざと明るい声で語りだす。

「いやぁ、初めてでござる。今日初めて京に参りもした。見る物、聞くこと初めてのことばかりで、あっと言う間に過ぎてしまいもした」

「刺客にも襲われましたしなぁ」

間髪を容れずの気転のいい言葉にわざと鉄彦が手を叩き大笑いすれば、智蓮尼も源乃信も笑いだし、それまで無言だった半次郎もつられて陽気に語りだす。

「源どん、――ええ面倒臭か、源乃信。よう考えてみれば、あん衆(し)は最初から俺(おい)を鉄砲で狙うておったねぇ」

「今頃、分かったんですか。俺に当たった最初の一発目も本当はおはんを狙うておった。俺は犠牲者ごわんど」

「すまん」と言って両手で源乃信を拝んだ半次郎が笑いだす。

「謝らなければならないのは俺の方じゃ。おはんの名を大きか声で呼ばんかったら襲われんかったかもしれん」

「それは違う、源乃信。おはんらは巻きぞえを食うたんじゃ」

「どっちもどっちじゃ。それにしてもおはんは、刀を抜けば鉄砲玉が飛んで来るのも分からんごとなるからな。助けたことを本当に覚えておらんとですか」

源乃信の問い掛けにしばし考えていた半次郎は、無念そうな顔で力なく首を振る。

「あん時はうど目サアが鉄砲で撃たれて頭に血が昇り、逃げる敵をひたすら追っかけちょった。どこをどう走ったか。なんも覚えておらん。ああ――、腹が減った。師匠、すんもはん。何か食い物はありませんか」

「御櫃に少しご飯が残っていたから、それで茶粥でもつくろうか」

そう言った智蓮尼が素早く立ち上がり水屋に向かう。しばらくすると小ぶりの土鍋を抱えて戻って来る。土鍋の下の火鉢に新たな炭が加えられ、その炭が半次郎の吹く息で赤々と熾りだしてしばらくすると、土鍋の蓋から湯気と小さな泡が噴き出るようになる。

聞き慣れない茶粥という言葉に興味津々の鉄彦だったが、土鍋の蓋が開けられると何のことはない、焙じ茶で煮詰められた白粥だった。だが、喉越しに焙じ茶の香りがそこはかと漂い、ねっとりとした甘みが梅干しの塩気と実によく合う。茶粥一つに洗練された都の味を楽しんでいた。

「彦どん、どうやお味は」

「とても美味しゅうございます」

「それはよかった。お武家さんにしては、あんさん珍しいな」

茶粥をすっかり平らげた鉄彦が椀と箸を膳に戻し軽く会釈すると、智蓮尼が最多角念珠に目をやりながら微笑んでいた。

「仏さんを信仰しておるんやろ。武田信玄も上杉謙信も昔の武将たちは皆、武運長久を仏さんにお願いしておりましたなあ。明日の分からん今の時代やし、それにあんさんらは薩摩のために命懸けのお仕事しますんやろ。

お不動さんやら、毘沙門天さんを信仰しているって言うても誰も咎めやしまへん。せっかく京に出て来たんやさかい、どこか行きたいお寺はおへんか」

「東寺にはぜひにと。それに機会があれば足を延ばし高野山には」

「まぁ教王護国寺と南山か。ほな、あんさんはお大師さんを信仰しておるんどすか」

これ以上の質問にいちいち答えたならば、そのうち化けの皮が剝がれると危惧する鉄彦に、「わてが案内しまひょか」と智蓮尼が誘った途端、またも不機嫌な顔になった半次郎が羽織と刀を取り上げて荒々しく立ち上がる。

「馳走になりもした。ぼちぼち行こかい」

「アホなことを言いないな半どん。まだそのへんに襲った連中がいるかもしれん。泊まっていき。明るくなってから帰り」

「泊まってよかとな師匠」

半次郎の言葉に突如喜色が溢れる。どうやらこの離れに今まで一度も泊まったことはないのだろうと鉄彦は察しをつけた。

「当たり前や。源どんは怪我しているんやでぇ。もう少ししたらまた傷口を見ないといかん。塗りつけた膏薬は傷に良く効くと評判の富山の薬やが、血が止まらんと効き目もない。それにあんさんとも話したいんや。ひと月も顔を見せてないんやで。怪我の功名とはまさにこのことや。久しぶりに来たんやさかい、ゆっくりしていき。眠たくなったら隣の部屋にわての布団を敷いて寝ればいい。そうしいなぁ」

地面に舞い落ちた淡雪（あわゆき）がすぐ溶けるように半次郎の顔がにやけると、まるで朝日のごとく輝きだし、途端に饒舌（じょうぜつ）となる。かくして京での鉄彦の一日目は賀陽宮邸を見ることなく、智蓮尼の離れで一夜を明かすことになった。

第三章　破壊剣

赤縅の甲冑で身を固めた巨漢が逞しい馬に跨り、猛接近してくる。牛の角がそそり立つ朱色の兜の奥で、人間とは思えない凄まじい眼光が睨みつけている。片手で手綱を操り、片方の手には先の鋭く尖った三叉鉾を引っ提げ、その穂先が俄かに上がると、人馬一体となった赤い塊が目前に迫る。

その時、老師の声が轟く。

――怯むな。動ずるな。己が大気となって光を放て。あの呪文を無心に唱えよ。

「石田ドン、石田ドン。大丈夫ですか」

突然起こされ鉄彦はハッと目覚めた。行灯の灯りの中で源乃信が心配そうな顔をして覗き込んでいる。

「何度も譫言を言うておいやした」

確かに老師が教えくれたあの意味不明の呪文を、夢の中で何度も必死に唱えていた。

上半身を起こすと浴衣の胸元と額にうっすらと汗が滲んでいる。鉄彦は苦笑したまま乱れた浴衣の胸元を整え、額に滲んだ汗を手で拭く。

「何刻ごわんそかい」

「さっき鐘が鳴ったから、明け六つ（午前六時）を過ぎもした」

京の寒さは年が明けてから益々厳しくなっていた。相変わらずの極寒の朝なのに、寝汗をかいていたことが何とも恥ずかしくなる。このところ妙な夢を見ることが多くなっている。先ほどの夢はそれとは違った。夢とは思えないほど生々しい臨場感があったし、何かの啓示だったのか……。

「どげんしたとですか」

口をきかない鉄彦に、自分の布団に戻った源乃信は痺れを切らしていた。

「夢ん中で術の稽古をしておったようじゃ」

「夢ん中でも修行をしておらるっとですか」

そう言った源乃信が呆れ顔となる。呆れ顔で布団に投げ出した右足を撫でても、そこには傷跡はない。智蓮尼が塗ってくれた富山の膏薬も効いたし、それ以上に、鉄彦が万が一のため高山から持参したミズカネがよく効き、ひと月も経つと薄皮もなくなって元の足に戻っていた。

源乃信の物言いにはただ苦笑いするしかない鉄彦だが、決して稽古をしていたのではなく学ばされていたことを再認識していた。となればいよいよ命懸けの役目も近いのか。

「よう寝らんと、疲れがとれませんよ」

労りだか戒めだか分からない源乃信の言葉はもっともだが、何かを教えてくれたと思えば思うほど、そこはかとない喜びが押し寄せ、頬が自然と緩んでくる。

　あれから西郷は半次郎が予想したとおりすぐには戻って来ず、ようやく七日後に戻って来た。小松帯刀との間でよほど込み入った話し合いがあったようだが、その内容が明かされることはなく、京に着いた翌日には呼び出されて密書を託されると、その頃にはだいぶ傷が癒えてもまだ片足を引き摺る源乃信と共に、但馬出石で荒物屋を営む広戸勘助のもとに届けていた。油紙で二重に包まれた分厚い手紙が勘助宛てではないことぐらい二人は察しをつけていたし、荒物屋の主勘助を経て、おそらく長州藩の大物へ渡るのだろうと勘を働かせていた。

　このところ方々に西郷の密書を届けるのが頻繁になっている。あっという間に時が流れ、胡蝶丸であのような経験をし、夜襲もされた二人にとっては、肉体的疲労より精神的な疲労が鉛のように重く身体にのしかかっている。

　鉄彦の微笑みを照れ笑いと勘違いしている源乃信は、それ以上の追及を止めにし、布団から勢いよく立ち上がると、分厚くて重い扉を両手で押し開ける。朝の光と共に冷たい空気が流れ込む。

「今日もよか天気じゃ。こげな日にまた妙な格好をするのか」

　大きく伸びをしながらふり返った源乃信は、白い歯を覗かせ悪戯っぽい顔をする。その顔はまんざらでもない表情をしている。今日はどんな格好に化けるのかは下に行ってみなければ分からないが、この家の主がすでに準備してくれているはずだ。昨晩、西郷から急な呼び出しの知らせが届いていた。

　このところの薩摩藩邸の警備は一段と厳しくなり、薩摩藩士と食材などの日用品を運び込む馴染みの商人以外は猫一匹門の中には入れない。それぐらい厳重な訳は、水面下で薩長連合へ向けての秘密の会合が開かれているからだ。

勢力回復を狙う幕府は性懲りもなく、長州藩藩主父子と七人の公卿を江戸へ送ることを強行せんがため、十余りの藩に出陣を命じ、第二次長州征伐を決定した。それをきっかけとして、今の国力では攘夷は到底無理と見切りをつけ、薩摩藩は討幕へと大きく舵を切っていたのだ。

藩の富国強兵を一層図り、実力を養ってしかるべき時に西国雄藩と連盟し、その後全国統一政府樹立への方向転換を推し進めようとしていた。その雄藩筆頭とかねてから目星をつけたのが、言うまでもなく長州藩である。薩摩藩ではようやく久光の独断専行が和らぎ、代わりに久光の覚えめでたい小松帯刀と西郷・大久保の三名に全権が託され、三人は協議を重ねて長州藩との連携を模索し、しかるべき時が到来すると薩摩藩邸の中で秘密裏の会合が連日続いていた。


まだ寝静まる長い廊下を伝って源乃信と鉄彦が西郷の部屋の明かり障子を開けると、西郷は早朝なのにすでに黒紋付き羽織袴の正装姿で何やら書き物をしていた。百姓姿に変装した二人が静かに障子を閉めれば、小筆を硯箱に戻した西郷が顔を上げて笑顔を見せる。いつものような屈託のない笑顔ではなくどことなく疲労感が漂い、長州との秘密の会合が難航しているのを物語っている。

「早かったなぁ。今日は何に化けてきた」

「今日は味噌醤油屋ごわした」

「まさか薩摩藩士がそげな格好で、しかもこげん早う藩邸に入るとは、外から見張っちょい衆も思わんだろう。源乃信もこの頃は変装が板に付いたようじゃな。寒（さん）かったろう。火鉢にあたれ」

源乃信が挨拶して西郷の横に刀を置いて正座しようとすれば、西郷が慌てて手を振る。

「よか。よか。足を伸ばせ。まだ痛かな」

「いいえ。石田ドンのミズカネが良く効きもして、もう傷も目立たなくないもした」

「ミズカネ――」

「水銀でごわす。石田ドンがお加持（かじ）もしてくれましたから、痛みもすぐに消えもした」

上機嫌に胡坐（あぐら）をかいた源乃信から、座卓を挟み正面に正座する鉄彦へと黒豆のような光を放つ眼差しが移ると、首からぶら下がる最多角念珠へ目が注がれ西郷が満足そうにうなずく。そんな様子を見て鉄彦は嬉しくもあり、誇らしさも感じる。

「山伏の力ちゅうもんは凄かもんじゃ。おはんも半次郎も命拾いをしやした」

西郷はあの夜のことを半次郎から聞き、源乃信にも確かめて詳しく知っていた。ただ、半次郎も源乃信も、逃げ込んだ先は打ち合わせもしていないのに内緒にしていた。半次郎は勿論、源乃信も尊敬する先輩のため口を固く閉ざしていたのだ。

「二人とも気をつけやんせ。俺（おい）の密偵と知れば命を狙う輩（やから）も多かでな。飯は食うたか。――そうか。そいなら」

そう言った西郷が大きく手を叩くと、襖を開けて馳せ参じた小者の慎太に三人分のお茶を持ってくるよう申し付ける。もうすっかり馴染みである。ほどなくしてお茶が運ばれ、慎太が襖を閉めて出て行ったのを見計らい西郷が口を開く。

源乃信の問い掛けに湯呑茶碗を座卓に置いた西郷が懐手をして深くうなずき、おもむろに切り出す。

「連合のことでごわすか」

「今日で五日目になっどん、まだ細んかところを詰めんとならん。最初はお互い意地の張り合いじゃった。言うだけ言えばもう言うことはなくなって、長州と幕府の戦いが始まったなら、薩摩が長州の軍事上の援助をし、朝廷への取り成しもする。今後は両藩力を合わせて国家のため、朝廷の権威を高めるために全力を尽くす、ちゅうことに収まりそうじゃ」

「なら、念願の薩長連合がいよいよ実現すっとでごわすな」

西郷の深いうなずきに源乃信が「よし」と呟きながら薄汚れた股引の膝を叩く。そんな源乃信とは異なり、座卓を挟んで西郷の前に正座した鉄彦は西郷の言葉を反芻していた。

西郷念願の薩長連合が間もなく成就するにしても、初めて明らかにされた内容はかなり薩摩藩が譲歩しているようにも感じた。好条件を出して長州の怒りを鎮めようとしているのか、小うるさいことを言うと聞いた気位の高い久光公の許可を取ったのか。そんなことを考えていると、西郷の目と重なる。目が何かを訴えていた。すかさず西郷の心を読む。

（お互いに昔のことに囚われたり体面を気にしたりしていたら、一向に先には進めん。阿斗ドンのことは気にせんでんよか）

「いよいよ大詰めじゃ」

そう一言だけ言うと、薩摩焼の湯呑茶碗を取り上げ感慨深げにゆっくりとお茶を味わう。

——久光公のことは無視か。そんな鉄彦の心の叫びを見透かしたように西郷が懐から片手を出し、掌を広げると、出かかった鉄彦の言葉を遮る。眼光には強い意志が漲っている。

西郷は自分の懸念を読んでいると、鉄彦は表情を硬くする。ほんの一瞬の緊張を先に切ったのは西郷だった。再び湯呑茶碗を取り上げて美味そうに飲み干すと、打って変わったような穏やかな目つきで語りだす。

「今日二人に来てもらったのは、薩長連合の見通しが立ったから次の手を打たんにゃならん。薩長連合ができて一番慌てるのはどこじゃろかね、源乃信」

途中から源乃信に視線を合わせた西郷だったが、わざと源乃信にふったように鉄彦には思えた。

「なんちゅうても、幕府ごわんそ」

西郷が大きくうなずき、今度は鉄彦に視線を合わせる。

「石田ドンは」

確かに薩長連合は幕府にとって意外なこととなるだろう。しかし、一番厄介な問題となりそうなのは八月十八日の政変の時に片棒を担いだ会津藩の存在ではないか。いったい会津との関係は今後どのようになるのだろうかと考え、その思いを遠慮せず吐くことにする。

「今後、薩長連合軍と幕府軍が戦でもすれば、会津は当然幕府軍に入るはずで、そうなれば会津に遺恨が残りましょう。——薩摩は裏切ったと」

西郷が深くうなずく。そんな答えを待っていたかのようなうなずきだった。

「慎重に事に当たらんと恨みを買うことにもなりかねん。そこでじゃ、二人に会津藩を内偵してもらいたい」

「東北まで行くんですか。行っても言葉がよう分からん。会津の訛りは苦手じゃ」

源乃信の素直な物言いに西郷が苦笑いする。

「誰（だい）が東北まで行けと言うたか。この京には会津ん衆（し）がどっさい（たくさん）おる。陣屋もある。陣屋には会津藩の実力者が寝泊まりしておる」

「ひったまがった（おどろいた）。金戒光明寺（こんかいこうみょうじ）に潜り込めとな。新選組もうろちょろしちょいもす。第一、言葉はどうすっとですか」

「ここにおる。薩摩訛りのない言葉を話せる人が」

「先生は知っておられたんですか」

「半次郎から聞いた。夜襲された時の石田ドンの武勇伝と一緒になぁ。さすがの半次郎も驚いちょった。——石田ドン、頼めもすか。まだ会津とは盟友関係にあっで、俺（おい）が裏から手を回して、京に立ち寄った修行僧として話を通す。じゃっどん、言いにっかことじゃが、修行僧ならその頭を……」

申し訳なさそうな顔をして西郷が自分の頭に手をやり、それを目にした源乃信が慌てた様子で両手を上げて制す。

「待ってたもんせ、先生。いくら先生の命でも武士が禿（は）げ頭（びんた）にはできもはん」

崇拝する西郷に抗議までしてくれる源乃信の心遣いが鉄彦は嬉しかった。

「大山ドン、俺（おい）もだいぶ齢をとって薄くなったで、よか潮時じゃ。今晩、おはんが剃ってくれんか。

剃髪できるのは師匠しかおらんで、これからおはんは俺の師匠じゃ」

わざと冗談気味に言えば源乃信が唖然とした表情となり、西郷が安堵した表情で律儀に深々と頭を下げる。そんな西郷を見て鉄彦はわざと明るく声を掛ける。

「それで先生、何を内偵すればよかとですか。会津の反応は分かっておられもんそ」

頭を上げた西郷の目の色が変わっていた。薩長同盟をすると決めた時から会津藩の動向を探っていたが、いざ決まるとなれば、今まで味方だった藩を裏切ることに後ろめたさがある。西郷はすぐに話を切り出そうとはせず、傍らの煙草盆を引き寄せて煙管に火をつけ一服喫う。紫煙と共に吐き出された言葉は毅然としていた。

「一言でいえば、会津藩士の気風でごわす」

「気風――」

「藩風と理解してんよか。薩摩の人間は郷中の先輩から、戦場で死ぬ時には前のめりになって死ねと教えられてきた。それは代々伝えられ、戦に明け暮れた先輩方の気概が強く含まれちょる。そげな気概が薩摩武士のぼっけもんという気風を作り、薩摩の藩風にもなった。薩摩と会津は西と東に離れて気候も風土も違う。片や外様に片や親藩じゃ。薩摩とは考えが違うのは当然のこと。それを調べて貰いたか」

再び煙管をくわえた西郷は深く喫い込んで煙を吐き出し、煙草盆の中の竹筒に煙管の首を打ちつけてから静かに盆に戻す。煙管を叩く乾いた音が部屋の中で意外なくらい反響していた。

「薩摩には薩摩の士魂がある。会津には会津の士魂がある。もし戦になっても、お互いの士道に反することをしてはならん。薩長連合を結べば会津がどんな行動に出るか、今のところ読めんが、そん行動に影響を与えるのが士風じゃ。それがよう分かれば、あるいは遺恨を残さない方法もあるかもしれん。できることならあん衆とは戦いたくはなか」

「分かいもした」

西郷が本音を見せたと思い即座に返事はしたものの、遺恨を残さない方法があるというのか。鉄彦は真意を図りかねていたが、会津に対して強い敵愾心がないことを感じ取った。

「旅の途中の修行僧ちゅう触れ込みでも警戒は厳しかはずじゃっで、たぶん寺の宿坊には寝泊まりはできんじゃろうが、せっかく京に出て来たのだから由緒ある金戒光明寺を通いで二、三日見学させてくれって頼めば、何とか潜入できると思う。その間、源乃信は門前で何か商売をしながら石田ドンを見守ってくれ。もし何かあれば半次郎から聞いた金縛りの術を使て逃げて来るじゃろうから、そん時は身体を張って守れ。

石田ドンのことじゃから二、三日潜入すれば、だいたいのことは分かっじゃろう」

西郷の言葉は術の力を十分に認めたものであるし、それと分かった鉄彦は意気に感じ、期待に応えて十分な働きをと、大きくうなずき返す。

西郷から密命を受けた二人が藩邸を後にしてから、大詰めとなった交渉はその日も夜遅くまで続いた。西郷の予想に反し薩摩藩邸での交渉はなかなか結論に結びつかず、日が改まると場所を近衛家別邸内の小松帯刀の家に移し、坂本竜馬の立会のもと、小松・西郷と桂小五郎の間で協議が重ねられ、ようやく薩摩と長州は七項目から成る薩長連合の骨子をまとめ上げることに漕ぎつけた。

時に慶応二（一八六六）年一月のことである。ここに薩長が連合して幕府に対抗する歴史的な約束が取り交わされ、明治維新に向けて時代は一気に加速することになる。

西郷の密命を受けてから九日目の夜が明けた。黒衣に袈裟を纏った鉄彦が高麗門から足早に出て、笠に手をかけ剃髪した顔を覗かせると、墓参りに訪れる人々を相手に菊を小分けする商いの準備をしていた源乃信が気づいて目配せする。遠目が利く鉄彦は心配していた源乃信の様子がすぐに分かった。

三方を山々に囲まれた大寒前の京は冷気が漂い、夜は厳しい底冷えとなる。早暁の陽光で凍りついた土が少し温み、土から立ち昇る水気が靄となって辺りを白く包んでいる。まだ人気のない寒々しい中で源乃信は袴もつけず、手拭いで頬被りをして、薄汚れた単衣を尻にからげた股引姿である。足袋も履かず、素足のまま草鞋で固めていた。

それに引き替え、生まれ故郷の越後に帰ると嘘の別れを交わし、足袋を履いて脚絆で固め、網代笠を被って杖を持つ手には手甲もつけた旅支度なのだから、役目とは言いながらも薄着の汚い格好で慣れぬ商売をしていた源乃信が気の毒にもなる。二人は一言も交わさなくても、しばらくしてからこの先の鴨川の土手で落ち合う手筈になっている。

寺の中に入ってみなければ分からないことも多く、万が一何らかの理由で寺から出て来られないことも考えられ、落ち合う場所を決めていたのだ。そのうち今日の商いを打ち切った源乃信が、鴨川のその土手に姿を現すだろう。今度は少し待つ番かと、後ろをふり返ることなく杖を突いた鉄彦が鴨川に向かって歩きだす。

二泊三日の内偵は感慨深いものでもあった。まったく疑うことを知らない親切な僧侶の案内によって隅々まで見物できた。僧侶の口からついに西郷の名前は出なかったものの、よほど寺と深い縁のある有力者に頼んだに違いないことが、丁寧な接待で推し量れた。お蔭で滅多に見られない運慶作と聞いた文殊菩薩と脇侍の尊像も見ることができ、御影堂の中では修行僧によってうねりにも似た念仏がひねもす唱えられ、神々しいまでの本尊阿弥陀仏如来像には目を奪われていた。

会津の本陣は御所近くに移されたとは聞いていたが、それでも金戒光明寺内には多くの会津兵が駐屯していた。八月十八日の政変の折は全ての会津兵に宿坊を提供してもまだ半分の宿坊が残っていた、と規模の大きさを自慢されれば泊まらないのは不自然で、宿坊に二泊していた。結果としてそれがよかった。会津藩士と直接話せなくとも彼らの日常生活がよく観察できた。士気が高く統率もよく取れ、広い境内で武術の稽古に勤しみ、武具の手入れも行き届いていた。

夜ともなれば各宿坊で酒盛りが始まり、酔って声高となった話を、聞き耳立てずとも聞くことができた。それによると会津軍は上洛当初必ずしも一枚岩ではなかったことが分かった。松平春嶽から『会津家訓十五箇条』の中の「会津藩たるは将軍家を守護すべき存在である」を引き合いに出され、会津藩藩主松平容保が京都守護職を渋々引き受けた当初、国許では不満が燻っていたようだ。

だが、八月十八日の政変の働きに対し孝明天皇から宸翰（手紙）と御製（和歌）を下賜されてから松平容保は孝明天皇の信奉者となり、「一刻も早い京からの撤退を」と訴えた重鎮家老西郷頼母らの箴言でさえも撥ねつけていた。進退を賭けた家老の意見も退ける頑固な孤高の殿様という印象にもなったが、顧みて薩摩では久光に意見できる者は誰もいない。敢えているとすれば西郷だったが、その西郷ですらこの頃は無視した感がある。ところが会津藩の家臣らは頑固な殿様を守り立ててよくまとまっていた。

酔えばその勢いで怒声が飛び交うような品のない薩摩の酒ではなく、夜更けまで静かに語り合っていた。唯一、声高くなったのは、「ならぬものはならぬものです」と唱和した時で、何が嬉しいのか暫し高笑いが続いていた。聞き慣れない言葉に関心を持ち、翌朝寺内を案内してくれる僧侶に道すがらそれとなく尋ねてみると、会津藩士らに幼少の頃から叩き込まれた「什の掟」と呼ばれるものであることが分かる。

会津では同じ町内に住む藩士の子どもたちが十人前後で集まり、その集まりを「什」と呼び、そんな什の集まりでは「年長者の言うことをきけ。年長者への挨拶を忘れるな。卑怯な振舞いをするな。弱い者いじめをするな。外でものを食うな。外で女と喋るな」と戒め合って最後に唱和するのが「ならぬものはならぬものです」だという。

薩摩の郷中の掟とよく似ていた。薩摩と会津の士風というものは、共に幼少期から心身の鍛錬と、結束を旨とすることを基本に醸成されていると知れば、西郷から課題とされたことを薩摩に置き換えて考えられるようにもなった。もし薩摩藩ならば、筋の通らない裏切りを断じて許さないだろう。誠を通して初めて理解が得られる。誠がなければ如何なる理由でも和解は見いだせないし、きっと会津もそうだろうと鉄彦は確信していた。

藩から選ばれし精鋭たちが酒を酌み交わしながら静かに討論し合い、酔った挙句に、昔何度も唱和したであろう掟の結びを声を張り上げて唱和し合う。そこに浮かび上がる会津藩士像というものは極めて純朴で、されど頑固一徹な武士の姿だった。藩内で京都守護職への意見対立があったにせよ、主君が決意したことならば迷うことなく一致団結するに違いない。万が一の場合、会津武士らはそんな義のもと徹底抗戦するだろうし、それを回避する手立てが果たしてあるというのか。

落ち合う場所に辿り着いた鉄彦は杖を傍らに置いて笠を取り、ゆっくりと腰を下ろして地面に胡坐をかく。胸に下がる数珠を取り上げて厳かに擦り、浄土宗では「懺悔偈」と呼ばれる経文を西に向かって唱え始める。

役目とはいえ嘘をついて寺に潜入し、そんな人間を疑いもなく歓待してくれた純朴な僧侶に後ろめたさを感じ、まずは懺悔しようとしていた。神々しいばかりの阿弥陀仏如来像を目に浮かべ「がしゃくしょぞうしょあくごう　かいゆむしとんじんち」と唱え終え、今度は「なむあみだぶつ」の念仏を何度も唱える。

心の澱を払い終えると両手を膝の上に置き、法界定印を結んだまま、いくら考えても答えの見つからない先ほどのことを再び考え始める。

鴨川の土手で腰を下ろして瞑想しながら待つこと小半刻（三十分）。野菊の入った桶二つをお手製の天秤棒で担いだ源乃信が姿を現した。源乃信はすぐに語りかけることなく、川面に向かって並んで腰を下ろしても、手拭いの頬被りを取ろうとはしない。そればかりかお手製の太い天秤棒を片方の肩に立て掛けている。刀を持たない代わりの天秤棒は硬くて重く、万が一に備えての物だった。

「どげんでしたか」

川を向いたままの源乃信から小声で話しかけられ、鉄彦は目を開けて印を解く。

「ならぬものはならぬものです」

ふり向くこともない唐突な言葉に、源乃信は手拭いの中の眉間に皺を寄せた。

「酔った会津ん衆が声を揃えて言うた言葉」

「どげな意味ですか」

「小さな頃親から、義を言うな、って言われたろう」

「ああ懐かしか。あれを言われると何も反抗できんかった。この齢でも、あん言葉は生きちょいもすからな。親に歯向かいはできん。それが何か」

会津の、ならぬものはならぬものにしても、薩摩の義を言うなにしても、要は親に、あるいは目上の者に屁理屈を言ってはならぬと強く諭しているのだから、すぐに源乃信から幼い頃のことを引き出せていた。

「同じ意味じゃ。あん衆も什という子どもたちだけの寄り合いで、互いに切磋琢磨しておる。目上の人間を敬え。武士らしく屁理屈を言うなと」

「薩摩の郷中と似ちょいもすな」

「確かによう似ちょっ。もし敵に回したなら手強い相手にないもそ。申し訳なかった。長く待たせて」

突然、鉄彦が頭を下げた。目の前に剃髪した頭が青白く光っている。慌てて源乃信が手を振る。

「頭を上げてくいやんせ。役目じゃっでお互い様じゃ。寺の中の様子はどげんでしたか」

「あん寺の大きさには驚きもした。八月十八日の政変の時、会津軍全員に宿坊を提供してもまだ半分残っていたらしか。そげなことを言われて泊まらんは不自然じゃっでな」

「そげんことだったとですか。何かあったんじゃなかろかって心配しておいもした」

「心配をかけもしたが、二晩寺に泊まってよう観察ができた。そっちに変わりは」

「あいもす」

即答した源乃信が後ろをふり返る。川の土手沿いを歩く身なりの良い二人連れの侍が近づいても、そこまでは声が届かないことを確認した源乃信はそれでも低い声となった。

「とうとう薩長連合が決まりもした」

別に驚きはしないが、やっと決まったかと鉄彦が軽くうなずく。

「昨日の晩、宿に戻ったなら、先生の伝言を預かった慎太ドンが来てくれもした。決まったから気をつけろ、ちゅう伝言ごわした。じゃっで心配しもした。もし、ことが漏れれば敵側の密偵にないもんで」

「先生は今日藩邸に」

「おられるはずじゃ。急ぎの報告でごわすか」

「うんにゃ」

「それなら一度戻って、暗くなってから行きもんそ」

大きくうなずいた鉄彦が腰を上げて笠を被る。暗くなってから藩邸に行く理由は明らかである。

すでに薩摩藩は幕府に弓引く態勢に入り、今まで以上に警戒が厳しくなっているに違いなかった。

ならば尚のこと二人は夜陰に乗じて裏門から入るしかない。暗くなってからわざわざみすぼらしい格好に変装する必要もない。

源乃信も立ち上がり、木桶に入っていた小菊全てを川に流し、天秤棒に二つの桶を通して肩に担ぐと、鉄彦から少し距離を置いて川の流れに沿って歩きだす。雑踏ならともかく、こんな人目のつく処で二人は決して並んで歩くことはない。先を歩く鉄彦は注意深く辺りの気配を窺(うかが)いながらの早足で、あとに続く源乃信は尾行の有無を確認しながら、いつでも鉄彦を守る態勢を取るのがこの頃の習慣となっている。

川の土手から上がって四条大橋を渡る頃になると、四条河原と祇園を結ぶ橋の上は人通りが多くなる。やっと京の町が始動していた。二人は冷たい向かい風の中、雑踏に紛れて橋の上をゆっくりと歩きだす。その時大小を腰に差し、羽織袴の白足袋姿の二人連れが鉄彦らの前に割り込んできた。武家姿ならともかく片や僧侶、片や百姓姿なのだから、多少短気なところもある源乃信が頬被りの中でにたついている。

二人の羽織にはそれぞれ丸に茗荷(みょうが)の家紋が染め抜かれていた。何が可笑(おか)しいのか吐く白い息と共に時々高笑いをし、盗み聞きをする気はなくとも風に乗り、二人連れの陽気な喋り声と椿油の香りが鉄彦のもとへ届く。訛りのない江戸弁だった。しばらく聞き流していたが、「昨夜(ゆうべ)伏見で大捕物があったらしいな」という声を耳にした途端、鉄彦が少し早足となり、空の木桶を担ぐ源乃信も後に続く。二人連れとの間隔が縮まると、肩ごしに二人の会話が鮮明に聞き取れるようになった。

「その才谷(さいだに)梅太郎とかいう下手人(げしゅにん)は、いったい何者なんだ」

「よう知らんが、土佐の脱藩浪士と聞いた」

「ふーん、土佐藩か。土佐藩と言えば、関ヶ原の戦で軍功をあげた山内一豊公じゃねえか。そんな藩の、しかも脱藩浪士に何の嫌疑がある」

「拙者もよう分からん。分からんが、良からぬことを企んでおったから町奉行が捕縛しようとしたんだろうよ」

「さては志士なる輩か。それで捕まったのか」

「いや、短筒(たんづつ)をぶっ放されて捕り逃がし、その後どうやら伏見の薩摩藩邸に逃げ込んだらしいぞ」

「奉行所が追う下手人がか」

「左様」

「薩摩藩の藩邸にか」

「そうじゃ。正確に言えば逃げ込んだのではなく、薩摩が藩士を出し、助けに来たそうな」

「藩士を出し……。ならばその男は薩摩にとっては大切な人間となるな」

「左様じゃ」

「面妖(めんよう)な」

「まことに奇妙な話よ。今や薩摩は会津と盟友関係にあって御所も警護し、言うならば幕府側じゃや。そんな薩摩が町奉行から逃れる人間を、藩士まで出して助け出すとはなぁ」

「それでどうなった」

「昨夜のことだから、その後のことはよう分からん」

「いかな薩摩でも、御用とあらば、その才谷とかいう浪人者を差し出すだろうよ」

「それはどうかなぁ。成り行きから推して、薩摩がすんなりと差し出すとは思えん。もし差し出さなかったなら面倒なことになるわい」

　歩きながら聞き耳を立てていた二人が互いの顔を見合わせて歩みを止める。欄干に歩み寄って川面を眺める鉄彦の背後に源乃信がピタリとつき、鋭い目つきで周囲を見渡しながら顔を寄せ小声で呟く。

「才谷って言うたな」

　返事をしない代わりに笠の中で鉄彦が小さくうなずく。二人は西郷の密書を携えて何度も伏見の商家を訪れていた。その時、密書を取り次いでくれたのは綺麗な芸者だった。もちろん西郷の恋文を運んだのではなく、西郷から直接聞かされていた土佐の脱藩浪士坂本竜馬に宛てたものだった。坂本は薩長連合の仲介役を買って出たという。たぶんあの女は坂本の情婦（いろ）と二人は見当をつけていたが、自分は姿を現さず女に受け取らせ、普段は才谷梅太郎という偽名を使い、顔はまったく分からない。

　あれほど慎重な人間が襲われたのだから、すでに幕府はその動きを正確に把握し、密かに結ばれた薩長連合についても察知していたのかもしれない。しかし、なぜ成立した直後に捕縛しようとしたのか。もし連合を阻止するのであれば、連合が成立する前に捕縛する必要があったはずだ。川面を眺めながら考え続ける鉄彦だったが、連合に向けての密談の席にいたのではないから詳細についてはまったく分からない。だが、その席に坂本竜馬がいたとすれば……。

「昨日決まったんじゃな」

「何が」

「連合」

「そうです。そいが何か……」

「先生はあん時、今日で五日目と言われた。あいから九日過ぎた。ということは十三日目。となれば十日……」

「何をブツブツ」

源乃信が周囲を警戒しながらにじり寄る。

「坂本ドンは少なくとも藩邸に十日間はいたことになる。それからやっと解放されて、あの女の処に戻ってホッとしていたとすれば、いかに慎重なあの人でも油断をしておったかもしれん」

「なるほど。連合が露見したかも」

「捕まらんかったなら分かりようもなか。ただ気になるから行ってみろかい」

「どこへ」

「伏見の藩邸」

「着替えてから舟で行きもんそ」

高瀬舟で行くのを提案したのは、敵陣で気苦労した鉄彦への配慮だった。

伏見の薩摩藩邸前は噂を聞きつけた人間たちで、黒山の人だかりができていた。

笠を深編み笠に替えた鉄彦が笠を少し持ち上げて見渡すと、分厚い門は堅く閉ざされ、門前には濃紺の羅紗地(らしゃじ)制服の上から白い兵児帯(へこおび)を締めた薩摩藩士二十数名がミニエー銃を水平に構えていた。

町奉行与力と思しき侍らが何事か声高に喋って近寄ると、藩士たちは銃を肩に担いで狙いを定め、陣笠を被った上士が指揮棒を突き出し、そこから一歩も前に来るなと威嚇する。憮然とした与力と思しき一人が懐から何か書きつけを取り出し、それを示しながら居丈高に門を開けるよう大声で命じても、藩士らは馬耳東風の体(てい)で銃を肩から降ろさない。

様子を窺っていた人だかりの中から突然ヤジが飛び、拍手する者もいた。

これが洛中での今の薩摩藩への評価だろうと、紺の着流しの上に羽織を羽織った鉄彦は懐手でその光景を眺めていた。禁門の変で長州軍の鉄砲は御所目がけて撃ち込まれたのに対し、薩摩の大砲は御所の外に向けて放たれ、流れ弾が「どんどん焼き」と呼ばれる大火に繋がったのだから、それを恨みに思う人間は大勢いた。それでも滅多なことでは今の薩摩を批判できないし、この時ぞとばかりに口汚いヤジを飛ばしたのだ。

「どうしましょうか」

傍らに立つ着流し姿の源乃信が小声で聞いてくる。灰色の江戸小紋の着流しの上に紺の袖無し羽織が良く似合う。手拭いの頬被りもなく、髷(まげ)も整えて先ほどとは別人の男ぶりの風体になっていた。二本差しでなければ、どこぞの老舗(しにせ)の若旦那でも通る粋(いき)な姿だ。

「せっかく来たけど、なかの様子が分からんで帰ろか」

「そげんしもそ。猫の子一匹入れんとはこのことじゃ。無駄足になりもした」

人だかりのほぼ最後尾から二人が抜け出そうとした時、人ごみの中から源乃信の袖を引く人間がいた。編笠を深く被った男は、無理やり源乃信の腕を摑むと、人ごみをかき分けて藩邸からだいぶ離れた民家の軒先まで引っ張っていく。紺の袷（あわせ）にたっつけ袴を着ているが、腰には年代物と一目で分かる見事な脇差を帯びている。

後ろをふり向いて人の目が届かないのを確認しながら笠をとれば、鬢（びん）には白いものが目立ち、顔の所々に浅黒い老人斑がある。すでに五十の齢（よわい）を超えているだろうその男は唐門（からもん）の前で源乃信に気づき、小さくうなずいて薩摩陣笠の中で微笑んだあの組頭だった。

それと分かった鉄彦は笠を取りながら歩み寄り会釈する。鉄彦の覚えの良さはこのところ身に染みて源乃信は知っていた。遠くから、しかも一度しか見ていないはずなのに覚えていたのかと、気をきかせて紹介してくれる。

「この人は高山郷士の石田鉄彦ドンでごわす」

「いつぞやは。改めもして石田鉄彦と申しもす」

再び丁寧に腰を折れば怪訝な顔つきとなった男の目が、鉄彦の首から下がる最多角念珠にゆく。途端に顔が綻んだ。

「ああ、あん時の――。唐門の前でお見受けしもしたな。そん頭（びんた）はどげんしゃったとでごわすか」

辺りを警戒する先ほどの気配は失せ、好々爺（こうこうや）の顔となった男は年上にも拘らず、薩摩訛りの丁寧語で問いかけてくれたことですぐに好感を持てたが、剃髪の訳を軽々しく話せるものではない。すぐに返答できず口籠もる鉄彦に代わって、源乃信があっけなく暴露する。

「石田ドンは西郷先生の命で、坊主に化けて今朝まで金戒光明寺に潜り込んでおいもした」

「会津のか。——それで坊主頭か。それは難儀な役目でごわしたなぁ」

そう言った男は深々と頭を下げる。誠実な人柄であるのは間違いないが、密偵の仕事内容をこうもたやすく打ち明けた人間と源乃信とはどのような関係なのかと、再び会釈しながら鉄彦は訝(いぶか)っていた。そんな表情を読んだ源乃信がすぐに説明してくれる。

「こん方は福山郷士で、俺(おい)の遠い親戚にあたる人でごわす。元地頭ドンじゃったで、本当ならこげん馴れ馴れしくはできんけど、昔から世話になっておるし、京に出て来てからも色々と面倒をみてもろた。先生の密偵をしておることも知っちょられる」

「改めもして、福山郷士の岩切兼善(いわきりかねよし)でごわす。源乃信が色々とお世話にないもして」

「いやいや、こっちこそ」

年上の元地頭から丁寧な挨拶をされ、恐縮顔で慌てて胸の前で手を振る鉄彦だったが、顔を上げた岩切の顔は一層好々爺となっていた。

「おはんのような人が源乃信の傍においやって気強い。おはんは術遣いごわしてなぁ」

鉄彦と源乃信は顔を見合わせる。驚き顔の源乃信が、年上の人間に珍しく詰問口調となる。

「ないごて知っちょらるっとか」

「中村半次郎から聞いた。あん半次郎がたまがっておった。こん前、藩邸でばったり逢うたら、刺客に襲われたことを聞いた。足は大丈夫か」

「もう治った。そげなことより、半次郎ドンが言いふらすっと困る」

「それはない。わいと俺が遠い親戚同士じゃっで言うたんじゃ。見かけによらず半次郎は口の堅い男じゃっで心配いらん。俺も誰にも話しちょらん。難儀な仕事じゃっどん、二人で西郷ドンの仕事に励めよ」

戒めには実直さが溢れている。武骨な薩摩武士には珍しく物腰も柔らかい。

「どげんしたとですか。そげな格好をして」

源乃信の問いかけに岩切が再びふり向き、人だかりを警戒するような鋭い目つきとなる。

「あん野次馬ん中に、新選組やら幕府の密偵が紛れ込んでおるかもしれんからな。西郷ドンの命でこげな格好で様子を見に来た」

「先生の命で様子を見に来た。——どげんことですか」

「もちっと、こけ」

岩切が軒先深く二人を引き込む。二人に背を向けた鉄彦は家の中に誰もいないことを確認し、周囲を警戒しながら岩切の話に聞き耳を立てる。気を利かした岩切が少し大きめの声で語りだす。

「土佐の脱藩浪士坂本竜馬ドンのことは知っちょるじゃろう。例の仲介をした坂本ドンが昨晩襲われて手傷を負った。——危なかった。裸同然の女が藩邸に助けを求め、それで藩邸から船を出して助け出すことができたそうじゃ。もし捕まっておれば、ないもかいもバレてしもうた。西郷ドンはそれはご立腹じゃ。もし力ずくで坂本ドンを捕まえるならば、自分で兵を出すのも辞さんと、二本松藩邸では大砲を出すなんどして戦支度でてんやわんやじゃ。ことが起きればすぐに二本松の藩兵が援軍で駆けつける。そいで俺が物見に来た」

「大砲まで」

源乃信のあまりの驚き声に、岩切が「しい」と口で制す。急に静かな間が訪れ、源乃信のほそぼそ声が聞こえだす。

「先生は坂本ドンをどげんするつもりで」

「薩摩に船で逃がすと言われた」

「なら藩で匿(かくま)うちゅうことですか」

「そんとおりじゃ。今、捕まってしもえば元も子もなか」

その時、後ろ向きになって二人の話を聞きながら前方を注意深く警戒していた鉄彦の目が留まると、手に持っていた笠を素早く被る。人ごみの中にみすぼらしい格好の浪人が数名紛れ込んで背伸びしながら藩邸を窺い、その中の一人の小柄な男が顔半分を布で巻いていた。その脇に立つ背の高い男の横顔がちらっと見えたが、紛れもなくあの夜、源乃信から槍を叩き折られた男だった。鉄彦は音もなく踵(きびす)を返し、何かを話し続ける二人に向かって笠に手をかけ小声で話しかける。

「ぼちぼち行きもんそか」

鉄彦の目の色をいち早く読んだ源乃信が、鉄彦の肩ごしに人の群れを窺う。

「そげん見てはならん。気づかれる。あん晩の天狗がおる」

「どこにいるか分からん。俺(おい)たちに気づいたか」

「いいや」

「それならよかった。ここで襲っては来んだろうが、見つかれば面倒なことになる。早く行きもんそ。岩切サアはこれからどうされるのか」

「この分なら兵を出さんでも大丈夫じゃっで、一旦、二本松藩邸に戻る。西郷ドンに状況を報告し、坂本ドンを逃がす策を練らんにゃならん。源乃信、天狗ってないか」

「こん前、襲って来た馬鹿どんじゃ」

「なんじゃと」

そう言って腰の脇差に手をかけ身を乗り出しそうになった岩切の身体を、素早く源乃信が両手で押さえ込む。源乃信から宥(なだ)められ無念そうな顔になった岩切が、脇差の柄から手を離して渋々うなずく。そんな勇ましい様子を見て、鮐はとっているが、さすがは源乃信の親戚と鉄彦は感じ入る。ひょっとして示現流の遣い手なのか。三人は益々増える野次馬を尻目に伏見の薩摩藩邸を後にした。


太陽がやや西に傾きかけ日差しが柔らかくなると、吹きつける北風は肌を刺すような冷たさとなる。三人は御所北方に向かって、埃が舞い上がる向かい風の中を歩き続けていた。道中、尾行に注意しながらの三人の話は専ら坂本竜馬のことで、薩摩藩邸に常駐する岩切の話には思いもしなかった情報が含まれていた。薩摩藩は近々千丁あまりの鉄砲を長州藩へ極秘裏に引き渡すという。

西郷はあの言葉どおり、急ぎ調達していたのだ。鉄砲だけではなく大砲も調達してくれているならば、たとえ数万の長征軍が押し寄せて来ても、そう易々と長州藩が屈服するはずもない。その先、時代がどう動くのか。会津はどう対応するのか。二人の後について歩く鉄彦は、時々後ろを警戒しながら、そんなことを考え続けていた。

二本松藩邸は御所の北外れにあるので、三人は御所を目指して歩き続ける。丸太通りに入り堺町御門を潜って北上すれば建礼門に突き当たり、あとは五本の筋が入る築地塀沿いに左回りに北上すれば一番の近道となる。御所の外郭となる九門近くともなれば、果然警戒が厳しくなり、水戸や米沢といった他藩が警戒する門の近くには、三人の風体ではとても近寄れない。御所近くになりながらも、迂回しながら烏丸通りを北上することにする。

「腹が減りませんか」

源乃信の突然の問い掛けで、少々腹が空いたことに鉄彦も気づいた。金戒光明寺で粥と梅干しの朝餉を馳走になったが、粥は腹もちが悪く、源乃信から指摘された途端、腹の虫が音をあげだす。

「あんうどん屋に入りもはんか」

鉄彦のうなずきより早く源乃信が指差した処には、太い墨字でうどんと書かれた白い暖簾が風に靡いていた。いかにも老舗然とした古い建物のうどん屋の中は出汁の香りが漂い、年季が入って黒光りする丸太に腰掛ける席はすべて埋まり、三人は三畳ほどの座敷に上がることにする。

煤けた壁にはしっぽくうどん、めし、さけの貼り紙がもの言わず主張し、期待を裏切られた格好の鉄彦は、お茶を運んでくれた女に仕方なくしっぽくうどんを注文する。岩切もそれに続き、朝から何も食べていない源乃信は大盛りのめしまで注文した。

運ばれたお茶を飲みながら正面に座った岩切の顔を改めて眺める。親戚とは言ったが、傍らに座った源乃信とは似ても似つかぬ理知的で穏やかな顔つきだった。源乃信の縁戚でもあり、おせんを取る気にはとてもなれない。

「どげんされもしたか」

湯呑を静かに置いた岩切が微笑みながら語りかける。何と言えばよいのか躊躇う鉄彦に岩切が声を上げて笑いだす。

「源乃信とは似ちょらんって、思たのでは」

「いや、そんなことは……」

口籠りながら、寒い中冷や汗をかくのを覚える。笑顔のまま岩切がやんわりと切り出す。

「薩摩でもよう言われた。牧の原の大山家と親戚の岩切家は代々居地頭じゃが、岩切家に跡取りがおらんかったで俺が養子として入ったとでごわす。じゃっで源乃信とは血が繋がっておらん」

「岩切サアの血が混じっておれば、俺もちっとは頭が良かったかもしれんなぁ」

傍らで自嘲気味に源乃信が呟き、すぐに明るい声で語りだす。

「じゃっどん、血が繋がっても頭が良かとは限らんし。石田ドン、岩切サアは小さい頃から神童の誉れ高かったとですよ。三歳の頃には字を読めたり書けたりできたそうで、代々地頭を務める岩切家が養子に迎え入れ、造士館も出ておられる」

郷士の子どもが藩校造士館に入るには、勤勉な性格と飛び抜けた英才でなければ許されない。身体から漂う知性と物腰にはそんな所以があったのかと鉄彦は恐れ入る。

「西郷先生とも親しく、先生から請われて地頭ドンを辞め、藩邸詰めになったとです。頭の良か岩切サアを、先生は頼りにされておるんじゃろう」

「そげなことはなか、源乃信。藩のお召しがあったもんで、それに応じたまでじゃ。俺もよか齢になって、ぼちぼち倅に後を譲ろうと思ちょったし、最後の御奉公と思って京に出で来たまでじゃ。俺も薩摩隼人の端くれじゃっで、戦と聞けば血が騒ぐ。ちょうど時期もよかった。俺が京に出る代わりに倅に地頭を引き継がすことを藩は認めてくれた。岩切家での俺の仕事は終わったから、後の人生は自分の好きなごと使う。

今や西郷ドンは家老にも劣らぬ仕事をされちょるし、俺はもともと肝属ドンじゃからな」

最後の自嘲気味の言葉を耳にして鉄彦は驚きを隠せない。鷲鼻が固まり細い目も大きくなるのが自分でも分かる。それぐらい衝撃的だった。

「肝属ドン」とは島津家に滅ぼされた肝属氏のことを言う。まさかもとの苗字が「肝属」とは思えないが、不思議な縁を直感として抱いた鉄彦は、年上の、しかも元地頭に遠慮がちに聞いてみることにする。

「失礼ながら、岩切サアのもとの苗字はなんでごわすか」

「旧姓は北原」

「お名前のカネヨシという字は……」

そう聞き返された岩切は躊躇うことなく、綺麗に磨かれた卓袱台の上に指で漢字を書く。その字には、肝属家当主が代々名乗った「兼」という字が含まれていた。かつての肝属家当主はこの字を名前に刻んでいたし、家が没落した後も肝属氏重鎮の子孫たちは諱として受け継ぎ、自分の子どもの名前にこの字を入れるところも少なくなかった。自分の名前を書き終えた岩切が微笑み、穏やかな口調で語り出す。

「北原の元を辿れば肝属ドンの重鎮で、肝属本城の決戦では先祖の信輝が一番槍として軍功を挙げたと言い伝えがある。じゃっどん、負けてしまえば島津ドンから白い目で見られてお家再興も夢のまた夢。知行替えで薩摩ん中を転々と廻り、ついに北原の家も没落したとでごわす。そげな昔の話はもうよか。

そん肝属本城の戦いで大変な活躍をした山伏がいたという言い伝えが、北原の家にあいもした。何でも術を駆使して勇猛果敢な島津軍を三カ月間も足止めさせたと。大手門前に川から水を引き込んで水堀を作り、その堀のお蔭で島津軍が悪戦苦闘したと。

おまんサアが首から下げているその数珠は形が珍しか。しかもかなり年季が入っちょう。ひょっとしておまんサアは、肝属本城の戦で活躍した山伏の子孫じゃごわはんか。

唐門の前で初めて見かけた時にはそげなことは思わんかったが、侍が数珠を下ぐっとは珍しかし、その数珠だけは覚えちょいもした。あれからしばらくして西郷ドンから、源乃信の相棒を鹿児島から連れて来たので、何かあった時には宜しゅう頼むと言われもしてな。

その時、京に連れて来るまでの経緯を少し話してもろもした。心配無用、他言することはごわはん。代々の兵道家で、しかも在は高山って聞いたのでまさかと思ちょっところに、夜襲されたあの晩のことを半次郎から聞かされもした。もちろん術のことも。

その話を聞いて確信が持てもした。おまんサアはあん肝属本城の戦で俺の祖先と共に戦って下さった山伏の子孫じゃと。そげな頭になっているとは夢にも思わんかったで驚きもしもしたが、その数珠を目にしたならすぐに分かいもした。

あん時は大変お世話にないもした。どうか源乃信と共に薩摩んために気張っ給し」

そう言って深々と頭を下げる岩切を目の当たりにして、鉄彦は言葉を失っていた。あん時とは、唐門の前で初めて逢ったことを指すのではなく、何百年前の肝属本城での戦いのことを意味していると分かって、尚更言葉を失っていたのだ。

言葉を失ったまま深々と頭を下げ返していた。驚きはすぐに嬉しさに変わり、嬉しさは誇らしさへと変わった。それまでは多少違和感があった目上の、しかも元地頭の丁寧な言葉遣いが耳に心地よく響き、心も軽やかとなる。傍らの源乃信も嬉しそうな声を漏らす。

「へぇー、俺も初めて聞いた。岩切サアは肝属ドンじゃったとな」

「岩切じゃなくて旧姓の北原がじゃ。人に話したのは初めてじゃが、確かに北原には肝属ドンの血が流れておい。大山家は肝属ドンじゃなかが、東目じゃっで、遥か昔に仕えていた殿様は肝属ドンじゃ」

そう言って岩切は腰の脇差を鞘ごと抜き取り、源乃信に渡す。

「そいは伝来の脇差。肝属本城で必死の働きをした先祖サアの形見と言われておい」

「なんでしたかな、北原……」

「信輝」

「北原信輝という先祖サアの差料ですか」

源乃信が脇差を押し戴き恭しく一礼して鯉口を切ると、一目で鎧通しと分かる幅の広い刀身には一点の曇りもなく、手入れが行き届いていた。

しばらく眺めていた源乃信は静かに刀身を鞘に戻し、また一礼して脇差を岩切に戻す。脇差を再び腰に差した岩切が昔をふり返りながら、さも懐かしそうな声で語りだす。

「俺が岩切家に養子に入る時に、死んだ親父から渡された。ひい祖父さんの頃までは槍やら鎧もあったらしいが、生活が苦しゅなって売り払うたんじゃろう。もうこれしか残っちょらんかった。そげな大切な物を俺にくれたんじゃっで、肝属ドンの気概を忘れるなということじゃったろう。とは言え、養子に入った岩切家は島津の殿様から代々過分な扶持を貰ちょっで、俺にはやはり負い目があった。そげな負い目を働きによって晴らそうと思て老骨に鞭打って京に出て来た意味もあるのは確かじゃ。じゃっどん、そげな考えはもう古か。薩摩にはもう西目も東目もなか。小松帯刀サアも、もとは東目だからな」

「家老が……」

驚き顔の源乃信に、嬉しそうな顔になった岩切が大きくうなずく。

「東目も東目、もとは肝属ドンじゃ。肝属ドンが薩摩藩の家老とはなぁ。しかも久光様が最も信頼しておられる若か家老じゃ。——良か時代になった」

そう言った岩切が湯呑を取り上げて美味しそうに飲み干す。その顔を微笑んで眺めながら、確かに西目も東目もない時代となったが、かつて肝属氏のために命を懸けて戦った山伏の子孫に対し、未だに敬愛の念を抱いてくれているのかと、新たなる感慨を鉄彦は深めていた。

「お待たせしましたなぁ」

出来上がったうどんを運んできた女の明るい声で我に返れば、大きめの丼が卓の上にそれぞれに並べられ、大根、葱、椎茸、蒲鉾などの具を乗せ、醤油出汁で煮込んだしっぽくうどんが、食欲をそそる香りと共に湯気を上げる。

「おっ、待っちょったぞ」

喜色の声を上げた源乃信が、卓の上の小ぶりの瓢簞に入った一味を取り上げてパラパラと振りかけ、すぐに箸を取って丼を持ち上げ一気にうどんを啜り始めた。次には大盛りのめしを口いっぱいにかき込む。よほど腹が減っていたのか見事な食いっぷりだ。

遅れて鉄彦も箸をつけ、まず半透明の汁を啜れば、鰹節と昆布の出汁が薄口醤油と溶け合い、熱さと共に、冷めきった腹に滲みわたる。ほどよい大きさの蒲鉾は歯ごたえがあり、よく煮込まれた野菜には甘みがあって、何より麵の喉越しがいい。期待もしなかったそんな京の味を堪能しながら、この味なら一品料理でも老舗の暖簾をこれからも守っていけるだろうと思った。腹が温まって少し汗ばみながらも黙々と食べ続けた。鉄彦と岩切にはうどんだけで十分な量となったが、大盛りのめしまでほぼ同時に食べ終わった源乃信は火照った赤ら顔で、煤けた壁の張り紙をもの欲しそうな顔で眺めだす。

「まだ足らんのか」

岩切の問い掛けに鼻水を啜りながら源乃信が素直にうなずく。

「もうそのぐらいにしちょけ。腹いっぱいになれば、いざという時に動けん」

諭されて現実に戻ったふうの源乃信が、岩切を見てコクリとうなずく。こういう素直さが鉄彦にはたまらなかった。微笑みながら汗ばむ腕に風を当てようと右の袖を捲れば、現れ出た二の腕の浅黒い痣を、驚き顔で源乃信が凝視する。

「どげんした」

鉄彦が声をかければ、源乃信はやっと顔を上げた。

「その痣」

「ああこれ、物心ついた頃からある。見ようによっては梵字にも似ちょっで気に入っておる」

「梵字……、実は俺にも似た痣がある」

と言った時には、着物の片肌を脱いで右の肩を晒していた。今度は鉄彦が目を見開く番だった。

まるで瓜二つの浅黒い痣が肩口にあったのだから。無言となった鉄彦は不思議な縁を覚えていた。

そんな鉄彦の心を読んだかのように、身を乗り出して二人の不思議な形をした痣を見比べていた岩切が、感じ入ったような声を漏らす。

「不思議なこともあいもんじゃ。二人とも元を辿れば肝属ドンに繋がる。風雲急を告げるこげな時に、肝属ドンの先祖霊が、術の達者な兵道家と示現流の遣い手を結びつけたのかもしれん。今度は薩摩んために気張れと」

確かにそうだと鉄彦は深くうなずいていた。岩切が後生大事にしている脇差の持ち主、信輝の生まれ変わりが源乃信なのかもしれない。でなければ普段は人を警戒し寡黙であるはずの自分が、あれほど踏み込んで先祖のことを饒舌に語るはずもない。語るべき相手として、心を許すべき相手として、先祖の御霊が源乃信を選んだのかもしれない。

この世には目には決して見えない光の網が張り巡らされている。原因の無い結果はないし、奇跡も偶然もあり得ず、必ず辿るべき因が存在する。

珍しく動揺した鉄彦ではあったが、胡蝶丸の中で投げ掛けた謎が、自分なりに解けた気がする。露出していた肌をもとに戻した源乃信に目をやれば、今まで見たこともない柔らかな視線を投げかけてくる。岩切が言ったことに源乃信も満足したような眼の色だった。

そんな視線を受けて嬉しげに応じた鉄彦は、まだ腹が満足しない源乃信のためにも長居は無用と率先して席を立ち、それぞれに勘定を済ますと、愛想の良い女の声に見送られ、再び薩摩藩邸へと向かって大路を歩きだした。

戦火の跡が残る蛤御門を潜ればかなりの近道となるが、三人の身なりではそういう訳にはいかず、急ぎ足で門の前をすり抜けようとした。三人の中で門寄りの一番端を歩いていた鉄彦が何かを感じ取り、歩みを停めて深編み笠の中から門を凝視する。

破損した門の隙間から、一人の尼僧が急ぎ足で歩く姿が見え、歩き去る背後の姿が少し高い位置からの絵として脳裏に焼き付けられる。まさかとは思ったが、脳裏に焼き付いた痩身の後ろ姿は紛れもなく智蓮尼だった。

鉄彦は自分でもなぜかは分からないものの因果関係の発端となることや、結果となる現場を偶然目撃することが度々ある。意識もなく視線を送った先にそのような光景が広がっているのだ。また遠く離れた場所にいる相手なのにその人間のことを想えば、なぜかその人間の今が浮かび上がる時もある。その場合は少し高い位置から俯瞰するように思い浮かぶのである。厳しい修行を積んだ山伏ならではの時間と場所を超えた千里眼、あるいは鳥の眼とでも言える不思議な力だった。

まさに智蓮尼の姿も鳥の眼で切り取られた絵として、しっかりと目に焼き付いたのだから確信があった。あの女はいったいどうやって門内に入れたのかと考えを巡らせば、今度は半次郎の顔が思い浮かぶ。斬り合いともなれば、刃のような冷淡な判断ができるのを目撃した。そんな男が恋い焦がれる智蓮尼との初めての出逢いをまったく覚えていないとは、今さら解せなくなった。――あの女、いったい何者か。

その時、前から急ぎ足で歩いて来た黒紋付き羽織袴姿の男が、長くなりつつある自分の影を踏みながら、刀柄に手を添えて小走りに駆け寄って来た。その男は今や西郷の腹心の一人と言われている吉井仁左衛門だった。血相を変えた吉井が岩切に抱きつき、有無を言わせず袖を引いて道の反対側まで連れて行って、何やらヒソヒソ話を始めた。まったく声は届かず、鉄彦と源乃信には何を話しているのか分からない。

「ないじゃろか」

傍らの源乃信が不安げな声を漏らす。それには応じず、鉄彦は笠の中から吉井の唇の動きを見つめていた。往来する人が邪魔となり全部を読み取ることはできない。語りかける吉井の唇の動きだけに集中する。

――なかがわのみやが、みかどをじゅそしたうたがいがある。そのことをたしかめにいく。おはんもいってくれんか。

「何てや」

突然、岩切の大声が響き渡り、往来する人々が怪訝な顔つきとなったが、すぐに何事もなかったかのように歩きだす。何かの気配を感じた鉄彦が背後をふり返れば、慌てて物陰に隠れる者がいた。白昼堂々まさかこんな往来で襲って来るとは思えないが、こんな時に鬱陶しい奴らと、視線をもとに戻した鉄彦は、笠の中で不敵な笑いを浮かべる。

「何があったんですかね」

源乃信が顔を寄せ笠越しに聞いたにも拘らず返事はなく、笠に手をかけて覗き込めば、厳しい目つきをしていた。

「後を尾けられておる」

「やっぱり尾けてきたか。どげんしもんそ」

「人通りが多かで、ここでは襲ってこんじゃろう。仕方がなかで藩邸に逃げ込もう」

源乃信が鉄彦から目を離し再び往来を見やれば、行き交う人の間を縫って岩切が小走りに戻って来る。

「すんもはん。ちぃと込み入ったことができて、こいから行ってきもんで。——源乃信、西郷ドンに見たままを報告してくれんか。俺のことを聞かれたら、まだ伏見藩邸に張り付いて様子を見ていると伝えてくれ」

「分かいもした。吉井サアも一緒ごわすか」

「うん。二人で晩つけ……、たぶん遅なると思どん、戻って来る」

「そいならそん編笠を貸して下され」

「じゃっどな。藩邸の出入りを見張られちょっで顔は隠さんと。頼んど」

そう言った岩切は、待っていた吉井と共に急ぎ足で来た道を戻る。先ほどの物陰の辺りには人の気配は消え失せていた。

「二人してどこに行くつもりじゃろ」

源乃信の呟きに鉄彦は答えるつもりはないが、二人の行く先は決まっている。

お互いに笠を被ったままでは会話もままならない。無言のままの二人は笠の中から油断なく周囲を警戒しつつ、藩邸に向かって急ぐ。冬の京は天候が変わりやすい。あんなにたっぷりと日差しが注いでいたのに薄雲が広がると、時刻は夕方へと向かうなか、冬独特の暗鬱（あんうつ）な空気が漂い始める。

歩きながら鉄彦は、唇の動きから読み取ったことを考え続けていた。

もし中川宮が何らかの呪詛をしたならば、それが外に漏れることは絶対にあり得ない。意図的に漏らす場合もあるが、ことがことだけに漏らすことなどあり得ない。呪詛とはそれぐらい秘密裏に行われ、痕跡すら残さないものだ。

それでも基本的な呪詛のやり方が幾つかある。何十匹ものトカゲ・ガマ・カマキリ・ムカデ・イナゴなどを大きな器に入れて蓋をし、餌を与えず、腹を空かせて共食いをさせ、生き残ったものだけを呪術に用いる「蠱毒（こどく）」と呼ばれる呪詛のやり方がある。昆虫や爬虫類などの魂魄（こんぱく）を操作して、呪うべき相手に病気や死、災難を生じさせる呪術である。また、呪う相手の人形を作り、丑（うし）の刻に白装束（しろしょうぞく）姿でその人形の頭や胸といった人間の急所に当たる処に矢を射かけたり、金槌（かなづち）で叩いたり、釘や針を打ち込む「厭魅（えんみ）」というやり方もある。この場合はむしろ呪詛したことを意図的に流すことで、呪われた方は精神的恐怖から気が触れ、やがては死に至る。

身の毛もよだつようなやり方は、亡くなって間もない子どもの死体を掘り起こし、その場で死体の首と、生きたままの猫の首を切り落として、子どもの首を猫の腹に納めて呪（じゅ）すれば、猫はたちどころに人猫の姿となって蘇り、呪詛する人間の喉首目がけて襲いかかるというやり方もある。そんなやり方ですら、鉄彦からすればあまりにも稚拙（ちせつ）で手ぬるい。

山伏修験者の呪詛というものは、古くから伝わる蠱毒も厭魅も全て取り入れ、それに密教の呪詛のやり方を加えて凄まじいばかりの呪詛を練り上げていた。それら全てが一子相伝の秘法である。つまりその一族独特の、他の呪術者が真似することもできない凄まじい呪詛のやり方である。なぜならば優れた呪術者は、独特の印も呪文すらも、激しい修行の末、天授されるからである。

たとえば腹を空かせた犬に縄をつけ、その目と鼻の先に美味しそうな肉を転がす。寸前のところに肉があるのに犬は食らいつけない。空腹で涎（よだれ）を垂れ流して発狂するまでそれは続けられ、その間、飯も水も絶った山伏は密かに呪いの前行（ぜんぎょう）を続け、もはや空腹のために発狂してしまった犬の首を一刀のもとに斬り捨てる。すると胴体を失くした犬の首はコロコロと転がって肉にかぶりつくのだが、その首から滴（したた）り落ちる生血と土を混ぜあわせ、呪う相手の人形を呪いの念を込めて作り上げる。

その後、いよいよ人気のない山の中で呪いの護摩を焚いて呪詛を始める段になれば、呪い返しが来ないよう何重にも結界を張り、呪いの炎が揺れる前で秘密の呪文を何度も唱えながら、犬の無念の魂魄が籠った血で捏（こ）ね上げた人形の急所を刀の切っ先でえぐり続ける。そんなやり方により、呪われた人間はひとたまりもなく発狂、もしくは死が訪れることになる。

鉄彦が腰に帯びる伝来の刀は刀身が全て鞘に納まってはいない。それぐらい鉄彦の先祖はその刀を頻繁に使ったことになるが、斬り合いではない。呪いの炎で何度も刀身を焼き、呪いの籠った硬い人形を執拗に突けば、しだいに刀は本来の反りを失い、いつの頃からか鞘に納まりきれなくなっていたのだ。

そもそも呪詛とは、噂を意図的に流す厭魅の呪法の場合は別にして、人に知られたならば効果は半減するし、万が一、呪詛したことが漏れて、特に呪う相手が主上ならば、必ずその身が危なくなる。だからこそ呪詛の事実が事前に漏れることは絶対にあり得ないはずだ。京に来た日、源乃信に中川宮呪詛の可能性を仄めかしてしまったが、その早計さを今さら後悔しだす。

御所を過ぎ西大路に入り、編笠に手をかけた源乃信が行く先を見渡しながら立ち止まる。

「どげんしもそ。裏門に回っても見張られちょるし。厄介なもんじゃ。もう少しで暗くなっで、こん先の平野神社で休んでから行きもんそかい」

あと半刻（一時間）もすれば京の町に闇が訪れる。源乃信の提案を断る理由はなかった。夕刻となって人の気配がまったくないことをいいことに、二人は拝殿前の階段を拝借して腰を下ろす。灰色の雲が広がった町並みに間もなく夜の帳が下りようとしていたが、ここからは見通しがよく、薄暗くなっても人の気配にすぐに気づける。

一息ついた頃、刀柄に手をかけた二人連れが鳥居の下を猛烈な勢いで駆け抜けて来るのが見えた。遠目にも見知った薩摩藩士ではなく、全身に漲る殺気を感じ取った二人は素早く立ち上がる。白足袋と白襷がやけに目立つ男らは砂利石を蹴飛ばしながら、階段に腰掛けていた二人の四間ほど前で立ち止まるや、何やら大声で唱えながらいきなり刀を抜き払う。

二人は身なりも良く、髷も乱れることなく整っている。その様子からして、あの天狗どもの一味であるはずはなく、まったく見覚えのない顔だった。

よほど鍛えているのか、あれほどの勢いで走って来たのに息も乱れず、その上何かを唱え続け、身体からは尋常でない殺気を漂わせている。緊張した鉄彦の鼻先を椿油の香りが掠め、咄嗟に橋の上で漂った匂いを思い出した。——まさかと思った。途端に源乃信の一喝が疑念を吹き飛ばす。

「何者か」

階段から下りて一歩前に踏み出た源乃信が、刀に手をかけ鯉口を切りながら油断なく身構え、背後の鉄彦に階段を上がれと手で指示を出す。

「貴様が大山源乃信か」

刀柄に右手を添えた源乃信が不敵な笑いを浮かべる。

「じゃれば、どうする」

「斬る」

そう一言吐き捨て、二人は青眼に構えて身構える。

「おはんらに命を狙われる覚えはなか」

源乃信が低い声で嘯けば、紺袴の男が傍らの男に目配せし、黒袴の男がうなずくと、苦りきった顔で語りだす。

「ならば聞かせてやる。仲間が戻らねば、何としても行方を探すのは当然のこと。我らは決して単独では動かん。胡蝶丸の荷役の一人が、貴様が仲間を斬ったのをあっけなく吐きよった。おい、そこの似非坊主。その首から下がる数珠が命取りになったのう。百姓姿で数珠とは妙じゃ。荷役から妙な術を使うと聞いたが貴様のことだろう。貴様を張れば必ずこいつも分かると、我らはずっと見張っておったのよ。金戒光明寺に潜入していったい何を探っておった。

　また術をかけようとしても無駄じゃ。観音様がきっと守護してくれるわ。ネンビ　カンノンリキ　ネンビ　カンノンリキじゃ。この念仏を唱えたからには貴様の術など通用せんわ。こいつをやってから、じっくり吐かせてやる。我らの攻めは殊の外きついぞ。楽しみにしておれ」

　顔色一つ変えない鉄彦は無言のまま、自分の予感は的中していたと思った。鉄砲備えをしていても、新選組に爆弾を作れるほどの知識があるはずもなく、二人揃って丸に茗荷の家紋だったことも併せて、二人の正体は幕府の密偵しか考えられず、すでに西郷は幕府から命を狙われていると瞬時に悟った。

「寒い中、ご苦労だったなぁ。――大山源乃信。小汚い格好の花売りを貴様と見当つけても、頬被りのせいで顔が分からん。だから四条大橋の上で鎌をかけたのよ。まんまと引っ掛かりおって。土佐の脱藩浪士才谷梅太郎が襲われて伏見の薩摩藩邸に逃げ込んだという噂をわざと流せば、必ずお前ら二人は雁首揃えて伏見に顔を出し、その足で西郷のいる、あの藩邸に向かうとな。坂本竜馬の偽名、才谷梅太郎を知っているならば、正しく西郷の狗の証。――だいぶ待ったが、やっと姿を現したか。ご政道を乱す西郷の狗と分かったからには、仲間の供養のためにも命を頂戴する」

「我らの命を奪おうとするなら、その前に名乗りを上げるのが武士の作法。もっとも、この前のことも、こたびのことも名乗れない理由は分かるが。根来組の間者であればな」

いきなりの鉄彦の言葉に、刀を持って身構える二人が驚き顔となり顔を見合わせる。再び顔を向けた時には無言のまま射るような目つきとなる。

「図星か」

「黙れ」

背の高い男が一喝した時には大きく踏み込み、割れんばかりの気合いの声と共に眦（まなじり）を上げ、空気を切り裂く音と共に諸手（もろて）突きを見舞う。予想していたかのように半身開いた源乃信が、伸びてくる切っ先を難なく避け、抜きざまの刀で横に払うと、切っ先を躱（かわ）された男は送り足で前に進んで刀を胸に戻し、すぐさま近間から息もつかせぬ早業で打ち掛かる。

素早く刀を立てた源乃信に弾き返され、弾き返された勢いを利して刀の握りを変え、二度、三度と突き込む。凄まじい速さの太刀筋だった。源乃信は突き込んで来る切っ先をやっと凌（しの）ぐ防戦一方となり、なかなか間（ま）が取れず、得意のトンボの構えを完全に封じ込められていた。

もう片方の男は立ち尽くす源乃信の足を狙って下から刀を払い、見事な連携で挑み続ける。欄干が廻（めぐ）らされた拝殿の下でガチガチと刀がぶつかり合う激しい連続音が続き、薄暗くなった中、青白い火花が飛び交う。

一進一退の凄まじいばかりの死闘は長引き、三人はしだいに荒い呼吸をしだす。二人で一人のような男たちの猛攻は若干弱まったが、用意周到に端折った袴に襷（たすき）掛けをした男らと、着流し姿の源乃信では足捌（さば）きの差が出るようになった。

たまらず源乃信が相手の刀を大きく払い上げ拝殿の階段を駆け上る。一瞬、三人の間に大きな空間ができた。拝殿の板場の上からその時を鉄彦は待っていた。首から下がる数珠を取り上げて素早く数珠を擦り、内縛印(ないばくいん)を組んで口の中で何かを唱えると、裂帛(れっぱく)の気合い諸共(もろとも)に手刀を作り、男たちの刀めがけて交互に撃ち抜く。

「破っ。射っ」

曇天(どんてん)を貫くような声が轟(とどろ)いた途端、男たちの持っていた刀が突然真っ二つに折れた。

「大山ドン、今じゃ」

「おおう、ちぇすとー」

雄叫(おたけ)びと共に怪鳥の声を轟かせた源乃信が、天を突き刺すようなトンボの構えとなって拝殿の上から高く飛び降り、突然刀が折れて呆然(ぼうぜん)とする男をまず幹竹割(からたけわ)りにし、着地して返す刀で傍らに立つ男の腹を深々と薙(な)ぎ払う。断末魔の声を残して男らが崩れ落ちる。うつ伏せとなった身体から鮮血が噴き出し、拝殿の前の硬い土の上に溢れ出す。血ぶりをくれた源乃信が鍔鳴(つばな)りの音を立てて刀を納め、肩で大きく息をする。

「死ぬかと思た」

肩で息をして、独りごちてふり返る源乃信の顔にはまだ安堵の色はなく、険しい目の色はそのままだった。袖無し羽織が二カ所切り裂かれ、乱れた着物も数カ所切り裂かれ、斬り合いの凄まじさを物語っていた。鉄彦の視線を感じ取った源乃信から厳しい表情は消え、白い歯を見せて微笑んだ。

「また助けて貰いもした。あの術は何ですか」

「石割ゲンノウの術」

「あれが、どげな硬か石でも割れる術ですか。――驚いた」

怨念の籠もった石を叩き壊すために使う術ではあるが、劣勢の源乃信を助けるため咄嗟にそんな術を応用していた。結果として二人とも無残な姿になってしまったが、どちらかが死なない限り、あの死闘は続いていたに違いない。

「石田ドン、おはんは胡蝶丸で叩き斬ったあの男も、根来組の間者と分かっておられたとですか」

「薄々はなぁ。昔、覚鑁上人（かくばんしょうにん）という坊さんがいて高野山で修行をし密教を極めたが、高野山との間で確執が生じて根来に移った。そこで山伏の修行を続け火薬にも精通しておった。天下分け目の関ヶ原の戦の時には根来衆は徳川方につき、その後徳川幕府の根来組同心として内藤新宿に配置された。根来組は鉄砲と火薬の使い方が巧みで、密命を受けて隠密行動もすると、他の国の山伏から聞いたことがあいもす。そげなことより早くここから逃げもんそ。人が集まってきた」

先ほどから、騒ぎを聞きつけた野次馬たちが境内の外に集まりだす気配がしていた。促された源乃信は急いで崩れた着物の胸元を整える。

「こいつらはどうしもそ」

「供養したかいどん、誰（だい）か町方（まちかた）でも呼べば面倒なことになる。このままにして早（はよ）う」

大きくうなずき走りだす源乃信ではあるが、なぜか鳥居に向かおうとしている。

「そっちじゃなか。拝殿の裏からじゃ」

鉄彦から袖を引かれた源乃信が踵（きびす）を返し、鉄彦より先に拝殿の裏に向かって走りだす。

あれほどの死闘だったのに、この男にはまだ全力で走る余力が残っていたのか。それにしてもあらぬ方向に走りだそうしたのだから、壮絶な戦いを終えたばかりで頭の中はまだ混乱していると、あとに続く鉄彦は深編み笠の中で苦笑いしていた。

その時、一発の銃声が轟き身体が前に吹き飛ばされると、右肩を猛烈な痛みが襲った。地面に転がったまま後ろをふり返れば、源乃信から深々と腹を薙ぎ払われた男がやっとのふうで顔を上げ、拳銃の銃口を向けていた。男は顔をしかめ無念な顔をした途端、首がガクンと落ち、銃口から煙が上がる拳銃が手から零(こぼ)れ落ちる。

「この野郎。まだ生きておったか。石田ドン、石田ドン、大丈夫じゃ。石田ドン……」

源乃信の連呼する声が潮を引くように小さくなり、やがてまったく聞こえなくなり、地面にうつ伏せとなった鉄彦に漆黒の闇が訪れる。

「石田ドン、しっかりしろ」

切迫した大声が社(やしろ)の中に響きわたった。

第四章　呪詛

　ふと目覚めても視点が合わず、天井の木目がぼやけて見える。目玉だけを動かして傍らを見やれば、白い障子に木の枝の黒い影が揺らぎ、だいぶ日が高くなっているようだが、今日が何日か、今何刻かも分からない。

　起きようとした途端、右肩に耐えがたい激痛が走った。浴衣の下には血の滲む包帯が分厚く巻かれ、右手を動かすこともままならない。左手を使って胸元を探ると数珠の玉が手に触れる。なんとか上半身を起こすと、額から濡れた手拭いが滑り落ちた。

　小綺麗な八畳の部屋で上等な布団に寝かされ、見事な絵柄の火鉢が部屋を暖めてくれている。まかり間違っても間借りしている、あの狭くて暗い土蔵の二階部屋でないことぐらいは分かる。

「いったい、ここはどこじゃ」

　鉄彦の呟きに応じるかのように元気な足音が近づくと、遠慮がちに障子戸が開いた。

「おう、やっと目が覚めもしたな」

声と共に袴姿が入って来るものの、強い光にいまだ馴染めない鉄彦は思わず硬く目を瞑る。声の主が誰であるかはすぐに分かった。障子を閉める音がして薄目を開ければ、江戸小紋の白地の袷を着た源乃信が座布団の上に胡坐をかき満面の笑みを浮かべていた。

「ここは、どこな」

「藩邸の中。撃たれて気を失い、それから三日三晩寝ておった」

確かに背後から撃たれたのは覚えている。その後の記憶がまったくない。おそらく源乃信が運んで来てくれたのだろう。笑顔のままの源乃信が掛け布団の上に落ちていた手拭いに気づいて拾い上げると、鉄彦の額にそっと掌を置く。

源乃信は喜びを嚙みしめていた。一時は出血が止まらず予断を許さない状態が続いていたし、医者も最悪の場合を心配していた。ところが、あるところを境にして急に出血が止まって回復に向かい熱も下がっている。船の上で先祖が龍の姿となり、もしもの時は護ってくれるとは言ったが、本当かもしれぬと思うようになっていた。

確かに先祖の加護もあった。だが、源乃信の気転も一層の回復を促していた。藩邸に運び込んだ鉄彦の傷を焼酎で消毒し、呼び出された町医者と入れ替わりに馬に乗って藩邸を飛び出すと、宿に戻って黒の小瓶に入ったミズカネを摑み一目散に戻って来た。

必死の形相と、切り裂かれた袖無し羽織のまま尻に着物を絡げて馬に跨る姿は鬼気迫るもので、そんな勢いで、ミズカネを使え、どんなことがあってもその数珠だけは外すなと迫ったのだから、巷では長崎帰りの名医と言われる医者でも断ることはできず、弾を取り出した後で調合した傷薬を使うより早く効果が現れていた。

鉄彦は気を失ってからのことはまったく記憶にないが、あれからのことが気になりだす。

「あれから岩切サアらはどうされもした」

途端に源乃信の顔が不自然に歪み、俯き加減となって鉄彦の視線を避けようとするが、そんなことでは通用しないと諦め、手を膝に置き肩で大きく息を吐き出した。

「おはんが言うたことは当たったようじゃ」

顔を上げた源乃信は苦しい表情を浮かべ、無念そうに唇を噛む。鉄彦はすぐに何のことか分かったが待つことにする。待つこと暫し。やっと源乃信が口を開いた。

「中川宮が孝明天皇を呪詛したという噂が流れておって、それに薩摩藩士が関わっちょったと。その藩士の名は中村……」

「なんてぇ、半次郎ドンが」

傷の痛みも忘れて鉄彦が問えば、無念そうな顔をした源乃信がうなずき、やるせない声でボソボソと語りだした。

「岩切サアが昨日、半次郎ドンのことで聴きに来られた。最近変わった様子はなかかって。どうやら疑われているようじゃ。このことはまだ内密に。じゃっどん、噂はすぐに広がるじゃろう。東本願寺の大門扉に貼り紙がしてあったらしいから、暴かれるのは時間の問題じゃ」

その頃、京洛では貼り紙が流行っていた。総じて世の中を転覆させようとする陰謀に満ちたものである。したがって、誰が何の目的で貼ったのか真相が分かるものではないが、中川宮は孝明天皇から信任を得て絶頂期を迎え、反発する者は数知れなかった。

鉄彦は記憶を辿ろうとしてもこの三日間のことは何も思い出せないが、呪詛と聞いただけで頭が急速に回転しだす。

「まさかあの半次郎ドンが……」

思わず漏らした鉄彦の呟きに、源乃信が膝を乗り出す。

「俺もそう思う。じゃっどん、中川宮は半次郎ドンを可愛がっておられるようじゃし、半次郎ドンも中川宮のことを尊敬しちょる。宮様から頼まれれば拒めなかったかもしれもはん」

「それは絶対になか」

大怪我をしているにも拘らず鉄彦の発した声は大きく毅然としている。

その時、いきなり障子が大きく開き、茶色の羽織の下に絣模様の袷が覗く黒袴姿の巨漢が姿を現した。深刻なことを話し込んでいた二人にとってあまりに唐突で、取り繕う暇もなく、唖然とした顔で見上げていた。笑顔の西郷は手に丸々と肥った青鯉を提げ、鯉はまだ口をパクパクと動かしている。

「石田ドン。目が覚めたなぁ。外まで元気な声が聞こえた」

そう言って鯉を高々と示す。西郷の後ろで慎太が木の盥を抱えて立っている。青鯉は将軍に献上する御禁制の川魚で、庶民は口にすることはできなかったが、幕府の権威失墜と共に庶民もようやく口にできるようになっていた。それでも青鯉はなかなか高価でめったに口にできる物ではない。そんな貴重な鯉を、西郷自ら出掛けて求めてきたのだ。

「こいで洗いと鯉濃(こいこく)を作ってくれって頼んでくれんか」

ふり返り慎太に鯉を渡せば、水の張った盥の中で大きく跳ね、危うく取りこぼしそうになる。盥を大事そうに抱える慎太が足早に去ると、西郷は静かに障子戸を閉め、源乃信が差し出した座布団の上にどっかりと腰を下ろす。不自由な身体で布団の上に正座しようとする鉄彦を手で制す。

「よか、よか、そんままで。源乃信からあらましは聞きもした。胡蝶丸に入り込んだあの間者(かんじゃ)の仲間から襲われたって。まさか幕府の密偵とは思いもせんかった」

傍らの源乃信がバツの悪い顔をする。あれほどの騒ぎとなれば隠しきれず何もかも報告していた。鉄彦にとってそんなことはもうどうでもよかった。

「先生、大山ドンから聞きもしたが、本当でごわすか」

突然の言葉に傍らの源乃信が上半身を浮かして慌てだす。岩切からまだ西郷にも話すことを口止めされていたのだ。それをすぐに察したが、鉄彦はどうしても真偽を確かめたかった。

「なんのことな」

悠然と構えた西郷は、源乃信の奇妙な行動を意に介さないふうで聞き返す。

「恐れながら、天皇を中川宮が呪詛したという噂のことでごわす。それに中村半次郎ドンが関わっていたと」

突然豪快に笑った西郷が大きく手を振る。

「まこて噂ちゅうのは……。人違いじゃ。中村は中村でも、中村源吾ドンのことじゃ」

意外な西郷の言葉を聞いて源乃信が安堵の息を吐き出す。そんな源乃信を横目で見ながらすかさず鉄彦が問い返す。

「その言葉を聞いて安心しもした。先生は呪詛の噂の件を知っておられたのでごわすか」

「色々と噂が流れていたもんでな。じゃっどん、確かなことが分かるまで知らんぷりをしておった。我が藩と中川宮は八月十八日の政変以来関係が深いから、優秀な中村源吾ドンを付け人として派遣した。同じ中村でも源吾ドンと半次郎ドンでは役目が違う。真面目な仕事ぶりの源吾ドンへの信頼は厚かった。そんな信頼関係があったから、宮さんが男山八幡報恩寺の忍海ちゅう坊さんに何かの祈禱を頼み、根のまじめな源吾ドンは、宮さんの代わりに毎月参拝しておったちゅうことじゃ」

「男山八幡……、石清水八幡宮のことでごわすか。それなら先生は、中川宮が石清水八幡宮で何かの祈禱をしておったのを知っておられたとごわすか」

「源吾ドンから直接聞いておった。宮様の代わりに月に一度は男山八幡で拝んでいると」

「疑念は」

「疑念……。なんの疑念か。帝呪詛のことか」

「恐れながら」

「全然。じゃっどん、源吾ドンの行動に不審を持ったのが、中川宮に恨みを抱く攘夷派の土佐と因幡の脱藩浪士ら。奴らが報恩寺に出向いて薩摩藩士と偽り、言葉巧みに、中川宮から頼まれた御祈禱は心を入れてやっているかと問えば、深く肝に銘じて毎日祈っておりますと忍海は答えたそうじゃ」

「なら、あの噂は本当のことでごわすか」

「噂とは」

「東本願寺の大門扉の……」

「貼り紙のことか」

「はい」

「あんな物を誰が書いたんか。じゃっどん、火の無い処に煙は立たんからな」

平然とした顔で西郷が嘯く。その物言いには明らかに何かを含んでいた。それを探るべく語りだす鉄彦ではあったが、呪詛嫌いの西郷を前にして珍しく饒舌になっていた。

「先生、中川宮は忍海ちゅう坊主を介して、本当に孝明天皇を呪詛したのでごわすか。祈禱と呪詛は異なるものでごわす。中川宮は世の安寧を祈っていたかもしれもはん。であれば呪詛ではなかし、天皇を呪詛したことが簡単に漏れるはずもあいもはん」

語りながら、なぜこれほどまでに向きになって喋っているのかと、鉄彦は自分でも不思議に覚えた。無理もない。呪詛は生半可な覚悟でやれるものではなく、命懸けでやるものだからだ。鉄彦の先祖の中には主君の命により止むを得ず呪詛を行い、その後、自ら穴を掘って埋まり、死が訪れるまで鈴を振り続けて亡くなった者が何人もいる。子孫に呪詛返しの禍が及ばぬよう、息絶えるまで数日にも及ぶ壮絶な臨終行である。そんな命懸けのことが、貼り紙一枚で暴露され、噂になっていることがどうにも納得がいかなかった。黙って聞いていた西郷が深くうなずいてから語りだす。

「実は話の続きがある。報恩寺を後にした奴らが日を改めてまた寺に出向くと、帰り際に、忍海がしたためた源吾ドン宛ての文を託されたそうじゃ。忍海は己の祈禱を疑われていると勘違いしたんじゃろう。その文を開けてみれば、天位を奪うための祈禱を日々しっかり行っていると記されていて、呪詛の確証を得たことから再び戻って忍海を斬り殺したということじゃ」

その祈禱が果たして呪詛だったのかと鉄彦は疑念を持つ。本来の祈禱とは健康とか安寧を願うものだし、呪詛は相手を呪い殺すことに徹する。元寇襲来の時には全国津々浦々の寺院で敵殲滅の大義のもと必死の調伏が行われた。調伏とは呪詛のことである。

なにより呪詛する行者は、呪詛返しを封じ込める大変な呪術力がなければならない。それほどの呪術力を持つ行者ならば夙に鉄彦の耳にも届いているはずだが、忍海という名は一度も聞いた覚えはない。その忍海が殺されたのであればもはや呪詛の確証も得られず、殺された後も呪詛という言葉が独り歩きしている印象があるし、藩との繋ぎ役の中村源吾という名前も今まで聞いた覚えがなかった。

「その中村源吾という方はどうされたとですか」

鉄彦が聞いた途端に西郷はニヤリと笑い、腰から煙草入れを取り出し銀色の煙管に葉を詰め、火箸を使い火鉢の中の小さな炭を取り上げて火をつけると、大きく一服してからおもむろに口を開く。

「十日前に船で薩摩に戻した」

それは薩長連合の交渉が大詰めとなった頃である。もう一服した西郷は煙管の首を火鉢の縁で叩き、煙管を煙管入れに戻しながら、なぜか鉄彦と目を合わさず語りだす。

「源吾ドンは忠義一遍の正直な人じゃ。まさか忍海の祈禱が呪詛とは思っていなかっただろうし、宮さんの代わりに一生懸命に祈ったんじゃろう。真っ正直な源吾ドンを宮さんはよかふうに利用したのかもしれん。――じゃっどん、風向きが変わったからなぁ」

風向き……。怪訝な表情の鉄彦に西郷がニッコリと微笑む。

「俺が島から戻って京に上り、まず手をつけたのは、会津と手を切ることからじゃった。そげな楔を抜かん限り新しか時代を望めるはずもなか。新しか時代に向けて風が吹き始め、ぼちぼち嵐となる。風向きが変わって源吾ドンが板挟みになれば可哀そうじゃ。その点、同じ中村でも半次郎なら肝が据わっちょって大丈夫じゃろう」

そう言った西郷が豪快に笑いだす。薩摩藩で大黒柱となった西郷からこれほど信頼されているならば中村源吾にはお咎めなしだろうが、騒ぎの只中にいるとすればそういう訳にもいかず、だから薩摩に戻したに違いない。さては先手を打ったのか。それにしても風向きが変わったと言った言葉が気になりだす。薩長同盟に起因することであるとすぐに見当をつけても、他に何か意味があるような気がする。

黙り込んだ鉄彦の頭の中は猛烈に動き始め、ある一つの処で止まる。まさかと思った。あり得ないと思った。だが、一度そう思い込むと次から次へと胸の中に疑いの暗雲が広がり、何としても確かめねばと勇む鉄彦の気勢をそぐように西郷がやんわりと諭す。

「長居をしたな。目が覚めたばかりじゃっで無理をしてはならん。傷が完全に癒えるまでゆっくりと養生してたもんせ」

そう言った西郷がやおら立ち上がる。

「先生、会津のことで報告が」

「後でよか。もうちっと元気になってからで」

先ほどとは違って穏やかな目色になった西郷は、そう言い残し静かに部屋から出てゆく。

源乃信の手を借りて再び布団に入った鉄彦は目を瞑る。目を瞑るとまだそこに西郷の残像が残り、いつもの西郷とはどこか変わっていたように思える。本当ならあの場で会津の気質というものを伝えたかったが、なぜか取りつく島もなかった。あの日西郷は薩長連合の影の功労者が幕府側に襲われてかなりの衝撃を受け、それをきっかけにして新たなる方向に大きく一歩踏み込んだような印象があった。少なくとも気を失ったここ三日間で、何かが闇の中で大きく動いているようにも感じた。

目を瞑ったままで思いを巡らし始めた鉄彦の耳に、半次郎への疑いが晴れて安堵した源乃信の鼾が触れだす。目を瞑っても傷の疼きで一向に眠れず、益々頭が冴えわたるのに、暢気なものだと嘆きながら布団の中で長い息を漏らす。

京に来て二度も襲撃を受け、とうとう深手まで負ってしまった。その襲撃のいずれにも居眠りを始めた源乃信が反撃を加えたが、そんなことなど忘れたかのようにうたた寝しているのだから、人を斬ることにもはや慣れているのだろう。

この京では討幕、佐幕の大義のもと、一度も逢ったことのない者同士の斬り合いが、毎日どこかで頻繁に起きている。泰平の世ではそんなことはなく、まさに正気を失った斬り合いだ。普段は気立ての優しい源乃信も、人の息災を祈る役目の自分も、そんな狂気の只中に身を投じ、知らず知らずのうちに本来の自分を見失っているのかもしれない。今の時代、御仏から頂いた命がぞんざいに扱われている。そう思えば自分の今置かれている状況に不可解さが襲って来る。

自由な左の手を持ち上げて掌を広げ、手相に見入る。相変わらず長い生命線が親指の付け根まで伸びている。どうやら死ぬにはまだ早すぎるようだ。ならばこの生き地獄のような動乱の世において先祖が助けてくれたであろうこの命を活かし、他人の命を救うために心を砕かなければなるまい。改めてそう決意した鉄彦の耳に、一段と大きくなった鼾が触れ始めた。

京全体が桜色に染まる時期はとうに過ぎ、あちこちで燃えるような色の花が咲き乱れる陽気となり、それまでの寒さとは打って変わって果然（かぜん）蒸し暑くなった。鬱陶（うっとう）しい雨もここ二日間は降らず、ジリジリとした日差しが照りつける。まだ夏の暑さに慣れない身体から汗が流れ、細かい江戸小紋柄の絽地（ろじ）単衣（ひとえ）に黒袴をつけた鉄彦が、額に汗を滲ませて歩みを止める。

意識が戻った翌日には床上げをし、まだ続く痛みのなかで藩邸内を歩くことに努めた。足が萎（な）えれば身体のあちこちに支障が出ることを体験的に知っていたからだ。居心地の悪い藩邸には五日間滞在し、西郷が引きとめるのも聞かず、間借りしている鶴屋の土蔵部屋に早々と戻っていた。

それからの鉄彦には変化が現れていた。もう首から最多角念珠（いらたかねんじゅ）をぶら下げることはなく、腰の巾着袋に納めてある。また源乃信の紹介で呉服屋を訪れ、流行（はやり）柄の夏の着物を新調し、以前と比べてずいぶん垢抜けするようにもなっている。数日間、死の淵を彷徨（さまよ）ったことで命を愛おしく思うようになり、源乃信の留守中は美味い物を食べさせてくれる料理茶屋通いもするようになっていた。

傷が順調に回復しても右肩を含めた右手が前のようになるにはかなりの時を必要とし、完全に治るまではと西郷から念を押されれば薄暗い部屋の中で暇を持て余し、源乃信が西郷の供で急遽（きゅうきょ）薩摩に戻ると、日がな一日京の町を散策することも多くなっている。だが、ただの散策ではない。京の町の中で飛び交う噂をかき集め、鉄彦なりに時代の流れを摑もうとしていたし、呪詛のことも気になり石清水八幡宮にも足を運んでいた。それが契機となり、京に張られた結界も調べ上げ、意外な事実を知ることになる。

今も京都は平安京と呼ばれた頃からの結界をそのまま引き継いだ都市で、江戸の町が完成するまでは日本一の結界都市と言っても過言ではなかった。平安京を中心に北に玄武(げんぶ)、西に百虎(びゃっこ)、南に朱雀(すざく)、東に青龍(せいりゅう)という四神相応(しじんそうおう)の都市造りが成され、北東から鴨川が、北西から桂川が流れ込んで二条城近くで合流する。鬼門には比叡山延暦寺が、裏鬼門には石清水八幡宮がそれぞれ配置され、魔の侵入に睨みを利かせている。その構えは朝廷と武士の長い闘いの歴史を物語っていた。そんなことを調べているうちに妙なことに関心を持った。延暦寺から石清水八幡宮へと延びる鬼門線上に、かつて威圧感漂う五層の二条城本丸が聳(そび)え立っていたはずだ。本来そんなことはあり得ない。天子が棲む都結界内の鬼門線上に築城が許されるはずはなく、二条城は家康が実権を握ってからできた城だ。

それは何を意味することか。そんな疑問を持ち二条城を訪れると、その意味することがようやく分かった。二の丸御殿の唐門(からもん)の垂木(たるき)の先で葵の御紋が燦然(さんぜん)と光り輝き、裏鬼門に当たる位置から御所と比叡山に睨みを利かせていた。家康は江戸に幕府を開くのと同時に、短期間で二条城を築城させたのだから、京の結界を破壊する意図があったのは明らかである。

更に調べてみると、二条城二の丸庭園の池に神泉苑の水が引き込まれていることも判明する。こんこんと湧水の絶えない神泉苑は古来、龍が棲みつくと言われる龍穴（りゅうけつ）があるとされる聖なる池で、この池があったが故に平安京ができたと言ってもよい。つまり神泉苑に湧き出る聖なる水というものは、現代風に言えば帝のパワーの源である。そんな聖水をわざわざ二の丸庭園の池に引き込んでいるのだから、帝のパワーを知らず知らずのうちに削ぎ取るという陰謀にも似た思惑があったのは明らかである。

それだけではない。家康の対抗意識は豊臣秀吉にも向けられていた。没後「正一位豊国（とよくに）大明神」の名を朝廷から宣下（せんげ）され神となった秀吉の御霊は、三十万坪はあったとされる阿弥陀仏ヶ峰山頂の豊国神社に祀られていた。それを家康は全て破壊させ、山に入ることも禁じたのである。そればかりか豊国神社まで続いていた参道のど真ん中に日吉（ひえ）神宮を新たに建立させ、参詣する人々を阻止している。

そのようにして京に残る秀吉の威光さえも徹底的に潰したが、死後も秀吉のことを慕う京大坂の人々の気持ちまで潰せるものではない。日吉神宮本殿脇に樹下社（このもとのやしろ）が設けられ、人々はその小さな社（やしろ）を熱心に拝んでいた。「このもとのやしろ」は「きのしたのやしろ」とも読め、しかもその社の真後ろには立ち入り禁止となった阿弥陀仏ヶ峰が聳え、人々は樹下社を拝むとみせかけて、実のところ豊国の社があった阿弥陀仏ヶ峰を拝んでいたのだ。そんなことを丹念に調べ上げていた。

梅雨が上がって汗ばむほどの陽光が降り注ぐようになれば、初夏を迎えて心も浮き出す時期のはずだが、今年は鍋の蓋で覆われたような重苦しさが洛内に漂っている。ついに第二次長州征伐が始まったのだ。

慶応元（一八六五）年六月に江戸城を出立した徳川家茂は、一年以上かけてようやく第二次長州征伐の準備を整えると本陣を大坂城に置き、迎え撃つ一万にも満たない長州軍に対して、十五万人にも及ぶ大軍を送り込んでいた。多勢に無勢。当初は楽勝という噂が洛内で飛び交っていた。いざ戦いの火蓋が切られると、長州各地で征長軍の敗戦が相次ぎ、そんな噂が京に届けば大騒ぎとなり、もし万が一にでも長州藩が勝利してその勢いで京に押し寄せて来たならば、またも京は戦火に見舞われるという流言飛語まで飛び交い、ついには京から逃げ出す人々まで出て騒然としている。

前評判では極めて劣勢だったはずの長州軍の善戦の陰には、あの日西郷が言ったことが、確実に履行されていることを物語る。西郷の言によれば、長州藩が勝利した暁には薩摩長州の両藩は協力し合って国家のため、朝廷のために尽力する手筈になるはずだが、そうなれば薩摩にとって中川宮の存在というものは目の上の瘤以外の何ものでもない。七卿と共に京から追い出された長州にとっては憎き敵となるし、戦に勝って再び京に上って来れば黙っているはずがない。いつまでも中川宮が政治の中枢にいては、西郷が画策する今後に大いなる支障が出るのは明らかである。

あの日、源乃信が予想したように色々な噂を耳にするようになっていた。だが、それらの噂の中には「中村」という名前は入っておらず、帝を呪詛していた僧侶を薩摩藩士が斬り捨てたと巷では専らの噂となっている。不思議に思った鉄彦は岩切に頼み込み、貼り紙の写しを入手していた。

中川宮はもとより私欲に迷い会津に与し、奸邪をはたらくのみならず、男山八幡において律僧忍海という者と組み、贈物等を厚くいたし主上を呪詛し奉るところ、忍海薩人に欺かれ、一々密事を相語り、その上証拠までとられ、その身は斬殺せられ候。天罰恐るべきことに候。

西郷からは忍海を欺き斬り捨てたのは、天誅組に属する土佐と因幡の脱藩浪士と聞かされていた。ところが欺き斬殺したのは薩摩藩の人間とされ、帝を呪詛した僧侶を薩摩藩士が殺害したと噂が広がれば、帝びいきの洛内では好感を招くと誰かが絵を描いているのかもしれない。しかも貼り紙の中に「薩人」という文字はあっても、「中村」という文字はなく、なぜあの時点で中村半次郎が疑われたのかと何度も考えていた。あの噂を源乃信から聞いて怪我の痛みを忘れるぐらいに驚いたというのに、まるで墨を塗ったように消されていた。

洛内では中川宮の評判は下がる一方なのに対し、この件に関してだけは薩摩の評判が盛り返しているのを度々耳にすれば、あの日布団の中で辿り着いた西郷の陰謀という、気が重くなる憶測が益々心にのしかかる。

薩摩に都合のいいように謂れなき噂を流し、孝明天皇から最も信頼されている中川宮の梯子を外しにかかっているのかと、鉄彦は推測するようになっていた。また、西郷の桁違いの懐の広さを感じ尊敬の念を抱いてはいても、探り得ない懐の奥には到底理解しがたい陰謀の匂いも感じ取るようになっていた。

深編み笠の中から凝視し、顔が分かる距離となったところで笠を少し持ち上げる。見間違うはずはなかった。白い頭巾を風に靡かせて九条通りを闊歩する女はひと際目立つし、通りすがりの男が足を止めてふり返るほどの美しい小顔を確認すると、鉄彦は顎紐を解いて笠を取り外す。京での生活も半年過ぎやっと土地勘が生まれていた。もし御所に向かうとすればこのあたりを必ず通るはずと見当をつけ、数日前から網を張っていた。

人通りの多い大路では、腰に刀を帯びた坊主頭の侍姿はただでさえ目立つ。深編み笠を取った途端に、すれ違った町人などが立ち止まってふり返る。注がれる視線を感じながら周囲を注意深く見回した。あの日、突如襲って来た根来組の一人が「我らは決して単独では動かん」と吐き捨てたのだから、慎重にならざるを得ない。それでも危険を承知で何とかあの女の正体を暴くきっかけを作りたかった。そんな気持ちになれたのも、ここ数日でめっきり暑くなり、懸念していた肩の動きが風の温みと共に少しよくなり、思い出せば気がかりとなっていたことの探りを、源乃信の留守中に一人で始めようと決意していたのだ。

やっと気づいたのか、智蓮尼が歩みを止めて凝視している。視線を受け止めた鉄彦が未だ上半身に巻かれた晒しがわざと見えるよう胸元を少し広げてにこやかに笑うと、智蓮尼も破顔し、嬉しそうな声を上げながら小走りに寄ってきた。

「彦どんか。彦どんやな」

「ご無沙汰しております。いつぞやは大変お世話にないもした」

丁寧にお辞儀すれば往来する男の中には二人に目を向け、好色そうな視線を智蓮尼へ注ぐ者もいる。蒼天の中で真っ白い頭巾に黒衣の尼僧姿は一層の美しさを際立たせている。

「違うお人かと思いましたわ。どないしはりました。その頭は」

眩いばかりの光を受けて青白く輝く坊主頭を覗き、次には胸元に視線を送った智蓮尼が、挨拶代わりの言葉を返す。

「奈良に行っておりましたので」

一瞬、智蓮尼の目の色が変わり、取り繕うように桜色をした口を手で押さえ笑いだす。

「なんや、それで坊主かいな。仕事ちゅうても難儀やな。そんな頭なのに大事なお守りはどないしはりました」

予め考えていた嘘にかすかな反応があった。普通ならなぜとか、いつとか聞き返すだろう。わずかな反応からして信じているとは思えないし、すぐに取り繕ったのがあまりにも不自然だった。益々不審を募らせ腹の探り合いがすでに始まったことを自覚しながら、愛想笑いをした鉄彦が腰に吊るした巾着袋を少し持ち上げた。

「この中に。この頭で数珠なら、あまりにそれらしく」

「そうだったん。それにしてもようお似合いや。それで袈裟でもつけたら本物の坊さんにしか見えん。奈良の衆もすっかり騙されたやろう。半どんと源どんは元気か」

どういう意味でそんなことを聞いてくるのか分からないが、「騙されたやろう」と言った言葉が大きく耳に響く。それに言葉遣いも急にぞんざいになった。胸に抱く疑いを気取られぬようさりげなく答える。

「忙しゅうしております」

西郷と共に薩摩に戻っている源乃信の動向など言えるものではないし、半次郎のことには触れられたくもなかった。そんな懸念をあっさりと智蓮尼が打ち払う。

「そやろうな。長州ではドンパチ始まったということやし、半どんもあれから来たのは一度きりや。そやのにあんさん、こんなところで何しておますの」

ごもっともな言葉だが、何やら怪しげな探りを感じる。

「今のところは暇で」

「なんでや」

「ほら」と言った鉄彦は着物の胸元をわざと大きく開いた。巻かれた晒しに気づき智蓮尼が目を剝く。

「まあ、どないしましたの。怪我かぁ。怪我なら大怪我やな」

「短筒（たんづつ）で撃たれて、危なく命を落とすところで」

「誰にや」

「天狗」

「いつぞやの晩の……」

「はい」

「まあ、しつこいな。いつかいな」

「梅の花が咲く前の頃に」

「そんな前か──。じゃ、あのすぐ後か。そんな怪我をして奈良まで行ったんかいな」

と言うと何かを考える目となり、取り繕うように言葉を繋いだ。

「ほんで傷のかげんは」

「もうほとんど大丈夫でござる。ただ、どうやら肩の筋を傷つけたようで、前のように右手が上手く使えませぬ」

「大変や。大丈夫なんか」

「はい。もう少しかと。それまで養生するようにと」

「そうだったんかいな。それは大変やったなぁ。温泉でも行ったらどないや」

「どこか良いとこがありましょうや」

「日帰りなら鞍馬にあるし、湯治するんやったら有馬温泉がある。有馬の湯は傷にも効くと評判やから」

「早速行ってみます」

「どこに」

「有馬温泉」

「そうしいな。その身体なら日帰りでも鞍馬はしんどいかもしれんし、駕籠を使って有馬に行って、ゆっくり湯治してきなはれ。——湯治に行けるぐらいなんやから、ほんまに暇なんやな。今日も暇か」

「はい。何も用はありませぬ」

返事を聞いた途端、智蓮尼の顔が一層華やぐ。

「前にほら、東寺に行きたいって言うておったやろう。行きましたん」

「ええ、暇なもんで何度も」

「そうか。まだ日も高いよってどこか案内(あない)しまひょか。それとも何か食べるか。わてはあまり銭を持ってはおらんけど」

綺麗な白い歯を見せて突然カラカラと屈託なく笑いだす。魚が自分から網に入って来たようなものだから鉄彦に断る理由はない。それにちょうど腹も空いてきた。

「どこかで飯でも食いましょうか。ご馳走します」

「ほんまに。嬉しいわ。何を食べたい」

「なんでも」

「ほんなら今の時期やさかい鮎を食べたくなったわ。床(とこ)に行きまひょか。この陽気なら、人がもう出ているやろう」

「鴨川の」

「そうや」

今日では夏の京の風物詩となった川床(かわどこ)。昼間はもちろんのこと、夜の川床の賑わいは鉄彦の耳にも届いていた。不夜城のごとき賑わいを一度は見てみたいと思ってはいても、夜陰に乗じてまた刺客が襲って来るのを警戒し、まだ訪れたことはない。日もまだ高く、この際だから智蓮尼の誘いに乗ることにした。

あの出来事以来久しぶりに訪れた鴨川の河原は、寒風すさぶ寒々とした冬の表情を一変させていた。鴨川両岸の河原に床が連なり、人一人がやっと通れる掛け橋で繋がる砂洲の上にも幾つもの床机(しょうぎ)を置き、三条大橋の下にも河原から張り出した床ができていた。それは砂の上に並ぶ桟敷席である。夜ともなれば数え切れない行灯(あんどん)の灯りが躍り、幻想的な薄明かりに包まれる涼と酒と女を求めた一大歓楽街となる。

　夜にはまだ早く客の出足は鈍い。それでも艶(あで)やかな着物で着飾った芸者をはべらせて宴(うたげ)が始まっている床もある。夜の準備なのか、多くの人間たちが床を行き来して忙しく立ち働き、橋の欄干に佇(たたず)む鉄彦はそんな人々の営みを眺めていた。

　西の果てでは国運を変える血で血を洗う戦が続いているというのに、それを忘れさせるぐらいの場所に立てば、京という町の不思議さを感じずにはいられない。流言飛語に惑わされて慌てて逃げ出す人間がいるかと思えば、昼の日中から芸者をはべらせて清流な川の流れを優雅に楽しむ粋人(すいじん)もいる。そんな渾然(こんぜん)一体とした中から新しい時代の胎動が始まろうとしていた。胎動が日に日に大きくなっているのを肌で感じている。

　眺めながら智蓮尼に気づかれないように腰の巾着袋に手を入れ、小さな竹筒を取り出すと、掌の中で器用に蓋をとって小指の先ほどの丸薬(がんやく)を口の中に放り込む。熊の胆(い)と数々の薬草を混ぜ合わせた秘伝の丸薬は、頭が痺(しび)れるぐらいに苦い。凄まじく苦いがこれに勝る解毒剤はなく、万が一に備えてのものだ。へばりつく喉の苦みに堪えながら平然とした顔で川面を眺め続ける。

「なにをしておるん彦どん、こっちや」

　橋の向こう端でふり向き一声かけた智蓮尼が頭巾を靡(なび)かせて足早に歩き、慣れたようすで一軒の高床式の床に入れば、そこには十畳ほどのこぢんまりとした板敷が広がっていた。

　履物を脱いで鴨川のせせらぎがよく見える場所を選んで竹の脚の座卓に智蓮尼が正座し、続いて深編み笠と腰の刀を鞘ごと取った鉄彦が向かい合って胡坐をかく。奥の座卓で芸者をはべらせ陽気に酒を酌み交わしていた大店の旦那風の男二人が、それと気づき、丹塗りの杯を置いて互いの顔を見つめ合う。他の客はまだおらず、見るからに隙だらけの二人連れが根来組の刺客であるはずもない。それでも鉄彦はそれとなく視線を送り二人を観察する。

　値の張りそうな着物を着て、昼の日中からひと際目立つ珍しい高床式の床に芸者をはべらすほどの上客に違いなかった。鉄彦の視線に気づいた智蓮尼がふり返り、妖艶な笑いをふり撒きながら挨拶をする。にやけ顔となった二人が何か陽気に言葉を返し、二人で何やらヒソヒソ話をしながら再び杯を傾け始めた。傍らの芸者がお酌しながらそれとなく視線をこちらに向けてくる。島田髷に厚塗りした顔の赤い縁取りの目と、鉄彦の目がかち合うと、視線を切ることなく愛想笑いをする。いかにも客慣れした芸者だ。

「何を見てんやろう。そんなにわてらは珍しんか」

　笑顔のまま智蓮尼が顔を戻し、すぐに真顔になると、ふてぶてしく呟きながら不意に手を叩く。すぐに若い仲居が注文を聞きに来る。初夏らしくその姿はこの場に相応しい藍地に鮮やかな朱柄が混じる浴衣姿だった。正座した若い仲居はただ赤い紅を差しただけでも、まださりげなく赤い視線を送り続ける厚化粧の芸者にはない純朴さと初々しい華やぎがある。

「おいでやす」

「いい鮎(あゆ)が入ってますの」

「ええ、獲れたての若鮎の形のいいのが」

「そんな夏を楽しむ鮎三昧(ざんまい)にするか。いいな彦どん。じゃなぁ、背越(せご)しに塩焼きを二人分。それに鮎飯を頼みますわ。それにささと。こんな陽気なんやから冷やで頼むでぇ。盃は一つでいいよってに。早う持って来てな。このお武家さん、お腹空かしておられるさかい。これ少しやけど」

袂(たもと)から半紙に小さく包んだ物を智蓮尼が微笑んで渡せば、女は素早く受け取り懐の中に仕舞い込み、飛びっきりの愛想笑いをする。

「そんなら急いで持って来ますよってに」

嬉しそうな声を出して立ち上がり、言葉どおりに急ぎ足で間仕切り代わりの葭簀(よしず)の中に姿を消した。

「少ししか包んでないんやけど、鼻薬(はなぐすり)はよう効きますわ」

このところ料理茶屋通いをするようになった鉄彦は確かにそうだと小さくうなずいたが、いっそんな用意をしていたのかと訝(いぶか)る。しかも「あまり銭を持ってはおらんけど」と言ったくせに、見るからに高そうなこの床に迷うことなく案内されたのだから警戒は緩めない。

智蓮尼からは決して見えることのない座卓の下で、だらんと伸ばした不自由な右手の中指をそっと人差し指の上に添える。指はそれぞれに地水火風空という「五大」を表し、さらには大日如来の五つの智恵という五智如来も象徴している。「風」を意味する人差し指に、「火」を意味する中指を添えて火天(かてん)の印を作れば、たちどころに目には見えない炎の結界が完成する。

「どうでしたん。初めての東寺は」

座卓を挟んだ智蓮尼が、微笑みながらやんわりと語りかけてくる。

「あまりの見事さに言葉を失いました。講堂の曼荼羅などは息を呑むほど神秘的で……。でも、よう分かりませぬ。お分かりで」

とわざとふった途端、口元を衣の袖で覆った智蓮尼が小声で笑いだす。

「あの意味かいな。わてもよう分からん。ただなぁ、大日如来さんが姿を変え様々な仏さんになって、わてらを見守って下さる。わてらは大日如来さんの分身となる仏さんしか見えんが、その仏さんを見たなら大日如来さんと繋がるんと違いますか。仏性や」

「仏性……」

「人には皆、仏性があることをお大師さんはあの曼荼羅で教えたかったんと違います」

鉄彦はうなずきながら一段と警戒を深める。言われたことは真理を突いているようにも感じたのだが、あまりにも造詣が深い。よく考えてみれば、何の仏にお仕えしているのかまだ迂闊にも知らなかった。あの離れの仏壇には小さな仏像らしき物があったものの、薄暗くてよく見えず、少し仮眠を取って翌朝帰る時には襖で閉ざされていた。

「智蓮尼サアは……」と問い掛けようとした時、鼻薬の良く効いた若い仲居が鮎の背越しと、冷や酒の入った白磁の銚子と盃をいそいそと運び込む。

「背越しはその皿の蓼酢で召し上がって下さい」

「これが蓼酢かいな」

そう言った智蓮尼が小皿を取り上げて眺めている。大切な問い掛けを逸した鉄彦も左手で小皿を取り上げて匂いを嗅げば、涼しげな香りがする。香りのもとを知りたかった。

「これは何で」

「蓼の葉を擂って混ぜた酢や。鮎を焼いて添えて食べると美味いと聞いたことがあるんやが、背越しにも合うとは知らんかった。そうやな」

「そうどす。新鮮な鮎やさかい蓼酢と合うんどす。もうちょっとで焼き物もできますんで。鮎飯は少し時間かかりますさかい」

「ええよ。ただ、鮎は塩焼きにしてんか」

「もちろんどす。蓼酢は好みやさかい。ほんなら」

立ち上がった仲居がいそいそと去れば、智蓮尼が素早く銚子を取り上げる。

「下戸（げこ）やさかい、相手できんと悪いな」

申し訳なさそうな顔で酌をしてくれた智蓮尼は銚子を静かに置き、鮎の背越しの切り身を塗り箸で挟み蓼酢につけ、手を添えて口に運ぶ。

「美味い。実に合う。彦どんも食べてみなはれ」

呑み干した盃を卓に置いた鉄彦が左手を使って背越しを摑もうとするも、切り身が小さくてなかなか摑めない。いまだに慣れない箸遣いが気になりだすと、卓の下で組んでいた印の指がわずかに疎（おろそ）かになったことにも気づけない。

「そうか。――不自由やな」

顔を上げればあの日、半次郎に見せた優しい顔をしていた。彼女の眼の芯を今日初めて捉えていた。気遣いと優しさが眼に滲み出ている。吸い寄せられるような綺麗な目をしている。すると何やら急に身体が汗ばみ、目の奥でカッと熱が広がるのを覚える。たった一杯の酒で頭が軽く痺れ始める。急に暑くなった陽気のせいかと思いながら緩んでいた印をもとに戻す。

「ほら」と言った時には智蓮尼が自分の箸で背越しの切り身を挟み、鉄彦の口元まで運ぶ。躊躇いはあったものの腹は空いていたし初物の蓼酢も気になり、促されるまま口を寄せれば、蓼酢の香りが口いっぱいに広がる。京の珍しい物を食すことには節操がなくなったと自嘲しながら頬を少し赤らめた鉄彦は手酌で盃に注ぎ、照れ隠しに一気に呑み干す。

「あんさん、山伏やろう」

呼吸を読んだかのように意表を衝く問い掛けだった。さすがの鉄彦も意識なく幼子のようにうなずいていた。そんな自分が自分でも不思議に覚えたが、智蓮尼は満足そうにうなずく。

「やっぱしなぁ」

「何で分かりました」

「そりゃ分かりますがな。お武家さんが首から数珠を下げてるのは妙や」

言葉には説得力があった。だからこそ、この頃では腰の巾着袋に仕舞ってある。襲って来た根来組のことを思い出すと、もう痛くはない傷が疼きだす。自分の失態を苦々しく胸に秘めつつ手酌で酒を注ぎ、俯き加減で盃を呷る。

「数珠を下げていただけで、なんで山伏って決めつけるんやろうと、あんさん思ってんやろ。どうや」

顔を上げれば妖艶な笑みを浮かべ、微笑みのまま銚子を取り上げてお酌をしてくれる。

「言葉を器用に使い分けるあんさんのことやから、もう分かっているとは思うがなぁ、わてはもともと京の人間やない。伊予（いよ）の人間や。伊予の修験の里で生まれ育ったんや。だからあんさんが首から下げていた数珠が、山伏の使う数珠だとすぐに分かったんや」

「修験――」

「そうや。元を辿れば大和の国の葛城（かつらぎ）ちゅうから、ひょっとしたら役小角（えんのおづの）の流れを汲（く）むのかもしれん」

役小角とは山伏の間では今でも名を轟（とどろ）かせている修験道の開祖、役行者（えんのぎょうじゃ）のことであるから、その名前を聞いた途端、鉄彦の表情が変わった。智蓮尼がまたも勝ち誇ったように微笑む。

「だからわては筋がええんや。どんな縁があったのかは知らんが、先祖は伊予に渡って天狗岳ちゅうとこで修行を積んでたちゅうことや。――大昔のことやで。わての頃はとっくに山から里の麓部落に下りて拝み屋みたいなことをしておった。そやかて、女のわてでも小さな頃はお山で修行をさせられておったんや。何でも修行を積むと六神通（ろくじんつう）が授かると言われてなぁ」

「ろくじんつう――」

身を固くしてわざと声を漏らすと、途端に智蓮尼は大笑いしだした。あまりの大笑いに先ほど奇異の視線を向けていた二人が、また凝視しているのを視野の隅に捉える。

「もう、すっとぼけんでもええやろ。山伏なら六つの神通力（じんずうりき）、六神通というもんを知ってるやろ」

「はぁ」

智蓮尼の鋭い視線から逃れた鉄彦は俯きながら曖昧な返事をする。確かに六神通とは山伏にとっては必須の力である。千里の果てまで見通す天眼通。遠くにいる人の話し声や音が分かる天耳通。他人の心を読む他心通。霊界と神界を自由に行き来できる神足通。思うままに自分の身を処する漏尽通と、過去世を観る宿命通のことだ。

この六つの力を備えるためには命懸けの修行を積まなければならず、鉄彦は一つを除いてすでに自分のものとしている。だが、最初から「六神通」を求めて修行したのではない。早逝した父親から三歳の頃には修行を教わり、教えを忠実に守り、倦まず弛まず修行に明け暮れた結果、気がつけば神足通以外の五つの力を身につけていたのだ。

瞑想して霊界と神界を行き来できるようになっても、いまだ山海を思うままに飛行できるまでには至っていない。それを役行者は意のままにできたと伝えられているのだから、鉄彦にとってもはや神業といってもよい呪術である。

こん女もおせんを取れるのか……。そんな心の中の警戒を、咄嗟に出た曖昧な返事で揉み消していた。

「何がはぁや、山伏と認めたからにはいい加減におし」

わざときつい顔をして窘める智蓮尼を目の当たりにして、確かに認めたにしても、なぜああもあっさり認めてしまったのかと、どうにも腑に落ちない。用心して火天の印までしているというのに、またしても素直にうなずいていた。そのうなずきを見た智蓮尼は満足そうに微笑み、再び語りだす。

「わてが男やったら、本当なら後を継いだかもしれん。さっきも言うたが筋がいいよってに。そやけど女になると不浄ちゅうて、磐座（いわくら）があるお山に入って本格的な修行はできひん。わての修行はせいぜい十三歳前ぐらいには終わったけどな」

「それでなぜ京へ」

鉄彦は美しい女性が橋の上に佇み、今にも橋の上から身投げしそうな思い詰めた顔を思い出していた。一つ大きく息を吐き出した智蓮尼が銚子を取り上げて、空になっていた盃に酌をしてくれる。

机の上に銚子を静かに置き、上げた顔には少し雲がかかっていた。

「その話は勘弁してや。女やさかい色々とあった。死のうと思ってもできず、流れ流れて京に辿り着き、観音寺の門を叩いたんや」

「観音寺――」

鉄彦が聞き返すと、一瞬怪訝な顔をした智蓮尼が噴き出す。

「なんや知らんかったのか。わてが寺女してる、あの焼けただれた寺や。もっとも真言宗の寺として見る影もないがな。女ちゅうても山伏の子孫のわてが密教以外の寺で修行するのも変やろ」

なるほどと思った。でなければあれほどまでに東寺のことが詳しいはずはない。

その時、鼻薬の効いた仲居が焼きたての若鮎をいそいそと運んで来た。串（くし）打ちされた小ぶりの若鮎はこんがりと焼かれ、焼け反った魚体には粗塩（あらじお）がふりかけられている。

「美味そうや」

途端に喜色の声を上げた智蓮尼は鮎の身を解（ほぐ）すために鉄彦の皿を引き寄せそうとするが、笑顔で首を振った鉄彦は、鮎を串ごと取り上げて尻尾にかぶりつく。柔らかい歯触りと共に鮎独特の香ばしさが口いっぱいに拡がり、まだ熱いのも気にせず瞬く間に頭まで食べ尽くす。子どもの頃から鮎は大好物だった。今の頃は清流な肝属川（きもつき）まで出かけて鮎を捕まえると、その場で火を焚いて食べたものだ。自分でも言ったように智蓮尼も好物のようで無心に食べ続け、ほどなくして頭と背骨しか残らない鮎の姿となった。

「まあ、見事なまでの食べっぷりや。なんも残ってない」

自分の皿と見比べ、智蓮尼が称賛する。

「堪能（たんのう）しました。美味しゅうござった」

「もう一匹頼むか」

「いや、まだ鮎飯が」

「そうやなぁ。あれ、どこまで話したんやろう。そやそや、わての遍歴や。しょうもない。わてのことなんかどうでもええ。うっかり乗せられて話すとこやったわ。彦どん——、実は天狗岳の山伏の間で代々語り継がれていることがあるんや。——聞くか」

それから天狗岳の山伏の間で伝わる話を智蓮尼から聞かされて、さすがの鉄彦も驚き、我を忘れて聞き入っていた。

島津軍が大隅半島深く進攻し、いよいよ肝属氏の牙城（がじょう）となる肝属本城に三カ月もの猛攻を仕掛ける前、肝属兼久に仕える山伏の頭（かしら）が、深い縁のあった伊予の天狗岳に縄張りを持つ大先達（だいせんだつ）へも便りを送り、験力（げんりき）のある若い山伏に合力（ごうりき）要請していたというのだ。もちろん、そんな詳しいことを鉄彦が知るはずもなく、伝え知っていることとは胡蝶丸の甲板の上で源乃信に言った「他ん国からも術自慢の山伏を呼んだ」ということだけである。

馳せ参じた腕自慢の天狗岳山伏十四人はよく戦い、負傷者は出たものの、島津軍が無念の撤退をした後、肝属兼久から功労金を授かり半年後無事に戻って来た。その者たちが肝属本城の戦いで見たこと、特に圧倒的な数の島津軍を散々悩ませた山伏城頭の呪術の凄さを語り、それが伊予の国天狗岳の山伏に代々語り継がれているというのだ。

「その頃の薩摩の山伏は凄かったんやてな。知ってましたん」

――薩摩じゃなくて、肝属じゃ。心の中でそう吐き捨てた鉄彦は白々しく首を振る。まだ動揺が収まらなかった。智海の名前は出なかったものの、自分が知らなかったことを、目の前の心を許せない女から暴露されたのだから。だが、話には信憑性があった。

肝属本城の戦いで無念の戦死を遂げた肝属氏家臣らはそれぞれの菩提寺に弔われたが、戦死した山伏たち全ては山城の一画にある金閣坊に葬られ、その後島津軍に攻め込まれて城が陥落するまでは聖域となっていた。島津軍は肝属本城を完膚なきまでに破壊し尽くしたが、なぜか金閣坊だけはそのまま残し、今でも残る出身地と○○坊と名が刻まれた十数基の石塔の中には、伊予の国と記された物は一つとしてない。あるのは鹿児島の地名のみであるから、伊予の国から合力に駆けつけた山伏らは全員無事だったことになる。草生した金閣坊に月に一度訪れるのは鉄彦しかおらず、智蓮尼の話したことが作り話には到底思えなかった。

「そうか、知らんかったか。彦どんは知らんでも諸国の山伏の間では有名や。薩摩は山伏の里やちゆう山伏もおる。伊予の国に戻ったわての先祖らは、その後どうなったか気になったんと違うか。それはそうやろう。命懸けで共に戦った仲間やさかい。山伏には山伏独特の繋がりがあるよって、自然とその後のことが分かったんやと思う。

肝属のお城は陥落して皆滅んだんやてなぁ。気の毒に。――知ってましたん」

そう言った智蓮尼が吸い込まれるような眼差しで見つめる。警戒した鉄彦は座卓の下で印を組んでいた指に力を加えて軽くうなずき返す。

「島津サアが三州平定する前の頃かと」

「三州平定――」

「薩摩と肝属、それに日向(ひゅうが)が加わり、今の薩摩藩となりもうした」

「いつの頃や」

「およそ三百年前」

「そうか。そんな前のことか。遠い昔のことやな」

そう空々しく言った智蓮尼が銚子を取り上げて耳元で軽く振り、鉄彦に差し出す。

「三百年前、島津はんの領地は薩摩だけだったん。――そうか。ほなら他所(よそ)はんの領地を奪い取るため肝属と日向に攻め込んだことになるなぁ。なんや今じゃ一枚岩の薩摩藩も昔は敵同士か。――半どんはどこのお人だす」

「なにが」

「もともとは薩摩、肝属、日向のどこや」

完全に誘導尋問をされていることに気づいた。それでもそれに乗ることにする。

「吉野村の出と聞いておりますので、そこからは島津サアの城下には近く、もとは薩摩かと」

「源どんは」

「先祖は肝属の殿様に仕えていたと、この前知りもうした」

「へぇー、あんなに仲がえぇのに昔は敵同士や」

そう言って一呼吸した智蓮尼は予想したように聞いてくる。

「ほんで、あんさんは」

「肝属でごわす」

わざと薩摩訛りで言い放つと、智蓮尼が袖で口を覆って高笑いする。ひとしきり笑うと涙目になりながら嬉しそうな表情で、残り少なくなった酒を鉄彦の盃に注ぎ入れ、手を叩いて空になった銚子をかざし注文する。

「なんや、彦どんの先祖はんも島津はんに刃向こうたんか。それが今じゃ、島津はんの大切な家来やもんなぁ。世の中どこでどう変わるか分かったもんやない」

その一言で、智蓮尼が薩摩藩士族区分の厳しい内部事情をあまり知らないことが判明する。本当か嘘か知らないが、自分から伊予の国の山伏の末裔と調子よく名乗り出た謎の女に、薩摩を甘く見られたくなかった。

「今や薩摩は一つにまとまり、島津の殿様のために皆命懸けで忠勤に励んでおいもす」

わざと薩摩訛りで語気強く言えば、またしても智蓮尼が高笑いをしだす。度々の笑いにもう誰もふり向く者はいない。

「そんな薩摩言葉で力強く言われると、ほんまにあんさんは正真正銘の薩摩藩士やな。ほんま島津の殿様は偉いお方や。そんな頑固一徹の藩士を三百年かけて育てはったんやから。なんせ肝属の戦で最後まで歯向こうた山伏の生き残りを、薩摩藩は忍びとして取り込んだんやろう。その忍びは密かに代々続いているちゅうやないか」

思わず声が出そうになり鉄彦はやっと堪えた。忍びではないが薩摩藩士の中でもその実態をあまり把握できない兵道家の存在を、あからさまに仄めかされ我が耳を疑う。

「そんな凄い山伏の子孫なら六神通も自在に使えるやろうし、それ以外の術も心得ているんやろう。なにせ一子相伝が山伏の掟やさかい、天下無敵の忍者や。そんな子孫が昔の遺恨をも忘れ、島津の殿様のために忠勤に励んでいるとすれば、幕府の密偵もおいそれと薩摩の中に入れるもんやないし、さすがの幕府も薩摩の忍びの実態がよう分かるもんでもない」

鉄彦は無言のまま、この女どこまで薩摩の秘密を知っているのかと舌を巻く。

「お待たせしましたな。鮎飯もうすぐやさかい」

暫しの無言の間を明るい声で助けられたような気がする。銚子を受け取った智蓮尼が両手でお酌をしてくれる。

「薩摩の方は皆、酒が強いな。あんさんもいける口やなぁ」

酒を注ぎ終えた銚子を卓に置き、穏やかにそう言った智蓮尼が盃を呑み干す鉄彦を待ち、ヒタッと見据えながら語気強く低い声で言い放つ。

「数珠を首からぶら下げたあんさんと初めて出逢うた時から、ただの薩摩藩士じゃないと見当をつけておったんや」

つい先ほどのにこやかな顔は消え去り、鋭い眼光を放った顔には般若（はんにゃ）の相が現れている。無言のままの鉄彦は座卓の下の印に一層の力を加えて睨み返す。その時、一陣の風が吹き涼やかな風に乗った声が耳に触れる。

「せやろう。あんとき追っ払うたんが悪い。だから遺恨を持ったんや。その遺恨を晴らすため、また必ず京に上ってくるでぇ。えらいこっちゃ」

先ほどから視線を送っていた二人連れは、酒が深まるごとに、御多分に漏れず京の雀になろうとしていた。鉄彦が智蓮尼の背後へ視線を送ると、智蓮尼の鋭い眼光がわずかに揺らぎ、追い打ちをかけるように身を乗り出し憚（はばか）るような小声で言い放つ。

「あんさん、薩摩の密偵とちがうか。——どや」

ここに及んではもう言い逃れることはできない。どこかでまんまと術中に嵌（はま）ってしまったと思いつつ、まさかこの俺が、伊予の国の山伏たちを驚嘆させた山伏城の頭、智海の血と術を受け継ぐ子孫とは気づけまい。だが、大した女と心の中で嘯き、ゆっくりと首を垂れる。

「恐れ入りもうした」

頭を上げれば智蓮尼の顔が輝いていた。いそいそと銚子を取り上げて再び顔を寄せる。

「誰に話すことはないよって心配せんでええ。そんなあんさんが、なんで怪我を押してまで奈良に行ったん」

「そ、それは……」

鉄彦はわざと言い淀みながら、勝負はこれからだと言い聞かせる。すると智蓮尼がやんわりと顔を離した。

「それはそうやな。言えるはずもない。藩命とあればなぁ。でも洛内に妙な噂が流れとるし」

「噂――」

「またすっとぼけて。耳を貸してな」

智蓮尼が両手で桜色の口を覆って卓越しに身を乗り出すと、奥の席からまたもあの二人連れが羨ましそうな目つきで凝視している。

「呪詛や、中川宮が帝を呪詛したちゅう噂や」

そう小声で呟いた智蓮尼が身を離しざまふり返って睨みつけると、覗き込んでいた二人連れが顔色を変えて他所を向く。

「ほんま無礼や。あの二人。――噂はその耳にも届いているやろ」

顔を元に戻した智蓮尼が苦々しく吐き捨てた。

そう聞かれれば素直にうなずくしかなかった。

「この前ちゅうてもずいぶん前やが、半どんが来た時しょげてたなぁ。俺が帝の呪詛の手伝いなどするはずがなかってなぁ。あれからちっとも姿を見せんようになった。なんかあったんやろうか。

――まあ、そんな噂を耳にしておったさかい」

なるほどと思うものの、噂の真相をどこまで把握しているのか分からない。それにあの取り繕い方には他にまだ訳があるだろう。曖昧なうなずきを返した鉄彦は、噂をどう思うか聞いてみることにする。

「その気になればこんな時代だからこそ、切れ者という噂やから帝にもなれるやろう。今の帝はんは優柔不断ちゅう噂やから、中川宮を頼りにしておらはるんやろうし、宮はんは幕府からも頼られておるしな。そんなお方がわざわざそんな面倒なことをするか。しかも呪詛したことが漏れたんやでぇ。――あり得んな。誰かを呪詛したら死ぬまで語らんのが鉄則や。山伏のあんさんやから、そんなことはよう知っとるやろう。しかも帝をやでぇ。もししても漏れるはずがない。漏れたら命が危ない。そんなアホなことをするかいな。誰かが嘘の噂を流したんと違うか」

しごく真っ当な推理だった。それと奈良がどのような関係があるのかと鉄彦は頭を巡らせ、その謎を切り崩す問い掛けを考えていた。だが、いくら考えてもとっかかりが見つからず無言の間が少し流れる。気づけば探るような眼差しで智蓮尼が見つめていた。

「あんさんはどう思うの」

「拙者は……」

そのとき気配を感じてふり向けば、二人の仲居が膳を運んで来るところだった。

「鮎飯、お待たせしましたなぁ」

「もう腹ペコや」

途端に作り笑いをした智蓮尼が喜色の声を上げ、鮎飯が入った小ぶりの御鉢を抱える仲居が、蓋を開けて卓の上に置く。続いて木の椀と吸い物が載った盆が別の仲居の手によって運び込まれ、鼻薬がまだ効いている若い仲居はすぐに盆ごと受け取って正座し、慣れた手つきで鮎飯を椀に盛り始める。鮎の身はすでに解され香ばしい匂いが辺りに漂い始める。

「いい香りや」

「できたてやから、美味しゅおすよ」

「鮎は鮎飯に限るもんな」

「ほんまに。この浅葱はお好みで。そんならごゆっくり」

配膳を終えた仲居は刻んだネギが入る小皿を卓に置くと手をついて挨拶し、笑顔と袂に忍ばせた匂い袋の香りを残して戻っていった。


ちょうどその頃、河原の床から着流しに二本差しの色の浅黒い侍が見上げていた。唖然とした顔の中村半次郎である。一時期、例の件で嫌疑もかけられ辛い思いをしたが、西郷の取り成しでようやく疑いが晴れた。それでもこのところ機嫌が頗る悪い。あろうことか巷でも、尊敬して止まない中川宮が帝を呪詛したとする噂が流れ、耳障りとなって仕方がない。

――中川宮を貶めるために誰かがそげな噂を流したとじゃ。そいを薩摩藩士も真に受けちょ。馬鹿じゃなかろか。宮サアには今までどんだけ世話になったか。なっちょらん。まこて、なっちょらん――。

そんな憤りが常に頭の中を声となって駆け巡り、非番の今日憂さ晴らしのために珍しく一人で川床を訪れていた。智蓮尼の家まで足が向きかけたが、あの顔を目の当たりにすれば鼻の下を伸ばし、問われるまま何もかも喋っていることに今更気づき、時期が時期だけに二の足を踏んでいた。本当なら仲間と毎年通う床に綺麗どころを呼び、何もかも忘れて憂さ晴らしの酒を久しぶりに浴びるほど呑みたいと思っていた半次郎だったが、高床式の床を呆然と仰ぎ見ていた。珍しい高床式の床はただでさえ目立つ。

　小さな掛け橋を通って河原の床に向かって歩く道すがら、何気なく顔を上げれば、すぐに一人の尼僧姿に目が留まった。傍らの男に目を転ずれば坊主頭の痩身の男が向かい合って座り、二人は何が可笑（おか）しいのか嬉しそうな顔をして親密そうに語り合い、時には卓越しに肩を抱き合うような素振りまでしていた。

　最初は相手の男が誰かは分からなかったが、砂洲に移って目を凝らしてよく見れば、刺客に襲われ鉄砲玉を食らい瀕死の状態となり、いまだ療養中のはずの男だった。なぜ坊主頭になったかは、その事件の経緯（いきさつ）を詳しく源乃信から聞かされていた。

　西郷の密命を受け薩長同盟が結ばれる直前、会津藩の牙城に探索に入り、その任を終えた直後に幕府の狗（いぬ）どもから襲われたと聞けば気の毒に思い、そのうち見舞いにでも行こうと思いはしても急に身辺が慌ただしくなり、気も塞（ふさ）ぐことも多く、いまだに足が向いていない。そんな男が元気そうな様子で、しかも恋い焦がれる智蓮尼と一緒にいる。

「ないごて、昼の日中からこげな処に一緒におっとか……」

　機嫌の悪い独り言を嘲笑（あざわら）うかのように、何が可笑しいのかまた二人が口を開けて笑いだす。その声は喧騒（けんそう）のなか届かないものの、半次郎の耳にはあの智蓮尼の上品な笑い声と、あまり記憶にない鉄彦の笑い声までが聞こえてくるような気もする。

「待てぇ、落ち着かんか」

通りかかる人間たちが凝視しているのにも気づかず、仁王立ちとなった半次郎が刀柄（かたなづか）に左手を添えて自分に言い聞かせる。だが、そんな努力も虚しく、しだいに手を添えた刀がカタカタと鍔鳴（つばな）りしだした。あろうことか智蓮尼が箸を使って、何かを坊主頭の口元まで運んで食べさせているではないか。それを目撃した半次郎の目はみるみる吊り上がり、あらぬことをあらぬ声で張り上げていた。

「あんヤンボシは得意の術を使（つこ）て師匠を懸想させたんか。腐れもんが。待っちょけよ。叩っ曲げてやい」

そう言った時には着物の裾を博多帯に絡げ、脱兎（だつと）の如く走りだしていた。


「あれ、空耳か……」

鉄彦に自分の箸を使って鮎飯を食べさせ、自分の分もほぼ食べ終わる頃、箸と木の椀を卓に置いた智蓮尼が辺りを見回す。

「どうされましたか」

そう言いながらも鉄彦はとっくに気づいていた。山伏の五感は鋭い。先ほどから、下の河原から注がれる鋭い視線を感じていた。とうとう幕府の狗どもに嗅ぎつけられたかと思ったが、その視線が刃（やいば）のような殺気ではなく誰かからの妬みだと分かり、さりげなく河原を見やれば、仁王立ちした半次郎がこちらを睨みつけていた。

「知り合いの声が聞こえたような気がするんや。気のせいやな」

そう言って湯呑を取り上げてお茶を一口啜ると、智蓮尼がやおら立ち上がる。

「いずこへ」

「ちょっと、ご不浄へ」

にこやかな顔で声を残した智蓮尼が慣れた様子で入口に向かって歩きだす。厠に行くはずがない。下がよく見える処まで行き、嫉妬に狂った半次郎にお灸を据えるつもりなのだろう。

鉄彦は悪戯な笑みを顔に浮かべて卓の下の印を解き、腰の巾着袋の中から数珠を取り出すと、卓の下で数珠を擦って護身法の印を組み終え、複雑な印を幾つも作って静かに目を瞑る。膝の上で静かに手が合わさり法界定印を結ぶ。微動だにしなくなった鉄彦は智蓮尼が言った天眼通、つまり鳥の眼となろうとしていた。たちどころに、粋な着物を尻に絡げた半次郎が、砂洲に渡された小橋を鬼の形相で走って来るのが浮かび上がる。

――半次郎ドン、すんもはん。目を瞑ったまま心の中で呟いた鉄彦は、膝の上の法界定印を解いて左手を膝の上に置き、不自由な右手で拳を作ると親指と人差し指を伸ばし、小声で呪文を唱えながら人差し指で親指を弾く。

そのとき半次郎は掛け橋の真ん中あたりを、我を忘れて猛烈な勢いで走っていた。あまりの形相に、来る客が慌てて後戻る。さもあろう。半次郎は目を吊り上げ野獣のような唸り声まで上げて走っているのだから。

「うう、なっちょらん。なっちょらん。ええ、なっちょらん。あん腐れもんが」

嫉妬に狂う半次郎は状況も考えず、鉄彦を叩きのめすことしか考えていなかった。

あまりの勢いに掛け橋が縦横上下に激しく揺れだす。その揺れに合わせるかのように大股で走っていたが、ふわっと身体が浮いたと思った途端、何かに運ばれるように身体は橋から投げ出され、一瞬宙に浮いたような感覚となる。

「ちょっしもた」

咄嗟に叫んでも後の祭りだった。身体はそのまま真っ逆さまに鴨川に落ちる。川から浮き上がって見上げれば、呆れ顔をした智蓮尼が土手の上から眺めていた。

「あっ、師匠。半次郎でごわす。師匠――」

無理に笑顔を作って手を振っても、呆れ顔の智蓮尼はニコリともしない。それればかりか踵を返してスタスタと歩きだす尼僧姿がどんどん遠くなる。腰の大小を頭に掲げた男が川下に流されるのを見て、川床で働く若い衆が着のみ着のままで川に飛び込み、鴨川の河原は結構な騒ぎとなった。


「あれまぁ、誰かが川に流されてんと違うか」

鉄彦が目を開ければ、先ほど智蓮尼から一瞥されて恐れをなした二人連れが立ち上がり、川を見下ろしていた。

「どうせ、酔っ払いどすやろ。この時期、何人もいますわ。毎年のことどす」

座ったままの芸者が鷹揚に扇子で扇ぎながら、川も覗かずすまし顔で言い放つ。

「大丈夫やろか」

男らの性根は優しいらしく、心配そうな顔で互いを見つめ合う。

「夜と違うて昼間どすから、若い衆がすぐに引き揚げますやろ」

まったく騒ぎに関心を示さない芸者は冷たく言い放つと、せわしなく扇子で扇ぎ始める。しばらく二人連れの男らは川を眺めていた。

「あっ、よかった。引き揚げた。――なんやお武家さんかいな」

「言うたとおりどすやろ。酔っ払ってしまえば皆変わりまへんのや。さぁ座って呑んでおくれやす」

知らんぷりをして三人の会話を聞いていた鉄彦は可笑しくなった。酔っ払いにされた半次郎は気の毒に思うが、この座に乱入し暴れでもしたら元も子もなくなる。悋気（りんき）の塊となった男も鴨川の冷たい水に浸かり、少しは正気に戻っただろうと思えば尚更可笑しくなる。

「お待たせしましたな」

背後からの智蓮尼の声を耳にして素早く数珠を袋に戻し、また座卓の下で火天の印を作って気を引き締め直す。

「なにか下が騒がしいようで」

「酔っ払いが川に落ちたようや。しょうもない」

微笑んだ智蓮尼としっかりと目を合わせても、何事もなかったかのような涼しい目をしている。まさか術を掛けて半次郎を川に放り込んだとは智蓮尼も思わないだろうと内心ほくそ笑む。

「ほな、ぼちぼち行こうか」

突然、そう言われて一瞬、鉄彦は躊躇った。まだ探りたいことがある。肝心なことも探り得てい
ない。だが、ここで躊躇してはまたの機会を逸すると思い、うなずくと、懐から財布を取り出し一朱銀を卓に置く。

「馳走になった」

声と共に先ほどの仲居が飛んで来る。

「釣りはいらぬ。とっておけ」

「まあ、こんなに仰山。――おおきに」

顔いっぱいの笑みで見送られて二人が川床を後にする頃、川から引き揚げられた半次郎は褌一つになって、川床の竹に干された着物を前に一人寂しく酒を呷っていた。いかに半次郎でもびしょ濡れでは藩邸に帰る訳にはいかず、濡れた着物が生乾きになるまでそこに居座ることにしたのだ。そんなことを考えられるぐらい正気に戻っていた。

三条大橋の袂で智蓮尼と別れた鉄彦は、別れ際の先ほどの言葉を反芻していた。咄嗟の判断がまたの機会を招き寄せていたのだ。

「やっぱり季節のもんは美味しいな。今日はすっかり御馳走になったさかい、今度はわてが御馳走するわ。涼しくなってからの頃がええなぁ。秋は美味いもんが仰山あるよってに。今度はわての家で持て成すわ。

半どんから聞いたんやけど、源どんと一緒に四条扇酒屋町の鶴屋はんに間借りしておるんやったな。時期が来たなら使い出すよってに待っておき。茸飯を肴にしてささ呑んで、また修験の話でも

しようか。それとも呪詛の話がええか。半どんには内緒やでぇ。すぐに焼餅焼くさかい」

今日の勝負は五分と五分。修験の里に生まれ育ったとは言ったものの、鵜呑みにはできない。確かに驚くようなことを知っていたが、だからこそ謎の深まる女だった。

今度こそ何としても暴いてやると空を仰げば、半次郎が褌一つになってくしゃみをする姿が浮かび上がる。大人げないことをしたと少し後悔しながら源乃信のいない塒に向かって歩きだす。

第五章　妖術

慶応二（一八六六）年六月七日、幕府艦隊が長州周防大島（すおうおおしま）へ砲撃を開始し、同月十三日に芸州口・小瀬川口・石州口・小倉口でそれぞれ戦闘が始まるほぼ同じ頃、イギリス軍艦四隻が鹿児島の錦江湾に姿を現すと、薩英戦争で無残にも破壊され、その後復活を果たした磯の砲台から次々と礼砲が放たれ、薩摩は歓待ムードに包まれていた。

かつて暴風雨の中で英国と薩摩は激しい戦闘を交えたが、それ以降急速に関係を深め、さらに親密さを深めるために薩摩藩が招待し、旗艦プリンセス・ロイヤル号には英国公使パークスが夫人と共に乗船していた。名を忠義（ただよし）と改めた薩摩藩主と国父久光は一行を磯の別邸に招き入れ、海外からわざわざ取り寄せたビールやシャンペン、一人につき四十皿を超える豪華な料理で持て成す。

その席で西郷とパークスとの間で話し合いがもたれ、西郷から「朝廷の名で神戸の港を開き、港は五、六の藩が管理し、関税は朝廷に納めるようにしたい」と提案され、パークスはそれに賛同した。また天皇を中心とする統一国家の実現についても話し合われ、「日本の問題であるから、外国は一切介入しない」という、内政不干渉の言葉も引き出していた。

薩摩藩は倒幕に向けて次々と手を打って外交力も高めているのに対し、幕府は第二次長州征伐で体力を益々落とすことを招き込み、それが幕府の屋台骨を揺るがそうとしていた。長州征伐の軍路となる東海道や山陽道では、物資の徴発と人馬の労役に対して民衆の不満は急速に溜まっていた。その上冷害による凶作である。凶作続きで慢性的に米が不足しているのに各藩では戦が長引くことを予想し争って米を買い占め、わずかに残る米までをも徴発されたのだから、農村では餓死者まで出るようになった。

ついに不満を爆発させた農民は豪商の蔵を打ち壊し、その勢いが瞬く間に江戸、東国まで広がると、場所によっては無政府状態に陥ったところもあった。

各地で農民らの一揆や打ち壊しが相次いでも、自ら執拗に仕掛けた戦なのだから幕府は止める訳にはいかず、夏の盛りに敗戦濃厚の泥沼のような戦いが続いていたが、誰もが想像しなかったことが起こり、急遽、長州戦争は停戦することになる。

大坂城から指揮を執っていた将軍徳川家茂の急逝である。

家茂の遺志を受け継ぐ形となった一橋慶喜は当初、大討込と称し自らも出陣して巻き返すことを勇ましく宣言したが、幕府軍の九州牙城小倉城陥落の報に強い衝撃を受け早々にそれを打ち消し、慶喜の意を受けた勝海舟らは長州藩へ赴き、同時に朝廷にも働きかけ休戦の御沙汰書を発して貰い、戦は夏の盛りに終わった。

幕府の右往左往ぶりは西郷の耳にも届いていた。すでに武力による倒幕を心に秘めていた西郷からすれば、支援していた長州藩が実質勝利したことより、次期将軍と目される一橋慶喜の意外な腰抜けぶりと、幕府軍のみすぼらしい軍事力が露呈したことで、来るべき戦での勝利を確信していた。圧倒的な幕府軍の歩兵力でも近代的な火砲の前では何の役にも立たず、西郷は幕府軍「十」に対して薩摩軍「一」と戦力分析するようになり、自軍の近代的装備に絶対的自信を持つようになると、あとは倒幕へのきっかけを摑もうとしていた。

急逝した徳川家茂への評価は今日でも色々と分かれている。だが、勝海舟は家茂の死に接し「徳川家、今日滅ぶ」と日記に記している。幕府の中でズケズケとものを言い、極めて現実派の幕閣勝海舟が最大級の言葉を使って、その死を惜しんでいる。日記に記したように家茂の死をもって、家康以来長らく続いていた強力な幕藩体制が音を立てて崩れ落ちようとしていた。

家茂の後を継ぐことになる一橋慶喜は晩年、「権現様は徳川幕府を開いたが、自分の役目は幕を下ろすことだった」と述懐している。血を流さない、徳川家を足蹴にもされない政権移譲を実行するには、老獪で、なおかつ高度の交渉術が必要となる。

西郷は無論、幕臣にも腰抜けの印象を与えたであろう慶喜は、確かに戦の総大将には相応しくなかったかもしれないが、二百六十五年間続いた徳川幕府を始末する大仕事をやってのけたのだから、現代流で言うならば慶喜という人物は、西郷にとってしたたかなネゴシエーターだったにちがいない。先手を次々と打たれると、かつては先君斉彬の関係から尊敬の念を抱いていたにしても、歯ぎしりする思いがあったはずだ。

旧盆が過ぎて茹だるような暑さとなった洛内にも、公にされたことが飛び交っている。将軍家茂の死をもって停戦と相成ったが、実質幕府軍が負けたも同然であることを誰もが認めている。

朝から蟬しぐれの声が喧しく、軒先に吊るした風鈴が涼やかな音を鳴らす。七月に入り薩摩から戻って来た源乃信はあまりに忙しく、藩邸に泊まり込んで戻れないことも多々あった。第二次長州征伐が一段落すると、「少し骨休めしろ」と西郷から八月晦日に数日間の暇を出され、大きく観音開きされた土蔵部屋扉の縁に尻を置き、眼下の路地に打ち水されるのを眺めていた。

風通しの悪いこの部屋は一段と蒸し、額から玉の汗が流れ落ちている。浴衣の袖で汗を拭いた源乃信が傍らに置いてあった盆の上の急須を取り上げ、湯呑茶碗も使わず注ぎ口に食らいついてゴクゴクと喉を鳴らし、すっかり冷めたお茶を流し込むが、冷茶だけでは腹の虫は落ち着かない。昨夜は久しぶりに二人で深酒してまだ頭の中に酒が少し残っているし、寝冷えしたのか起きてから二度も厠通いをしたので腹は軽くなり、腹の虫が騒いでいる。

「色々と噂が流れておるな」

身体にたかる鬱陶しい藪蚊を団扇で叩き落としながら言い放つ。

「なんの噂じゃ」

浴衣姿の鉄彦が団扇片手に聞き返す。有馬温泉で湯治してだいぶ右手が動くようになったし、源乃信の休暇明けに自分から願い出て仕事に復帰しようと心に決めている。

「将軍サアが突然死んだこと。あの死は毒殺って藩邸では噂されておる」

「毒殺——。誰がそげなことを」

「天璋院サアちゅう噂じゃ」

呆れた鉄彦が苦笑いする。噂にしてもあまりに馬鹿馬鹿しかったからだ。

「そげん笑わじ。天璋院サアは病弱だった家茂サアのために南蛮から薬を取り寄せ、毎日呑むように和宮サアに勧めたって。その薬の中にはちっと阿片が……」

そこまで聞いていた鉄彦はとうとう呆れ顔となる。

「それで急に亡くなったと」

歯を見せてうなずいた源乃信は浴衣の胸元を片手で広げて団扇で扇ぎ始めるが、その手を止めてしかめっ面となり、慌てて腰を浮かすと何も言わず走りだす。起きてから三度目の厠となる。

久しぶりの休暇は緊張が解けて腹に来たかと、立ち上がった鉄彦は自分の行李の蓋を開け白い小瓶を取り出す。取り出した小瓶を卓袱台の上に置いて再び座り、藩邸で噂されていることの真意を探り始める。南蛮由来の阿片には中毒性はあっても、大量に摂取しない限り急死することはない。だが、こんな噂が流れること自体が、大奥事情を知っている薩摩藩士ならではの戯言と半ば感心する。

薩摩では「篤姫」として慕われている天璋院は島津家名門の出で、島津斉彬の養女となって徳川家定に輿入れしたが、家定の急逝により結婚生活はわずか一年九カ月で終わってしまう。次の将軍の家茂に嫁いできたのが皇女和宮である。家定の死後、髷を落とした天璋院は大奥を仕切っていたが、和宮と反りが合わず、心配した島津家が薩摩に戻って来るように再三促しても天璋院は頑として受け入れず、徳川の女としてその生涯を全うすることを決めているという。だとすれば天璋院が阿片入りの薬を使って毒殺を謀るはずもない。

そう思える鉄彦の胸の中には、今でも肝属の里で語り継がれる伝説の姫、阿南がいるからだ。阿南は名君と謳われた島津日新斎・忠良の長女として誕生し、肝属兼続に嫁入りする。所謂政略結婚によって肝属家の女となった阿南はその後、島津氏と肝属氏が激しく対立することで波乱に満ちた生涯を送ることになる。

度重なる戦いでも阿南は生き延び、老境に入った阿南を島津氏は迎えようとしたが、彼女は頑として応じず、自らの人脈を頼って何とか肝属氏の滅亡だけは食い止めようとし、「最後は神仏に祈願し、断食して自ら黄泉の扉を開く」という言葉を残している。そんな阿南を肝属の人々は貞婦の鑑として尊敬し、今でもその塚に供花が絶えることはない。鉄彦は阿南と天璋院を重ね合わせていた。

それにしても幕政が屋台骨から揺れ動く中での相次ぐ将軍の急逝だった。その死はあまりに突然で、妙な噂が流れるのも致し方ない。家定にしても家茂にしても病死ではあったが、いずれもまだ若く、しかも突然、死が訪れていた。兵道家らしく、何かの障りがあるのかもしれないと鉄彦は勘ぐり始めていた。見えない処で何かが崩れ始めていることに、ようやく気づき始めていた。

「厄介じゃ。渋い腹じゃ。もう何も出ん」

厠から戻ってきた源乃信が下品なことを堂々と言い放つ。

「疲れが出たかもしれん。疲れは腹に来るからな。それを飲んでみたら」

鉄彦が卓袱台の上の小瓶を指させば、胡坐をかいた源乃信が取り上げる。

「これもミズカネな」

瓶の色が違うのにそんな問いかけをされた鉄彦が苦笑いし、首を振る。

「まあ飲んでみて。少しだぞ」

促された源乃信は立ち上がり、扉近くに置いていた湯呑茶碗を取り上げ、真っ赤な液体を言われたように茶碗に少し注ぎ、匂いを嗅いで一気に流し込んだ。途端に情けない顔となった。

「酸っぱかぁ。これは梅酢な」

「うんにゃ、梅を漬ける時に出る汁じゃ。それを飲めばどんな下痢でもすぐに止まる」

石田家に代々受け継がれた腹の薬はよほど酸っぱかったのか、しかめっ面のまま源乃信が唇を尖(とが)らせたり引っ込めたりしている。あんなに騒いでいた腹の虫が気のせいか急に大人しくなる。気分もだいぶすっきりしてきた。鉄彦に益々信頼を置くようになった源乃信は途端に嬉しくなり、いそいそと鉄彦の前に座り込んで上機嫌に語りだした。

「毒殺は悪い冗談にしても、将軍が死んだことは薩摩にとってよいことじゃ。どうやら今度の将軍は一橋慶喜サアになるようじゃから。慶喜サアと先君斉彬公はよか関係じゃったし、先生もホッとしておられるじゃろ」

西郷の近くにいながら、純粋だからこそこの男は西郷の心の内を読めないのか。篤姫が毒殺を謀ったのはあり得ないことでも、可能性は薩摩にもあるかもしれない。もしそうだとしたら誰がそんなことを……。と考え始めた鉄彦であったが、源乃信の一言で現実に引き戻された。

「俺(おい)が鹿児島に戻って留守をしている間に、変わったことはなかったな」

突然の問いかけに鉄彦は戸惑い、無言のまま暫し思案していた。いずれ話さなければならなかったが、半次郎のことを話すには気が引け昨夜も触れずにいた。

「何かあったようじゃな」

黙っている鉄彦の顔色を窺うように、源乃信が団扇で胸元を扇ぎながら問い直す。

「実はなぁ、おはんの留守の間に智蓮尼ドンと床に行った」

「鴨川の――。へぇー羨ましか。二人だけで」

「うん。実は根来組の刺客から襲われたあの日、蛤御門の中をあの女が歩いていたのを目撃したとじゃ」

「えっ、まっこでな」

「まこっ。門内は普通の人間は許可なく入れんし、ましてや尼僧が。それからあの女の素性が気になり、もしや御所に向かうのであればと見当をつけ、網を張っておった」

それから半次郎のことを除き、智蓮尼と共に鴨川の床に行った時のことを簡単に話せば、途端に源乃信の目の色が険しくなる。突然苦笑いした鉄彦が、汗の滲む髷のない頭を撫で上げる。

「俺も半次郎ドンのように鼻毛を抜かれたかもしれん」

自虐気味に呟いた鉄彦はあれから何度も考えていた。なぜすんなりと山伏と認めたかと。決して色香に惑わされたのではない。それには自信があった。

今にして思えば、幼い頃に山伏の修行をしたのであれば、何らかの術に嵌ってしまったと考えるしかない。思い当たるのは彼女の眼の芯を見た時からおかしくなった。心を操る術でも掛けたのか。

そうだとしても、確証のないまま話せるものではない。

「どげんことな」

「あの女は俺の正体を知っちょった」

「――兵道家の」

驚き顔の源乃信は団扇を扇ぐのも忘れている。

「そん言葉は出て来んかったけど、俺が山伏ちゅうことを見抜いておった。肝属本城の戦いのことも知っておった」

見抜かれたのは数珠が禍していたが、そんな失態を言えるものではない。

「おはんの先祖サアのことを。どうして」

「決戦を控えた智海が術自慢の山伏を他国からも呼んだのは船の中で話したが、どうやら伊予の天狗岳から呼んだらしい」

「伊予の天狗岳……」

「あそこは昔から修行場で有名じゃ。腕自慢の山伏も多かろう。あの女の先祖を辿れば、伊予の天狗岳で修行をしていた山伏らしい」

あの見目麗しい尼僧姿からは山伏の姿など源乃信は想像もつかない。第一、今まで女山伏など見たことも聞いたこともなかった。

「もっとも今じゃ里に下りて拝み屋のようなことをしているらしいが、あの女も小さい頃は山に入って修行をしていたらしい」

「へぇ、女が」

まったく信じられないという顔つきの源乃信だ。

「女でも馬鹿にはできん。もともと女は男より霊感が強い。修行を積めば一角(ひとかど)の呪術者になれる。卑弥呼(ひみこ)も呪術者じゃった」

「卑弥呼……、昔の都を造ったという女のことな」

「じゃっど。鬼道(きどう)を使えた女帝。薩摩にも昔、女だけの呪術団がおったからな」

薩摩半島に棲んでいた女呪術団がもし島津氏に従順だったなら、あの肝属本城の戦いで島津方についていたかもしれない。それぐらい強い独立心と呪術力を持っていたが、城が落ち、智海らが方々を逃げ回っていた時、その身を匿(かくま)ってもくれていた。

若さに任せて錦江湾を泳いで渡り切り、その達成感と解放感から、まったく見ず知らずの若草の香が漂う若い女に夜這(よば)いを仕掛け、何の因果かその女は呪術団の流れを汲む、傳之助の母親となるヒメだったのだ。そんな秘密を、たとえ源乃信にでも話せるものではない。

「女は不浄ということで山に入って修行はできん。修行ができるのは小さな頃まで。あの女も小さな頃、天狗岳で修行をしたと自ら打ち明けた。どうやらそこで俺(おい)の先祖のことを耳にしたようじゃ」

「智海ドンのことを……」

「そこまでは知らんかったが、肝属本城の戦いで活躍した山伏のことを」

「ないごて」

「肝属本城の戦いから戻ってきた山伏らの間で、肝属山伏の戦いぶりが評判になって、今でも語り継がれているらしか」

「驚いた。世間は狭かもんじゃ」

そう言った源乃信が浴衣の胸元を大きく開き団扇でせわしなく扇ぎ始めるが、次の鉄彦の言葉を耳にした途端、団扇の動きがピタリと止まる。

「驚くのはそいだけじゃなか。あんさん、薩摩の密偵とちがうか、って言われてしもうた」

「なんと」

危なく団扇を落としそうになった源乃信が身を乗り出す。

「兵道家のことを知っていたと」

「あの女の口から兵道家という言葉は出んかったが、肝属本城の戦いの後で、その子孫を島津サアが召し抱えたことを知っておった。忍者とは言うたが、薩摩兵道家の実態を知っておるような口ぶりじゃった」

「俺も知らんかった薩摩の秘密を……。あん女はいったい」

源乃信の絞り出すような言葉に鉄彦が深くうなずく。

「油断はできん。天狗岳の山伏の末裔ちゅうことも鵜呑みにはできんし、京に出て尼さんになった訳も言葉を濁した。得体の知れん女じゃ。そいに……」

「ないな」

源乃信の険しいまなざしに鉄彦は珍しく躊躇う。半次郎のことに触れたくはなかったが、ここまで明かしたならば話すしかない。

「そげな女に半次郎ドンは書の師匠として心を許し、問われるままに話しているとすれば、藩の機密も漏れておるかもしれん」

源乃信に遠慮して書の師匠とは言ったものの、実のところ惚れた女である。事実、半次郎は天皇の呪詛事件に関する苦しい胸の内を打ち明け、ごく一部の藩士しか知らないはずの内幕も吐露した節がある。それを大いに懸念するようになっている。

源乃信は源乃信で日々の役目に追われてすっかり智蓮尼のことを忘れていたが、あの日のことを思い出すと大きくうなずき返す。

「半次郎ドンはあげな別嬪に弱いからな。困ったもんじゃ。俺がそれとなく釘を刺しもんそかい」

二人の関係ならそんなことも可能かもしれない。だが鉄彦は、あの女をもう少し泳がせ正体を暴きたかった。

「待っちゃい。あの女が言うには、半次郎ドンは手習いにあんまり来んようじゃ。それに俺に考えがある」

「どげな」

「実は涼しくなってから、あん離れで飯を食う誘いを受けた。そん時にまた探りを入れてみる」

「戦風が吹いているから、秋まで待てるか」

「そうなれば半次郎ドンも出征するから秘密が漏れる心配もない。じゃっどん、早く秋になればと思う。俺はあん女がどうにも気になって仕方がない。あの女には何か秘密がある」

そう言った鉄彦は遠くを見るような目つきとなり黙り込む。そんな目の色の時は必ず何かを考えている時と知る源乃信も黙り込む。急に静けさが訪れた部屋に、涼やかな風鈴の音が鳴り響いた。

ちょうどその頃、皇居内ではひと騒ぎ起きていた。大原重徳を中心とした公家二十名が、それまで佐幕政策を強引に推し進めていた中川宮と、関白二条斉敬を吊るし上げるために押しかけていた。遡ること八月十八日の政変の折、中川宮に深く関わり、多くの公家たちが京から追放された。その公家たちの復帰と中川宮の解任を強く求められたのは、第二次長州征伐で実質長州藩が勝利したからに他ならない。

だが、孝明天皇は申し出を撥ねつけたばかりか、頑として中川宮の更迭を認めようとはされなかった。世に言う「廷臣二十二卿列参事件」というものだが、これによって岩倉具視の復権の兆しと、一会桑政権と歩調を合わせてきた中川宮の凋落ぶりは日を追って強くなる。

一方、慶喜は、攘夷祈願のため石清水神社へ行幸されるほど夷狄嫌いの孝明天皇を見事に懐柔し、アメリカのペリー提督との間で結ばれた日米和親条約に基づき開港した横浜を一旦閉港し、外国との通商条約の勅許を取り付けていた。

目から鱗は薩摩である。英国公使パークスに提案されたことは、その後西郷の計らいで薩摩・土佐などの四藩の藩主会議で話し合われることになっても、最初から足並みが揃わず四侯会議は失敗に終わっていた。それまで幕府に独占されていた外国との貿易に風穴を開けようとしたことが水泡に帰したのに、慶喜は外国との通商条約の勅許を得てまたも貿易を独占しようとしているのだから、まさに鳶（とんび）に油揚げをさらわれた感がある。

ついに島津久光は討幕の決意を明らかにし、薩長は協力し合って武力による討幕準備を水面下で整えようとしていた。


猛烈な暑さが一雨ごとに涼しくなり、紅葉の時期を迎えようとしている。あれから二月（ふたつき）経った。

藩邸の表門から堂々と出て来た鉄彦と源乃信の二人は肩を並べて歩くのではなく、いつものように鉄彦が先に、笠の中から周囲を警戒しながら早足で歩きだす。西郷に自ら申し出て復帰を果たした鉄彦は、西郷に呼ばれて源乃信と藩邸に赴くことも多くなったが、二人は前のような変装姿ではなく、西郷から直接手渡しされた丸に十の字の家紋が染まる黒羽織と袴で身を整えている。

第二次長州征伐が終わってしばらくすると、薩摩が長州と同盟を結んだことは知られるところとなり、藩邸内外の警戒は厳重を極めている。念のためにと、薩摩藩士と分かる丸に十の字の家紋入りの羽織を西郷が二人に渡したのは、密偵として洛内で働く二人の身を案じてのことだった。

長州戦争が終わってしばらく経ち、京での新選組の横暴ぶりは目を覆いたくなるほどだった。浪人者を見つけると有無を言わさず斬り捨てていた。狂気の沙汰とも映るそんな新選組の横暴を西郷は心配し、鉄彦と源乃信に浪人と間違えられる格好を禁じたし、その上、丸に十の字の家紋が染まる黒羽織を支給した。その羽織を着ている限りおいそれと手を出せるものではない。

笠の中に映る洛内の景色は色鮮やかな錦絵（にしきえ）を纏（まと）う。こんな見事な紅葉を薩摩で見たことはない。

修行を積んでいた肝属の山々も秋が深まると確かに紅葉したが、薩摩には落葉樹は少なく、葉を落とさない杉・松・ヒノキの類が数多く繁殖するのだから、こんな鮮やかな紅葉ではない。見事な紅葉を愛でるには頭を覆う笠は邪魔となり、それでも取り外す訳にはいかず、一本の楓の下で黒紋付き羽織姿に相応しい漆塗りの笠の前を少し持ち上げる。つるべ落としの晩秋の太陽が早くも西に傾き始め、赤く色づいた人の手形にも似た葉の隙間から、力の衰えた木漏れ日が柔らかく降り注ぐ。気配を感じふり向けば源乃信も同じ格好で見上げていた。

あれから智蓮尼の姿を見かけたことは一度もない。涼しくなってからとは言ったが、そんな時節が到来し、まもなく本格的な冬になろうとしている。あの約束を反故にするつもりなのか。もしそうならこちらから仕掛けるしかない。いつ、どんな方法で仕掛けるか。そんなことを、再び歩きだした鉄彦は考えていた。

あの女のことがなぜこうも気になるのかと自問自答もしていた。明快な答えは見つからない。確かに薩摩の秘密や山伏と言い当てられたことに強い衝撃を受けていたが、それだけが理由ではない。あるとすれば日ごとに増す根拠のない胸騒ぎ。そんなことを思えば、先ほどの現実的な西郷の言葉が蘇る。

「早晩、会津との戦いは避けられんようになった。いや、会津というよりは幕府とじゃ。そうなれば当然、会津とも一戦を交えることになる。薩摩に戻る船の中で、源乃信からある程度聞いた。会津藩の士風と、我が藩の士風はよう似ちょっらしいな。会津に郷中のようなもんがあるとは思いもせなんだ。長州戦争の時には、数で劣る長州勢が幕府軍を次々と撃破した。幕府軍は寄せ集め所帯だったたし骨のない衆じゃ。じゃっどん、会津の士風が我が藩と似ているとすれば、あん衆はおはんが言うたように徹底して戦うはずじゃ。長州ん衆は強い恨みを持っちょって、双方が激突すればもう手はつけられん。何かよか手はなかろかい。——石田ドン、おはんはどう思う」

襲われて目覚めた直後に報告を試みたが、やんわりと遠ざけられ、その後西郷と逢う機会もなかったため、ある程度のことを源乃信に語り、源乃信は西郷と共に船で薩摩に向かう中、代わって報告してくれていた。今さらと思ったが、西郷の言葉は予期していたように、幕府との戦いがもう間近に迫っているのを物語っている。西郷が分からぬことを鉄彦に妙案は浮かばなかったが、金戒光明寺に潜伏して以来、朴訥な印象の会津藩士らには密かに好感を持つようになっていた。

今や田舎者の坩堝と化した京では様々な言葉が飛び交い、会津訛りの言葉を耳にすれば、思わず聞き耳を立てている自分がいた。そんな藩との全面対立はできることなら回避したかったし、妙案が浮かばねば板挟みとなる。また難問が増えたとばかりに笠の中の鉄彦は表情を引き締める。

否応なく、柳眉を吊り上げ般若の相となったあの時の智蓮尼が浮かび上がる。それにヒメの顔を重ねていた。女呪術者ということで共通するも、あまりにも姿形がかけ離れすぎていた。懐かしいヒメの顔が鮮明に浮かび上がる。

いつ襲われるかもしれない緊張を背負って密偵としての役目を日々果たさねばならず、息抜きのために九条通りの茶屋「眉月」へ源乃信が案内してくれた。そこで出逢った女が倅傳之助の母親ヒメとよく似た顔をした華子だった。歩みを遅らせた鉄彦がふり返る。

「役目を終えたら今晩呑みに行こうか」

「どこへな」

ぶようになっていた。

「ああ、九条華子さんの処。行きもそ」

笠の中で白い歯を見せた源乃信が即座に答える。二人の間では華子のことをいつの間にかそう呼ぶようになっていた。

「眉月」

師走の夜の帳が早々と下りようとしていた。鉄彦は行灯の灯りが灯る部屋で一人火鉢に手をかざしながら、長い間考え込んでいた。均衡が破れて、予想よりもかなり早くきな臭さが強まっている。ならばそれより前に何としてもあの女の正体を暴きたい。

それにしても、いつにも増してこの胸騒ぎはなんなのか。己の六感を信じねば……。意を決し傍らの刀を取り上げようとした時、階段を足音荒く駆け上がってくる音が響いた。見に行かずとも元気な足音からしてすぐに分かる。今日は西郷と共に大坂へ行ったはずだ。影の護衛のためだが、鉄彦は負傷して以来そんな役目からは外されている。

四日間ほど留守をするはずなので、夜にも拘らず一人でことを起こそうとしていた。今頃はとっくに大坂の上蔵屋敷に着いているはずなのにと待ち受けていると、羽織袴姿の源乃信が血相を変えて部屋の中に転がり込んできた。ただならぬ顔をしている。

「どげんした。そげん慌てて。大坂行きは」

「取りやめになった」

「ないごて」

荒い息のまま腰の刀を鞘ごと抜き取った源乃信が屈んで立て膝を突くと、その姿勢のまま抱きつくように身体を寄せ、片手で口を覆い絞り出すような小声を発した。

「孝明天皇が亡くなった」

「なんてな。いつ――」

「昨日。まだ公にされちゃおらんけど、確かな情報じゃ」

そこまで話した源乃信はやっと身体を離し、気が抜けたように火鉢の前にどっかりと腰を下ろした。夜陰に紛れて駆け続け、寒い中、額にはうっすらと汗が滲んでいる。青天の霹靂(へきれき)とはまさにこのことだった。混迷を極める年の瀬の二十五日に、国の柱となる天皇が突然崩御(ほうぎょ)されるなど、誰もが思わなかったことだ。

「死因は」

「病死らしい」

俯(うつむ)き呟(つぶや)くように言った言葉は何かを含んでいると、鉄彦は咄嗟に勘ぐる。それが何を意味するか、何も言わないまま考えを巡らす。

下々の者が、あの西郷でさえも天皇の日々の動向が分かるものではない。だが、つい四カ月前、長州藩に与(くみ)する公家たちが大勢で御所に詰めかけ、恐れ多くも中川宮の更迭などを直談判しても天皇は毅然と撥ねつけ、詰めかけた公家らに追って謹慎処分が下されたことは公となっている。齢の頃はまだ三十代と若く、気力も満ちておられる。

そんな玉体(ぎょくたい)に突然死が訪れる病気があるとすれば、今で言うところの急性心筋梗塞などの心(しん)の病か、さもなくば脳溢血などの頭の病しかない。頭の病ならばすぐに死が訪れることは珍しく、半身不随などの長患いとなる場合もある。ならば心の病ということなのかと推測した。

「なんの病じゃ」

「詳しくは知らん、じゃっどん、快方に向かっていたらしい」

何の病か分からないが、快方に向かっていた病が急に悪化したというのか。それにしても謎めいた病死である。俯き加減となって黙して語らなくなった源乃信を、それ以上追及するのは止めにする。源乃信の情報は密かに寄せられた西郷からの情報だろうし、その中には他言してはならないことも含まれているはずだ。ならば口を割ることはない。与えられた情報の中でその死因を推理するしかないと、鉄彦は頭を巡らせた。

「この前は将軍。今度は帝……」

そうわざと呟けば、顔を上げた源乃信が顔色を変える。心を読まずとも西郷との話の中でそんな話が出たのは明らかだ。どちらにも薩摩藩が関わっていないことを願うが、源乃信の顔色を窺うと薩摩藩が関わっていないことが見て取れる。鉄彦は内心ほっと胸を撫でおろした。

「石田ドンも変と思うか」

おもむろに発した言葉は案の定だった。おそらく西郷もそう思っているに違いない。何も答えない鉄彦が深くうなずく。そのうなずきを確認してから源乃信が小声で語りだす。

「実は暗殺されたちゅう噂が流れておるし、呪詛されたという噂も。まさかとは思どん……」

血相を変えて源乃信が戻って来た訳は明らかとなる。病が快方に向かい突然の死が訪れたとすれば、むしろその方が説得力はある。だとすれば、いったいどこの輩(やから)がそんな暴挙に出るというのだ。佐幕派の天皇に反対する勢力、つまり国家転覆を企てる輩しかいないことになるが、源乃信の顔つきで薩摩の暴挙は打ち消された。

長州か……、それとも。孝明天皇が崩御されて最も得するのは……、逆に損害を被るのは……。そんなことに考えを巡らせば、遠くで見た中川宮の顔が浮かび上がり激しく頭(かぶり)を振る。雑念が消えた途端、意外な言葉が脳裏に湧きあがる。

（あり得んな。誰かを呪詛したら死ぬまで語らんのが鉄則や）

六根(ろっこん)の囁(ささや)きのような言葉はすぐに胸の内に落ちた。まさかと源乃信は言ったが、中川宮を疑っているに違いない。だが、孝明天皇の後ろ盾がなくなれば、政(まつりごと)の表舞台から完全に失脚することになる。そんな中川宮が帝を呪詛するはずはない。あの噂は完全にがせだった。

それに中川宮のおせんが取れないことであらぬ疑いを持ったが、あの日鉄彦は長い船旅の疲れと、初めての京にどこか上の空だったし、平常心を失っていただろう。ならば神通力など通用するはずもない。今にしてそれが分かる。それにしても意を決し、今日こそは行って様子を窺ってみようとした、先ほどの判断は正しかった。

腹を決め、いきなり立ち上がった鉄彦は、紺の袷(あわせ)に袴をつけ、衣紋(えもん)掛けの羽織を取り上げて慌ただしく羽織ると刀を腰に差す。何事が始まるのかと唖然とした顔で源乃信が見上げていた。

「智蓮尼の離れに行っど」

「こげな時にどうして」

「胸騒ぎがする。一刻を争う」

胸騒ぎとは言ったが、その鋭い勘に源乃信が疑問を挟む余地はもはやない。

「念のためにこれを飲んでおけ」

支度のできた鉄彦が巾着袋から小さな竹筒を取り出し、筒の中から何やら取り出すと、まだ座ったままの源乃信の掌（てのひら）の上に置いた。小指の先より小さな黒い塊だった。鉄彦も筒の中から一つ取り出し、口の中に放り込む。

それを真似しようとした源乃信を、苦虫を噛み潰したような顔で制すると、急いで盆の上の急須（きゅうす）を取り上げ、自らの湯呑茶碗に冷めたお茶を注いで差し出す。差し出されるままに冷茶で流し込むと座ったまま源乃信が悶絶（もんぜつ）する。

「な、ないな。こいは。毒な……」

表情を変えて微笑んだ鉄彦は、否定することなく意外なことを言う。

「毒を以（もっ）て毒を制す。念のためじゃ」

毒であるはずがない。だが、それに似た働きをするのは確かだ。毒は薬にもなるし、薬は毒にもなり得、時として毒は毒によって中和するのを心得た山伏の知恵である。謎めいた言葉でも、何を警戒しているのかを源乃信はすぐに悟った。

「そいなら行っど。油断するな」

「承知」

呼びかけに鋭く返事をした源乃信は、険しい顔つきですぐに立ち上がって刀を腰に差し、鉄彦に続いて急な階段を駆け下りる。

駆けた。駆けた。寒空の中、血を流したような満月の月明かりを頼りに、息を切らしながらも二人はあの離れを目指し、袴の裾を持ち上げながら懸命に走った。走りながら鉄彦は空を仰ぎ見て、我が目を疑っていた。煌々（こうこう）と光を放つ月が、あの日辻岳頂上で見た火の玉にも似ていると思い、変事が起こる前触れであることを悟る。

最初は鉄彦が先に立っていたものの、まだ多少無案内なところもあって、途中から源乃信が代わった。警戒しながらあの竹林を抜け、月明かりの中に黒々と影を落とす伽藍（がらん）の焼け跡が見えだすと、それに続く小道を駆け上がる。二人は気づけずにいた。その後ろ姿を怪訝な顔で見送る一人の侍がいたことを。

およそ一年ぶりに訪れた寺は無残な焼け跡のままで、再建の兆しはなにもない。珍しく木の枯れ枝を揺らす風はないが、凛（りん）とした冷気が地面から這い寄る中、薄闇の中に埋没したようなあの離れから少し明かりが漏れている。

不気味な色をした月を隠すかのように雲がかかろうとしていた。叢雲（むらくも）の下、白い息を弾ませていきなり立ち止まった源乃信が、手で制してしゃがみ込む。前を凝視する源乃信の背後に素早くしゃがんだ鉄彦が、目を凝らして離れの辺りを注意深く窺う。遠目の利く鉄彦なのにそれらしい気配もない。やがて月は完全に雲の中へと隠れた。

「どげんした」

「人の気配がしたどん」

「誰(だい)もおらん」

「おかしか。気のせいか」

「かもしれんけど、気をつけよう」

背後の声に深くうなずいた源乃信が、刀の鍔(つば)に親指を掛けて立ち上がる。離れが近づくにつれ気配がなくなったのか、鍔から指を離してふり返り小声で語りかけた。

「不用心じゃ。こげな時間に雨戸を開けたままで」

全ての雨戸が閉(た)ててあるのに、踏み石前の雨戸の一部が少し開き、部屋の灯りが漏れている。鉄彦から肩を叩かれた源乃信がうなずき、つかつかと半開きの雨戸に歩み寄り、乱れた呼吸を整えるため大きく二度三度と深呼吸し、芝居がかったような明るい声を張り上げた。

「智蓮尼サア、大山でごわす。夜分にすんもはん」

ただでさえ地声が大きいのだから、物音一つしない中では意外なほど響き渡る。すると何やら大きな物音がし、しばらくすると半開きだった雨戸を押し開けて、白い頭巾の智蓮尼が姿を現した。明らかに不機嫌な顔をしていたが、すぐに取り繕って笑顔となる。

「源どん、どなんしたん。こんな時間に。びっくりしたわ。まあ、彦どんも一緒か」

縁側に全身を晒(さら)して視線を合わせた、その動揺の色を鉄彦は見逃さなかった。しかもその姿は黒衣に白い手甲(てっこう)と脚絆(きゃはん)をつけた明らかな旅姿である。こんな時間にどこぞへ出立(しゅったつ)ではあるまいが、反応を窺うためわざと鉄彦は尋ねてみる。

「今から旅へでも」

「ああ、これかあ」

そう呟いた智蓮尼が手甲をつけた片手を持ち上げる。

「それがなぁ。さっき世話になった親戚が亡くなったちゅう便りが届いてな。大坂から朝一番で船が出るさかい、夜通し歩いて行こうと準備しておりましたんや」

「こげん暗うなってからそれは危なか。俺(おい)たちが付いて行きもんそかい」

追剝(おいはぎ)も多い京街道なのだから、源乃信が気を利かして言ったことは理に適(かな)っている。だが、それが白々しいと思えば警戒するかもしれないと鉄彦が危惧した時、黒衣の袖で口を覆った智蓮尼が突然高笑いする。

「それは心強いな。おおきに。そやかてあんさんら、こんな時間にどないされましたの。しかも二人揃うて」

「半次郎ドンに用があったから、そのついでに顔見せに寄ったまででごわす。長く逢うておらんかったから、元気じゃろかいと思て」

「賀陽宮家(かやのみやけ)に……、何かおましたん」

黙って聞いていた鉄彦の耳には妙に白々しく響く。源乃信は半次郎に用があるとは言ったものの宮邸とは一言も言っていない。それなのに智蓮尼は自ら賀陽宮家と呟き、白々しくも、何かおましたんと聞き返した。

夜も更けてここまで駆け付けた詳細はまだ源乃信には一言も話していないのに、図らずもまるで誘導尋問のように吐かせたことは、梵字に似たあの痣を見比べた日以来、二人の意思疎通が深まったことを物語る。こんな状況なのに鉄彦はそれが殊更に嬉しく誇らしくもなったが、五感を全開にして智蓮尼の変化に全神経を集中する。

「いや、ちょっと用事があいもしたから」

機転の利いた源乃信の言葉に愛想よくうなずいた智蓮尼が、案の定、急にそわそわしだした。

「そやったん。しばらく家を空けるつもりでいたさかい何にもないけど、まだ湯は冷めていないやろう。お茶しかないが、せっかく訪ねてくれたんやさかいお茶飲んでいき。――上がってぇなぁ。さあ早う。外は寒いよってに」

「よかとでごわすか」

「何を遠慮することがありますの。大坂湊には明日の朝までに着けばいい。それにあんさんらが付いて行ってくれれば、夜中でも鬼に金棒や。さあ、入っておくれやす」

踏み石の上で雪駄を脱いだ二人を明るい声で迎え入れた智蓮尼は外を窺い、暗闇に小さくうなずいてから、開いていた雨戸を閉め、障子も閉めて、いそいそと火鉢の上の鉄瓶を取り上げ、お茶の準備をするために襖を開けて水屋に入った。

部屋の中は前に訪れた時と何ら変わらず、小さな仏壇が置かれているはずの隣部屋は襖で閉ざされていた。鉄彦が念のため火鉢の縁に手を添えるとまだ暖かい。その様子をじっと見ていた源乃信に無言のままうなずき合図を送る。険しい表情のまま源乃信がうなずき返す。

お茶が出るまでの間、二人は時に声を出して笑い合い、たわいない世間話を大声で続けていたが、鉄彦は笑顔のまま話しながら、人差し指で首の横を一筋曳き、そのまま掌を広げる。身の危険が迫っていることを知らせ、探りを入れるまで暫し待てという、二人だけに分かる合図だった。声を出して笑いながら、源乃信が承知したとばかりに深くうなずく。阿吽のごとき意思疎通は緊張感の高まりと共に益々深まっていた。

「お待たせしましたな。粗茶ですわ」

襖を開けて出て来た智蓮尼は盆に二つの湯呑茶碗を載せ、それぞれの前に置いた。

「喉が渇いておいもした。馳走にないもす」

早速湯呑茶碗を取り上げた鉄彦が音を立てて一口啜る。躊躇うことなく源乃信も湯呑茶碗を取り上げて音を立てて啜る。そんな様子を智蓮尼がじっと見守っていたが、鉄彦の目には疑り深く映った顔が、まるで花開くように賑わう。

「なんや二人とも前よりずっと垢抜けしたんと違います。丸に十の字の家紋が入った羽織着て」

「これは一目で薩摩の人間と分かるように、無理やり着せられているのでごわす」

「なんでや」

「浪人を見ると、新選組が問答無用で襲い掛かってくるからでごわす」

「そうなんやてなぁ。だからか、島津はんの家紋付きの羽織着てはるんは。なんや町の噂じゃ、薩摩と長州は手を結んだんやろう。ほんまか」

そんなことはもう公然の事実となっている。源乃信の視線を感じながら鉄彦が深くうなずく。

「やっぱり噂は本当やったんや。だったらそんな羽織を着ておれば、ますます危ないやないの。手ぐすね引いて新選組が狙うておるかもしれん」

「そんなことをすれば、すぐに薩摩が新選組を壊滅させもす」

「そうかぁ。そういう口実をつけるためにも、そんな羽織を着させるのかもしれまへんなぁ、源どん。――ほんま薩摩は怖い藩や。忠勤に励む藩士を餌に使うておるとすればや。なぁ、彦どん」

思わせぶりなことを投げかけた智蓮尼が堰を切ったような高笑いをすると、源乃信も白い歯を見せて大笑いする。声をかけられた鉄彦は背中に汗をかいていた。

今の西郷は討幕のための戦端を開くきっかけになることを探っている節がある。まさかとは思うが、そんな疑念を何度も打ち払っていただけに、なんと人の弱みを読むしたたかな女なのだろうと舌を巻く。そんな心の内を気取られぬように苦笑いしたまま、丸坊主の頭を撫でながら軽口を叩いた。

「まっこと命がいくらあっても足りませぬ」

「冗談や、冗談。彦どん」

そう言ってまた笑うのがわざとらしい。半年ぶりなのだから普通なら怪我の具合を聞くだろう。それを忘れるぐらいに動揺しているとすれば……。まだ笑い続ける智蓮尼の虚を衝くことにした。

「半次郎ドンは、この頃書の稽古には」

「それが全然や。夏に床で姿を見たんやが、それっきりや」

引っ掛かったと思ったが、そんな素振りなど見せず悠然と聞き返す。

「このこと、伝えられたのか」

「なんのことや」

「修験の里に帰られること」

「ああ、すっかり忘れてた。急なことやさかい」

平然とした顔で智蓮尼が取り繕ったが、妙な間が少し流れ、鉄彦は確信を持てた。

「どのくらいの予定で」

「そうやなぁ。久しぶりやから一カ月、いや二カ月にはなりそうか」

「分かいもした。そのこと、代わりに伝えておきもす」

「おおきに。これで安心や。それで何で宮邸に行かれましたん」

さりげなく、さりとて執拗に同じことを聞くことが、どうにも不自然だった。

まんまと引っ掛かりよって。焦っておる……。鉄彦が内心ほくそ笑んだ時、急に身体がカッと汗ばむ。普通の汗とは明らかに異なる、毛穴という毛穴から一気に汗が噴き出すようだ。やはりと思った。お茶を淹れるには時間がかかりすぎていた。咄嗟に前屈みとなって、悪寒が襲って来たかのように身体を小刻みに震わせる。傍らの源乃信も突然胸を押さえながら畳の上を転げ回る。

「どないしたん。どないしたんや。二人とも」

頭上で白々しい声はすれど、救いの手は一向に差し伸べられない。畳の上を転げ回っていた源乃信はうつ伏せとなってピクとも身体が動かなくなる。見事な芝居だった。こんなこともあろうかと予め飲ませたものには、強力な解毒作用がある。薬を盛られて多少身体が痺れても、死ぬほどのことはない。

女狐めが、やっと尻尾を見せおって……。額に脂汗を浮かべやっとのふうで顔を上げれば、いつの間にか障子を背にした智蓮尼が凍り付くような目つきで見下ろしていた。

「宮邸に行ったなんて嘘やろう。どうせ探りを入れに来たんやろう。どや」

「さては茶に毒を盛ったか」

わざと苦しい息をして吐き出せば、智蓮尼は勝ち誇ったような顔となった。

「さすがは薩摩山伏、いや、薩摩の狗だけのことはある。わてに探りを入れなんだば、殺すまでのことはなかったのにな。もう消えるところやったのに。

お前はほんまに探りを入れるのが好きやな。初対面の日にわての心を読んだやろ。迂闊やったなぁ。お前ごときの術でわての心が読めるはずもないが、橋の上に佇む今にも身投げしそうな女を見たやろう。あれは合わせ鏡の術よ。じゃが、あれでお前がただの薩摩藩士ではないと見破ったんや。

我が一族秘伝の薬もお前には半減か。片割れは気を失い、そのうち呼吸も止まるわ。心配すな。薬はよう効かんでも、あんじょうあの世に逝けるよう止めを刺してやる」

そう吐き捨てると黒衣の懐に手を入れて短刀を取り出し、朱塗りの鞘を静かに抜きはらう。まさか芝居をしているとは思わず、秘伝の薬は完全とはいかないまでも鉄彦の身体を麻痺させていると疑わない智蓮尼は勝ち誇り、まだ余裕があった。その隙を鉄彦が猛然と衝く。

「お前は何者か」

ふてぶてしく鼻で笑った智蓮尼が刀を胸まで上げ、刃先を返して狙いを定め嘯く。

「どうせ死ぬんやから冥土の土産に教えてやるわ。――八咫烏」

「やたがらす……」

そう呟いた鉄彦は睨み上げ、心を無にして智蓮尼の目を呑み込む。心に映ったあの画が合わせ鏡の術というのなら、必ず心を読むはず。果たして胸の中で何かが動いた。途端に短刀を下ろした智蓮尼が声を漏らす。

「なんや、ほんまに知らんのか」

しばらく無言の睨み合いが続いていた。フーッと息を吐いた智蓮尼はおもむろに切り出す。

「天下の薩摩山伏でも八咫烏のことを知らんのか。八咫烏ちゅうのは昔から帝近くにお仕えしながら、この世を裏で支配していた一族じゃ。わてはその一族の女継承者、波見。まさか、お前ほどの人間が、わての嘘八百を信じていたのではあるまい」

「なぜ、肝属の山伏のことを知っておった」

とうとう吐いたと思う鉄彦は、姿勢はそのままで、視線を切ることなく問い返した。毒で弱っていると見下せば、裏で天下を支配していたという見栄も加わり、殺す前に必ず喋ると確信していた。案の定、波見が薄笑いを浮かべる。

「帝近くにおれば津々浦々の噂が届く。特に山伏のことはな。昔の山伏は帝の手足となって色々なことを探ったんやで。わてらの先祖らは山伏らも陰で操っておった。よってわてらは昔から山伏のことには詳しいんや」

「そんな人間がなぜ帝のお命を奪った」

鉄彦の言葉を聞いた途端、波見は突然大笑いする。しばらく勝ち誇ったような甲高い笑いが続いていた。

「やはり知っておったか。さもあろう。でなければ二人揃うて探りに来るはずはない。さすが薩摩の密偵や。もう噂が耳に届いてわてを疑うたか。田舎山伏でも勘だけは鋭いの。その勘が命取りになったわ。

お前らはやれ攘夷じゃ、討幕じゃと騒いでおるが、そんなのはどうでもええ。お前らは好きなように星の潰し合いをしておけ。わてらの望みは強い帝の時代をもう一度創ることじゃ。そのためにも南朝を復活させねばならん。二百数十年もの間、朝廷は幕府の言いなりやった。腰抜けどもめが。この動乱の時代だからこそ南朝復権の好機到来じゃ。

そのためにも討幕にご執心の薩摩の内情を探らねばならなんだ。遅かれ早かれ薩摩の時代となる。うわべだけのな。所詮田舎侍は使い捨てよ。そのうち仲間割れもするわ。いや、させてみせる。女好きでお喋りな半次郎が、聞きもしないのに鼻の下伸ばしてよう教えてくれたわ」

すっかり油断した波見が全てを吐くと、あの時奈良に行った理由を執拗に聞いた訳も分かる。

「では、あの話も嘘か」

「なんの話や」

「観音寺で修行していたこと」

「アホ臭っ。そんな辛気臭い(しんき)ことをするか」

「半次郎ドンから命を助けられたことは」

「全ては、西郷に気に入られた女好きのあの男に近づくための芝居よ。禁門の変に紛れて住職も小僧も皆殺しして、寺と一緒に焼き捨てたわ」

「ならばあの噂もお前が流したのか」

「なんのことや」

「中川宮の」

「ああ呪詛のことか。彼奴も北朝方で、帝になることに色気持っておったからな。世の中まんまと引っ掛かりおったが、今となればあれも必要なかった。討幕を目論む薩摩が有利になるよう手の者が噂を流してやったんやが、ぐずぐずしおって。

おお、ずいぶんと余計なことまで話してしもうたわ。冥土の土産には十分やろう。秘密を知ったからには観念しろや」

そう言い放った波見が凄まじい殺気を張らせて、逆手で短刀を持ち直し振りかぶる。鉄彦の喉元目がけてふり下ろされると、突然ガチンという金属音と共に撥ね飛ばされ、短刀が深々と天井に突き刺さった。驚きの顔を上げた波見の目に、いつの間にか刀を抜きはらって膝立ちした源乃信の姿が飛び込んでくる。動かぬ証拠を見定めた危機一髪の電撃だった。

「なんでや」

空手となった波見が、あり得ないことに思わず目を見開く。

「八咫烏一族に伝わる秘伝の毒なら、それにも負けん我が一党に伝わる解毒剤を、予め服用したまで」

刀に手を掛け、すっくと立ち上がった鉄彦が波見を睨みつけて言い放つ。途端に半歩下がった波見が睨み返した。

「謀ったな」

「謀ったとは笑止千万。謀らずば、お前の正体と目論見は分かるまい。大山ドン大丈夫か」

「大丈夫じゃ。飲んだふりをしたから。じゃっどん、ちっと飲んでしもうて、まこて身体が痺れた。あの薬を飲まんかったなら今頃あの世逝きじゃ」

最後は嘯くように言った源乃信が立ち上がって刀を青眼に戻し、すばやくトンボの構えとなってジリッと間を詰める。身に迫る圧倒的な殺気に顔色を変えた波見が後ずさって障子にへばりつく。

「殺してはならん。まだ聞かんにゃならんことがある」

「承知」

源乃信が峰打ちをするため刃を素早く返しながら鉄彦に視線を送り、返事する。そのわずかな隙を見逃すことなく、波見が形のいい薄い唇の前に素早く人差し指と中指を揃えて立て何かを念ずると、見た目にも源乃信の顔色が変わって動きも止まった。波見がヒタッと源乃信を見据えたまま薄笑いを浮かべ、何やら呪文を唱え始めた。

「オキリデメイテリイメイワヤシマレイ」

今度は目を硬く瞑った波見が、唇の前に指を立てたまま低い声で途切れることなく唱え続ける。刀に手を掛けながら片方の指で火天の印を組む鉄彦ではあったが、一瞬の隙を衝かれた格好となった。その時、突然大声で叫んだ源乃信が刀を下ろしながら腰砕けとなり、逃げ腰となって刀を振り回す。

「ひぇー、大蛇が襲って来る」

そう叫んだ源乃信は、血相を変えて刀をメチャクチャに振り回し、襖を蹴破って隣部屋に飛び込んだ。そこにはあったはずの山積みの本や、あの見事な字や小さな仏壇まで跡形もなく、その代わりガランとした部屋の中央の祭壇には複数の御幣(ごへい)と一枚の呪符(じゅふ)が。

真ん中に釘が何本も打ち込まれた藁(わら)人形が置かれ、その人形の身体には多くの呪い文字と、身体の真ん中には孝明天皇の諱(いみな)である統仁(おさひと)という名が血染めの字で書かれていた。

ふり返れば目をカッと見開いて不気味な赤眼となった波見が、薄笑いを浮かべながら人差し指を天井に向かって突き出すとグルグルと回し、次いで鉄彦に向かって突き出す。すると突然雄叫(おたけ)びを上げた源乃信がトンボの構えとなり、そのままの格好で鉄彦に襲い掛かろうとする。その眼は殺気を漲(みなぎ)らせながらも顔は完全に怯(おび)えていた。

「こんバケモンが、叩っ斬ってやる」

源乃信が魑魅魍魎(ちみもうりょう)の類(たぐい)に弱いことを誰かに話した覚えは鉄彦にはない。それなのに目の前の女は妖術を使って源乃信に大蛇の幻影を見せて怯えさせ、今度はその幻影を鉄彦に重ね合わせたのだ。

そんな呪術はまったく知らなかったが、波見の術中に嵌って身体の自由を奪われ、源乃信が操られているのを瞬時に看破(かんぱ)した鉄彦は、腰の巾着袋から数珠を取り出す間(ま)もなく、魔から身を守る護身法や九字を切る間もなく、素早く両手で内縛印(ないばくいん)を組むと、裂帛(れっぱく)の声で次々と真言を発す。

「ウン　オンソンバニソンバウンバザラウンパッタ　アミ　悪事皆悉消滅　ハッタ」

目をカッと見開いた鉄彦はたちどころに身口意(しんくい)を合わせて五大明王の一人、降三世明王(ごうざんぜみょうおう)になりきっていた。その顔は破壊の神、シバ神の化身となり、カッと目を見開いた恐ろしいほどの形相となれば、降三世明王の法具の一つである、あらゆる魔を破壊する法剣を虚空から引き抜き、勝ち誇ったような顔をした波見に向かって鋭く突き出す。

強烈な法剣の波動をまともに食らった波見は身体ごと吹っ飛ばされ、背後の障子を突き破って廊下に叩きつけられた。波見の身体の自由を奪うため、今度は金縛りの術を掛けようと鉄彦が廊下に踏み出た途端、怪鳥の声と同時にふり落とされた源乃信の刀は、空気を切り裂く音と共に鴨居（かもい）にガシッと食い込み、途端に我に返った源乃信が、刀の柄を硬く握りしめたまま目の前の鉄彦を見て呆然としている。

「あっ、俺（おい）はなにをしちょっとか……」

「術に嵌っておった」

その時、気配を感じて二人がふり返れば、廊下に倒れていたはずの波見が素早く立ち上がり、雨戸を蹴破って出て行こうとしていた。慌てた源乃信が鴨居に食い込んだ刀を引き抜く隙に、雨戸を蹴破った波見が、黒衣の裾をひるがえしてムササビのように外へ飛び出した。


その時、木の陰から様子を窺っていた半次郎は我が目を疑う。バンと音がした瞬間、雨戸が吹っ飛び、女の叫び声と共に家の中から黒い塊が飛び出し地面に転がったかと思うと、あろうことか遠目にも肩で息をして衣の乱れた智蓮尼が、首を振りながらよろよろと立ち上がったのだから。

「ないをしちょっとか」

自分の名を騙（かた）った二人に乱暴されたと勘違いした半次郎が刀の鯉口を切り、離れに向かって走りだそうとした時、思いもよらぬ光景に啞然となる。

部屋から飛び出して来た源乃信が不安定な姿勢で刀を薙いで一太刀浴びせれば、あろうことか智蓮尼は素早く宙に飛び前転して刃先を躱すと、「皆の衆出やれ」と叫ぶ声と同時に、空から降って来た刀を受け取るや否や、鞘を抜きはらって逆手に摑み、再び襲いかかる刀を受け流し、目にも留まらぬ速さで斬り上げた。離れの屋根には、いつの間にか現れた忍び姿の者が仁王立ちしていた。

源乃信が飛び下がらなかったら斬られていたほどの鋭い太刀筋だった。素早く体勢を整えた源乃信は殺気を漲らせてトンボの構えをとり、間髪を容れず怪鳥の気合いの声と共に智蓮尼に襲い掛かる。すかさず智蓮尼は刀を合わせ防ごうとするも、源乃信はその刀を押し切り、首筋から胸元まで切り裂かれた智蓮尼が悲鳴を上げ地面に崩れ落ちた。

屋根の上から「火を放て」と叫ぶ甲高い声と共に、刀を握りしめたまま呆然とする源乃信の足元に、ドスドスドスという不気味な音を立てて何かが突き刺さる。顔寸前のところを刀で叩き落とすも、またも容赦なく襲ってくる。たまらず源乃信は離れの中に飛び込んだ。

すると暗闇の中で火を噴く花火を持った十数名の忍びの者が、疾風の勢いでどこからともなく現れ、瞬く間に離れを取り囲む。手に持っていたのは花火ではなく、真ん中に火薬が仕込まれた大型手裏剣で、すでにその火薬への導火線に火が点じられていた。噴き出す青白い炎に浮かび上がる忍び装束は黒ではなく、紫色である。

いまだに事態を呑み込めない半次郎ではあったが、慌てて羽織を脱ぎ捨て刀を抜きはらい、わざと奇声を上げながら忍び目がけて疾走する。だが、こと遅すぎた。投げ放たれた火車剣は唸りをあげて雨戸に突き刺さると、すぐに爆発して燃え上がる。そのうちの一つが火花を散らしながら開いた雨戸の中に吸い込まれ、寸秒もしないうちに部屋の中で爆発の音が轟き、数枚の雨戸が吹っ飛ぶ。

雨が降らない乾燥した日々が続いていたので、瞬く間に真っ赤な炎が離れを舐め始める。部屋の中からも火の手が上がり、もうもうと黒い煙が立ち籠める。疾走した半次郎が忍びの一人を後ろから薙ぎ払い、返す刀で隣の忍びを幹竹割りにする。

突然、頭上で指笛の音が長鳴りする。半次郎が顔を上げれば、屋根の上に立つ忍びが大きく手を回していた。すると横たわる仲間を皆見捨てて方々に走りだし、闇の中に消えてゆく。それを見届けた屋根の上の忍びが顔を覆った覆面の中で眼光鋭く半次郎を睨みつけると、踵を返して屋根の最上まで駆け上がり、長い後ろ髪を揺らしてひらりと跳躍し、屋根の向こうの闇の中に消えた。

「女か……」

そう呟いた半次郎は刀に血ぶりをくれて素早く納刀し、黒い煙が噴き出す開いた雨戸の前に立って大声で叫ぶ。

「源乃信、石田ドン、大丈夫か。もう大丈夫だから出て来い」

声を聞いた途端、煙を棚引かせた二人が家の中から飛び出してくる。火勢は益々強くなり、間一髪のところだった。

「どげんしたとか」

半次郎の問いかけに、顔を煤で汚した二人が噎せ返りながら互いの顔を見合わせる。

「おはんこそ、ないごてここに」

源乃信の言葉に、バツの悪そうな顔をした半次郎が髷を撫でる。

「今日は非番じゃったどん急に病人が出て、その代わりに寝ずの番に入ることになった。宮邸に向かう途中、二人が走っているところをたまたま見た。

後ろ姿にただならぬ気配を感じたもんで後を尾けて来た。木の陰から覗いておったなら、たまがった(びっくりした)ど――。いったい何者か、こん女は」

半次郎が目を落とすところには、仰向けに倒れた智蓮尼がいた。黒衣が肩口から大きく切り裂かれ鮮血が流れ出ている。トンボの構えからの一撃は誰よりも知っている。ましてや源乃信の一撃なのだから、脈を取らずともこと切れているだろう。

驚きが勝り、不思議と悲しみも怒りも湧いてはこない。三人の間に無言の時が流れた。鉄彦と源乃信が互いの顔を見合わせうなずき合うと、鉄彦が口を開く。

「こん女は間者(かんじゃ)ごわした」

「どこのな」

「それは分かいもはんが、こん女は薩摩の内情を探るため、おはんに近づいておった。書の師匠になりすまし、おはんから藩のことを聞き出すためにな。尼さんも嘘じゃ」

「もしや幕府のくノ一か」

顔を曇らせた半次郎が一言呟く。あの忍び装束をしてそう思うのは無理もない。

「石田ドンはそのことに早くから気づき、一人で内偵をしておったんじゃっど」

傍らの源乃信が説明すると、あの鴨川の床でもそんな仕事をしていたのかと半次郎は思い、嫉妬に我を忘れた自分が恥ずかしくなる。

確かにこの女には気を許し、見知った藩の内情を色々と話していた。思い出せば確かに聞き出されていた節もあった。心のどこかで幕府のくノ一とは思いたくはないが、この光景を目の当たりにして物言えるものではない。

さすがの半次郎も腑甲斐なさに居たたまれなくなり、しゃがんで、地面に突き刺さったままの黒光りする苦無(くない)を引き抜く。初めて手にした忍びの飛び道具と血だらけとなって横たわる忍び装束の二人を見やれば、これは現実なのかと無言のまま我が不明を恥じていた。


その時、鈍い破裂音がして火柱が高く打ちあがる。あまりに火の回りが早く火勢も強い。我らが来ずとも、全ての証拠を消すために最初から火をかけるつもりでいたのかもしれないと、夜空を焦がすほどの炎を見上げながら改めて思い直した鉄彦は、波見の亡骸(なきがら)に歩み寄り、いまだ見開く瞼(まぶた)を掌で押さえ、やおら抱きかかえようとする。

「何をすっとな」

顔の煤けた源乃信が怪訝な表情で歩み寄る。

「全部燃やす。そんほうがよか。ことがことじゃ」

顔を寄せて小声で語る鉄彦の意図をすぐに源乃信は理解した。真実を知るためには波見を生け捕りにするしかなく、それができなかった今は全てが藪(やぶ)の中となった。だが、波見が言ったことがまこと事実なら、そのことを上手く利用する輩が必ず出るに違いない。それを阻止する方法があるとすれば、全ての証拠を消滅する必要があったのだ。

申し訳なさそうな顔をした源乃信に首を横に振った鉄彦が、波見の骸を後ろから抱き上げると源乃信は両足を持ち上げ、二人で炎の中に放り込む。

「俺も加勢をする」

呆然としていた半次郎がやっと口を開くが、すぐに源乃信が拒否する。

「せんでんよか。そいより早う宮邸に行かんな」

「ああ、そうじゃ。そいなら俺は行くぞ」

そう言った半次郎が慌てて脱ぎ捨てた羽織のところまで駆け寄り、素早く羽織ると、手を上げて立ち去ろうとする。その時、源乃信が大声で半次郎の名を呼ぶ。

「なんじゃ、源乃信」

「中川宮を大切にな」

「どうした急に」

「訳はない。難しい時代になったから」

「分かった。有難う。もう行くぞ」

走り去る後ろ姿を見送りながら、源乃信が投げかけた言葉の真意はあの半次郎には分かるまい。だが、それもあと数日もすれば、身につまされて分かるだろうと鉄彦は顔を曇らす。

孝明天皇の崩御が表沙汰となれば、呪詛したとかつて洛内に噂が流れたのだから、疑惑は益々深まり、再び政治の表舞台に立つことはできない。ゆえに薩長連合唯一の棘というものが、自然と抜かれることにもなるだろう。となれば半次郎が身体を張って護衛する必要もなくなる。ことの真相を知ったにしても密偵として働く以上は、半次郎にさえも話せるものではなかった。

二人は肩を並べて半次郎の後ろ姿を見送っていた。不意に鉄彦が声を掛ける。

「なに？」

「――いや、なんも」

源乃信に確かめようとしたが、途中で改めていた。覚えているはずもなかった。

あの状況で源乃信は呪詛の確たる証拠を見る余裕もなかったはずだ。ならばその事実は自分の中にだけ留め置くべきことかと。昔から帝近くにお仕えしていると言ったのだから、御所に入るなどさほど難しいことではあるまい。妖術に長けた女のことだ。たとえば大膳寮に潜り込み、そこで働く一人に妖術を掛けて毒を盛るよう謀る方が、よほど手際が良い。

ならばあれはなんだったのか。真相を究明するにはあの離れを詳しく調べるしかないが、その離れも轟音と共に燃え上がり、全ては闇から闇へと葬り去られようとしている。無念の表情で夜空を仰ぐ鉄彦の耳に、あちらこちらで鳴りだした半鐘の音が触れ始めた。

第六章　秘伝大聖乙護法

息を潜めたような夜がやっと明け始めて東の空が白みだす。西郷が覗き込む遠眼鏡に、小筆で薄墨を運んだような山々の稜線が浮かび上がる。辺り一面うっすらと雪で覆われていた。転じて映し出される京の町並みには人の動く気配などなく、息を殺したような静けさに包まれている。

それに比べて足元の境内ではあちこちでパチパチと賑やかな音を立てて篝火が灯り、取り囲む兵たちがこれから始まる戦いを前にして興奮し、いつも以上に声高に話して高笑いまで響き、誰かが唄いだすとやがてそれは千五百人が声を揃えた野太い唱声となった。

明くれど閉ざす雲暗く　薄かるかやそよがせて　嵐はさっと吹き渡り　万馬いななく声高し

薩摩藩士なら誰でも諳んじている「妙円寺参り」の唄を口ずさみながら、関ヶ原の戦いで艱難辛苦の末、帰郷を果たした偉大な先輩たちにその身を重ね合わせ、郷中教育などで長年培われた闘争本能を全身に漲らせ、よそ者が一歩も踏み込めない異様な雰囲気に包まれている。

羅紗地の濃紺洋式軍服の上から白い兵児帯を締めた兵たちの手には、それぞれにミニエー銃が握られ、よく手入れされた最新式の四斤山砲が数十門備えられている。片や迎え撃つ敵の数は二万とも三万とも言われ大坂城内で膨れ上がり、その半数近くが大坂城を出て京へと向かっている。戦支度を整えた兵らにもそんな情報が届いているはずだが、圧倒的な兵力差に臆病風が吹いてもおかしくないのに、薩摩兵児らはどこ吹く風とばかりに平然としている。

「まこてぇ、頼もしか衆じゃ」

遠眼鏡を胸元に戻した軍装姿の西郷が満足そうに呟き、身を乗り出して眼下の参謀伊地知正治に手を挙げて合図を送ると、伊地知は承知したとばかりに大きくうなずき大声を張り上げた。

「行っど」

間髪を容れず雄叫びを上げた兵たちが、薩摩藩本陣となった東寺から列を作って白い息を吐きながら勇ましく出て行く。その中には幹部候補生頭見習いに昇格した中村半次郎も含まれていたが、鉄彦と源乃信の姿はどこにもない。

二人はすでに敵の領域深くに潜入していた。火中の栗を拾うがごとく、あることを捜し出すため、いち早く潜り込んでいた。大坂城を出た敵は淀城から二手に分かれて伏見街道と鳥羽街道をそれぞれ辿って北上すると予想し、その前に敵の領域となった大坂深くに潜入していたのだ。密偵として、敵にも味方にも絶対知られてはならない隠密行動である。

まだ日も昇らぬ早暁、浅い雪に大砲の車の轍を残して堂々と伏見へと進む薩摩軍第一陣五百人を、再び遠眼鏡を手にした西郷が飽くことなく眺めていた。やがて一人の兵が空に向かって銃を撃ち放つ。音に気づいた西郷が五重塔の最上階から朝焼けの始まる空を仰ぎ見る。放たれた弾が一閃して朝焼けの空に弧を描いて消えゆく。

時に慶応四（一八六八）年一月三日。いよいよ鳥羽伏見の戦いが始まろうとしていた。

孝明天皇が崩御（ほうぎょ）された後、幕府側と討幕側の激しい駆け引きが続き、一進一退を極め、局面を打開する秘策が土佐藩の山内容堂から出された。隠居の身となった元土佐藩主山内容堂は幕府独裁に反対しつつも武力衝突することを危惧し、その解決策を模索していた。

容堂から重用されていた後藤象二郎が、襲撃の傷も癒えて帰藩も許された坂本竜馬と京へ向かう船に同船し、船内で坂本から示されたものが大政奉還や新しい国家体制案を綴った「船中八策（せんちゅうはっさく）」である。日頃から容堂の心中を察していた後藤象二郎は「船中八策」をもとにした大政奉還案を容堂に具申し、容堂を経て慶喜（よしのぶ）へと建白されたのである。慶喜は直ちにそれを受け入れ慶応三（一八六七）年十月、突如政権を朝廷に返上した。

対して薩摩と長州は討幕へ向けて岩倉具視（ともみ）や討幕派公家らとも連携を図り、新たに芸州藩を加えた三藩による討幕のための挙兵準備を整えていた。岩倉や大久保一蔵らの画策によってついに徳川慶喜を「賊臣（ぞくしん）」と呼び、「罪を責めて征伐せよ」との討幕の密勅が下っていた。まさに西郷らが夢に描いていたことが実現しようとしていた。密勅を手にした薩長は急いで出兵の段取りをつける。

西郷、小松、大久保らが揃って鹿児島に戻り、鶴丸城に登城して久光と忠義に討幕の密勅を捧げると共に、忠義が兵を率いて上洛することを強く願い出て、薩摩兵は四隻の軍艦に分乗し鹿児島城下の前の浜から出港した。西郷らの思惑どおりにことが運んでいたのに、まるで見破っていたかのように突如として大政奉還が行われたのだから、討幕の密勅はまったく意味をなさないものとなり、討幕の大義も失ったのである。

一方、大政奉還して慶喜の目的は果たされ、朝廷から当面の間、政権も委任された。ところが武装した薩摩兵は薩摩に戻ることなく入京し、これもまた武装した長州兵が西宮まで進出し、洛内にはこれまでにない張りつめた重苦しさが立ち籠めていた。西郷らは目に見える武力を背景にして、朝廷から旧幕府勢力を一掃する計画を早くも立てていた。

大政奉還されて二カ月後の慶応三年十二月八日、摂政を始めとする有力諸侯が列席した朝議が催され、その席で禁門の変以降、謹慎処分にされていた毛利敬親(たかちか)父子の赦免と入京が認められ、岩倉具視らの処分取り消しと復帰が決定する。

長い朝議が終了した翌朝、幕府支持派の諸侯・公卿らが疲れた様子で退廷し、御所には明治天皇の外祖父にあたる中川忠能(ただやす)と討幕派公卿ら、事前に知らされていた有力諸侯らが居残っていた。しばらくすると薩摩兵が中心となり御所に通じる全ての門が閉鎖された。そこへ処分を取り消された岩倉具視が小箱を手にして現れ、御所に居残っていた薩摩・土佐などの藩主や親王、公卿などを再び集め、皇位に就かれた幼帝の御前で厳かに小箱の蓋を開き、なかに入っていた勅書、「王政復古の大号令」が発表されたのである。これで慶喜の目論見は脆(もろ)くも崩れ、徳川政権に止めを刺すクーデターは見事に成功した。

王政復古の大号令の後、直ちに総裁・議定・参与から成る新政府が樹立し、幼帝の御前で徳川慶喜の処遇について小御所会議が開かれることになる。この件に深く関わっていた大久保の案というものは、慶喜から内大臣を剝奪し、天領八百万石を没収してそれを新政府の財源とするものだった。しかし、慶喜を含めた諸侯会議による国家運営に拘る容堂らは、慶喜の辞官や領地を朝廷に返還することには強い難色を示し、岩倉具視や薩長代表と激しく対立して会議は難航する。

難航した会議は一旦休憩に入り、参与となった薩摩藩士岩下方平が外で警備していた西郷に会議の様子を耳打ちすれば、西郷は顔色一つ変えず反対派を殺害することを仄めかす。そのことを岩倉が人を介して容堂の耳に入れればさすがの容堂も沈黙し、慶喜の処分が決まったのである。

大政奉還までした慶喜は新政府が新たに創設した議定職に就くのは当然と思っていたが、処分を素直に受け入れて会津兵・桑名兵と共に二条城から大坂城へと退いた。だが、大久保らが謀ったことに、徳川家を支持する諸侯らが憤慨し、慶喜を新政府議定職に強く推す声まで上がるようになる。それが呼び水となった。それまで口を堅く閉ざしていた旧幕府を支持する諸侯らが、次々と新政府の方針に反対の意を唱えるまでとなる。

全てを失った慶喜だったが、瀬戸際で息を吹き返しつつあった。各国の公使を大坂城で引見し、王政復古は無効であり外交権は依然自分にあると主張し、樹立された新政府に揺さぶりをかけていた。知恵の働く慶喜のそんな行動が裏目に出る。

大坂での慶喜の様子は西郷の耳にも入っていた。薩摩の男は陰でコソコソするのを最も嫌う。西郷らは歯嚙みして「薩摩一国でも慶喜を討つべし。真の討幕を果たすべし」と決意を固めることとなる。

処を変えて江戸では腹の虫が煮えかえる庄内藩兵が、波乱の年が終わろうとする師走の二十五日、突如として三田の薩摩藩邸を焼き討ちにした。江戸市中の警護の任に当たっていた彼らは京の詳細が分からず、薩摩の罠に嵌っていたのだ。

大坂城に引き揚げた慶喜がまた息を吹き返したことに業を煮やした薩摩は、密かに益満休之助らを江戸に潜り込ませていた。益満は浪人約五百人を江戸で雇い入れ、辻斬りや強盗、放火を繰り返すなどの撹乱を江戸市中で展開し、庄内藩屯所に鉄砲も撃ち込ませていた。旧幕府側を執拗に挑発して武力衝突のきっかけを掴みたかったのである。まんまとその挑発に乗り庄内藩兵が薩摩藩邸を焼き討ちし、薩摩藩江戸留守居役ら十数名を死傷させた。

江戸薩摩藩邸焼き討ちの一報が届くと、一戦を交えることなく無念な思いをして都落ちした会津・桑名両藩の兵らは「薩摩を討つべし」と勇み立ち、ついに慶喜は薩長芸三藩連合軍との激突もやむなしと決意し、年明け早々の一月二日、会津・桑名など諸藩の混成となる旧幕府軍一万五千余が大坂城を出て京を目指して北上し、一部は伏見奉行所に向かい、残りは一旦淀城に入り、その後鳥羽へと向かう。一方薩長芸連合軍は旧幕府軍の半数にも満たない兵力で、それぞれの口を固めていた。

慶応四（一八六八）年一月三日の午前、鳥羽口の四塚関門で最初の接触が始まる。旧幕府軍が「朝命によって上京する」と言えば、薩摩側は「そんなことは聞いておらん」と激しく突っぱね、「通せ」「通さぬ」という押し問答が夕刻まで続いていたが、痺れを切らした旧幕府軍が進軍を始める。その時、薩摩軍の小銃が一斉に火を噴き、ついに戦いの火蓋が切られた。鳥羽方面の銃声が聞こえると伏見奉行所を包囲していた薩摩軍が一斉に砲撃を開始し、会津兵や新選組との激しい戦闘が繰り広げられるようになる。

今のところ変わった様子はない。変わったところがあるとすれば往来を行き交う人の姿がまったくなく静まり返っていることだ。鶏の鳴き声がやけに響く。昨日からずっとこんな調子だった。表面上は至って長閑だ。

一睡もせず、少し緊張の緩んだ鉄彦があくびを嚙み殺し、伏見御堂から目を離すことなく、大人げないことをしたと今更思い直し苦笑いする。その藩士は江戸から逃げて来た相楽何某という男から聞いたことを、まるで自分の手柄のように車座の中で得意げに語っていた。

「江戸の薩摩藩邸が焼き討ちされたで討幕の大義名分ができたど。なんでも益満ドンらが浪人を雇い入れて、そん衆が江戸で火を付けたいして暴れたらしか。じゃっどん、暴れた浪人の後ろには薩摩がついちょるちゅう噂も流れたらしかで、不名誉なことじゃ」

そこまでは傾聴するに十分すぎるぐらいの情報だったが、そのあとがよくなかった。聞いていて虫唾が走るのを覚えた。

「俺じゃれば、ぬかりなくやってのけたんじゃっどん。俺はもともと山伏じゃっでな。兵道家じゃ。術を心得とるからすぐに江戸を攪乱できた。——兵道家を知らんのか。藩お抱えの御庭番よ」

藩邸の中の大部屋で興奮した酒盛りが始まろうとしていた。本来なら聞き流して西郷の部屋に行くつもりでいたが、思わぬ言葉に聞き耳を立て立ち止まっていた。

この男は馬鹿かと思った。江戸で暴れた浪人の後ろに薩摩がついていると噂が流れたから、薩摩藩邸が襲われたのだろう。西郷からは何も聞かされてはいなかったが、挑発の陰には薩摩の意図があるのは明らかだし、そんなことに知恵の回らない男が、山伏ならともかく、兵道家のはずがない。大勢を前にして秘密の身分を、しかも御大層に御庭番と自ら語る兵道家がいるはずもない。

まこと山伏なら少しぐらいは修行をしたのだろうが、肥えた身体つきに落ち着きのない物腰からそれとて怪しいものだ。酒が入り気の大きくなった似非兵道家が大風呂敷を広げて、どこから聞いたのか山伏の術を得意げに語り、いかに自分が凄いかを捲し立てていた。

山伏の術を笑い話にされていることが許せなくなり、ふとお灸を据えたくなった。おそらくそれは丸に十の字の家紋の入った羽織を支給されたのを、あの波見からも「そんな羽織を着ておれば、ますます危ないやないの。手ぐすね引いて新選組が狙っておるかもしれん」と指摘され、その後益々深まった疑惑が解けた心の余裕もあったに違いない。

鉄彦は西郷がわざと薩摩藩士と分かる羽織を二人に着せ、新選組の餌にして戦端を開くきっかけを摑もうとしているかもしれないとの疑惑を深めていた。ところが大胆な撒き餌がされたのは予想もしなかった江戸市中だったのだから、疑惑が解けた途端、なにやら肩からスーッと力が抜けていた。でなければ、あんな大勢の中で自分がやらかしたことが今でも信じられない。

以前は藩邸の藩士らに奇異の目で見られていたが、この頃では身なりもよくなり一目置かれる存在となっている。自分から話しかけることはなくても、見知った藩士も多くなった。盛り上がる亘座の中に珍しく割って入り、話を合わせて相手をいい気分にさせていた。

「そんな凄か山伏なら、怖いもんはなかろう」

そう言って持ち上げると、すっかり気をよくした似非兵道家が盃を片手にうっかり口を滑らした。

「ないもなか。じゃっどん、蜘蛛(くも)がちぃと苦手じゃ」

わざとらしく微笑み腕組みしたふりをして、羽織の袖の中で印を組んでいた。すると男の目の前に一匹の小さな蜘蛛が天井からスーッと降りて来たのだ。あの時の驚きようを思い出せば噴き出したくなる。女のような悲鳴を上げ、爆笑の中、腰を抜かさんばかりに這うようにして逃げ出したのだから、せっかくの兵道家も台無しとなった。だが、あの不埒(ふらち)な男のお蔭で、西郷らの策略によって戦が間近に迫っているのがはっきりと分かったし、多少は躊躇いがあったことを西郷に切り出す決心もついた。

その翌日、鉄彦と源乃信は早速浪人者に姿を変えて大坂に潜入を果たし、苦労して場所を特定すると、急いで淀城近くまで戻り、今度は敵陣深く潜り込んでいた。鳥羽街道と伏見街道は淀城前で合流する。どの街道も多くの家財道具を積んだ荷駄(にだ)と人々で溢れ返っていた。戦が始まるのを察して避難する人々の群れだった。その人の波に逆らうようにしてここまで辿り着いた。

そこまでして敵陣深く潜り込んだ訳は、どうしても旧幕府軍を再び大坂城に押し戻さなければ、長期化するであろう戦の収拾がつかなくなるし、西郷に進言し許された策を行っても効果はない。旧幕府軍を大坂城に押し戻せるか否かは、全ては初戦に関わってくるのだから、西郷が自信を持って言い放ったことが本当なのかと確かめたかったし、何としても会津武士の戦いぶりを自分の目で見たかったのだ。

敵陣の中に深く潜り込んで、会津の宿陣となった伏見御堂より少し離れた廃屋同然の二階から窺(うかが)っていた。ここからは眺めがよく、今や無人と化した家並みや木立に邪魔されることなく見物できる。辺りの民家には誰もおらず、妙な静けさが緊張を際立たせている。

前日の夕刻、会津藩の先鋒隊(せんぽうたい)約二百名が整然と列をなして伏見京橋に到着し、伏見御堂を宿陣としていた。この廃屋からは伏見御堂陣内の様子がよく見える。彼らは会津軍の中でも精鋭らしく、伝来の黒光りする甲冑(かっちゅう)で身を固めていたが、長槍(ながやり)や弓矢は備えていても大砲など持たず、鉄砲の数は少なく、しかも火縄銃もあった。

今朝になって総出で門前に太い杭(くい)が何本も打ち込まれ、その前に何枚もの弾除(たまよ)けの畳を重ねて横に置かれた。やがて見張りを数人残して人の出入りもなくなり、辺りは戦いを前にして、妙に静まり返っている。

今にも崩れそうな家に隠れて外の様子を窺っていた源乃信が突然、下の土間が見える破れた床に座り込むと懐の中から袋を取り出し、乾飯(かれいい)を摑んで口の中に放り込み溜息を漏らす。大坂に潜伏してからは野宿続きだったし、警戒して飯屋にも入ってはいない。聞き込みは専ら鉄彦の役目だった。人とも話すことはできず、酒も呑めず、飯も満足に食えず、戦闘にも参加できない源乃信は欲求不満となり、そのはけ口を乾飯に当たるがごとくボリボリと音を出して嚙み始めた。

「坂本ドンな気の毒なことをしたな」

立ち上がった源乃信が袋を懐に仕舞いながら、伏見御堂を凝視して語り掛ける。薩長同盟で、影働きをしてくれた坂本竜馬の存在は知っていたが、その後薩摩で匿われたぐらいしか知らなかった。そんな竜馬が京に舞い戻り突然暗殺された情報が駆け巡ったのだ。噂は色々と飛び交っている。

「暗殺したのは誰かな」

首を捻る鉄彦にも皆目見当がつかない。だが、薩摩と長州の橋渡しをし、例の一件以来お尋ね者になったのだから、命を狙う輩は巨万といただろう。まさに今の京は怒濤に晒されている。烈風に晒され、とうとう火がつこうとしている。一旦燃え上がれば消すのは容易ではない。それでも多くの命が助かるのならば最善を尽くそうと、無言のまま新たに決意していた。

戦を前にして勇む薩摩藩士らとは異なる決意だが、これこそが天から下った山伏ならではの役目と何度も自分に言い聞かせる。もし失敗したなら大坂が主戦場となり、場合によっては幼帝がおわす京にも累が及びかねない。まったく関係のない民にも多くの犠牲者が出るだろう。今まで一度もやったことのない術にいささか不安を覚えると、責任の重さに今更胸が震える思いがした。

その時、明らかに鳥羽方面から豆を炒るような連続音がした。続いて砲声も聞こえた。源乃信が珍しく不安げな顔で、破れた屋根から見える空を仰ぐ。

「とうとう始まった」

源乃信の呟きの後二人は急に黙り込み、戦端が開かれた現実を肌身で感じていた。

今度は近くで幾つもの砲声が轟き、近くで着弾して地響きがする。両耳を手で覆い不安げな顔をして、二人は破れた屋根を仰ぎ見る。執拗な砲声が何度も続き、廃屋が小刻みに震え、破れた壁の漆喰がぼろぼろと剝がれ落ちる。ここからそう遠くない高台から薩摩の大砲が赤い火を噴き、伏見奉行所への攻撃が始まっていた。

突然、伏見御堂内で雄叫びが上がると、待ちかねたというふうに姿を現し、会津兵らが素早く身を低くして畳の裏に姿を隠す。門には会津葵が染め抜かれた白い幟(のぼり)が翻(ひるがえ)り、畳の間から複数の銃身と、その後ろには何本もの長槍の穂先が、すでに西日となりつつある光を受けて輝いている。

待つこと数分。ミニエー銃を抱え濃紺制服姿の薩摩兵二十人ほどが姿を現すと、伏見御堂前三町ほどの処で立ち止まり、道いっぱい横に展開して、素早く膝撃ちと立ち撃ちの二段構えを作り、慣れた手つきで小銃のハンマーを指で上げ、ノブを押して遊底を開き、弾薬を装塡(そうてん)する。その時伏見御堂から一斉射撃の銃声が轟き白煙が上がった。距離があるため旧式銃では命中するのはなかなか難しい。地面に着弾し砂煙が上がるも薩摩兵は動じることなく、陣笠を被って刀を抜いた背の低い鉄砲頭の号令を、微動だにせず待っている。

「構え」

その声と共に多少動いていた上下二列の銃身がピタリと止まる。

「狙え。撃て」

凄まじい銃声と共に薩摩兵を包むほどの白煙が上がり、銃口から赤い炎が迸(ほとばし)った。瞬く間に、盾にしていた畳のあちこちに穴ができ、前面の畳の一部が吹っ飛び、藁(わら)が方々に飛び散る。あまりの正確さと破壊力に、畳に隠れた会津兵たちが身を硬くして沈黙している。薩摩兵たちが再び弾を装塡する音がカチャカチャと響き渡る。

再びの号令でまたも薩摩軍の一斉射撃が放たれた。辺りは白い煙に覆われ、硝煙の臭いと畳の焦げた臭いが立ち籠めている。静まり返った会津の陣からの反撃はない。おそらく弾込めに時間が掛かっていると鉄彦は推測した。無意識に爪を噛んだ途端、我が目を疑う。無謀にも畳を抱えた者らを先頭に、雄叫びを上げた会津兵らが薩摩の陣に目がけて突進するではないか。

「弾込め。急げ、ないをしちょっとか。急がんか」

不意を衝かれて切迫した頭の声が響く。銃に新たな弾を装塡する薩摩兵の視野にも、刀をふりかざし目の吊り上がった阿修羅(あしゅら)のごとき会津兵の姿が映っていた。いかに勇猛果敢な薩摩兵でも、はるばる薩摩から出兵してきた者にとっては初陣となる。片や会津兵たちは禁門の変などを経験していた。その経験差は歴然としている。薩摩兵の中にはあまりのことに慌てふためき、装塡しようとしていた弾を取りこぼす者までいる。

「撃て、撃て、撃てぇ」

矢継ぎ早の号令に少し遅れて銃が放たれたが、先ほどの見事な一斉射撃とは異なり、散発的な銃声となった。遠目にも薩摩兵が動揺しているのが分かる。それでも突進して来る会津兵の数名が撃ち抜かれて後ろに吹っ飛ぶ。だが、会津兵たちの勢いは留まることなく、盾にしていた畳を投げ捨てると、抜刀して目を吊り上げた三十人ほどが薩摩の陣に襲いかかる。浮足立つ薩摩兵らは後ずさりながらミニエー銃を刀代わりにして応戦するも、会津の斬り込み隊は遣い手揃いだった。応戦虚しく次々と薩摩兵が斬り倒される。

薩摩兵の全てが示現流の遣い手ではない。幼い頃から示現流の稽古を積んでいても、相手は立木がほとんどだし、普段は野良仕事にも勤しむ郷士なのだから、すでに実戦経験のある会津兵にはまったく歯が立たない。目を覆わんばかりの惨状となった。次々と薩摩兵たちが斬り殺されている。

「糞野郎が」

身を乗り出して覗き込んでいた源乃信が、歯ぎしりして刀柄に手を掛け、踵を返そうとする。すぐにふり返った鉄彦が源乃信の袖を強く摑んだ。

「待て」

「ないごて」

「俺たちには大事な役目がある」

「じゃっどん、加勢をせんにゃ、あん衆は全滅じゃ」

「しかたなか。大事の前じゃ」

無念そうな顔を源乃信がした途端、複数の怪鳥の声が響く。ふり返れば抜刀した薩摩兵十数人がトンボの構えのまま会津兵に襲い掛かろうとしていた。藩士の中から選りすぐられた示現流の遣い手たちが、裂帛の気合いの声と共にふり上げた刀を叩き落とす。それまでミニエー銃を刀代わりにした薩摩兵を散々斬り倒していた会津兵がすぐ気づき、四十人ほどが一塊となった凄まじい白兵戦となった。

「あれは半次郎ドンじゃ……」

思わず身を乗り出した源乃信が言ったように、その男は同じ濃紺制服姿の一団の中でもひと際目立つ太刀捌きで、目にも留まらぬ速さで次々と敵を斬り倒している。あの力みのない素早い身のこなしは紛れもなく中村半次郎だった。

だが、半次郎の奮闘虚しく、数の上では不利な薩摩兵たちがじりじりと押し戻され、この時とばかりに長槍を構えた一群が伏見御堂門から飛び出してくる。混戦の中にその槍隊が着いたならば、薩摩勢の敗退は目に見えている。

その時、腹に響く一発の砲声が轟き、ガラガラと不気味な音を残して伏見御堂の門前に着弾すると、盾にしていた畳と共に複数の会津兵が吹っ飛び、強烈な爆風を浴びた槍隊の数名が地面に叩きつけられた。ここからは家並みが邪魔となってよく見えないが、どうやら大砲を備えた薩摩の援軍が駆けつけた模様だ。

「しゃがめ」

突然、薩摩訛りの怒鳴り声が響き渡る。すぐに斬り込んだ薩摩兵たちがふり返り地に伏せるも、会津兵たちは血刀を構えて仁王立ちとなった。間髪を容れず一斉射撃の音が轟き、辺りに硝煙の臭いが立ち籠める。号令と共にまたも一斉射撃されれば、仁王立ちしていた会津兵たちが弾を受けて次々と倒れる。いかに勇敢な会津兵でもひとたまりもない。

生き残った会津兵たちが一斉に伏見御堂の陣内へと逃げ込もうとするも、二発目の大砲が放たれ、門前は見るも無残な姿となった。生き残った者たちが御堂内に向かって走りだし、薩摩の斬り込み隊が追走する。そのあとから小銃を構えた兵たちも続き、門前では多くの会津兵らが息絶えていた。

思わず鉄彦は長い息を漏らしていた。胸に溜まっていた憂いを一気に吐き出すかのような長い息となった。目の前で繰り広げられた戦闘は長いようにも感じていたが、まだ日も没してはいない。

薩摩軍の近代装備で会津の陣はあっけなく突破されていた。

西郷のあの言葉は正しかった。おそらく鳥羽と伏見でぶつかり合う戦闘はここと似たり寄ったりだろう。旧幕府軍は、少なくとも会津軍は持ち堪えることなく、早々に大坂城に逃げ込んで欲しいと鉄彦は密かに願っていた。

夜となった。暗闇の中で伏見奉行所が赤々と燃えている。士気において薩摩軍にも劣らない会津軍や新選組は善戦し、凄まじい白兵戦となったが、薩摩の洋式軍隊の火砲に晒され、ついに奉行所内に侵入を許すと淀城への退却を余儀なくされていた。鳥羽街道ではそれぞれに増援部隊を送って激しい戦闘が続き、旧幕府軍は翌四日になっても四塚関門を突破できず、双方に多くの死傷者を出すようになる。

そんな流れが変わったのが四日の午後になってからだ。側面から一斉射撃の猛攻を受けた旧幕府軍は堪らず淀城まで後退した。もしこの時、伏見街道・鳥羽街道の双方から後退してきた旧幕府軍が淀城で籠城戦にでも持ち込めていたら、時代の流れは少し変わっていたかもしれない。ところが淀藩は城門を硬く閉ざし、旧幕府軍の入城を拒否したのである。この時から潮目が変わった。淀藩は譜代藩であるし、藩主稲葉正邦は老中である。稲葉は仕事柄江戸上屋敷に住み、主不在のまま家臣たちの単独判断であった。

そんなことを知らない旧幕府軍は憤懣やる方ない思いでさらに後退し、淀川支流の木津川を渡って淀川沿いの橋本に陣取り態勢を整え、敵を迎え撃とうとしていた。淀川を挟んで向こう岸の山崎には味方となる津藩の兵が陣を構えていた。

それより数日前、京で薩長芸連合軍を奮い立たせるある出来事が起きていた。

新政府は後に小松宮彰仁親王となられる仁和寺宮嘉彰親王に錦旗と節刀を授け、征夷大将軍に任命したのである。節刀とは「標の太刀」とも呼ばれるもので、出征する将軍に天皇から授けられる刀である。

今日霊山歴史館に所蔵される「錦之御旗第十五図唐門陣列」という絵には、多くの兵たちが集まる中に「軍事参謀」「征夷大将軍」などと太い墨字で書かれた大きな幟と、四畳半はあると思われる大きな白布に菊花の御紋が描かれた幟が翻っている。その絵は仁和寺宮嘉彰親王が征夷大将軍に任じられ、薩摩の主力部隊と芸州藩兵を引き連れて御所を出立し、東寺へと向かわれる直前の様子を描いたものである。この時唐門前に集結した薩摩兵たちは初めて菊花の御紋が大きく描かれた幟を見て、我を忘れ興奮したに違いない。大きく墨書きされた「征夷大将軍」や菊花の御紋を目の当たりにし、まさに外様藩の田舎侍たちが官軍兵士になったと自覚した瞬間である。

巨大な錦の御旗と「征夷大将軍」の幟が目の前に突如として翻ったなら、当時のこと故、想像を絶する効果があったに違いない。五日にはそんな幟を押し立てた新政府軍が南下して淀城前を威風堂々と通り、時を置かず淀川対岸で警戒を続ける津藩兵も目の当たりにすることになる。

津藩にはすでに新政府への帰順を求める使者が送り込まれていた。当初はそれに否定的だったろうし、日和見を決め込んでいただろうが、間近に迫る幟を目の当たりにすれば、今や天皇に刃向かう賊軍となった旧幕府軍を援護できるものではないし、また今までどおり味方できるものでもない。ついに津藩も裏切り、旧幕府軍に側面から攻撃を開始した。もうこうなれば雪崩のように敗走に次ぐ敗走。ついに旧幕府軍は大坂城まで撤退したのである。

五日の夕刻頃には撤退した旧幕府軍が次々と大坂城に戻って来る。なかでも会津藩の生き残りたちは水を飲み人心地つくと、薩摩に対して激しく憤った。

八月十八日の政変の時は無論、禁門の変の時も互いに手を携えて天皇を守り抜いた。かつての味方と初めて激しい戦闘を交え、裏切られたことを痛切に感じていた。「薩摩憎むべし」「必ず報復を」という呪いに似た怒声が城内で沸騰した。

生き残りの旧幕府軍が全て六日に戻って来ると、そんな声に合わせるかのように慶喜は城内の重臣を全て集め、「たとえ城が焦土と化しても、戦い抜こう」と勇ましく檄を飛ばしたのである。これで士気が盛り上がらないはずがない。敗走したとはいえ、城の中には温存した多くの兵力が残っている。「将軍様が兵を率いて出馬すれば、一気に押し返して形勢は逆転する」と、会津藩の兵士たちは大いに鼓舞されていた。


初戦となった会津の戦いぶりを見届けた鉄彦と源乃信の二人は、次の日、夜も明けぬうちから今度は百姓姿となって伏見から離れ、巨椋池の縁を辿って南下し、大きく迂回して木津川を越え、こんもりと茂る小高い男山を目指していた。

みすぼらしい単衣を尻に絡げ、頬被りして風呂敷包みを背負い、刀を巻いた菰を小脇に抱える二人は、どこから見ても戦乱から逃れ、道に迷う百姓にしか見えない。街道を避けて霜解けでぬかるんだ畦道に粗末な草鞋履きの足を取られながら、いつものように鉄彦を先にひたすら歩く。遠くで砲声が殷々と轟き、豆を炒るような銃声も聞こえる。その音のする方を突破して夕方までには何としても辿り着かねばならない。まともに歩ければそんなに時間はかからないはずだが、役目柄、敵にも味方にも決して遭うことはできず、迂回して身を隠しながらの前進はかなりの時間を必要とする。

「俺の負けじゃった。あん賭けは」

周りに誰もいないことをいいことに、後ろから源乃信が暢気に声をかける。お喋りな源乃信は息抜きの会話を期待していたが、前を急ぐ鉄彦にはなんの反応もない。

「賭け金を払とは戻ってからでよかな。今はそげん持ち合わせがなか」

返事をしない鉄彦はふり返ることなく、後ろ手で手を振る。

「ないごて。勝負は勝負じゃ」

賭け金はわざと高額な一両と、鉄彦から持ち掛けていた。

「貰わんでんよか。賭けに勝ったことは一両どころの値打ちじゃなか」

それ以上のことを言わない鉄彦は歩く速度を上げる。山で鍛えた山伏は健脚揃いだ。鉄彦とて例外ではない。のんびりと話でもしていれば置いて行かれそうになり、その訳を聞きたい源乃信も慌てて必死についてゆく。

敵の領内に潜り込む前、慶喜が大坂城から出て最前線に出馬するか否かを二人は賭けていた。それには出馬しないことを強く願う思いが込められていたが、そんな思惑が分からない源乃信はすぐに賭けに乗り、「徳川八百万石の総大将なら、雌雄を決する戦に出て来るのは当然じゃ」と出馬する方に躊躇いもなく一両を張った。普通ならそうだろう。源乃信にとっては楽勝の賭けだったはずだ。

慶喜の最前線への出馬に鉄彦が疑問を持つようになったのは、長州戦争が終わってからしばらく経ち、あの西郷が「おなごんけっされ」とか、「ひっかぶい」と慶喜のことを薩摩言葉で侮蔑するようになってからだ。かつては尊敬してやまない先君斉彬公とも縁のあった慶喜を罵倒するそんな言葉を初めて耳にした。

徳川家茂の遺志を継いだ慶喜が大討込と意気込み、自ら出陣して巻き返すことを宣言したらしいが、小倉城陥落に強い衝撃を受けると、出馬どころか、大討込そのものを早々に打ち消したと、その後知り驚いた。

乱世を生き抜いた薩摩の国にはそんな君主などおらず、勇気のないことを恥とし、勇ましいことを誉れとする気風は健在である。薩摩では普段から蛮勇な「ぼっけもん」が好まれ、戦場ならなおのことである。敵中突破して関ヶ原の戦いから帰還した薩摩の武士たちは、そんなつわもの揃いだったし、だからこそ数百年経った後も尊敬されている。

人の性というものはそれほど変わるものではない。今度の戦でも慶喜は最前線に出馬しないと踏んでいた。万が一にでも大坂城から最前線に出て来たならば、勝敗の行方はまったく分からぬとも鉄彦は考えていた。

片や薩摩のみならず、もはや官軍全体の精神的支柱となった西郷は最前線に立ち、戦端を開く前は狙撃の恐れもあるというのに、交渉と見せかけ敵の陣内に何度も足を運び、実は大砲の弾が正確に当たるよう密かに歩数を数えて距離を測り、いかんなく「ぼっけもん」ぶりを発揮していた。今も昔も射程は極めて重要な軍事情報であるのは言うまでもない。

　幸いにして慶喜は城から出て来た様子はなく、それこそが一段と足を速めた最大の理由だった。敗走兵の殿(しんがり)はまだ大坂城までは辿り着いてはいまい。ならばこの一両日が山となる。時機を逸(いっ)したならば元も子もなくなる。そう思った鉄彦は飛ぶような勢いで男山を目指して歩き始め、あの日の西郷の笑いを思い浮かべていた。

　その日は去年とは言え、まだ十日も経たない昨年の暮れの頃で、敵の動きを探るのに奔走する源乃信は不在だったため、呼ばれもしないのに珍しく一人で藩邸を訪れ、偶然にもあの似非(えせ)兵道家の話を聞き、西郷に進言することを決意していた。

「ないごてそう思うとか」

　腕を組み、長い間考え込んでいた西郷がやっと口を開いた。開戦が現実のこととなり、戦う前から士気の上では旧幕府軍が高いのを指摘されたからだ。西郷からすればまったく気に入らない。だが、目の前の男が軽はずみなことをわざわざ言いに来るはずもなく、長いこと考えていたのだ。

「ならぬものはなりもはん」

「ないな、そいは」

　一瞬目を剝(む)いた西郷の目がキラリと光った。こんな忙しい時にわざわざ時間を取ったのにという、苛立(いらだ)ちの目の色を鉄彦は素早く読んだ。

「会津の什(じゅう)の掟でごわす」

「ああ、それは船ン中で源乃信から聞いた。郷中の掟とよう似ておるらしかな」

「そんとおりでごわす。その掟の中に卑怯な振舞いをしてはなりませんとあいもす。また掟を破った罰に無念というのがあって、会津武士としての名誉を傷つけられたことへの謝罪の意味が含まれておいもす。卒爾ながら、薩摩は会津の信義をいたく傷つけもした」

薩長連合のことに触れられると西郷の目の色が変わる。そんなことはお構いなしに語り続けていた。西郷に荒唐無稽と思われても、何としても説得しなければならなかった。勢い語気は強いものとなる。

「そのことが士気を煽る理由とないもす。小さな頃から躾けられておったことを薩摩は破ったとでごわす。会津は裏切った我が藩に憎悪を滾らせて死に物狂いで戦いもんそ。旧幕府軍の主力となるのは会津の精鋭揃いごわんで、他の藩に影響するのは当然のことじゃごわはんか」

もう何も言わなくなった西郷は、再び胸の前で腕を組んで目を瞑ったまま深くうなずく。

「おそらく会津藩の精鋭たちは、松平容保公の命に従い、火の玉となって向かって来もす」

またも西郷が無言のまま深くうなずく。

「あん衆は絶対に降参はしもはん。無念を晴らすために徹底して戦いもす。先生、そげな衆を相手にして勝ち目があっとでごわすか」

「ある」

目を大きく見開いた西郷が、そう一言、力強く言い放った。圧倒的な兵力差でも、近代的火器を擁す薩長芸連合軍なのだから、十分に戦える自信が覆ることはない。

「じゃっどん、戦が長引き会津から援軍が来たりして全面戦争にでもなれば、当方にも大きな犠牲が出もはんか。それでよしごわんどかい」

再び目を瞑った西郷だったが、今度は何も言わない。

「先生、大きな犠牲が出ないよう、行きはよいよい、帰りは怖いして下され」

「なんちゅうことな」

目を開いた西郷が、表情を変えず聞き返す。

「おそらく旧幕府軍は大坂から、鳥羽と伏見の両街道を伝って北上しもんそが、京への侵入を阻止されて戻る時には、街道沿いの藩は味方をしないようにして下され。つまり寝返りの調略ごわす」

西郷が大きくうなずく。

「それは、もう手を打ってある」

「そうなれば旧幕府軍は否応なく大坂城に逃げ込み、こっちのもんごわす。会津藩の士気は無論、桑名藩の士気も、新選組の士気も、全部奪い取ってしまう秘策がごわす。そうなればあん衆(し)はもう京では戦えもはん。そのためにも何としても敵を大坂城に集めなければないもはん」

「全部の士気を削(そ)ぐ……。どげんすればそういうことができる。まさか術か」

西郷の驚きの声に、今度は自分が深くうなずく番だった。

「先生、会津の弱点は徳川家への忠誠心が強いことでごわす」

そう一言だけ言うと西郷は黙して語らなくなり、しばらくすると何かを聞こうとしたが、西郷の熱い視線を憚(はばか)る自分がいた。畳に手をついてわざと声を落とし、西郷の目を見ずに頼み込んでいた。

「お願いがあいもす。何も聞かれず、こんな時に先生から離れて俺(おい)と大山ドンが大坂に潜り込む許可を下され。何をするかは言えもはんが、もし成功すれば、あっと驚くようなことが起こりもす」

自分でも謎めいた言葉だと思った。しかし、西郷でさえも詳細を話せるものではない。今でも尊敬してやまない斉彬公の突然死が兵道家の呪詛だったと思う西郷に、誤解されたくはなかった。

鉄彦が頭を上げた時の、西郷の目の色が忘れられない。その日、逢った当初の頃は、穏やかな顔でも決して目は笑っていなかったし、冷淡さも感じていた。慶喜への対抗心が燃え盛り、戦を前にして緊張もしていたに違いない。ところが、見据えた西郷の目が少し笑ったのだ。

あの笑いは何を意味するものだったのか。期待か。それとも……。ともかく、それ以降、何も聞かずに黙って幾ばくかの軍資金を渡してくれ、戦端が開く前に二人が大坂へ潜伏することを許可してくれた。


誰にも気づかれないようにようやく男山に辿り着いた二人は、その足で一番高い処に行って下の様子を窺う。旧幕府軍敗残兵が続々と大坂城へと向かっている。二人が目指した処は男山ではない。男山を越え南西に少し下ったところの片埜(かたの)神社である。

敗走する旧幕府軍が向かう大坂城は夏の陣で落城し、その後大坂は天領となり、江戸幕府二代将軍徳川秀忠によって新たな城改築工事が行われ、寛永六（一六二九）年に完成した。再建された城は縄張りや構造は秀吉の頃とは異なるが、堀の位置や門の位置はほぼ同じなのだから、鬼門の位置も変わらない。その鬼門に位置するのが片埜神社である。

再建された大坂城は誰かの城ではなく、幕府から指名された大名が交代で城代として就任していた。だから城に対して深い愛着などあろうはずもなく、鬼門など懇ろに祀らぬと鉄彦は踏んでいたし、まずは秀吉時代の鬼門を祀る処を捜し出す必要があった。

　大坂城下に潜伏を果たした二人は手分けして、大坂城を起点とし、北東方位にある神社仏閣を片っ端から探し回った。天守閣もなく姿形こそ異なれど、昔とほぼ同じ場所に城は建つのだから、豊臣氏と縁のある鬼門鎮護の神社仏閣を探し当てようとしていた。意外にも京にほど近い枚方でそれを探し当てた。

　豊臣秀吉によって建てられた旧大坂城の鬼門方位にある片埜神社は「鬼門鎮護の社」とも呼ばれ、大坂城天守北東の石垣に刻み込まれた鬼の面と対面している。鬼が片埜神社の護り神となり、絵馬や御朱印には鬼の顔が描かれている。

　絢爛豪華な大坂城は燃え落ちて数百年も経つというのに、その跡地に建てられた城の中では噂が絶えないことを、大坂市中に潜り込んで探り当てていた。人魂の噂を聞いたし、誰もいないはずの奥座敷で夜な夜な酒盛りの声がするという噂も聞いた。白髪となった淀君が出るという噂まであった。そんな噂が大坂の町に広がっていた。無理もない。家康は陰謀の限りを尽くして豊臣氏を根絶やしにし、その象徴ともなる大坂城も焼き払ったのだから。燃え上がる無念の炎は遠く京からも見えたという。

　家康は大坂夏の陣では圧倒的な兵力で攻め立てたが、真田勢の猛攻で家康は二度も自刃を覚悟した。その恐怖と屈辱は二度と刃向かうことのできないよう、徹底した人と物の破壊に向けられたのである。それだけではない。大坂に乱入した雑兵たちはまったく関係のない民を大量に殺戮した。

その様子がある町人の手で記されている。

> 男女の隔てなく、老いたるもみどりご（嬰児）も目の当たりにて刺殺し、あるいは親を失い子を捕られ、夫婦も離れ離れになりゆくことの哀れさ、その数をしらず。

目を覆うばかりの惨劇が繰り広げられていたのだからその怨念たるや、数百年経っても鎮（しず）まらないのは無理もない。もし家康に、大坂夏の陣で亡くなった人々を敵味方なく弔う怨親平等（おんしんびょうどう）の精神があったならば、そんな怨念も流れる歳月と共に癒されたかもしれない。そんな大法要は一度も催されなかったばかりか、京にあった豊国神社までも徹底して破壊させたのだから、没して後も人々がその末期（まつご）を哀れみ人気もあった豊臣一門を、憎々しく思っていたに違いない。

大坂の巷（ちまた）に今も残るおどろおどろしい噂を真実と受け止めた鉄彦は、ようやく鬼の神社を探し当てて思わずニヤリとしていた。

夜も更けて辿り着いた片埜神社は静まり返っていた。街道から離れたこんな場所でも戦火が及ぶことを懸念して、一帯の住民はとっくに避難し、家の中には明かりも灯らない。片埜神社の中も人の気配はなく静まり返っている。

鉄彦は大胆にも殿舎の中に入り、源乃信はその床下に潜り込む。源乃信も殿舎に入るのを望んだが、「秘儀を使（つこ）て大坂城内の怨霊を蘇（よみがえ）らす」と一言漏らせば途端に顔色を変え、自ら進んで床下に潜り込んで警戒する役目を担ってくれた。

鉄彦は源乃信にさえも詳細を話そうとはしなかった。これまで一度としてやったことのない、山伏の中では伝説ともなっている秘儀について話せるものではないし、見られてもならない。全ては秘密の中で行われる秘中の秘儀である。

火の気のない底冷えのする誰もいない拝殿の、大きな神鏡を前にした鉄彦は、風呂敷包みの中から真新しい白衣を取り出し身づくろいして、守り刀の鯉口を切り前に置くと、巾着袋から最多角念珠を取り出し、仏教においては最高の礼拝法である五体投地を丁寧に三度繰り返した。その上で正座して合掌し、長い間「これ以上の血が流れぬように」と心よりの祈りを捧げる。やおら降魔座を組むと微動だにしない不動の姿勢となり、数珠を厳かに擦り、一世一代の長い祈禱が始まろうとしていた。

何度も浅く深く息を吐いて呼吸を整え、吐く息がまったく聞こえなくなると、蓮華合掌したままいよいよ護身法の最初の段階、浄三業が始まろうとしていた。

手がゆっくりと動いて印を結び、印の動く右肩・左肩・胸・額の順に清められてゆく。底冷えを感じた身体は寧ろ熱を帯び、少しも寒さを感じない。護身法の最後の段階、被甲護身が終わる頃には、仏の加護によって、決して目には見えることのない、あらゆる邪気から守られる火炎を身に纏っていた。

決して見えることのない光を感じて源乃信は唖然としていた。

一旦は床下に潜り込んではみても、怖いもの見たさは抑え切れず、床下から這い出ると音もたてず拝殿の中に忍び込み、蜘蛛の巣の張り付いた頬被りをとって、部屋の片隅で胡坐をかき、鼻水を啜りながら窺っていた。ちょうどその頃、護身法の中盤、各観音に帰依する蓮華部三昧耶を修する頃で、低い声で何かの真言を唱えた鉄彦は掌を合わせて、まるで蓮の花のようにゆっくりと十本の指を広げていた。

源乃信は我が感覚と我が目を疑っていた。辺りはすっかり暗くなり、拝殿の中を照らす物は蠟燭の灯りしかなかったが、風のない部屋の中で何かが膨張し身に迫る感覚となり、背中しか見えない鉄彦の丹田の辺りが急に輝きだすと、その光が徐々に身体全体を覆ったのである。蠟燭の灯りより明るい、眩いばかりのこの光はいったい何かと、寒さも忘れ我が目を疑っていた。

考えられるのは殺気しかなかった。鍛錬を積んだ武芸者の殺気というものは、時に光として見えることがある。青白い光は身体の皮膜のように淡く発せられ、薄闇の中ならば、うっすらと姿を示すこともある。だが、そんな光はあまりにも冷たく、目の前に溢れる光はこの上なく暖かい。

これが仏の光背と呼ばれるものかと、いつの間にか正座し身を正して見入っていた。まったく霊感のない源乃信でもそこは示現流の達人であるし、凄まじいまでの気を読んでいたが、鉄彦が観想して手に持つ鋤や鍬が見えるはずもない。

護身法を終えた鉄彦は次の段階に移ろうとしていた。その場を清めるために虚空から取り出した鋤や鍬を使って土地を綺麗に耕し、その地に本尊を招来する行場を造らんがため、あらゆる魔の侵入を阻むため、頑丈な壁を二重三重に張り巡らして天井も塞ぐと、完璧なまでの結界が完成する。

すると屋根を越えた遥か上空に何かの気配を感じる。

結界法を終えるとさらなる念を込めて、宇宙大生命体からの光に満ちた行場を心の中に造り上げてゆく。目の前で無限に広がる光り輝く大宇宙から、必要な法具と供養のために必要な数々の品物を取り出し、造り上げた行場の壇上に順々に並べる。数々の法具と供養のための供物が鉄彦と一つになり、そこには決して源乃信の目にも見えることのない荘厳な行場が完成されようとしていた。

いよいよ佳境に入ろうとしていた。降魔座を組んで微動だにしない鉄彦は次々と流れるように印を組み、それに合わせて様々な真言を唱えている。もうそこには鉄彦の心はない。俯瞰した心に見守られながら、淀みなく遥か彼方の宇宙から本尊の仏をお招きする勧請法が始まる。

魂の力で仏をお迎えするための光り輝く宝車を現出させ、大宇宙の彼方へと送り出す。やがて仏は守護する明王らを伴い、七色の光と共に宝車に乗って荘厳な姿を現すと、鉄彦は九拝して自分で拵えた行場へと迎え入れる。仏と、仏を守護する各明王が無事に行場に入るのを見届け、今度は邪魔が入らぬように行場全体に目には見えない網をかけ、行場の周囲には全ての邪を焼き尽くす炎を轟々と焚き始める。

背後で目を皿のようにして見ている源乃信の目にも、鉄彦の身体が益々光り輝き、それはまるで朝日の閃光に思わず目を細める感覚にも似ていた。やがてその光は鉄彦を丸のまま包み込み、光なのか身体なのか、身体なのか光なのかの判別もつかなくなる。

思わずたじろいでしまうような冷たい殺気を放つ剣客を相手にしたことはあっても、これほどまでの暖かい荘厳な光を放つ人間と遭遇したことは一度もない。改めてこの男の凄さを実感していた。いや、山伏の術の凄まじさに改めて感じ入っていた。

――こげな呪術者なら大嵐を呼び込み、エゲレスの洋式戦艦を操縦不能にするのは簡単なことじゃったろう。

そう心の中で驚嘆した時頭上で砲声が轟き、慌てて身を伏せる。だが、その後何も起こらず不安げに薄暗い天井を仰ぎ見れば、またも地を揺るがす大きな音が轟き、それは砲声ではなく雷の音であることにようやく気づく。一喝した雷は不機嫌そうに長鳴りしている。春雷、一瞬そう思ったものの少し時期が早すぎた。冬の嵐は雷を呼ぶこともあったが、ここ二、三日は天気も回復して晴天が続いている。源乃信にとっては不可解な雷鳴となった。

いかな源乃信でも、この状況では思い出せるはずもない。胡蝶丸の甲板の上で鉄彦が「秘術を伝えられし子孫の高祖は天狗なり。天狗は龍の姿となり子孫を護る」と不思議なことを言ったのを。片埜神社の遥か上空に一頭の赤龍が漂い、目を爛々と光らせて下界を見守り、何人からも邪魔されぬよう咆哮した上で見守っていたのだ。お蔭で人は無論、犬猫一匹寄せつけない不思議な静寂に辺りは包まれていた。

鉄彦の背後にそろそろと忍び寄って正座した源乃信が、不安げな顔をしてキョロキョロと辺りを見回す。確かに彼の耳に笙と篳篥の音と共に雅楽の音色が流れたからだ。辺りを見渡しても誰もいるはずはないが、確かに雅な音色が続いている。

あまりの奇怪さに腋下から冷たい汗が流れ落ちる。逃げ出したいという誘惑が湧き上がっても、こんな機会は二度とあるまいと膝の上に拳を固め、光り輝き続ける鉄彦の後ろ姿を凝視する。

突然の大音響に驚いた源乃信とは異なり、遥か上空の赤龍から見守られていると自覚した鉄彦は、不動の姿勢のまま蓮華座を作って仏を座らせ、心の中で仏を賛辞する唱を唄い、壇上の供物も捧げて、心よりの持て成しを続けていた。持て成しを喜んだ仏を前にし、鉄彦はいよいよ願いごとを心の中で申し出る。

お願いがありまする。今より二百五十余年前、徳川軍との決戦で豊臣氏の根城大坂城は落城と相成りもうした。哀れ豊臣氏の家臣らは城と共に討死にし、数多の無辜の民も殺戮された模様なり。悲しいかな。哀れかな。それより幾星霜経ても弔われることなく、無念の御霊は城内に漂っておりまする。

何卒何卒、その哀れな者たちを御仏の慈悲でお救い願い給いたく、薩摩の国は肝属の、国見山行者不肖石田鉄彦謹んでお願い申す。

鉄彦の心よりの願いを受け止めた御仏の顔が一段と輝く。間もなくその輝きが鬼門の道を通って大坂城の隅々を照らすと、それまで怨霊となっていた地縛霊たちが地から湧き出て随喜の涙を零す。さながらそれは蜻蛉のようでもあり、靄のようでもある。

渾身の祈願によって、これまで報われなかった霊たちに仏の光が数百年ぶりに注ぎ込まれていた。

蘇った亡者たちが鉄彦の脳裏に浮かび上がり、口々にその無念を訴え始める。

首を斬り落とされた者もいた。

深手を負ったまま城壁の上から突き落とされた者もいた。

業火(ごうか)に焼かれて焼け死んだ者もいた。

犯された上で殺された年若い女もいた。

見ている前で両親が惨殺(ざんさつ)され、あまりのことに狂い死んだ幼子(おさなご)もいた。

それらの無念な記憶が鉄彦の脳裏に画像となって浮かび上がる。誰もが徳川勢に恨みつらみの言葉を連ね、あまりの数の多さに息苦しくなる。それでも鉄彦は即身成仏となり一つ一つの言葉に心の耳を傾ける。

無念な思いをした亡者は最も辛く、最も悲しい記憶を供養してやらなければ、その記憶を忘れることはない。その血の記憶こそが地縛霊となってこの世に漂う所以(ゆえん)となる。彼女彼らの実体というものは、無残な死に方をした時から決して昇華(しょうか)することはない。本当ならば創設された徳川幕府が、その威信を賭けて無念な思いをした物故者の供養をしなければならなかった。そんな供養を一度も催さなかった徳川家の罪は深い。

鉄彦にしてみれば一人の亡者の魂を癒すことはそんなに難しいことではないが、無数とも思える怨霊の魂を癒すのは命懸けである。下手すれば憑依(ひょうい)されることもある。憑依されれば、魂は乗っ取られ悪事を働くことにもなる。だからこそ弔いの経文を唱えながら一人一人の霊の言葉に畏敬(いけい)の念を持ち慎重に耳を傾ける。それらに耳を傾けることで初めて亡者の心の澱(おり)が洗い流されるのを鉄彦は知悉(ちしつ)していた。

最後の声を聞き終わる頃には三本目の蠟燭に火が入り、日も変わっていた。供養が終わった御霊たちには屈託がなくなり、これなら使役になり得ると鉄彦は確信を持てた。やおら心の声で優しく呼びかける。


そこもとらに頼みがある。知ってのとおり大坂城に立て籠った旧幕府軍は、挽回せんがため必死の思いで待ち構えておるはずじゃ。古来、城の攻防戦では数多の犠牲者が出るのは十分承知のはず。城の中ならまだよい。一旦、大坂の町に火の手が上がれば、またも無辜の民に大変な被害が出よう。そこもとらのような最期は何としても止めねばならぬ。

御仏のもとに還る前に、そこもとらと因縁深い徳川家康の末裔慶喜の気が変わるようにして欲しいのじゃ。戦を放棄して大坂城から逃げ出すようにな。それでこの戦は終わる。

拙者も懸命に助勢いたす。そこもとらは御仏の童子となって働いてくりょう。

頼み終えると瞬く間に、脳裏に蘇った夥(おびただ)しい亡者たちが跡形もなく消え失せる。上空の赤龍はその双眸(そうぼう)に、鬼門道を辿って一条の青白い炎が突っ走ったのをはっきりと捉えていた。

源乃信はその場にへたり込みそうになっていた。身体の震えが一向に止まらない。

生まれて初めて人魂というものを目の当たりにしたからだ。最初は我が目を疑っていた。今まで度々耳にしていた人魂というものは青白い炎と聞いていたが、突然現れ出た人魂はそれとはまったく異なり、ほぼ透明な大きな球体だった。それは大きさこそ異なるが、洛中の暑い盛り、行商人が童らに売りさばくシャボンの玉によく似ていた。

半透明ではあるが少し青みがかり、そんな大きな球体が鉄彦の頭上で揺らぎ、スーッと闇の中へと溶けていったのだ。「秘儀を使て大坂城内の怨霊を蘇らす」とは言っていたが、ここからはかなり離れている。さりとてこの神社がかつて大坂城の鬼門社であったのは間違いない。それと何か関係があるのか、何をしようとしているのか、と混乱する頭の中で必死に考えていた。

あれほど荘厳さを感じていたのに、今まで一度も見たことのない巨大な人魂を目の当たりにして、情けなくも身を震わせながら、予想もしないことが起こる予感がしていた。だが、それが何であるかは皆目分からない。

突然、鉄彦が大きな声で真言を唱え始める。源乃信からは見えない鉄彦の手には新しい印が組まれ、それは外五鈷印を意味し、鬼門方位から、今や御仏の眷属霊となった亡者たちが鉄彦の願いを叶えるため、使役してくれることの成就祈禱が始まろうとしていた。

その昔、術に長けた山伏たちは神となった霊を使役とする「護法」と呼ばれる術を使って数々の奇跡を起こしていた。鉄彦が行わんとする護法は、印と真言と偈文を組み合わせた「大聖乙護法」と呼ばれる、極めて稀な大秘法である。

そんな秘法を代々受け継いではいても、今まで一度も使ったことはない。なぜならば、あの役行者が行ったとされる、修するにはあまりにも困難な最高の秘法の一つだからだ。最高の秘法であっても呪詛であるはずがない。だが菩提心を持って御仏に祈願し、御仏の菩提心によって大坂城に巣くっていた亡霊たちにまず成仏して貰い、それらを納得させ、今度は御仏の使役をさせるのだから、なまなかの呪術者ではできるものではない。大きな声で繰られていた真言が、突然偈文へと変わった。

「中央五方五千乙護法　唯今行じ奉る。金達龍王、堅達龍王、阿那婆達龍王、徳叉迦龍王等、総じては諸仏薩睡、本誓悲願を捨てたまわず。仏子某甲所願哀愍納受……」

源乃信にはまったく何のことか分からぬ偈文が何度も何度も唱えられる。それは呪文のようでもあるが、さにあらず。お経のようでもあるが、さにあらず。訳の分からないまま聞き耳を立てているうちに、いつしかその偈文の奏でる独特のリズムに身を委ねて、眠気を誘われていた。もう先ほどのような怖さはなく、じんわりとした温かみが身体を包むと、へばりつくような疲労感のため、ついに落ちていた。

――大山はん、ほんにいい男衆や。今日はゆっくりできますのやろう。さあ、ささ呑んで。まぁ石田はんが焼餅焼いていなはるなぁ。気にせんで宜しゅうおまっ――。

突然、またも頭上で雷鳴が轟き我に返る。いったいどのくらいうたた寝していたのかと頭を振れば、相変わらず鉄彦は意味不明のことを唱え続けていた。小半刻（三十分）は寝ていたのかもしれない。

戦場の中で不埒な夢を見たと苦笑いをするも、夢の中にはっきりと姿を現したのはあの九条華子だった。意外なことに堅物な鉄彦がすっかり華子を気に入り、あれ以来贔屓にしている。華子も何やら鉄彦に懸想していることに気づくと、あまり近づかないようにしていた。なのに真逆の夢を見た。年増の華子に思いを寄せたこともその逆もない。

まったく夢とは不思議なものだが、殺戮の只中に身を置くと、不思議と食欲と性欲が漲るのを感じていた。腹はやたらに空くし、女遊びもしたくなる。それら欲の源にあるのが命の危険を前にして燃え上がる生命力であることに気づけば、何としても生き延びたいという今までにない願望が沸沸と湧きあがる。

するとそれまで鉄彦が唱えていた意味不明の祝詞のような言葉がピタリと止まり、一呼吸おいて新しい真言が唱えられ、思わず背筋を伸ばして聞き耳を立てる。

「オンウカヤボダヤダルマシキビヤクソワカ」

真言と共に鉄彦の両腕が上がり、額の前で一段と光るものを示し、何度も何度も同じ真言を唱える。額の前で身体以上に光を放つものを何とか見ようと背伸びする源乃信ではあったが、そこからは何であるのかは分からない。

息継ぎもしない鉄彦の唱える真言が、まるで勢いよく流れる水の勢いとなり、次第にその声は一定の音程を保ちながら糸を引くような音となる。源乃信の耳にはその音は何人もの人間たちが声を合わせているようにも聞こえる。思わず背後をふり向くが、そこに誰かがいる訳ではなく、無人の屋内は音を潜めている。

普段の源乃信であれば、遠慮することなく前に進んで確かめてもいただろう。だがしかし、人に話してもまったく信じてはもらえないことを体験し、なぜか本能として立ち入らぬほうが賢明と逸(はや)る気持ちを封じ込める。その本能とは武芸者が瞬時に読む、相手との間合い(まあい)にも似たようなものだ。間合いを破れば立ちどころに敵の刃(やいば)が飛んでくる。もしこの場から離れて踏み込んでしまえば、間合いを侵してしまうという源乃信の判断は賢明だった。

いよいよ鉄彦は、一度もやったことのない秘法を使おうとしていたのだから、たとえ源乃信でも行場の壇結界を破ろうものなら、上空高くで警戒を続ける赤龍がたちどころに舞い降りて来て丸呑みにしていたかもしれない。もっともそんな龍の姿など源乃信に見えるはずもないが、最悪廃人になる可能性もあったのだ。

二重三重四重の結界に守られる鉄彦は手に何も持ってはいない。何も持ってはいないが飛行自在(ひこうじざい)印(いん)を組んだ手が宝石のごとく眩(まぶ)しく輝き、その光に自らの魂を委ね、発する真言と共に大坂城へと飛ぼうとしていた。

瞬時に飛ぶと行灯(あんどん)の光が灯る誰もいない大部屋の中で、慶喜が一人ぽつねんと板場の上の床几(しょうぎ)に腰を下ろし、腕を組んで何かを考え込んでいた。その姿は総大将らしく見事な鎧(よろい)の上に朱色の陣羽織を羽織り、烏帽子(えぼし)姿が凛々(りり)しい。

だが、そんな凛々しさとは裏腹に、いかにも聡明そうな顔は焦りに満ちていた。心の中で葛藤するせめぎ合いが顔に滲み出ている。それもそのはず。誰もいないはずの大部屋は、蘇った亡者たちが立錐の余地なく周りを埋め尽くし、しきりに何やら囁きかけている。その声に、魂となった鉄彦が耳を傾け、思わず微笑む。

——江戸に帰ったほうがええのとちゃうのん。

——首斬られるのは痛いやろう。

——死ぬのは怖いやろう。

——あんたにも妻子がおるやろう。待ってますで。

——意地張って家来衆を殺す気か。

——意地を張らんといて逃げえ。逃げるなら今や。

——一人で嫌なら誰か連れて行きなはれ。

今や御仏の童子となった御霊たちは祟ることなく、慶喜の魂に逃げることを諭し続けている。罵詈雑言を浴びせてもよさそうなものだが、供養されてすっかり邪気のなくなった御霊たちの中には丁寧な言葉まで使っている者もいる。

これほどの声なき声が働きかけたならば、いかな慶喜でも心が動くだろうと傍観していれば、果たして意を決したふうの慶喜が床几から立ち上がり、後もふり返らず大股で部屋から出て行く。苛ついた様子の後ろ姿にその後の行動は予見できた。

大役を終えた御霊たちが暖かい光となって上へ上へと昇り始めると、宇宙から俯瞰する鉄彦の目に、やっと成仏を果たして天上界へと昇る七色の荘厳な光が大坂城の大屋根から立ち昇るのが見え、ようやく大役が終わったことを自覚する。

パーンと突然柏手が響き渡り、今まで巌のように動かなかった鉄彦の上半身がゆるゆると動きだす。長い長い祈禱がやっと終わったことを背後の源乃信は悟った。

「なにか、見えたか」

ふり返ることなく唐突に尋ねられ、源乃信は身を固くして口籠もる。とっくに背後に座っていたのを見破られていたのかと思えば、咄嗟に口がきけるものではない。思わず冷や汗が流れると、正座していた脚にまったく感覚がないことにも気づき、やっとの思いで脚を崩せば猛烈な痺れが襲い、しばらく悶絶していた。無理もない。時刻は間もなく暁七つ（午前四時）を迎えようとしていた。

両脚を手で擦り、ようやく痺れが薄らいだ源乃信の前に、いつの間にか鉄彦が胡坐をかいていた。あんなに光り輝いていた身体にもはや光はなく、蠟燭の光を背負った顔は薄暗い。その顔には今までに見たことのない疲労感が漂っていた。だが、その眼は漆黒色の光を放ち、今まで感じたことのない威圧感があった。視線を切って頭を掻いた源乃信がわざとらしい大声を出す。

「おやっとさあ。すんもはん。盗み見をして」

それには何も答えない鉄彦だったが、少し機嫌が悪そうにまたも聞き返した。

「見えたろう」

「なにが」

「幽霊」

そう言った鉄彦は悪戯な顔となる。その顔を見た源乃信は身体に何かがスーッと通るような気がして、一気に語りだす。

「見えた。俺にも見えたど。生まれて初めて人魂を見た。じゃっどん、火の玉じゃなかった。丸か塊で半透明の太か球体じゃった。――あれはなんじゃ」

満足そうに二度三度とうなずいた鉄彦が突然、歯を見せて笑いだす。すると源乃信が口を尖らせて突っかかる。

「なにが可笑しい」

「これは失敬、失敬。おはんにも見えたごちゃって嬉しゅなってな。あれは霊魂じゃ。大坂城で無念の最期を迎えた人間たちの霊魂」

「はあ」

気の抜けた返事をする源乃信でも、現れ出た球体が霊魂だったのは分かるし、自分の目で見たことは疑いようもなかった。だが、なぜ大坂城の霊魂が出て来たのか分かるはずもない。

「あの霊魂をどうしたんじゃ。雅楽のような音色も聴こえたが」

「………」

「教えてたもんせ。大坂城の鬼門神社で何の祈禱をしたのかを」

源乃信の問いかけに何一つ答えることなく、まるで他人事のように鉄彦が呟く。

「どうせ夜が明ければ分かることじゃ。それまで楽しみにしておけばよか。ちいっと休憩をして、それを確かめに大坂城の近くまで行こう」

立ち上がりながら自信たっぷりに言った鉄彦ではあったが、目の前で繰り広げられた祈禱を何のために行ったのかは一切口を開かない。決して話してはくれまいと諦める源乃信ではあったが、最後にどうしても確かめたいことがあった。堪らず腕組みすると思わず唸り声を漏らす。唸り声の後、迸った声は自分でも意外な言葉だった。

「おまんサアがされた祈禱は、成就したとでごわそんかい」

齢の離れた二人の会話に、この頃は丁寧語や敬語は少ない。薩摩藩士の中でそれは珍しく、年下の者が目上に敬語を使わないのは稀なことだ。二人は死線を潜り抜けそれだけ仲が深まっている。それなのに珍しく改まって薩摩言葉の敬語まで使って尋ねる源乃信に鉄彦が苦笑し、仕方ないという顔で軽くうなずくと、拝殿の天井を指で指し示した。

「心配なか。ご先祖サアも加勢をしてくれたで」

誘われるように天井を仰ぎ見た源乃信が怪訝な顔をする。

「おはんにも聞こえただろう。龍の鳴き声が」

「あれは龍の声……」

絶句した源乃信ではあったが、なぜか得心した。思い当たるのは砲声と聞き間違えたあの音しかなかった。

七日の朝が明けようとしていた。あれから少し仮眠をとった二人はまだ暗いうちから動きだし、大坂城を目指して歩きだす。街道のあちこちで官軍が野営していた。城を攻略するには薩摩自慢の大砲からの砲撃が最も効果がある。そんな大砲を大阪城に運び込もうとしているが、あまりにも重量があり、そのうえ数もあり、予想以上に追撃が遅れている。だが、長く延びた隊列の先頭が間もなく大坂城に近づきつつあった。

野営した隊が夜明けと同時に動きだし、先頭が大坂城に着く前に何としても辿り着かねばならない。二人は街道を避け、予め調べていた、人通りがまったくない路地の抜け道を辿って、疾風の勢いで駆けぬけた。

やっと辿り着いた大坂城は、落雷によって失った聳え立つ天守閣こそないものの、往時の姿が偲ばれるほど復元されていた。だが、朝日に映える堅牢な大手門はなぜか固く閉ざされ、その前に構築された砲身が覗く土嚢囲いの中には迎え撃つ兵の姿もなく、妙に静まり返っている。

もう目前に敵が迫っているのだから、門が突破されないよう二重三重の防衛線が敷かれ、堆く積まれた土嚢の中からフランス製の大砲や小銃が狙いを定めているのが臨戦態勢というものだろう。ところが待ち構える兵の姿はどこにもない。葵の御紋の入る旗が北風に虚しく揺れているのが、なんとも侘しく目に映る。

「どげんことじゃ」

まったく人の姿がない天満橋近くの高台に立ち、手拭いで顔を覆った源乃信が拍子抜けしたような声を漏らす。

「もし迎え撃つ気なら、あげなふうじゃなか。どこかに隠れて様子を見てみよう」

傍らでそう言った鉄彦には絶対の自信があった。不安があるとすれば、慶喜の代わりに松平容保が采配を振っていることだったが、もしそうなら違う緊張感が張りつめているはずだ。蘇った御霊が「一人で嫌なら誰か連れて行きなはれ」と耳元で囁いてくれていた。あの言葉が慶喜の琴線に触れたことを願いながら一縷の望みを託していた。

それより数刻前のまだ夜も明けぬ頃、籠城戦の準備を整える城内では大変な騒ぎとなっていた。なんと総大将ともあろう者が突然姿を消したのだから、当初は神隠しにでも遭ったような騒ぎとなり、各門はすぐに閉鎖された。敵の間者が城内に忍び込み拉致されたのを疑っていたのだ。それぐらい混乱を極めていた。

手分けして城内を隈なく探しても、どこにもその姿はなく、その代わり先君家康以来の家宝となる、あの関ヶ原の戦いでも掲げられていた「金扇馬標」と呼ばれる徳川宗家の証ともなる馬印が残されていた。戦の時は敵には脅威を、味方には奮闘を促す旗となる。やがてわずかな供を従え、慶喜が城から抜け出すのを目撃していたという報がもたらされる。

取り残された馬印を見て、徳川の重臣たちはその意味することに驚き失望し、戦意すら失っていた。万が一もし陣を引くとすれば、大将と共に馬印も撤退するのが慣例である。なのに大将が忽然と姿を消し、その身代わりともなる馬印が残されていた。前日に諸将の前で勇ましい檄を飛ばしたのだから、まったく予想もしなかった裏切りに皆が驚き失望しないはずがなかった。

その上、松平容保も同行したのが分かると、旧幕府軍の要となっていた会津軍全体に失望感が漂い、戦意喪失も招いていた。慶喜は渋る容保を道連れにして、大坂湾に停泊していた船で江戸へと向かったのである。そんな事情をまだ知らされない兵の中には、「二人は密かにフランスへ逃げた」という実しやかな噂まで飛び交っていた。

そんな混乱した城内の様子が外から分かったのは、その日の夕刻だった。突然、大手門の扉が開き、桑名藩の兵たちが整然と列をなして出て来たのだ。対峙した官軍先鋒隊がすぐに応戦態勢を整えようとしたが、城から出て来た兵たちは槍や鉄砲を肩に担いでいるのだから戦う意思のないことを身体で示している。彼らは呆然と見守る官軍に背を向けて薄闇の中へと消えていった。それを見届けた鉄彦が、傍らで乾飯の入った袋を片手にじっと見守っていた源乃信の肩を軽く叩く。

「さあ京に戻っど。役目は終わった」

「石田ドン、何か起きたんじゃ。もしかして……」

あんなに勇猛果敢だった旧幕府軍の一部が明らかに城から撤退したのを目の当たりにし、乾飯を食うのも忘れ源乃信は半信半疑だった。出かかった源乃信の言葉を遮る(さえぎ)ように、口の前に人差し指を立てた鉄彦が莞爾(かんじ)と笑う。

「これでこの戦はもう終わりじゃ。あとんことは戻って来た衆(し)から聞けるから、本隊が着く前に早く戻っど。こげな姿を見られてはならん」

さらなる質問を浴びせようとする源乃信を鉄彦が手で制す。その眼は穏やかなれど、もうそれ以上の質問をするなと戒めていた。

鉄彦と源乃信が大坂城を後にしてから旧幕府軍が城から続々と出て来て、それは翌日まで続き、新政府軍の本隊が着く頃には城の中はすっかり空っぽとなり、城明け渡しの交渉はスムーズに進むはずだった。ところがその交渉の最中、突然城の中から火の手が上がり、まだ手つかずの弾薬庫に火が燃え移ると、大爆発と共に瞬く間に城は火の海に包まれる。城明け渡しを不服とする幕臣たちが数多くまだ城の中に居残り、城に火を放つとその場で自害したのだ。
翌日、ようやく鎮火すれば、そこには夥しい焼死体が横たわっていた。仁和寺宮嘉彰親王を頭とする新政府軍の将兵たちは、その志を大いに評価して、全ての焼死体を懇ろに大坂城内に埋葬した。それは後に大阪市民の中では「無念塚」と呼ばれるようになったが、城と共に自害を果たした武士たちはその死を以て、戦わずして逃走した徳川家最後の将軍に、物言わぬ抗議を示したかったに違いない。「たとえ城が焦土と化しても、戦い抜こう」と言われたことを彼らは愚直にも身を以て実行したことになる。

こんな将兵らが慶喜と一つになって最後の決戦を挑んでいたならば、勝敗の行方はどうなっていたか誰にも分からない。分からないが、夥しい死傷者が出ていたのは容易に想像できる。時に慶応四（一八六八）年一月十日のことである。

その前の年の八月二十六日、讃岐の白峰山を明治天皇の勅使が訪れ、時ならぬ激しい雨が降り注ぐ中で宣命が読み上げられた。この日は崇徳天皇の命日でもあった。

崇徳天皇は鳥羽天皇の第一皇子としてお生まれになられた。鳥羽天皇は崇徳に譲位を迫り近衛天皇を即位させ、近衛天皇の死後は崇徳の弟である後白河天皇を立てた。崇徳天皇はこれが不満で、鳥羽上皇の死後、保元の乱を起こしたが、後白河天皇側には武士団がついていたので敗れ、讃岐に流された。この戦を境にして武士の力が台頭し、徳川幕府へと繋がるのである。

戦に負けても崇徳天皇の気持ちが鎮まるものではない。悔しがった天皇は自分の舌を食いちぎり、その血で大乗経に「我、日本国の大魔縁となり」と呪詛の誓文を記され、晩年は爪も切らず、髪も剃らず、やつれたお姿で悪念の淵に身を沈めて、流刑の地で無念の生涯を閉じられた。

崇徳天皇崩御の後、京では大火や飢饉が起き、また不吉な異変と怪事件が続けざまに起こり、崇徳天皇怨霊の祟りとも巷で噂されるようになり、平将門・菅原道真と並び「日本三大怨霊」とも呼ばれるようになった。

崇徳天皇の霊を京都に移すのを最も望まれていたのは孝明天皇であった。その孝明天皇の死はあまりにも突然で、洛内では呪詛の噂も流れていたが、確たる証拠はなく、それ以上に崇徳天皇の祟りというものが俄(にわ)かに現実味を帯びる。それまで何度も検討されていたにも拘らず悉(ことごと)く取りやめとなった慰霊を、この時とばかりに急がせたのである。

かつての崇徳天皇への冷遇が武家社会の始まりと朝廷内で考えられていたからには、崇徳天皇の御霊を神霊として京に連れ帰ることで、長年続いていた武家社会が終焉を迎えるとも考えていた。

かくして崇徳天皇の御遺真影(おいしんえい)と愛用の笙が神輿(みこし)に納められ、船にて大坂に上陸し、街道を使って伏見に到着する。その道中はさながら天皇の行幸のようであり、人々は数々の献上品を捧げた。九月六日には白峯宮(しろみねぐう)に崇徳天皇の神霊が祭られ、その二日後に元号は明治と改まる。大坂城が焼失してから八カ月後のことであった。

怨霊として恐れていた崇徳天皇の御霊を京に戻し懇ろに祀ることで、諱(いみな)は「睦仁(むつひと)」、御称号は「祐宮(さちのみや)」と称せられる弱冠十四歳の明治天皇と新政府は、崇徳天皇の神霊から守護されることになった。

第七章　江戸の結界

鳥羽伏見の戦いがあっけなく終わると新政府は徳川慶喜の追討令を出し、会津藩主松平容保ら旧幕府の要職にあった大名の官位を剝奪した。併せて諸藩に兵を率いて上京するよう命じ多くの西国藩が従ったことで、旧幕府を支持する東国諸藩との対立が鮮明となる。

ついに東征軍大総督に任命された有栖川宮熾仁親王が東征軍約五万を引き連れ、錦の御旗を押し立てて江戸に向けて威風堂々と進軍を開始していた。大総督府参謀に昇進した西郷は有栖川宮熾仁親王率いる本隊と共に、何もなければ今頃は琵琶湖近くの街道を抜けて彦根辺りに辿り着く頃だろうと、鉄彦は遥かかなたの西郷を慮りながら海原を眺め続けていた。

西郷の口利きで乗ることができた樽廻船が、向かい風の中巧みな帆捌きで駿河湾沖をつき進む。澄み渡る蒼天に雪を被る富士山が麗々しい姿を示し、その姿も徐々に遠ざかる。ここまで来れば目的地となる大川河口霊岸島までそう遠くはなく、陸地が近くなったせいかカモメの声がやけに喧しい。

大部屋の矢倉(やぐら)では暇を持て余した船子(ふなこ)らが連日連夜賽子(さいころ)や花札に興じ、昼の日中から雑魚寝(ざこね)もしているし、そんな中で役目の話などできるはずもなく、久しぶりに二人だけで話せる機会が訪れていた。樽酒満載の甲板には舵子(かじこ)以外は誰もおらず、船は風に逆らって進むのだから声は後ろの海に流されてゆく。それでも語りだす鉄彦は慎重だった。

「先生は板挟みになって辛(つら)かろう」

もう話す潮時とわざと独り言を漏らす。すると遠ざかる富士山を眺めていた源乃信(げんのしん)がふり返り、何を言ってるのだろうという顔をする。

「いかな西郷先生でも、討伐の流れは止めがならんと思うてな」

「それは無理じゃ。三隊に分かれた官軍がそれぞれ江戸に向かっているんじゃから」

威勢の良い官軍という言葉の響きからはすぐに賊軍という言葉が引き出され、鉄彦は妙な感覚となる。あまりにも速く時が流れている。ともすると百年かかって変化するであろう時代の変化を、まるで濁流を下(くだ)り降りる小舟のごとく、この一年で体験している実感が重くのしかかる。もう頃合いと思い鉄彦は低い声で漏らす。

「西郷先生にはもう江戸を攻める気はなか」

「ええ、ないごて」

源乃信の声はあまりにも大きく、すかさず鉄彦が唇の前に人差し指を立てる。源乃信が驚くのは無理もない。それは十日前ほどの藩邸での出来事にまで遡(さかのぼ)る。

大坂城が炎上して数日経ってから、西郷は兵を引き連れ京に凱旋(がいせん)してきた。一足先に京に戻った二人は、鶴屋の土蔵部屋で休息を取りながら西郷からの指示を待っていた。

慎太によって藩邸に呼び出されたのは戦勝祝いの大騒ぎが一段落した中旬過ぎの頃で、西郷は他の藩士の目につかないよう離れの部屋に二人を迎え入れ、仕出し料理まで取り寄せ二人を労ってくれた。滅多に呑まない酒も少し呑み、江戸への全軍進撃がほぼ決まり高らかに笑い放ち、これからのことに気迫を漲らせ饒舌になっていた。

そんな様子が一変したのは慎太の手によって届けられた手紙を、時間をかけて読んでからのことだ。鉄彦は手紙をむさぼり読む西郷のことが気になり、わずかな唇の動きを読み取っていた。手紙は「篤姫」として慕われている天璋院からのもので、徳川家を滅ぼしてはならぬ、江戸を攻めてはならぬ、徳川慶喜を殺してはならぬ、と西郷に強く嘆願していた。

あれほど饒舌で覇気に満ちていた西郷の顔が徐々に曇り、「今日は遠慮せんで腹いっぱい食うて呑め。俺は急用ができた」と明るい声を残し、それから再び部屋に姿を見せることはなかった。急用のはずはなかった。その日以来西郷は口数少なく憂いを含んだ顔つきとなり、それは心の中の葛藤を物語っていた。江戸への総攻撃か、それとも……。おせんを取らずとも心の中でせめぎ合っているのは明らかである。

何百年ぶりかに天皇を中心とした政が復活しようとしている。武力がこの国を動かし、今や西郷の胸一つで天下が動く。そんな西郷を止めることができる者がいるとすれば島津斉彬ただ一人。かつて西郷は斉彬の御庭方役を務め、斉彬と篤姫の関係を身近でよく見ていた。斉彬の子どもたちは全て夭折したのだから、篤姫を特別な思いで見ていたとするなら、一旦下された江戸への全軍進撃との板挟みになるのは明白だった。

あの手紙の内容を手短に話すと、神妙な顔つきとなった源乃信の口から吐き出された声は小さいながらも驚きが含まれていた。

「篤姫様が先生に嘆願書を……」

驚きながらも鉄彦の術を信じて疑わない源乃信は、その事実をすぐに受け入れる。

「本当に板挟みじゃ。だからあの時席を立たれたんか。いかな先生でも流れは止められんじゃろう。京では東征軍勝利北方降伏という祈願も始まっているらしいからな」

徳川慶喜の追討令が下ると時を置かず、主だった密教寺院で戦勝祈願が始まったと噂されていた。洛内に流れる噂を聞いて鉄彦はすぐに見当をつけていた。表向きは戦勝祈願でもおそらく調伏、つまりは呪詛であることを。敵を調伏させる勅命は遥か昔に何度か下されていた。それに倣い誰かが命じたならば、本気になって徳川家を殲滅しようとする証でもある。もしその調伏に「大元帥法」を用いているならば大変なことになるだろうと危惧していた。

「大元帥明王」の大元帥とは阿吒薄倶元帥という大将軍のことで、大将軍は仏が入滅する時に天龍、阿修羅、八部鬼神、四大天王、二十八部の夜叉大将などを集め、仏亡きあと互いが協力し合って仏の教えを守り、人々の安泰ならしめると誓いを立てた。

また「大元帥明王」の明王とは、怒髪の憤怒顔に黒青色の肌をした筋骨隆々の身体を持ち、舎衛城外の荒野に棲みながら子供を食べる鬼神だったが、釈迦によって諭され、その後密教が興ると大将軍と明王は合わさって国土鎮護の仏神となり、鬼神は明王の中では最強と言われるまで格上げされた。中国では戦の折、何度もこの法を使って国難を乗り越えていた。

弘法大師空海の弟子である常暁が唐に渡り、密教に伝わる「大元帥明王」を持ち帰って一心不乱に修法すれば、井戸に大元帥明王が映し出され、あまりの恐ろしさに気絶したという逸話まで残されている。その後、国家転覆を謀るような朝敵、たとえば平将門の乱の時には、将門を調伏するため朝廷の威信にかけて密教僧に行わせていた。霊験あらたかな法であるからこそ、この大秘法を朝廷は独占し、徳川幕府が朝廷を牛耳ってからは行われなくなって久しいが、王政が復古したことでまた復活した可能性がある。

武家の政は終焉を迎え、復古した王政をより強固にせんがため、崇徳天皇の御霊を京に迎え入れ新政府の神霊とした。それに刃向かう者はたとえ徳川家でも逆臣となり、究極の調伏を修する大義名分ができたのかと鉄彦は嘆いていた。徳川家を滅亡させようとする執念は怨念と呼べるほどに強いものであり、よほどのことが起こらない限り西郷とて阻止はできない。いくら時代が変わろうとも、おぞましいほどの権力争いに呪いはなくならないのかとも鉄彦は嘆いていた。あまりのことに暫し無言だった源乃信がやっと口を開く。

「それならどうして本隊に先んじて江戸に潜入するんじゃ。まさか戦を止める糸口を探るためとか」

さすがに勘が鋭いと鉄彦は誇らしくなった。本当なら江戸に着いてからじっくり説明しようと考えていたが、この際だからと腹を決める。説明するにはかなり難しい。

「このままじゃ戦は避けられん。江戸は家康が考え尽くして造った難攻不落の城下町。じゃっどん、あらゆる防備をしても必ずどこかに隙がある。おはんとそれを探る」

「隙……。妙なことを言う。そげなことなら江戸藩邸の衆が調べているはずじゃ。おはんと俺が本隊より先に江戸に潜り込む訳は他にあっとじゃなかか」

図星を指され、さすがに源乃信と鉄彦は思わず微笑んだ。確かに既に調べてあるだろうし、外堀と内堀に守られた江戸城の防備は難攻不落ということも分かっているはずだ。だが鉄彦の言った隙とはそういうことではない。

あれから数日経ち、単身藩邸を訪れ、江戸に潜入したい旨を西郷に申し出ていた。片埜神社の時のように成功する自信がある訳ではなかったが、もう血は見たくなかったし遺恨も残したくなかった。腹の中では江戸攻めを躊躇うようになった西郷は、鉄彦なら秘密裏に何とかしてくれるかもしれないと、曇天に日が差す思いがあったはずだ。

大総督府参謀ではありながら実質上総大将なのだから、「中止にしたい」と明言はしなかったものの、決して無駄な血を流してはならないという鉄彦の思惑と一致していた。そんなことをまったく知らなかった源乃信に、西郷へ提言したことを語り始める。

「なら話そう。動乱のこの時代に次々と将軍が亡くなったことを不思議に思わんか。幕政を立て直さねばならんのに、将軍が突然死んだ訳は」

暫し思案していた源乃信が、自信なげな声を漏らす。

「呪詛では」

「それもあるかもしれん。じゃっどん、全ては闇の中じゃ。孝明天皇の死も呪詛の噂が飛び交ったが、どうやら痘瘡ちゅうことで落ち着いた。おはんと俺が見たことは証拠がない限り夢幻じゃ」

二人はあの夜のことを西郷に一言も話してはいない。証拠もなく八咫烏の呪詛のことを話すとすれば、尼僧に化けて半次郎に近づいた波見のことを話さなければならず、西郷からの信頼を半次郎が失うと判断したからだ。

「江戸には京にも劣らん結界があるようじゃが、それが壊れている可能性がある」

まったく脈絡のない突然の切り出しに、源乃信は不思議そうな顔となる。そんな表情を見て鉄彦は、藩邸でのあの日の西郷の顔を思い浮かべずにはいられない。同じことを言ったのにすぐに「だから次々に将軍が亡くなったと言うのか」といきなり返し、あまりの反応の良さに内心驚き、今でも癒えない心の傷の深さをも感じ取っていた。それほどまでに今でも斉彬公を慕っているのかと。

かつて、藩主斉彬の突然の死を不審に思った家臣らが手分けして呪詛痕跡を探すと、果たして霧島の山深い処と開聞岳の頂きに護摩焚きの跡が見つかったのだ。それらは島津氏の根城、鶴丸城の鬼門と裏鬼門の延長上に位置し、明らかに結界を破った証である。結界を破れば、呪詛の効果は立ちどころに顕れる。真相は決して明らかにされない薩摩藩の闇の世界でも、そのことを当然西郷は知っていた。しばらく腕を組み熟慮して一言漏らした言葉が、今でも心の中に居座っている。

「人間の分かることは十のうちの一つ」

鉄彦にとってあの一言は、正しく的を射た言葉だった。目に見えぬ結界こそが城の生命線。それを突破されれば俄然脆くもなる。あの言葉によって、互いに明言できないことを忖度し合い、鉄彦がうなずくと西郷も深くうなずき返していた。

決して見えることのない結界が、それほど重要な働きをするかと源乃信が内心訝っているのが観て取れる。だからこそ今まで口にしなかったあの時のことを話して聞かせる必要があった。

「大山ドン、おはんは片埜神社で霊魂を見たろが。あん時、どんな気持ちになった」

思わず源乃信が言葉を呑む。何もかもお見通しと思えば正直に言うしかない。

「最初は恐ろしかった。そんうち気持ち良くなって、怖さを忘れて寝てしもうた」

「それが結界内の安心。蘇った霊に憑依されんように内陣、外陣と幾重にも結界を張っておった。もし結界に守られていなかったら、ただじゃすまんかったじゃろう。

江戸はそんな結界に守られておるはずじゃ。じゃっどん、何らかの理由で結界の一部が壊れているかもしれん。結界が壊れれば魔も入る」

それまで半信半疑の源乃信であったが、片埜神社で経験したことは如何ともしがたい現実だった。

「だから次々と将軍サアが死んだと。どうすれば目に見えん結界を壊すことができるんじゃ。術を使て壊すんか」

「そんな方法もある。自然に壊れる場合もある。ただ家康は江戸に幕府を開いた頃から京の結界を、作為をもて徐々に無力なもんにしていた」

「作為をもて……」

「京の歴史は古い。京は今と違って魑魅魍魎が跋扈する時代に造られた都。魑魅魍魎が入って来れんよう京全体に結界が張られておった。無論、御所にもな。つまり二重の結界で守られていた。それを家康は破壊した。破壊したのは帝の力を弱めるためじゃ」

それから鉄彦は、源乃信の留守中に調べた京の結界、その結界を破るために鬼門線上に造られた二条城、二条城二の丸庭園の池に引き込まれた神泉苑の水のことも丁寧に説明した。

「龍穴……」

「昔から天子のおわす聖地には、龍が棲みつくと言われる龍穴というものがあった。京にも湧水の絶えない泉があって、それがあったから平安京ができたと言ってもよか。朝廷はその泉を祭って神泉苑と名付けた。神とは龍。また帝でもある。いわば帝の命の源。家康はそんな聖水を二の丸庭園の池にこっそり引き込ませていた」

「そげなバチ当たりなことを……。気づかなかったんか」

源乃信は驚き顔となるが、すぐに不機嫌な顔となる。

「気づいてはいただろうが、圧倒的な力の前には」

「抵抗できなかったか。結界を壊され命の源も盗まれ、力を封じ込められたとすれば、何も言えなくても悔しかったろう。よう我慢できたもんじゃ」


当時の朝廷は徳川幕府の圧倒的な力の前に屈服せざるを得なくなっていた。大御所徳川家康と二代将軍秀忠、前関白二条昭実の三者連署をもって布告された「禁中並公家諸法度」全十七条の十一条には、「関白や武家伝奏などの申渡違背者への罰則」の項もあり、命令に背いた堂上家・地下家の公家たちは流罪に処すと恫喝していたのだから、帝も屈辱を受けて耐え忍ばれていたことだろう。

家康から三代将軍に亘って対峙された後水尾天皇のそんな感情が沸点に達したのは、おそらく無位無官の春日局と謁見させられた時ではないかと推測する。無位無官、しかも乳母が拝謁を強行したのだから、前代未聞の出来事である。帝にとってこんな屈辱はない。それを証明するようなものが近年、実相院門跡で発見されている。

実相院は代々摂関家が門跡を務める由緒正しい寺で、本尊は不動明王である。天皇の親戚が門跡を務めていた縁で、後水尾天皇は実相院門跡に度々行幸されている。幕府と対峙されていた天皇はひと時その寺で苦悩する心を癒されていたと推測するが、ある日のこと天皇のお側近くの局からの依頼によってある祈禱が内々に行われたと、近年発見された『実相院日記』に記されている。日記は代々の僧官が寺内の事細かなことを綴ったもので、その中に内々の祈禱のことが記されていた。勿論局は天皇の意を託されていたはずだ。

幕府に知られてはならない秘密裏の祈禱はまだ他にもある。本来天位に立つべきはずの良仁親王が幕府の干渉によってその地位を失われ、仁和寺に入られて覚深入道親王となられた。その後の親王の活躍は目覚ましく、そのかいもあって幕府の仏教保護政策は着々と功を奏するようになるが、家康と交わした仁和寺再建の約束は一向に果たされず、やっと親王は利用されていることに気づかれる。

幕府の横暴に憤慨された親王は、肥後の国人吉は願成寺の堯辰法印に幕府降伏王政復古祈願を密かに命じられた。鳥羽伏見の戦いで征夷大将軍に任じられた仁和寺宮嘉彰親王は、仁和寺第二十世の門跡だったのだからまさに歴史の因縁である。

それらの祈禱を呪詛と決めつけるには早計だが、屈辱を受けられたお気持ちを察すれば考えられないことではない。だからこそ家康はそれを完全に阻止すべく、京と江戸に秘密の仕掛けを幾つも張り巡らしていた。

家康の懐刀に「黒衣(こくえ)の宰相(さいしょう)」の異名を持つ金地院崇伝(こんちいんすうでん)がいる。崇伝は「武家諸法度」「禁中並公家諸法度」「諸宗寺院法度」の三つに深く関わり起草した臨済宗の僧侶であり、御霊は京南禅寺に祀られている。この寺は家康に命じられて崇伝が建立した寺であるが、徳川幕府を忌み嫌う皇族方公家衆が大勢いる洛内で密かな仕掛けをしている。

寺内には小堀遠州によって見事な枯山水庭園が設けられ、京の人々が数多く見物に訪れていた。その中には皇族や公家の姿もあったはずだ。枯山水庭園には鬱蒼(うっそう)とした木立を背にする鶴島・亀島と称せられる見事な石の築山が二つある。その真ん中に「遥拝石(ようはいせき)」と呼ばれる長方形の石が置かれ、この石はこの寺唯一のもので、離れた神仏を礼拝するための聖なる石という意味がある。

訪れた人々は何も知らずその石に向かって拝んでいた。ところがその石の後ろの鬱蒼とした木立の奥に密かに小さな東照宮が建立され、遥拝石を拝む人々は東照宮に向かって手を合わせていたことになる。東照宮には家康の遺髪が納められ、京の中で日光東照宮別院の働きをしていた。

「へぇー、そげな長年の鬱憤を晴らす戦か。京の坊さんらは官軍勝利の護摩焚きをしているちゅうし、公家さんは大人しく見えるけど執念深かだろうし、江戸で戦端が開けば大変なことになる。まさにおはんが教えてくれた呪詛返しじゃ。徳川の息の根を絶つまで、とことんやるじゃろ。いくら維新でも無駄な血がどっさい(たくさん)流れる。何とかせんにゃ」

呪詛返しではないが、積年の恨みを晴らすため秘法中の秘法を使って呪詛を命じているとすれば、まさにそのとおりである。源乃信はやっと事態を呑み込もうとしていた。だからこそ鉄彦は核心に迫ろうとする。

「家康がしたことはまだ他にもあるが、とにかく家康は時間をかけて帝の力を削ぐことに心血を注いじょった。その一方で、京にも負けん結界を江戸に張り巡らしたんじゃろう。もし、その結界のどこかが壊れちょれば、それを見つけてさらに絶つことで、江戸は丸裸になる。

昔の城の攻防戦では、まず城の結界を破ることから始まった。破ることができれば敵の戦意は衰え、時によっては白旗を掲げることもあった。我らが本隊に先んじて江戸に潜入すっとは、江戸の結界を探し出し、それを破壊することじゃ。それが可能なら戦意も落ち、戦を回避できるかもしれん。口でこそ言われんかったが、先生もそれを望んでおられる」

真剣な眼差しとなって、やっと腑に落ちたとばかりに源乃信が深くうなずく。

「なるほど。目に見えん堀を埋めるようなもんじゃ。ドンパチとは違て目に見えん戦いか。しかも数百年前に遡ってか。こげな役目はおはんしかできん。だから江戸へ」

「そのとおり。じゃっどん、江戸の町はよう考えて造られちょる。そう簡単に結界の仕組みは分からんじゃろう。俺も絵図を見て初めてその難しさが分かった」

そう言った鉄彦は懐から絵図を取り出し、目の前の樽の上に広げる。絵図は江戸の町がほぼ収まるやや古い『万代御江戸絵図』と呼ばれるもので、新しい情報には欠けるが、その代わりに江戸城を中心とした江戸の町割りや、江戸城の周りの堀、計画的に流れを変えた川、迷路のように入り組んだ運河などが一目で分かるものだ。鉄彦は苦労して京市中の古本屋で見つけ、生まれて初めて江戸の町造りを目の当たりにしていた。

「真ん中にあるのが江戸城。こん絵図では分からんが、他の絵図で調べてみれば、ここは平地よりも高い台地になっている。ここが上野台地、本郷台地、小石川台地、牛込台地、麹町台地、麻布台地、白金台地じゃ。つまり江戸城は七つの台地に囲まれ、それぞれの台地の突端の先を延ばせば江戸城で交わる。よって江戸城の土地は七つの台地の気が集まって自然と力が強くなる」

絵図を指さしながらの説明が始まろうとしていた。いつの間にこんなことを調べていたのかと源乃信は感心しつつ、腕組みすると小首を傾げる。

「地の気とは」

源乃信らしい質問と思ったが、だからこそ真面目に答えねばならない。

「山川草木、あらゆるものに命がある。地にも命がある。もしなければ木も草も花も育たん。生きとるもんには皆、気があるのは当然のこと」

武術においては殊の外、気を大切にする。特に示現流は独特のトンボの構えからの初太刀に全てを賭ける。まさに一の太刀を疑わず、生死を断じ、自他を超越して活殺を要訣とするのだが、その域に達するまで幼き頃から朝な夕なに立木に向かって鬼神のごとく打ち込む鍛錬を続けなければならない。そうすることで強靭な膂力と気力を養う。まさに心技体が一致しない技など死に技なのだから、源乃信はたちどころに理解する。

「なるほど。江戸城はそんな気で満ちているということか」

「そうじゃ。地の気は人間に影響を与える。また人間の気も地に影響を与える。二つの気が調和して初めて人間に安寧をもたらす。もし人間に邪な気が満ちれば、その気は地の気に影響して不調和を起こし、天災が起こると昔から言われちょる。先人の教えじゃ」

厳しい顔となった鉄彦は地図を睨むと、一カ所を指さす。

「こいが大川、青龍の宿る川。こん街道が東海道、つまり白虎の宿る道。ここが江戸湾で朱雀の宿る水。最後に富士山。つまり玄武の宿る山じゃ」

そう言い終えた鉄彦が再び四つの場所をそれぞれ指で示す。

「江戸城から見て大川、東海道、江戸湾、富士山はそれぞれ東西南北にある」

するとすぐに源乃信は指された場所に顔を近づけて丁寧に見直す。

「石田ドン、どう見ても富士山は城から北方向じゃなか。城からわっぜえズレとる」

こういうところを鉄彦は前から評価していた。知ったかぶりなら聞き流すところを、素朴に疑問を呈する。だからこそ今までどんな小さなことでも丁寧に応じていた。

「よかことに気づいたな。こん地図では分からんけど、この門の向きをよく見てみろ」

鉄彦が指で示した処は江戸城の正門となる大手門だった。言われたとおりに指で地図を辿った源乃信が小さな声を漏らす。

「富士山に向いてる」

「江戸城の要門となる大手門は富士山を向いている。それで分かる。江戸城とその周りの町づくりは意図的に造られている。東に青竜。西に白虎。南に朱雀。北に玄武。すなわち支那から伝わった陰陽五行に基づく四神相応という考え方で、昔から四神に守られる土地は栄えると言われている。支那の都も京も四神に守られているからな」

「家康の知恵？」

「当然、家康の意思が反映されているじゃろう。ただ徳川幕府を盤石なものにするため忙しく働く家康に、江戸の町割りを綿密に考える暇はなかったはず。そいに一年、二年でできることじゃなか。家康が亡くなった後も遺志を受け継いだ者がいたはずじゃ。

そげな人間は一人しかいない。天海じゃ。

天海は天台宗の坊さんで、家康から三代の将軍に仕えたほどの長寿で、家康の葬儀も全て取り仕切り、参列者らは法悦歓喜の涙を流したと伝わっている。ともかく化物のような呪術者じゃ」

家康亡きあとその祀り方を巡って、家康から重用され二代将軍秀忠の信任も厚かった金地院崇伝と、天海は激しく対立する。崇伝を論破した天海は山王一実神道によって、家康の御霊を東照大権現として日光東照宮に祭祀した。

山王一実神道によって神格を得た者は常に仏と共にあって、意のままに現世利益を施す力を持つというもので、家康は死して後もこの国の繁栄安泰を支え、かつ鎮護のため意のまま子孫のために利益を施せるのだから、その存在たるやこの国と徳川家代々の護神ということになる。

そうなるためにも、家康を東照宮に祀った折、天海はその詳細については東照宮の神職にすら教えることなく、神格を得るため如来秘密神通力の秘法を使って熱烈に修した。その時、棺を納めた奥の院の屋根から七色の瑞兆の光が飛び出し、参列者は家康が神になったと法悦の涙を流したとされる。

その後、百三十五歳まで生きたと噂される天海は密かに遺言を残している。「徳川家康公の命日である四月十七日に代々の将軍は東照宮詣でを決して欠かしてはならぬ。万が一欠かさば、大権現の威光はなくなり、この国と徳川家に禍が起きる」と。以後、月命日までも参拝する日光社参が頻繁に行われたが、天保十四（一八四三）年の徳川家慶の社参が最後となり、それより一度も社参は行われていない。

同じ密教行者として天海をよく知る鉄彦はおもわず化物と言ったが、その言葉を耳にした源乃信は仙崖のことを思い出したのか、嬉々とした声を漏らす。

「そげな坊さんが江戸の町づくりを考えたのなら、そう簡単には攻められんし、目に見えん仕掛けも色々としてあるじゃろう。おもしろくなった。何百年も遡った謎解きじゃ。そいで石田ドン、地の気が満ち四神に守られることが結界な」

「違う。江戸城の気が満ち四神に守られることも、人間にたとえるなら健やかな身体づくりと同じ。どんなに頑丈な結界を張っても、もともとの体力がなければもたん」

かつての江戸は決して豊かな土地が広がっていたのではなく葦の生い茂る湿地だらけで、当時は田舎人の総称として「東人」とも揶揄され、とても人が満足に住める処ではなかった。そんな痩せた未開の地を天正十八（一五九〇）年に江戸入りした徳川家康が強力に開発を推し進め、湿地を埋め立てて川の流れをわざわざ変え、運河を作り水運を発達させた。江戸の地下水は塩分が多かったがため、玉川から遥々水を引き、江戸市中に木樋を使って上水道設備を張り巡らした。五街道を整備してからは人と物の流通が盛んとなり、今日の東京の礎を築いたことになる。

やおら腰に手を伸ばした鉄彦は矢立を取り出すと、躊躇うことなく絵図に小筆で線を引く。その線は北東から南西に真っすぐ伸びていた。

「分かる限りではこれが鬼門線。江戸城の鬼門寺は上野の寛永寺。寛永寺の寺号は東叡山。どこかで似たような響きのある山の名前を聞いた覚えはないか」

「ひょっとして京の比叡山……」

満足そうにうなずいた鉄彦が、寛永寺の一画を持っていた小筆で指し示す。

「ここが不忍池。これが中ノ島の弁財天。不忍池が琵琶湖なら中ノ島は琵琶湖の竹生島。さながら比叡山から望める眺望じゃな。いずれも天海の知恵じゃろう。天海は江戸に京を再現している。大変な知恵者じゃ」

「江戸に京を……。どういうこと」

小筆を仕舞い再び矢立を腰に差した鉄彦は、一呼吸置いて重々しく言い放つ。

「野望」

「野望……、どんな野望?」

「再現された京に帝はいないが、それ以上のものを天海は造ろうとしたのかもしれん」

「それ以上のもん……」

怪訝な顔つきの源乃信が何か聞くのを遮るように、再び鉄彦は地図を指し示す。

「ここが東照宮。正式には上野東照宮。寛永寺のすぐそばに日光東照宮を分社し、寛永寺は江戸の護りの要寺。つまり江戸の鬼門鎮護を担っている。南西方位の裏鬼門には徳川家代々の菩提を祀る増上寺やら日枝神社がある」

そこまで説明を終えた鉄彦は突如口を閉ざした。いかな鉄彦でも絵図で分かることは限られている。魔の侵入を完全に遮断する巧みな結界を、たかが絵図一枚で見破れるものではない。暫くの間丸坊主頭を撫でながら思案していた。沈黙に痺れを切らした源乃信が耳打ちする。

「鬼門と裏鬼門があるのなら、その二つを結ぶ線が京にも劣らん結界ちゅうことに」

途端に鉄彦が渋い顔で首を振る。

「いや、他にまだ必ず仕掛けがある。家康と天海が考えたにしては単純すぎる」

そう言った鉄彦の脳裏には、源乃信に話さなかった、草木に覆われた阿弥陀仏ケ峰が浮かび上がっていた。家康は秀吉が神として再生する浄土真宗本願寺と阿弥陀仏ケ峰を結ぶ、今日では「阿弥陀ライン」とも呼ばれるラインを意図的に断つため、ライン上に日吉神宮を移転して豊国神社を廃社にし、民衆に阿弥陀仏ケ峰に入るのも禁じた。そんな経験から、すぐに見破られ破壊されるようなものを作るはずもなかった。

「この絵図で分かるのはこれだけ。江戸に行かんとこれ以上のことは分からん。それにしても、よう考えられた町割りじゃ」

そう言った鉄彦は江戸城付近をぐるりと指で示す。

「なんの字に見える」

「の――」

「そんとおり、『の』じゃ。そう見えるのは掘割のせいじゃ。普通、堀は城を囲むように掘られるのだが、江戸城は螺旋状に右回りに掘り進められている。しかも他の堀とも繋がっている。色々なもんを、水路を使て本丸まで船で運べるし、江戸は城を中心にして右回りに発展している。一見すれば江戸の町の発展を考えているようでも、いざ戦になれば幾つもの堀を越えんと本丸には辿り着けんし、要所要所には物見櫓やら堅牢な門や頑丈な橋もある。たとえ我が藩自慢の大砲を外堀の外に備えても、弾は本丸までは届かんじゃろう。

　確かに『の』に見える。見方を変えれば蜷局にも見える。龍が蜷局を巻いておるような。どこから水を引いているか見当もつかんが、本丸近くの堀が龍穴になっているかもしれん」

「龍穴……。さっき言うた帝の命の源のことですか。家康は天皇じゃなかし、ひょっとして天……」

天海という言葉を源乃信が呑み込めば、鉄彦が大きくうなずく。

「あの坊さんならやりかねん。まさにこの堀こそが、目に見える江戸城を守る結界」

「じゃれば、目に見えん結界はどこにあっとですか」

現実的な源乃信の問いかけに、我に返った鉄彦は苦笑いをする。

「この絵図では分からん。おそらく江戸の中に、今まで誰も考えんかったような仕掛けが色々してあるはずじゃや、魔が絶対に入って来られん仕掛けが。あとはこの鬼門と裏鬼門を手かがりに、足を使て調べるしかなか。おはんもこれを戦と思い加勢して下され」

「もちろんじゃ」

すっかり事態を呑み込んだ源乃信が晴れ晴れとした顔でうなずく。

夕闇迫る中、江戸湾に入り岸に近くなると、田舎侍の想像を絶する光景が広がっていた。

夕日に赤く焼けた富士が西方によく映え、北西方位に雪を頂いた赤城の山々が顔を覗かせていた。

遠目の利く鉄彦は北東方向にわずかに見える筑波山も捉えていた。その昔、「東の国」と呼ばれていた鄙びた土地は、山々に囲まれる京の盆地とは異なり、三方に霊山を配した広大な平地が広がっている。正しくここは四神から守られるに相応しい見通しのよい場所だと、冷たい風を頬に受けながら鉄彦は確信する。

三田の新堀川に沿って、広い敷地に贅を極めた大名屋敷が整然と立ち並び、白い塀の中から夕日を浴びた大屋根が赤く燃え上がっている。ひと際目立つ大きな建物が島津家の上屋敷かと見当をつける。何かあればそこに逃げ込む手筈になっている。

　深川辺りに目を転ずれば、狭い敷地に瓦葺き屋根・板葺き屋根・木羽葺き屋根・置き石屋根の建物が肩を寄せ合うように立ち並び、夕餉の支度でもしているのか、あちこちで白い煙が立ち昇っている。江戸の町は、武士と下々の者が暮らす町割りは一目瞭然だった。鉄彦は懐の絵図を何度も見ていたので江戸の町を熟知しているつもりでも、実際目で見るのとは大違いだった。京の町すら遥かに凌ぐ町並みが目の前に広がっている。

　何も遮るもののないこの平地は、冬ともなれば山おろしの空っ風が吹きすさび、火事ともなれば火の回りが恐ろしく速く、過去に幾度となく大火に見舞われていた。予定どおり江戸攻めが決行されれば、官軍はさらに増強されたであろう火砲を使って猛攻し、この美しい町並みは瞬く間に火の海となり、百数十万の無辜の民が焼け死ぬにちがいない。何としてもそれだけは阻止せねばと鉄彦は気持ちを引き締める。

　阻止できる方法は、江戸に立て籠る旧幕府軍に白旗を掲げさせるしかない。広大な江戸で結界を見つけ出し、それを破壊することで、果たしてそれが可能かと頭を巡らす。


　噂には聞いていたが、浅草寺門前の賑わいぶりは噂以上だった。まさに芋の子を洗うような、とはこのことだ。こんな賑やかな処は京にもなかった。威勢のいい声や様々な方言が飛び交っている。

　家康は江戸入府の折、古刹の浅草寺を祈願所と定めたため、以来代々の将軍家や多くの大名たちが参詣する由緒ある寺となった。時が移るごとに庶民も現世利益を祈願する「浅草の観音様」となり、境内にはあらゆる神仏が祀られ、見世物小屋や茶屋、楊弓場などが集まる遊興の地となる。日本橋にあった幕府公認の遊郭「吉原」が浅草寺裏へ移転してからは益々の賑わいとなり、縁日に市が立つと、府内は勿論、近在近郷から多くの人々が訪れ、なかでも「ほおずき市」は夏の風物詩ともなった。

日は落ちても床見世の軒先の提灯の明かりを頼りに参詣者が後を絶たず、雷門から仁王門までの仲見世に連なる店から立ち昇る美味そうな香りが漂う狭い参道を、軽佻浮薄の遊俠の徒や伊達男、前髪をだらんと前に垂らした派手な襦袢も露わな若い女たちが奇声を上げて闊歩している。いかにも風体の宜しくない男が獲物を狙うかのような目つきで続き、卑猥な声を浴びせて一人の女の尻を撫でまわすと、女は悲鳴を上げるどころか科を作って男に抱きつく。無頼の輩が幅を利かせている。幕末動乱のために治安の乱れた空気が辺りに漂っていた。

良くも悪くもそれほど賑わう浅草なのだから、今や敵地となった江戸に潜伏するにはその賑わいが絶好の隠れ蓑となる。訪れる人々を迎え入れる旅籠が浅草寺の周りに数多く存在し、浅草寺に参拝を済ませて鉄彦が選んだ宿は、寺から少し離れた川沿いのこぢんまりとした老舗旅籠だった。

源乃信から斬り捨てられた根来組と思しき二人以外に、物陰に隠れていた者の気配を今でも鉄彦は覚えている。彼らの巣窟となる江戸に侵入したからには、いかに人の波に隠れようとも油断はできない。それに今後の成り行き如何では江戸への遷都の噂があることから、あの八咫烏の一味も江戸に移って来る可能性がある。万が一のことも考え、見晴らしのよい川沿いの旅籠に決めていた。いざとなれば川に飛び込む腹積もりでいる。

霊岸島からは一里となく、健脚の足を使わずとも暮れ六つ（午後六時）過ぎには草鞋を脱いだ。荷解きして着替えを済ますと早速江戸の内情を探るべく、宿の女将にはそれらしく「吉原で遊んでくる」と言い残し旅籠の外へと繰り出していた。源乃信の下心を見透かしたように鉄彦が足を運び入れようとする処は、門前町外れの賑やかな声が漏れる居酒屋業平だった。

「ないごてこげなところに」

袖を引く不満そうな小声に、縄暖簾に手を掛けようとした鉄彦が、わざと作り笑いを浮かべてふり返った。

「遊びに来たんじゃなか。なかに入ったなら誰とも話してはならん。もし話す時はできるだけ小声で。——分かったな」

表情とは裏腹の唇を動かさない奇妙な説教に期待は吹っ飛び、源乃信が顔色を変える。鉄彦の鋭い勘がこの騒がしい居酒屋に招き入れたと気づいたからだ。

着流しの源乃信は腰に大小の刀を帯びているが、同じく着流しの鉄彦にそれはなく、猫背の懐手をして、遊び慣れた様子で飄々と雑踏の中を歩き、躊躇いもなく一軒の居酒屋に入ろうとするさまは、いかにも場馴れしたふうである。瞬く間に江戸の町に溶け込んだ鉄彦は、警戒心を露わにすればするほど目立つと判断していた。だが、時には俯瞰する鳥の目でハリネズミのように辺りを警戒するのを怠ってはいない。

障子戸を開ければ、室内の喧騒とスルメを炙った匂いが一気に押し寄せてくる。酒に酔った荒々しい声が飛び交う中、二人に注目する者は誰もおらず、縦長の十坪ほどの土間に空の酒樽五つが置かれ、手前の四つの酒樽を囲む床几全てが先客で埋め尽くされていた。その数十六人全てが、背中に「を」の一文字が染め抜かれた揃いの法被を着ていた。

二人は酔っぱらいの身体に触れないよう気をつけながら一番奥の空いた樽まで辿り着くと、酔客に背を向けて床几に腰かけた。するとすぐに愛くるしい小顔の娘が注文を取りに来る。えくぼが可愛らしい娘はすぐに、藍色の暖簾が下がって板場との仕切りとなる薄汚れた壁を指さす。さすがに江戸のことはある。薄汚れた壁には結構な数の品書きが達者な仮名文字で短冊に記されていた。

「酒と、揚げ豆腐に鰯の塩焼き、それにねぎまも頼むとするか」

「あのう、お坊様、うちは枡酒でお出ししますんで、燗つけはできませんが」

愛想の良い娘は勘違いして、一見客の鉄彦をそう呼んだ。わざとらしく坊主頭を撫でた鉄彦は早速乗ることにする。

「なあに、般若湯なら冷たかろうが、熱かろうが変わらんよ。御仏のお導きによってじゃ」

そう言って柔和な顔で合掌すれば、もっともらしい所作に娘が口に手を当てて大笑いする。伸びやかな笑い声に気づき、法被姿の男らが喋るのをやめてふり向き、ニコニコと微笑んでいる。どうやら紺の絣を着て赤い襷をした娘は、男らに可愛がられるこの店の看板娘のようだ。

「何かの寄り合いかの。お邪魔なら帰るが」

そう小声で聞いて背後に顎をしゃくると、娘は腰を屈めて胸の前で激しく手を振った。

「とんでもない。あの人たちは町火消しの小頭衆ですが、親方の処に呼び出された帰りなんです。親方の処で何かあったんでしょうね。ああやっておだをあげてるみたいですよ」

その時、男の一人が大きなくしゃみをした。

「おみっちゃん、おいらの悪口言ってねぇか。まったくやってらんねぇよ。酒くれ」

「へーい。おとっつあん、揚げ豆腐に鰯の塩焼き。それにねぎまぁ」

小走りざまのおみつの声に、奥から愛想のない野太い声が返事する。それまで無言だった源乃信が蠟燭(ろうそく)に照らし出された顔を近づける。刀の柄頭(つかがしら)に両手を置いた顔がニタつき白い歯を覗かせると、声を潜めて妙な言葉で語りかける。

「お坊様、ねぎまって何でござりましょう」

「知らん。知らんが、処変われば言葉も品も変わる。見たこっも聞いたこっもなかもんなら、そこの名物じゃって思て頼んだまで。密偵の心得でごわす」

わざと薩摩訛りで小声で言えば、堪(こら)えきれなくなった源乃信が白い歯を見せて大笑いする。半次郎と共に長州に潜入した時と比べ、言葉に不自由しない鉄彦と一緒なのだから、初めての江戸でも余裕があった。戸口での緊張はいつの間にか飛び、部屋の中で響き渡る屈託のない笑い声は、一気にこの場に溶け込むお手柄ともなった。背後の若い衆はますます酩酊(めいてい)し、どうした訳だか泣き笑いとなっている。

「まあまあ、お酒も入らないうちにご機嫌のいいこと」

いつの間にか背後に、盆に肴(さかな)を載せたおみつがいた。野菜の煮物が入った小鉢が樽の上に手際よく並べられる。

「お通しです。塩はその壺に」

そう言ったおみつは枡酒をそれぞれに置くと、下駄の音を軽やかに響かせて板場に戻っていった。甲斐甲斐しい様子に源乃信が目を細めた。

「器量よしで、なかなかの働き者じゃ」

源乃信の呟きにうなずきながら、壺の中の粗塩をつまんで枡の端に添え一口酒を含むと、今では慣れた灘の甘口が塩気と絡んで口の中に柔らかく広がり、長旅の疲れが癒される思いがする。一気に半分ぐらいを喉に流し込んでいた。その時、何かを叩く音が響き渡り、一段と荒らげた声が背後から突き刺さって現実に引き戻された。

「やってらんねぇよ。そりゃ、いざとなれば頭の言いつけには従うけどよ、そんなことしていいんか。それにおいらに下知できるんは、町奉行だけだろうよ。勝の殿様は気が触れたんじゃねぇか」

怒鳴り声と共に源乃信から笑顔がなくなり、目つきが鋭くなる。源乃信と目を合わせた鉄彦は竹の筒から塗り箸を取り出し、何も聞かなかったふうに里芋の煮物に箸をつける。もし「勝の殿様」が幕閣勝海舟のことなら一度遠くから見ていたし、西郷が度々褒めるのを二人は耳にしていたからだ。相変わらずの勘の良さに驚きつつ源乃信も聞き耳を立てる。

「だよなぁ。まったく話になんねぇ。将軍様が幕府の座を明け渡しちまったから、もう腑抜けになっちまったんだろうよ。そうなれば町奉行も寺社奉行もねえや。

見てみぃ。浅草寺の門前を訳の分からねぇ連中が我が物顔で歩ってらぁ。この頃は同心も岡っ引きも姿を見せやしねぇし、夜遅くなっても自由に木戸を通れるしな」

「だから勝の殿様が、頼りになる頭に頼んだんじゃねぇか。もしものことがあったら江戸の衆を守ってくれってなぁ」

「公方さんも謹慎してしまったしな。やってらんねぇよ。情けねぇ」

「しぃっ」

途端に声が小さくなる。だが、肩越しのヒソヒソ話は聴き取るには十分の大きさである。二人は枡片手に聞き耳を立てていた。

「噂で聞いたんだけどよ、大坂城から逃げ帰った公方さんが真っ先にしたことが、こんにゃく島の鰻屋へ鰻を買いに走らせたことだったつうじゃねえか」

「こんにゃく島の鰻……、もしかして大黒屋か」

「ああ」

「あそこの鰻はとんでもなく高いんだろう。おいらなんか匂いを嗅ぐだけで一度も食ったことはねぇ。戦で物価は上がるし、でえいち幕府の軍がまだ大坂にいた頃だろうが」

「何が」

「公方さんがバカ高ぇ鰻を食った頃よ」

「そういうこと」

「まったく情けねぇ」

舌打ちと同時に発した声がまた大きかった。すると怒りを吐き出すような声が響き渡る。

「まったくどうなっちまったんだ。フランス仕込みの伝習隊はどうした。あんなに威張り散らしていた旗本はどうした。御家人はどうした。百人組はどうしたってんだ。こんな時にお江戸を守るんじゃねえのかよ」

「大方、藤沢宿辺りに行って手が回んないじゃねぇか。高輪の大木戸を突破されちまったら、もうおしめいよ。なんせ田舎もんがよ、ご大層な大砲を曳いてもう京を発ったちゅうじゃねぇか。そんな大砲をぶっ放されたら江戸は火の海だぜ。仕方ねぇ、そうなるんなら、おいらが引導渡すしかねえだろう」

「お待ちどおさま。彦治さん、はい、お酒。——ねぇ、親方はいつ帰って来られたの。京に行ってたんでしょう」

「先月の末頃って聞いたよ」

「御無事で戻れてよかったね。心配してたのよ。京では戦になって大坂のお城は燃え落ちたっていうじゃない。お城に立て籠もった大勢のお侍さんたちを焼き殺したって噂よ。酷いことするね」

「まったくだ。犬畜生以下だ」

「お江戸もそうなるのかな。戦になったら彦治さんたちも戦うの」

「違えよ、おみっちゃん。もし万が一、敵が攻めて来たなら、おいらで江戸に火をつけて皆を安全な処まで連れてゆく段取りになったんだ。だけどよう、火消しのおいらが何で火つけしなきゃなんねぇだ。まったく情けねぇ」

「どうして火をつけるのよ」

「敵のもんになるよりましだろうが」

「ええ、そうなの。まさか、火消しが火つけするの……。だからさっきから荒れてたんだ。火つけは死罪じゃない。誰がそんな大それたことを命令できるのよ。親方？」

「な訳ねぇだろう。勝の殿様だよ」

「勝の殿様って……、軍艦奉行だった安房守（あわのかみ）様のこと」

聞き耳を立てていた鉄彦と源乃信が無言のままでうなずき合う。やはり安房守とは勝海舟に相違なかった。

「そういうこと。老中でもねぇ勝の殿様がそんなことを頭に頼んだんじゃ、もうこのお江戸もおしめいよ。もし、そうなったら、おみっちゃんを真っ先に助けに来るからな」

「いやよ」

「どうして」

「あたしは最後まで残る。逃げないわ。死んだおっかさんの思い出が残るこのお店を守るために戦うの。彦治さんも一緒に戦おう」

「いよっ、おみっちゃん、よく言った。スカッとすらぁ。――来てみやがれってんだ。目に物見せてやらぁ」

「待て待て彦治。そうカッカするんじゃねぇ。鳶口（とびぐち）一つで鉄砲や大砲に勝てる訳ねぇだろうが。大人しく頭の言うことに従え。花のお江戸の町火消しらしく、このお江戸が敵のもんになる前によ、おいらで引導渡してやろうじゃねえか」

「てゃんでぇ、べらぼうめい。そんなことができるかい。おいらはおみっちゃんと命懸けで江戸を守るんでぇ。今日は腰が抜けるまで呑んでやる。やけ酒だぁ」

「まったくしょうがねぇ奴だな。――おいおい、泣くなよ」

「うるせえ、泣かせろっつんだ。こん畜生――」

犬の遠吠えのような絶叫と共に笑いが渦巻き、泣き笑いが一段と激しくなる。かなり悪い酒だ。雲行きもだんだん怪しくなった。

小頭衆に今でも「公方さん」と呼ばれる徳川慶喜は、宗家の証ともなる「金扇馬標（きんせんうまじるし）」と呼ばれる馬印（うまじるし）を大坂城に残してきたことに気づくと、その回収を、この席でおだをあげる小頭衆から「頭」と呼ばれる新門辰五郎（しんもんたつごろう）に命じた。慶喜と辰五郎は浅からぬ縁があり、慶喜は気心の知れた辰五郎に自分の尻拭いをさせていたのだ。

新門辰五郎とは本名ではない。本名は町田辰五郎と言い、生家が浅草寺新門の警護をしていたがため、そこから名を取って「新門辰五郎」と名乗るようになり、晴れて町火消しの頭となったものの、とある火事場で藩お抱えの力士と喧嘩沙汰を起こし、現代の更生施設ともなる人足寄場（にんそくよせば）送りとなる。そこで一癖も二癖もある人足たちを瞬く間にまとめ上げ、放免されてからは、大火事の際、際立つ活躍をして、江戸市中の警護まで任せられる江戸の大親分となり、一橋家の見回りもしていた。そんな縁で、娘を一橋家に行儀見習いとして女中奉公させていた。

慶喜が禁裏御守衛総督に任命され上洛すると、辰五郎の娘も御世話役として同行している。片や辰五郎も慶喜の用人から御所と二条城の防火の任を要請され、慶喜の上洛の折には多くの子分衆を従え慶喜の身辺警護にも当たり、鳥羽伏見の戦いにも兵站（へいたん）の助っ人として参戦している。四面楚歌となった慶喜は気心の知れた辰五郎に、馬印の回収を命じていたのだ。敵が迫りくる大坂城に飛び込んで馬印を手にした辰五郎は大坂湾へ走ったものの、そこにはもう船の姿はなく、陸路伝いに運んで来てまだ日も浅かった。そんな経緯を鉄彦らが知る由もない。

「でも、そんな騒ぐことかね」

「なんでぇ、なんでぇ、佐吉。そのもの言いはよ。こちとらぁ真剣になってんのによ」

「彦治よ、そんなに向きになるなって。頭を冷やしてよう考えてみろ。江戸を目指して向かってくる敵の数はせえぜえ五万って聞いたぜ。江戸には百万からの人間がいるし、そのうち半分が女、子供としても五十万人だぜ。五万対五十万。それに東国諸藩の援軍を加えたら数の上では断然勝ちだ。負けるはずがねぇ」

「だから、なんだってんだ」

「江戸っ子がまとまれば、勝てねぇ戦じゃねえってこと」

「だからおめぇは皆から算盤って言われるんだよ。なんでも数字、数字。算盤どおりにゆくと思ったら大きな間違いだ。江戸っ子がまとまる訳ねぇ……。そんなことを神田明神や、山王神社の氏子衆に聞かれたら笑われるぜ」

「なんでだよ」

「神田明神は権現様以来の江戸の総鎮守だし、山王様はお城を守ってるんだから、彼奴らから言わせれば、正真正銘の江戸っ子っちゅうのは両神社の氏子衆だけっちゅうことらしい。まあ確かに一理ある。どっちも江戸ができた時からの繋がりだからなぁ。まったく羨ましい。どこを叩いても田舎もんの匂いはしねぇ。それに比べて佐吉よ……」

「なんだよ」

「お前の身体からは肥(こや)しくさい臭いがプンプンすらぁ」

「なんだとお。酔っ払いやがって。もう一度言ってみやがれ、ただじゃ済まねぇぞ」

「だってそうだろうが。どの面(つら)下げて江戸っ子って言えるっつんだ。もとを辿ればおめぇんとこの先祖は、安房の片田舎から酉(とり)の市を持って来た氏子だろうが。神田明神や山王様の氏子衆を除けば、今日び三代も続かねぇ江戸っ子がゴロゴロいらぁ。

何が、江戸っ子がまとまればだぁ——。よく言うよ。そんな田舎のもん同士が、こんな時にまとまる訳ねぇだろう。どうせ、おめぇも口だけだろうが。じゃなかったなら、おみっちゃんのように最初から戦うって言ってらぁな。そんなこと一言も頭の前じゃ言わなかったじゃねぇか。米つき飛蝗(ばった)みてえに頭下げやがって」

「てめぇ、黙って聞いてりゃいい気になりやがって。てめぇの先祖だって上州の山ん中から出て来たんだろうが。どうせ夜逃げだろうよ」

「おっとう。彦治、それを言ったらおしめぇよ。表に出ろい」

「おお、やったろうじゃないか」

「やめてぇ佐吉さん。彦治さんもやめて。もうそれぐらいにして」

ひと悶着(もんちゃく)起きて鉄彦と源乃信の二人がふり返れば、仁王立ちして互いの胸倉を掴み合った大柄の二人が、今にも殴り合おうとしていた。二人の間に割って入った一人が蹴られた勢いで樽にぶつかると、樽の上の皿や枡が方々に飛び散る。火事と喧嘩は江戸の華とも言われるだ、江戸っ子は噂ごおりに気が短く喧嘩っ早かった。仲裁に入ろうとした源乃信が腰を浮かしたその時、胸倉を摑み合う二人目がけて勢いよく水が掛かった。

「いい加減にしねぇか。てめぇら」

威勢のいい啖呵（たんか）は手に木桶を持つ店主だった。姿の見えない主を「おとっつあん」と呼んだのでヨボヨボの老人と鉄彦は想像していたが、着流しの上に前掛けをし、ねじり鉢巻き姿で板場から出て来た店主は意外にもごつく、何より気迫に満ちた顔つきをしていた。鋭い目つきで睨まれた二人は頭から水を滴らせて急に大人しくなった。

「もうそれぐらいにして今日は帰れ。そんな酒は毒になる。とっととけえんな」

歯切れよく説教され素直に頭を下げた若衆らは、銘々に勘定を済ますと、バツの悪い顔をして店から蜘蛛（くも）の子を散らすように出ていった。

「おみつ、塩を撒（ま）いとけ」

仁王立ちしたまま最後まで見届けた店主はそう言い放つと、取り残された鉄彦と源乃信の二人に丁寧に頭を下げ、足を引き摺りながら姿を消す。酔客たちのいなくなった店の中には枡や箸、割れた皿が散乱していた。言いつけどおりに外に塩を撒いたおみつは部屋に戻って来るなり、甲斐甲斐しく後始末を始める。そのうち着物の袖でしばしば目を拭く仕草を二人は黙って眺めていた。

「あんたの父御（てておや）は、えらい貫禄だな」

倒れた樽を起こし布巾（ふきん）で丁寧に拭いていたおみつが手を休めて顔を上げれば、兎（うさぎ）の目をしている。

「子どもの頃はもっと怖かったんですよ」

取り繕うような笑顔がいじらしい。

「だろうな。只者じゃなさそうだわい」

「鳶をやっていたんですが、屋根から落っこちてしまって、それからこの仕事をするようになったんです」

「鳶なら火消しも」

「ええ。だから彦治さんや佐吉さんの大先輩。皆おとっつあんのことを慕って呑みに来てくれるのに、あんな叱り方をするなんて……」

俯いたおみつの声が最後は涙声となった。頃合いを見計らっていた鉄彦は今だと思い、やんわりと問いかけた。

「ところで山王様ってなんだね」

「えっ、知らないんですか。日枝神社の山王様のことですよ」

顔を上げた娘は赤い目を瞬かせる。

「ああ、そうか、そうなんや」

「お坊様なのにご存じなかったんですか」

「いや、こんな頭をしてるが儂は坊主じゃないし、それに江戸っ子じゃないよってに」

「まぁ、上方の方だったんですか」

「怖いからこの方を頼って逃げて来たんじゃよ。あんたみたいに、とても愛しい人と戦う気にはなれんよって」

そう言っていきなり鉄彦が高笑いすれば、涙目のおみつは恥ずかしそうにして頬を染めた。無言のままで二人のやり取りを眺めていた源乃信は、相変わらずの勘の鋭さに驚きを隠せない。その時、機嫌の直った間延びした声が奥からする。

「おみつうー、揚げ豆腐と鰯の塩焼きとねぎまが上がったよ。お二人さんに嫌な思いをさせちまったから、お詫びの印に酒を差し上げてくれ」

明るい返事を残したおみつが小走りに板場へと向かった。しばらく二人は蠟燭の炎に照らされる黒い板壁を見つめながら考えていたが、身体を寄せた源乃信が耳元で囁(ささや)く。

「先生に知らせるつもりな」

壁に映る源乃信の影を見つめながら、鉄彦は無言のまま思案する。何か情報を摑んだなら早飛脚(はやびきゃく)を使って連絡する段取りになっていた。果たして報告すべき情報なのかと膝の上に印を組み、静かに目を瞑(つぶ)る。目を閉じると一瞬のうちに深い瞑想状態となり未来を観ていた。未来とは言ってもそんな先のことではなく、数カ月先の江戸が赤々と炎に包まれる絵は浮かび上がらなかった。ただ……。

「江戸は燃えん」

「おはんには観ゆっとな」

源乃信の小声の問いかけに鉄彦は深くうなずく。源乃信が何かを聞こうとしたその時、下駄の音がしておみつと店主が盆を運んできた。

「お待ちどおさま。揚げ豆腐に鰯の塩焼きと、ねぎまですよ」

樽の上に、葱味噌がかかった二人分の揚げ豆腐と、丸々と肥った鰯の塩焼き二尾、湯気の上がるねぎま鍋がそれぞれに並べられた。

「これ、おとっつあんからお詫びの印です」

おみつの手で並々と樽酒が注がれた枡が、それぞれの前に置かれる。

「御亭主、悪いな。気を遣わせてしもうて」

板場に戻ろうとする店主に声を掛ければ、ふり向いた店主は顔の前で節くれだった掌を振る。その顔は先ほどとは打って変わって穏やかな笑顔になっていた。よく見れば綺麗に整えられた鬢には白いものも混じっている。

「とんでもありやせん。まだ薄ら寒いんで枡酒とねぎまはよく合いますよ。ゆっくりしてって下さい」

「おおきに」

鉄彦が笑顔でわざとらしく言えば、店主が破顔した。

「上方の方ですって。上方から逃げて来られる方も多いようですね。それにしては通じゃないですか。ねぎまを注文するなんて」

「なーに、江戸見物した者から美味と聞いておったからよ」

「どうりで。昔は鮪の脂が回った処を食べるんは下種ってよく言われたもんですが、なかなかどうして生姜と煮たらよく合います。これを食べなきゃ江戸に行ったなんて言えませんよ」

「そうなんや。処変われば珍しいもんが仰山ある。そうや、神田明神と山王様にお参りしようと思うてる。江戸っ子じゃないよって、せっかく出て来たんやさかい、江戸の総鎮守様と、江戸城の護り神様に挨拶せな罰あたるやろ。江戸が燃えるんならなおさらな」

その声を聞いた途端、店主が苦虫を嚙み潰したような顔をした。

「――まったく彦治の野郎しょうもねぇ。そんなことはありやせんよ。この江戸は二百年以上もの間、誰も攻めて来られなかった難攻不落の権現様自慢の城下町ですぜ。だからお客さんも逃げて来られたんでしょう。頭は万、万が一のことを考えて言ったんでしょうし、彼奴ら少し騒ぎすぎです。でも、結構じゃないですか。神田祭にしても山王祭にしても、江戸っ子は京の葵祭以上に天下祭として誇りにしてますんで。

あっしら江戸っ子は何たって神田明神の神田祭、浅草寺の三社祭、日枝神社の山王祭を江戸の三大祭として毎年楽しみにしてますからね。祭が近づくと齢を取ったこんな身体でも、神輿を担ぎたくてウズウズしますよ。浅草寺にはお参りされたでしょうから、神田明神と日枝神社にも、江戸の土産話として是非お参りして下さい。なんなら、このおみつに案内させやしょうか」

「それを聞いて安心しましたわ。いや、この方に案内して貰う。本当は可愛い娘さんに案内して貰いたいんやが、一緒のところを見られでもしたら彦治さんに袋叩きにされてまう。この方は漢籍には強いが、やっとうには自信がないよって」

鉄彦が傍らの源乃信の肩を叩いて高笑いすれば店主は当惑顔となり、顔を手で覆ったおみつは板場へ逃げるように飛び込んでゆく。その様子を見て源乃信が声を上げて大笑いすれば、当惑顔の店主がおみつの後を追って姿を消す。

板場で親子のヒソヒソ話が聞こえる以外は、さっきとは打って変わった静けさが訪れた。

興味津々の顔で初物となるねぎまを木の椀に取り分けた源乃信が、程よく煮えた鮪の切り身と、ぶつ切りの深谷葱を箸に挟んで口に運ぶ。熱かったのか唇を尖らせすぐには口を利けず、呑み込むと同時に唸り声を漏らした。早速鉄彦も手をつけると、醬油で甘辛く味付けされ、その味に絡むように生姜味がよく利いている。ねぎま鍋は見かけによらず絶品で、店主の言ったように実に酒と相性がいい。船の中ではろくなものにありつけず、二人は久しぶりのご馳走にものも言わず食べ続けていた。

瞬く間に頼んだものを平らげ、酒のお代わりと酒の当てにスルメを注文した。二人分の枡酒を置いたおみつは空いた皿と鍋を手早く片付け、盆を持って板場に向かおうとする。その後ろ姿に「スルメは良う炙ってな」と鉄彦が一声かけ、明るい返事を残して姿が消えたのを見計らい、源乃信が顔を近づける。

「何か分かったと」

「天下祭とはなぁ……。神田明神が江戸の総鎮守なら何を祀っちょっとか。それに日枝神社は山王神社のことで山王を祀っちょっとは……。俺としたことが迂闊じゃった。江戸に来んと分からんことも多か。山王様というのは天台宗の神」

「天台宗……、なら天海」

反応のよさに気をよくした鉄彦が大きくうなずく。天台宗祖師最澄は、中国天台山国清寺で本格的に天台教学を学ぶ。寺では道教の地主山王元弼真君が鎮護神として祀られていた。帰国した最澄は天台山国清寺に倣い、比叡山延暦寺にも地主神として日吉権現（ひよしごんげん）を祀ったのである。日吉権現、あるいは日吉山王権現とも呼ばれる山王権現は、日枝山（ひえのやま）つまり比叡山の山岳信仰と神道、それに天台宗が融合した神仏習合の神であり、比叡山の山王を中心とした神々への信仰となっていた。

「確か日枝神社は、江戸城の裏鬼門にあったんじゃ」

源乃信の問いかけに鉄彦はうなずきながら頭の中に絵図を広げていた。確かに上野寛永寺と、隣にある上野東照宮は江戸の鬼門鎮護寺。そこを起点として線を南西に延ばせば神田明神を経て江戸城本丸を抜け、裏鬼門に当たる増上寺に至る。江戸に来るまではそれが鬼門線と思っていたが、さにあらず、もう一つの鬼門線が浮かび上がっていた。

「鬼門には上野東照宮か。――どっちにも天海の影がある。江戸城は天海の呪力によって二重に結界が張られちょっとか」

「二重になぁ」

源乃信に説明しようとする鉄彦の耳に、もう耳に馴染んだ下駄の音がする。

「はい。ようく炙りましたよ」

「それにしては早すぎないか。本当によう炙ったのか」

置かれた皿の上に、食べやすいように細かく裂かれたスルメが並んでいる。

「炙りましたよ。くるくる巻いてて、裂くのに熱くて指が痛くなりました。それより、そんな狭い処よりあっちの広い処に移りませんか。綺麗に掃除しましたから。少し土間が濡れてる処もあるけど」

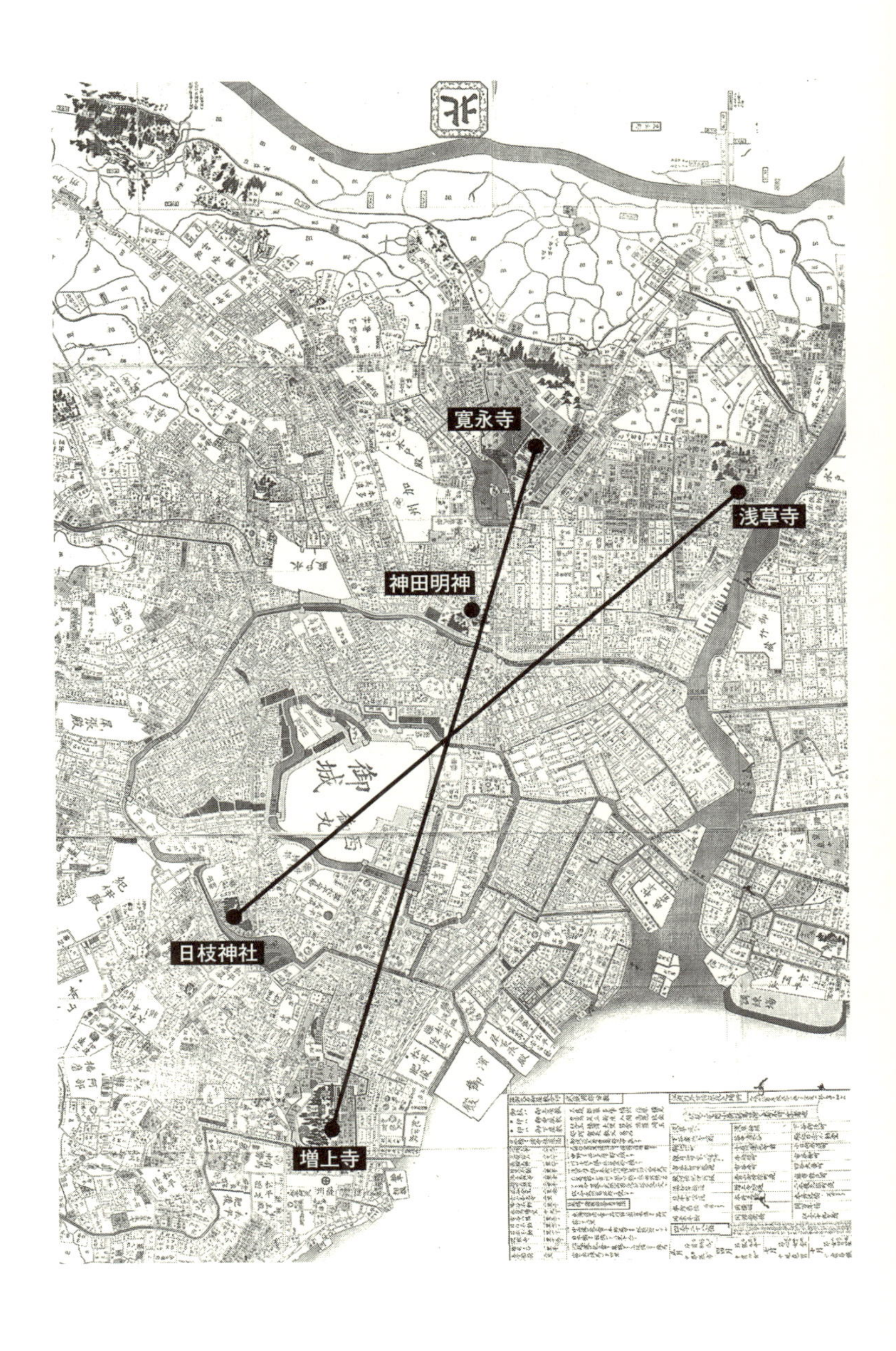

寛永寺
浅草寺
神田明神
日枝神社
増上寺

「いや、ここがいいんだよ。よそ者らしく二人でヒソヒソ話をするにはな。――それに新しい客がじきに来る。しかも大勢や」

きょとんした顔になったおみつは、すぐにえくぼを揺らして大笑いした。

「もう時間が遅いから大勢のお客さんなんて来やしませんよ。ぼちぼち提灯の火を落として暖簾も下ろそうかと、おとっつあんと話していたところでした」

「もう店仕舞いか」

源乃信のいきなりの言葉に、傍らの鉄彦は耳が立つ思いがする。幸いなことにその言葉に薩摩訛りはないものの、おみつの動揺を誘い、胸の前で慌てて手を振る。

「そ、そ、そんなことはありません。暖簾を下ろしてもゆっくり呑んで下さいね」

あたふたするおみつに鉄彦の心配は無用となった。その時、障子戸がガラッと開いて、髷の曲がった見るからに遊び人ふうの若い男が、着流しの裾を少し持ち上げながら姿を現した。思わず源乃信が鉄彦の顔を見入る。予見する力は相変わらずだった。ならば江戸は炎に包まれないだろうと今更ながら安堵し、自分の変化に改めて気づかされる。

「おやっさん、邪魔するぜぇ。おお、おみっちゃん、大勢で押しかけたけど大丈夫かい」

鉄彦と源乃信がふり返れば赤ら顔の男が立っていた。と、男は二人に慇懃に会釈する。見かけによらず礼儀正しい。

「まあ宗八さん、珍しい。ご機嫌さんね」

「そんな訳ねぇよ。なんだか落ち着かねぇんで近所の仲間と浅草寺にお参りに来たんだけど、門前近くの呑み屋で一ぺいやってたら、訳の分からん連中と喧嘩になりそうになって、気分悪いから呑みなおそうって思ってさ」

「そう、皆気が立ってるんだね」

「なにが」

「いや、なんでもない。ぼちぼち店仕舞いしようかと思ってたけど、いいわよ。さっきまで彦治さんたちがいたんだよ」

「なんだぁ、ひと足ちげぃか。久しぶりに呑みたかったな」

「よかったわよ。いなくて……」

「なんで」

「いいの。なんでもない。それより寒いから外の人たちを早く呼んであげて」

「かたじけねぇ。おーい、いいってよ。皆入って来いや」

男の掛け声と共に大勢の男らがどやどやと入り込み、瞬く間に樽の周りの床几が埋まり、一杯ひっかけた男らの野太い声が飛び交うようになった。

「皆、呑み直ししようぜ。この店はさっきも言ったけどよ、おいらの大先輩の店だから品良くな。

──あれ、おめぇ誰でぇ」

「ここ、おいらの馴染(なじ)みの店なんで」

「そうかい、そうかい。なら一緒に仲良く呑もうや。喧嘩しねぇでな」

機嫌のよい声と笑い声が響き渡り店の中は騒然となった。ふり返って腰を屈めたおみつが、小声でわざとらしく鉄彦に耳打ちする。

「お坊さまの言うとおりになりましたね」

「お馴染みさんか」

「ええ、先に入って来た人だけ。隣組の火消しですよ。あとは知りません」

「馴染みって言ってなかったか」

「どうせ酔っぱらいの言うことですからね」

嬉しそうに小声で耳打ちしたおみつの背中に、宗八の声が飛んでくる。

「おみっちゃん。取り敢えず人数分の酒をくんねぇか。あとは適当に何か見繕ってくれ。ああ、皆あんまり銭はねえかんなぁ」

「あいよ」

ふり返って大声で返事したおみつが小走りに板場に向かい、業平の中にもとの賑わいが戻ってきた。

半刻（はんとき）（一時間）ほど過ごし二人は店を後にした。何か新たなことをと酒を呑みながら聞き耳を立てていたが、憂さ晴らしのどんちゃん騒ぎをする連中の話にそれらしい収穫はなかった。それでもかなりの時間を潰していた。鉄彦には他の計算も働いていたのだ。この頃は夜に木戸も閉まらず物騒とは聞いたが、夜四つ（午後十時）過ぎればさすがに吉原大門は閉ざすだろうし、未練たっぷりの源乃信も聞き分けてくれるだろうと。実際そうなった。

二人は宿を目指して川の土手道を肩を並べてそぞろ歩く。月明かりの中、土手の猫柳の枝が追い風に乱れて靡いている。背中に吹きつける風はまだ冷たいものの、久しぶりに結構な量を呑んだため身体が温まり、火照った耳が癒される冷たさが心地いい。

猫柳の穂が少し膨らみ、梅の花もぼちぼち綻び始め、何となく春の香りが漂ってくる。風雲急を告げるなかで季節は冬と春の狭間に入ろうとしていた。夜もふけて門前の賑わいも静まり、ましてや提灯の灯りもない土手沿いを歩く者などおらず、二人は月明かりを頼りに、春の訪れが近い江戸の風情を楽しみながら上機嫌に歩いていた。

「女の白粉と違て、よか匂いがする」

そう皮肉を言った源乃信が形の良い鼻をクンクンさせる。まだ未練があるのか。

珍しく風流なことを言うのも当てこすりかと、鉄彦は歩きながら苦笑いした。

「春の香りじゃ」

「ちぃと呑みすぎた。足がふらふらする」

店を出た途端、口数の多くなった源乃信にうなずきながら、先ほどから急に自分も足のふらつきを覚えていた。大概のことで酔うことはない。源乃信も相当いける口だった。そんな二人が揃って足のふらつきを感じている。

夜とは言いながらも、こんな見通しのいい処で後をつけて来られたら隠れようもない。二人は珍しく肩を並べて歩き、歩きながらのやり取りはそのぶん注意が散漫となる。だが、さすがは源乃信である。背後からの異様な気配を感じ取るや突然立ち止まり、いきなり鉄彦を突き飛ばすと、素早く刀に手を掛け鯉口を切って地面に跪いた。異臭を放つ黒い塊が頭上を突き抜ける。

　土手から転がり落ちた鉄彦が素早く立ち上がって駆けつければ、刀を抜いた源乃信が、見たこともない子牛ほどの大きさの犬と対峙していた。闇に埋もれるような黒毛の犬は狼の血が混じるのかピンと両耳が立ち、源乃信の背丈半分を超え逞しい四肢を持つ。獲物を狙う眼は異様な光を放ち、頑丈そうな牙を剝きながら低く唸り、まさに跳びかからんとして前脚を屈める。すると意思があるかのように黒い尻尾が剽と立つ。

　人との対戦とは異なる十分な間合いを取り、青眼から徐々に下段に落として刃先を返した源乃信がジリッと間合いを詰めても犬は怯まないどころか、今にも跳びかからんばかりの姿勢を保ち、一層の唸り声を漏らした。呑みすぎたと陽気に言った源乃信の顔が引き締まり、低い姿勢のまま鋭い目で犬を見据えている。京でも幾度となく野犬に襲われそうになったが、ひと睨みすれば尻尾を巻いて逃げていた。だが今は示現流の遣い手が刀を抜くほど身に迫る危険があった。

　犬は源乃信の構えに動じるどころか低い唸り声を漏らしながら涎を垂らし、怪しげな光を放つ眼で睨み返す。しばらく双方動かない睨み合いが続いていた。その拮抗を破ったのは犬だった。風の変化と共に一瞬にして尻尾が下がるや、唸り声と共に地面を蹴って襲い掛かる。源乃信が下段から鋭く刀を斬り上げれば、犬は嘲笑うかのように迫る刃をひらりと躱しながら源乃信の背後近くに着地し、反転するや牙を剝き嚙みつこうとする。

　強烈な臭いが源乃信の鼻を衝き、一瞬眩暈に襲われ足元がふらつく。だが、負けてはいなかった。犬の動きを素早く読み取ると、刀を振り上げる途中で右手を離し、振り向きざまに脇差を抜き、目にも留まらぬ速さで、襲い掛かる犬に突き出した。

悲鳴と共に胸に深々と刀が刺さった犬がもんどり打って崩れ落ちる。源乃信に止めを刺す気はなく、恐ろしく凶暴な野犬に襲われたとぐらいしか思わなかった。眩暈を追い出すように激しく頭を振ると、着物についた泥を払い落として太刀を腰の鞘に戻し、まだ息のある犬に突き刺さる脇差を引き抜いて、二度三度と忌々しく血振りして納刀した。

「ちいと酔っていたから危なかった。ないか、こん犬は——野犬か」

まだ息のある犬の傍らに屈み込んだ鉄彦が、そっと犬の首のあたりを覗き込んだ。犬は苦しい息の中で睨みつけるも、もう先ほどの眼の色ではなく、すでに観念したように抵抗もせず、さながら俎板の鯉である。

「首輪をしておる」

「気づかんかった。そいなら飼い主がいるな」

うなずいた鉄彦は、しゃがんだままで丹念に首輪を調べた。見たこともない革製の丁寧な作りは、よほどこの犬が大切に飼われていた証。そんな犬が訳もなく人を襲おうとするものなのか。異臭が漂う犬に鼻をつまみながら、ふと不吉なものが胸をよぎった。その予感はすぐに現実となり、襲ってくる眩暈と同時に何やら薄闇の虚空で声がした。見上げれば源乃信もキョロキョロしている。

空耳だったのか。空耳なら二人同時に聞こえるはずはない。立ち上がった鉄彦が聞き耳を立てる。気のせいではなく、どこからともなく人の声がする。明らかに女の含み笑いだ。鉄彦を見た途端、源乃信が生唾を呑み顔を強張らせた。

「ないか声がする。しかも女の声じゃ」

背後をふり返りながらの声は不安に怯えている。さもあらん。少し小高い見通しの良い土手道に人の影などなく、あるとすれば若い女の腰回りほどの幹から枝を伸ばす猫柳が、影を落として並んでいる。また馬鹿にしたような笑い声が漏れる。

「誰か」

大声で叫んだ鉄彦は、一呼吸の間に護身法の印を流れるように組み終わると、片手に火天の印を結んで、もう一つの手で怯えきった源乃信の丹田裏に手を添えた。するとすぐに気が伝わり、正気に戻った源乃信が、刀に手を添え鯉口を切って身構える。だが、相手の姿は見えず、刀柄に手を添えたまま辺りをキョロキョロと不安げに見渡している。その時、どこからともなく女の声がした。

「江戸に来て何を探ろうとしておる」

「誰か、わいは」

源乃信が虚空に向かって気丈に叫べば、すぐに嘲笑いの声が響く。

「忘れたんか」

「何をか」

声はすれども姿を現さない敵を探し、不安げな顔の源乃信が、上下左右に首に振って辺りを探る。と、何かの気配に気づき、無言のまま指さす五間ほど先の柳の幹が淡く光り始めると、一陣の突風が吹いて柳の枝が踊りだした。

不思議なことに風に揺れる柳はその木しかなく、他の柳の枝はまったく揺れてはいない。幹から発する淡い光は徐々に白みがかって浮き上がると、朧な人の後ろ姿となった。さながら濃い靄の中に薄ぼんやりと人が立っているようだ。不気味な笑い声を漏らしながら人影がゆっくりとふり向けば、さすがの鉄彦も驚き咄嗟に不動真言を唱え始め、心の中に轟々と炎を燃え上がらせる。

「波見——。死んだはずじゃ……」

幽霊嫌いの源乃信の声は明らかに震えている。無念な思いで亡くなった霊魂は地縛霊となる場合も少なくない。それにしてもと鉄彦が訝った時、波見の亡霊がはっきりとした声で「驚いたか」と嘯く。手を当てた源乃信の背中が急に汗ばみ、動悸も伝わってきた。

半鐘が鳴り響き最後までは見届けられなかったが、確かに二人の手によって紅蓮の炎の中に投げ込んでいた。万が一まだ生きていたとしても、あんな深手を負い一人であの炎の中から逃げ出すことはまず不可能だった。蜘蛛の子を散らすように去った一味が舞い戻って救い出したというのか。そうだとしても手遅れだったに違いない。

薄ぼんやりとして面立ちははっきりしないが、醸し出す雰囲気はまさに白衣を身に纏い頭巾を被った智蓮尼、いや波見の幽霊だった。

「さっきのは警告や。目ざわりや。さっさと薩摩にいねぇ。さもなくば殺す」

おどろおどろしい声だが、鉄彦はやはりと思った。何度も霊の声は聞いていた。それとはまったく違う精気のある声だ。それに「さっきのは」とは、突然襲い掛かって来たあの犬を意味し、思ったように人を殺傷するために訓練されていたのだ。ならばこの所業は亡霊がなすことでは絶対にあるまい。足元に目を落とせば、まだ息をする犬は目を閉じていた。

――待てよ。あの居酒屋でいったいどんくらいの酒を呑んだのか……。

確かなことは覚えていないが、呑んだとしてもせいぜい五杯。たかだか五合ぐらいの酒で、いかに旅疲れが出たとはいえ、二人揃って足を取られるはずがない。

そんな疑念を抱き始めた鉄彦の鼻孔に、急速に体温が下がり始めた犬の異臭が流れ込んでくる。先ほどの強烈さはないが、感覚を研ぎ澄ませて改めて嗅げば、明らかに獣特有の臭いだけではなく、何かが混じった匂いがする。記憶を辿りその匂いの元を辿れば、紫陽花(あじさい)の香りが僅かに含まれていた。可憐な紫陽花の根には身体をふらつかせるほどの猛毒がある。

改めて犬を見やれば、今まで見たこともない作りの首輪に自然と目がゆく。あの中に細工を施し、居酒屋を出た我らを尾け、人目につかない処で犬を解き放てば、闇に紛れて身を低くして忍び寄る黒い犬の気配に気づけるものではなく、細工した首輪から流れ出した毒のせいで足がふらつきだすのも不思議ではなかった。――あれは妖術を使った幻。

そう確信した鉄彦は、活(かつ)を入れるために源乃信の背中を平手で思い切り叩くや、素早く九字(くじ)を切って不動印を組むと、刀柄に手を添えたまま呆然と立ちすくむ源乃信に向かって、割れんばかりの大声を張り上げた。

「あいは幽霊じゃなか。あん木を斬れ」

目を吊り上げた源乃信が刀を抜き払うや、トンボの構えから今や尼僧姿となった柳の木目がけて突進する。背後に仁王立ちした鉄彦は不動印のまま全身全霊で不動真言を唱えて援護した。その声が薄闇の中で響き渡る。

「ノウマクサマンダバサラダン　センダンマカロシャダソワタヤウンタラタカンマン　ノウマク……」

ふふ、ふふふ、ふふふふ、きゃきゃ、きゃきゃ、きゃきゃきゃきゃきゃきゃきゃきゃきゃ

突然、湧きあがった女の笑い声は、まるで脳を破壊するような金切り声である。この声に呑み込まれたら負けてしまう。そう思った鉄彦は胸の中に一層の炎を燃え上がらせ、仁王立ちしたまま、口と言わず、身体全体から不動真言を発す。身体から迸(ほとばし)った不動明王の種子(しゅじ)が光となり、鉄彦と疾走する源乃信を包み込んだ。

「こざかしい真似を」

甲高い女の声と共に、今まで背後から吹いていた風が突然強烈な向かい風となり、襲い掛かるきゃきゃきゃきゃという金切り声が胸に張りつき、ギリギリと締め付ける。敵が本気となった金縛りなのか。ならばすぐに襲ってくる。鉄彦が危惧を抱いたその時、風を切り裂く怪鳥の声が薄闇の中で轟いた。

裂帛(れっぱく)の気合いの声と共にトンボの構えからの刀が一閃して柳の木を斜めに斬り落とすと、真っ二つに斬られた柳の上部が川に向かって吹っ飛んでいく。すると突然またも追い風となった風に乗って、羽衣のような薄い布が空に舞い上がろうとする。それと気づいた源乃信は刀を地面に突き立てて跳躍し、辛うじて布の端を摑み手繰(たぐ)り寄せた。

鉄彦が駆け付けた時、五尺ほどの白くて薄い布を源乃信は持っていた。すかさず布を奪い取って九字を切り不動真言を唱えれば、薄い布は瞬く間に青白く燃え上がる。布を離せば布は舞い上がり

炎と共に虚空へと消えてゆき、それを見上げる源乃信は呆然とした顔をしている。だからこそ理で説明しなければならなかった。

「波見はまちがいなく死んだ。もし幽霊になって出て来るとすればここじゃなか。死んだ場所じゃ。地縛霊はよほどんことがなければ死んだ処から動かん。あん声にも、あん笑い声にも精気があった。幽霊じゃなか。おそらくは八咫烏の妖術じゃ。そいに」

ふり返った時にはあの犬の姿はどこにもなかった。敵ながら驚くほど手際がいい。発端は、宗八と呼ばれた男が引き連れて来た中に潜り込んでいたあの男だった。迂闊(うかつ)にも顔はよく見なかったが「馴染み」と言った言葉に疑念を抱き、咄嗟におみつに聞き質(ただ)しても、あの騒ぎの中では受け流されていた。またしても証拠を何一つ残さないやり方に思わず唇を噛む。

犬がいなくなったことにようやく気づいた源乃信が、鉄彦の顔を覗き込んだ。

「あれはただの野犬じゃなか。訓練された忍びの犬。やっぱり消えたか――。調べたいことがあったんじゃが」

「何を」

「いや、もうよか。じゃっどん、気をつけんな。吉原のことを考えて鼻ん下を伸ばしちょっ場合じゃなか。どこで狙(ねろ)ちょっか分かったもんじゃなか。あん衆(し)のことじゃ、花魁(おいらん)に化けるなんぞ屁でもなか」

強張った顔でバツの悪そうな顔をした源乃信を残してスタスタ歩きだした鉄彦は、薩摩から京に上ったあの日の晩のことを思い出していた。あの時とまったく違うところは、敵の標的は明らかに己だということだ。でなければ挑戦的に、こざかしい真似をと言うはずもない。

術遣いが策を弄する時最も警戒するのが、その術を阻止することができる術遣いであるから、邪魔になる前に消し去るのが昔からのやり方である。しかも予想していたこととはいえ、あの一味はすでに江戸に潜り込み、どうしたことか江戸に着いた途端に見つかり、早々に仕掛けられた。これから必ず彼奴らとの験比べとなる。そう思いながら鉄彦は顔を引き締めた。

今や薩摩の密偵の役目を超え、得体の知れない深い闇の淵に立たされようとしていると思い知らされながら、塒だけは見破られないようにと結界の印を結びながらの速足となる。


如月が終わろうとしている。梅の花が散り木蓮の蕾が大きく膨らみ始めると、日中ともなれば吹く風もずいぶん肌に優しくなったが、鎧を身に着け戦支度をした侍たちがあちこちで目立つようになり、街道をひっきりなしに早馬が駆け抜けて騒然としている。京を出発した官軍は大した抵抗も受けず、今やその本隊は駿府に迫る勢いとの噂が飛び交っている。本格的な春の到来を前にして出店などの花見準備をする頃合いなのに、江戸に浮かれた様子はなく、日毎に殺気立っていた。

早や昼過ぎとなり、宿の部屋には切絵図や本が散乱していた。座卓の上に広げた『万代御江戸絵図』は今や印だらけとなっていた。その絵図を腕組みし睨んでいた鉄彦がふと顔を上げる。開け放たれた障子窓から川風が注ぎ込み、頬を優しく撫でまわした。

今日のように良く晴れた日、ヒメと並んで河原の石に腰掛けた記憶をふと思い出す。あの時の記憶が次から次へと溢れ出ると、思わず膝を叩いていた。座卓を挟んで徳川家の由来を熱心に調べていた源乃信が顔を上げる。

「何か分かったんですか」

「いいや。じゃっどん、思い出したことがある。神田明神で遭った男」

「男……。ああ、勝先生って呼んだあん男のことで」

「そう。あの男は益満休之助（ますみつきゅうのすけ）ドンじゃ」

あまりに驚いたため、源乃信は持っていた本を落としそうになった。益満休之助は幕府側に捕われの身であるはず。それは根も葉もない噂ではなく確かな情報だった。

川の土手道で襲撃を受けた翌日は神田明神に行く気にはなれず、二人は宿に閉じこもり、宿の女将から神田明神のことや日枝神社についてそれとなく聞き出していた。その後、参詣者の多い昼近くを狙って江戸の総鎮守を訪れていた。人混みのなか鳥居近くで、せかせかした歩きの羽織袴姿の二本差しとすれ違ったものの、気にも留めなかった。ところがその男に追いつこうとして境内から走って来た目つきの鋭い男の言葉に思わず耳が動いていた。

「待って給（たも）し。勝先生」

たった一言だったが、その言葉は明らかに薩摩訛りだったのだ。呼ばれた男がふり返ったので、その顔を笠の中からまじまじと見れば、見覚えのある小顔の勝海舟だったのだ。勝は呼び留めた男に爽やかな笑顔で語り掛けていた。

「何をぐずぐずしておる。ようお願いしたか。そうか。これからおぬしも忙しくなるぞ」

そう語り掛けられた男はまるで自分の主（あるじ）のように畏まって深々と頭を下げ、急ぎ足で後からついて行ったのだ。この広い江戸で鉄彦も源乃信も勝海舟と偶然遭遇したことに驚きもしたが、官軍が迫る中、神田明神に祈願に来たと思えば納得するも、明らかに薩摩藩士と推測できる男と一緒にいたことが、どうしても腑に落ちなかったのだ。

「ないごてあん男が益満休之助ドンって分かっとですか」

案の定、源乃信が聞いてきた。それを語るにはかなり遡らなければならない。

離れ小島の無人の弁天島で飲まず食わずの二十一日間の虚空蔵求聞持法の修行を終えての帰り道、亀割峠の茶店で源乃信との知遇を得た。牧の原の家に泊まれという源乃信の誘いを丁寧に断り高山の家に戻ってみると、意外なことに誰もいないはずの家から灯りが漏れて美味そうな煮物の香りが漂い、家に入ってみれば身重のヒメが夕餉の支度をしてくれていた。出産前にもかかわらず鉄彦からの文の誘いでヒメが意を決し訪れたのは、鉄彦の真意を確かめるつもりでいたからだ。

その夜、鉄彦は初めて、代々兵道家であることを含む自分の家の秘密を何もかも打ち明け、もし男児が授かったならば山伏として育てたいと恐る恐る申し出れば、意外にも女呪術者の血を繋ぐヒメは快諾してくれた。そんな話の中で留守中に牧仲太郎が訪ねて来たことを知り、翌日ヒメを送りがてら仲太郎の屋敷まで向かったのだから、源乃信の知らない処で見えない糸が繋がっていたことになる。

帰りの舟が待つ大根占港の途中まで臨月近いヒメと一緒し、片や吾平、片や大根占の分かれ道となる橋袂の河原で、とんでもない願いまで受け入れてくれた清々しさを胸に感じながら、ヒメが作ってくれたおにぎりを優しい川風に吹かれながら頬張っていた。あの時、生まれて初めて所帯を持てない夫婦を意識していた。そんなのろけ話まで口にできるものではない。だが、他言してはならないことを話すことにもう何の躊躇いはなかった。

「俺の弟子の次郎。次郎が兵道家牧仲太郎じゃったのは知っているな。仲太郎は、俺の先祖と肝属本城の戦いで一緒に戦った肝属山伏の末裔で、しかも代々の兵道家。屋敷のある吾平と俺の家は近かで、ちんか頃から術試しなどしてよう遊んじょった、謂わば幼馴染みじゃ。

そげな仲太郎が殿様を呪詛したことが山伏の間で噂になっていた。心配になって屋敷のある吾平に行っても仲太郎はいなかった。代わりに弟子が飛び出て来た。弟子から、屋敷は見張られていると耳打ちされ、背後を窺えば、確かに変装した二人連れが藪の中に隠れていた。

仲太郎は俺が来ることが分かっちょったで弟子に伝言を託し、追手をふり切るための馬まで準備させていた。弟子の咄嗟の機転で馬に飛び乗り、追いかけて来る二人をふり切り根占に向かって馬を走らせた。仲太郎は「辻岳へ」と一言だけ弟子に伝言しちょったからな。根占の辻岳は若い頃、二人で修行した想い出の場所じゃっですぐに分かった。

辻岳の頂上で仲太郎から聞いた。二人連れの一人は示現流の遣い手益満休之助。あん時は百姓姿に変装して頰被りまでしちょったから顔はよく分からんかったが、すれ違いざまのあの目の色は覚えている。どこかで逢ったような気もしちょったが、今まで思い出せんかった。神田明神で逢ったあの男は益満休之助ドンに間違いなかか」

「おはんがそこまで言うのなら間違いないだろう。でもないごて……」

呟いた源乃信は懐に手を入れて天井を仰ぐ。同じことを鉄彦も考えていた。益満休之助は捕らわれの身のはず。そんな男が、火消しに火付けを命じた勝と一緒にいた。益満は薩摩を裏切ったのか。示現流の遣い手ならば殊の外薩摩を愛し誇りにもしているだろう。しかも益満は西郷が選んで江戸に潜伏させたと京の藩邸内で噂されていた。そんな人間が薩摩を裏切るはずはなかった。なのにあの従順ぶりは……。謎が謎を呼んでいた。さすがの鉄彦も思念を切らざるを得ない。

「今じゃ敵同士。それなのに益満ドンにようお願いしたか、って親しそうに語りかけちょった。二人揃って何を祈願していたとか。分からん。いくら考えても分からん。徳川家の由来も難しいが、それ以上に謎だらけ。時間の無駄じゃ。止め止め」

そう吐き捨てた源乃信が再び本を取り上げて読み始める。切り替えの早い源乃信を目の前にし、懐手をした鉄彦は静かに目を瞑る。源乃信の吐いた言葉が耳に残っていた。鉄彦も同じことを考えていた。敵同士となった二人が揃って戦勝の神に、片や徳川方が、片や官軍が勝利するよう別々に祈願したとすれば、ようお願いしたかという問いかけにああも素直にうなずくはずもない。

「ああ、腹が減った」

突然の大声に、再び動きだした鉄彦の思念が途切れる。源乃信は徳川家の由来をずっと調べていた。目を開けると源乃信が本を放り投げて畳の上に大の字となって溜息をついている。こんなに熱心に本を読んだことはないだろう。そう思えば労りの声も掛けたくなる。

「頼朝の時代まで遡って調べるのは至難の業じゃ。どうせどの本にも正当な武士の流れちゅうことで書いてあるじゃろうから、本当のところは分からんじゃろ」

「清和源氏のことな」

「武士の棟梁となるには、嘘でもその名が欲しいはずじゃ。じゃっどん、世良田東照宮を見つけたのはお手柄じゃった。俺も知らんかった」

「たまたまじゃ」

そう言いながら起き上がった源乃信は、まだ解けぬ謎をぶつけてくる。

「あげな田舎にないごて東照宮が……。徳川家ゆかりの地とあったが、どげなゆかりがあるんじゃろうか。おはんはどう思う」

「ゆかりとは血の繋がり、よすが、縁。家康が江戸に幕府を開く前に、徳川家先祖との関わりがあったとじゃなかか」

と言われても、源乃信にとっては取り留めのない話である。

世良田東照宮は現在の群馬県太田市世良田町にある。元和三（一六一七）年、駿河国久能山より家康の遺骸を日光東照宮に改葬した際に建てられた社殿を移築し創建され、「東照大権現」としての徳川家康を祭神とする社である。その一帯は昔、武家の棟梁八幡太郎義家の子、源義国の長男、後に新田氏の祖と言われた新田義重の領地で、天正十八（一五九〇）年に江戸へ入った家康は、その昔関東に入った徳川氏の開祖は新田氏から分立した世良田氏の末裔と自称していた。その世良田氏と神田明神は深い関わりがあったとされる。

鎌倉時代の末期、北条氏との戦に敗れた世良田親氏は信州に落ちのび、時宗の僧となって「徳阿弥」を名乗って各地を巡礼し、とある日、現在の大手町である武州柴崎村の神田明神に立ち寄ったという。その頃に神田明神があるはずはなく古墳があったと伝えられ、元明天皇によって平城京へ遷都する前から周辺に棲む人々の信仰を集めていた。

　世に名を残す偉人の生い立ちには何とも不可思議な逸話はつきものだが、そんな神聖な処で「還(げん)俗(ぞく)して徳川姓を名乗れ」と世良田親氏は神託を受けたというのだ。その後親氏は三河の松平郷に流れ着き、その才を時の松平家当主に認められて婿(むこ)養子に入った。その子孫が徳川家に繋がる松平諸家の先祖と言われている。

　だからこそ古墳があったその場所は徳川姓発祥の地となり、江戸に幕府を開く前から徳川家とは縁の深い処となる。つまり世良田村と柴崎村は「徳川」の姓で繋がるのである。

　勝海舟と益満休之助の後ろ姿を見送り、二人は神田明神の賑やかな境内を散策していた。何を祀っているのかは宿の女将から聞いて知っていたが、鉄彦は自分の目で確かめたかったのだ。

　江戸の人々から「明神さま」と慕われる神田明神は、一ノ宮にオオナムチノミコト(大黒天様)、二ノ宮にスクナヒコナノミコト(えびす様)、三ノ宮にタイラノマサカドノミコト(将門様)がそれぞれに祀られていた。特に将門様は神田明神の相殿神(あいどのしん)とされ、将門神に祈願すれば勝負に必ず勝つとされ、その謂(いわ)れは運命を賭けた天下分け目の関ヶ原の戦いで家康が戦勝祈願し、神田明神の祭礼の日に大勝した時まで遡る。

　傍らで神殿を眺めていた源乃信は薩摩生まれのため、平将門という名はどこかで聞いた覚えはあっても、菅原道真、崇徳天皇と並ぶ「日本三大怨霊」と昔から恐れられている謂れまでは詳しく知るはずもなく、鉄彦は丁寧に説明した。

　平将門の祖父は上総(かずさ)の国の国司(くにのつかさ)として就任し、権力拡大と共にその権力を守るために武士団を従え、平将門の乱は、それらを相続した平将門の父が亡くなり、相続問題を含む親戚同士の内輪揉めに端を発す。最初は伯父の良兼といさかいを起こし、その内、源護（まもる）の息子らに奇襲を受け、将門は悉（ことごと）くこれを討ち果たすと伯父の所領も自分の手に収めた。息子らを殺された源護は朝廷に訴え出るも、将門は罪を問われず放免されている。だが、告訴沙汰はそれで留まらなかった。濡れ衣（ぬれぎぬ）となる謀反の疑いで告訴されてしまうのだ。

瀬戸際に追い詰められた将門は常陸国府（ひたちこくふ）を襲撃し、朝廷に反旗を翻（ひるがえ）すと、瞬く間に関東一円を手中に収め、ついに新皇宣言をしてしまうのだから、朝廷からすれば完全に謀反であった。将門を逆賊とみなすと、藤原忠文（ただぶみ）を征東軍大将軍に任命し鎮圧のために派遣した。

だが、征東軍が着く前、将門は百足（むかで）退治の伝説で有名な俵藤太（たわらのとうた）の通り名を持つ藤原秀郷（ひでさと）と平貞盛の二人によって、あっけなく討ち果たされたのである。首は平安京へと運ばれ、七条河原で晒（さら）し首となる。傍系とはいえ天皇の血を繋ぎ、晒し首にされた将門の無念は計り知れない。不気味な笑い声が京の人々を恐怖に陥れていた。

将門の首は何カ月経っても腐らず、生きているように目はカッと見開き、夜な夜な「わしの五体はどこにある。首を繋いでもう一戦じゃ」と叫び続け、京の人々は凍りついた。

そんな生首が突然閃光を放ち、関東を目指して飛行し、落下した処が生前の将門と縁があった柴崎村だったとされる。その時大地が揺れ動いて日の光も遮（さえぎ）り、まさに暗黒が訪れたのだ。それ以来、怨念を残した将門の霊に住民は苦しめられることになる。ところが旅の僧が訪れ、将門一族が建てた塚に自らが揮毫（きごう）した板碑を建立し、将門の霊に「蓮阿弥陀仏」という法名を贈って懇（ねんご）ろに弔った時からようやく将門の霊障も止み、人々はこの地の守護神として将門の首塚を大切に祀っていた。

幽霊嫌いの源乃信は鉄彦の説明に聞き耳を立て、「祟(たた)り神」と一言漏らしていた。

そんな祟り神は生前の家康でさえも震撼(しんかん)させていた。本格的な江戸の町づくりに乗り出し、将門の霊を江戸城表鬼門の位置に移し、江戸の総鎮守として神田明神と共に遷座(せんざ)させようと計画すれば、「わしの首を動かすな。動かせば徳川家の末代まで祟る」と将門が夢枕に立ち、神田明神は慶長八(一六〇三)年駿河台に仮遷座、元和二年に現在の外神田へと遷座させたが、首塚はそのまま柴崎村に残した。柴崎村から大手町と地名が変わった現在でもそれを見ることができる。もっともそれは色々と曰(いわ)くがあって戦後に復活されたものだが。

そんな家康だからこそ深い因縁を感じていたに違いない。言わば柴崎村は徳川姓発祥の地。その地に、謀反を起こし晒し首にされた将門の首が遥々飛来し、人々によって弔われた首塚は土地の守護神として崇(あが)められていたのだから。

そんな霊が枕元に立ち「首を動かせば末代まで祟る」と恫喝したのだから、朝廷への怒りは如何ばかりかと家康は寝汗を掻きながら痛切に感じ、夢現(ゆめうつつ)に従い首塚を動かすことなく懇ろに祀れば、祟り神は我が一族郎党を守り抜く護神になってくれると、思い至ったのかもしれない。

実はあの場所で幽霊嫌いの源乃信に未だ話せていないことがあった。「ひちせいけん」という謎の言葉が湧きあがり、以後、鉄彦を搦(から)めとっていたのである。その啓示にも近い感覚が残っている。

この世に未練を残す霊は修行を重ねた人間に時には重々しく、時には立て板に水の如く語り掛けてくる。あの時は胸がざわざわと波打ち、胸を覆わんばかりの圧倒的威圧感と共に、心の内を見透かしたかのような声が頭の中に轟いたのだ。あのような威厳に満ちた霊言は今まで一度も聴いた覚えはない。いったいあの声の主は……。

「石田ドン」

気づけば源乃信が凝視していた。

「ああ、考え事をしちょった。どげんした」

「世良田東照宮は家康を祀っているんだから、徳川家の先祖とどんなゆかりがあるんじゃろうか」

あまりにもあの声に搦めとられ、何を尋ねているのかと一瞬分からなかったが、見破られないように「さぁ」と曖昧な返事をする。期待していた源乃信に無念の表情が広がる。調べれば調べるほど謎だらけ。疲れ切った顔を見れば、確信はなくとも助け船を出したくなる。

「浮き沈みの激しい戦国武将ゆえ、戦に負けてしまえば家は没落してしまう。そこから這い上がってくるのは並大抵の苦労じゃなか。新田氏から分立した世良田氏の領地だった場所に、徳川家康を祭神として祀ってあることが大切なんじゃろう。つまり世良田東照宮は、家康の先祖と源氏の血を繋ぐ新田氏とゆかりがあったという、一種の記念碑のような働きをしていると思う」

大きくうなずいた源乃信が感じ入ったように呟く。

「なるほど。武士の棟梁としての権威づけか……。薩摩におってはそげなことは分からんかった。勉強になった。——さっきは何を考えておった」

「神田明神で見かけた益満休之助のことを」

突然の話の切り替えについていけず、鉄彦は咄嗟に嘘をついたが、その嘘を源乃信はすぐに見抜いていることに気づく。一年以上も寝食を共にすれば分かるというものだが、この頃の源乃信は鉄彦の呼吸を読むようになっている。

「分かった。——話す。首塚でのことを考えちょった」

「やっぱりなぁ。塚の前で暫く目を瞑っていたからな。おはんのことじゃっで何か観えたんじゃろう」

源乃信の怖いもの見たさは相変わらずだったが、観えたのではなく聴こえたのだ。心の中に降りてきたあの言葉の謎を鉄彦はまだ解けずにいた。


神田明神の参拝を終えてもまだ日は高く、神田明神から柴崎まではそう遠くはなかった。その足で現地に行って何かを感じ取りたかった鉄彦は渋る源乃信を説得し、首塚へと急いだ。御手洗池を南に向かってしばらく歩くと、神木と思われる巨木が聳え立ち、何本もの老木に囲まれた塚の頂きへと続く苔むす上り石段が続いていた。

辺りは冬でも葉を落とさない老木の枝が童の手のように重なり合い、南方に見えるはずの江戸湾も葉に覆われて見ることはできず、空を仰げば木漏れ日も僅かで、冷え冷えとして湿った空気が肌に張り付き、隠然とした空気が辺りに漂っていた。辿り着けば、畳三畳ほどの真ん中に深く根を張ったような堂々とした古い石塔があり、何人も寄せ付けない鬼気迫る雰囲気を漂わせていた。誰が供えたのか、水仙の白い花が手向けられていた。

あまりの不気味さに源乃信は一刻も早くその場から立ち去りたいと思ったものの、傍らの鉄彦は腰に吊るした巾着袋から数珠を取り出し護身法の印を組んでのち合掌すると、まるで石塔と同化するかのように長い間目を瞑っていた。あの時、何かが観えて何かを感じていたはずだが、そのことについては一切触れていない。


期待して息をつめた源乃信の耳に階段を上って来る足音が近づき、閉め切った襖の向こうで聞き慣れた声がする。

「お茶をお持ちしました。入っても宜しゅうございますか」

張りつめていた空気が一瞬に壊れ、二人は思わず顔を見合わせて苦笑いする。源乃信が散らかっていた本を急いで片付け終わるのを見計らい、鉄彦は座卓一面に広げた絵図を半分に折り、おもむろに返事する。源乃信に目くばせをすれば心得たとばかりに深くうなずく。

襖が開き若竹色の着物を着た女将が微笑みながら入って来る。お茶の入った急須、おにぎりと沢庵が載った盆を座卓に置き、湯呑茶碗の入った箱膳に手を伸ばそうとすると、絵図が邪魔をしている。それに気づいた鉄彦が取り除き畳の上に置くと、丁寧にお辞儀した女将は箱膳から二人の湯呑茶碗を取り出し、お茶を注ぎ入れる。

「お腹が空きましたでしょう。おにぎりを持って参りました」

「もう、そげな時間か。かたじけねぇ。調べものをしておったら、時が経つのをすっかり忘れておったわ」

「ご苦労様でございます。それにしても会津からのお使いの方は遅うございますね」

二人は会津藩士に化けていた。義理人情に厚い江戸っ子のことだから、徳川慶喜に裏切られた会津への判官贔屓（ほうがんびいき）は強いだろうと鉄彦は踏み、藩の密命を受け長逗留すると伝えてある。湯呑を取り上げて一口お茶を啜った鉄彦が、しかめっ面をしてもっともらしいことを吐く。

「大方今頃は兵ば出す、出さねで揉めてるんだば。あんな仕打ちばされたからの。だけんじょ、使いの者が来たら、どこさへ陣を張ればいいか伝えねばなんねぇから、足を使って調べ、こうやって地図ど睨めっこだ。これも殿様の怒りさ静まらねば無駄になるが」

まったく滅茶苦茶な話である。会津が援軍に来るはずはない。根が正直な源乃信は見た目にも強張った顔になると、手を伸ばしおにぎりにかぶりつく。二人をすっかり信用した女将は申し訳なさそうな顔をして相槌（あいづち）を打つ。

「本当に……。でも、東北諸藩の援軍が駆け付けるのを皆、首を長くして待っておりますよ。浅草寺も前より神頼みをする人が多くなったようで。神田明神は江戸の総鎮守ですから、さぞや参拝者が多かったでしょう」

「ああ、いっぺぇいた。侍もいっぺぇいたぞ」

「そうでございましょうね。権現様以来、戦勝の神様ですから」

「お参りした後で、首塚にも行ってみたし」

突然、話題を変えたのには訳がある。女将から神田明神と首塚の謂れを聞かされていたのだ。もし首塚にお参りするのであれば必ず神田明神より先にお参りしろと。その順番を間違えたならば罰が当たると。一種の迷信であるが、強張った表情をした女将が探るような目つきとなる。

「本当に神田明神の後でお参りされたんですか。どこか具合悪いところはありませんか」

平然と首を振る鉄彦に、女将は安堵の色を浮かべる。

「それは良かった。私どもは一度も行ったことはないんですよ。どうでした」

その物言いは何かを含んでいる。ならば期待に応えてやらねばなるまい。

「薄気味悪りどこだった。あすこには間違ぇなく将門公の首が埋まっとる」

途端に源乃信が噎せ返り、慌てて喉に詰まったおにぎりをお茶で流し込む。それを横目で見た女将が、口元で揺れるホクロを着物の袖で押さえながら笑い出す。

「そうでしょう。あそこは粗相をすれば罰が当たる怖い処なんです。だから私どもは首塚に行く代わりに、少し足を延ばして筑土明神にお参りすることにしているんですよ」

「将門公を祀ってるのか。どこさある」

「左様でございます。牛込門外の筑土山にございます」

鉄彦が畳の上の絵図を取り上げ座卓の上に再び広げると、女将はすぐに見つけて指し示す。その神社にはまだ足を運んでいなかった。鉄彦の勘が俄かに働く。

「ここにも将門公の遺品があるのか」

「ええ、前にもお話ししましたが、将門様のみしるしは首塚に埋められ、あの場所に昔は神田明神もあったそうです。もう二百年以上も前のことですよ。でも、うちの亭主が言うには、将門様の首は飛んできたのではなく、桶に納められて密かに京より持ち帰り、筑土明神様の観音堂に祀られたそうです」

「ほほう、ご亭主は詳しいの」

「そりゃ、ちゃきちゃきの江戸っ子ですからね。もっとも最初からこの場所にあったのではなく、お城を増改築した折、お城の鬼門封じの乾方面に移して、今のような立派な社殿を造ったと言われているようです。だから私たち江戸っ子は神田明神と同じように、このお江戸の鎮守神として昔から敬っているんでございますよ。本音を言いますと……」

そう言った女将が着物の袖で顔を隠し、笑い声を漏らす。

「将門様のみしるしをお祀りするにしても、あの薄気味悪い林の中の首塚と比べたら、筑土明神の方がずっと足を運びやすいんですよ。なにせ立派な社殿で、何より明るいし」

「そういうごとか。して将門公ど、ゆかりのある神社仏閣はまだ他にあるのか」

「ええ、ございますよ。鳥越明神に兜神社、富塚稲荷や鎧大明神も、全て将門様と縁の深い処です」

そう言った女将は一つ一つを丁寧に見つけ出し、鉄彦と源乃信に指し示した。素早く矢立を取り出した鉄彦は、女将が指し示した処に小筆で丸印をつけて名を書き込み、神田明神と首塚の辺りにも印をつける。腕組みした鉄彦が無言のまま、七カ所の印を入れた処を順々に目で追う。頭の中にはあの言葉が浮かび上がっていた。確かに七つの社がある。だが訪れた神田明神と首塚には七を想起させるものは何もなかった。

「なぁ女将。これらの処さ七に由来するものは何かあっぺぇか」

「七と申されますと」

「たどえば将門公さ由来する七つの場所。他にもなんがねぇか。七に関係する何かが」

そう言った鉄彦が絵図に印を入れたそれぞれを指しながら問えば、しばらく考えていた女将が困り顔となる。

「さぁー、私には。亭主に聞いてみましょうか。こういうことには詳しいですから」

そう言った女将は素早く立ち上がり足早に部屋から出てゆく。すかさず、今まで黙っていた源乃信が座卓越しに顔を寄せて小声で聞いてくる。

「なにか分かったとですか」

「実はなぁ。声が聴こえた」

「声が……」

あまりに唐突すぎて、源乃信が首を捻(ひね)る。

「さっきの話の続き。首塚の前でな」

「ああ、観えたんじゃなくて、聴こえたんですか。誰(だい)の声」

「おそらく将門公の」

途端に源乃信の顔が引きつる。

「だからさっき、あそこには間違ぇなく将門公の首が埋まっとると言ったのか」

うなずいた鉄彦は幽霊嫌いの源乃信を落ち着かせるように語り聞かせる。

「心配しなさんな。将門公の霊は江戸ん衆(し)に親しまれてすっかり成仏している」

「でも声が聴こえたんじゃろう。なんて……」

源乃信の執拗な追及に苦笑いした鉄彦が重々しく言葉を吐く。

「ひちせいけんになりてほくしんを擁護せんと。ひちせいけんのひちは、数字の七のことではないかと」

「だから女将にあんなことを」

うなずく鉄彦の耳に階段を上がって来る足音が触れる。姿を見せた宿の亭主が襖の外の廊下に正座する。

「将門様をお祀りする処で七に関することをお探しとのことで」

「そうなんだ」

「七ねぇ……」

仕立てのいい着物に紺の羽織を着た齢の頃は鉄彦と同じの亭主とはすっかり馴染みとなっている。五日毎に宿代を前金で払っている二人は密命を帯びた会津藩士と信じ込み、詮索することはまったくなく、女将同様金払いの良い二人をすっかり信用している。恰幅（かっぷく）のいい身体を少し前屈みにして、二重の顎に手を添えて亭主はしばらく考えていた。

「そったら考え込まなぐていい。どこさの神社の鳥居の前に狛犬（こまいぬ）が七頭いるとか」

「そんな神社はありませんが。狛犬ねぇ……、ああそうか。狛犬が座る台座に七個の丸で描かれた変な紋がある神社がございますよ。確か……」

そう言った亭主は指を突き出し丸印を右回りに六つ描き、最後に六つの丸印に囲まれた真ん中に七つ目の丸印を描く。それを見ていた鉄彦は雷に打たれたようになる。亭主は紋を描き終えると、額に手を添えて唸り始めた。

「えーと、あの紋、なんつったけぇ。しち……」

「七曜紋」

「そうでございます。よくお分かりで。しちようもんです。その紋が、台座とか鬼瓦などの至る処に刻まれております」

「そうか。それでどこの神社だ。なかさ入って教えてぐれ」

「お安い御用で」

そう言った亭主は広げたままの絵図の前に座り込むと、すぐに見つけて指し示す。そこは女将がすでに教えてくれた鳥越明神だった。

「謂れは武尊まで遡る古い神社でございますが、今の社殿は家光公の時に造り直したと聞いておりますし、権現様もお祀りしてあります」

そう言った亭主は目を落とし、名称や印の入った他の場所にも目を移そうとしている。

「かたじけねぇ。参考さなった。もし敵がご府内さ入って来たらまずは江戸の守護神ば破壊するだろう。我らはそこさ兵ば配して守ろうど思うての」

「そうでございますよ。将門様はこのお江戸の護り神。そんなとこを破壊されたなら、戦うにしても、私ら江戸っ子は腹に力が入らなくなりますよ」

意外な言葉が鉄彦の胸を打つ。こんな男ですら信心深く戦う気でいる。

「心配すな。我らがこの江戸を必ず守る。世話ばかけたの」

「とんでもない。お役に立てば嬉しゅうございます。また何かありましたならば、遠慮なく声を掛けて下さいまし」

そう言った亭主は深々とお辞儀し、いそいそと部屋から出てゆく。足音が完全に聞こえなくなった頃を見計らい、待ちかねたとばかりに源乃信が身を寄せ口を開く。

「何が分かったんですか」

「亭主が言うたことが正しければ、鳥越明神は徳川家にゆかりのある神社。となれば七曜紋は変じゃ」

「確かに徳川家なら葵の御紋。七曜紋というのは」

「日くのある紋じゃ。子宝に恵まれなかった田沼意次(おきつぐ)の親父ドンは七面(ひちめん)大明神に願掛けをし、意次を授かったため家紋を七曜紋にしたと聞いた。七面大明神は法華経の守護神」

「へぇー、その紋には仏教的な意味があるんですか」

「星信仰のなぁ。俺(おい)のような山伏、狩人、船乗りは、夜空に輝く星は道標(みちしるべ)のようなもんじゃ。星がなければ迷うてしもう。暦(こよみ)にも星まわりの知識は欠かせんし、星は曜(よう)とも言う」

「ヨウとは七曜紋の曜のことですか」

「そうじゃ。亭主が教えてくれた七つの丸。あれは星を意味している。数多(あまた)ある星の中でも真北にあって動かない北極星は最も大事な星で、北極星を囲んで回る北斗七星はいつの間にか信仰の対象となり、妙見(みようけん)信仰ちゅうもんになった。その信仰では、北斗七星を象(かたど)った七曜紋は妙見菩薩の象徴とされていた」

そこまで語った鉄彦は矢立を取り上げて小筆を取り出すと、すでに印を入れてある七つの神社を躊躇いもなく一気に線で結ぶ。身を乗り出す源乃信は興味津々の顔をしている。

「この七つの社は北斗七星の形で結ばれている」

源乃信の目にもまさしく絵図の上に、江戸城を守るが如く北斗七星が鮮明に浮かび上がっていた。

「これで少し謎が解けた。朝廷にとっては祟り神となる将門公を祀る神社を北斗七星の形に配置し、それを結界とした。朝廷に対して恨みを抱く将門公の霊魂ならこれ以上の備えはない。将門公が謀反を起こした時、寛朝（かんちょう）という坊様は密勅（みっちょく）を受け、弘法大師が作った不動明王像を携えて東国に下り、将門公を調伏するための護摩焚きをした。その時、開山したのが成田山新勝寺。将門公はまさに呪詛されていたし、征東軍が来る前に、あんな勇猛の将があっけなく殺されたじゃろう。呪い死にした人間は必ず恨みを残す。そんな恨みを晴らそうと思うのが怨念ちゅうもんじゃ」

そこまで言った鉄彦が少し黙り込み、一気に語りだす。

「ひちせいけんになりて、ほくしんを擁護せんという謎がやっと解けた。北斗七星の七星は貪狼星（どんろうせい）・巨門星（こもんせい）・禄存星（ろくぞんせい）・文曲星（ぶんきょくせい）・廉貞星（れんていせい）・武曲星（ぶきょくせい）・破軍星（はぐんせい）とも呼ばれ、中でも破軍星はこの星に向かって戦えば必ず負け、逆に背にして戦えば必ず勝つとされ、昔の武士の間では弓箭（きゅうせん）の神として崇拝されちょった。弓箭の神とは弓矢を取る者、つまり武士の神。支那（しな）から仏教が伝わる前、星信仰と共に入って来たはずじゃ」

星への知識というものは仏教伝来とほぼ同時期に、暦本（こよみほん）や天文地理書と言った類（たぐい）が大陸から伝わってきたのだが、それとは別に大陸で仏教と星信仰が融合されたものが早くから伝わっており、ま

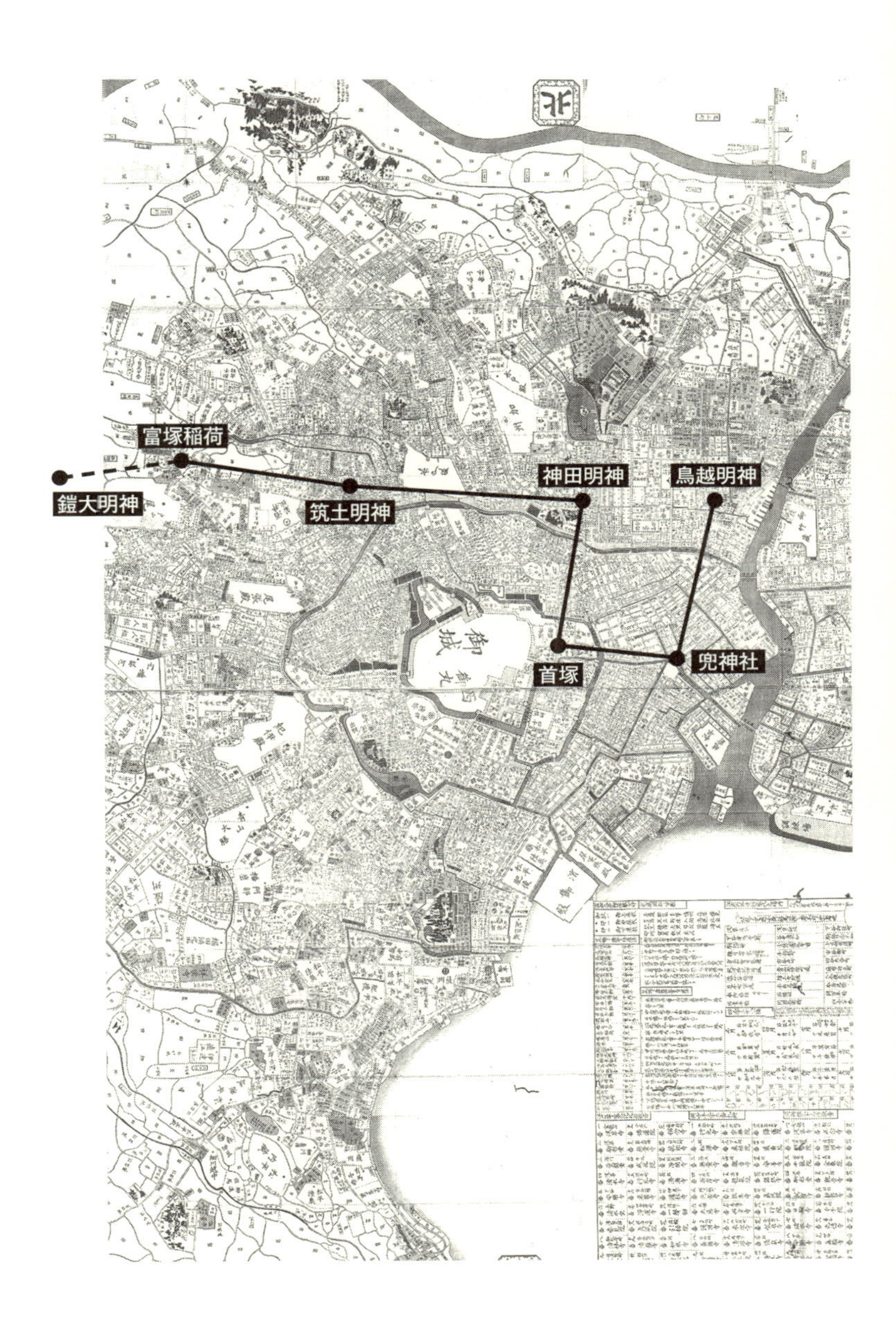
富塚稲荷
鎧大明神
筑土明神
神田明神
鳥越明神
首塚
兜神社
御城

ずは宮廷で大いにもてはやされた。それが妙見信仰である。

妙見信仰は、インドの菩薩信仰が中国道教の北極星信仰と融合し、仏教の天部（てんぶ）の一つとして日本へ伝来した。菩薩は帝王を守護するとし、帝王が仁政を施せば妙見は他の星々と共に帝王を守り、国土と民をも守り安寧の世が続く、と当初は宮廷の中で篤い信仰心を集めていた。当初は宮廷のみで許されていた妙見信仰も外に漏れると庶民の間でも広がり、明星を崇拝する虚空蔵信仰として発展するようになる。そもそも北極星・北斗七星・金星は違うものだが、時の流れと共に大衆の中ではそれらは一体化され、星信仰として定着するようになる。

「そいで弓箭の神となる破軍星に当たる処はどこな」

と聞かれた鉄彦は絵図を指さす。しばらく見つめていた源乃信が、鎧大明神から江戸城までを指でなぞり、感じ入ったような声を漏らす。

「確かに江戸城から見て鎧大明神は西外れじゃ。官軍が攻めてくれば旧幕府軍はこの神社を背にして戦うことになる。迷信とは言えまさに江戸城を護る七つ星の剣のようじゃ」

もし根拠のない迷信なら、空から見下ろさぬ限り分からぬこれほどの備えを江戸にするはずはなかった。家康は朝廷が再び力を盛り返すことを心底恐れ慄（おのの）き、京に仕掛けた数々の報いがいつか来るだろうと考えぬ限り、このように手の込んだ七つ星を江戸の地に刻むはずはなかった。そんなことより、意外にも源乃信から手掛かりを貰い、目を合わせると自然に顔が綻（ほころ）んでいた。

「良かことを言うたな。おはんの言うように、確かに七つ星の剣じゃ。江戸城を護る七つ星の剣、つまり七星剣」

「ひちせいけんとはこのことですか。まさに霊言じゃ。それでほくしんの意味は」

「おはんのお蔭で謎が解けた。ほくしんとは北極星のことじゃ。昔の支那ではそう呼んでいた。海を渡って入ってきた妙見菩薩と結びつき、北辰（ほくしん）妙見と呼ばれるようになった」

「なるほど北極星か。どこにある」

そう言った源乃信は、あるはずもない星を絵図で探し始めた。

豊国神社建立と阿弥陀仏ラインの構想に深く関わったのが、吉田神道の梵舜（ぼんしゅん）とされている。その後梵舜は家康の遺体を久能山に葬る際にも携わり、ならば生前の家康と接点があったことは想像できる。家康は亡くなった後も江戸幕府を護ると心に決め、秀吉の祀り方を梵舜から周到に聞き出し、「吉田神道では人霊を神にまで高めることはできぬ。事実儂（わし）はそれを断った。何としても破られないためにこの上の工夫をせねばならぬ」と密かに決意していたのではないか。その秘策というものが家康の星への造詣と、星信仰に精通した天海の智慧と呪力だった。

家康は無類の読書好きだったとも言われている。隠居の後も、駿府城内に一万余冊の蔵書があったとされる「駿府文庫」という私設の図書館を新たに造らせている。その蔵書の中には中国思想の北辰思想や陰陽五行思想の記された典籍が多数あったはずで、読書好きの家康が、北極星を「天皇大帝（だいてい）」と呼んで宇宙を主宰する神と信じていた中国古代思想や、北の方位が皇帝の御霊を祀る最適地とする陰陽五行説を知らなかったとするのは無理があるだろう。家康はその時代の誰よりも、中国伝来の正当な星信仰の知識を豊富に持っていたはずだ。

豊臣秀吉が関東を平定した天正十八（一五九〇）年に、徳川家康と天海の運命的な出逢いがある。

当時家康は四十九歳、諸説あるも天海五十四歳だったとされる。二人は初対面で妙に馬が合い、天海のことを気に入った家康は駿府城に呼び寄せ、その後家康の特別な計らいで天海は比叡山で本格的な修行を積み、十年後、家康は天海に関東天台宗を任せたのである。

家康の膨大な読書からもたらされた星の知識と天海の持つ呪力が結びつき、家康は没後の自分の祀り方を天海に密かに託し、徳川幕府の聖地ともなる日光東照宮造営がなされたと考えるのは、二人の関係からすれば不自然ではない。鉄彦もそう考えるようになっていた。

黙って見ていた鉄彦の手が伸び、絵図の上に浮かび上がる北斗七星を指でなぞり、北斗七星から真北に一直線に延ばすと、絵図からだいぶはみ出た座卓の端を指の先でコツンコツンと叩く。

「そこは」

怪訝な顔をして源乃信が顔を上げる。

「日光。日光東照宮。日光東照宮の真上に北極星がある」

「確かに江戸から真北じゃ。——じゃれば、七星剣になりて北辰を擁護せんちゅうのは、家康を祀る日光東照宮を護るということ」

「そう解釈もできるし、江戸の町を護るとも解釈できるじゃろう。どっちにしても、江戸の結界と日光とは深い関わりがある。——大昔の支那では北極星を天皇大帝と呼んで、宇宙を主宰する神と信じられていた」

「宇宙……。どういうことですか」

「宇宙とは、あめのした。つまり天下、遍(あまね)く世界のことじゃ。支那には神話はなか。そん代わりに、天地はもともと混沌として一つであったもんから分離したという天地開闢ちゅうもんがある。国生みの神はいないし、天照大神のような神様もいない。
天皇大帝は天照大神を遥かに超える、大宇宙を主宰するような、生きとし生けるもの全てを支配する宇宙神。密教でいうところの大宇宙大生命体、つまり大日如来じゃ。家康が天照大神を凌ぐ天皇大帝になることを強く望んでいたとすれば……」

源乃信はじっと聞き耳を立てていた。初めて聞いた天地開闢という訳の分からぬ支那の歴史と比べ、天皇の血は万世一系として脈々と受け継がれてきた。それを超えることを家康が望んでいたとすれば、常人では考えられない途方もない野望だと源乃信は呆れ果てる。その時ふと閃いた。江戸に来る船の甲板の上で、天海は江戸に京を再現し、その理由を鉄彦は「野望」と呟き、「再現された京に帝はいないが、それ以上のものを天海は造ろうとしたのかもしれない」と確かに言っていたのを思い出す。それ以上のもの……。

「じゃれば、家康は天皇にとって代わろうとした」

「それでは国はまとまらん。じゃっどん、家康は生きておるうちに朝廷をまったく無力なもんにした。天皇とは名ばかりの飾り雛にした。そんな家康の心配事は、己が死んでから後のこと。ゆめゆめ豊臣家のようにならんよう、死んだ後、帝以上の大帝になって、我が一族郎党と江戸を護ろうとしたんじゃなかか」

そう言った鉄彦は座卓の上の絵図を眺めながら腕を組み、しばらく何かを考えていた。その無言を源乃信が邪魔できるものではないが、今日の無言の時はあまりにも長すぎた。まるで腕組む地蔵のような時が過ぎた。痺れを切らした源乃信が恐る恐る問いかける。

「なぁ、石田ドン。おはんは結界の一部が壊れているかもしれん、結界が壊れれば魔も入るって言うたなぁ。どこか壊れている処は……」

大きく息を吸い、天井を仰いだ鉄彦が息を吐くと「完璧じゃ」と一言漏らし、座卓一杯に広げた絵図を前にして説明を始める。足を使い、調べ上げたことの集大成である。

「まず江戸にある鬼門線。当初は一つと思うていたが、さにあらず。一つは増上寺から江戸本丸を越え、神田明神を経て上野寛永寺と延びる鬼門線。もう一つは日枝神社から江戸城本丸を越えて浅草寺へと延びる、言わば副鬼門線。どっちも家康に謂れのある上野東照宮、浅草寺が鬼門寺となって魔の侵入を阻んでいる。

この鬼門線上の神田明神、日枝神社、浅草寺のそれぞれの寺で年に一度、江戸っ子が楽しみにしている祭があるのだから、鬼門道を神輿が練り歩くことで不浄な物は綺麗にされている。神輿に囃子(はやし)太鼓、御神酒(おみき)と塩、これ以上の清めはない。

そん上に朝廷の天敵とも言える将門公の御霊を祀る神社を七カ所に配し、まるで江戸城を守る砦のようにしてある。それは妙見信仰や北辰信仰に基づいているのは明らかで、家康は帝以上の大帝になって神格化されている。それだけじゃない。神格化された家康の霊を護るために、江戸も護るために、魔が江戸の外から入って来られんよう念入りに楔(くさび)を打ち込んである。

俺(おい)もやっと気づいた。奥州道へと繋がる大手門近くに首塚。上州道に繋がる神田橋門近くには神田明神。筑土明神の近くには中山道(なかせんどう)に繋がる牛込門。鎧大明神は甲州道へ繋がる四谷門近く。兜神社は東海道へと繋がる虎ノ門の傍にある。つまり七星剣神社の近くには街道に繋がる堅牢な門がある。

将門公の霊をそれぞれの門近くに配置し地霊として祀らせ、街道から邪気が入るのを防いでいる。これこそが江戸の町を守る本物の結界門じゃ。四方から江戸に入る魔ちゅうもんを、将門公の地霊で完全に遮断している。京の結界すら凌ぐ完璧な結界じゃ。こんな強固な護りだから京の坊さんらが幾ら拝んでも、朝廷が恐れる将門公の霊が護っている以上、江戸城の結界を崩せるもんじゃなか。将門公の地霊が護っているからには京の呪いは江戸城内まで届かん」

「なるほど。よう考えたもんじゃ」

絵図を熱心に覗き込んだ源乃信が大きくうなずく。うなずき終えると顔を上げて物騒なことを呟く。

「もし、官軍がこの七星剣神社を全部破壊したらどうなる」

「どうもならん」

一呼吸置いて吐いた鉄彦の言葉は、源乃信にとって意外だった。

「どうもならんが、何が起こるかは分からん。大山ドン、将門公は生きておる」

無言となった源乃信が表情を暗くする。我々の使命は江戸の結界を破壊することではなかったのか。そう自問する源乃信はもう何が何だか分からなくなっていた。

「確かに将門公は無念の最期を遂げたが、家康が江戸の護り神として祀ったことで、江戸ん衆から今でも将門様と呼ばれて親しまれ、参詣する人が後を絶たん。おはんも見ただろう。神田明神の賑わいぶりと、首塚に手向けてあった花を。あの花は身分のある侍が手向けたもんじゃなか。江戸の庶民が手向けた野の花じゃ。今じゃ将門公は江戸の人々から恐れられながらも敬われている。無念な最期でも名を残した。それは今でも生きておるのと一緒じゃ。この江戸に将門公は将門神として今でも生きている。

新皇宣言をした将門公の野望ちゅうもんは、坂東の地に新しか王国を造ることだったかもしれん。そん夢は実現せんかったが、家康と天海のお蔭で実現した。二百年以上もの間、朝廷は江戸にはまったく手も足も出せんかったんだから。さぞや将門公の御霊も満足しておるじゃろう。そんな御霊を損なうようなことをすれば、怨霊を目覚めさせるようなもんじゃ。ましてや天皇方が破壊したなら、寝た子を起こすようなもんじゃ。

触らぬ神に祟りなしとは昔から言うが、江戸の結界は未来永劫絶対に破壊してはならん。もし破壊してしまえば、どんな災難に襲われるか分かったもんじゃなか。さすがの天海も、将門公の怨霊が蘇って再び祟り神になることを恐れていた節があるからなぁ。おはんと見に行った五色不動じゃ」

「目黒不動に目白不動、そいと目赤不動に目青不動と目黄不動。目黄不動を除けば、全部天海が造らせたもんでしたね」

うなずいた鉄彦が座卓の絵図を差しながら語りだす。

「東方は青龍で色は青。西方は白虎で色は白。南方は朱雀で色は朱。北方は玄武で色は玄、つまり黒。当初は四神相応の四不動尊だったはず。それに目黄不動が加わったのだから、四神相応の四不動尊ではなく、五カ所に不動明王を配した五色不動となった。天海は密教行者だったことから、五大に基づく五不動尊であることは明らか」

「五大……」

「密教では地水火風空を五大と言う。一言でその意味を言うのは難しかが、簡単に言えば地水火風空とは宇宙を構成している五つ」

「天海はこの江戸に宇宙ちゅうもんを創ったのか……」

源乃信の呟きに鉄彦が声を出して笑いだす。

「それは分からん。一つ確かに分かることは、奈良・京を凌ぐ都、つまり新しい都を造ったことじゃ。問題は、府内にある七つ星を取り囲むように五つの不動明王を祀ってあること。

不動明王は大日如来の化身で、地獄の炎に身を焦がされながら憤怒の相で地獄に堕ちる者を救済される最後の砦の最強の仏。五色不動は、将門公の怨霊が再び暴れんように監視する意味があるのだろう。江戸で暴れると再び地獄の亡者になると。将門公の怨霊を封じ込むための五色不動のはず」

「なるほど考えたもんじゃ。天海もやるな」

その物言いに再び鉄彦は笑いだした。だが源乃信はその笑いに応じることなく、腕組みして核心を衝いた。

「そうなら、もしもの時に役に立たん。江戸の護り神の役目は果たさん」

おもわず鉄彦が膝を叩き、身を乗り出す。

「そのとおりじゃ。全ては北極星が鍵を握っている。北極星に合わせて北斗七星は動いている。江戸の結界のからくりのもとは全て北極星にある」

「なら早く日光に行きもんそ」

大きく相槌を打った鉄彦が顔を引き締めた。

「明日には発とう。なぁ大山ドン……。俺には気になることがある。他でもない、益満ドンのことじゃ。二人は神田明神で何の祈願をしたんじゃろか。今じゃ二人は敵同士。先生から信頼の厚いはずの益満ドンが薩摩を裏切ったとは考えられん。それに勝安房守は先生に雄藩連合を勧めるほどの、幕閣の中では稀な頭の柔らかな御仁じゃろう」

問いかけに源乃信が大きくうなずく。鉄彦は密偵として自分より長い源乃信に敢えて確認していた。

「ないごて益満ドンが牢から放たれたかは分からんが、戦が目前に迫る中、戦勝の神様に祈願しに来ていた。もしおはんが益満ドンなら何を祈願するか」

「官軍が勝つように」

「安房守なら」

「旧幕府軍が勝つように」

「神田明神は江戸の総鎮守じゃっで、官軍勝利の祈願が通るはずもなか。ならば益満ドンは、旧幕府軍が勝つように祈願したんじゃろうか」

「それはない。同じ示現流を習うた者として、それは絶対にないと思う」

力強い源乃信の言葉に背中を押された面持ちとなる。深く相槌を打った鉄彦が暫く考え、おもむろに口を開いた。

「安房守は、ようお願いしたかって益満ドンに言うた。――じゃれば、何を戦勝の神に祈願していたか知っていたことになる。おそらく二人は同じ祈願をしたはずじゃ」

「同じ祈願――」

大きくうなずいた鉄彦が、源乃信にとっては意外なことを漏らした。

「どっちにも不利にならん、勝ち負けに関係のない祈願」

真剣な眼差しとなった源乃信が座り直す。勝つでもなく、負けるでもなく、戦勝の神様に祈願するとすれば不戦しかなかった。不戦、双方に被害のない和睦（わぼく）を祈願していたというのか。旧幕府側からそれを持ち出すとは源乃信には思えず、切り出す声は思いのほか小さかった。

「まさか……、和睦のための祈願」

「そうとしか考えられん」

「じゃれば、これからおぬしも忙しくなるぞって言うたのは……」

しばらく考えていた鉄彦がその謎を明らかにした。

「勝安房守は休戦のための交渉人として、益満ドンを使うつもりじゃなかろか。あん人なら薩摩の上役にも顔が利くじゃろう。そうであれば益満ドンが牢から解き放たれた訳も分かる。火消しの頭に、万が一の時は火を放てと命じた安房守のことじゃから、益満ドンを助けるのは簡単なこと。今や幕府もなかし、将軍も老中もおらんのだから」

聞き耳を立て真剣な眼差しとなった源乃信が、納得したように深くうなずく。

「――なるほど。辻褄が合う。早う先生に知らせんにゃ」

「いや、今や東海道は官軍が迫っている。早飛脚が止められて密書が読まれる可能性もある。ことがことだけに密書を放てば敵より味方のことを心配せんにゃならん。もし漏れれば先生の立場がなくなる」

「それならどうする」

「俺に考えがある」

そう言った鉄彦は素早く立ち上がり、刀の鞘に縛り付けていた巾着袋から数珠を取り出すと、開け放った障子を全て閉めて半跏坐となり、背筋を伸ばして流れるように護身法の印を組み終えた後、片方の手首に数珠を掛けて目を瞑り、浅からず深からずの呼吸を繰り返した。そんなことを数回繰り返しているうちに呼吸の音がまったくしなくなり、心臓の鼓動すら聞こえなくなった。無音の闇にすっぽりと覆われた頃、膝の上で静かに手が合わさり法界定印を結んでいた。

さながら大地の息吹のような呼吸はしだいに間隔が長くなり、凝視する源乃信にはまったく呼吸をしていないようにも見える。障子の明るさを背に纏った鉄彦は石像のようにまったく動かない。鉄彦はうとうととまどろみかけていたが、決して寝てはいなかった。法界定印の親指の指先が触れ合わないのがその証となる。

目を瞑る鉄彦の頭には漆黒の世界が広がっていた。やがてその漆黒の闇に光が漏れ始める。光は急速に膨張し、目の前を覆うほどの眩いものとなる。迷うことなくその光の中に身も心も投じれば、たちまちのうちに漆黒の闇は輝く光の海へと変化し、眩いばかりの光の海に浮かぶ感覚があった。

それこそが、修験者石田鉄彦が己の中の小宇宙から大宇宙へと解脱した一瞬である。

果てることのない光り輝く広がりに天地の感覚はなく、左右もなく、奥行きもなく、時間の感覚もまったくなくなり、悠久の時の流れの中で囚われるものは何もない。あるとすれば母に抱かれるような優しさと、揺り籠の中の安心がわが胸を覆う。命の大根に戻った感覚が懐かしく、いつの間にか喜びに溢れていた。時と場所を超えて浮遊している感覚。その感覚が毎度新鮮で嬉しく、暫し光の海にポッカリと漂っていた。

ただ、今は浸っている場合ではなく、己の意識を眉間に取り戻すと、瞬く間に光の海に吸収され、途端に威風堂々と街道を進む官軍の長い隊列が眼下に飛び込んできた。

錦の御旗を押し立てた黒い洋装の軍服を着た隊列はあまりにも長く、その後には多数の大砲が馬に曳かれて連なる。沿道には多くの野次馬が群れをなしている。黒い川の流れのようなその隊列の上空をまるで飛ぶが如く先頭を目指して滑空すれば、大柄な男が馬の鞍の上で揺れに身を任せていた。

丸に十の字の家紋が入った陣羽織が風に靡き、その顔は物憂げだったが、眼には相変わらず濡れ濡れとした輝きがあった。鉄彦はその両眼に自分の心眼をしっかりと合わせ、迷いもなく心の声を投げかけた。

——西郷先生、旧幕府内に和睦に向けた動きがあいもす。江戸開戦を回避できるかもしれもさん。間もなくそげな動きが出てきもす。江戸攻めが中止にできもす。——

鉄彦は何度も何度も魂の言葉を投げかけていた。すると、馬上で鬱々としていた西郷が、やおら顔を上げると、陣笠をかざし、にこやかな顔で空を見上げ大きくうなずいた。意思が通じた確かな手応えを感じ、印を解いてゆるゆると目を開ければ、源乃信が待ちかねたとばかりに、それでも恐る恐る丁寧な言葉で問いかけてくる。

「なにをしておられたと」

「先生に知らせちょった」

数々の術を目の当たりにしていた源乃信は、戸惑いながらも否定はできない。そんな源乃信に鉄彦は毅然として言い放つ。

「思念は光じゃ。光はどこへでも行ける。光となって先生の心に伝えた」

「これで戦は終わりじゃ」

源乃信の口からつい本音が漏れていた。

「いいや、終わりじゃなか。江戸で戦端を開かなくとも、会津が矛を収めるはずはなか」

そう言った鉄彦が珍しく肩の傷の疼きを覚え、しかめっ面をして左手で右肩を押さえ前屈みとなった時、何かを感じ取った源乃信が咄嗟に座卓の上の丸い盆を取り上げた瞬間、パンと障子が破れる鈍い音がし、本能的に顔を盆で覆った。するとカンと渇いた音が響き渡る。刹那が現実であったことを、二人はそれぞれの目で確認し合っていた。

源乃信は先祖に守護される鉄彦の運の良さを、鉄彦は示現流の修練を積んだ源乃信の身の捌きのよさを、口でこそ言わないものの互いに認めていた。もしそれらがなかったなら、無残にも鉄彦は後頭部に、あるいは源乃信は顔に苦無が突き刺さっていたに違いないし、致命傷になっていただろう。

苦無が突き刺さった盆を投げ捨てた源乃信が素早く立ち上がり、壁に立てかけていた刀を取り上げて穴の空いた障子に歩み寄り、慎重に開ければ、眼下の川には舟一艘すら浮かんでいなかったし、川の土手には人影もなかった。相変わらずの手際のよさである。

「用心しちょったのに、どうやら見つかったふうじゃな」

窓から身を乗り出し、辺りを警戒する源乃信には、命を狙った者の見当はついていた。無論、鉄彦もだ。だが、鉄彦は敢えてそれを口にしたくはなかった。

「殺す気ならば鉄砲を使ちょったはずじゃ。警告かも」

「それは違う」

安易な鉄彦の物言いに、音を立てて障子戸を閉じた源乃信が珍しく声を荒らげた。

「こげな町中で鉄砲は使わん。八咫烏はおはんの頭を狙ちょった。明らかに殺す気じゃ。こん前は警告と言ったが、今度は本気じゃ」

己の心を見透かされた鉄彦には言葉がない。そのことに触れて欲しくないというのが本音だった。たとえ修行を積んだ者でもわが命は惜しい。本当ならもう誰とも戦いたくはなかった。

「あん時、江戸に来て何を探ろうとしちょって言うた。俺たちが江戸の結界を調べることを分かっているようなふうじゃった。あれから江戸の結界を調べ、今度は日光に行こうとしている。それが分かったから、いよいよと命を狙ったのかもしれん。

ならば俺（おい）たちが日光に向かうことが彼奴らには都合が悪く、彼奴らも日光の秘密の何かを知っているのかもしれん。その秘密とは江戸の結界に関することで、じゃっでおはんの命を狙うたのかもしれん」

鉄彦が不安を抱いていたのはまさにこのことだった。徳川家を本気で潰す気であれば、必ずあいつらは日光東照宮を焼き払うだろう。そんなことを断じてさせてはならない。そんなことになれば必ず、術を使った死闘になるはずだ。だからこそ精いっぱいの笑顔となる。

「おはんと一緒じゃっで大丈夫じゃ。本当なら鳥越明神に行って七曜紋を見てみるつもりでおったが、塒（ねぐら）が分かってしまったからには一刻も早うここから出なければならん。暗（くろ）なったらここを出よう。まだ銭（ぜん）はあるかな」

「まだ、たっぷり」

「それなら舟を仕立てて行こう。いかなあん衆（し）でも、つけては来られんから」

そう言った鉄彦が座卓の上に広げたままの絵図に寄り、船堀辺りに指を走らせた。

「この辺なら船宿がたくさんあるじゃろうから、今晩はそこで一泊し、明日の朝早う川を遡って千住宿まで行けば、あとは日光街道じゃ。日光が近くなったら山伝いに歩く」

「川番所の警備は厳しゅうなかな」

「警備が厳しかとは江戸城から西。他は手薄のはずじゃ。用心のために、舟は外から見えん日除（ひよけ）舟が良かろう」

「ここの宿の亭主には何と」

「会津に戻ると言えばよか。今晩は和田倉門の会津藩上屋敷に泊まると」

「分かいもした」

そう言って立ち上がる源乃信を鉄彦が手で制した。立ち上がって自分の荷物に歩み寄り、包みの中から真新しい装束一式を取り出すと、微笑みながら手渡す。

「日光に行くなら山伏の格好がよか。これはおはんの装束じゃ。山の中はこの方が歩きやすか」

受け取った源乃信は自分の荷物の中に急いで仕舞い込むと、宿を発つ旨を伝えるべく急ぎ足で階段を下りてゆく。気の立った足音を遠くに聞きながら部屋に独り取り残された鉄彦は、ある感慨に浸っていた。

京を発つ数日前、なぜか真新しい山伏の装束一式を買い求めていた。鉄彦にとってはそれは言わば勝負服。万が一の時は山伏姿で最期の時を迎えようと決意していたのだが、どういう訳だか源乃信の分まで買い求めていた。あの時から二人で行くことが分かっていたのかと改めて鉄彦は思い返す。老師の存在を改めて身近に感じると、不思議な呪文を心の中で唱えながら、あの言葉を思い出した。

――新しい時代を迎えるために命懸けで働くことになる。それがお前の役目。薩摩一の呪術者としての役目。それができぬ限り新しき時代は決して来ぬ。

無駄な血を流さない新しい時代を迎えるために秘密裏に江戸を訪れ、今度は日光に向かい、江戸の結界の謎を解こうとしている。あの時、老師が言った「それができぬ限り」とは命懸けの働きであることに間違いなく、それが呪術者としての役目とも言った。絶体絶命になった時、印を授け、その印と共に不思議な呪文を唱えろとも確かに言った。となれば導かれるように向かう日光で、一度しか使えぬ、未だ知らない秘術を使った途方もない相手との対決が待ち受けているというのか。

まだ知り得ぬ秘術の掛け合いで最悪命の危険があるとすれば、それはまともな人間との対決であろうはずもなく、呪術を使える八咫烏、あるいは将門の亡霊か、はたまた天海の幻影……。いずれにしても「それができぬ限り新しき時代は決して来ぬ」と言った。知らず知らずのうちに鉄彦の口から言葉が漏れていた。

「新しき時代」

それは決して容易なことでは迎えられないと、修験者としての腹を改めて括りなおした。

第八章　日光の天狗

千住宿までは八咫烏（やたがらす）に見つからぬように日除（ひよけ）舟を仕立て、その後は日光街道を歩き続け、宇都宮宿を過ぎて遠くに雪の残る日光の山々が見えだすと、突然鉄彦（かねひこ）は街道から外れて山道を歩きだした。それからは源乃信（げんのしん）にとって難行苦行の連続だった。険しい山伝いに歩き続け、高山（たかやま）の頂き近くに辿り着く頃には真新しかった山伏装束もすっかり汚れていた。

白の頭巾で頭を覆って頭襟（ときん）を縛り付け、柿色の鈴懸（すずかけ）に同色の袴。鈴懸の上には黒の結袈裟（ゆいげさ）、腰には引敷（ひっしき）、足元は脚絆（きゃはん）と八目草鞋（やつめわらじ）で固めた源乃信が、切り立った巨岩の頂に姿を現す。鉄彦は鋭く切り立った奇岩を両手両足を使って蜘蛛（くも）のように這い上がると、休む間もなく螺緒（かいのお）を垂らして源乃信を引っ張り上げていた。

さすがの鉄彦も疲れを感じ、螺緒を手繰り寄せて巻き終わると源乃信の傍らに腰を下ろす。源乃信と同じ黒の結袈裟の上にぶら下がる最多角念珠（いらたかねんじゅ）が久しぶりに揺れている。春が間近いとはいえ山の中はまだ寒さ厳しく、寒風が容赦なく襲いかかるも、兎（うさぎ）の毛で拵（こしら）えた引敷のため尻の下の岩肌の冷たさは伝わらず、ほのかに暖かい。

「あん衆も諦めたじゃろうな」

湧水が入る竹筒で喉を潤した源乃信が眼下を見下ろしながら晴れ晴れと言い放つも、頬がこけた顔には無精髭が伸びて疲労の影が色濃い。辺り一面に濃い山の香りが漂い、木の枝の隙間から青々とした水を湛える中禅寺湖が望める。

「こげな処を難儀して行くのは、他にも訳があるんじゃろう」

山伏の間では有名な修行場の縄張りにもう入っているはずだから、覚悟を促すためにも源乃信に話す潮時だった。そう思った鉄彦は水筒の水で喉を潤し、おもむろに口を開く。

「目的は東照宮でも、そん前にあたりをつける」

「あたりをつける？」

「日光修験は羽黒修験と並んで山伏の間では特に有名じゃ。死をも厭わん修行を積み、大変な験力を備えている山伏もおるじゃろう。ここに来るまでの間に、饅頭のような太か石を重ねて積んであった処があった。あれは修行中に死んだ山伏の塔婆代わりじゃ」

目撃した石には真新しい物もあった。あまりに厳しい修行のため途中で息絶えた者がいたはずだし、転落死した者もいたはずだ。そんな無念の亡骸は懇ろに弔って山に還すのが山伏の習わしである。鉄彦はそんなことは幾度となく薩摩で見聞してきた。

「命懸けの峰駆けじゃ。あん石はそん証。山の霊気を吸って命懸けで修行に励んだ山伏は、想像を絶する験力を授かる。挨拶もなしにそげな聖域に足を踏み入れちょっとじゃっで、行場の結界を破っているようなもんじゃ。いつ襲われてもおかしくはなか」

多少大袈裟な物言いだと鉄彦は自分ながらに思った。昔ならいざ知らず、山伏姿なのだからいきなり襲ってくることはまずあるまい。

「日光は天海が開山したとじゃなか。天海が生きた遥か昔に勝道上人という坊様が開山した。上人はこの辺の山の神の神威によって、まず古峯ケ原辺りを修行場にしたらしい」

「山の神とは」

「山に宿る聖なる神。修験のもとを辿れば、そげな山の神を信仰していた山人に辿り着く。今でも山に入る時には禊をして丁寧に挨拶せんと罰が当たる。山を開くにしてもまずは山の神に礼を尽くさんといかん。山の神に仕え、山の神に選ばれて眷属になったのが天狗。古峯ケ原には隼人坊という天狗ドンがいたと伝わっている」

源乃信はその姿を一度も見たことがない天狗の存在はともかく、なるほどと納得した。この山に入る前、今まで着ていたものを全て脱ぎ捨て、褌一つになった鉄彦は冷たい川の水で身体を清め、山伏姿になると数珠を擦り印を組み、しばらく一心に真言を唱えていた。

「隼人坊は役小角（役行者）の弟子、妙童鬼の伝灯を繋いだと言われている。今でも役行者は修験の頂点に立つ大天狗で、妙童鬼は役行者の弟子じゃっで、妙童鬼の伝灯をまこと受け継いでいたとすれば、隼人坊は正しく大天狗ドンじゃ」

「おはんの先祖も天狗じゃ」

「位が違う」

「へぇー、天狗にも位があっとな」

「ある。ここは場所が場所だけに大変な天狗がいたじゃろう。勝道上人が日光を開山して鎌倉幕府との縁が結ばれると、修行者が集まり隆盛を極めた。最盛期には日光山小坊は五百余りとなり、日光一帯六十六郷、十八万石を治め、山内には多くの神社仏閣が造設され、西の高野山、あるいは比叡山に匹敵するほどじゃったろう。ところが一時衰退した。

太閤秀吉が関東制圧に乗り出した時、日光の衆(し)は比叡山の二の舞にならんよう小田原方につき、秀吉によって日光山領のほとんどの寺社は壊され土地も奪い取られ、多くの者が離山した。じゃっどん、山人を祖として日光の山々を信仰してきた修験者の子孫らは、山から離れんかったと思う」

「ないごて」

「伝灯を守るために」

鉄彦は我が一族と重ね合わせていた。都を離れた先祖たちは薩摩の地で数百年の間、伝灯を守り抜いてきた。守ったからこそ秘術も伝えられた。日光山一帯を縄張りとしていた山人の子孫らは、三峯五禅(さんぶごぜん)という日光修験道の独自の行法が整う以前の古道修験の火も受け継いでいただろうし、先ほど謙遜気味に「位が違う」と言ったのはそういう所以(ゆえん)だった。

「山伏の間にこんな逸話が残っている。十一代将軍家斉が日光社参の折、幕府は日光の山伏らに退去命令を出した。そげな命(めい)が下っても山伏は独立心と自尊心が強かで従わん。ましてや衰退した山に踏み止まって伝灯を守っちょった衆(し)が聞く訳がなか。強引に従わせたなら血の雨が降ったはずじゃ。じゃっどん、皆を説得して素直に従わせたのが隼人坊と言われている」

「天狗ドン」

源乃信の問いかけに大きくうなずいた鉄彦は暫し（しば）の沈黙をしたのち口を開く。

「妙童鬼からの……、いや役行者からの秘術を受け継いだ天狗なら、その呪術は誰（だい）にも教えん。我が子孫にだけ密かに伝える。そげな伝灯を守っちょっとじゃっで、日光では幕府より、奉行より、畏敬の目で見られていたはずじゃ。そげな天狗の子孫と渡りをつける」

「ないごて」

「江戸の七星剣と、北辰の謎を解く秘密を知っちょるかもしれんからな」

「な、なんちなぁ」

あまりのことに源乃信が目を剝（む）く。驚くのも無理はない。途方も無い企（くわだ）てだった。

「もし知っちょったにしても、そげな秘密を教えてくれるはずもなか」

源乃信の指摘は的を射ていた。だが、何度考えてもそれしか思い当たらなかったのだ。ここまで打ち明けたからには、呆れ顔の源乃信に考え尽くした策を明らかにしなければならないが、もとより自信がある訳でもない。だからこそ山伏姿の身を必要以上に晒（さら）してまで、そのきっかけを摑もうとしていた。

もしも捕えられれば拷問も受けるかもしれない。万が一そんなことに耐えられるだろうかと案じてもいたが、山に入ってからは食える物は僅（わず）かで睡眠とて仮眠。そんな状態で、本物の山伏でも二の足を踏む巨岩をあえて登ってきたのに一言も泣き言を言わなかった。なかなか骨のある男と見直し、これなら何があっても耐えられるだろうと思うようになっていた。

「今日の日光山の繁栄には、家康と天海の存在があったのは明らかじゃ。日光山貫主となった天海は耐え忍んだ山伏の窮状をまず救い、そげな感情を上手く利用したと俺は思う」

「上手く利用した……」

「墓守」

「誰の」

「家康の」

「誰が家康の墓守をすっとな」

「日光山伏の誰かが」

「ないごて」

「墓守ちゅうのは掃除をしたり、花を手向けたりするということじゃなか。故人の魂を守る。そん魂には秘密も含まれている。昔の高名な武将には必ず墓守がおって代々世襲されている。よほどのことがない限り墓守は表に出て来ることはなか。密かに墓を守ることが役目じゃ。天海の跡取りを俺は知らんし、名の知れた弟子も知らん」

「どげんことですか」

「天海は家康の御霊を日光東照宮に祀ったとき、秘法を使たとされている。天皇大帝となった家康が隅々まで睨みを利かせるよう最後の仕上げの秘法じゃったとすれば、まさに秘中の秘。もし秘密が漏れてしもえば災難が降りかかる。知恵の回る天海がそんな下手を打つはずもなか。じゃっどん、ただの仏像に魂を入れる方法があるし、そん魂を抜く方法もある。墓石も一緒じゃ。竿石から魂を抜く方法もある。左様に、いくら秘法中の秘法を使っても必ずそれを解く方法がある。

世間は広い。生まれながらにして類まれな霊力を備えた人間もおる。そげな人間が命懸けの修行を積めば大変な験力を持つようになる。そんな人間の手に掛かれば江戸の結界も無力なもんになるかもしれんし、そうなれば江戸は無論、幕府も無力なもんとなる。じゃれば、いくら秘法でも誰(だい)かに伝えておかんといかん」

「ないごて」

「もし徳川家を殲滅(せんめつ)させようとする人間の息が掛かる優れた術者が、江戸の結界の要となるはずの家康の御霊を秘法を使(つこ)て日光に祀ったと知れば、その謎を解きにかかるじゃろう。それを阻止できるとすれば、秘法の全てを知っている人間しかいない。呪詛(じゅそ)されても呪詛返しができるのは、その呪詛の仕方を知っちょればこそじゃ。

じゃっどん、今に伝わるほどの天海の呪術力を受け入れられるのは、天海と同等、もしくはそれ以上の霊力のある人間しかおらん。しかも修行を続けて、泰平(たいへい)の世においてもそん霊力を維持しちょらんといかん。普通なら子、その子のまた子と、代々一子相伝で伝える。じゃっどん、天海には子どもはおらん。弟子はたくさんおったじゃろうが、天海のように呪術力のある弟子の名を知らん。じゃれば……」

「だから山伏な」

「千住宿を出てから何度考えても、それしか思いつかん。ただの山伏じゃなか。天狗じゃ。遡(さかのぼ)れば役行者にも繋がる大天狗じゃ。日光山伏の窮状を救った天海は秘法を託し、そん秘法を一子相伝して家康の墓を末代まで守れと、密かに命じた可能性が無きにしも非ずじゃ。そいに一縷の望みを掛ける」

「そいで墓守か。隼人坊とか言う天狗の……」

「それは分からん。分からんから探ろうとしちょる」

無言となった鉄彦が唇を噛む。まさに命懸けである。でも、そうでもしない限り謎は解けないし、そのためにもこの山を縄張りとする山伏との接触をまず図る必要があった。上手くいってくれよと、澄み渡った空を仰ぎ見る。きっとこの空のどこかに山伏の世界では伝説となる妙童鬼の血を繋ぐ大天狗を守護する巨龍がいるに違いないと、期待と不安が入り混じる面持ちで雲一つない空を見上げていた。

太陽が西に傾き始めると、刻一刻とまた寒くなる。そうなる前に暫しの休息を取って何とか男体山近くまで辿り着きたいと、額にうっすらと汗を滲ませた鉄彦は下界に視線を移した。もう目で追えるようになった行程を練り始める。その時、巨岩の下の茂みが僅かに動いたのに気づけないでいた。


休息をとった二人は目指す高山を越え、幕張峠を目指して歩きだした。峠を越えて戦場ケ原の縁に沿うように進めば小田代原に近づき、昔から霊山として崇められる男体山は間近となる。

今までは登る一方だったが、山の稜線沿いに進む獣道はミズナラの木々に覆われながらも下り坂で、元気を取り戻した源乃信は遅れることなくついてくる。もう必要のなくなった螺緒を肩に掛けた鉄彦は、それまで背負っていた伝来の刀を腰に帯び、源乃信も帯びている。鉄彦は錫杖(しゃくじょう)を、源乃信は脇差を腹帯に差している。

林道に下りるとだいぶ眺望も良くなり、葉を落とした木々の枝の間から男体山が近くに見えるようになる。千々と交差する枝から降り注ぐ陽光は弱くなっても気持ちよく、八目草鞋に伝わる柔らかな枯れ葉の感触が心地よい。風も和らぎ静寂な林の中で枯れ葉を踏みしめる二人の足音だけが規則的な調べを奏でていた。

「ここは紅葉の頃は綺麗じゃろう」

機嫌の良い、いきなりの声が静寂を打ち破る。足を止めた鉄彦がふり返れば、いつの間に拾ったのか、木の枝を杖代わりにした源乃信が立ち止まり、にこやかな顔で辺りの木々を見渡している。

「楓(かえで)じゃ。楓の群生じゃ。こげな群生は見たこともなか」

確かに手付かずの楓の群生が続いている。これからのことを考えて歩き続けていた鉄彦には珍しく余裕がなくなっていた。山伏の本当の凄さを知らない源乃信が羨ましくもなる。警告する意味で多少大袈裟にある程度のことは話したにも拘らず、そんなことは忘れたような暢気さには呆れるしかない。鉄彦は知らず知らずのうちに苦笑いになっていた。

その時、突然どこからともなくシャンシャンシャンと鳴る金属音がした。最初は一つだけだったが、しだいに数が多くなり、まるでこの林を包み込むように鳴り響く。明らかにそれは錫杖の鐶(たまき)が触れ合う聞き慣れた音だ。だが、錫杖を振る姿はどこにも見当たらない。

先ほどの笑顔と打って変わって眦(まなじり)を上げた源乃信が杖代わりの枝を捨て、刀の鯉口(こいぐち)を切りながら腰を落とし、緊張を漲(みなぎ)らせて辺りを警戒する。手で制した鉄彦が腰に差していた錫杖を抜いて肩の上まで持ち上げ、何やら真言を唱えながら錫杖を振ると、今や蟬しぐれのように鳴り響く錫杖の音に合わさる。

他山に入りこんなことを経験したのは一度もないし、仮に挨拶代わりだとしても妙だった。鳴り響く錫杖の音は荒々しく、決して歓迎しているようには思えない。錫杖を振りながらの顔に緊張が走った。

いきなり法螺貝(ほらがい)の音がブオーブオーと響き渡り、すぐにもう一つの法螺の音が重なる。錫杖の音に法螺貝の音が絡まり、辺りは戦場のように騒然としてきた。するとそれまで長鳴りしていた法螺貝の音が長単音を二度発したのを合図に、あんなに騒がしかった錫杖の音と法螺貝の音がぴたりと止み、打って変わった静寂に包まれる。耳が痛くなるような不気味な静けさが辺りを支配する。

風の音も鳥の囀(さえず)りもまったく聞こえなくなった不思議なしじまの中で、突然野太い声が響き渡る。命懸けの修行を積んだ山伏の凄さを知る鉄彦は、こうなれば知恵比べと腹を括(くく)るしかなかった。負けじと腹の底からの大声を張り上げた。

「おおーう。おおーう。案内(あない)申されよ。案内申されよ」

「承(うけたまわ)る。承る。旅の行者、住山(じゅうざん)いずれなりや」

「薩摩の国は肝属(きもつき)の、国見山の住(じゅう)。総本山聖護院宮門跡(しょうごいんのみやもんぜき) 配下の先達(せんだつ)にて候(そうろう)」

「本日、当道場来山の儀はいかに」

「本日……」

わざと薩摩の国と言ったのにまったく反応はなかったが、さすがの鉄彦も躊躇い口籠る。辺りは答えを待つかのように物音一つせず静まり返っている。姿を現さない山伏らが、返答しだいでは襲い掛かろうとする気配が辺りに漂い始めた。意を決した鉄彦の大声が響き渡る。

「本日、来山の仕儀は妙童鬼様の伝灯を受け継ぐご末裔に拝謁賜り、是非とも験比べを所望するなり」

一瞬、風が吹き枝がざわめき、襲い掛かろうとする気配がすーっと消えた。さもあらん。縄張りに入って早々、挨拶代わりに験比べを所望するなど正気の沙汰ではない。しかも天下にその名が轟く日光修験の縄張りの中、山伏の世界では神とも畏怖される妙童鬼の末裔に験比べを望んだのだから。果たして、どこからともなく嘲笑う声が漏れ始めた。そんな笑いを制するかのような声が再び轟く。

「それは剛毅な、剛毅な。総本山聖護院宮門跡配下の山伏となら、まずは修験の儀、心得の筈。当道場の定めとして一通り尋ね申さん」

その声を聞いた途端、鉄彦は胸を撫でおろした。次の段階に問答が進んだからだ。返答の声は勢いさっきよりも大きくなる。

「何なりとお答え申す」

「そもそも山伏の二字、その儀はいかに」

「山伏とは真如仏性の山に入り、無明煩悩の敵を降伏するの儀」

「して修験とは」

「修行を積みてその験徳を顕すことなり」

「修験の開祖はいかに」

「役行者神変大菩薩なり」

「修験の本尊は」

「金胎両部の陀羅尼と言うべきなれども、修行の本尊は不動明王にて候」

　遭遇した山伏同士の挨拶、山伏問答というものは問者に対して、できるだけ丁寧に答えるのが礼儀である。しかし、嘲笑われたからにはわざと省略していた。最初の頃の言い淀みはともかく、間髪を容れない答えに問者はいささか慌てた感がある。

「か、頭に頂く頭襟の謂れはいかに」

「大日如来五智円満の宝冠を顕す。十二の襞は十二因縁を顕す。右の六襞は六道衆生還滅の儀、左の六襞は六道衆生流転の儀なり。これ即ち凡聖不二の表示なり」

「して、身に着けた鈴懸の儀は」

「鈴は五鈷鈴、これ即ち大日如来の三昧耶形にして、その音声は法身の説法なり。この大日阿字本不生の宝輪を衣裡にかけて、一乗菩提の霊峰するをもって、かく名付けたり」

　源乃信は立て板に水のごとき鉄彦の答弁に聞き耳を立てていた。

「先ほどよりのお答え、まこと総本山聖護院宮門跡配下の山伏たるに間違いなし。しからば、しからば、お通りめされよ。案内申す。皆の衆、出やれ」

　頭上でバタバタと激しく空気が震える音が響き渡った。大きな楓の枝から枝へと黒い影が飛び移り、二人の周りにバラバラと落ちてくる。その数七人。そのうちの二人が首から法螺貝を吊るしている。いずれも腰に太刀は帯びておらず、長い金剛杖を持つ上半身が、傾きかけた日の光を受けて濡れ濡れと光を放つ。鈴懸の上に獣の毛皮を羽織っていたのだ。皆、背は低く華奢な身体つきをしているが、浅黒い顔に高い鼻を備え、耳朶が立った蟇目でその眼から不気味な光を放つ。

その時、山伏の背後に大きな黒い影が音もなく舞い降りると、山伏たちはすぐに囲みを解いて迎え入れた。まるで大熊のような巨漢。赤ら顔を覆うほどの白髭に碧眼。碧眼の間に伸びる立派な鉤鼻。そんな怪物が威嚇するように地響きを立てて金剛杖を地面に突き立てた。

袖からぬーっとはみ出した太い腕は白く、日焼けした指は節くれだってごつい。その容貌からして決して大和の人間とは思えない。碧眼の目は大きく、その双眸から異様なほどの光を放ち、鉄彦の目から逸らさない。睨み合いがしばらく続く。すると笑顔一つ見せない薄い唇から野太い声が漏れる。

「遠く薩摩の国から、しかも験比べを所望とな。今の時代に笑止千万。まこと命知らずな。ただ、断ったならば我ら日光山伏の沽券に関わるわい。なあ皆の衆」

声からして問答を仕掛けてきた主が明らかとなる。皮肉たっぷりの声に憚ることのない嘲笑いが重なって二人を更に取り囲み、どこからともなく嗅いだことのない異様な獣臭が漂い始め、思わず鉄彦は顔をしかめた。

「だが、我らの縄張りを通ることを許したからには客分。薩摩と違うてここは寒い。誰かこの客人らに貸して差し上げよ」

自分の毛皮をつまんでそう言えば、二人の山伏がすぐに自分の物を脱いで渡してくれるも、その表情は決して友好的ではない。一瞬、鉄彦は警戒したが、着ていたものをわざわざ脱いで手渡してくれるのだから無下に断る訳にはいかず、丁寧にお辞儀をして受け取り鈴懸の上に引っかけると、今まで着ていたせいもあって人肌で仄かに暖かく、同じように引っかけた源乃信も初めての毛皮に満更でもない顔をしている。

「それなら帳が下りても暖かい。ついて参れ」

そう吐き捨てるように言った男は、頭襟を縛り付けた白の頭巾を翻して背を向けるや、身体つきからは想像もつかない速さで歩きだした。すぐに三人の山伏が追従すると他の山伏たちはその列に二人を招き入れ、後から四人の山伏らがついてくる。

もし源乃信が鉄彦と共に仕事をしていなかったなら、一列に並ぶ山伏らの隊列については行けなかっただろう。まさに速駆けするような歩みとなった。疾風のような無言の隊列が枯れ葉を踏みしめる足音を残して、林の中を突き進む。やがて林を抜けると、二人が見たこともない広々とした原野が目に飛び込んできた。戦場ヶ原だ。何も遮る物のない見晴らしの良い原野を見下ろすかのように、頂きに雪を被る山々が連なる。

外山、温泉ヶ岳、三岳、山王帽子山、太郎山、小真名子山、大真名子山、男体山と荘厳な山々が続く。それらの山々は太古のままの姿だった。あまりの神々しさに鉄彦は息を呑む。修行のために九州の山々を駆け抜けていたが、奥深い山の中でこんな神秘的な光景に出くわすとは想像もしていなかった。神が降臨したと伝えられる高千穂の峰と同様、まさにここは神々が宿る処と得心する。

壮大な面積の原野は枯れた草で覆われ、突然、現われ出た山伏の一行に驚いた鹿の群れが、尻の毛を白く逆立てて走り去った。すでに日が傾き始め、足元には薄闇が忍び寄っていた。山の中とは異なる湿気を含んだ冷たい風は本当なら凍えるほどに寒いはずだが、一時の休息も許されない速歩きに源乃信の毛皮の下の鈴懸が汗ばみだす。さらに体温が上がると鈴懸の中で汗が流れ落ち、息も乱れるようになった。

背後の山伏が「さーんげ、さーんげ」と突如大声を発すれば、すぐにほかの山伏たちが倣い、遅れて鉄彦も加わって「六根清浄」と叫ぶ声が戦場ヶ原に響き渡った。源乃信も加わろうとするも、まずは息を整えねばと深呼吸を二度、三度と繰り返しながら歩いていた。

すると急に大地が揺れ始め血の気が引き、寸秒も経たないうちに草の中に昏倒した。すぐに背後の物音に気づいた鉄彦がふり返ると、猛烈な眩暈に襲われ視野が極端に狭くなった途端、意識を失い、深い草の中に丸太のように転がっていた。

「ここにおったんか。探していたんじゃ。何か小便臭いな。そいつら、意識はまだ戻っておらんか」

「戻る訳がねぇ。太郎次郎兄弟の秘薬はよう効く。ピクともせんわ」

「もう五日経つか。息はしとるんじゃろうな」

「ああ、しておる。死んではおらん。鼾もかいておる。――どうしたんじゃ、ここに来て己で見ればよかろう」

「あとでな。天狼坊(てんろうぼう)様からの下知(げち)が出た。二人を蘇生させて意識がはっきりしたらすぐに連れて来いとな」

「どうした急に」

「事態が一変した。どうやら江戸攻めは中止になる雲行きじゃ」

「物見が戻って来たのか」

「ああ。しかも幕府側から話を進めるとな」

「なにい。――何と言うた。幕府側からか」

「そうだ。しかも動いとるのは大君(おおきみ)でも老中でもねぇ、元軍艦奉行だとよ。そんな奴が……。まったく腰抜けどもめ。権現(ごんげん)様も泣いておられるわ。殿様は上野の寛永寺に大人しく謹慎(きんしん)だとよ」

「まさか。天下の将軍が江戸城を取られるというのに戦う気もなしか。大坂城からおめおめと逃げ帰り、今度は戦いもせず敵にみすみす城を明け渡すのか」

「だろうな。江戸の次は必ずここに攻めて来ると天狼坊様は言われておった」

「そんなことになれば、江戸は大変なことになるぞ」

「もうこの世の終わりよ。そうならんように、そいつらから何かを聞き出すための術を掛けなさるそうじゃ。薩摩の山伏なら何かを知っておろう。そのためにはまずは意識を戻さねばならん。あんなに齢(よわい)を重ねても大天狗様は気短じゃ。この時期薩摩と聞けば、たとえ山伏でも気絶したまま絞め殺せと言われるかもしれんて。そうなれば何も聞き出せんわ」

「なるほど、お頭(かしら)様ならさもありなん。なぁ……」

「なんじゃ」

「お頭様が独りで山に籠り、磐座の前で祈禱されているのは天狗飛切りの法か」

「さてな。お頭様は伝来の秘法を色々と心得てなさる。もしそうなら京の坊さんは粉々よ。なんせその法は悪魔を砕く法じゃからな。京の坊主どもが寝返って調伏しているとはいえ、仏法に仕える坊さんを悪魔にして砕くとは。——恐ろしや。恐ろしや」

「どうやら本気のようじゃの。もしもそんな秘法を使っていなさるのなら……。あの時、天狼坊様から初めて聞いて俺はゾッとしたわ」

「儂もじゃ。数日のうちには帰って来なさるそうな」

「じゃあ、お頭様が戻る前に聞き出し、その後は殺すか」

「無論」

「して、敵が攻め込んで来たなら援軍は」

「あり得んだろう。和睦を持ちかける腑抜け連中が、権現様のご神霊を護るためにわざわざ駆け付けるはずもないわ。天狼坊様は当てにしてはおられんし、あのお頭様なら尚更じゃ。誰にも頼らず我ら天狗衆で守り抜いてみせるわ。この山に一歩たりとも近づけん」

「面白うなってきた。それにしてもこやつら可哀そうにな」

「無謀にも我らの縄張りに入って来たからじゃ。もし山伏でなければその場で殺していた。そんなことより、今から兄弟の処に一緒に行ってくれんか」

「気付け薬を貰いにか。さてはそれで俺を探しまったな」

「どうも儂は太郎坊が苦手じゃ。頭の鈍い次郎坊と違うて愛想がなく気も短いし、薬作りに長けておらなんだら相手にせんのじゃが、間の悪いことに気付け薬を持っておるのは弟じゃのうて兄じゃて。——なぁ頼む。一緒に行ってくれや。お前とは従兄弟同士じゃろう」

「なにを今更。子種を里の女に宿しても、先祖は皆一緒じゃねぇか。我らは代々天狗様を護ってきた」

「だから頼んでいるんじゃ。天狼坊様が待っていなさる。なぁ頼む。このとおりじゃ」

「仕方ないの。じゃ、一緒に行くか」


足音が遠ざかりまったく聞こえなくなると、それまで動かなかった鉄彦の目が静かに開いた。すでに意識が戻り、完全とは言えないまでも体力が戻ってきている。

山で過酷な修行を積んだ鉄彦は夏でも大量の汗などかくことはなく、ふり返りざま源乃信が昏倒するのを目の当たりにした途端その訳を直感し、直ちに息を絶った。だが少し遅れ、初めての毛皮で少し汗ばんだせいもあって不覚にも多少吸い込み、朦朧とする意識の中で火天の印を結んでいた。

意識を失ってからのことは何も覚えてはいない。意識が戻ったのは三日前のことである。鉄彦ともあろう人間が丸々二日間も意識を完全に失っていたことになるのだから、太郎次郎兄弟の秘薬というのは相当な効き目である。気の毒なのは傍らに横たわる髭の伸びた源乃信である。まさか借り受けた毛皮に仕掛けがしてあるとは思いもせず、無臭の劇薬をかなり吸い込んでいた。

まったく人の気配がなくなったのを確認して鉄彦が上半身を起こした。ここがどこなのかまったく分からない。分かることは洞窟の中の牢であることだけ。外は冷たい風が吹いて寒いはずだが、風もなく仄かに暖かい。

大人の腕ほどの丸太を格子状に組んだ檻の向こうの壁の窪みで、丈の低くなった蠟燭が真っすぐ炎を上げ、薄ぼんやりとした灯りが八畳ほどの縦長の牢全体を照らし出している。檻の向こうの地面に二人の刀と錫杖、山伏にとっては決して粗末に扱ってはならない頭襟が、頭巾と共に丸めて螺緒の上に投げ捨てられていた。不思議なことに身包み剝がされることなく、二人は薄汚れた山伏装束のままだったのだ。

気がついた当初はそれが不思議だった。まんまと嘘がまかりとおり、験比べを所望する山伏を懲らしめるため監禁したのかと、虚ろな頭で考えてみたこともあったが、たまに様子を見に来る山伏らの話から、予想していたように山に入った時から尾行され、こんな形で接触を果たした連中が、どうやら望んでいた日光の天狗衆であることも知った。殺されるのが分かったのだから早々にここから逃げ出さなければならなかったが、お加持の手応えから、源乃信が本復するにはあと二、三日はかかると思っていた。

目を瞑ったままの源乃信にすり寄ると、無事だった最多角念珠を手で揉み、印を組み終え五体加持の経文を流れるように読みだす。その声は決して大きくはないが、洞窟の中で朗々と反響する。

「夫れ清めるは天性、濁るは地性、陰陽交わりて万物を生ず。悉く皆仏性あり。故に人倫を選び身仏となる。此に八葉の蓮台に大座し、二十八宿星を三界とす。行者謹んで敬い申す……」

鉄彦の声だけが低く流れる洞窟の中で、口から吐き出される経文がやがて光となって身体を包み込み、しだいに身体が薄闇の中で青白く輝きだす。するとやおら新たな経文を唱えながら、手にしていた最多角念珠で麻痺している源乃信の下半身を擦(さす)りだす。ひとしきり擦り終えると今度は最多角念珠を右手首に巻きつけ、新たなる真言を唱えながらその指先で源乃信の右足を探り、ある一点に止まると指先を食い込ませた。

真言を唱えながら指先一点を見据える目に妖気が漂う。しだいに顔が高揚し、気を送り続ける指先が小刻みに震えだすと、額にうっすらと汗が浮かぶようになった。頃合いを見計らい今度は左足に手を伸ばすと、同じことを繰り返す。鉄彦はまさに身口意(しんくい)を一致させ懸命のお加持を施していた。

これこそが密教行者といわれる人間の真骨頂である。長い年月をかけて真言行者や修験者が日々の修行を通じて作り上げた加持というものは、行者が大宇宙大生命体の無限の力や智慧を素直な心で頂戴し、それをそのまま祈禱することで受け手に注ぎ込む。すると受け手は生命力が勢いを増し、本来の健康を取り戻すのである。無論、個々には体力的にも精神的にも差があり、誰にでもすぐに効くとは限らないが、日頃から鉄彦に接してその験力を認めて信じ切り、さらには示現流(じげん)の鍛錬を積んだ源乃信には効果てきめんだった。昨日まではまったく動かなかった足が動きだした。

お加持を終えた鉄彦が額の汗を拭きながら微笑む。目を開けた源乃信が寝たままで嬉しそうに両脚の屈伸を繰り返す。

「身体もぽっぽする。もう大丈夫じゃ」

嬉々とした源乃信がいきなり上半身を起こした。昨日までは起き上がれなかったのに、切迫した状況に直面して、気を入れ直した今日のお加持の効果は速効性があった。鉄彦の手を借りて立ち上がろうとするも、いささか足元が覚束ない。これではまだ走れないと鉄彦は悟った。

「温泉にでも浸かればいいんじゃが」

そう言いながら慎重に腰を下ろした源乃信が鉄彦の顔を覗き込む。先ほどの話を聞いていたのだから言いたいことは分かりきっている。

「おはんは一人でここから逃げろ。あげな錠なら簡単に開くじゃろう」

そう言って視線を移した先は、牢の入口となる柵に取り付けられた見たこともない南京錠である。開閉する扉は太い鎖できつく縛られ、その先に錠がぶら下がっている。あんな錠ならすぐに開けられるのだが、意識が戻ったのにまだ戻らないふりをしていたのは、源乃信に加持を施しながら回復を待っていたからだ。

だが状況は変わった。天狗衆の頭が帰って来る前に術を掛けて何かを聞きだそうとしている。さきほどの二人が戻って来れば、すぐにそれは実行され、その先には死が待ち受けている。いっそのこと担いでここから脱出しても、まだ足が思うようにならない源乃信は逃走には足手まといになる。

「今の俺と一緒に逃げても邪魔になる」

まるで心を読んだかのような言葉に我に返ると、源乃信は微笑んでいた。

「おはんと神田明神の門前で見たことは本当じゃった。勝安房守が官軍との交渉に動きだしちょる。おはんの思念が西郷先生の処に届いちょれば、まちがいなく江戸攻めは中止じゃ。本当ならこれで俺たちの役目は終わる。

じゃっどん、役目と違た新たな仕事ができたからな。もし日光が破壊されれば、将門公の怨霊が蘇って江戸は大変なことになるかもしれん。こげな目に遭うたけど、あん衆の頭はおはんが言うたとおり、どうやら家康の墓守のようじゃ。違たにしても天狗に違いなか。じゃれば江戸の七星剣と北辰の秘密を知っちょるかもしれん。天狗が戻って来る前に二人とも殺されてしもえば、捕らわれの身になってやっと奴らの巣窟に潜り込めたのに元も子もなか。おはんは一人でここから逃げてくいやんせ」

「じゃっどん」

「らしくもなか。何を迷っちょっとな。俺のことは心配無用。こん大山、ただでは殺されん。何とか時を稼ぎもんで、その間に頭を見つけて謎を解いてたもんせ。俺の命も風前の灯火じゃが、こん足が回復すればまだ助かる見込みはある。何とかする。じゃっどん、あん衆から恐れられている頭とおはんは対決しなければならん。――勝てる自信は」

鉄彦は思わず凝視する。寝食を共にし、幾度となく共に死線をくぐったこの男は、いつの間にか心を読めるようになっていた。確かに謎解きをするための最終手段は、数百年も遡り秘術を相伝された人間、つまり手下が畏怖する頭との壮絶な術比べしかなかった。それは万が一の場合死を意味するだろうが、勝って初めて秘密が明らかとなるはずだ。万が一にも負けるわけにはいかない。己を奮い立たせる意味でも語気強く返答した。

「必ず打ち負かす」

「良かった。その言葉を聞けて安心した。石田ドン……。俺も、おはんも、役目を離れて命懸けの仕事をしようとしちょる。その大義は」

「江戸八百八町の民を守ること。もし江戸の結界が壊されたなら何が起こるか分からんが、想像を絶する禍(わざわい)を招く。それを防ぐのが山伏としての俺(おい)の使命。維新にはまったく関係ないけど人助けじゃ。人助けに敵も味方もない」

深く大きくうなずいた源乃信が、涼しげな顔で一言言い放つ。

「その人助けとやらに、俺(おい)も加勢をしもんそ」

源乃信らしい潔さに言葉も出ない。この状況で、いったいどんな手を使って時を稼ぐというのか。再び沈思する鉄彦に源乃信が語気強く再び促した。

「なにをしちょっとか。早う逃げ」

渋々立ち上がり檻の前に歩み寄ると、最多角念珠を取り出し、数珠を揉んでから護身法の印を胸の前で順に作り終えた後、檻の外の鎖の先にぶら下がる錠を睨みつけ、瞑目(めいもく)して念を飛ばした途端、錠が開くどころか太い鎖まで粉々になって吹っ飛んだ。身体は少し萎(な)えていても、山の霊気を吸い、五穀を絶ったような山野草しか食べていない鉄彦の力は増し、以前にも増してカラカネ崩しの術は強力になっていた。

持ち物が散乱する処まで歩み寄った鉄彦は、伝来の刀だけを取り上げて腰に差しふり返ると、笑顔の源乃信がいた。硬く目を瞑り、何事も無難になるようにと暫し強い念を飛ばし、必ず助けに来ると心の声を投げかける。そんな声が聞こえたかのように、源乃信が明るい声を投げかけた。

「ぐずぐずすんな。早う行け」

目を開けた鉄彦は大きくうなずくと踵(きびす)を返し、仄かに明るい入口を目指して小走りに走りだした。

その後ろ姿を見送った源乃信は何事もなかったように大きく伸びをし、地面の上に再び仰向けに寝ると静かに目を閉じ、しばらくすると大胆不敵な鼾をかいていた。


源乃信は洞窟の中に響き渡る大声で目覚めたが、目を開けようとはしない。

「牢が破られておる。錠が……鎖までもが粉々になっておるわ。片割れがおらん」

「さては目が覚めよったな。いったいどうなっておるんじゃ太郎坊」

「ま、ま、まさか、この気付け薬を使わん限り、五日そこらで目が覚めるはずもねぇ」

「覚めなきゃ、ここにいるじゃろうが。そいつはどうなっておる」

慌ただしく牢に入る足音がしたかと思うと鼻先に異臭が漂い、鼻息すら感じる。そのうち思い切り横っ面を張られたが、源乃信は軽い鼾までかいてみせる。

「よう寝ておる。なぜじゃ太郎坊」

「分からん。分からんが、こんなことは初めてじゃ」

「仲間を見捨てて一人で逃げよったのか。すぐに捕まるのにな。どうする。我らで探すか。そう遠くまでは行っておるまい」

「待て。まずは天狼坊様の下知を仰ごう。太郎坊、すまぬが走ってくれ。儂らはここで見張っておる」

源乃信は目を閉じたまま、これからの策を考えていた。命長らえるためには中途半端なことでは済まされない。幼い頃から郷中教育で叩き込まれた詮議が、声と共に自然と脳裏に蘇る。左右から敵の大軍で、前は海、後ろは崖。さあ、どうするか。これまで何度となく絶体絶命の危機に瀕し、その度ごとにこの言葉が蘇っていた。

何度も何度もこの言葉を繰り返しているうちに魂が滾り始め、どうせ殺されるのなら真正面からぶつかって相手の度肝を抜いてやるとの思いを巡らしていた。退路を断たれても、いかに薩摩隼人の真価を発揮するかが関ヶ原の戦以来の教訓である。やがて複数の足音が近づくと、足音荒く洞窟の中に入って来た。

「天狼坊様、面目ない。こんなことになろうとは」

「太郎坊、一人が目覚めて逃げたことより、まずはこの鎖を良く見よ。まるで鋭利な刃物で切ったようにバラバラになっておるわ。この錠も……。儂としたことが仏心で数珠を奪い取らんかったのは不覚じゃった」

「手で開けたかいの」

「次郎坊、お前も力自慢じゃが、この鎖を手でちぎれるか」

「無理じゃ、道具がなければ。そんな道具、あやつは持っておらんかった。儂が確かめた」

「道具を使わんのなら人間の力じゃとても無理よ。おそらく術を使ったんじゃろう。あやつ、術も操れる正真正銘の山伏じゃ。仲間を見捨ててどこへ行きよった」

「天狼坊様、山狩りは」

「これほどの腕ならすぐには見つかるまいが、皆に触れを回せ」

慌ただしく足音が遠ざかると、すぐに遠くで長鳴りする法螺の音がしだした。

「太郎坊、そやつに気付け薬を嗅がしてみよ」

声と共に複数の足音が牢内に入って来たかと思うと、獣臭と共に胸倉を捕まえられて頭が持ち上がり、鼻先に強烈な刺激臭が漂った。途端に源乃信はカッと目を見開き太郎坊の腕を鷲掴みにすると、まるで払うかのように後ろに投げ飛ばした。まったく抵抗する間もない不意打ちを食らった格好の身体は見事に吹っ飛び、頭をしたたかに硬い壁にぶつけ、気を失い、地面の上に横臥する。その横には気付け薬が入った瓶が転がっていた。

「さてはおめえも目を覚ましておったか」

凄まじい怒気を漲らせた次郎坊が、金剛杖に仕込んだ直刀を抜き払い源乃信に襲い掛かろうとする。制したのは巨漢の天狗坊だった。顔を覆うほどの髭の奥から碧眼が射るように睨みつける。数々の修羅場を潜って来た源乃信は動ずるどころか、鋭い視線を受けながら地面の上に潔く正座した。再び次郎坊が襲い掛かるべく仕込み刀を振りかざそうとした時、腰から素早く鉄扇を取り出した天狗坊が刀を叩き落した。

「待て。お前の剣で勝てる相手ではないわ」

重々しい戒めに、刀を拾い上げた次郎坊は不承不承金剛杖に納めた。それを見計らったように天狗坊が問いかけてくる。

「その正座、よもや命乞いをするのではあるまいな」

「もとより捕まった時から覚悟はできておる。殺される前に話しておきたいことがある」

「ほほう、それは潔い」

「術を掛けられ、あらぬことを吐かされるよりましじゃ。官軍は江戸の次にここに攻めて来る。じゃが日光に攻め掛かるのは官軍だけとは限らん」

「どういうことじゃ」

「八咫烏じゃ」

決して思い付きではなかった。考え尽くした末のことである。果たして反応が現れた。

「なに、——八咫烏とな。何故……」

一部の隙もなかった天狼坊に動揺の色が走った。

「孝明天皇の突然死の裏で、彼奴らが暗躍しておった」

「天皇の死に関与しておったのか。呪詛か」

言いもしないのにすぐに呪詛かと聞き返され、勘の鋭い源乃信はやはりと確信を持てた。

「ああ」

「なぜ、そんなことを知っておる」

「我らは東征大総督参謀西郷吉之助の配下の者」

天狼坊の背後の山伏たちが動揺し騒ぎだす。それをきっかけに、源乃信には天狼坊の視線を切る余裕が生まれた。牢の中にはまだ気を失ったままの山伏のほか三人の山伏。牢の外には四人の山伏がいる。視野の中に入るあの刀を手にしても、この足が完全に回復しなければ斬り抜けることは叶わない。そう思うと居直る気持ちがさらに余裕を生んでいた。

「やはりうぬは薩摩の密偵だったか」

「そげなことも、たまにはする」

平然とした妙な物言いに、天狗坊の鋭い眼光が少し揺らいだ。

「そんな薩摩の密偵が、なぜ八咫烏が天皇を呪詛したことを知っておる」

「色仕掛けじゃ。薩摩の動きを探るため、八咫烏の女が俺に近づいて来よった」

「ほほう。色香に落ちるほどの美形か。床の中なら色々と喋ったじゃろうに」

天狗坊が含み笑いをし、ついには笑いだすと、源乃信の前にどっかりと腰を下ろして地面の上に胡坐をかいた。見れば見るほど巨漢だった。相手の胸辺りに自分の顔がある。

「それでなぜ、きゃつらの呪詛を知った」

突然、きゃつらと言ったのは八咫烏に間違いなく、その物言いからして敵愾心を抱いているのは容易に察せられた。上目遣いに源乃信が「間男よ」と嘯く。

「間男――」

「そうじゃ。ある日、その女が別の男と歩いているのを見つけ、後を尾けてみれば、女が家に男を引っ張り込んだんじゃ」

「さては悋気を起こしたか」

「ああ、別嬪だったからな。男を叩っ斬ってやろうと思て家に踏み込めば、何とその家が八咫烏の塒じゃった。京から逃げ出す寸前だった。その家で呪詛の痕跡を見た」

あの時、自分を失い、呪詛の痕跡を見た覚えはないが、流れからそう答えるしかなかった。すると天狗坊が絞り出すような声を漏らす。

「あの死はやはり呪詛だったのか。しかも八咫烏とは……」

源乃信は何も応ずることなく深くうなずく。

「それでその女はどうした」

「秘密を漏らすまいと塒に火をかけ襲い掛かって来たんで、叩っ斬ってやった」

「ほほう。床で楽しんだ女をか」

「ああ、床上手は凄か剣客じゃった。生け捕りにしたかったが、できんかった。その女が今わの際に、我らは佐幕も討幕も関係ない。強い帝の御代が戻ればいいと嘯いた」

「強い帝の御代――」

「南朝じゃ」

「だから孝明天皇を呪詛したのか。ならばあやつらが目指すのは南朝復活か」

「ああ。それを阻止する者がおるとすれば徹底して排除すると。薩摩もな。彼奴らは徳川に恨みを持っちょる。執念深い。その反対に西郷先生には江戸攻めをする気はもうなか。じゃっどん、官軍全体が江戸攻めをすると意気込んでおい。さすがの西郷先生も止められんけど、旧幕府軍から休戦を持ちかければ断る理由はない」

「なぜ幕府方から休戦を持ちかけるのを知っておる」

「さっき、ここに来た二人が話しちょった」

そう言った途端、天狼坊が髭を動かし苦笑いをした。

「さてはとっくに目が覚めておったな」

「ああ、江戸が無傷で手に入れば次に狙われるのはここじゃ。西郷先生にそんな気はなかが、必ず八咫烏が陽動して官軍を動かし、徳川家の聖域を跡形もなく焼き払うじゃろう」

「なぜ、そんなことが分かる」

「呪詛の痕跡を偶然見つけた俺を、彼奴らの仲間が口封じのため命を狙ちょる。江戸に潜伏した途端、二度も命を狙われた。彼奴らはすでに江戸に入り込んでおる。官軍より一足早く江戸に潜伏し、色々と調べ、徳川家に二度と政をさせんよう息の根を止めるつもりじゃ。必ずこの日光の隅々まで焼き払う」

　顔を曇らせた巨漢が少し相槌を打ったことで命拾いしたと、一層の余裕が生まれた。再び口を開こうとする前に源乃信が片手で制す。

「待て。なんでも答えるけど、薩摩の密偵と分かったからには殺すんじゃろう。そん前に、腹が減ったんで飯を目いっぱい食わせろ」

「なに、殺されると分かっておるのに飯をか」

「そうじゃ。腹が減った。そいに……」

　と言いかけた源乃信が髭の伸びた顔を撫でる。

「殺される前に髭を剃って綺麗な身体になりたい。おはんらの妙な匂いがついたままでは死にたくはなか。どっかに温泉はないか」

「ある」

「なら、湯に浸からせて飯を食わせ。それから殺せばよか」

「何を言ってるんじゃ、兄者を投げ飛ばし気絶させたくせに」

あまりの大胆不敵な態度に怒り心頭の次郎坊が、天狗坊を押しのけ摑みかかろうとする。すぐさま、胡坐をかいたままの天狗坊が片手を上げて制した。

「待て。殺すならいつでもできる。今わの際に湯に入れて飯でも食わせてやれ」

「天狗坊様、何を言うてるんじゃ」

「言うことを聞け」

そんなやり取りを凝視していた源乃信がニコリと笑い、仁王立ちしている次郎坊に気さくに声を掛ける。

「さっきはすんもはん、おはんの兄様を投げ飛ばして。咄嗟に出た薩摩二見流の投げ技じゃ。示現流と一緒に習っていたもんで咄嗟に出てしもうた。罪滅ぼしじゃ、どれ」

悠然と立ち上がった源乃信が少し足を引きながら、気を失ったままの太郎坊の元に歩み寄ると、上半身を起こして背後に回り、太郎坊の両肩を摑んで活を入れた。すると呻き声と共に息を吹き返すや、すぐに状況に気づき、ふり返りざま背後の源乃信に摑みかかろうとする。だが、身体は一歩も動かない。起き出そうとしてもなぜか身体が動かない。

狙いすましたように源乃信の人差し指が太郎坊の額の上に突き付けられていた。山伏の術とは違い指一本で動きを止められた太郎坊の額に脂汗が浮く。それを見ていた天狗坊がニヤリと笑い、野太い声を張り上げた。

「誰か、山狩り中止の触れを回せ。これほど肝の据わった男の片割れなら、しかも金解きの術も心得た山伏なら、山狩りをしても容易じゃない。なかなか見つかるまい。それに……。それにしても術に長けた山伏が密偵とはなぁ。薩摩もよう考えたわ。まさに無敵の密偵じゃ。探しても無駄じゃ。そんな時を過ごすくらいなら、お頭様が戻られる前にこやつから聞き出そう。儂の山坊に飯を準備しておけ。誰か肩を貸して菩薩の湯まで連れてゆけ」

その声を聞いて源乃信は内心安堵するも、態度のあまりの豹変ぶりに天狼坊の知略を見抜いていた。一筋縄ではいかぬ男……。

その頃、鉄彦は山襞を両手両足を使って必死に駆け上がっていた。目指すところは男体山。広い日光領で磐座を探すのは容易なことではない。しかも古い行場なのだから一つとは限らない。ただ男体山が古道修験の頃から神聖な霊山なら、山内のどこかに太古の昔から伝わる磐座があるはずで、そこに秘法を使って祈禱する天狗衆の頭がいると見当をつけていた。まだ身体が不自由な源乃信を残してきたからには一刻の猶予もない。

洞窟を抜け出した途端、見たことのある風景が眼下に広がっていた。赤茶けた戦場ヶ原が広がり、捕えられていた洞窟が小高い丘の中腹に自然にできたものと分かるには、そう時間はかからなかった。空を仰げば太陽が西に位置し、東の方角には山頂に雪を被る男体山が聳え立っていた。迷うことなくそこを目指したが、戦場ヶ原に下るのではなく、山襞の急勾配の茂みを選んで登りだしていた。しばらくすると予想に違わず背後から法螺の音がした。鉄彦は山伏の使う法螺の音を聴き分けることができる。紛れもなく山狩りの触れであった。

法螺の音が山間で響き、あちらこちらでその音を繋ぐ新たなる法螺の音が立った。二つ、三つ、四つ、五つ。繋ぐ法螺の音は合計五つとなり、それはこの山の深くに居住する山伏たちの規模をも表す。おそらく百を下らない山伏たちが潜伏しているのだろうし、術に長けた山伏たちが犬でも使って大挙追って来たならば、たとえ鉄彦でも初めての山だからこそ、最終的には追い込まれる運命にあった。

ところがそれを打ち消す法螺の音がすぐに響いたのだから、突然の異変を意味する。あの源乃信がたやすく殺されるはずはなく、歩みを止め胸を撫でおろしていた。

露天風呂から出た源乃信が案内されたのは、山坊とは名ばかりの藁葺き屋根の掘っ立て小屋だった。一人の山伏から背中を強引に押されて中に入ると、囲炉裏の前で天狼坊が胡坐をかいていた。荒々しく背後の扉が閉じられると二人きりとなったが、外の気配が消えることはない。

天井のない剝き出しの梁から自在鉤が下がり、その先に吊るされた鉄鍋から白い湯気と共に旨そうな香りが立ち昇り、燃える薪の周りでは串打ちされた魚がこんがりと焼けている。蠟燭の灯りに照らし出された天狼坊は白髪混じりの総髪を後ろで束ね、さきほどの山伏姿とは違い、単衣の上になめし革の袖なし羽織を羽織っていた。腹帯に無造作に差した鉄扇が否応もなく源乃信の目に入るも、わざと鷹揚に振舞うことにした。

「風呂を馳走になった。よか湯じゃった」

天狼坊が鍋の蓋を開け木の椀を取り上げて注ぎ、胡坐をかいた源乃信に無言のまま手渡す。舌を焦がす熱さながらも源乃信は我を忘れてかき込んだ。山ごぼうとぶつ切りの雉肉(きじにく)を味噌仕立てにした味を堪能できるようになったのは三杯目からだった。瞬く間に鍋を空にした。その様子を天狼坊は目の前でじっと見ていたが、碧眼には先ほどのような凄味はない。

「まだ若いな。うぬは本物の山伏ではないな」

「髭を剃って汚れも落ちたからな。俺(おい)はれっきとした薩摩藩士大山源乃信じゃ。西郷先生の直属としてたまに密偵のようなことをすることもあるが、山伏じゃなか」

「ほほう、そうだったのか。さっきたまにはすると妙なことを言うたが。して大山殿、逃げた片割れは牢を破るほどの術を使えるようだが、どんな関係じゃ」

呼び方が変わり、妙なことを聞くと思ったが、源乃信は素直に応じた。

「話せば長くなるが、一言で言えば俺(おい)の主(あるじ)西郷先生が死にかけた時、祈禱で治してくれたことがそもそもの縁じゃ」

「やはり本物の山伏だったか。なぜ西郷は死にかけた」

「安政の大獄の時、幕府の追っ手から逃れて薩摩に来た京の坊様を藩は処刑しようとした。その坊様と先生は前々から知り合いで、哀れに思った先生は海に飛び込んで心中しようとした。坊様は亡くなったが、先生は一命を取り留めた」

「死んだ坊主の名は」

「月照(げっしょう)和尚」

「清水寺のか。尊王攘夷派の活動家だった京の坊主が行く方知れずになったと噂には聞いておったが、まさか西郷と心中していたとは思いもせなんだ」

そう言った天狼坊が瞬きもせずにじっと覗き込む。心の中を覗き込むなら覗いてみろ。嘘は何もついていない。そう思いながら源乃信は鋭い視線を受け止めていた。しばらくすると我に返ったように碧眼が動いた。

「それで蘇生の祈禱を。蘇生延命の術を施せるほどの山伏じゃな。名は何という」

「石田鉄彦。薩摩がまだ平定されていなかった頃、大隅半島に進攻して来た島津軍に最後まで徹底抗戦した肝属氏が重宝した山伏の末裔じゃ」

「ほほう、その山伏の名は」

「なぜそんなことを聞く」

「戦国武将が重宝したぐらいの山伏ならば、よほどの修験の者と思うたからよ」

山伏の間ではその名が轟いたという智海の名を言うべきか否か。源乃信は最後の切り札として咄嗟に思い留まった。そんな心中を読んだかのように素焼きのからから（銚子）を取り上げた天狼坊が、源乃信の前に置かれた縁が欠けた湯呑茶碗にどぶろくを並々と注ぎ入れ、自分の茶碗にも注ぎ入れる。

茶碗を手に取った源乃信は、それを持ったまま天狼坊を凝視する。苦笑いした天狼坊は喉を鳴らして一気に飲み干した。それを見届けた源乃信も一気に呷れば五臓六腑に染み渡る思いがすれども、酔う訳にはいかぬと気を引き締める。

「ほう、なかなかの飲みっぷり。これから尋問するのに毒など入れておらん。肝も据わり、気に入った。さあ、もそっと飲め。今生最後の酒になるやもしれんしな」

「なら心して頂こう。——あれはなんだ」

そう言って茶碗片手に指さした物は串刺しにされ、すでに黒焦げとなった妙な物だった。

「はんざき。山椒魚じゃ。精がつく」

「殺す人間に精をつけるのか」

「死ぬのも大変じゃろうからな」

途端に源乃信が噴き出すと天狼坊も含み笑いをするが、目の奥は決して笑っていない。

「おはんのその眼の色。その体躯。和人には決して見えんが」

「この山に昔から棲んでおる。遠い遠い先祖が大陸から渡って来た」

そんなことを言われれば、西郷と共に急遽薩摩に赴き、イギリス艦艇に乗り込んで初めて間近に接したエゲレス人の風貌にもよく似ている。

「そげな昔からこん山に棲んでおるのか。ならば天狗の末裔か」

「なぜ、そんなことを聞く」

凄味を利かせてジッと見つめる天狼坊を見て、源乃信はここぞと腹を括る。

「たぶん、おはんが聞きたかったことと関連する。さっき牢の中で、なぜ街道を使わず、わざわざ険しい山伝いにここに忍び込んで来たのか、その訳を聞きたかったのじゃないか」

「あんな派手な姿を晒すなら、まるで捕まるのを待っているようでもあったわ」

「そんとおり。我らの目的は日光の山伏、いや天狗と逢うことじゃ。しかも大天狗とな。つまりおはんらの頭と」

「なに、お頭様と。――なぜじゃ」

そう聞かれ、すぐには答えない源乃信はからからを取り上げ天狼坊にどぶろくを注ぎ、自分にも注ぎ入れて一気に飲み干した。いかに源乃信でも勇気が必要だった。

飲み干しながら知らず知らずのうちに、「泣こかい、飛ぼかい、泣こよか、ひっ飛べ」と心の中で反芻していた。絶体絶命の時、薩摩兵児たちは必ずこれを口ずさむ。座して死を待つくらいなら敵の懐に飛び込んで相手の喉を食いちぎろうとする薩摩ならではの「ぼっけもん」を奨励するこの言葉は、子供の頃から刷り込まれていた。囲炉裏端に音を立てて湯呑茶碗を置いた源乃信の口から、躊躇いのない言葉が勢いよく吐き出される。

「江戸の町に北斗七星のごとく祀られた平将門の御霊と、そこから真北に延びる、つまりは日光東照宮に関わる北辰信仰の謎を」

「なにぃ、こやつ」

源乃信が言い終わるのも待たず、みすぼらしい掘っ立て小屋の藁葺き屋根が吹っ飛ぶぐらいの怒声を張り上げた天狼坊が腰の鉄扇を引き抜くや、囲炉裏の向こうから源乃信の頭目がけて打ちかかった。咄嗟に膝立ちした源乃信が鉄扇を白刃取りするも、鬼の形相となった天狼坊が片手一本で物凄い力を加え、瞬く間に鉄扇が源乃信の眉間近くまで迫る。

鉄扇を両手で握られたならば間違いなく頭が真っ二つに割られるほどの怪力だったが、天狼坊が膝立ちしようと腰を浮かせたその時、中心線が僅かに右に流れるのを見逃さなかった。すかさず圧倒的な圧力を受け流すため右に体を開くと、勢い余った天狼坊の身体は囲炉裏を越えて吹っ飛ぶも、巨体は板場に叩きつけられる前に猫のようにくるりと回り、立ち上がるや、背後から源乃信に襲い掛かろうとした。

だが、奪い取られた鉄扇を喉仏に突き付けられて一歩も動けない。いとも簡単に投げ飛ばされ、鉄扇をあっと言う間もなく奪い取られた驚き以上に、目の前に立ちはだかる源乃信から迸る殺気をヒシヒシと感じ取れば観念するしかなかった。もし抵抗の素振りでもしたならば、迷うことなく喉仏を突き潰す気迫が漲っている。

その時、入口の扉が蹴破られるように開くと、外にいた山伏たちが金剛杖の仕込み刀を抜き払って部屋の中に雪崩れ込み、怒りと驚きが入り混じる顔で源乃信に襲い掛かろうとするも、まったく動じない源乃信は、天狼坊の喉仏から鉄扇を離そうとはしない。その姿には一部の隙もなく、身体から発せられる殺気は尋常ではない。しばらく睨み合いが続いた。

「斬り合いになれば怪我をする。それより二人だけでさっきの話の続きをせんか」

そう言った源乃信がいきなり持っていた鉄扇を土間に放り投げると、山伏たちは唖然とした顔をする。意表を突かれた天狼坊はうなずき、山伏らに出て行くよう促す。土間に転がった鉄扇を拾い上げても背中を見せた源乃信に反応はなく、元の座に戻り言い放たれた言葉はさらなる驚きを誘った。

「無理もなかが、おはんは誤解をしておる。我らは徳川家の聖地を荒らしに来たのではないし、江戸の七星剣と北辰の謎を解いて日光を破壊するもんでもない」

「七星剣……。なぜそれを知っている」

「江戸の結界を調べているうちに分かった。じゃっどん、正直謎だらけじゃ。最初は江戸攻めを有利に進めるため江戸に潜伏して結界を調べ、それを破壊するつもりだったが、西郷先生には江戸を攻め落とす気がなくなってしもうたからな」

真剣に聞き耳を立てていた天狼坊の目の色が変わった。

「さっきも同じことを言っていたな。なぜ西郷は攻める気がなくなった」

「天璋院(てんしょういん)を知っているか」

「天璋院……、若くしてご逝去なさった徳川家定公の御台所(みだいどころ)のことか」

「ああ、我らが親しみを込めて篤姫(あつひめ)様と呼んでいる薩摩の姫様じゃ。篤姫様を養女に迎え入れ、家定公に輿入(こしい)れされる時に骨を折られたのが、今でも西郷先生が尊敬して止まない島津斉彬(なりあきら)公じゃ」

「呪詛死したと噂される薩摩守のことか。姫は実子ではないのか」

大きくうなずいた源乃信は、こんな遠い処まであの呪詛の噂は届いていたのかと内心驚いた。しかもその呪詛には次郎が大きく関わっていたはずだ。そう思えば不思議な繋がりを覚えずにはいられないし、天狼坊の反応の良さにある手応えも感じるようになっていた。

「そうじゃ。西郷先生は亡くなられた斉彬公を今でも崇拝しておられる。そんな先君が養女にした姫を徳川家に輿入れをさせたんじゃから、先生の篤姫様への思いは一入(ひとしお)じゃ。その姫から我が主西郷先生のもとに、我が一命に代えても徳川家を滅ぼしてはならん、江戸を攻めてはならん、徳川慶喜公を殺してはならん、と嘆願書が届いたんじゃ」

「何と……。まさか、嘘を申せ」

「嘘と思うなら俺の腹の中を覗いてみろ。山伏ならそんな術はお手のもんじゃろが。俺の相棒は人の心を読む達人じゃ。じゃって俺は、山伏の前では嘘は言わんようにしておる」

天狗坊が碧眼を見開いた。底が知れぬと内心慄いていた男への警戒心が少し薄れる。だが、問い質したいことがあった。

「先ほど江戸攻めを有利に進めるために江戸に潜伏して結界を調べ、それを破壊するつもりだったと言うたな。結界とは平将門公の御霊を祀る七星剣のことじゃろう。

聞きたいことがある。鉄砲や大砲が主力となった今の時代に、なぜ江戸の結界なんだ。鉛の弾は難なく結界を突き破るし、大砲は一発で結界を破壊する」

「石田ドンから結界が如何に大切なもんかを教えてもろうた。俺は目には見えん結界など半信半疑じゃったが……」

躊躇う源乃信ではあったが、信じてもらうためには話さなければならない。

「鳥羽伏見の戦いで幕府軍の大将が逃げたのを知っているな」

「ああ、虫唾が走る」

苦々しく呟き、腰抜けという言葉を吐き出そうとした時、突如語気強く「違う」と源乃信から釘を刺され、天狗坊は怪訝な顔つきとなった。

「逃げたのは決して腰抜けとは違う。石田ドンの秘術にまんまと嵌ったんじゃ」

「秘術……、どういうことか」

「幕府側は敗退し大坂城に立て籠った。もし大坂城で双方の軍がまともにぶつかったなら大変な犠牲者が出たじゃろう。それを術で阻止したのが石田ドンじゃ。かつて大坂城鬼門だった片埜(かたの)神社に二人で潜り込んで祈禱をする前、秘儀を使(つこ)て大坂城内の怨霊を蘇らすと言った。それ以降、そのことについては一切触れんが、今にして思えば大坂夏の陣で無念の死を遂げた怨霊を成仏させ、成仏した御霊に城から逃げるよう慶喜に働きかけさせる術を使ったと思う。今まで誰(だい)にも話したことはなか。話したのは初めてじゃ」

微動だにせずに聞き耳を立てていた天狼坊が、驚きの顔と共に呻(うめ)くような声を漏らした。

「ま、まさか、その秘術とは……、大聖乙護法(だいしょうおとごほう)の秘法ではあるまいな」

「そげなことを俺(おい)が知るもんか。ただ石田ドンがこうして印を組めば」

目の前で身振り手振りの説明はまだ続いているが、天狼坊は上の空になっていた。

「そん時に生まれて初めて幽霊ちゅうもんをこの目で見た。幽霊は半透明の大きな玉じゃった。そんなもんが目の前に突然現れてすーっと消えた。それが亡霊と分かったのは祈禱が終わってからのことじゃ。石田ドンが言うには、結界に守られちょらんかったなら、取りつかれて大変な目に遭(お)うちょったかもしれんと。

江戸は練りに練った強固な結界で守られておるそうな。にも拘らず動乱のこの時代に次々と将軍が亡くなったことを、石田ドンはかねてから不思議に思ちょった。破れた結界のどこからか魔が入り、相次いで将軍が死んだと思うようになったとじゃ」

「それでおぬしらは結界を調べるため、江戸攻めの前に江戸に潜入したのか」

「ああ。江戸の結界を完全に無力なもんにできれば、敵は戦意を失い、無駄な血は流れんと思うた。だから西郷先生の思惑と一致した」

「思惑……」

「さっきも言うた。西郷先生に江戸を攻め落とす気はなかて。結界を無力なもんにできれば戦意もなくなり、敵は降参すると思たんじゃ。もうその必要もなくなったが」

やっと辻褄(つじつま)が合った天狼坊は巨体を揺らして大笑いした。嘲笑いとも思えるその笑いを目の当たりにし、この勝負に勝ったと源乃信は確信した。

「なにがそんなに可笑(おか)しい」

「江戸の結界はどこも壊れておらんわ」

笑いを堪(こら)えて天狼坊はそう吐き捨てたが、次の一言で笑いが止まり真顔(まがお)となる。

「そんとおり。完璧じゃ」

「分かったのか、秘密が」

「それは分からん。だからその秘密を解くためにここに来ている。じゃっどん、石田ドンは俺(おい)にこう言うた。将門公の霊をそれぞれの街道近くの門に地霊として祀り、街道四方から邪気が入るのを完全に遮断していることこそ、江戸の町を守る本物の結界門だと。京の結界すら凌(しの)ぐ完璧な結界じゃっと」

「ほほう。なかなかの端倪(たんげい)」

源乃信は天狼坊の呟きに益々の手応えを感じていた。だからこそ決定的なことを言う潮時と腹を決める。

「そげな結界が破壊されれば、江戸は大変なことになったはずじゃ。将門公の怨霊は今でも生きておる。江戸の結界が破壊されれば将門公の怨霊が蘇り、何が起こるか想像もつかん。大砲や鉄砲の破壊力とは訳が違う」

「将門公の怨霊が蘇り、江戸の町に魑魅魍魎（ちみもうりょう）が跋扈（ばっこ）するとな。今の時代に笑止な」

と吐き捨てた天狼坊が大笑いする。

「笑え。いくらでん笑えばよか。じゃっどん、最後まで聞いてから笑え」

「まだ先が……」

「ある。将門公を祀る七星剣をたとえ破壊したところで、江戸の結界は解けん。単に建物を壊しただけじゃ。天海が考えた結界とはそげな単純なものじゃなか。

江戸の次はここじゃ。徳川家の聖地を破壊するために官軍は進軍して来るじゃろう。多勢に無勢。そうなれば自暴自棄に陥ったおはんらは必ず最後の楔（くさび）を抜く」

最後の言葉を聞いて天狼坊の顔が一変する。

「最後の楔（くさび）を抜く――」

「江戸の七星剣とは、言わば江戸に打ち込まれた七つの楔じゃ。そことここは繋がっているはず。この山のどこかに八つ目の楔があるはずじゃ。つまり要の楔じゃ。しかもその楔は天海の呪術によって打ち込まれている。

江戸の結界は七星剣の建物を壊すぐらいでは破壊できん。じゃっどん、もし誰（だい）かが江戸の七星剣から真北に位置する八つ目の楔を抜けば、江戸にある楔も次々に抜け、楔の奥底に眠っていた将門公の怨霊が蘇り、江戸は地獄に陥る。

我らがわざわざ身を晒してまで来た訳は、八つ目の楔の秘密を解き、江戸が地獄にならんよう江戸っ子を救うためじゃ。だから断じておはんらの敵ではない」

何かを言いだそうとする天狼坊に、勢いづいた源乃信が片手を上げて制す。

「最後まで聞け。そんな秘密を受け継いでおるのが、天海から密かに伝えられその秘術と共に家康の墓を代々守れと命じられた天狗の子孫。つまりおはんらのお頭ではないのか。

おはんらは八咫烏との因縁があるんじゃろう。奴らは昔から帝近くにいたようじゃ。家康は朝廷と帝の力を悉く封じ込めたんじゃから、政権から程遠いモグラのような暮らしをしてきたんじゃろう。この動乱に乗じて奴らは再び強い帝の政ができるように暗躍しちょる。彼奴らの長年の恨みは強い。さっき呪詛かとすぐに聞いた。確かに奴らは恐ろしい妖術を使う。火薬にも通じちょる。俺も妖術を掛けられて命が危なかった。執念深くて手強い相手じゃ。

実はこの戦が終われば江戸に遷都するちゅう噂がある。そうなれば帝が江戸に移って来られるじゃろうし、強い帝の御代復活を目論む八咫烏がまずすることは、忌々しい徳川家の痕跡を跡形もなく破壊するじゃろう。彼奴らは容赦ない。人は無論、土地建物まで完膚なきまで破壊し尽くす。しかも証拠は一切残さん。

なれば東照宮の破壊は無論、天海から秘術を授けられているおはんらのお頭も、お頭を守るおはんらも皆殺しにするじゃろう。そんことはすでに承知じゃないか。だから八咫烏の動向を聞き出すため、必要以上の饗応をしたんじゃろう。術を掛けてこれ以上のことを聞き出そうとしても、もう何も知らん。俺は酒を呑んでからは嘘は言わん。腹を割って話した」

無言となった天狼坊の碧眼が源乃信を呑み込むように見つめ、しばらくの間、二人の間に沈黙の時が流れた。ついには目を閉じた天狼坊が腕を組んで沈思しだす。

源乃信は自分の生死など、もうどうでもよくなっていた。数を増した山伏たちが小屋の外で様子を窺っているのを気配で感じていた。網でも打たれて一斉に斬り込んで来たならひとたまりもない。一点の曇りもなく誠心誠意話したことを疑われるのならそれも運と、寧ろ清々しささえ感じる。

薩摩武士は総じて剛胆な「ぼっけもん」であるが、名誉も財産も、我が命にも執着がなく、何かあればいつでもそれらを捨てられる身綺麗な「綺麗ご免さあ」という性格に憧れる。あの西郷も、半次郎も、そして源乃信もそういう人間である。

いかに天狼坊が源乃信の心の底を覗いたとて、命の危険があるにも拘らず、秋空の下涼風が吹く清々しさしかなかったし、抱き続けていた懐疑心と警戒心が、蟬が脱皮するかのように剝がれようとしていた。やっと目を開けた天狼坊が低い声でポツリと言葉を吐く。

「ならば石田殿はお頭様のもとへ」

その言葉を耳にして源乃信は躍り上がりたくなる。初めて鉄彦のことを石田殿と呼び、敵意を感じさせなかったからだ。斬り合いとは異なる修羅場を切り抜けたと、天にも昇る嬉しさは声を勢いづかせる。

「そうじゃ。多分、おはんらが霊山と崇める男体山へ」

「あそこにはおられん」

「それならどこにいる」

「それは掟（おきて）じゃから教えられん。ただお頭様は間違いなく石田殿を捜し出す。もう見つけておられるやもしれん。山狩りの法螺の後ですぐに中止の法螺が立ったんじゃから、おかしいと思われたはず。必ず捜し出す」

「見つかれば、術比べになるか」

「石田殿を希代の修験者と看破されるじゃろうから、術比べとなるのは必定（ひつじょう）じゃ」

その言葉を聞いた途端、突然源乃信が高笑いする。すると天狼坊はあっけにとられた顔をする。

「何が可笑しい。仲間が殺されるのがそんなに可笑しいのか」

「なぜ石田ドンが負けると決めつける。逃げた石田ドンは、最初からおはんらの頭に術比べを仕掛ける気じゃ。つまり山伏問答で言うたことは本当よ」

天狼坊は高鼻が引きつるぐらいの驚き顔となった。

「お頭様と本気で術比べをする気だと。無謀じゃ。生きて帰れるはずもない」

「分からんぞ。石田ドンは薩摩山伏の中で伝説となっている、智海ちゅう山伏の末裔じゃからな」

「――な、なんと。今なんと言うた」

「勇猛果敢な島津勢に術を使って戦ったのが智海ちゅう山伏で、その秘術を受け継いでいるのが石田鉄彦ドンじゃ。つまり石田ドンは智海の子孫。薩摩で一番の山伏じゃ。いや日の本一の山伏じゃ。あん人の験力は大変なもんじゃ。この目で何度も見た」

唇を噛んだ天狼坊の耳朶がみるみる赤くなる。それは燃える薪のせいではなかった。

「おはんは智海ちゅう名を知っているな」

それに答えるでもなく、天狼坊が呻くような声を漏らす。

「大変なことになる。ただでは済まん」

「そうでもせん限り、秘密は分からん。今まで話したのは俺の推理じゃ。無論、石田ドンの知恵が基になっておる。じゃっで、石田ドンもほぼ同じ考えだろう。推理が正しかか否かをまず確かめるはずじゃ。もし正しければ江戸の民が犠牲にならんようにする」

「お頭様を殺すのか」

「馬鹿な。殺してなんになる。日光を守りながら家康の墓守を続ければよか。まずは術比べで勝ち、勝った上で石田ドンは、おはんらのお頭を説得するはずじゃ。時代は変わった。無駄な抵抗はするな。江戸の結界を破壊するような楔を抜くなって」

その言葉を聞いた途端、天狼坊が大きく息を吐き出す。一呼吸置いて静かに語りだした。

「大山殿、さっきおぬしは何らかの理由で、江戸の結界の一部が壊れておるかもしれんと言うたな。満更外れてはおらん。だが、壊れたのではなく弱くなったのよ。

北斗七星と北極星のごとく、江戸の七星剣とここは確かに繫がっておる。子孫の供養で日光は喜び、その喜びがまた江戸の結界をより強くしていると考えていい」

「何を言うちょるのか、いっちょん分からん」

再び息を吐いた天狼坊がおもむろに口を開いた。

「徳川家慶様の社参以来、もう長い間、社参は行われてはおらぬ。それ以前は、途切れることのない社参の列が続いておったもんじゃ。子孫の供養という滋養を貰って、御霊は益々子孫を護ろうとするんじゃが、動乱の時代になったとはいえ、供養という滋養が届かなければ、江戸の結界も弱くなるのは必然でないか」

「そうだったのか。そんなことを良く。まさか冥土の土産じゃなかろうが」

「おぬしには借りができたからな。石田殿が戻られるまで、よしんば戻らねば、この儂がなんとかお頭様にとりなそう。それまであの菩薩の湯で療養すればよかろう。温泉を所望したのはあの湯で足を癒し、隙を見て逃げるつもりでいたからじゃろう」

ひとまずは危機を乗り越えた源乃信が安堵と共に高らかに笑えば、天狼坊の碧眼も和やかとなる。だが、すぐに表情が引き締まり真顔となった。

「なにか音がする」

薄い唇の前に人差し指を立てた天狼坊がしばらく聞き耳を立て、おもむろに口を開いた。

「中禅寺坂よりこなたは我らの聖域。女人は無論、牛馬も禁止じゃ。我らの仲間からの早馬の知らせじゃ」

やがて馬の蹄の音が近づき、馬がひと声嘶くと小屋の外が騒然とした。すると扉を蹴破るように開けた山伏が慌ただしく土間に片膝突くが、すぐに口を開こうとはしない。

「よい。申せ」

そう天狼坊が声を掛けると、外にいた山伏たちの数人が松明を手にして顔を覗かせた。薄暗い中で顔を上げた山伏はまだ若く、丸坊主頭に頭襟を縛り付け、鈴懸の上に獣の毛皮はない。腰には天神差しの刀がある。それを見届けた源乃信が山伏たちに再び背を向ける。背に遠慮のない冷たい風が吹きつけ、山伏たちの鋭い視線が突き刺さる。

「女を含む不逞の輩が中禅寺坂に入り込み、早や地蔵坂に迫るとのこと」

「峠からの知らせか。数は」

「はっきりはしませぬが、二人連れ、三人連れとバラバラに三十人ほどとのこと」

「女も交じっていたのは確かか」

「はい。長い髪だったそうで間違いありません」

「ご禁制を破り堂々と、しかも夜陰に紛れて……。確かに怪しい奴らじゃ。そんな奴らを、関を通しおって。所詮は組頭も江戸の者。江戸の騒ぎが気になって帰ったやもしれんな」

それまで背中を見せていた源乃信が遠慮がちの声を漏らす。視線を移した天狼坊が源乃信を凝視する。

「さっきの話を覚えておるか。——色仕掛け」

すぐに気づいた天狼坊の碧眼が険しくなる。

「足が癒えたなら、万が一の時は助勢してくれぬか」

源乃信のうなずきを確認すると巨漢が立ち上がる。

「おそらく何かを探るため、闇に紛れ込んでここまで潜入しようとする輩どもじゃ。皆に戦支度の触れを回せ。ただし、得体の知れぬ相手に気づかれぬよう法螺は吹くな。

皆に申し渡す。ここにおる薩摩藩士大山源乃信殿は敵ではない」

途端に戸口にいる山伏たちが騒ぎだす。それを打ち消すように再び声が響き渡った。

「よう聞け。儂が十分に詮議（せんぎ）した上での判断じゃ。これより客人扱いとする。次郎坊、この方の刀や持ち物を全て返し、得意の薬を調合して早く元気にしてやれ。足が癒えるまで面倒を見ろ。もし戦になれば我らに加勢して下さる」

「ええっ、儂がかいの――。分かった」

不承不承の返事ながら、満足そうにうなずいた天狼坊がみたび声を張り上げる。

「法螺を使わねば、触れが行き届くには小半刻（こはんとき）（三十分）はかかろう。太郎坊、皆が参集するまでその者らを引き連れ地蔵坂まで走れ。そこで様子を探れ。場合によっては術を仕掛けて敵の力量を見極めよ。見極めたならばすぐに報告しろ。主力の備えが整うまで深追いをするな。いよいよとなれば戦場ヶ原に誘い込み、そこで一網打尽にする。各々支度を整えたならば、すぐにゆけ」

返事を残し、天狼坊と次郎坊以外の山伏たちが一斉に走りだし闇夜に消えてゆく。


その頃、鉄彦は山の中を必死に駆け抜けていた。所々に落石の跡や倒木もある山の中を足音も立てず息も乱さず、道なき道を迷うことなく男体山に向かって突き進む。途中で幾度となく獣と遭遇するが、彼らが牙を剝く間もなく山伏装束の影がすり抜けた。

そんな疾風のような足がパタリと止まるや、片膝突いて低い姿勢で聞き耳を立て、辺りを窺う。

先ほどからそんなことを繰り返していた。漆黒の闇とはいえ星明かりがあれば目が利く。前方を丹念に探り、今度は後ろも確認するが何の異常もなかった。素早く立ち上がりまた元の歩に戻す。だが、数歩も進むと横っ飛びして枯葉の山に頭から突っ込んで身を隠し、死んだように動かなくなった。

吹き溜まりの窪地に折り重なる大小の枯れ葉はあっと言う間に姿を消した。完全に気配も絶った鉄彦は寝静まる山と同化したため、窪地の前に現れ出た猪の番もその存在に気づかず、穴を掘って何かを捕食すると、糞をして闇の中に姿を消した。猪が去ってからも枯れ葉に埋もれたままの鉄彦は動かなかった。

慌てて身を隠したのは突然現れ出た猪の番のせいではなく、何か知らぬが尋常ならざる気配を感じたからだ。しばらくすると枯れ葉の山が一瞬動いてそこから手が伸びると、あろうことか猪の糞をむんずと掴む。枯れ葉の中でいつの間にか仰向けになった鉄彦は、掴んだ糞を身体中に擦り付ける。人間としての全ての気配を絶つにはこれしかなく、それほどまでに得体の知れぬ気配を警戒していた。

顔の上に幾重も重なる枯れ葉の隙間から夜空を眺める。晴れ渡った夜空に満天の星が輝き、過剰なまでの警戒心をまるで嘲笑うかのように瞬いている。しばらく星を眺めていた鉄彦は不思議な感覚に襲われていた。まるで誰かが耳元で囁く感覚。六感に何かが触れた感覚。途端に閃く。先ほどからの気配は人の気配ではない。まるであの無数の星の中の一つがじっと見ているような感覚。いったい何が……。

その時、今まで一度も耳にしたことがない笛のような高い音が長鳴りしたかと思えば、枯れ葉の隙間から見えていた満天の星が突如まったく見えなくなり、何か巨大な黒い影が音もなく頭上をゆっくり通り過ぎる。こんな夜更けに断じて鳥であるはずがない。もし鳥ならまったく視野を遮るような巨大な鳥がいるはずもない。瞬きも忘れた鉄彦に何とも言えない戦慄が走る。その戦慄はこれまでの人生の中で一度も感じたことのない本能的な怯(おび)えだった。

鉄彦は枯れ葉の下から這い出ようとはしなかった。得体の知れない影は一度しか頭上を通り過ぎなかったものの、どこかにその気配を感じれば這い出すことはできず、猪の糞の臭いを我慢しながら辺りを窺っていた。その気配が丑(うし)の刻（午前二時）あたりでぷつっと途切れ、それでも用心深い鉄彦は動こうとはせず、この際だから少し仮眠をとろうと泥のように眠った。

漆黒だった闇が徐々に解け始め、小鳥の囀りが聞こえるようになる。太陽が昇る前が最も冷え込むはずだが、枯葉に埋もれているお陰で寒さはあまり感じない。やがて日が差し始める。葉の下から五感を研ぎ澄ませて辺りを窺う。あの気配は完全に消えていた。

起き上がろうとしたその時、地面に密着した皮膚が僅かな振動をとらえた。聞き耳を立てると複数の足音が近づいてくる。まったく乱れのない足音だ。しかも摺(す)り足に近い足捌(あしさば)きである。山で修行を積む山伏は万が一足を滑らせば命を落とすこともあるのだから、足を滑らさないよう土を食(は)むように歩くことが習慣となる。

いったい何者かと思ううちに足音が近づき、小枝を踏み割る音も混じるようになり、その音からして十人は下らない集団と見当をつけた。枯葉の隙間から凝視する。朝日の閃光を背に浴びた影が白く靄る中からその姿を露わにした途端、鉄彦は激しく瞬き、目を剝いた。

腰の刀の柄に左手を添え、右の手は振られることなく右腰に添えた上下動のない走法は、明らかに忍び足であるし、その装束はなんと燃えるような赤、いやそれは強烈な朝日を受けた肩先の付近で、近づくごとに、紫色の忍び装束であることが分かったからだ。

波見の亡骸と共に火の中に投げ込んだ忍びの者らが着ていた装束の色が、鉄彦の脳裏に蘇った。紫色は本来、一位、二位の公家しか身につけられない色であった。

枯葉の下に埋もれる鉄彦に気づくことなく、紫の集団が鉄彦の目と鼻の先をつむじ風のように次々とすり抜ける。またも微動だにしない鉄彦が目が大きく見開く。それは決して幽霊ではなく、二本の足が大地を力強く蹴っていた。忘れるはずもない美形が口を真一文字に結び、柳眉を吊り上げ走り過ぎたが、横目で追った後ろ姿に、束ねた長い黒髪がユラユラと揺れている。それで腑に落ちた。

浅草の土手道で不覚にも襲われた時、死んだはずの波見が幽霊のように現れ、あれは八咫烏の妖術と今の今まで思っていたが、さにあらず、生身のあの女が波見の幻影を操っていたと。ならば波見は双子か……。どっちが姉か妹か分からないが、肉親の仇討ちならば執念深いのは道理というものだ。抱き続ける怨憎というものが勘の良い鉄彦に絡みつき人知れず悩ませていた。

「早くしろ。夜が明けたからにはもう化物は出て来ぬわ」

女が長い黒髪を揺らしながらふり返り、顔を強張らせて後に続く者を叱咤した。その声は確かに聞き覚えのある、あの夜の女の声だった。

化物……。鉄彦の頭が目まぐるしく動く。夜が明けたからにはもう出て来ぬとも言った。ならば奴らは夜の間、その化物とやらと対決していたことになる。鉄彦に考えられるのは一つしかなかった。しかも丑の刻あたりであの気配はぷつっと途切れたのだから。

忍び装束の一群はまだ続いていた。なかには重そうな頭陀袋(ずだぶくろ)を背負う者もいて、後に続く者たちは徐々に遅れている。当初は十人は下らないと予想していたが、すでに二十八人の忍びの者が通り過ぎている。そんな列を眺めていた鉄彦は一計を案じていた。

鉄彦はあの巨大な黒い影を目の当たりにした後、残して来た源乃信は気になるも、ある漠然とした予感、六感の囁きのようなものが胸を覆うようになっていた。いずれ対決せねばならぬ相手。尋常ではない気配を漂わす相手。しかも人であるはずはなく、そんな相手と戦う術は昨夜(ゆうべ)はまったく分からなかった。

術に長けた修験者というものは日頃の気の鍛錬によって、どんな感情でもその感情を翌日まで引き摺らない。それは悲しみでも喜びでも、怒りでも憂いでも不安でも変わらない。一瞬のうちに零の感情に戻せるから、いかなる時にも平常心を保って対応できる。それができなければ命すら落とす時もある。これまでの人生で一度も経験したことがない戦慄を感じたにも拘らず、その怯えを泥のような眠りの底に捨て去っていた。

目覚めればあれほどの怯えが消えて対決意識が強くなり、それが潜在意識からの物言わぬ叱咤激励と分かれば自分を奮い立たせるようになり、何かが後押しするような感覚ともなった。これこそが戦に臨む薩摩兵道家の気概。気が萎えればどんな術を使おうともそれが術に反映されるし、いかなる状況でも、いかなる相手でも、相手に呑み込まれてしまえば敗北に導くのは己自身である。僅かな時間ながらも泥のような眠りは暗を明に反転させるかのごとく、途方も無い相手との戦いに挑む勇気を引き出させていた。

あの様子からして彼奴らも確かに怯えている。それは狙われている証だし、ならば奴らの中に潜り込んでその姿をしっかりとこの目で確かめ、襲って来る化物の手のうちも見定めようと、大胆にも決意する。

二十九番目の忍びの者が目の前を通り過ぎようとしていた。鉄彦は枯れ葉の下で素早く護身法の印を組み、背中を見せた男に枯れ葉の中から跳びかかろうとしたその時、明らかに初老と分かる男は立ち止まってふり返りざま、後方に向かって小声を発する。

「監物（けんもつ）殿、大丈夫でござるか。急がれよ」

遠くで「すまぬ」という声がした。枯れ葉の下で尖らせた全神経を声がした方に向ければ、以後に足音はなく最後尾だということが分かった。この裏日光の山奥に潜り込んで来た八咫烏は合計三十人。あの怯えようからして、得体の知れない化物に襲われて数名は落命しているかもしれないが、現有勢力は三十人ということが判明した。

走り去る音が遠ざかり、代わりに近づく足音が枯葉の下の鉄彦の耳にしだいに大きくなる。静かに息を吐き、枯れ葉の中で再び護身法の印を組むと九字（くじ）を切り、ゆっくりと上半身を起こしながら手にした伝来の刀を抜き払い、鞘（さや）を枯れ葉の上に置く。その時だった。目に最後の忍びの者が飛び込んできたのは。どこか手傷を負っているのか、歩く姿はいかにも弱々しく、紫の覆面の口元をずらした口は大きく開き、脇腹を押さえて荒い呼吸をしている。脚が覚束(おぼつか)ないのか、足元だけに目が注がれ顔を上げようとはしない。

中腰となった鉄彦がニヤッと笑う。中肉中背の体軀は痩せた己の体軀とよく似ていたからだ。覆面のため顔の様子はよくは分からないが、鼻を除(のぞ)けば頰のこけた辺りは似ていないでもない。似ていないところがあるとすれば頭しかないが、細工すれば何とでもなるだろう。そう思い立ち上がると気配を感じたのか、荒い呼吸の男が急に顔を上げた。途端にギョッとした顔になる。

一瞬のうちに殺気を放った男は腰の刀を抜き、頰に引き寄せると刃先を返す。相討ちも辞さない、身体ごと突進して相手を突く捨て身の構えだ。その構えのまま送り足で間をスルスルと詰めて来る。目は三白眼となり凄まじい殺気を漲らせて一分の隙もなかったが、一瞬苦痛の表情をする。鉄彦はその時を見逃すことなく裂帛(れっぱく)の気合いを入れて呪文を唱え、手にした刀で虚空を光の字に添って斬りさばく。すると男は寸秒もなくまったく動けなくなった。

刀を鞘に納めた鉄彦が金縛りになった男のもとに歩み寄ると、男は地面と平行に刀を構えたまま動けなくなり、目も見開いたまま微動だにしないが、腹がグルルと哀れな声で鳴く。どこからともなく尾籠(びろう)な臭いが漂う。

鉄彦は己の身体に擦り付けた猪の糞の臭いかとも思ったが、さにあらず。目の前の男が踏ん張りが利かず脱糞したと気づけば、自然に詫びの声が漏れた。すぐに自分の山伏装束を脱ぎにかかると、次いで金縛りの男からまずは刀を奪い取り、忍び装束を剝ぎ取り、瞬く間にその忍び装束を着込む。幸いにして紫の袴までには糞は染み込んでいなかった。

身を忍び装束に整えた鉄彦は固まったままの男の覆面を剝ぎ取り、またも詫びながら、現れ出た頭から男の刀を使って髷を斬り落とす。それには二つの理由があった。切り取った髷を松脂で固めて覆面の下に細工すれば丸坊主の頭とは分からないし、そのうち目が覚めてもその頭ならば味方の処に戻れるはずもなく、観念して山を下りるだろうと踏んだからだ。たとえ八咫烏でも無駄な血は流したくなかった。

懐に髷を仕舞った鉄彦は数珠を擦って目を瞑り、呪文を唱えながら、刀を失っても突っ立っている男の眉間に静かに掌を置き念を送る。すると見開いたままだった目が夜の鳥のようにトロンとしだし、全身の力が抜けて膝から崩れ落ちそうになった。すかさず鉄彦は抱きかかえ、先ほどまで自分の塒にしていた窪地に引き摺って行くとそっと寝かせ、刀と脱ぎ捨てた山伏装束も一緒に入れて、その上から枯れ葉を堆く積み上げた。

一両日中には目が覚めるだろうが、迷わず独りで山を下りろよ、と念を送った鉄彦は仕込んだ髷の上から覆面をし、歩き去った山伏を目指して一目散に駆けだした。その背には役目を果たした伝来の刀が揺れていた。

昨晩、あの得体の知れぬ化物と遭遇する前まではこの獣道を駆け抜けていた。その道を今度は逆走しているのだから迷うはずはなく、どこを目指しているのかは分からないものの、隣の山頂を目指すとすれば難所も多くかなりの急峻であることも知っていた。やがて見覚えのある背中を見つけると、今度は速度を緩めて上下動の少ない忍び歩きとなり、一定の間隔を保ちながら歩き続ける。

しばらくして朝日の当たる開けた処に出た。大きな奇岩がせり出す下に、土が見える僅かばかりの平場（ひらば）が広がり、ふり返ると、走り抜けて来た山の木々深くに朝日が差し込み、何条もの光が交差している。標高があって下の御沢（おさわ）や戦場ヶ原も見下ろせるはずだが、激しい風に晒されて奇妙な枝ぶりとなった木々や灌木（かんぼく）に阻まれてまったく見えない。その灌木の根元の日当たりのいい所々に石楠花（しゃくなげ）の赤い花が色を添えている。茂みから最後尾の鉄彦が姿を現すと、寛（くつろ）いでいた皆の視線が一斉に注がれた。

「監物、大丈夫か。腹の調子が悪いのにすまぬな。殿（しんがり）を任せられるのは、おぬししかおらんからな。まあ休め。ここで暫し休憩や」

真っ先に声を掛けてきたのは一人立ったままのあの女だった。他の者は女の周りにひしめくように座り込み、ほっとしたような顔である者は水を飲み、ある者は乾飯（かれいい）らしきものを口に運んでいる。それらの者たちは覆面をずらしていたが、他の者の中には覆面のままの者もいることを確認した鉄彦は女と目を合わすことなくうなずくと、一番離れた処に潜り込むようにして腰を下ろした。その時、水を飲んでいた者が口を拭き女に声を掛けた。

「空見（くみ）様、我らを悩ませたあの化物はいったい何で」

「なんやろうなぁ。ここらはその昔二荒神（ふたらがみ）が大蛇（おろち）に、赤城神（あかぎのかみ）が大百足（おおむかで）に化けて戦い、それでできた山があの山や」

そう言って空見が指さした先に、木々の隙間から見える男体山が聳えている。皆は同じ方向を向いているものの誰一人として口を開く者はいない。しばらくの沈黙のあと誰かが恐る恐る聞く。

「その戦いで勝ったのはどっちの方で」

「大蛇や」

突然男らが何やら騒ぎだす。俯(うつむ)いた鉄彦は人に紛れてじっと聞き耳を立てていた。

「確かにあの化物は大蛇や」

「すげぇ牙を剝いていたような気もするし、目が爛々(らんらん)と赤う光っておったわ」

「儂には手も足も見えたぞ。そんな蛇がおるかい」

騒然としてきた。昨夜の恐怖を思い出し、屈強な男らがまるで女の井戸端会議のようにペチャペチャと喋っている。それをジッと見ていた空見が手で制した。

「まあ待て。皆落ち着け。よう考えてみよ。メリケンから黒船が来るこの時代に大蛇などおるはずもない。何かの仕掛けがあるはずや。この辺を縄張りにしている山伏が何らかの術を使ったのよ」

「空見様、そんな術を、ここら一帯を縄張りにしている山伏は使えるんですかい」

「使えるだろうな。なんせ古道修験も受け継いだ奴らだから、様々な術を心得ているだろうよ。それにしても皆ご難やったな。奥日光を守る日光山伏の抵抗は最初から予想しておったが、わてもよう知らん術を使うて襲って来るとは夢にも思わなんだ。わての不覚や」

「そうよ。重太郎も慌てた勢いで崖から転落したんじゃから。あれでは命は助かるまい」

今は気を失い枯葉の中に埋もれている男に声をかけたあの初老の男から抗議されると、空見の目が険しくなり、拳(こぶし)を固めて震わせた。

「重太。そなたと重太郎の無念はわてが必ず晴らす」

その一言で、騒然としていた雰囲気がピタッと止んだ。うつむいたままの鉄彦には、それは信頼というよりも怯えにも映った。静まり返った中で甲高い声が響き渡る。

「その前にわてらは何としても、財宝の在り処（あか）を探し出さねばならん。いずれ東照宮も、ここらも、馬鹿な官軍らが大砲をぶっ放し灰燼（かいじん）に帰するやろう。そんなことはどうでもええわ。にっくき徳川家の聖地が無くなるのなら官軍様々よ。そうなるようにわてらも多少は手伝わねばな。じゃが、そうなれば財宝の在り処が分からなくなる。その前に何としても捜し出す。密偵の知らせによれば、ここ数日のうちに、薩摩の西郷と、勝とかいう幕臣の間で江戸城開城についての話し合いがあるそうや。徳川は江戸城を明け渡すやろう。それで徳川の時代は終わりや。

明け渡された江戸城の蔵の中に仰山（ぎょうさん）財宝が眠っておると思うか。そんな間の抜けたことを幕府が、いや抜け目のない徳川がする訳もない。江戸城開城を自らですると決めた早い段階で、貯め込んだ財宝をいち早く江戸から持ち出したはずや。

そんなことをあの薩摩が気づかぬはずはない。その証拠に薩摩の密偵が早々と江戸へ潜り込んで、将門の首塚や神田明神を密かに調べ回っておったわ。江戸の鬼門を調べたからには必ずここに辿り着く。なにせ徳川の財宝を誰にも気づかれないように隠せるのは、人を寄せ付けないこの山が最適よってな。ここは徳川の聖地じゃ。決して足を踏み入れてはならない処や。

薩摩も徳川の隠し財宝を密かに狙っておるやろ。あやつらもこの山のどこかに潜り込んでおるやもしれん。だが決して侮るな。薩摩の密偵の一人は、我が姉波見（はみ）を術で打ち負かすほどの術遣いじゃ」

「あの波見様が……」

空見に抗議した男が思わず声を漏らし、唖然とした顔をする。それに答えることなく、美しい顔に悔しさを色濃く滲ませた空見が深くうなずく。

「得体の知れない昨夜の化物も、日光山伏が使うた影縫いの術だとしたら騒ぐことでもない。影縫いの術は明るくなれば使えんからな。じゃが、あやつは波見の術を破るほどの術遣い。わても江戸で一度手合わせして手強い相手と確信した。今は江戸で騒ぎを起こしてはならんと、長老から釘を刺されておらんかったら止めを刺すところやったが、決して油断してはならん相手や。もし出くわすことがあれば、今度こそ波見の仇を討つ」

途端に辺りは凜とした空気に包まれた。先ほど文句を言った男が空見を仰ぎ見ながら呟くような声を漏らした。

「倅を失い、さきほどは取り乱しまして空見様」

「気にせんでいい重太。江戸に長い間潜伏しておったそなたが知らんかったのは無理もない。わてと、そなたの無念な思いは一緒や」

男は手をついて平伏する。それを見て微笑んだ空見が美しい顔をきりりと引き締め直し、穏やかな声で諭すように皆に下知を飛ばす。

「よいか、皆の衆。たとえ化物が大蛇としても、このわてがついておる。心乱すことなく、まずは財宝の在り処を探そうぞ。財宝が目立つ東照宮にあるはずはなく、あるとすればあの山や。男体山のどこかや。だからこそ日光の山伏が術を使うてあんな化物の幻影を見せ、我らを阻止したんや。そんな術、明るくなったから使えぬわ。もう安心せぇ。少し休んでから再びあの山に戻る。草の根を分けても探し出せ。よいな」

　八咫烏の目的が明らかとなった。なるほどと納得した鉄彦は少々安堵するも、いつの間にか仇討ちの相手にされていることに覆面の下の顔をしかめた。最初から殺す気はなく、逆に薬入りの茶を飲ませて毒殺を謀ったのは波見だった。にも拘らず波見は源乃信に討たれ、その恨みは息の根を絶たれても消えることはないだろう。こんな場所で仇討ちの標的にされようとは思いもよらぬことだった。

　一斉の声と共に顔を上げた鉄彦が何かの気配を感じ、せり出すような岩の上に視線を移すと、たちどころに細い目を見開きそのまま眼が動かなくなった。すぐに傍らの男も気づく。

「あれはなんじゃ」

「ひぇ、出た。昨夜の化物じゃ」

　一斉に立ち上がった者たちが刀を抜き、空見を囲んで守ろうとする。まったく動じた様子もない空見が、すかさず九字を切って化物を睨みつけながら言い放った。

「狼狽(うろた)えるな。化者の正体見たり。騙(だま)されるな」

　今まで闇に隠れてその姿がよく分からなかった化物が、朝日を受けてその姿を晒していた。大岩の上から巨大な龍が顔を覗かせ、大きな目で睨み下ろしている。岩に手を掛けた前足から鋭い爪が伸び、牙が見える切り裂かれた口から朱色の長い舌が伸び、首をゆっくり振るごとに頭の角が風を切り、まるで笛の長鳴りのような音がした。

　立ち上がっても刀を抜かない鉄彦にはその音に覚えがあった。まさにこれこそが古くから日光山を守護する霊威の高い巨龍と確信すれば怖さなどなく、寧ろ誇らしさまで広がる。

誰もが口を利けなくなり、恐怖のために構えた刀が震えだし、鍔鳴りの音がそこかしこでする。

その時、傍らの男がそっとしゃがみ込み、頭陀袋の中から何かを探り取り出すと、立ち上がりざま、見たこともない銃身の長い拳銃を持って狙いを定めた。すぐに鉄彦が手を伸ばし止めようとしたが遅すぎた。続けざまに銃を放つ。

「何をするか。早まるな。ここの場所を敵に知らせるようなもんじゃ」

もし空見が止めなかったなら、怯え心は弾倉の弾を全て使い果たしていたかもしれない。怯えは至近距離にもかかわらず狙いを外し、巨龍が顔を覗かせた下の岩肌に白煙が上がる。

巨龍が咆哮すると、雲もないのにたちどころに雷鳴が轟き、顔を上に向けた巨龍が天に向かって物凄い勢いで昇り始め、朝日に輝く黄金色の全身を晒した。あり得ないほどの大きさだった。

そんな巨龍が天に向かって垂直に昇り続け、今や光の尾を曳きながら遥か上空に到達した。すると反転し、ここを目がけてまっしぐらに落ちて来る。轟音を伴って火の玉が落ちて来る。最初は芥子粒大のものが米粒の大きさとなり、あっと言う間もなく、火の玉は拳ほどの大きさとなった。

再び上空で激しい雷鳴が轟いた。晴れ上がっていた空は墨でも流したように掻き曇り、そんな曇天を切り裂くように真っ逆さまに火球が落ちて来る。火球が近づくにつれ、燃え上がる炎の中に巨龍の頭が浮かび上がる。角が震えながら不気味に鳴り響き、黒々とした大きな眼が爛々と光り輝き、切り裂かれた口から赤い舌が這い出て、まるで獲物を捕らえる野獣のように舌なめずりしている。

辺りには打ちつけるような突風まで吹き始め、ただ立ち尽くす男たちの忍び装束を脱ぎ剝がすかの勢いとなった。黒々とした龍の髭まではっきりと分かるようになった頃、呆然と立ちすくんでいた男たちの誰かが叫んだ。

「あれは幻でもなんでもねぇ」

「祟りじゃ。逃げるんや」

その声が合図となった。屈強な男らが悲鳴を上げて方々に駆けだす。ある者は来た獣道に向かって。ある者は山の稜線伝いに隣の山へ向かって。なかには奇岩の下に潜り込もうとする者までいる。

「落ち着け。落ち着くんや。あれは幻じゃ」

空見がどんなに金切り声を上げて止めようとも、恐怖に慄いた者たちの暴走を止められず、男らは空見の制止をふり切り、蜘蛛の子を散らすようにバラバラに逃げてゆく。

そんな中、鉄彦は一人立ち尽くし龍を眺めていた。不思議と恐怖はまったくない。本物の龍を見たのは初めてではなかったが、こんな見事な巨龍を見たことはなく、あまりの美しさに見惚れ、顎の疲れも忘れて立ち尽くしていた。だからこそ、その刹那を見たものは鉄彦しかいなかった。落ちて来た龍が岩寸前のところでピタッと止まり、逃げ惑う男たちをまるで蛇のような動きで追いかけた。それは蛇にしてはあまりにも俊敏な動きで、先回りして男らの逃げ道を塞いだ。

突然、目の前に巨龍が現れた男らは腰を抜かし、這うように逆の方に逃げてゆく。その後から激しく咆哮する巨龍がまるで弄ぶように追って行く。逃げ惑う八咫烏たちは全ての退路を断たれ、否応なく、下るにはかなり困難な灌木に覆われた急斜面を転がるようにして駆け下り、後からゆっくりと巨龍が続いた。それはまるで牛追いが所定の方向に暴れ牛を追い込む姿にも似ていた。

立ち尽くす鉄彦の周りにはいつしか誰もいなくなっていた。立ち尽くしながら、ゆっくりと山を下る巨龍の見事な後ろ姿に見惚れていた。すると急に龍が頭をもたげてふり返った。自然と目が合った。咄嗟に思い出す。あの見られていた感覚を。

漆黒色の眼は何かもの言いたげである。瞬時におせんを取ろうとする鉄彦だったが、龍神の心を読めるものではない。だが、心に何かが触れた。――いずれ。確かにそう聞こえたような気もした。


「ここにもおらんか。いったいどこに消えた」

床几に腰掛けた天狼坊が、飛び込んで来た山伏の報告にうなずき、机の上の絵図を鉄扇で差しながら首を捻った。太郎坊が手勢を引き連れ地蔵坂に急行して辺りを捜索してもそれらしい姿はどこにもなかった。その報告を受けた天狼坊は三岳麓の山の神を祀る古い社に本陣を置いて山伏らを集結させ、数人ずつを手分けして馬を飛ばし、各方面を夜通し捜索させていた。

暗かった時は頼りとなった八目蠟燭は身の丈一寸となり、雨露をやっと凌げるほどの古い社の観音開きの扉から差し込む朝日が今度は絵図を見る頼りとなる。その扉の向こうの境内にはおよそ六十余名の天狗衆が待機していた。夜通し待機していたのに疲れた様子はなく、たまには高笑いしながら半弓の弦を張り直すなど、武具の手入れに余念がない。扉の縁に腰を下ろした次郎坊が手持無沙汰にそれを眺めていた。

「大山殿はまこと八咫烏と思われるか」

他の山伏への手前もあってか、言葉遣いが丁寧になっていた。

「彼奴らは遅かれ早かれここに来るじゃろう。用心するに越したことはない」
そう言った源乃信は柿色の鈴懸の上に大きくて古い胴丸をつけ、頭に鉢金を巻いた立ち姿に力強さが戻っていた。次郎坊は言いつけに従いよく面倒を見てくれていた。眠り薬が入った秘薬がよく効いていたし、一刻（二時間）ほど仮眠をとった後で再び温泉に浸かったので効果は倍増していた。体力が回復した若い胃袋は猛烈な食欲を訴え、次郎坊が作った粥を鍋ごと平らげると今度は戦支度をすると言って困らせた。

天狼坊の山坊にあった古い胴丸と鉢金を拝借し、その雄姿を次郎坊と共に本陣に見せたのは明け方前のことだった。源乃信の戦支度は奇妙な格好となったが、それでも組織的な戦闘に初めて参加するのだから興奮を抑えきれない。だからこそつい「不安か」と口が滑った。

返事をする代わりに表情を変えた天狼坊は碧眼で睨みつけ、粗末な木の机をいきなり鉄扇で叩く。すると机は真っ二つに割れて絵図が吹っ飛び、壁に立てかけてあった何本もの薙刀と鉞が震え、舞い上がった埃が差し込む光の中に漂いながら、部屋の片隅にうずたかく積まれた蓑の上に舞い降りた。

今のところは八咫烏とは断定できないが、物見の者を含めて百名に欠ける手勢でそんな難敵を相手するのは心許なかったし、こんな大規模な戦闘は初めてだ。許しを請うことなく聖域へ踏み込んだ輩どもを殲滅させる方法があるとすれば、一カ所に追い詰めて襲い掛かる戦術が得策だし、そのためにも一刻も早く潜伏する場所を特定したくて天狼坊は内心焦っていた。

間を置いて、首をすくめながら絵図を拾い上げた次郎坊と思わず目を合わすと、機嫌を損ねたと気まずい空気が流れ始めた。そんな雰囲気をたちどころに壊したのが、本陣近くの小高い処で夜通し見張っていた太郎坊だった。転がるように飛び込んでくるや跪く。

「申し上げます。龍権現様が現れました」

途端に天狼坊の顔が安堵したように綻ぶ。

「どこにじゃ」

「大真名子山から龍火が打ちあがり、銃声も二発聴こえました」

次郎坊を一瞥してうなずいた天狼坊が勢いよく立ち上がり、壁に立てかけてあった自分の大きな薙刀を取り上げて外に飛びだすと、境内にいた山伏も何事かと後をついて駆けだした。戸口の次郎坊は源乃信を情けない顔で見つめ、そわそわしながら首を伸ばして山伏たちの後ろ姿を見送っていた。そんな奇妙な様子を目の当たりしてやっと源乃信は気づいた。勢い言葉は強いものとなる。

「おい、龍火とやらを見に行こう」

「それは、ならん」

とは言ったものの、次郎坊は欲しいものが手に入らない駄々っ子のような顔をする。

「なぜじゃ」

「よその者に見せてはならん掟じゃ。もし見たら目が潰れるぞ」

「よか。よか。他ン衆に見つからんよう隠れて見ればよか。行くぞ」

腰に刀を差した源乃信は、次郎坊の黒の鈴懸を鷲掴みして外に飛び出す。最初は渋々走っていた次郎坊ではあったが、そのうち嬉々とした走りとなり、同じ山伏装束ではあるが、片方は全身真っ黒、片方は柿色の装束に鉢金を巻いた山伏二人が、見晴らしのいい処に向かって朝日を浴びながら大木の間を駆け抜けた。

辿り着いたのは枯れ草が広がる、先の山々が一望できる小高い処で、先に着いた山伏たちが何やら興奮した声を上げながら人垣を作っていた。本当なら人目につかない処に隠れるはずだったが、そんなこともすっかり忘れたふうの次郎坊は立ち止まると、呆(ほう)けたように口を半開きにしたまま、しばらくして傍らの源乃信に語りかける。

「まこと見事な龍権現様じゃ。ありがたや。ありがたや」

そう言うや胸から下げていた数珠を取り出し、遥か彼方の山に向かって拝みだした。その方角を源乃信も凝視するが、それらしいものはない。あるとすれば、黒い雲が笠のように被る山の上部から白い大きな帯状の雲がゆっくりと流れ落ち、朝日を受けたその帯雲が時おり黄金色に輝いている。確かに見たこともない異様な雲ではあるが、それは想像する龍の姿とはあまりにかけ離れていた。以前、片埜神社で龍の咆哮は耳にしていた。もっともそれは鉄彦から指摘されて後で分かったことだが、あの時も姿は見ていない。

「なにが龍だ。あれは妙な雲じゃ」

熱心に拝んでいた次郎坊が源乃信を睨みつけると、蔑(さげす)みの声を漏らす。

「あれが見えんのか」

「ああ、俺(おい)には雲にしか見えん、そん証拠にほら、目も潰れてはおらん」

わざと源乃信が目をパチパチさせれば、次郎坊は醜悪な顔となった。

「呆れた。あれが見えんのか。ほれ、こうやって」

興奮気味の次郎坊が山を指さし、熱心に説明してくれる。どうやら雲がかかる山が大真名子山で、その山の峰伝いに小真名子山が聳え、この両山の父親が手前に大きく聳える男体山であることを重ねて説明してくれた。その三山の大真名子山だけから真綿のような細長い雲が流れ落ち、下に向かってゆっくり動くさまは奇怪でもあるが、その雲を龍とするにはあまりにも浮世離れしている。

「あの山の名前と謂れは分かったが、あの雲を龍と決めつけるのは……」

「う、うぬは儂らの龍神様を馬鹿にしとんのか」

目をつり上げて醜悪な天狗面になった次郎坊が、前の山伏らがふり返るのもお構いなく怒声を張り上げた。胸倉でも摑む勢いだが、握りしめた拳が震えている。突き上げた炎のような怒りはうぬと毒づいていた。源乃信は本心見たりと内心ほくそ笑んでいた。

ただならぬ気配に気づき、天狼坊が一人の山伏を伴い大きな薙刀を抱えて駆け寄って来た。

「どうした、次郎坊」

「あの龍神様を雲じゃと言い張りおる」

すると源乃信を見た天狼坊が怪訝（けげん）な顔をする。

「見えんのか。あれが」

「ああ、俺（おい）には雲にしか見えん」

見入った碧眼に一瞬呑み込まれたような錯覚に陥ると、心の中を見ているとすぐに気づく。すると天狼坊が白い髭を揺らして莞爾（かんじ）と笑った。その笑いはすぐに消えて引き締まる。

「ところで八咫烏は火薬にも通じておると言うたな」

と問われた源乃信は何を知りたいのか察し、大きくうなずいた。

「鉄砲を使たのは見たことはなかが、使えんはずはなか。銃声のことか」

「この聖域では鉄砲の使用も禁止じゃ。マタギすら使えん」

その時、天狼坊の名を呼びながら必死の形相で走り寄る一人の山伏がいた。手には遠眼鏡を握りしめている。昨晩早馬で駆け付けたあの若い山伏だった。源乃信を認め気まずい顔となるが、すぐに天狼坊が声を掛けた。

「どうした三界坊。よい。話せ」

「龍権現様が何をされているのか分かりました。ご自分の目で」

そう言って三界坊が遠眼鏡を手渡す。受け取った天狼坊が、三界坊が指し示す山の中腹辺りに遠眼鏡を向ける。

「ほほう。こやつらを追っていなさったか。紫の忍び装束とはなぁ」

遠眼鏡を覗き込んだまま天狼坊が声を漏らすと、傍らの源乃信がすぐに反応した。

「間違いなか。その忍び装束は八咫烏じゃ」

遠眼鏡を畳みながら、無言のまま天狼坊が大きくうなずく。

「これでようやく分かったわ。姿をくらました八咫烏どもは山に迷い込み、そこで龍権現様に気づかれ、恐怖のあまり鉄砲を放った。姿をくらました奴らが居所が分かる銃を撃ったのじゃから、肝を潰したんじゃろう。龍権現様が山から追い出そうとされておるわ。あれなら一網打尽にできる。

三界坊、皆に毛皮を脱ぎ捨て御沢に向かって走れと伝えよ。あやつらは怯えながら御沢辺りに姿を見せる。我らは待ち伏せして迎え撃つ。決戦の場は御沢じゃ。行け」

返事と同時に三界坊は、先を進む山伏ら目がけて踵を返して走りだした。

「次郎坊、この者と本陣に戻ってすぐに蓑を持ってこい。叢(くさむら)の中では蓑を羽織った方が目立たぬ。それと探索に出ている者らに御沢に急行せよと法螺で知らせろ。決戦は御沢だと」

承知と返事を残した次郎坊が、駆け付けた山伏を連れて天狼坊と一緒に本陣に向かって疾走する。

天狼坊の下知を三界坊から聞いた山伏たちが、羽織っていた毛皮を脱ぎ捨て御沢目がけて一斉に走りだし、背中の矢立が揺れる者も数多くいた。走りだしながら徐々に扇状に展開する。まったく乱れの無い統率のとれた動きを感心する源乃信に、ふり返った天狼坊が語りかける。

「大山殿、ご助勢を願えるか」

この先どうなるか予想もつかないが、約束したことだから断る訳にはいかなかった。「お頭は間違いなく捜し出す」と言ったあの謎の言葉を思い出し、もしやと思いながらも源乃信は無言のまま深くうなずく。うなずきを確かめた天狼坊が黒い毛皮を脱ぎ捨て、脇に薙刀を抱えて走りだした。巨体からは想像もつかない獅子のような走りは、瞬く間に二人の間を広げていた。

御沢に辿り着いた天狗衆は山へと繋がる一画を、前衛、後衛の二陣に分かれて馬蹄(ばてい)状に固めていた。前衛では二人一組となった、半弓を手にしたおよそ三十名の山伏たちが間を置いて等間隔に並び、その後ろに薙刀や鉞、刀を手にした山伏たちが横長に展開して固めている。皆が蓑を纏(まと)い枯れ草と同化して身を潜めている。

源乃信には一つ気がかりな点があった。山伏たちが手にした弓は普通の弓よりかなり短く、射程が短いのは分かるが、山から敵が飛び出して来るにしてもあまりにも距離が近すぎるように思えた。もし相手が鉄砲を撃ちかけてくれば、身を隠すところのない平原なのだから危険は免れない。だが、天狼坊は迷うことなく、最初は緩やかだった包囲を更に縮めるよう、鉄扇を振って指示を出した。

しばらくすると、叫び声と共に荒い足音まで聞こえるようになった。天狼坊がすかさず身を起こし、護身法の印を組んで九字を切り、片膝を突いて鉄扇を頭上に掲げた。それまで伏せていた前方の射手たちが、一斉に身を起こして片膝を突き弓を絞る。

木々の間から紫色がチラチラしだし、そのうち紫色の忍び装束を着た一人の男が山から飛び出ると、立ちすくんで山を見上げている。その後次々と姿を現すも、こちらに目を向ける者は誰もいない。しばらくすると一人の忍びのもとに集まり囲いを作った。

満を持して天狼坊が鉄扇をふり下ろすと、矢が一斉に放たれた。それは三十本の矢が飛んだのではなく、二人一組の射手たちは片方の矢が放たれるのを待って次の矢を放ち、その間、先に矢を放った者が淀むことなく次の矢をつがえ、また射るのを繰り返す。

深呼吸をするようなわずかの間に、およそ百本近くの矢が山の中の一画に吸い込まれてゆく。途端に悲鳴が聞こえ、怒声も轟いた。奇襲攻撃は瞬く間に終わり、山伏たちが一斉に枯れ草の中に身を隠すと、またも静けさが訪れた。

その時、何か声がした。その声は明らかに女の甲高い声だった。

源乃信が波見ではと思うぐらいよく似ていた。波見の亡骸は燃える火の中に確かに投げ捨てたが、川の土手道に現れた幽霊を思い出すと、まだどこかで生きているような気にもなる。

草の中に身を伏せていた射手全員が再び身を起こし弓を絞ろうとしていた。狙いを定めている方に目がゆく。

山の木々の間で紫色の何かが動き、それは一つ二つではなかった。山の中からまるで湧き出るように現れ出る。その時、山の中から突如として閃光が走り、複数の銃声が連続して起こると、片膝を突いていた射手の多くが後ろに吹っ飛んだ。源乃信の横で中腰になっていた天狗坊が鉄扇を落とし、蹲る。源乃信が駆け寄ると、蹲った天狗坊が苦笑いして顔を上げた。

「この新しい胴丸を付けていなかったら危ないところじゃった。大山殿の胴丸をつけておったら今頃、三途の川を渡っておったな」

そう言いながら天狗坊が胡坐をかいて蓑を脱ぎ捨て素早く胴丸を取り外した。鉄板が埋め込まれた胴丸の真ん中に大穴が空いているが貫通はしていない。黒い鈴懸の下に鎖帷子が見え隠れする。

「どうも重うて嫌いじゃ。これで身軽になったわい。大山殿が言うとおりじゃったな。あやつらは銃まで扱える。流行りの洋式銃か」

鉄扇を拾い上げて腰に差し、薙刀を手繰り寄せて身を低くしたまま、落ち着いた口調で天狗坊が問うてきた。連続した銃声からして旧式の火縄銃や最新式のミニエー銃であるはずはない。もしそうなら長い銃身が見えているはずだが、どこにも見当たらない。

源乃信に考えられるのは、持ち運びが簡単で、弾倉が回転式の連続して撃てる拳銃しかなかったが、命中率は極めて低く、至近距離だからこそ有効である。敵との距離が近いと案じたが、それでも半丁（およそ五十メートル）ほどはある。なのに目の前でほとんどの山伏たちが蹲り呻き声を漏らしていた。なかには倒れてピクとも動かない者もいるのだから、ほぼ全滅状態に近かった。これほどの戦果を挙げるならばよほどの名手揃いということになるだろうが、そんな拳銃の名手は薩摩にもいなかった。

「たぶんな。じゃっどん、あげん撃てばもう弾切れじゃろう」

大きくうなずいた天狼坊は立ち上がり、薙刀を両手で持ち直すと、周りに伏せていた山伏らに「ぬかるな。続けぇ」と檄（げき）を飛ばし、身を低くして肩を怒らせ走りだした。


仲間の死体を乗り越え、先頭切って疾走していた天狼坊が突然の銃声に反応し、素早く叢に身を伏せる。ふり返ると後に続く者たちも皆身を伏せていた。またも銃声が轟き身をすくめる。身を起こそうとした時、空から何かが降って来て頬に当たった。

触れてみれば雨のようではあるが、その雨は黒く濁り、くさい臭いまでする。空を見上げると男体山近くに雲が出て来たが、それからの雨とは思えない。雨が黒くて臭うはずもなかった。ふり返ると後に続く者たちもまだ身を伏せたままで、その中に一人だけ鉢金をした頭が見え隠れしている。

「ふん、薩摩の人間の言うことは信用ならん」

そう嘯き再び前方を見たとき、何か妙な物がシュルシュルと音を立て火花を散らしながら飛んで来た。見たこともない妙な物は激しく回転しながら頭上を通過し、少し離れた処に落下した途端、爆発した。思わず天狼坊は黒の頭巾で覆われた頭を抱えて身を固くした。するとパチパチと音がして何かが燃える匂いがする。顔を上げてふり返れば叢が燃え上がり、瞬く間に燃え広がろうとしていた。蓑が突然燃え上がり逃げ惑う者もいる。

咄嗟に、空から降って来たあの黒くて臭う雨が燃える水のくそうずで、くそうずが入った物を投げつけ、あの二発の銃声はそれを打ち抜いた音だったと悟った。小賢しい真似をと碧眼をギラつかせ歯噛みした天狼坊は、胸から下がる太い数珠を取り上げ胡坐を組むと、次々と九字の印を組み、何事か呪文を唱え始めた。

また狙撃される恐れもあるのに立ち上がって敵に背を向け、男体山に向かって迎請の印を組んで呪文を熱唱する。それが終わると今度は太い数珠を右手首に巻きつけ、二本の指で男体山を指さし、まるで何かを招くように自分の顔に向けてゆっくりと指を引き寄せた。

すると男体山近くに浮かんでいた雲がゆっくり動きだすと、突風に煽られる凧のようにスーッと流れて天狼坊の上空に到達し、辺りは急に雲の影に覆われた。その雲に向かって呪文を唱えながら念を飛ばす。

漂い始めた煙の中で蓑を脱ぎ捨てた山伏たちは激しく咳をしながら、辺り一面に広がる炎と戦っていた。その炎は湧き上がるように次から次へと燃え移り、黒の頭巾で口を覆った山伏たちが薙刀や刀で枯れ草を払い、延焼を止めようとしていた。

源乃信も刀を抜いて燃える草を払っていたが、焼け石に水。いまや轟音と共に周りは燃え上がっていた。この炎から逃げるには後退、さもなければ前進しかないが、前に進めば八咫烏から狙い撃ちされる。

ふと煙に覆われる前を凝視すれば、天狼坊が敵に背を向け、しかも片手を挙げて天を仰ぐ哀れな姿が白煙の中に浮かび上がった。咄嗟に源乃信の身体が反応する。

燃える枯れ草を刀で薙ぎ倒しながら天狼坊目がけて突進する。これまで一度も組織戦に参加したことはなかったが、どんな勇猛な者でも戦場(いくさば)においては一瞬にして気が触れる場合もあると度々聞かされていたので、あり得ない天狼坊の姿を後方から見かけ、敵から再び狙撃されないようにと咄嗟に身体が動いていた。

風下のため走るごとに煙が薄くなり、敵に背を向け右手を挙げながら虚しく空を仰ぐ天狼坊が目と鼻の先になり、跳びかかろうと刀を捨てて身を屈めたとき、右手を下ろした。今度は両手で内縛(ないばく)印(いん)を組んだ天狼坊は、何か鋭い声を発した。源乃信が跳躍して巨体の天狼坊に抱きつき、勢い余って二人の身体がコロコロと叢の中を転がった。

「何をするか」

顔の髭を靡(なび)かせて天狼坊が一喝する。目前の碧眼は決して病んではおらず、研ぎ澄まされた目の色だった。だが、源乃信は正直だった。

「敵に背を向けて突っ立っておったから気が触れたかと思て。あんままやればまた撃たれてしもたから」

天狼坊は「馬鹿な」と吐き捨て源乃信の身体を突き放すが、言葉とは裏腹に、その顔は今まで一度も見せたことのない照れ笑いとなった。訳の分からない源乃信も倒れた姿のままで白い歯を見せる。その顔に突然、大粒の雨が二、三粒落ちて来た。

見上げれば今の今までまったく気づかなかったが、いつの間にか上空は真っ黒になり雲が渦巻いていた。空を見上げたままの源乃信に再び雨粒が掛かり、それが合図であるかのように、突風と共に突然の篠突く雨となり、辺りに滝のような雨が降り注ぎ始める。源乃信はやっと事態を呑み込んだ。

「雨乞いをしたとか」

「あのままじゃ、皆焼け死んでおったじゃろう。くそうずまで使いよって」

「糞酢……」

「もうよい。鎮火する。――そんなことより、あやつら山から飛び出して来るぞ」

そう言った時には、薙刀を拾い上げて走りだしていた。

山から飛び出した紫の塊が疾走する。その数十六。その中には矢が刺さったままの者もいて、その塊は徐々に長く伸びた。八咫烏の逃走を阻止すべく、天狼坊を先頭とする黒の集団が先回りして、今まさに激突しようとしていた。

源乃信も刀を掲げて天狼坊に追従していたが、左後方からの強烈な殺気を感じてふり向けば、あまりのことに目を見開き唖然と立ち尽くした。その脇を次々と雄叫びを上げながら天狗衆が走り抜ける。

あり得なかった。紫の忍び装束を着た女が刀を握りしめ、美しい顔を怒らせて目の前まで迫って来ているではないか。妖術。白昼夢。一瞬にして色んなことが駆け巡り、頭の中が混乱をきたした。

「あれを幽霊と言わんければ、何を幽霊と言うか」

立ち尽くしたまま源乃信は思わず独り言を吐いていた。目前に迫った女はいきなり二本の苦無（くない）を同時に放ち、地面を蹴り高く舞い上がりながら何かを叫んだが、呆然と立ち尽くす源乃信の耳に入るものではない。女は空中で刀を両手で握り直し、高く掲げて源乃信の頭を狙う。源乃信の足元には投げ放たれた苦無が空気を切り裂く音を立てて迫ろうとしていた。振り下ろされた刀の切っ先が源乃信の眉間近くに、二本の苦無が脛（すね）近くに迫ろうとしたその時、源乃信の身体が突然吹っ飛んだ。

次郎坊が源乃信の危機一髪を目撃し、身体ごとぶつかり助けてくれたのだ。勢いのまま二人の身体は吹っ飛び、源乃信の身体が二度三度と前に転がる。すぐに源乃信の刀を拾い上げ駆け寄った次郎坊は、呆然とする源乃信に思い切りビンタを張った。

「何をしておるんじゃ。ぼさっと突っ立って」

凛々しい天狗面となった次郎坊から激しい口調で罵られ、それで正気に戻った。ふり返れば、刀を頬まで引き寄せ、切っ先を源乃信の喉につけた女がジリジリと迫ろうとしていた。肩先に黒髪が揺れている。冷静になった源乃信はそれを見て刀を持ち直し、素早く立ち上がった。

「波見にはそんな長い髪はなかった。おはんは誰（だい）か」

「薩摩の狗（いぬ）。今度こそ命を貰うぞ。姉の仇（かたき）じゃ。勝負しろ」

と名乗られ、姉妹ならばと納得した。しかも双子なら幽霊と見紛うほどによく似ているのだろうが、半次郎が惚れるほどの色香などなく、やっと区別がつくようになった源乃信は気が晴れて上機嫌となる。歯を見せて笑顔となった源乃信を、柳眉を逆立てた女が睨みつけた。

「まさか双子とはな。もし波見の幽霊ならこん勝負には負けたかもしれん。そうか、波見の妹か。今度こそ命を貰うと言うたが、江戸で襲うたのもおはんか」

「あの時は手加減してやったわ。今度は殺す」

「そうか。仇にされることは本意じゃないが、受けて立とう。来い」

　女の顔に朱が差し、裂帛の気合いと共に襲い掛かる。間合いに入った瞬間、下から刀を薙ぎあげ、すかさず上から刀でガシッと封じ込められると、手首を返し撃ち掛かり、双方の刀が激しくぶつかり合う。と体当たりを仕掛けた女はその反動で後ろに飛び、素早く身体を左に開いて片手一本で源乃信の顔目がけて撃ちかかった。

　素早く身体を斜めに開いた源乃信は、飛んでくる刀に自分の刀を合わせて受け流そうとした。激しい刃滑りの音がした途端、源乃信の頬に痛みが走った。すると歩み足でサッと下がり、今度は正眼（せいがん）の構えとなった女は勝ち誇ったような顔をする。間を取り正眼の構えをとった源乃信は、隙を見せることなく片手で頬に触れると、鮮血が流れていた。これほどの屈辱はない。四間（よんけん）先の女を睨みつけ、凄まじい殺気を漲らせて珍しく三白眼となった。

　素早く納刀すると腰をぐいと前に出し、腰帯から納刀のまま刀を少し突き出す。左手で刀の鞘を握った状態で鯉口を切り、右手を刀の柄（つか）に軽く添えたまま動かなくなった。辺りには刀が激しくぶつかり合う音や叫び声が響いているというのに、そこにだけ静かな奇妙な空間が生まれる。

フンと鼻を鳴らした女は臆することなく、大胆にも間を詰めようとしていた。三間ほどの間に右足が差し掛かった途端、不動の姿勢で動かなかった源乃信の口から怪鳥のような声が迸り、素早く刀が抜かれると、思わず女は目を見開く。低い姿勢のまま身体が動き、その身体の下から鋭く刀が振り上げられるのを見たからだ。あり得ない遠間（とおま）からの急襲である。

下から襲って来る刀を防ごうとして咄嗟に引き寄せた刀は、撥（は）ね飛ばされて宙に舞った。襟元が切り裂かれ、思わず後ろに上半身を弓ぞりさせ、その勢いのまま後ろにトンボを切っていた。源乃信の攻撃は一太刀では終わらず、トンボを切って逃げる女を追いながら次々と太刀を繰り出す。

そのとき突然、前方斜めから一人の忍びの男が現れ、立て続けに何かを投げつける。源乃信はすぐに反応した。浴びせた刀をすぐに引き寄せ、飛んでくる苦無を叩き落とし、返す刀で次に飛んできた苦無を撥ね返した。

その僅かな隙に女はトンボを止め、背中を見せて走り去ろうとする。そうはさせじと走りだそうとする源乃信の足元に、火花を散らす黒くて丸い物が転がり込む。途端に源乃信は反応し、横っ飛びに叢に突っ込んだ瞬間、さきほどいた処で爆発音がし煙が立ち昇る。

その頃、鉄彦はまだ山の中にいた。我に返ると覆面を剝ぎ取り、あの巨龍の後ろ姿に曳かれるように後を追っていた。一定の間隔を保ち強い風に晒されながら、時には木の陰に隠れ、時には茂みの中を這いつつ、決して音を立てることなく、慎重に慎重を重ねて後を追い続けていた。

遠くで新たな悲鳴と怒声が聞こえた。思わず顔を上げた鉄彦は伏せていた茂みから上空を仰ぎ見る。すると太陽が顔を出して、雲で急に暗くなっていた空に突然光が差し、あれほどの風も突如として止み、墨を流したような空がみるみる晴れ上がった。視線を戻すとあの龍の姿はどこにもなかった。何かが起こると直感した鉄彦は急いで立ち上がり、太い木の陰に姿を消して気配を窺っていた。

案の定、複数の連続した銃声が轟く。それは間違いなくこの山の下からだった。あの時、傍らの男が頭陀袋の中から見たこともない長い銃身の銃を取り出し、恐怖のあまり二発連続して撃ったのを目撃していた。あの袋の中にまだ数丁の銃が入っていて、それから発射された連続音だとすれば、狙い撃ちされた相手は天狗衆しか考えられない。

木の陰から身を乗り出して下を窺っていた鉄彦は無意識にうなずいていた。龍の不思議な行動がやっと腑に落ちたからだ。冷静となりよく考えてみれば、神の化身である龍が人を食い殺す訳がない。逃げ惑う八咫烏たちを弄ぶように追いかける一部始終を目撃していたが、一度も手すら掛けてはいなかった。この山から追い出すためと思えばそこはかとなく嬉しくなる。神聖なる龍に殺しは似合わないからだ。その時何かの気配を感じて木の陰に姿を隠し、木の下の茂みの中に蹲った。

何かが近くを通り過ぎようとしていた。地面に直接耳をつけて窺えば、それは明らかに人間の足音ではなく、力強い四つ足の足音だった。上半身を起こし、息を殺して茂みの中からそっと覗く。

木々の間から現れ出たのは逞しい身体をした牛だった。真っ赤な燃えるような肌の体軀に大きな二本の長い角を生やし、その目は憤怒の黒い眼を持つ。次に姿を現したのは、この寒さのなか腰巻一つの痩せた老人だった。その老人は牛の背中に枯れた感じで飄々と乗っていた。飄々とはしているが威厳に満ち、何より風格がある。

老人を乗せた牛がゆっくりとした歩みで茂みの中に隠れ、つぎにその姿を現した時には、鉄彦は瞬きするのも忘れていた。なんと牛と老人が合体していたのだ。頭には二本の角を持ち、鋭い眼光には憤怒の色を孕み、身体は燃えるような肌の逞しい体軀となって頑強な足で歩き、右手には三叉鉾、左手には直刀の剣を握りしめている。

「あの夢はやはりお知らせだったのか」

鉄彦は思わず震える声で呟いていた。京の宿で夢に見た、牛の角がそそり立つ見事な朱色の兜を被り、三叉鉾を繰り出したあの馬上の武将とは、このことだったと一瞬にして悟った。だが、突如目の前に現れ出たのは人であるはずもなく、祇園天王あるいは牛頭天王とも呼ばれる神であった。

肩を怒らせゆっくりとした歩みで前を通り過ぎ、やがて後ろ姿を見せると山の斜面を斜めになりながら東へ向かい始め、深い茂みの中に消えてゆく。その方角に少し雲のかかった男体山が聳え立っていた。その後ろ姿を立ち上がって見送りながら鉄彦は思わず小さな声で感嘆していた。生まれて初めて伝説の天王を目の当たりにしたからだ。

だが、偶然にもついに秘密の扉を開く手掛かりを得た思いがする。一瞬にして湧き出た有難みはもうどこにもなく、何とも言いようのない慄きが急速に身に迫っていた。それもそのはず、古来牛頭天王は怨霊を鎮めるために絶大な力を発揮し、怨霊を凌駕するほどの霊力を持っていると伝わっていたからだ。

その場に座り込んだ鉄彦は結跏趺坐すると、数珠を取り出して護身法を施すと、目を閉じ、胸の前で手を合わせて印を組む。あの男ならばきっと難を逃れてくれるはず。そう信じて思念を飛ばした。

　天狼坊が抱え持っていた薙刀で大きく振りかかれば、忍び刀で応戦しようとした者が、圧倒的な腕力に刀ごと撥ね飛ばされた。すぐに次の者が反撃しそうなものだが、戦闘に慣れた八咫烏衆はそうはせず、散開して傘形の陣形を作って対峙(たいじ)し、前の者たちが三方向から苦無を浴びせる。

　それが八咫烏の咄嗟の戦術だった。巨漢の山伏が一番の難敵と即断すると、封じ込める作戦に出ていた。その間、天狗衆たちに多数の犠牲者が出るようになった。その様を、薙刀を振り回しながら天狼坊は身が裂かれるような思いで見ていた。当初は数の上では倍近くいた仲間が次々と無残にも斬られ、今やほぼ同数となった。

　男が天狼坊に斬りかかろうとした途端、眉間に矢が刺さり後ろに吹っ飛ぶ。すると八咫烏衆に次々と矢が刺さり、取り囲んでいた八咫烏がさっと退(ひ)いた。

　天狼坊が薙刀を持ち直しふり返ると、馬上から弓を射る二十数騎が黒の頭巾を靡(なび)かせ突進してくるところだった。孤軍奮闘しながら待ちに待った援軍である。喜びのあまりふり返り、「援軍じゃ」と大声を張り上げて味方に知らせようとした。

　生き残った味方より先に反応したのは八咫烏衆だった。残り十名となった八咫烏はサッと退いてひと塊になると、刀を構えたままで後ろ向きに逃げようとする。その塊目がけて次々と矢が飛ぶ。襲って来る矢を刀で叩き落とすも絶え間なく飛んでくる矢が六人に当たり、叢の中に次々と倒れた。

と突然横合いの叢から姿を現した八咫烏の別の二人が、蹲る仲間の一人を抱き上げ肩を貸し残った四人と合流すると、「退け」と言う甲高い声で敗走する。一人の忍び装束の背で黒髪が揺れていた。あれは女か。もしや頭目(とうもく)は女……。と思うや否や天狼坊は「逃がすな」と叫んでいた。その声よりも早く、突然前に現れたのは、後ろ姿からでも一目で分かる源乃信だった。

疾走しながら、刀を頬近くに高く掲げた源乃信が奇声を上げて襲い掛かる。するとすぐに八咫烏が気づき、ふり返った二人が鋭く刀を振りかざして応戦しようとする。だが、源乃信の剣の腕はその比ではなかった。

相手が刀を振り下ろす前に懐へ飛び込んだ源乃信が「ちぇすとー」と雄叫びを上げると同時に、男は膝から崩れ落ちた。目の前で一瞬のうちに仲間が幹竹割り(からたけわ)にされたにも拘らず、臆することなく斬りかかった別の男の刀を見切った源乃信は、再び高く刀を振り上げて斜めに叩き落とした。再び一閃した刀が今度は袈裟斬りに仕留めていた。

残り五人となって逃走する八咫烏を、血刀を構えた源乃信が激しく追走する。と、つんのめる勢いで立ち止まった。先ほど苦無と爆弾を浴びせかけたあの男が、今度は両手に火花が散る爆弾を複数握りしめ、鬼の形相でこちら目がけて疾走して来るのが目に飛び込んできたからだ。慌てた源乃信がふり返りざま「爆弾じゃ。逃げろ」と叫び、自らも逃げ出そうと踵を返した途端、捨て身の自爆と共に一瞬のうちに身体が吹っ飛んだ。

爆発と共に土と枯れ草が四方に飛び散り、素早く身を伏せた天狼坊の目に、爆風で軽く五間は吹っ飛ぶ源乃信の姿が映った。連続して爆発音が轟き、それが止み恐る恐る顔を上げれば、白い煙がもうもうと立ち込め八咫烏衆の生き残りは忽然と姿を消していた。

辺り一面に靄が立ち込めている。それはまるで白濁した結界のようで完全に視界も奪われていた。と、靄の揺らぎと共に淡い影が動く。影がしだいに人の形となり、明らかに山伏姿と思われる男が靄を曳きながら走り寄る。丸坊主頭に特徴のある鷲鼻。紛れもなくそれは、今や懐かしさすら感じるようになった顔だった。もどかしいまま身体を起こそうとすれば、はにかむように微笑んで手で制す。何か言いたいのだがなぜか声が出ない。すると耳元で囁かれた。

(波見は宝探しをしておる。牛の祇園のどこかに隠していると思い探している。そのうち牛の罰が下る。あの山には絶対に入るな)

何を今更祇園と思ったが、そんなことより伝えなければならないことがあった。走り去る背に声をふり絞った。

源乃信は自分の声でふと目覚めた。一瞬ここがどこか分からない。煤けた藁が見える天井の梁から見覚えのある自在鉤が下がり、その先の鉄瓶から白い湯気が上がっている。明るさに気づき目を向ければ、扉は開け放たれ、日が差し込んでいた。気配に気づきふり返れば、薄暗さを背にして天狼坊が身を乗り出し覗き込んでいた。覆われる白髭に埋まったような碧眼が急に細く柔らかくなった。

「大山殿、やっと気づかれたか」

丁寧な物言いにまだ夢の続きを見ているのかと思ったが、何とも言えない疼痛が身体中に走る。夢ではなかった。

「爆発で吹っ飛び意識を失っておった。もう三日になる。もし胴丸や鉢金を着けておらんかったら危なかった。どっちも古い物じゃがそれで命拾いしたようなもんじゃ。寝ずに世話をしてくれた次郎坊のお蔭じゃな。次郎坊も喜ぶ」

「そうか、二度も助けられたことになるな」

痛みを堪えて少し喋ったお蔭で急速に記憶が戻った。それにしてもこの頬の違和感は何だろうと思っても、なかなか手が上がらない。ゆるゆると身体を起こせば被せられていた布団がずれ落ち、包帯であちこち巻かれた褌一つの身体が露わとなった。こんな身体になっているとは自分でも信じられなかった。慌てて天狼坊が手を貸してくれなかったなら起き上がれないぐらいの激痛が右足に走る。その足にも包帯が巻かれていた。完全に身を起こすと天狼坊が手を離し、零れんばかりの笑みとなった。

「身体中に傷を負うたが、次郎坊の秘薬を毎日塗り直したからじきにようなる。痛みが消えたなら温泉でゆっくり養生すればよい。あの湯は傷にもよう効く。じゃが頭の中につける薬はないし、意識が戻るか心配しておった」

そう言われて頭に触れても大した傷はないし包帯もないが、髭の伸びた顔半分が葉っぱで覆われていた。葉の下に指を入れると粘つく膏薬が塗られていた。不覚にもあの女から斬りつけられたのを思い出した。痛みは感じないが無意識に葉っぱの上から手を添える。そんな仕草を見つめていた天狼坊が語りだした。

「あの時、儂らの見ている前で吹っ飛んだ。その勢いでどこか頭を強く打ったのじゃろう。覚えてはおらんか」

力なく首を振るのを見て天狼坊が労る。

「さもあらん。あんなに吹っ飛べばなぁ。大山殿の活躍によって不利な形勢を覆すことができた。このとおりじゃ。礼を言う」

そう言った天狼坊がくたびれた作務衣の膝に手を置き深々と頭を下げた。お世辞にしても丁寧すぎる。巨体が身に迫り、目覚めたばかりなのに源乃信は思わずはにかんだ。

「敵の女頭目と一騎打ちをしたというではないか。その一部始終を次郎坊が見ておったわ。女だてらに凄い遣い手だったと。とても儂らの腕じゃ防ぎきれなかったとな」

あの女……一瞬に記憶が戻った。火花を散らす黒くて丸い物が足元に転がり、慌てて叢に突っ込んだ瞬間、駆け付けた男が「空見様」と叫んだのを確かに耳にした。先ほどの妙な夢も思い出そうとした時、次郎坊が鍋を抱えて戸口に姿を現した。

「おう、目が覚めたんか」

喜色の声を上げるが、なかなかそこへ身体を向けられない。次郎坊は土間で急いで草鞋を脱ぎ、鍋を抱えて囲炉裏端に駆け寄ると、下がっていた鉄瓶と鍋を取り換え、僅かに炎を上げていた囲炉裏に新たな薪を加えて息を吹きかけた。その姿は山伏姿ではなく、くたびれた短袴によれよれの単衣姿だった。逃げた八咫烏がその後どうなったのかまったく分からないが、あれから三日も経てば臨戦態勢も解いたのだろうと源乃信は推し量っていた。

「女の裸ならいいが、そんな格好は見たくねぇ。待ってろ。天狼坊様の着物を持って来てやるちゃ。ええかのう」

天狼坊のうなずきを確認して次の間に入った次郎坊は、持って来た大きな単衣を羽織らせてくれた。以前にも増して甲斐甲斐しく世話を焼いてくれる。

あの後で次郎坊から一部始終を聞いた天狼坊は、源乃信への警戒心を完全に解いていた。源乃信が敵の頭目と一騎打ちしてくれなかったなら今以上の死傷者が出ていたのは確実だし、それを食い止めてくれたのだから恩人と言ってもおかしくはない。口でこそ言わないものの二人はそういう気持ちを抱いていたし、天狼坊は自分の山坊に源乃信をわざわざ運び込ませ、次郎坊と交互に看護を続けて来たのは労りと感謝しかなかった。

座り込んだ次郎坊が蓋を取る。旨そうな匂いのする雑炊だった。源乃信の腹が情けない声で鳴く。次郎坊と天狼坊は互いの顔を見合って屈託のない大笑いをする。

「さあ、食え。たんと食えば元気になるのは早いちゃ」

次郎坊が雑炊を注ぎ木の椀を差し出すと、まだ痛みの残る手が無意識に伸びる。舌を焼く熱さながらも雑炊を啜り、遅れて箸をつけた二人より早くお代わりをしていた。食事が終わると、次郎坊は使い終えた箸と木の椀を空になった鍋の中に突っ込み、近くの川に洗いに行き、天狼坊は慣れた手つきで茶を点(た)ててくれ、囲炉裏端に置いた。

薄暗い小屋の中でも目が慣れてきていた。天狼坊と次郎坊が意味ありげな目くばせをすることはもうなく、嬉しそうな笑顔を残した次郎坊を見送りながら、完全にこいつらから認められたと晴れがましくなった。聞きたいことは山とあった。

「味方にどのくらい犠牲者が出たと」

一瞬、天狼坊の顔が曇る。

「四十八人。そのうち十七人が死んで、生き残った者の中にはかなりの深手の者もいる」

「そんなに死んだか。傷を負うた者は大丈夫か」

「大丈夫じゃ。本陣を置いたあの社に皆集めて、太郎坊らが中心となって手厚く手当てしておる。あっちとこっちを掛け持ちして次郎坊が大変だったがな」

「俺（おい）は特別扱いか。世話になったな。それで八咫烏はその後どうなった」

「おぬしと死闘を演じたあの女と共に三人が逃走した。生き残りは一人もおらん。傷を負った者はその場で舌を噛むなどして自害し、あの山の中にも毒を飲んだ奴らが四人、血を吐いて死んでおった。だからあやつらの目的が分からん。おぬしらと同じように七星剣の秘密を探るために来たのか。それにしては様子がおかしすぎた」

「逃げた四人に追っ手は出したのか」

「いや」

なぜという言葉を源乃信は呑み込む。目的が分からないのなら、逃走した者を草の根を分けても捜し出すはず。ならば追っ手を出さないのには訳があるはずだ。そう思い直した源乃信は不意に話題を変えた。

「正夢というのを信じるか」

「正夢――。どういうことじゃ。さっきおぬしは目を覚ます前にうなされておったぞ。確か……、ハミとか言うたような」

しばらく源乃信は目を瞑り黙っていた。その声で目が覚めたような気もする。如何に心を開いてくれたとはいえ話してよいものかと。だが、話さねば分かるまいと目を開けた。

「波見というのは、京で叩き斬った八咫烏の女じゃ」

「おぬしに色仕掛けで近づいてきた女か」

「そうじゃ。確かに斬り捨てた。しかも燃える火の中に骸を投げ込んだ。ところが死んだはずの波見の幽霊に江戸で襲われ、今度もまた襲われた。最初は波見の幽霊かと思た。それぐらい瓜二つじゃった。じゃっどん、足もあったし黒髪もあった。波見は尼僧に化けて長い髪などなかったからな」

天狼坊は話がようやく分かるようになっていた。

「その女が、おぬしと死闘を演じたあの女頭目だな。儂も見た。長い黒髪の女だった」

「ああ、姉の波見よりも凄腕の遣い手だ。次郎坊が俺に跳びかかって助けてくれんかったら、あん時斬り殺されておったじゃろう。次郎坊は俺の命の恩人じゃ」

途端に天狼坊は膝を叩く。

「だからさきほど、二度も助けられたことになるなと妙なことを言うたのか。そんなこと、一言も聞いておらんかったわ」

「ほほう、次郎坊はなかなか慎み深いな。と言うよりか口が堅い。だから俺の監視役にしたんじゃろう。俺の疑いはもう晴れたか」

天狼坊はバツの悪い顔となる。

「もうよか。信用してくれれば。――あの女の名は空見」

天狼坊がすぐに真顔となる。

「誰の名じゃ」

「俺と一騎打ちをして逃げた女頭目よ。あん時、あん女に走り寄った男がそう叫んだのをさっき思い出した。これから話すことはその空見と関係があると思う。俺には分からんから知恵を借りたい。実はさっき妙な夢を見て目が覚めた」

途端に天狼坊が顔色を変えた。

「おぬし、さっき波見とか譫言を言うておったぞ」

囲炉裏の向こうから思わず身を乗り出す天狼坊に圧迫感を覚え、手で制す。話せば何かが分かる手応えを感じていた。

「実は石田ドンの夢を見ちょった。妙な夢じゃった。たぶん京におる夢だったろう。夢に現れた石田ドンが俺の耳元で、波見は宝探しをしておる、牛の祇園のどこかに隠していると思い探している、そのうち牛の罰が下る、あの山には絶対に入るな、と囁いたんじゃ」

聞いていた天狼坊の顔がみるみる険しくなった。碧眼に囲炉裏の炎が赤々と映る。そんな変化を敏感に感じ取った源乃信はわざと間をとった。あの夢は単なる夢ではない。術を使って何かを伝えようとしたのであれば、この目の前の男もその術を知っているかもしれないし、夢の謎解きの先に何かが分かる予感がする。ならば下手に出て探ろうと源乃信が先に口を開いた。

「夢だからな。支離滅裂じゃ。だいたい波見は死んだし……。じゃっどん、石田どんが夢を通じて何かを伝えたような。知っちょっことがあれば教えてくれんか。俺が見た夢はなんじゃ」

天狼坊は突然口を閉ざした。やおら大きくうなずいた。

「石田殿はまこと稀代の術遣いじゃな。おぬしが見た夢も山伏の術の一つよ。それは怖い夢を見させ、狂人もしくは廃人にしてしまう、古くから伝わる形代という呪術じゃ。本来呪詛として用いるが、石田殿はおぬしに念を飛ばし、その念が見える形で夢の中に示したのだろう。それにしても至難の業よ」

そんな秘術を話してくれたのだから心から信頼してくれている証。そう感じ取った源乃信は頭をフル回転させ突破口を開こうとした。

「じゃれば、ないごて波見と言った。波見はもう死んだ」

「おぬしの夢に入り何か伝えたいのであれば、おぬしが知ってる中で夢を映さねばならん。おぬしはあの女と戦うまで姉妹とは知らなかったのじゃろう。しかも空見という名前は今思い出した。ならば形代の術を使うにしても、おぬしが知らぬ名を使うはずはない。

あるいはこうも考えられる。石田殿はもう空見とかいう女との接触を果たし、姉妹だということも知り、大山殿が混乱しないようにわざと波見という名を使ったやもしれん。大山殿が空見の正体を見抜く前に、石田殿がどこかで念を飛ばしたことになるのか」

「すぐにじゃなく、時間が経ってからも夢を見せられるのか。そんな大変な術をおはんも使えるのか」

「できる。厳しい修行を積み霊力を備えればできる。我が心の宇宙にことを描き、それを広大無辺な宇宙に飛ばす。受け手が何らかの理由で意識が解放された時、広大無辺な宇宙に漂っていたことと合わさり夢となる。大山殿は三日間も意識を失い、その気は宇宙に漂っていたじゃろうし、意識が戻るためにその気が己の宇宙に戻ろうとした瞬間、石田殿の念が入り込む好機となったはずじゃ」

鉄彦の影響もあって源乃信はすぐに理解し的を絞った。

「ならば波見を空見として考えればいいんだな。空見が宝探し……。祇園……。ここは祇園じゃなく日光、しかも奥日光じゃ。——分からん」

天狼坊は目を瞑りしばらくすると、しきりに考えている源乃信に声をかけた。

「大山殿、この日光に宝があると八咫烏は見当をつけ、それを探るために来ていることを、夢を通じて伝えようとしているようじゃ。祇園とは祇園精舎（しょうじゃ）を意味し、祇園の神とは牛頭天王のことを言う。牛頭天王とは大昔からこの辺一帯の山の守り神で、奥日光を祇園と、符牒（ふちょう）を使ったのじゃろう」

「ないごてそげな手の込んだことをして、夢で伝えたんじゃろう」

「おそらく石田殿は、儂らと大山殿の関係を予見していたんじゃろう」

途端に源乃信の顔が綻ぶ。それは両者の関係を喜んだのではなく、鉄彦の予知の力を誇らしくも思ったからだが、心を許した天狼坊は喜色の表情を誤解した。大きくうなずくと重い口を開く。

「祇園という符牒が分かるのは儂らだけじゃからな。石田殿は儂らがこういう関係になることを見抜いている。それに石田殿は牛頭天王も見た可能性がある」

「ひょっとして牛頭天王ちゅうのはあん龍のことか。――違とか」

「答えられぬが、おぬしだから一つだけ教える。龍権現様は決して人を殺すことはない。じゃが牛頭天王を怒らせたなら、怨霊であれ、人であれ、三叉鉾で刺し魔剣で斬り殺す。言い伝えじゃがな。どうやら石田殿は儂らに味方されているようじゃ」

言い伝えのはずはないと源乃信は直感するも、それ以上に気になることがあった。

「宝を盗まれんようにか」

途端に天狼坊が身体を揺らして大笑いを始めた。

「そんなもんはない。幕府が崩壊し江戸城も明け渡されるようになった今、色んな噂が飛び交っているじゃろうが、そんな宝は日光のどこにもないわ。ないが、それ以上の宝がある。権現様の魂よ。それは金品に替えられるものではない。儂らはそれを代々守っておる」

ここぞとばかりに源乃信が斬り込んだ。

「家康公の墓守としてか」

「それには答えられぬわ」

とは言ったものの墓守を認めたような物言いだ。そうと分かったからには核心に触れる追及を止めた。

「まあよか。牛の罰が下るとは、牛頭天王が八咫烏を成敗するということか。牛頭天王はおはんら天狗衆の守護神なのか」

またも天狼坊は黙り込む。巨体が膝に両手を置いて深々と頭を下げる。

「それ以上のことは勘弁してくれ」

「分かった」

もとより困らせるつもりではなかったので源乃信の答えは素っ気ない。素っ気ないがヨロヨロと立ち上がろうとする。中腰のままの源乃信が鋭い目つきで言い放った。

「男体山へ行く。夢の中で石田ドンが絶対に入るなと言った山は男体山しかなか。たぶんそこで牛頭天王か龍か知らんが、験比べをして七星剣の謎を解くつもりじゃ」

「絶対に入るなと夢で告げられたろう」

慌てて天狼坊が立ち上がり、手を伸ばして止めようとするが、その手を撥ねのけた源乃信が不敵な笑みを浮かべた。

「殺されるぞ」

「誰にか。牛頭天王にか。それとも龍にか。あるいはこげな時に姿を見せんおはんらのお頭にか。どっちにしても行かねば分かるまい」

そう言いながら源乃信は追っ手を出さない理由に薄々気づいていた。

「どうしても行くのか」

「止めても無駄じゃ」

そう言って天狼坊を睨みつければその顔がうなだれる。そんな顔を見てわざと笑顔を作りかけた源乃信のみぞおちに突然、天狼坊の鋭い拳が飛んだ。まともに食らった源乃信が膝から崩れ落ちた時、洗い物を終えた次郎坊が戻って来た。囲炉裏端にうつ伏せに倒れた源乃信を見て、洗い終えた鍋を持ったままキョトンとした顔をする。

「あれ、また気を失ったのけぇ」

「いや、当て身を食らわせた。どうしても御山に行くと言い張りよったからな。次郎坊、どうやら八咫烏の目的は財宝探しのようじゃ」

「財宝……なんのこっちゃ」

と言われ、天狼坊が薄笑いを浮かべた。

「江戸城の蔵には財宝が唸っておったはず。城を明け渡すにしても、そんな財宝を渡すはずはないし、この山のどこかに隠したとあやつらは踏んだんじゃろう。となれば、あやつらにとってその山とは御山しかない」

不可解な顔をした次郎坊が鍋を板場に置いた。

「もしそんな宝を御山に隠したんなら、儂らにも必ず知らせがあるはずじゃ。あるはずもねぇお宝を彼奴らは命懸けで探しておるのけ。馬鹿な奴らじゃ。天狼坊様は、龍権現様が現れたからには一歩も山には入ってはならんと追っ手を出すのも止めたが、大山ドンと龍権現様を遭わせんようにするために当て身を食らわせたのけ」

「龍権現様と遭ったとしても大山殿には見えぬわ。どうやら牛頭天王が現れたようだ」

「えっ、なぜじゃ。なぜそんなことが分かりなさる」

「大山殿の片割れが、大山殿の夢を通じて教えてくれた」

「形代の術か」

次郎坊がすぐに聞き返し、無言のまま天狼坊が深くうなずくと、次郎坊が細い目を剝く。

「あの術は怖い夢を見せて狂わす術じゃろう。儂も何度か試したことがあるが、とうとうできんかった。あんなすげえ術を使えるのけ。たまげた」

「次郎坊、驚くべきは夢を通じて八咫烏の目的と、牛頭天王が降臨されたのを牛の罰が下ると知らせたことじゃ」

「すげえ、それにしてもすげえ。まるで伝書鳩みてぇに夢を操っておる。そんなすげえ山伏と、もう一度逢ってみたいもんじゃ」

「すべてが終われば逢えるかもしれん。じゃが、どっちかが死んでおるじゃろう」

「どっちか――」

と言った次郎坊が生唾（なまつば）を呑み込む。不老不死の牛頭天王が死ぬはずはないが、妙な物言いにはその可能性もあることを示唆していたからだ。片や天狼坊は自分で言ったことなのに、智海の末裔の山伏が、よもやあの牛頭天王がと思えばなぜか胸が震え始め、心が千々に乱れて激しく頭（かぶり）を振った。

「そんなことより、山には絶対に入るなと夢で忠告されたのに、この身体で山に行くと言い張り……」

「だから当て身を。儂でもそうしたじゃろう。牛頭天王が相手なら生きては帰れんわ」

「そう思うか」

天狼坊はそう聞き直しながら、あり得ない己の中の変化に内心驚いていた。

「当然じゃ。龍権現様は殺生は嫌われるが、牛頭天王に化身されたんなら心底怒っている証。たとえ八咫烏の女頭目でも、凄腕の山伏でも歯が立つ訳がねぇ」

あり得ない自分の感情を拭うかのような次郎坊の言葉に、天狼坊は思わず相槌を打った。

「どっちが相手でも凄まじい戦いになるのは必至じゃ。そんなところに剣の遣い手とはいえ、大山殿を行かせる訳にはいかん。我らも牛頭天王が現出したからには、怒りが収まるまで御山には一歩も入ってはならん。

頼みがある。大山殿をまた牢に戻してくれんか。事が収まるまでまた牢にいて貰おう。ただし丁重に扱え」

「その方がええ。暴れられたならどうしようもできねぇ。お安い御用」

次郎坊はそう言うと伸びたままの源乃信を軽々と抱き上げ、山坊から出て行った。


御沢の決戦からすでに八日の時が流れようとしていた。

あれから鉄彦はすぐに後を追い男体山へ向かおうとはせず、源乃信に念を飛ばした後で戦闘が見える処まで山を下れば、突如として聞き慣れた裂帛の声を耳にした。紛れもなくそれは薩摩兵児が強敵に立ち向かう時、己を奮い立たせるための雄叫びだった。あの男なら必ずや活路を見出すと信じていたが、まさか天狗衆の助っ人として戦闘に加わるとは思ってもいなかった。

突如、連続して起きた爆発音と共に白煙が上がれば辺りは急に静かとなり、激しい戦闘の終わりを告げていた。源乃信のことも気になり、様子を探るためさらに山を下り降りる途中、複数の人間の気配を感じ、急いで木の陰に隠れていた。木の陰からそっと覗けば忍び装束は四人となり、そのうちの一人は背中に矢を負い、八咫烏衆は四人に激減していた。

四人の忍びは山深くまで入って身を潜め、深夜になると動き出していた。怪我を負った者を含めた三人は闇に消えたが、それを見送った一人の後を迷わず追えば、覆面の後ろから黒髪が揺れ、以来ずっと気づかれることなくその後を尾けていた。いかな鉄彦でも牛頭天王が待ち受ける男体山へ踏み入るには踏ん切りが必要だったが、導かれるように山へと入った。それから七日の間、まったく人気はないのに、昼間は用心してか女頭目は身を隠し、夜に動きだしていた。

男体山麓の二荒山神社からしらみつぶしに探し回り、山に入ってからは古い鳥居の下、瀧尾神社の隅々まで探し回った。樹木が生育できる限界線をすでに越え、雪が残る足元の赤茶けた土の上には大きめの石がゴロゴロと転がっている。女頭目を尾けていた鉄彦はいつの間にか、江戸の七星剣が指し示す真北、その象徴ともなる男体山頂上に辿り着こうとしていた。

山の上は星明かりだけでも十分に明るい。隠れた岩の隙間から紫色の忍び装束が見え隠れし、激しい風に黒髪が靡いている。その時、遠くで声がし、薄闇の向こうから白い息を吐きながら一人の山伏姿が走り寄って来た。

薄汚れた柿色の袴と鈴懸を着た山伏の頭に髻はなく、月代が露骨に現れて乱れ髪が靡き、落ち武者を思わす哀れな髪型だった。まさかこんなところにあんな姿で現れるとは夢にも思わず、思惑どおりにならなかったことに鉄彦は唇を噛んだ。岩陰に身を潜めて、やや興奮気味の会話に耳を傾けた。

「監物か。どないしたん。その格好とその頭は。それに何か臭うな。糞の臭いか」

「不覚をとりました」

「何があった」

「それが……、化物から逃れていた折」

「皆心配しておったんやぞ。龍にやられたんやないかと」

「あの影は龍でござったのか」

「何を言うとるんや。突然姿を晒し、追い回されて散々な目に遭ったんやないか」

「お待ち下され、空見様。――拙者、その龍とやらを見てはおりませぬ。追い回されてもおりませぬ」

「なんやて」

「拙者、あの時最後尾を歩いておりました」

「あの時とは、いつや」

「この山に入りかけた折、突然不気味な黒い影が現れ、その影から逃れるため、訳の分からぬまま獣道を急いでいた明け方のことでござる」

「ああ、あん時、そちに殿（しんがり）を命じたな」

「はい。仰（おお）せに従い、警戒しながら最後尾を歩いておりました。と……、信じてはもらえんでしょうが、突然目の前に、地の中から一人の山伏が湧き出たのでござる。凄まじい気を放って刀を抜いておりましたので、すぐに拙者も応戦したのでござるが……」

「どうした」

「気がつけば裸同然にされ枯れ葉に埋もれて寝ておりました。恥ずかしながら、頭もこのざまに」

「じゃ、あれは誰だったんや」

「あれと申されるのは」

「龍が突然わてらを襲って来た。その時、皆は方々に逃げ惑ったが、監物、いや監物になりすました者だけが龍を見ていたのを目撃されておった。それからその姿を見た者は誰もおらん。てっきり、やられたと思うておったわ」

「拙者のなりすまし」

「そうとしか考えられん。してさっき、気がつけば寝ておったと言うたな。そちほどの遣い手が、すぐにそうなるか。何か抜けておらんか」

「それが……、地の中から湧き出て来た山伏が何か呪文を唱えると突然身体がまったく動かなくなり、自由を奪われたまま顔に手を当てられると気を失っておりました。気がつくと身包み剝がされておったのでござる」

「あやつか……。金縛りの術や。催眠の術を掛けた上で、そちの着ていたもんとその山伏装束を取り換えたんよ。わてらの中に潜り込むためにな。わてらと戦った山伏らは全身真っ黒やったが、それと同じ色のものを着ていた者が一人おった。薩摩の密偵よ」

「なんと。なぜ薩摩の密偵が日光の山伏の一味になっていたのでござるか」

「それは分からん。まったく分からんが、分かったことが一つある」

「なんでございましょう」

「そちにまんまと化けて忽然と姿を消したのは、わてと一戦交えた薩摩の密偵の片割れよ。あやつなら、そちほどの遣い手でも難なく術を掛けられる。そちは剣の腕は立つが、術は心得ておらんからな」

天狗衆の存在にはまったく気づいていない。それに斬り合いをしたのであれば、きっとその正体が分かったはず。ならばあの時、波見とは言わず空見と源乃信に伝えればよかったと、鉄彦は悔やみながら息を潜めて聞き耳を立てていた。

「その輩をご存じで」

「知るも知らんもない。わての見てる前で波見は殺された。必ず仇を取る」

「そうでござったか。してほかの者たちはどうなったのでござるか」

「最後まで生き残ったのは、わてを含めて四人」

「それほどまでに……」

「ああ、突然現れ出た龍から追い回され、山から出た処に山伏らが待ち伏せしておって急襲されたわ。――重太も死によった。わてらを逃がすため自爆してなぁ」

「重太殿が自爆。して生き残った者らはいずこに」

「怪我人もおったから帰した。援軍を呼ぶためにもな。その間、何としても宝の在り処を探そうと思うて、わて一人でこの山に入ったんや。下からしらみつぶしに探したんやが、何にもない。手掛かりすらない。頂上まであと少しやし、あるとすればその間にしかないはずや。――それで、何で今頃姿を現したんや。今までどこにおった。そちがいてくれたなら、あんなに犠牲者は出んかったやろう」

「面目ござらん。目を覚ましたときには全てが終わっておりました。褌一つで髷も切り落とされ無念でござった。この頭では戻る訳にはいかず、しばらく山の中を彷徨(さまよ)っておりました。せっかく呼んで下さったのに何のお役にも立てず、いっそと思いもしましたが、隠し財宝の在り処を自分一人でも探し当て、せめてもの罪滅ぼしをと思い留まり、三日前からこの山に入った次第で」

「そうやったんか。難儀したな。もう水に流す。忘れよ。そんなことよりわてと一緒に探そうぞ。そちと一緒なら心強い。もう後わずか、どこかに必ず隠してあるはずや」

「勿体なきお言葉。――おや空見様、人の気配が」

ジッと聞き耳を立てていた鉄彦は伏せて地面に耳をつける。確かに複数の足音が近づいている。

「おお、援軍か。えらい早かったな」

「なにぶん急な知らせで、とりあえずは江戸詰めの八人が馳せ参じました」

「江戸はどうや」

「混乱しております。方々で小競り合いが起きておりますし、武装した血気盛んな若者が上野の山に集まりつつあります」

「なんでや」

「慶喜が水戸に移ったのを知らない模様で」

「水戸……」

「謹慎の場所が移ったのでござる」

「ほほう。さてはまだ寛永寺にいると思うて慶喜を担ぎ出し、一戦交えるつもりなんか。どうせ負け戦じゃ。薩摩自慢の大砲の餌食となって、鬼門所諸共燃えるじゃろう。阿呆な奴らや。自ら厄介な鬼門を壊そうとしておる。それでもう徳川も滅びるじゃろう」

暫く笑い声が続いていた。

「空見様、一つご報告がござる。物見の知らせによれば、江戸城に入った奴らが真っ先にやったことは蔵を改めることだったそうにござる」

「だろうな。それで探す物はあったんかいな」

「どこにも。金目の物は何もなかったそうにござる。あったのは歌舞で使ったと思われる赤や黒の獅子頭。薩長の中ではそれを粋がって被るのが今流行りになっております」

「阿呆かいな。田舎者丸出しや」

「まことに。今や奴らはなくなった財宝を血眼になって探しております。おっつけここにも手が及ぶはず」

「どこまで手が及んでおる」

「旧幕府軍が宇都宮宿に集結中で、そこを突破しない限りここまでは来られません」

「勝てる訳もないが、ここまで来るにはまだ間があるな」

「はい。ただ薩長の装備は大砲にしても銃にしても、旧幕府軍の比ではありません。戦になれば一溜まりもありますまい」

「なら早う探し出し、どこか分からぬところに移し替えよう。それならこの人数でも十分や。ほとぼりが冷めてから運び出せばいいんやから。化物のことは聞いたんやろう。万が一のため飛び道具は持って来たんやろうな」

「はっ。拳銃と十分すぎるぐらいの破裂玉を銘々持っております」

「それなら何が出て来ようと鬼に金棒や。なら夜の明けないうちに上まで探そうか。下は十分に探し尽くした。あるとすればこっから上、怪しいのは頂上や」

返事と共に岩越しに歩きだす音がする。まるで岩と同化したような鉄彦の身体は動かない。もう少し距離を置いてから後を尾けようとしていた。その時、聞き覚えのある、笛が長鳴りするような音が僅かに聞こえたため、顔を上げた鉄彦は目を見開いた。

あの黒い影が音もなく悠然と上空を飛んでゆく。墨染(すみぞめ)色の夜空に巨龍の影がはっきりと浮かび上がっていた。その影を目で追いながら立ち上がって岩の隙間から覗くと、一塊(ひとかたまり)となった紫の集団の上をその影が音もなく通過するところだった。と、今までなかった濃い霧が流れ出し、その霧が紫の一群を包み込む。

鉄彦は嫌な予感がした。岩陰に隠れたまま、前に進むか否かを暫く逡巡する。その時、続けざまに鉄砲の音がした。逡巡は一瞬に吹っ飛び、身を低くして野兎(やと)の勢いで走りだすと、大きな岩陰に飛び込み、恐る恐る上り斜面を凝視した。突然稲妻が光り、思わず目を見開く。予感は的中していた。

筋肉隆々とした両手に、稲妻に光る直刀の剣と、先の尖った三叉鉾をそれぞれ握りしめ、太い二本の角が生えた牛頭天王が仁王立ちしていた。あの銃声は牛頭天王を撃ったのだろうがどこにも傷はなく、目は怒りのため血走っている。

複数の稲妻と同時に地響きがし、巨体が腰巻を靡かせ雪を蹴散らしながらこちらに向かって突進してくる。身を挺して空見を庇（かば）った監物が繰り出す刀は角で弾（はじ）き返され、返す刀で突き込むと三叉鉾の先で封じ込められるや、直刀が監物の首を薙ぎ、首を失った監物の身体が膝から崩れ落ちる。

慌てた八咫烏衆が忍び刀を抜いて応戦しようとするも、あっと言う間もなく二人が角で撥ね上げられて宙に舞い、一人の八咫烏の喉には三叉鉾が食い込み、もう一人の腹には直刀が深く突き刺さり雪の上に血の花が咲く。その様はまるで暴れ牛だ。

その僅かな間、生き残った四人は必死に空見を庇いながら小石を飛ばし駆け降りてくる。走りながら破裂玉に点火し、先に下り降りる空見に何やら怒鳴り声を上げた。と、ふり返りざま躊躇うことなく次から次へと破裂玉を投げ込んだ。

連続した爆発と共に四人の八咫烏も吹っ飛ばされ、白い煙が立ち込める。その煙の中を牛頭天王が突進して来る。すると断末魔の声が一つ二つと上がる。牛頭天王が、爆風で吹っ飛んだ者らの息の根を次々と断っていた。

その時、「ぬしは何者ぞ」と甲高い声が轟く。刀を握りしめた空見と牛頭天王の睨み合いがしばらく続いた。無言を貫き通す牛頭天王に焦れた空見は刀を地面に突き立て、印を結ぶと、同じ真言を繰り返し繰り返し唱える。見る間に紫色の忍び装束が火炎に包まれたが、遠目にも印を結んだ手がブルブルと震えている。

刀を取り上げた空見が虚空を薙ぐ。刀が一閃すると、今度は返す刀で反対側から切り裂き、刀を素早く地面に突き刺し再び印を組むと、牛頭天王を睨みつけ、裂帛の気合諸共に呪(じゅ)を唱えた。すると雷(いかずち)が轟音と共に牛頭天王の身体を貫く。

巨体が一瞬ぐらついたが、怒りの表情のままニヤリと笑う。慌てた空見が刀を持ち斬りかかろうとすれば、喉元目がけて三叉鉾を突き出す。それを辛うじて刀で防ぐも、防いだ時には二つの角に挟まれ身体が宙に浮く。黒髪の束ねも解け、乱れ髪の身体目がけて剣が襲い掛かる。

断末魔の悲鳴と共に血だらけとなった身体が崩れ落ちた。紫色の忍び装束が肩口から切り裂かれ、下に着込んでいた鎖帷子もバラバラに破壊され、血で汚れた雪の上に落ちてピクともしない身体を牛頭天王が激しい憤怒の眼で睨みつける。

凄まじいばかりの斬撃(ざんげき)を鉄彦は呆然として眺めていたが、怒り狂う牛頭天王が顔を上げる前に、再び岩陰に身を潜める。あまりのことに身震いする。こんな恐怖を今まで味わったことはない。そのとき雷鳴と共に幾つもの稲妻が走り、辺りは真昼のような明るさとなる。

もう何も音はしない。耳が痛いほどの夜のしじまが身を包み込み、目の前で繰り広げられた戦闘が悪夢のようにも思え、長い長い戦いのように思えたが、それは瞬時に終わっていた。そう思えば身震いが止まらない。

しばらくすると、明らかに人間ではない足音が遠ざかろうとしていた。岩陰から身を起こして凝視すれば、薄闇の中に華奢な身体のあの老人が燃えるような肌の牛の背に揺られていた。

山の頂上に向かってゆっくり歩きだしていた牛が足を止めると老人がふり返り、立ちすくんで見守る鉄彦に一瞥(いちべつ)をくれた。その眼に憤怒の色はない。痩せた身体に腰巻を巻いた老人は白髪を後ろで束ね、皺深い顔には高い鷲鼻と、老体には不似合いすぎるほどの眼光鋭い目をしていた。その目と目が合うと、威厳に満ちた低い声が心に触れた。

――ついて参れ。

ゆっくりと前を向いた老人は、何事もなかったように牛の背に揺られ、鉄彦もまるで牛に曳かれるごとく歩きだした。


距離を置いて後を追う鉄彦は息を整えるごとに自分を取り戻しつつあった。なぜこうも従順に従っているのか。それは自分の意思なのか。さもなくば意思を操られているのかと。

やがて岩の多い頂上に辿り着いた。昼間なら眺望も良く下界の様子が見渡せるのだろうが、闇に包まれた今、頂上の様子すらよくは分からない。見上げる先に遮る物はなにもなく、ただ満天の星が瞬き、凍てつく空に星がいくつも流れる。

いつの間にか牛から降りた老人が石に腰掛け、手招きしていた。歩み寄った鉄彦は刀を鞘ごと抜き取って前に置くと正座し、両手を突いて頭を垂れた。威儀を正し、その姿勢のまま名乗りを上げる。

「お初にお目にかかりまする。拙者、薩摩藩士石田鉄彦と申しまする」

老人は意外にもククッと含み笑いをした。見上げれば嗄れた顔は微笑んでいるが、決して目は笑っていない。痩身で小柄なその老人は、そそり立つ見事な鼻を持ち、目は異様な眼光を放っていた。だが、なぜか知らぬが懐かしさがふと心の中に湧きあがり、身体のこわばりが解れるのが分かる。

「なにがお初か。もう何度か逢うているじゃろう」

やはり全てはお見通し。口答えできるものではなく、素直に小さく返事した鉄彦は畏まり、再び両手を突いて頭を垂れた。

「ただの薩摩藩士じゃあるまい」

声音は意外なほど優しいが、そうと問われればもう言い逃れはできぬと観念し、潔くうなずく。

「はっ、薩摩の国は肝属の国見山にて、何百年と修験の法灯を繋ぐ一族の末裔にござります」

「熊襲隼人の末裔か」

「いえ、我が高祖はもともと薩摩ではなく、都人でござった」

「都人――、異なことを言うな」

「諍いに巻き込まれ、我が一党は次々と変死、あるいは出奔し、生き残った我が修験の開祖が諸国霊山で修行を重ね、薩摩の地へと流れ着いたのでござる」

「さては権力争いにでも巻き込まれたのか。どのくらい前のことか」

「四百年は前のことかと」

「その開祖の名は」

「藤原宗継の名を替え、智海と申します」

少し間を置き、穏やかな声が降りかかる。

「面を上げよ」

顔を上げれば老人の目が笑ったようにも見える。

「ぬしの目的は何か」

腹を括った鉄彦は両膝に手を添えると胸を張って威儀を正し、一気に口を開いた。

「江戸を地獄にさせぬため」

途端に老人が痩せた身体を反らして大声で笑いだした。ひとしきり笑い終えると重々しく口を開く。

「それ故来たか。だがすでに、営々と築かれた秩序は乱れ、その様はまさに生き地獄じゃ。江戸は家康公が戦なき秩序を希求され、心血を注いで造られた、その象徴ともなる都。そんな処を盗人同然に奪い取り、その上、この聖地まで荒らすならば、今以上の地獄にも陥ろうぞ」

「それを……」

そう言った時には鉄彦はまたも両手を突き、深く頭を垂れた。

「それを何とか鎮められたく、伏してお願い申す」

一言一言を噛み砕くように話す言葉には、赤心を推して人の腹中に置く響きがあった。必ずや我が真心、神にも届くという必死の願いが込められていた。硬い地面に額づく時が暫し流れる。

「やはりなぁ」

声と共に立ち上がる気配がした。

「ぬしは知っておるな。さすがに天狗の末裔だけのことはある。ならばこの儂と一戦交えるつもりか。そのつもりで忍んできたのじゃろう」

そう突き付けられ、心に触れた「いずれ」と「ついて参れ」の言葉はやはりそういう意味だったのかと腑に落ちた。だが、決して挑発するような物言いではない。それに我が先祖のことも仄めかすような物言い。もし知っていればと一縷の望みを掛け、すかさず、頭を垂れたまま鉄彦は懇願した。

「滅相もない。拙者如きは蠅を叩くようなもの。そんなつもりはまったくありませぬ。ただ、江戸の民に塗炭の苦しみを味わわせるのは如何なものでございましょうや。あの者たちは、江戸攻めが決行されたならば、町人までもが命を懸けて護る腹積もりでおりました。そんな忠義の者たちを苦しませてはなりませぬ。お鎮まり下され。お鎮まり下され」

「権現様の御霊の宿るこの聖地を荒らされてもか。今度は大挙して押し寄せてくるじゃろう。大砲や鉄砲で撃ちかかってくれば、もう護り切れぬ。そうなる前に」

ここが肝要とばかりに顔を伏せたまま両手を上げ、言葉を制した。

「お鎮まり下され。世がまだ戦乱の折、我が一族の開祖智海は諸国霊山で修行を積み、最後は薩摩の国に流れ着いたのでござるが、時の肝属領主にその呪力を認められ、島津氏との一戦に挑みました。山城の一画、山伏城を任せられた智海は、薩摩の国のみならず諸国から馳せ参じてくれた山伏らと共に呪を使い善戦するも、如何せん多勢に無勢。ついに肝属氏の根城は陥落し、肝属氏は滅んだのでござる。山城の攻防戦故、島津側にも多くの犠牲者が出て恨み辛みがあったに違いござらぬ。

ところが島津氏は完膚なきまでに城を破壊したにも拘らず、金閣房だけはそのまま残したのでござる」

「なんじゃ、それは」

「城の攻防戦で命を落とした山伏たちの菩提地でござる。島津氏は完膚なきまでに山城を破壊し尽くしたのに、慈悲の心で菩提地だけはそのままにしてくれたのでござる。正に怨親平等の精神。そんな気持ちがあった故に今や薩摩は、肝属も日向もない一枚岩となったのでござる。拙者も薩摩の密偵として命を賭して働いておりまする」

「何を言いたい」

「栄枯盛衰は世の習い。しかしながら禍根を残すならば、それは深い遺恨となり、いつまでも消えるものではありません。幕府が倒れたのは時の流れ。新たにできる秩序のもと、皆が力を合わせてまとまらねばなりません。そうせねば異国の餌食となりましょう。

それに今や江戸は住む者誰もが自慢できる日の本一の都となり申した。奈良や京を凌ぐ都となり申した。もう家康公のものでも、ましてや薩長のものでもありませぬ。江戸はこれからもこの国の要として、忠義の者たちと共に栄えねばなりません。何卒御心鎮められたく、心よりお願い申す」

じっと聞き耳を立てていた老人が高笑いした。

「この山に来たのも、この儂を止めに来たのも、薩摩の密偵としての役目か」

「そうではありませぬ。役目を離れ、江戸の民の命を救うために馳せ参じました」

暫くの間があった。すると老人の口から溜息が漏れた。

「ぬしはお人好しじゃな。あの八咫烏がここに乗り込んで来たのは、動乱に乗じて醜い思惑があってのことじゃ。我らと彼奴らは因縁深い。かつて八咫烏には酷い目に遭うた。太閤秀吉が小田原攻めをした折、日光は小田原方についたものの、僧兵が戦に出任したのではない。じゃが、小田原方についたかどで、秀吉は日光を潰しにかかりよった。神仏への帰依心が強い秀吉がそんなことをすると思うてか。陰で操っておったのがあの者たちよ。

家康公の御心（みこころ）のもと安寧な世が続き、日光にも昔の弥栄（いやさか）が戻って来たというのに、またもや彼奴らが、今度は姿を晒してまでここに入り込み、この聖地を荒らそうとした。おそらくあの者たちは新しい時代を迎えるにしても、己らが優位になるよう火種を起こし、政に首を突っ込む坊主や山伏までも根絶やしにするよう画策するはずじゃ。智海の血と術を繋ぐぬしならば、それぐらいのことはとっくに観えておるのではないか。

時代の流れに逆らうことはできぬ。確かに栄枯盛衰は世の常じゃ。じゃが家康公が心血を注いで築かれたあの江戸を奪われ、その上、この聖地まで荒らすとなれば万死に値する。神仏をも恐れぬ所業を断じて許すことはできぬ。江戸をもとの草深い更地（さらち）に戻す」

黙って聞いていた鉄彦の頭の中で「智海の血と術を繋ぐぬし」と言った言葉が渦巻いていた。ここが勝負時とやおら顔を上げ、眦を決して老人を戒める。

「短気は、妙童鬼以来の法灯すら消すことにもなりますぞ」

すると途端に、老人が歯を見せて高らかに笑った。

「さすがに智海の子孫だけのことはあるわい。そこまで見抜いておったか。

儂も長いこと生きながらえておるが、智海ほどの験者（げんじゃ）を知らぬ。ある日ふらりとこの山を訪れ、それこそ命懸けの精進を重ねた。人があれほどの荒行を積めるのかと感服したものじゃ。だから我が一党の秘術も二、三伝授したが、それもすぐに習得し、その智慧と度量たるや海のごとし。智海の名をもって海を渡り南に下れ。最果ての地に法灯を繋ぐ処があると勧めたのが、この儂じゃ」

「貴方様が……」

さすがの鉄彦も言葉を失った。敬う先祖の名前の由来を初めて知り、しかもその名付け親が時空を超えて今、目の前にいる。奇怪さを覚えずにはいられなかったが、先ほどふと懐かしさを感じたのが途端に腑に落ちた。

この老人こそが智海の師匠で、何百年もの秘密を受け継ぐ日光の大天狗と分かったからには、その名を尋ねない訳にはいかない。一呼吸して恐る恐る切り出した。

「卒爾（そつじ）ながら貴方様のお名前は」

「日光天狗衆の大先達（だいせんだつ）、妙童鬼の伝法を繋ぐ幽鬼坊（ゆうきぼう）じゃ。念願叶ったか」

その名には正しく鬼の一字が含まれていた。

「はは」と言った時には鉄彦は地面にひれ伏していた。すると気配が消え、顔を上げれば幽鬼坊の姿は消えていた。と、頭上で声が響き渡った。

「智海の血を繋ぐ薩摩の天狗。これからは困難な時代となる。薩摩に戻れ。戻って智海以来の伝法を守り抜け。ぬしと江戸は何の関係もない。だが、儂らには家康公の御霊を護る役目がある。それも危うくなったのじゃから、その報いを受けるのもやむなし。

話せて懐かしかったぞ。法灯を消すことなく達者で暮らせ。さらばじゃ」

見上げればいつの間にか頂上の岩の上に立った幽鬼坊が、空を見上げて両手で印を組んでいた。すると痩せた身体の全身が輝きだすと、たちまちのうちにその光は膨張し、眩(まぶ)しくて直視できぬほどの巨大な球体となった。巨大な球体が光り輝きながら、息をするがごとく揺れ始める。ドーンと山を動かすほどの大音響がしたかと思えば突然火柱が上がり、その先端で光り輝く巨大な球体はあの巨龍に変化し、天上で輝く北極星に向かってゆっくりと昇ってゆく。

(行かせてはならん)

唖然と見送る鉄彦の頭に突如として老師の声が轟くと、幽鬼坊が龍の姿となり、頭上で輝く北極星を動かそうとしているのを瞬時に悟った。あれほどの星を動かすのならば命を懸けているに違いなく、先ほどの捨て台詞(ぜりふ)が俄(にわ)かに蘇る。

もしあの星が少しでも動けば、江戸の町に刻む北斗七星にも影響を及ぼして将門の怨霊が蘇り、江戸は阿鼻地獄(あびじごく)に陥るに相違ない。何としてもそれだけは阻止しなければならないが、役行者のように空を自在に飛べる秘術など心得てはおらず、立ちすくんだまま思わず老師に語りかけた。

「老師、助けて下され」

すると勝手に両手が合わさり、指が絡むと、今まで一度も組んだことのない不思議な形の印が無意識に結ばれ、火球が昇る夜空を仰ぎながら老師が教えてくれたあの不思議な呪文を必死に繰り始めていた。

「センモタシャジオ　ンサンジウュリ　ンサンジウニリ　センモタシャジオ　ンサンジウュリ　ン

サンジウュリ　センモタシャジオ　ンサンジウュリ　ンサンジウュリ」
不思議な形の印を組み、無心に呪文を繰るうちに、身口意は一つになり、やがて何かの箍が外れた。それは意識してできることではなく、ただ意識できるのは己の中の宇宙と、満天の星が輝く頭上の大宇宙がまるで薄皮で合わさったような一体の感覚が身を覆い、身体から浮揚した意識が広大無辺の漆黒の宇宙に漂い始めた。

突然、男体山の頂上から立ち昇った龍火が、先を飛ぶ龍火を目がけて飛んでいく。大きさこそ異なれど、小さいが故に勢いがあり、瞬く間に差を詰めていく。そして先を飛ぶ龍火に絡みつくと、二つの龍火は螺旋を描いて縺れ合い、激しい雷鳴と共に漆黒の夜空が急に真昼の明るさとなる。

夏の夜空に何発もの花火が弾けたような明るさの中、黒い巨大な龍が上から、小ぶりの赤龍が下から対峙し、互いに目を爛々と光らせて睨み合っていた。睨み合ったまま互いに牙を剝いて咆哮し合う。

絶え間なく雷鳴が轟く中、暫く睨み合いが続いた。と巨龍が威嚇するように咆哮すると、再び天上を目指して昇り始めた。すかさず追尾した赤龍が巨龍の身体に再び絡みつこうすれば、そうはさせじと反転した巨龍が赤龍目がけて角を突き出す。

脇腹に角を受けた赤龍がまるで枯れ葉が落ちるかのように落下するのを眼光鋭く見送った巨龍が、頭を上げ、再び上空へと昇りだした。その時だった。落下していた赤龍が途中で息を吹き返し姿勢を整えると、上空を飛ぶ巨龍に向かって猛追した。

——おやめ下され。

——邪魔するな。

決して下には届かない怒号が飛び交っていたが、瞬く間に赤龍が追いつき、自分の身体を蛇のように巨龍に巻きつけたため胴体は一つとなり、その先で二つの龍が激しく睨み合い、巨龍が口を大きく開け赤龍の頭に嚙みつこうとする。そうはさせじと赤龍が激しく首を振り、もがくうちに、赤龍が凄まじい光を放ち、今や二頭の龍は太陽のような輝きを放つ眩しい一つの球体となった。

輝きを放ったまま球体が空高く舞い上がり、北極星の近くで拳ほどの大きさになった時、突如、男体山を揺るがす凄まじい音が夜空に炸裂した。

音と同時に球体はバラバラに飛び散り、再びの闇が突然訪れるも、キラキラと輝く無数の光の粒が舞い降りて来た。そのさまは幾千万の星屑が地上に舞い落ちるが如く、虚しくもあり可憐でもあった。全ての星屑が男体山に舞い降りると、いつの世にも変わらぬ夜の静寂が再び訪れ、男体山の上では何事もなかったように北極星が光り輝いていた。

鉄彦はふと我に返った。今、体験したことは、果たして現実だったのか。身体が浮いたかと思うとあの巨龍を必死に止めようとしていた。

絶体絶命に陥った時、身体の中からあり得ない光が現出したかと思えば、巨大な光の輪の中にあの龍を閉じ込め、ありったけの気を放つと、光の輪が弾けていた。夢のような現実。現実のような夢。身体全体に湧き出た冷汗と脇腹の疼痛が、その夢が確かな現実であったことを物語っていた。

あの巨龍はどうなったかと、不思議な形の印を解いて頂上の岩に目を移せば、老人が悄然としたふうで佇んでいた。

「幽鬼坊様」

刀を拾い上げることなく駆け寄り、岩の下に正座し、両手を突いてひれ伏した。人の姿に戻った幽鬼坊が返事をするにはしばらくの時を要した。岩の上から戸惑うような声が降りかかる。

「知っておったのか。今の術を」

「いえ。ただ、よく分かりませぬが心当たりはございまする」

頭を垂れたまま鉄彦は応じると、幽鬼坊は「どんな」と問い返した。

「先ほど拙者の魂を通じて、我が先祖智海が教えてくれた手応えがございます」

驚きの声と共に地面に足が着く音がすると、目の前に身体の気配を感じた。

「面を上げよ」

顔を上げれば、片膝突いた幽鬼坊が目の前にいた。腰巻一つの痩せた上半身には肋骨が浮き出、香の匂いが微かに漂う。鷲鼻の奥の双眸は穏やかな漆黒色となり、もう怒りの炎は消えていた。そんな目が鉄彦を呑み込むように見つめている。臆することなくその眼を受け止めた。と、幽鬼坊が高鼻を膨らまして初めて微笑んだ。

「ほほう。ぬしの身体に智海は生きておるな。奴が儂を止めたか。ならばぬしを始末しなければならぬな。そうせねば事は成就せぬ」

「いかようにでも」

咄嗟に出た言葉に嘘偽りはなかった。老師に助けを求めた時から覚悟はできていたし、五体満足のまま我に返った時には、喜びより驚きが勝っていた。だが、同じ手を二度も使えるはずはなく、どうせ殺されるなら行者の意地というものを見せたく、再び両手を突きひれ伏した鉄彦は、言い逃れすることなく思いの丈(たけ)を一言に託す。

「行者というもの、人のために命を賭すものでござる」

「人のため――」

「世の安寧、人の幸せのため」

「そんな時代が来るかのう。――一から出直しじゃ」

少し間を置いた声音が変わったのを感じ取った。だからこそと力を込める。

「一から出直しではありませぬ。必ずや受け継がれていきまする」

「何を」

「魂でござる。もし江戸攻めが決行されたならば、町人らも立ち上がり、命を賭して江戸を護ったでござろう。その心意気はまさに仁儀礼智信忠誠の発露であり、徳川様の長きに亘った治世というものは、身分の卑(いや)しき者たちにもそんな魂を根づかせたのでござる。その魂こそが真実の宝でござる。もし江戸が滅べばその宝も滅び、早晩、この国すら覚束なくなりましょう」

意外にも幽鬼坊はじっと聞いてくれていた。意を決した鉄彦は再び語りだした。

「怒りを露わにされ、八咫烏に天罰を下されたことは当然のことと存じます。しかしながらまだこの山に反乱軍の手が及んではおりませぬ。あるいは手が及ばぬかもしれませぬ。

呪を解き江戸を破壊すれば、その累はこの聖地にも必ずや及びましょうぞ。ならば江戸と聖地を葬ったのは幽鬼坊様と、幽鬼坊様を守る天狗衆ということになりましょう。

そんな不名誉なことを末代まで残してはなりませぬ。ましてや幽鬼坊様、我が身を犠牲にして天上の星を動かすとすれば、その後、権現様の魂を誰が護るのでございますか。それができるのは妙童鬼様の法灯を繋ぐ幽鬼坊様しかおられませぬ。どんな時でもこの聖地と、聖地と繋がる江戸を護り抜くのが幽鬼坊様の使命ではありませぬか」

訥々（とつとつ）と語る鉄彦の話に幽鬼坊は黙って聞き入っていた。やおら顔を上げた鉄彦は幽鬼坊を見据えて毅然と言い放つ。

「尊き魂を受け継ぎ、江戸とこの山の尊厳を護り抜くのです。そうすれば、あの者たちにもいずれ分かる時が必ず参ります」

「魂か……」

幽鬼坊の独り言を耳にし、大きくうなずいた鉄彦が立ち上がった。気が変わらぬうちにと気がせいてもいた。

「この山に迫る薩長軍の中にも、尊き魂を受け継ぐ者が必ずおりましょう。戦を前にして気が荒ぶり、その魂が穢（けが）れておるやもしれませぬが、穢れを落とすことできっと気づいてくれましょう。下界に向けて祈りを届けましょうぞ。――いかに、幽鬼坊様」

「何を唱えるんじゃ」

そう言った幽鬼坊は、まんざらでもない顔をしている。

「決まっておりましょう。天狗経でござる」

「知っておるのか」

「それはもう。術と共に幼き頃から教えられ、諳んじておりまする」

「智海から伝えられたのじゃな」

「御意。おそらくは幽鬼坊様から教えられた呪かと。心を一つにして唱えるからには、たちまちのうちに霊験あらたかとなりましょう」

深くうなずいた幽鬼坊が歩きだし頂きの南際で立ち止まると、合掌して目を瞑り朗々たる声で天狗経を読み始めた。

「南無大天狗小天狗十二天狗有摩那天狗数万騎天狗――」

するとすぐに立ち上がり歩み寄った鉄彦が背後に立ち、合掌して力強く唱和した。二人の朗々たる声が日光連山の中で木霊する。その声はうねりとなって山々を包み込み、やがてその声は光の波動となって下界を覆い尽くす。鉄彦は張りつめた空気を経文と共に吐き出し、清々しい思いで目を瞑って無心に読んでいた。

遥か上空で北極星が輝き、その星を支えるが如く、右にはあの巨龍が、左にはあの赤龍が浮かび上がっていた。薄闇の中で二頭の龍が北極星を支え持つ姿はあまりにも荘厳で、あまりにも神々しい。

その時突然一発の銃声が轟き、幽鬼坊の小さな身体が崩れ落ちた。鉄彦がふり返れば、そこには血だらけの空見が亡霊のように身体をよろめかせて立っていた。肩口から切り裂かれた紫の忍び装束は血で濡れ、その下の鎖帷子も腹の辺りまで切り裂かれている。瀕死の状態でまさに執念の追撃をしていたのだ。

「とうとう化物を仕留めてやったぞ」

土気色の顔をした空見が呟くや、銃を提げたままゴボッと血を吐き、バラバラになった黒髪を風に靡かせながら白い歯を見せ、鉄彦を血走った目で睨みつけた。間近に死に神が迫る蒼白の顔は、まるで不気味な般若の顔となった。

「ここにおったか。姉の仇が」

そう吐き捨てた空見が最後の力を振り絞って銃を撃とうとしても、持ち上げる力はなく、足元の地面を撃ち抜くと事切れ、膝から崩れ落ちた。すかさず鉄彦は横たわる幽鬼坊を抱きかかえた。痩せた上半身に穴があき、鮮血が流れ出ている。

「儂としたことが、ぬしと験比べをしたお蔭ですっかり油断しておった。あの時止めを刺すべきだった。人への思いを抱くこの姿ならば、鉛玉も通すわい。江戸の結界を壊して死ぬつもりが、鉛玉を受けて死ぬとはな」

目を閉じたままそう言うと幽鬼坊は微笑む。やおら目を開け、優しい眼差しを鉄彦に注いだ。

「ぬしの志（こころざし）、気に入ったぞ。さすがは智海の末裔だけのことはある。じゃが儂はもうじき死ぬ。そうなれば儂の魂は龍の姿となってあの星に戻る。残念な死にざまじゃから、儂の魂はあの星を覆い尽くすじゃろう。そのとき江戸は暗黒に陥る。

ぬしに、いや智海の魂に阻止されて儂にもうその気はなくなったが、死んでからのことはどうしようもない。日光の大天狗が無様な死を迎えた時、江戸も道連れとなる」

そう静かに語る幽鬼坊に嘘偽りはなかった。だからこそ鉄彦は地面に正座し両手を突いて問い質した。

「卒爾ながら貴方様は今、人でありましょうや。それとも神でありましょうや」

「異なことを聞く。神が鉛玉を受けて死ぬることもあるまい」

「では、拙者が治せます」

「ほほう、ぬしにか」

その声は弱々しいながらも、蔑みが含まれていた。

「神にはお加持はできませぬが、人であれば必ずや治せましょう」

「智海から習うたか」

幽鬼坊の視線をしっかりと受け止めた鉄彦は深くうなずいた。

「御意。先祖より受け継ぎ何百年も掛けて作り上げた御仏の癒し方を心得ておりまする」

「それも人のため、世のためか」

「御意」

「ならば本物じゃ。よう効くはずじゃ。まったく欲がない」

そう言って幽鬼坊は弱々しく笑った。

「ただ今回は一つだけ欲がござります」

「なんじゃ」

「江戸を救うことでござる」

聞き耳を立てていた幽鬼坊が、少し間を置いて呟くような声を漏らした。

「大欲じゃな。好きにしろ」

静かに目を閉じた幽鬼坊の表情はどこか満足げだった。

「では僭越ながら」

そう言った鉄彦の一世一代のお加持が始まろうとしていた。


これより十数日後、宇都宮宿の一戦で敗退した旧幕府の一隊が日光に立て籠り、最後の一戦に臨もうとしていた。多勢に無勢。しかも近代装備をした官軍相手に勝ち目はなく、もし火蓋が切って落とされたならば、東照宮を始めとする日光山内の神社仏閣も、奥日光の古き社も悉く破壊されていたかもしれないが、官軍の将板垣正形、後の板垣退助の独断で官軍は兵を引き、消滅の危機を乗り越えたのである。

その時、板垣は「あくまで日光に拠って戦うというのは家康公への不敬にあたる」と日光に立て籠る徳川の諸将を説得している。彼は生き残った新選組らで混成された甲陽鎮撫隊を甲州勝沼で撃破するほどの猛将だったのだから、日光攻めを怯んだのではなく、維新と共に絶えることとなる武士の徳目というものを備えた人物だったに違いない。

そこに影の働きが投影されていたか否か。それは藪の中だが、人間の知恵を遥かに超えた何かの力が作用しなければ、それまでの秩序が一気に瓦解したあの劇的な変化の中でこんな奇跡がもたらされるはずもない。

正しくこの世というものは陰陽不二。光の当たる処に必ず影が生まれ、光と影が一体になってこの世を織りなす。必然は必然ではなく、偶然は偶然でもなく、必然と偶然も不二である。

――大山大聖不動明王。石尊権現。大権現大天狗小天狗。弁に八天狗。だいずらさった。あるまや天狗。――

轟々(ごうごう)と聖火を胸に燃え上がらせ、声を発することなく五体加持の経文を絶え間なく繰(く)る鉄彦の心はそこにはない。己の魂の力で幽鬼坊を抱き上げ、広大無縁の宇宙の中で仁王立ちしていた。必ず奇跡を呼ぶと無心に念じながら。

鉄彦の身体が朝日を浴びたように輝きだし、その光が幽鬼坊を包み込むと、鉄彦と幽鬼坊の身体が神々しいまでの光に包まれた。

己が光なのか。光が己なのか。必死に加持を続ける本人も分からない。分からないが口は勝手に動き経文を唱え続けている。その時、何かの声が触れた。

――諸法無我。

静かに目を開ければ、光の海の中で幽鬼坊が微笑んでいた。

――許せますか。

――ああ。

――ほんに許せますか。

――すべては繋がりの中で変化するものじゃ。それを受け止めねばな。

――薩長の中にも心ある者がおります。

――ああ、ぬしを見てそう思うた。智海はこんな形でそちの中に現れるのか。

――御意。

――まこと智海はそちの魂の中で生きとるな。そんな魂が江戸を救ったか。

――恐れ入りまする。

――何を言う。諭してくれたことに礼を言う。そちこそ江戸を救った大天狗よ。これからどうするのじゃ。

――朋と共に主のもとに帰ります。

――汚いものを見るぞ。

――しかたありませぬ。それも諸法無我。善も悪も全て繋がりの中で変化します故。

――須くこれからの世は難しい。

――まさに。

男体山の上で、北極星が一層の輝きを増した。

新旧・善悪・虚実が混然とした怒濤の時代が今まさに始まろうとしていた。

この作品は書き下ろしです。

［地図出典］

p322「萬世御江戸絵図」（嘉永二年・藤屋音次郎）紙久図や京極堂提供

p343・p375「分間江戸大絵図」（文久二年・道因／須原屋茂兵衛）早稲田大学図書館提供

維新の大天狗

二〇一八年十二月五日　第一刷発行

著者　池口恵観
発行者　見城徹
発行所　株式会社 幻冬舎
〒一五一-〇〇五一 東京都渋谷区千駄ヶ谷四-九-七
電話 編集〇三-五四一一-六二一一
営業〇三-五四一一-六二二二
振替 〇〇一二〇-八-七六七六四三
印刷・製本所　株式会社 光邦
組版　美創

ISBN978-4-344-03394-8　C0093　Printed in Japan

幻冬舎ホームページアドレス　http://www.gentosha.co.jp/
この本に関するご意見・ご感想をメールでお寄せいただく場合は、comment@gentosha.co.jpまで。

池口恵観（いけぐち・えかん）
高野山真言宗傳燈大阿闍梨、定額位、大僧正。医学博士。高野山別格本山清浄心院住職。一九三六年鹿児島県生まれ。鹿児島で五〇〇年以上前から続く修験行者の家に生まれ、幼少の頃から真言密教・修験道の修行に励む。六三年、二七歳で初めて八千枚護摩供を修し、これまでに、日本で一〇〇回、中国西安の大興善寺で二回、計一〇二回成満した。八九年には前人未踏の百万枚護摩行を成満。山口大学、広島大学ほか、多くの大学医学部の客員教授・非常勤講師も務める。『密教の秘密』『医の哲学』『二十一世紀のリーダー像』『阿字』『密教の呪術』など著書多数。各界の著名人が師と仰ぐ、現代最高の真言密教行者。